毕淑敏 著

远方
灵魂
流浪

遇见
青春
美好

旅行是幸福的扩大化

毕淑敏
自选集·幸福卷

Travel
Widens
Happiness

国际文化出版公司
·北京·

图书在版编目（CIP）数据

旅行是幸福的扩大化 / 毕淑敏著．—北京：国际文化出版公司，2016.7（2022.11 重印）
（毕淑敏自选集·幸福卷）
ISBN 978-7-5125-0862-0

I. ①旅… II. ①毕… III. ①散文集—中国—当代 IV. ① I267

中国版本图书馆 CIP 数据核字（2016）第 160076 号

毕淑敏自选集·幸福卷

作　　者	毕淑敏
责任编辑	赵　辉　戴　婕　李　璞
出版发行	国际文化出版公司
经　　销	国文润华文化传媒（北京）有限责任公司
印　　刷	文畅阁印刷有限公司
开　　本	787 毫米 ×1092 毫米　　16 开 60 印张　　781 千字
版　　次	2016 年 7 月第 1 版 2022 年 11 月第 2 次印刷
书　　号	ISBN 978-7-5125-0862-0
定　　价	180.00 元（全三册）

国际文化出版公司
北京朝阳区东土城路乙 9 号　　邮编：100013
总编室：（010）64270995　　传真：（010）64270995
销售热线：（010）64271187
传真：（010）64271187-800
E-mail：icpc@95777.sina.net

目　录

第五章　点滴里收获幸福

第六章　最美的风景在阿里

总序

写作多年，积攒下若干文字。20 世纪 90 年代，有出版社找到我，说是预备给我出套文集。我听后心情有些激动，先是高兴马上又觉得自己不配。

文集出了，销得还不错。劳动人民文化宫举办书市，我去签名售书。文集共 4 本，卖 80 多块钱。读者们排着长长的队伍，缓缓走向我。我埋头签书，心里充满了不忍。我想，80 多块钱，要是用来买成肉，快合半扇猪了！（那时物价便宜，一斤肉才几块钱。）人家把吃肉的钱省下来，买我的书，多大的信任啊！一斤肉吃到肚里，肯定会让人长力气壮身体（那时的人没有那么多“三高”超标，视吃肉为上等的好事情）。扪心自问，我的书带给人的帮助，能抵得过十几斤肉吗？

心中惶恐。从那一瞬，我暗下决心，这辈子，不写则已，如果写，就一定要说真话，要认真负责对待笔下的每一个字。力争做到对得起读者为了购买我的书，付出的买肉钱。

购书的代价是两方面的。首先要付出金钱，读者的钱是哪里来的呢？是他的劳动换来的。所以，买书这件事，说到底，是用作者的劳动换读者的劳动。市场上，如果人们买了变质的食品或是伪劣产品，可以要求退换货或是保修。但是，读者买了一本书，如果没有缺页错页，基本上不能把书退还书店或是作者。也就是说，写书卖书的人，只对书的装订质量负责，至于内容，你买了书，就自认是全盘接受，售出后概不负责。我觉得这近似霸王条款。或者往好里说，是人与人之间一种极大的信任。一个作者，万不可亵渎了这份信任，唯有竭尽全力诚惶诚恐地为自己的产品负责，才能对得起读者这一份近乎无条件的接纳。

读者付出的第二种代价，是他或她的时间。时间其实是无价的，是用来构成生命的金色颗粒。读者把如此宝贵的东西，消耗在阅读我所写的文字之中，我无以回报，只能将我的思考和表达，千锤百炼力求尽善尽美。我不敢保证它们完全正确，但我应该保证它们具备发自内心的诚挚。否则，就是暴殄了人与人之间的信赖，就是对他人的轻慢和敷衍。

从那时到现在，又过去了20多年。作品积攒得比过去多了，心态已悄然变得平和。感谢编辑们的热忱和信任，我能有机会出一套自选集，十分高兴。

它们大致分为三部分。一部分是和幸福有关，一部分是和心理有关，还有一部分和旅游与我在西藏的岁月有关。

这是我在不同时期写下的文字，打着我的年龄的烙印。年龄的增长从未让我气馁，只是帮助我理解了不同时期的美好。

如果把人生比作一株植物，把青年时期比作嫩绿，我35岁时才开始写作，实在要算在苍绿时段才进入别人的早春，接下来是无以抵挡的墨绿与苍黄……现在，干脆成了深秋时节银杏叶般的暗金。我已进入老年，步伐放缓，心头肃静。我知道生命还会继续变化，从草黄变成铅铁般的灰黑；再然后，哦，就该是土壤的褐赭色了；再再然后，大约就无色透明了。

祈愿我的文字带着我的暖意和祝福，飞抵你的掌心。

毕淑敏

2016年6月1日

文学界的白衣天使

如果她的署名是阿咪、狂姐、原水爆或者荷兰豆，也许我早就读过她的作品了。

然而她的名字是毕淑敏，这名字普通得如——对不起——任何一个街道妇女。

而且她说她从小就是一个好学生，她的数学与语文是同样的好（总算找到了一个喜欢也学得好数学的同行了，王蒙大悦焉），她的开始写作源于她父亲的建议，而她的戒骄戒躁是由于儿时母亲的教导。为了写作，她在完成了医学学业以后，又去上广播电视大学的文学系并以“优”的成绩毕业，继而读研究生，获得了硕士学位（有几个作家老老实实地这样学过文学）。再说，她同时是或者更加是一个医术精良的内科医生，她对此充满自信与自豪……

我真的不知道世界上还有这样规规矩矩的作家与文学之路。我本来以为新涌现出来的作家都可能是怀才不遇、牢骚满腹、刺儿头反骨、不敬父母（而且还要审父）、不服师长、不屑学业、嘲笑文凭、突破颠覆、艰深费解、与世难谐、大话爆破、呻吟颤抖，充满了智慧的痛苦、

天才的孤独、哲人的憔悴、冲锋队员的血性暴烈或者安定医院住院病人的忧郁兼躁狂的伟人——怪物。

毕淑敏则不是这样。她太正常、太良善，甚至是太听话了。即使做了小说，似乎也没有忘记她的医生的治病救人的宗旨，普度众生的宏愿，苦口婆心的耐性，有条不紊的规章和清澈如水的医心。她有一种把对人的关怀、热情和悲悯化为冷静的处方，集道德、文学和科学于一体的思维方式、写作方式与行为方式……

所以就更显得毕淑敏的正常、善意、祥和、冷静乃至循规蹈矩的难能可贵。即使她写了像《昆仑殇》这样严峻的、撼人心魄的事件，她仍然保持着对于每一个当事人与责任者的善意与公平。善意与冷静，像孪生姐妹一样时刻跟随着毕淑敏的笔端。唯其冷静才能公正，唯其公正才能好心，唯其好心世界才有希望，自己才有希望，而不至于使自己使读者使国家使社会陷于万劫不复的恶性循环里。也许她缺少了应有的批评与憎恨，但至少无愧于心，其实是远远优于那些缺少应有的爱心与好意的志士。她正视死亡与血污，下笔常常令人战栗，如《紫色人形》《预约死亡》，但主旨仍然平实和悦，她是要她的读者更好地活下去、爱下去、工作下去。她宁愿忏悔“我”的多疑与戒备太过，歌颂普通人（《翻浆》），而与泛恶论的诅咒与煽动迥异其趣。至于她的散文就更加明澈见底了。

她确实是一个真正的医生，好医生，她会成为文学界的白衣天使。昆仑山上当兵的经历，医生的身份与心术，加上自幼大大的良民的自觉，使她成为文学圈内的一个新起的、别有特色的、新谐与健康的因子。

而另外的多得多的天才作家的另一面，实在是文学界的病友。我尊敬与同情我的病友，我知道世界上许多伟大的作家都有病，他们太痛苦了，他们因痛苦而愈发伟大了。但同时我也赞美与感谢大夫，

为了全国人民的身心健康，我祝愿在大夫与病友的比例上不至于出现太大的失调。有病人也有医生，这才是世界，这才有各种写不完的故事。

不知道这是我的幸还是不幸，不知道这是不是我的被误解与被攻击的原因之一。我既觉得病人之可哀可叹，又觉得医生之可亲可信，特别是当我给一个比我年轻的作家作序写评的时候，我承认每一片树叶的价值。当然，我宁愿多称赞一点祥和与理性，我也许又发放了太多的苦口的良药，真对不起。

王蒙

第一章

远方有故事

每个人的心底，都潜藏着一个到远方的梦。熟悉的地方已经没有了惊喜，人心思动，渴望浪迹天涯。

山妖的阶梯

快到挪威边界了，导游莉雅说，可以买一些山妖带回国。我说山妖是什么？莉雅说，你马上就能见到了。进得店中，只见无数个怪模怪样的玩具龇牙咧嘴地瞅着你，好似一头扎进了外国的花果山。

莉雅说，北欧人喜爱的神话人物“Troll”，俗名就叫山妖。山妖的长相实在不敢恭维，蓬头散发，青面獠牙。个子都很矮，红蒜鼻头，尖耳朵，大肚皮，牙齿参差不齐，手指和脚趾都只有八个。有的两个头，有的三个头，头上长着青苔和树木，甚至还会长出一些小山妖。有的干脆只有一只眼睛。全身披满破烂的长毛，还长着像牛一样的尾巴。最惊人的是比大象还长的鼻子，据说是熬粥时用来当勺子用的。

我问莉雅，山妖这么难看，一定也很凶恶。莉雅说，不。山妖虽丑陋，但心地很善良，天性活泼，常受到小孩愚弄，智商好像不太高。有时也会搞出些恶作剧，谁要是得罪了山妖，它就会报复或戏弄你。如果和山妖和睦相处，就会得到善报。

山妖也有软肋，就是只能昼伏夜出，见不得太阳。它们如果贪玩，忘了在天亮前躲起来，将被阳光化为空气或山石。山妖精于手艺，能制各种武器和家庭用品，在上面刻有符咒，人们若错用它们的家什，就会遭殃。

说了这么半天，你是否能想象出山妖的模样？如果还感觉困难，我就给你打个比方（这个比方没有向专家求证过，如果错了，责任自负）。我觉得白雪公主故事中的七个小矮人，就是山妖一族。你看，它们居住在密林中，有自己专用的锅碗瓢勺和小床，不喜欢外人的闯入和打扰。心地善良，乐于助人。这些岂不都暗合了山妖的秉性？

据说山妖是挪威最早的原住民。它们有家庭，分部落，甚至还有自己的国王。森林小湖的山妖叫“纳啃”；居住在瀑布和磨坊中的山妖多才多艺，擅长拉小提琴，名叫“弗色格里门”（即“丑陋的瀑布人”）。这个山妖还是个教授，听说一个挪威小提琴家曾拜师门下。一般的山妖身材矮小，但在北方的海里，有一种叫“德捞根”的庞大山妖，十分恐怖。山妖安贫乐道，像柴堆、菜园、仓库、马厩和牛棚，都是它们安居乐业的地方。

在哈丁格高原，我们的汽车穿行于白雪皑皑的山峰，地面上蹲踞着乱石，听说都是山妖的化身。山路旁，错错落落地插了些粉红色的小球，这是当地百姓供给山妖的玩具。

传说山妖很喜欢喝粥，长鼻子可当搅拌器用。我和山妖有同感，是喝粥爱好者，只不过对以鼻当勺略有微词。如果伤风感冒了，涕泪交加，恐不相宜。我把这顾虑同莉雅讲了，莉雅说，估计山妖是半人半神之体，并不罹患寻常的病痛。

山妖也有很多法力，可以化成美女，如同《聊斋》中的狐狸精，引诱年轻的男子进山。不过，识别它们也有法宝。山妖是有破绽的，如果你去北欧旅游，在人烟稀少的地方碰到曼妙的姑娘，一定要留意她身后是否有毛茸茸的尾巴。进山的女子也不可大意，有些雄山妖也会劫持漂亮的姑娘进山洞，从此音讯渺茫。

挪威戏剧大师易卜生的名作《培尔·金特》里，便有主人公遭山妖戏弄的场景——培尔无意间闯入山妖的洞窟，因拒绝与妖女成婚，遭众妖凌辱与折磨，差点丧命，幸而传来黎明的钟声，妖魔才星散而去。

山妖并不是铁板一块，而是分成三六九等。它们生性慵懒，但循规蹈矩。它们反应木讷，但天真善良。它们离群索居，偏又呼朋唤友。它们远离人又和人有着千丝万缕的联系……看来因为山妖是名副其实的草根阶层，所以才受到百姓们的广泛喜爱。

据专家考证，挪威利勒哈默尔市区北边的自然公园，是山妖的家乡，而在举世闻名的盖伦格峡湾，还有令人毛骨悚然的“山妖的阶梯”。

很喜欢“山妖的阶梯”这个词，缠着莉雅问可否绕道一看？莉雅说那就是极险的悬崖公路，位于鲁姆斯达尔山谷，一弯又一弯，近乎垂直地从山顶盘旋而下。12道山弯像是一条极细的铂金白链“挂”在山间。因正在维修，我们无法抵达。看我失望，她说，今天的山路其状之险，也约等于“山妖的阶梯”了。

莉雅所言不虚。山路狭窄雪峰林立，以我曾在西藏阿里攀山越岭的经验，也不得不惊叹这行程的陡峻。跋涉数小时后登到顶峰，俯瞰峡湾景致。挪威峡湾是被联合国教科文组织列为世界游览者评价第一的旅游之地。清冽似冰的山风把衣衫鼓胀如帆，刀剁斧劈的孤悬绝壁之下，一泓碧蓝的海水，宛若仙境，美到令人晕眩。你会仰天长叹，相信此处绝非常人的居所，只能是山妖出没的属地。

莎草纸

到埃及旅行的时候，我带了一个电话号码——3488676。别人以为是一个好友或是某个机构的联系电话，其实否，它是一个出卖莎草纸的商店。到了开罗之后，我对导游说，我要找到这个商店，据说它是在一条船上，叫作莱凯布博士莎草纸研究所，位于吉萨谢拉顿饭店南面。

导游是一位永远戴着头巾的阿拉伯女性，由于热带阳光的直射，皮肤黝黑，看不出年龄，名叫丽达。丽达的墨绿色头巾包得很严实，用一种带着彩色珠子的大头针把头巾的边边角角都别在鬓间，锱铢必较地把每一根头发都深藏起来。没有一丝头发泄漏的女性让人感觉到寒冷和严厉。我总怕那些大头针会伤了她的脸，但她自己毫无畏惧的样子。丽达毕业于埃及大学中文专业，没到过中国，中文说得不大好，但我们略微思索一下，听懂是没有问题的。比如她介绍神庙壁画上一位女神用“胸前的奶粉”喂养另外的神。我们就愣了，不知“胸前的奶粉”是个什么东西？再瞅瞅壁画，原来女神是用乳房哺育小猫头鹰，恍然大悟。她说，莎草纸啊，哪里都有。我会带你们去买的。

可能是因为常常写字的缘故，我对纸有一份特别的尊敬，约略相当于老农喜欢好骡子好马好镰刀。

莎草纸在英语中写作“papyrus”，它是希腊语“papuros”的拉丁文转写，也是英文中“纸（paper）”一词的词源。出发之前，看了很多有关莎草纸的资料，但还是没法想象莎草纸的模样。也许是对蔡伦造的纸印象太深，无论怎样琢磨，纸依然只能是我们平常所见的A4纸的架势，至多把它想成早年间用的草纸模样，也许因为都属“草”系，私下里又觉不敬。在古埃及，莎草纸是很神圣的，将莎草纸尊称为pa-per-aa，意思是“法老的财产”，表示只有万能的法老，才拥有对莎草纸的专有生产权。带有皇室胎记的纸张，应该骨骼清奇法相庄严才对。

在丽达的带领下，我们走进一个院子。水塘里生长着一些碧绿的草梗，初看起来有些像芦苇，但是比芦苇要粗壮和挺直。丽达说，这就是纸莎草，阿拉伯音译为“伯尔地”。听说在尼罗河谷野生的纸莎草，茎秆可高达三米，长得比甘蔗还要粗，简直像丛林。我们看到的家养纸莎草远不及那么彪悍，高约一米，直径和大手指相仿。无论粗细，纸莎草的茎秆都是三角形的，属多年生绿色长秆草本植物，切茎繁殖。茎中心有白色疏松的髓，茎端有细长的针叶，如披头散发的小号松树。

现在，允许我把两个名词说清楚一点。纸莎草是一种草，就是能做成莎草纸的草。莎草纸是一种纸，是用纸莎草做成的纸。有一点像绕口令，是不是？

第一眼看到成品莎草纸的时候，些许失望，没有想象中的珠光宝气，不像完整的纸，像一种编织物，平凡而暗淡。

要具体形容它的长相，容我把话荡开一点。丽达曾经说过，埃及到处都是卖莎草纸的，不要随便买，不然你们要上当。

我们就好奇，说一张白纸，还有什么猫腻呢？

丽达听不懂猫腻是什么，就说，这和猫没有关系，和香蕉有关系。

我们就更不明白了，说纸和香蕉有什么关系？

丽达说，也不是和香蕉有关系，是和香蕉皮有关系。假冒的莎草纸，是用香蕉皮的内层做成的。

在丽达的解释下，我们终于明白了。香蕉皮被剥下来之后，内皮有一种丝缕样的网状结构，好像一些年代久远的旧白绸糊在香蕉外皮之内。把这些香蕉的内皮叠加在一起晾干，就大致完成了假冒莎草纸的造型。真的莎草纸在外形上和香蕉皮莎草纸非常近似。

现在，你能否想象出莎草纸的样子呢？

在这家店铺中，除了种植有纸莎草的样本外，还展示莎草纸的制造过程。先将纸莎草茎的硬质绿色外皮削去，把浅色的内茎切成40厘米左右的长段，再把里面的芯剖为竖条，然后一片片切成薄片。切下的薄片要在水中浸泡至少六天，以除去所含的糖分和胶质。之后将这些竖条并排摆成一层，然后在上面覆盖上另一层。记住啊，两层薄片要互相垂直，类似经纬相交的编织工艺。再然后，将这些薄片平摊在两层亚麻布中间趁湿用木槌捶打，直到将两层薄片压成一片，并挤去一切能够挤去的水分。现在，纸莎草的膜片已经相当干燥了，但是还远远不够，要用石头等重物压（以前是手工，如今多半改为机器压制）。压后再晾干，等到彻底干燥后，用浮石磨光，此时就得到莎草纸的成品。为了使墨水不至于洇开，还要在书写的那一面施胶，让莎草纸更臻完美。

莎草纸和蔡伦造纸之间最大的不同，是蔡伦纸要经过多种介质的发酵和搅拌，然后还要把纸浆晒干，蔡伦纸其实是一种混合的物质。我记得授课时老师讲到蔡伦造纸要用旧渔网，以增加纸的韧性。我曾举手提问，说是如果旧渔网用完了怎么办？蔡伦是停产还是改用新渔网？老师斥责道，真是没脑子！蔡伦不会用新渔网的，那太浪费了。再说，新渔网没有旧渔网好用，捣不烂的。那时候到处都是江河，旧渔网多得很，根本就用不完。一席话如醍醐灌顶，至今想起来，还觉得老师更是英明，那时候到处都是江河啊！

莎草纸是单纯和唯一的，它只用一种原料，也不搅拌和发酵，只是把水分沥干。利用植物纤维进行编织，没有制作纸浆的步骤，因此不是造纸。从这个意义上讲，莎草纸更天然和纯粹，虽然不很洁白，但泛着柔和的象牙黄色光泽，有着永不重复的纵横交错的纹路，柔韧而抗压。纸莎草在古埃及是象征永恒的神草，用来造纸已经有5000多年的历史了。它不怕折卷，不怕水浸，如同一种不死的精灵，在几千年后，色彩依然鲜艳如初。

古埃及人对纸莎草十分崇拜，把它当作王国的标志。在壁画中，你常常会看到国王手持纸莎草茎状的权力杖。莎草纸后来成为地中海地区一种通用的书写材料，希腊人、罗马人以及阿拉伯人都曾经用它不倦地书写过。和子孙昌盛的蔡伦纸相比，莎草纸命运多舛。它被使用到8世纪左右，就渐渐消亡了。从阿拉伯传入的廉价纸张代替了烦琐的莎草纸，在此之前，羊皮纸和牛皮纸已经在很多领域取代了莎草纸。它们来源广泛，在潮湿的环境下更耐用。

在欧洲，幸好教会对莎草纸独有青睐，直到11世纪左右依然在正式文件中使用莎草纸。现在留存下来具有确切年代的莎草纸实物文件是一份1057年的教皇敕令和一卷书写于1087年的阿拉伯文献。

莎草纸消亡以后，制作莎草纸的技术也因缺乏记载而失传。后来，跟随拿破仑远征埃及的法国学者虽然收集到古埃及莎草纸的实物，也没能复原其制造方法。直到1962年，埃及工程师哈桑拉贾（Hassan Ragab）利用1872年从法国引种回埃及的纸莎草，重新发明了制作莎草纸的技术。

我们看到的就是这种死而复生的莎草纸制作方法。除了制造工艺之外，这家店铺的墙上、玻璃框内陈列着各色各样的莎草纸画，尺幅从一本书大小到一丈见方应有尽有。题材大多取自流传几千年的神庙壁画，也有埃及的风土人情和阿拉伯文字，所绘人物有一种特殊的生动。如果脸面是侧的，身体就是正向的。或者相反，脸面是正向的，身体却是侧向的。不知为什么，古埃及人的身体和头颅好像总是不屑完全统一。画以线描为主，勾画准确，线条中间填满了饱胀的颜色，多以金、蓝、红为主，颜料是由动植物和矿物为原料特制而成，色彩夸张而浓烈。可惜我们对古埃及的历史不很了解，搞不清画中人物的起承转合，只有目瞪口呆的份儿。在二楼售货处，摆着用纸莎草编织的篮、罐、鞋、帽、绳等各种工艺品，售货员们穿着传统的阿拉伯袍子，和满墙满地的画张交映在一起，更让人眼花缭乱。看看标价，很不便宜，就和丽达讨主意。丽达说，买这里的。别地方常常是假的，没办法识别。你们要选好的。这里的最好。

但我们还是不愿轻易掏钱包。看起来工艺并不是特别复杂，一张画就要几百块钱，是不是太贵了呢？丽达说，你看墙上。

我们就看墙上。丽达说，墙上有你们领导人的照片。我们果然看到了出访埃及的领导人在这里参观时的微笑照片，于是便放下心来。

买了几张画之后，我看到一张绚烂的莎草纸，四周的图案是雄赳赳气昂昂的太阳鸟，中心写满了字。我问丽达，这是什么东西？

丽达永远是言简意赅的，说："文书。"

我说："什么文书呢？"

丽达说："契约。"

这基本上和没回答差不多。我也能看出它好像是一份证书，但证明的是什么呢？是尼罗河上的某一块土地的归属，还是金字塔下某一群骆驼的主人？

我穷追不舍地问，丽达终于说："结婚证。"

我说："谁的结婚证呢？"

丽达说："谁的结婚证都可以的。"

看来，丽达是没有法子说得更清楚了，我站在地当央，独自猜想这张纸到底是怎么回事。售卖此物的盛装小姐看我迷惘的样子，拿出一支蘸满了金粉的笔比画着。这可不是一支普通的笔，是纸莎草茎削成的三角形短棒，笔端蘸着金粉熠熠闪光，好像一支魔棍。小姐手舞足蹈，不停地用魔棒在契约上笔走龙蛇。我问丽达：“她要干什么？”

丽达说：“她在问你的名字。”

我奇怪，说：“我的名字和她有何相干？”

丽达说：“你和谁结婚了，她就用古埃及文字把你们的名字写上去，万古长青。”

原来是这样。我想告诉丽达，这里用白头偕老可能比万古长青更相宜，想了想，没说。这是一种用法老的文字复制的结婚证书，款式完全是复古的，和从木乃伊身边挖出来的结婚证书一模一样。只要告诉这位小姐你需要填写的名字，现场办公，她很快就可以把夫妻的名字写好，交到你手中。

当然，收费也不菲。

写到这里，我介绍一下古埃及的象形文字。

在埃及漫步，你总是会在不期然当中，遭遇这些古老而神秘的符号。它们镌刻在石碑上，描画在神像旁，在金字塔，在法老墓，到处都有它们魔幻般的身影。它们不像是字，像是一些绘画和咒语，讲述着绚烂而复杂的历史。

资料上说，古埃及的象形文字，真的就是一种绘画形式的文字体系。前身基本上就是图画，是一种靠想象描写的象征符号，被古埃及人用来记载事件。它用一定的图形表示一定的事物或概念。画三条波浪的横线表示“水”，画两座夹峙的河谷边的山峰表示“山”，画个中间加点的圆圈表示“日”。后来有了表意字，如画许多小蝌蚪象征成千上万的“多”字，牛在水边奔跑表示饥渴的“渴”字，这多少有点抽象的含义。要是写成一个句子，表达一个比较完整的意思，就把这些单个的图画符号组合在一起，构成一个复杂的表意图形。初时常用的象形字在500—600个。用这样的图画符号记录发生的事，显然不太方便。写一个字就需要画很多画，遇到复杂抽象的概念或事物，有点少慢差费。后来，古埃及人把象形字发展成为表音字，放弃原来的字义而赋予一定的声音，甚至连声音也不全部采取，而只采取第一个音节。例如：埃及人把猫头鹰叫作“姆”，它的图形既表示猫头鹰，又表示“姆”这个声音。这样的表音符号有24个，都是辅音，没有元音。

这种象形文字（又称圣书体，或称碑铭体，正规体）的文字体系，同苏美尔文、古印度文以及中国的甲骨文一样，都是独立地由原始社会最简单的图画和花纹产生出来的。它们仿佛是寓言，甚至是魔术。这种神秘的字体由于形体复杂，书写速度太慢，所以那些经常要使用文字的僧侣们，逐渐将其简化，并采用速写与圆笔的形式，创造了一种草书体，这就是人们所说的僧侣体了。僧侣体文字先是用来抄写文学作品和商业文书等，大约到了第二十一王朝前后，僧侣体才开始用于宗教文献。

公元前525年，古埃及被波斯人征服。此后，埃及人被迫使用波斯文字来记载发生的事情。而记载古埃及历史的那些图画和图形，随着掌握这种技术的祭司逐渐去世，后来竟没人能识，成了天书。

历史蹒跚向前。当马其顿人、罗马人在金字塔和狮身人面像下面徘徊时，只能惊叹眼前建筑的辉煌灿烂，却对其他情况一无所知，因为完全读不懂古埃及的文字。灿烂一时的古埃及象形文字，湮灭在历史的荒凉萋草之中。

1799年，拿破仑率军远征埃及时，他手下的一名军官布夏尔带领士兵在罗塞塔城附近修筑防御工事时，发现了一块黑色玄武岩断碑。碑上用两种文字三种字体刻着同一篇碑文。最上面用的是古埃及的象形文字，中间是古埃及的草书体象形文字，下面是希腊文字。这就是著名的“罗塞塔碑”。

发现“罗塞塔碑”的消息在当时的《埃及通讯》报上发表后，立即引起各国学者的浓厚兴趣。他们纷纷试图译解碑上的文字。碑上的希腊文很快就被读通了。碑中间的那段文字也很快就被确认是古埃及的民书体文字。但是，尽管学者们能借助碑上的希腊文，领悟到象形文字和民书文字的含义，却依然没有解开古埃及的象形文字之谜。

年仅11岁的法国少年商博良决心揭开“罗塞塔碑”上古埃及文字的秘密，让石碑说话，告诉人们古埃及的秘密。为了读懂埃及象形文字，他勤奋工作了21年。商博良发现，古埃及人写国王名字时，都要加上方框，或者在名字下面画上粗线。“罗塞塔碑”上也有用线条框起来的文字，是不是国王的名字呢？经过不断探索，商博良终于对照着希腊文，读通了埃及国王托勒密和王后克里奥帕特拉这两个象形文字，它们可以从右到左，也可以从左到右，或者从上到下拼读出来。商博良由此确信，象形文字中的图形符号，总的来说，代表的是发音的辅音符号。经过不懈的努力，到了1822年，这个在1000多年间始终令人茫然不解的埃及象形文字之谜，终于被商博良解开了。

原来，“罗塞塔碑”上的碑文是公元前196年古埃及孟斐斯城的僧侣们，给当时的国王写的一封歌功颂德的感激信。这位国王就是第十五王朝法老托勒密。他登上国王宝座后不久，取消了僧侣们欠缴的税款，并为神庙开辟了新的财源，对神庙采取了特殊的保护措施，给僧侣们带来了一系列好处，很快赢得了僧侣们的敬仰。僧侣们写了这封感激信，并把其内容用三种文字刻在这块黑色玄武岩碑石上。

小小的罗塞塔城，由于有了这块借以解开埃及象形文字之谜的碑石而举世闻名。不过，这块著名的碑石如今并不在埃及，而是被收藏在伦敦的大英博物馆里了。

埃及象形文字与汉语所不同的是——它们依然保持单独的图形字符。这种文字可以横写也可以竖写，可以向右写也可以向左写，到底是什么方向则看动物字符头部的指向来判断；至于在单词单元上则怎么匀称美观怎么写，只要不影响意思，上下左右天地自由。

我们一下子从开罗的售卖莎草纸的商店，跑到了几千年之前的古埃及象形文字，罗列的这些资料有点枯燥，请原谅。简言之，古埃及文字是充满了想象的自由散漫的文字，它们花哨而饱含着魔法的意味。比如和现代字母“A”相对照的古埃及象形文字，大致像一只神态自若的鸟。和现代字母“F”相对应的好像是一条蜿蜒的蛇。和“B”

相对应的近乎一只向左撇着的脚。和“U”相对应的仿佛是一圈盘起来的绳。“Z”则像两把背道而驰的匕首……

当然，以上的描述，仅仅是我在对照着商店里发给我们的字母表，匆匆一瞥所得出的粗浅印象，很不准确。未曾请教过专家，甚至也没有和丽达核对过，丽达此刻正忙着呢，被大家东拉西扯地杀价，根本没工夫理会这样枯燥的问题。

一位朋友可以用法文和售纸小姐交流。我说，古埃及文字，能书写咱中国人的名字吗？

朋友说，这还不简单嘛，你的名字是由哪些字母组成的，她在表上一对照，依样画葫芦地把象形文字填到莎草纸上，不就大功告成了？

我有心想买，说，你帮我问问，价钱可有商量？

朋友如实翻译过去，售纸小姐很优雅地摇着头，不停地说着什么。不用朋友翻译，我也知道没戏。果然，朋友说，小姐告知我们说莎草纸本身的价钱虽然并不是很贵，但所用的颜料都是矿物质提炼的，很珍稀。特别是书写名字的金粉，用的是真金，可以保证永不变色。人们当然希望自己的结婚证书能够长久保存，以象征爱情的永不褪色吧？所以，不能便宜。

得，缄口吧。在这样的攻势之下，你甚至觉得如果继续讨价还价，就是对姻缘的大不敬了。

我在国内的一对朋友正准备结婚，我决定为他们置办一张法老的证书，当作独特的贺礼，婚礼时拿出来也许会震惊四座。我正在一笔一画地书写他们的名字时，站在一旁的朋友悄声对我说，建议你还是不要这种古怪的结婚证。

我一惊，停了笔，说，怎么啦？

朋友说，一个已经覆灭了的王朝，一种已经消失了的文化，一份已经无人能识别的文字，这吉利吗？

哦哦，我还真没从这个角度想过问题。我说，你的意思是……

朋友说，反正要是我结婚，就不喜欢这种东西。

我看着这位朋友年轻的脸，心想也许她说得有道理。我已经上了年纪饱经风霜，对兆头之类的东西就趋向麻木淡然。但年轻人也许比老年人更迷信呢，还是尊重他们的意愿吧。

我就放下书写名字的笔，对售纸小姐说，对不起，我不要法老的证书了。小姐惊异地扬了扬眉毛，眉毛很细很弯，轻轻抖动。

我对朋友说，可是我还是非常想要莎草纸。

朋友说，你的意思是要一卷空白的纸吗？

我说，是的。我喜欢这种以几千年前的古老工艺制出来的纸，喜欢它能够经历几千年的风霜依然洁白柔软。

朋友说，这很简单，我来跟她说，就买几张空白的莎草纸吧。

我也以为这是很简单的事，不想朋友却和售纸小姐好一番交涉，小姐还请示了一个长胡子的中年男子，可能是他们的领导吧。最后好不容易才成交，价钱是彩色画的80%。我说，什么都不用画了写了，为什么打折并不多？

朋友说，我也是这样和他们论及的啊。我说，不是说颜料很贵吗，不是说金粉很贵吗，现在我们不要这些东西了，为什么价格并不便宜？他们说，从来没有人单独买过空白的莎草纸，这等于是让他们售卖原料。他们如果很便宜地把莎草纸卖掉了，就没法经营了。本来他们只同意打9折，现在还是优惠了呢。

我说，谢谢你了，就这样吧。

待我付完钱之后，兴冲冲展看着空白的莎草纸往外走时，小姐还和朋友喋喋不休地说着什么。朋友只是微笑也不答话，和我一道挽臂走出。

我随口问道，她和你说什么呢？

朋友俏皮一笑，说，我不告诉你。

我好奇起来，说，售纸小姐虽然长得俏丽，可你也是个漂亮的中国MM，也没法向你施展美人计。到底是什么意思呢，还不可告人吗？

朋友说，她说你没有购买法老的结婚证书，都是因为我向你说了什么。她希望我以后再来的时候，不要败坏了他们的买卖。

我说，小姐的眼睛够毒的。

朋友说，她还看出你非常喜欢空白的莎草纸，说哪怕是9折，相信你最终也会购买。她对我说，为什么要这样拼命地为了别人讨价还价呢？如果最终以9折成交，他们会只收8.5折扣的钱，把那0.5的折扣让给我。这样他们能多赚一些，我也可以有点小收入。她还说，如果我不习惯从他们那里拿回扣，也可以在我购买他们货物的时候，把这点钱折算进去……

为之绝倒。阿拉伯人会做生意，由此让我深深佩服。

还是对法老文耿耿于怀，觉得一定要带走一件铭刻着古埃及象形文字的纪念品，才算来过埃及。

我对丽达说，哪里还有法老文的东西？除了莎草纸画以外。

丽达说，我会告诉你的。

我就死心塌地地等着。这一天终于等到了。一只小帆船带我们到尼罗河上冲浪。护送我们的水手，是两个当地的土著黑人。他们几乎不说话，只是露出雪白的牙齿微笑。帆船到达尼罗河上游的河口，丽达指着远处一座红色小楼对我们说，这就是英国惊险小说女王阿加莎克里斯蒂住过的地方。我们说，就是那个写作《尼罗河上的惨案》的阿加莎吗？丽达说，就是她。我们说《尼罗河上的惨案》是在这里写的吗？丽达很实在地回答，这我就不知道了。但是，她住过这里，尼罗河的风光一定给了她灵感。

这话肯定对。

写到这里，让我介绍一下尼罗河。在埃及走动，你就是围着尼罗河转，甚至在飞机还没有降落的时候，你就在空中看到它庞大的水系。这是一条如此浩渺博大的河流，让你不由得敬畏和爱戴。

通常我们面对地图是“上北下南”，但面对尼罗河方位的时候，称呼就恰好颠倒了过来。尼罗河是从南方流向北方，所以当人们说到上尼罗河的时候，指的是南方。说到下尼罗河的时候，指的是北方。

尼罗河是世界上第一大河，全长6670公里，流域面积3349000平方公里①，起源于非洲中部的乌干达和埃塞俄比亚，往北途经尼罗河三角洲后注入地中海。

几千年来，尼罗河每年6—10月定期发洪水。尼罗河流经埃及的那一段，只占全长的1/6。河流泛滥，一般说来是坏事，但对于埃及来说，却是大大的好事。每年，当尼罗河发源地埃塞俄比亚山区进入雨季的时候，尼罗河水就上涨。从7月中旬开始，洪水滔滔，开始淹没埃及的盆地。8月份河水上涨最高时，河岸两旁的大片田野被完全淹没，成为沼泽，人们纷纷迁往高处躲避。10月过后，洪水消退，留下了肥沃的淤泥，大自然给埃及的土地普遍施了一次肥料。在这些一把能攥出油的土壤上，人们栽培了棉花、小麦、水稻、椰枣等农作物，大获丰收，在干旱的沙漠地区上形成了一条生机勃勃的“绿色走廊”。富饶的尼罗河谷的收成足够全国人民的吃食，剩下的财力就去修建金字塔，也成了产生古代文明的一个摇篮。想想那神妙的象形文字，就能体会到当年得天独厚的埃及人，过着怎样异想天开的日子。只有富足与闲暇，才能产生出如此匪夷所思的复杂文字，直到今天还让人叹为观止。

丽达告诉我们，埃及的旅游收入占到了国民收入的70%以上。埃及人称尼罗河是他们的生命之母。而开罗，则是尼罗河送给埃及的礼物。

开罗位于尼罗河三角洲的顶部附近，东、南、西三面都被撒哈拉沙漠所包围，气候炎热干燥。公元969年，美洲大陆还没有被发现之前，开罗已是阿拉伯帝国法蒂玛王朝的国都了。“开罗”在阿拉伯文字中是“胜利”的意思。

开罗的市区分布在尼罗河两岸，尼罗河是开罗新旧城区的分界线。东岸，有着建于11—16世纪的老城，开罗的名胜古迹大都集中在

① 此处全长应为6671公里，流域面积为287.5万平方公里。见《辞海》（第六版彩图本）——编者注

这里。其中有建于12世纪的萨拉丁城堡和许多著名的清真寺，还有具有阿拉伯古代风貌的大市场，市场上陈列着铜器、纺织品、地毯、琥珀、香料等物品，空气中都弥漫着奇异香料的气味。老城区的房屋比较低矮，街巷狭窄，保持着古代风貌。尼罗河西岸，是19世纪以来迅速发展起来的新市区。新市区内高楼林立，187米的开罗塔高高地俯瞰着全城。在宽阔的新区马路上，到处奔驰着电车和汽车。而在老城的街道中，却不时可以看到古老的马车和沙漠特有的骆驼在往来。

我们的小帆船停在了尼罗河的中心，这里水天一色，让你生出航海的感觉。两个黑人突然拿出很多木雕和石头的项链耳坠等，向我们兜售。丽达说，他们很辛苦，工资也很低，如果买一些他们的货物，就是帮助了他们。我买下了一串木制的项链，是由十几只角马木雕组成的，算不上精致，但自有一种野性的韵味让你感动。每只角马都是寥寥几刀，就雕出了奔跑的英姿。你不得不承认，这些无名的工匠并不是有多么出众的手艺，只是他们的眼睛无数次地遭遇过角马的奔驰，所以哪怕是最蹩脚的手艺人，也沾染了角马魂灵的神韵。

买完黑人的物件之后，丽达很严肃地对大家说，在埃及，导游向客人私下兜售旅游纪念品，是犯法的。如果被举报，就会面临很严重的处罚。但是，我不忍心看你们买到伪劣的产品，埃及人向游客售卖不良的物品，是很有本事的。

我们就笑起来，这些天的经历，证明丽达所言不虚。但是，丽达说这些，是什么意思呢？有点自曝家丑的意思，让我们无法贸然回应。丽达说，有人希望得到一些有法老文的纪念品，我认识开罗一家很好的银饰店。他们可以为客人定制手链，用皮和银来制作。在银饰上，可以用法老文把你的名字刻在上面，还有一些美妙的吉祥的图案可以选择，比如猫头鹰、太阳鸟、生命的钥匙等。

风帆落下来了，小船在尼罗河的中心好似一片树叶，随着尼罗河的水波微微荡漾起伏，让人有一种微醺的昏然。

我问丽达，什么叫生命的钥匙？

丽达说，在古老的埃及传说中，每一个生命降生之后，并不是马上就打开的。需要生命的钥匙。只有用生命的钥匙打开了的生命，才会更有意义和幸福。

哦哦，古埃及人可真是聪明啊，他们把生命分成了两种，被钥匙打开的和没有打开的。想来这两种生命的质量和结局也应是不完全相同的。本想和丽达问个清楚，无奈当时丽达忙着收钱，不忍心坏了她的买卖，心想以后再问吧。

我对丽达说，那我就要一个手镯吧，用法老文写上我的名字，再要一把生命的钥匙。

丽达很仔细地记下了大家的不同要求，有的人要太阳鸟，也有要猫头鹰和鳄鱼的，反正在古埃及的神话中，世上万物皆有灵性，都有丰富的寓意和祝福。她又拿出一只小尺，说手腕的粗细是不同的，特别是皮革制品，要稍微宽松一点。我就让她量了手腕，并特别把尺码放大了一些，以防老年越发富态的时候，套不进这生命的钥匙了。

离开埃及的时候，包囊里多了一卷无字的莎草纸，一串非洲木雕角马的小项链，一个用法老文雕刻着我的名字的手镯，银饰中央是一柄生命的钥匙。

海盗的诗

关于冰岛，所知是那样稀薄。

去之前了解就很少，仅有的印象来自一本有关北欧旅游的书籍。和丹麦、瑞典、挪威、芬兰比起来，冰岛所占的篇幅最少。冰岛人自嘲地说，北欧是五国，但人们常常脱口而出“北欧四国”，连近邻都把冰岛疏忘。

飞机在冰岛机场降落时，我们还穿着从丹麦哥本哈根起飞时的短裤长裙。机翼下工作人员鲜艳的羽绒服，毫不留情地昭示着此地的寒冷。一下飞机，我们忙不迭地在候机厅里把所有的衣服套在了身上。

其实冰岛给我们的见面礼并不准确，那只是因为来自北极的寒风突然掠过。“冰岛”的名字让人很易产生错觉，好像是万古不化的永冻之地。实际上，冰岛是一片冰与火的交汇地带，有丰富的地热，是火山在冰川下爆发的岛国。冰岛的地形很特殊，在这个7万平方公里的岛上，有200多座火山，其中30多座①为活火山。全岛3/4为海拔400米以上的高原，1/8为冰川，除此之外，岛上还有大量冰川、热泉、间歇泉、冰帽、苔原、冰原、雪峰、火山岩荒漠、瀑布及火山口，是世界上独一无二的地域环境。放眼看去，土地为狰狞的火山熔岩覆盖，仿佛到了月亮背面。

在冰岛的日子始终处在惊奇和快乐之中。回家之后，到一家著名的图书大厦，央告小姐帮我查找关于冰岛的图书（店内的图书查询系统外人不可独自操作）。

电脑运行一番之后，售书小姐告诉我有关冰岛的书籍只有小说集《冰岛渔夫》，还有一些有关冰岛建筑的图片，收在北欧建筑的合集中，此外就是我已经买过的观光手册。关闭查询系统时，小姐很好心地补充了一句：《冰岛渔夫》只剩下两本了，你赶快买吧。

我当即把一位《冰岛渔夫》请回了家，当晚一口气看完。书是好书，关于海洋的描写堪称一绝，只可惜这书既不是冰岛人写的，写的也不是冰岛人。所谓的《冰岛渔夫》，指的不过是在靠近北极海面打鱼的法国人。

在相当长的一段时间内，我见面就问别人有没有关于冰岛的文学作品。我固执地以为，要想真正熟悉一个民族和地域，要去读本土的人所写的小说和诗。比如我们要想了解18—19世纪的俄国和法国，你是看一些当时国民生产总值的数字，还是读托尔斯泰和巴尔扎克呢？想必除了专门的研究家和学者，都会选择后者。

我不是专家，只能走俗人这条路。

沦于百般失望之后，终于有一个朋友告诉我说，她的朋友有一本繁体字本的冰岛诗集，据说这是冰岛古诗唯一的中文译本。我欣喜若狂地借来，指天画地答应一定完璧归赵，又是一口气读完。也许真正

① “40多座”更为准确。——编者注

的诗人会笑我这种不求甚解的方法，但我饥不择食先睹为快。

为什么对冰岛的文字这般感兴趣？因为冰岛是海盗们开辟的疆土。他们多喜好冒险，勇猛顽强，冲动起来不计后果。

那么，这些海盗们究竟写下了怎样的诗歌？想象中，是横刀跃马劈风斩浪的虎啸龙吟。

北欧的古代文学经典，据说是汗牛充栋。为什么用了“据说”这个词，好像很不肯定似的，不是怀疑北欧有没有那么多的经典，而是我们看到的实在太少，译成中文的更是寥若晨星。

为什么北欧古代的文学经典，译成汉语的那样少呢？大概因为那些文章，都是用非常艰涩难懂的古冰岛文字写成的。

现代冰岛文字实系北欧挪威、瑞典、丹麦的古文，也近似于许多西欧国家的古代文字，比如古德文、古英文、古荷兰文等。一千多年以来，北欧和西欧许多国家的语言和文字都发生了翻天覆地的变化，但冰岛文就像苍老的恐龙，仍在火山岩堆积的大地上穿行。

我手中这部著名的诗集，冰岛文的译名是《高者之言》。高者是谁呢？是北欧神话中的主神奥丁，相当于希腊神话中的宙斯或是罗马神话中的朱庇特，也约略相当于咱们神话中的玉皇大帝了。诗集的中译名叫作《海寇诗经》。

海寇就是海盗。

什么是海盗呢？一提到“盗”，我们就会非常鄙夷，但在古希腊那个遥远的年代，欧洲人通常把下海寻求生计的男子称为“海盗”，并把当海盗同从事游牧、农作、捕鱼、狩猎并列为五种基本谋生手段。“海盗”一词在当时并无什么贬义，海盗活动也不被认为可耻，《荷马史诗》中对此有十分明确的记载。

《海寇诗经》形成于公元700年至900年，相当于我们的唐朝。是当年北欧海盗在漫长而艰险的大海航行中，奉为座右铭的精神食粮。在漫漫无际的大海上，正是这些箴言教导给海盗们带来了勇气和智慧，鼓舞着他们冲破重重险阻、层层骇浪，去寻求一个又一个新大陆。

这些诗于是被称为“冰诗”，反映了海盗们的人生观和宇宙观。好了，说了这么多题外之话，还是直接录下难得的冰诗吧：

浅薄受人讥，
智慧得人敬。
居家万事易，
出门知重轻。
相处世人中，
多智多光明。

这首诗的名字就叫作《见世面》。看来当年的海盗们是把见世面当成人生的必修课了。

嘉宾若进门，
排座不可轻。
位置偏而远，
不乐怀闷情。
上座促膝谈，
主雅客来勤。

这首诗的名字就叫作《如何待客》。本以为海盗们是不懂礼貌的窃匪，不想还是如此注重礼节的雅盗。或者说也许海盗们在实践中执行起来会走样，但起码在教育中还是一丝不苟的。

再如：

求知诗

知识是海洋，
宴席亦课堂。

用耳细听取，
用眼学榜样。
君子慎言语，
聆教乃有方。
智者天下行，
钱财存脑中。
愚者行囊重，
困时无所用。
穷汉有头脑，
力量胜富翁。

看来，海盗们还是非常尊重知识并且热爱学习的。想来也是，做一个优异海盗不是一件容易的事情。在许多国家，把“维京人”称作“海盗”的代名词。一千多年前，维京人驾驶着他们的龙头船，手持矛、剑、战斧等各种武器，以山呼海啸般的猛烈攻势，攻掠从英格兰到苏格兰、爱尔兰、比利时、荷兰、意大利、西班牙、葡萄牙、法国、俄罗斯直至君士坦丁堡的广大地域。维京人体格高大英俊，通常满面虬髯，胆识过人。他们常年漂流在海上，波涛汹涌气候恶劣险象环生，如果他们没有广博的关于天文地理气候人文等方面的知识，大海就成了他们最天然的坟场。所以，在贪财、勇猛、喜欢冒险的天性之外，在他们的血液里非常强烈的征服嗜好之中，也一定注入了对科学和知识滚烫的渴求。

很喜欢这样一首诗：

独立

人生幸福事，
受人宠与赞。
人生不幸事，

处处得依赖。
为人不独立，
沦为小奴才。

有一首诗名叫《不良之举》：

赴宴总唠叨，
话多头脑贫。
瞪眼呈傻态，
说话语不清。
酒盈蠢相露，
枉做文明人。

窃以为以不良之举作为原材料入诗比较少见，北欧海盗大大方方地咏叹起来，透露出他们原本就是不拘常态自成体系的人。特别是被翻译成了咱们的五言绝句式样，看着有趣。

有一首诗，名为《永恒的友谊》，录在这里，和大家共享：

宝剑酬壮士，
霓裳赠佳人。
华服显友谊，
乡里美言频。
礼尚来而往，
至情万年春。

有一首诗，名字叫《知道命运》：

天才多早夭，

聪明适中好。
命运顺自然，
强求是徒劳。
内心明事理，
安然到老耄。

有一首诗实在聪慧，叫作《三人知，全民知》：

巧妙应答问，
人视为聪明。
秘密若分享，
最多只一人。
泄露三人知，
绝密传全民。

此诗高明处就在于——当我们强调保密的时候，一般是主张“一个都不告诉”。这在理论上当然对于保守秘密是最上策的了，但可惜的是极少有人能做得到。秘密在适宜的温度下，有时会像发酵的面团，如果找不到一个适当的出口，它们会把盛面的盆子掀翻，面粉流淌一地。秘密的力量之大，超乎我们的想象。所以，尽管有那么多的指天盟誓，还是差不多有同样数目的泄露和背叛。寻找一个情感的出口，告知一个朋友，就不会把享有重大秘密的人憋炸了，这是很有策略的方法。

人各有所长
瘸子善骑马，
独臂能牧羊。
聋子勇于战，

眼盲有思想。

身死悲无用，

残者却无妨。

名誉

人死万事空，

唯名传四方。

万灵谁无死，

长生求无望。

存世流美誉，

不朽万年长。

好了，原谅我就暂且引用到这里。也许朋友们会发问，这些古冰诗为什么都是五言六句啊？有没有其他的格式呢？据翻译者王超先生在冰岛首都雷克雅未克所写，《海寇诗经》的韵律，是按照北欧古代诗歌的韵律所成的。每节诗由六行组成，前两行诗以押头韵的方式连在一起。

那什么叫押头韵呢？就是指后一行诗重复前一行诗中的重音节的元音或辅音。若大声朗读起来，诗句余音袅袅，就像有回音似的。译者特别指出，北欧古诗的韵律，若能大声朗诵，才能更好地体会到它的奥妙，清脆悦耳。因为押了头韵之后，回音的效果跌宕起伏极富节奏感。押了头韵之后，重音节和非押韵的重音节形成了抑扬顿挫的效果。

可惜我们不懂古冰岛的原文，也未曾有幸听到人这样吟诵《海寇诗经》，只能在这里以文字来揣摩海寇们的智慧和风采了。

最后，让我以一首海盗们吟咏智慧的诗来作为本文的结束。

论智慧

以火点他火，
两柴共燃烧。
以智启人智，
相磋出高招。
故步知识浅，
谦虚心智昭。

想不到吧？海盗们的诗竟然是这般温文尔雅笑容可掬。既不像英雄史诗，也不像神话传奇，充满了谆谆教诲，甚至有些像处世格言。也许，由于他们攻城略地在行动上自有取之不尽的彪悍与残酷，轮到诉诸文字流传千古的时候，反倒是波澜不惊的从容和安宁了。这在心理学上，叫作“补偿”。温和的民族诗歌中多愤懑和幽怨，真正的勇士们反倒全力彰显柔和。

不同国度和时空的智慧共同燃烧，这也就是旅游和阅读的快意了。旅游使我们虚心，阅读使我们安静。行路和读书的美丽可杂糅一处，即使是在地老天荒的冰岛，即使是在海盗们的诗行中。

丹麦的独腿锡兵

安徒生童话里，我喜欢《卖火柴的小女孩》，喜欢《海的女儿》，最喜欢的是《坚定的锡兵》。有的人把这篇童话的名字翻译成《坚强的锡兵》。相较之下，我还是更偏向“坚定”二字，那种对爱情奋不顾身的投入，还有死心塌地的一厢情愿，让人唏嘘。

童话里的锡兵只有一条腿，真不知道他是如何通过了当兵的体检，成了一名肩扛毛瑟枪的勇士。书里给了我们一个解释，说是这个锡兵是最后一个被生产出来的，原材料不够用了，所以只有一腿。按照这个解释，锡兵就是先天性残疾了。锡兵历经种种磨难，从未改变对一位纸做的“小舞蹈家”的爱情，直到最后在火中凝结为一颗锡做的心。

当年读这篇童话的时候，就萌生了一个小小的愿望——得到一个小小的锡兵。那时候想得简单，以为既然是个著名的童话人物，就该到处有的卖，就像如今的唐老鸭米老鼠。屡屡搜索未果，才明白这锡兵是个小人物，并不芳草天涯。看来，要找锡兵，只有到他的老家丹麦了。

到了丹麦，先去看的是海的女儿塑像。雕像矗立在哥本哈根海滨公园的浅海处，身高1.25米。注意啊，不是说美丽的美人鱼身高只有这么矮小，而是因为她取了一个屈腿侧身的坐姿。如果站起身来，就是个高大的美女。再提供一个数字：据说塑像的体重是175公斤，今年[①]已经有93岁了。

93岁的小美人鱼，丝毫不改婀娜多姿的体态，青铜色的“她”坐在一块礁石上，容颜清丽，美丽的发辫垂在腰间，在身后紧贴礁石处，有一条仿佛还在滴着水珠的鱼尾。美人鱼周围能容人站立的地方很狭窄，礁石上又覆满了青苔，又湿又滑，稍不小心就会跌入海里，让你来个不情愿的海水浴。我们很规矩地排着队，依次跳上岩石，迎着光照相。“砰砰啪啪”乱响了一阵之后，突然有人说，这样照法，美人鱼最重要的部分就丢了。

照过的人吓了一跳，马上反驳说，你看，海水啊蓝天啊美人鱼啊，还有我啊，都照上了，什么都不缺的，肯定没丢掉任何东西。没照过的人就停下了踏上苔藓的脚步，眼巴巴地等候着下文，以防自己辛辛苦苦地蹦跳过去，反倒做了无用功。

发难的那位说，美人鱼啊美人鱼，你们只照了美人没有照上鱼。正面取景，好看是没的说，可惜没有尾巴。没有尾巴的美人鱼，人家还以为是一尊普通的欧洲少女像呢！

呵呵，尾巴！是的，美人鱼最重要的身份证就是她的尾巴。尾巴里藏着她全部的秘密和痛苦，当然，也有奉献和快乐。

于是大家重新来过。

---

① 本文写于2006年。——编者注

听说这座美人鱼雕像，早已不是丹麦雕塑家爱德华的原作。美人鱼曾多次遭到破坏，身首异处。政府为防悲剧重演，现在用的是仿制品，原作早被国家博物馆收藏。

听说每年有超过100万的游客和美人鱼合影，有的游客还爬到美人鱼的身上，做出不雅的动作。政府准备把美人鱼的塑像搬到深海去，这样游客们就只能远远地眺望美人鱼的身姿，呆呆地面朝大海，从海风的呼啸中，去想象美人鱼所经受过的刺骨寒冷锥心痛苦和致命浪漫。

记得小时候给孩子们讲《海的女儿》，孩子对坚贞的爱情似乎不大能体察，只是为美人鱼不能说话而万分苦恼。孩子问，美人鱼没上过学吗？

我说，这和上学有什么关系呢？

孩子说，就算美人鱼嗓子哑了说不出话来，可以写一个字条给王子啊，王子一看不是全都明白了？

我张口结舌，只好说，海底是没有学校的。

孩子穷追不舍，说，那她爸爸可以教她啊。她爸爸不是国王吗？国王肯定会写字的，要不怎么能当国王？

我急中生智，总算想到了一个解释，我说海底王国和人间使用的不是同一种文字，是外语。就算是美人鱼给王子写了纸条，王子也不认识……

惊出了一身汗，才把这段公案应对过去。想想看，如果至善至美的小美人鱼都可以是文盲，早就厌学的孩子们，理由和狡辩一定更多了。

看完了海的女儿，就该去看她爸爸的雕像了。美人鱼的爸爸不是海底的国王，而是丹麦伟大的文学家安徒生。

丹麦到处都有安徒生的雕像，我最喜欢的是哥本哈根市市政厅南侧那尊青铜像。早知道安徒生相貌不佳，做好了看到一张难看的脸的准备，但这座塑像一点都不丑。晚年的安徒生表情安详，头戴一顶18世纪流行的绅士高筒礼帽，拄着一根手杖，有一种若隐若现的沉思和羞怯，据说这是按照1875年安徒生70岁时的样子设计的。游客们纷纷爬上台阶，和铜制的安徒生合影。因为塑像高大，一般的人站在那里，只能到达安徒生的腰际。据说摸到“安徒生”的手、膝盖或是裤脚和鞋子，都可以沾到大师的灵气。这些常常被游客汗手所摩挲的地方，油亮而紫红，好像这些部位镶上了红色的补丁。

这位把童话作为献给全世界儿童最好礼物的大师，自己始终不曾有过孩子，几度情场失意。15岁那年他来到哥本哈根，一生中的大部分时光都是在哥本哈根度过的。

看完了塑像之后，就是寻找安徒生的故居。据说安徒生在哥本哈根住过不止20个地方，现在只把一部分开辟出来供游人参观，最具盛名的是在新港。

新港其实并不新了，早在1673年，当时的丹麦国王哈丁古斯二世为了实现“要让哥本哈根成为跟世界做贸易的城市”的诺言，下令开凿运河将朗厄里尼海的水引进哥本哈根。而在丹麦语中哥本哈根就是“商人的港口”或者“贸易港”的意思。只是哈丁古斯二世国王并没能想到他的这一纯粹的为了发展经济而进行的开凿，最终却成就了哥本哈根这座城市的诗情以及安徒生的那些充满了幽默和幻想的童话。

新港狭长的港湾里停满了五颜六色的游艇和帆船，樯桅林立帆影摇曳。运河两岸伫立着当年码头工人以及琥珀商人和海员们居住的房子，每栋房屋的颜色都不相同，亮蓝、粉红、金黄、春草绿……在夕阳的余晖里，这些五颜六色已有几百年历史的老房子不可思议的年轻。街边是一排排支着太阳伞、座无虚席的露天酒吧，游人鼎沸。

坐在运河边长长的木头上，听着优雅的爵士乐，看穿梭在运河上的游船，一下子分不清到底是在21世纪还是在19世纪。据说因为施行严格的保护措施，这里的建筑和200年前没有丝毫区别。

这条街是安徒生的心灵栖息地。在街的路口有一尊安徒生雕像，雕像的铭牌上记载着安徒生曾分别于1834年至1838年以及1848年和1875年相继在这条街的20号、67号和18号居住并写作。在这里，他得到过戏剧家、诗人、贵族乃至国王的帮助和垂青，渐渐声名鹊起。

只是不巧，20号故居正在修整，我们无法入内参观。在门口和林立的脚手架合影之后，我不停地向对岸眺望。我在寻找房屋与房屋连接的拐角处，我记得在《卖火柴的小女孩》中，那个可怜的小女孩冻饿交加，就是在一处房角划完了她所有的火柴。我想安徒生写作这篇童话的时候，一定想起了窗外的这些楼房。他坐在窗前，倾听着运河上叽叽鸣响的木帆船的摇橹声，看着河边酒吧里扯着嗓子不停地举着酒瓶子正在寻欢作乐的海员，想象着一把火柴像火炬一样燃烧……

在丹麦的街头徜徉，我还是念念不忘那个独腿锡兵。

我向导游述说心愿，问在哪里可以买到一个锡兵？导游说，克伦古堡。从此心中一直默念克伦古堡……克伦古堡……好像小孩子买酱油醋，在走向商店的路上不停地嘟嘟囔囔，生怕忘却。

克伦古堡，位于哥本哈根北面海滨，建筑在岩石上，半截身子探进海中。几百年来，它一直是守卫哥本哈根的要塞，至今还保留着当时的炮台和兵器。

克伦古堡位于丹麦与瑞典之间最狭窄的海域，扼住了波罗的海的入口处，名字的意思是——皇冠之堡。这个古堡不仅因为战略地位重要而闻名，更因为它是莎士比亚名剧《王子复仇记》的发生地。历史上真实的“王子复仇记”，是丹麦内陆的故事，莎翁玩了个“乾坤大挪移”，将它搬到了这里。

为什么要移花接木？因为当年的克伦古堡之豪华雄冠北欧。早在15世纪，当时统治全北欧（包括丹麦、瑞典、挪威、芬兰和冰岛的“斯堪的纳维亚联合王国”）的丹麦国王艾力克便看中了赫尔辛格这个极具战略性的瓶颈地带，在此筑堡，向来往北海和波罗的海的商船征税，收取买路钱，约略等同于现今的高速公路收费站。北欧的海上贸易非常活跃，艾力克和他的继承人财源滚滚而来。赫尔辛格遂从一座渔村一跃成为名震欧洲的海港重镇。后来，丹麦国王费德力克二世娶了年仅15岁的表妹苏菲。为了给新王后提供一个舒适的居住环境，国王斥资把阴森湿冷的中世纪式样的克伦古堡，改建成文艺复兴式的豪华行宫。2000年，克伦古堡被联合国教科文机构列入世界古迹名单中。

然而，走进城堡，感受到的主体风格依然是阴暗和压抑的，虽然屋外阳光灿烂。跟着导游，可在古堡的四翼参观丹麦王族当年的会客厅、起居室、寝室等，看到皇室名贵的家具、摆设、日用品和餐具。古堡的庭院里还有一座精致的小教堂，以供王室成员之用。

比较振奋而有生气的是武士大厅，据说当年是费德力克国王为了讨好酷爱跳交际舞的苏菲而建造的舞厅。全长63米，为当时全欧洲最长的大厅，金碧辉煌，极负盛名。就是今天看起来，也还有不可一世的奢华之气。

堡内除了大厅宽阔之外，到处都很幽暗，的确是发生幽怨故事和血腥政变的好地方。

导游特别提示要留意墙上的7张挂毯。初看起来，这些挂毯除了规模较大之外，并没有非常特别的地方。可是中国人对“大”，是有很强免疫力的，单凭体积来讲，还不足让我们惊奇。挂毯的主色调是咖啡色，不知是因为年代久远褪了色还是皇室就喜欢如此黯淡的风格。在一派昏暗之中，在任何角度都可以看到丝毯中的某些部分在闪闪发光。据说这是金线的光芒，它们是用真正的纯金丝编织而成。

丝毯的主题基本上是人物，为丹麦历代国王和王室成员。当年无数人工不停劳作了整整4年，一共编织出了43张丝毯，每张的面积都是12平方米（3×4）。这些价值连城的挂毯，只有14张保存至今——哥本哈根的国立博物馆和克伦古堡各藏一半。

在《王子复仇记》里，有一段弄臣波洛涅斯躲在“帘”后，结果被哈姆雷特误杀的情节。有学者猜测，莎翁所说的“帘子”，其实指的就是这种挂毯。听到了这个说法，再看那些黯淡的挂毯，就有些悚然。

克伦古堡因莎士比亚而得大名，但只在城堡的外围，有一尊小小的莎士比亚像，令人有些费解。如果没有莎士比亚，没有《王子复仇记》，克伦古堡能有今天这样显赫的声名吗？查了一下资料，在世界十大著名古堡中，克伦古堡并未列在其中。如今在人们的心里，它毫不逊色地跻身于世界上最著名的城堡之列，恐怕不是因为并不算很大的“武士大厅”，也不是因为那些容颜沧桑的挂毯，而是因为一位作家的一支笔。

好在每年8月间，克伦古堡都会举行与莎士比亚相关的一系列活动。听说从20世纪初起便几乎年年举行《王子复仇记》的公演；许多著名的影剧演员如罗伦斯·奥利华、费雯丽和肯尼夫·布莱纳等，都曾在这里演出过。克伦堡里，有他们演出的巨幅剧照，很多游人在此合影。

在克伦古堡，可以远眺4公里外的瑞典小镇海辛堡①。有段城墙很像哈姆雷特徘徊叩问的场景，不知他是不是在这里看到了鬼魂？这样一想，纵然是在烈日下，也生出阵阵寒意。今天丹麦和瑞典很友好，渡轮码头都不设海关，人们可自由来往。但在15世纪至17世纪，两国为了争夺波罗的海巨额利益的霸权，锲而不舍地打了200年仗。最残酷的海上战场，就在这里。

听导游说，莎士比亚自己也演过《王子复仇记》。我们忙问他莎翁扮演的是谁？导游说，猜猜看？有人猜是哈姆雷特，有人说估计莎翁没有那样高大英俊，可能演的是弑兄霸嫂的叔叔，还有人说他不会男扮女装演了美女或是皇后吧？看大家猜得辛苦，导游索性解开谜底：莎翁在戏中演的是鬼魂。

大家就笑起来，城墙就不恐怖了。

到现在为止，我还没有买到锡兵，甚至连一个锡兵的影子也没见到，不由得暗暗焦急。导游让大家自由活动，对我说，你跟我走吧。

下窄窄的楼梯，台阶之险峻，估计在数百年的历史里，一定把若干宫女摔得鼻青脸肿。好不容易走到一处旅游商品销售点，推开门一看，我不由得欢呼起来。

无数的锡兵列队站在玻璃橱窗中，个个雄赳赳气昂昂，好像在接

① 也译作赫尔辛堡。——编者注

受检阅。导游说，你挑吧。然后放下我，回去照顾大家。

这些锡兵都是朴实无华的金属色，仿佛暴雨前厚重的阴云。大的有一拳高，小的只有一厘米。戴着头盔，长满络腮胡子，目光炯炯。虽然形态不一，但每一个都精神饱满，荷枪实弹，随时准备上战场的架势。

我说，我要一个锡兵。

售货大妈（真的不能称为小姐，足有50岁了）拿出一个手持盾牌的锡兵，那张盾牌上刻着海扇贝的族徽图案，很是骁勇。

我摇头说，NO。

她又拿出了一个锡兵，这个锡兵没有拿盾牌，改成了一柄长剑，寒光凛凛。

导游已经走了，语言不通，我用手势比画着告知她，也不是这个。

大妈脾气不错，思忖起来。我指指锡兵的武器，然后做了一个射击的动作。她看懂了，拿出了第三个锡兵。

这次对了。这个锡兵不是拿着盾牌，也不是舞着长剑，而是提了一支枪。

可惜的是，这不是毛瑟枪，而是一支花里胡哨的短枪。

毛瑟枪是德国人毛瑟发明的一种长枪，在安徒生那个时代，是一种新鲜兵器，类乎今天的手提式导弹吧？安徒生发给锡兵一支毛瑟枪，除了他紧跟世界潮流之外，也说明安徒生实在是很喜爱锡兵，给他装备了最先进的杀伤性武器。

大妈再次思忖，我拼命比画，夸张地表现着枪支的长度，简直快把毛瑟枪形容成了大炮。大妈心领神会，终于从锡兵阵营中，拎出了一个肩扛长枪的锡兵。

哈哈，终于大功告成了。这就是那个坚定的锡兵，扛着毛瑟枪，等待着他如火如荼的爱情。

大妈也很高兴，拿出一个精致的小盒子，要把锡兵打包。这时我突然发现了致命的错误——这个锡兵是健全的！也就是说，他的两条腿都完好无缺！这个锡兵——不是那个锡兵！

我急忙阻止了大妈的进一步包装，急赤白脸地说，我要一条腿的锡兵！

看着她茫然的神色，我知道她完全猜不透我的意思了。我急中生智，来了个金鸡独立：把自己的一条腿尽量地藏起来，晃晃悠悠地站在那里。以我的老胳膊老腿，完成这个动作并不轻松，踉踉跄跄几乎跌倒。

大妈终于恍然大悟，口中发出呜呜的声音，表示她完全明白了我的要求。我以为这一次大功告成了，但老人家拿出来的还是零件周全的锡兵，嘴里还不停地说着什么，脚下还摆动着。

可惜我听不懂，也不知道再如何表演，才能得到独腿锡兵。正在百般为难之际，导游来找我，这才听懂了大妈的告白。原来游人们都喜欢买一条腿的锡兵，店里刚好断档了，最快也要几天后才能供货。目前，只能向我提供两条腿的锡兵。

怎么办呢？好失望啊。要么，就永远留下这个遗憾，让那个一条腿的锡兵活在记忆中。要么，就买下肢体健全的锡兵。

大妈冲着导游说着什么，导游却不忙着翻译给我，频频点头。我问导游，她在说什么？

导游说，她还在推销两条腿的锡兵。

我说，她具体说了些什么呢？

导游说，她说，真正的一条腿的锡兵其实并没有完成他的爱情理想，还在进行中。完成了爱情的锡兵，已经不存在了，和他心爱的人一道化成了一颗锡心。在人们心里，他就是个健全的锡兵。

我不知道这是不是一个非常成功的推销词，总而言之我被它打动了。是的，一条腿的锡兵，只是他刚刚被制造出来时的模样，之后他就面目全非了。锡兵最完美的时刻在他融化的瞬间。

我最后买下了一个手脚健全的锡兵，肩扛着毛瑟枪。他是用那把锡汤匙子做成的24个完整的锡兵中的一员，我猜想在他的心中，一定怀念着那个同根生的兄弟，虽然他已经变成了一颗小小的锡心。

戴胡子的女法老

法老是对古埃及国王的称呼，在埃及语中称作“佩罗”，现在的读音来自希伯来文的音译。它在象形文字中的意思是“高大的房屋”，后来代指“王宫”，理由很简单，王宫是最高大的房屋。新王国第十八王朝时，国王图特莫斯将法老的意思来了一个变化，成了“居住在高大宫殿中的人”，于是“法老”就顺理成章地成了对国王的尊称。

在埃及国立博物馆里可以看到一位法老的雕像，下巴颏上长着茂密的胡须，向前探出，好像一块洗袜子的小搓板，十分可笑。

还没等我笑出来，导游说——这是一位女王，她戴着假胡须。

一提到埃及的女王，我等游客做出恍然大悟的样子，知道知道，原来这是埃及艳后克列奥帕特拉。

导游正色道，克列奥帕特拉只是王后，而这是真正的法老，她叫哈特谢普苏特，拥有无上权力的古埃及女王。

女王和王后是有区别的。前者亲握权杖，而后者只是权杖的老婆。

后来，在尼罗河对岸帝王谷众多的祭庙中，看到女王哈特谢普苏特的神庙是那样的美丽独特，据说这也是全埃及最优美典雅的建筑了。在卡纳克神庙里有哈特谢普苏特为自己矗立的方尖碑，高295米，重达350吨。在上埃及的阿斯旺的花岗岩采石场，还有一块重达1000吨的未完成的方尖碑躺在山坡上，据说也是哈特谢普苏特为自己建造的，因为开凿中石头出了裂缝才半途而废了。

反复听到这位女法老的名字，看到和她有关的遗迹和景色，就对她生出了好奇。查了资料，才知道哈特谢普苏特在位期间是公元前1490年到前1468年[①]，拥有当时世界上最强大的军队、最强盛的经济。她不是傀儡，而是控制着埃及最高权杖的真正的法老。在她执政期间，对内不用严刑峻法维持了安定的秩序，对外不损一兵一卒获得了和平。

但女人是不能成为法老的，尽管哈特谢普苏特才能出众，也无法改变这一钢铁般的传统。她也颇动了些脑筋，先是在登上王位之前，命人为自己编撰传记，并雕刻在大方尖碑上，非说自己是太阳神的嫡亲女儿。为了让神圣感进一步加强，她还在方尖碑的顶部放置了很多金盘，用来反射太阳的光芒，以便向所有的人证明她的确是来路不凡。

一不做二不休，女法老让她的建筑师把她刻画成一个有胡须的平胸战士形象。每当女法老在公共场合出现，必定是着男装并戴着假胡子，其实她有着柔和的面部，外带轮廓清秀的眉毛和大眼睛，是个十足的美女。

王室的恩怨和历史的偏见遮盖着历史的天空，无论女法老的政绩怎样突出，但传统的以男性为中心的社会是不会容忍一位女性担任法老的，就算她杜撰出了自己是太阳神的女儿这样的神话也万万不行。

① 在位时间还有“公元前 1479—前 1458 年”及“公元前 1503—前 1482 年”两种说法。——编者注

结局在传说中是这样被描述的：哈特谢普苏特刚刚驾崩，一伙军人就袭击了宫殿，把和她有关的一切都毁掉了。神庙中她的浮雕和塑像或者被砍掉了脑袋，或者被砸断了臂膀。她的墓穴被洗劫一空，神庙墙壁上的她的名字被刻意凿平，在整个埃及的官方记录里，和她有关的记载都被销毁了……

哈特谢普苏特执掌法老的权杖22年，古埃及的男人们希望她的这段历史不曾存在过。她的雕像在被焚烧之后再泼上凉水而变得残缺不全，至今还能看到烟火的痕迹。她的名字也被从方尖碑上涂掉，取而代之的是她的父亲、丈夫和继子的名字。

但历史还是记住了这个曾经当过法老的佩戴假胡须的女人。在今天的埃及，在游客们眼中，最美丽的法老神庙是哈特谢普苏特的达尔巴赫里神庙，最高的方尖碑是卡纳克神庙中赞叹哈特谢普苏特的方尖碑。正如哈特谢普苏特自己在碑上所写："未来看到我的纪念碑并讨论我所作所为的人，切勿说一切不曾发生过，或许将它看作是我的自我吹嘘，而应当称颂她当之无愧，她的父亲也深感安慰。"

埃及是非常值得一去的国度。你不去美国，不去日本，你还可以想象，而且你的想象基本上是符合实际的。但你若不去埃及，你想象不出那里的神秘。

外科医生的圣殿

芝加哥的9月，寒冷已到十分。蔚蓝色的湖水抖动着森然的冷气，像要把人吸入湖底。在所有的预定项目之外，我对安妮说，我想去参观“国际外科博物馆”。

当过医生的人，就像是得过麻疹伤寒之类终身免疫的疾病，有了持之以恒陪伴一生的抗体——那就是对人长盛不衰的好奇与热情。早在北京家中得知我会到芝加哥的那一天，我就在本子上写下了——争取参观国际外科博物馆。

在观光手册上，关于这个博物馆，只写了简单的一行字“被誉为世界外科的圣殿”，然后就是地址和票价。

我不是外科医生，和我的内科技术相比，我的外科手艺相当不好。按说我的责任心不错，考试的成绩也是上等，但我知道，那是付出了多么惨痛的代价才换来的。记得实习手术时，我总是不能轻巧地打开手术钳的锁扣，手术台上屡受器械护士的白眼。我只好把手术钳偷偷放在军衣口袋里，无论是坐着开会还是走在通往食堂的小路上，都在衣袋里窸窸窣窣地操纵着手术钳，练习着用最微不足道的力量，轻巧地完成手术钳的开合。若是有人在一旁冷眼看到了我的举措，一定以为我在暗中练习扒窃的技术，以求怎样神不知鬼不觉地偷人钱包。真是功夫不负苦心人，后来几乎可以在下意识中完成打开手术钳的动作，近乎化境了。真正的悲剧也就在这时降临。一次手术，因为紧张和慌张，居然在不该打开钳子的时候，手指轻轻一动，钳子应声弹开，病人的腹腔立刻变成了喷泉，鲜血如同香槟酒一样，冒着泡翻了出来，油滴样的冷汗顷刻将我厚厚的手术衣浸透……好不容易才将病人从鬼门关上招回来。

远了。还是回到寒冷的密歇根湖畔。我对外科医生的敬畏，使我从此远离了外科。当我完成实习以后，无论德高望重的外科主任怎样挽留，说他可以把我培养成一名优秀的外科医生，说这样的机遇对一个女生来说是多么的罕见和幸运，我都毫不犹豫地拒绝了。我被那一次喷涌的鲜血将魂魄浸软，残存的一点胆量，只够支撑我在博物馆里瞻仰外科。

我和安妮到达林肯公园附近的1524号馆址，已是下午时分。这是一座安静的灰色建筑，门口有外科医生的塑像。可能是临近下班时间了，除了我们之外，没有其他的游人。整个博物馆笼罩在寂静中，到处是金属的锈迹和反光，给人一种轻度的恐怖感。

这家博物馆的创始人——麦克斯医生，生于1880年，原籍匈牙利。19岁来到了芝加哥，1904年毕业于罗斯医学院。然后他自己开始行医，医治了无数的病人，成为享有盛誉的外科医生。他的性格在外科医生中当属凤毛麟角，仅仅操纵手术刀，无法使心安宁，于1935年创办了国际外科大学。当了大学校长，他仍不满足，深感还不能表达他对于外科的热爱和献身，于1954年买下了这座四层的灰色楼房，建立了世界上第一座外科博物馆。

博物馆里展出了大量的实物，主要是早期的外科手术器械。可能是年代久远，再加上那时的制造工艺简陋粗糙，很多器械现在看起来已近乎刑具。比如我在教科书上看到过“铁肺”这一名称，一直无缘得以亲见。此次见到实物，着实吓得不轻。它体积庞大，结构狰狞，好像一种逼人招供的刑讯设备。我真的怀疑，从这样的器械中是否走出过活下去的病人。

还有一种输血器，完全铁制，有个双向的开关，然后向不同方向接出两根管子，样子像个自行车的打气筒。如果不看说明，你绝想不到这是救人性命的法器。在输血器的上方，画着几幅示意图。真是拜托了这些当年的画家，才使我们今天得以知道这种奇怪的仪器是如何使用的。

输血器是一个负压的抽吸泵，它的两条管子，一条接在垂危的病人胳膊上，另外一条接在健康的供血者身上。只要打开输血器的开关，就可以把供血者的血，源源不断地直接输入到病人身上。这个仪器如果仅仅展示到这里，除了让人惊讶输血器的简陋以外，还不致让人太出乎意料。但紧接着下面的一幅画面，就让人惊诧莫名了。原来，应用的时候，在输血器的另一端，就是供血者的位置，躺着的不是一个人，而是一条狗。

把狗血输给人，真是不可思议。但我相信，在输血的最早期，一定是做过这样的尝试。毫无疑问，那些悲惨的病人，都在更悲惨的输血反应中一命呜呼。我相信，同时死去的还有那些排危解难的狗。

在下一幅图画中，左侧还是痛苦呻吟的病患，右侧的供血者由狗改成了马……结果当然还是一样凄惨，人死了，马也死了。

屡屡的失败教育了早期的外科医生，在另外的图画里，我们终于看到是一个人躺在那里供血，而不再是形形色色的动物了。可是，人给人输血，有的病人活过来了，有的病人却更快地死亡了。

看到这里，我为100年间在暗夜苦苦摸索的外科医生感到辛酸。

那时，他们面临着怎样的苦恼和未知啊。我们现在已经知道，人和人的血型至少有四种显著的区别，如果不化验血型就输血，输血反应导致死亡的概率起码要超过50%。同样的一个输血器，用在这个病人身上，他活了，用在那个病人身上，他却痛苦地死去了。这是一双怎样的魔手，在分配着性命的生杀予夺？我估计那时的外科医生，每次使用这个冷硬的铁家伙，一半是恐惧一半是希望，更多的是不可知的悲怆感。

并且，没有抗凝剂，没有输血计量设备，输血器一旦开始工作，天知道会有多少血流到病人身上，如果输得过多了，还要把输血器的反向装置开动起来，再把病人身上的血，回灌到供血者身上……也许因为我的医疗背景，面对着各式各样的古怪器械，不由得走火入魔。想得格外烦琐，叹息也就长声复短声。

还有骨科锯、碎颅器、凿子、子宫钳……年代久远，不知是当年的血迹（这不大可能吧）还是岁月的锈蚀，总之这些原来想必是银光灼灼的器材，如今人老珠黄，只剩下冷漠的粗粝。

安妮说，毕老师，让我摸摸你的手指。

我不知她是何意，把手递给她。安妮的手掌有涔涔的汗，指尖冷冷。我说，安妮，很抱歉。你不是医生，看这些切割人体的仪器，是一种残忍。

安妮说，是的。我一阵阵地恶心。不知当年创建这家博物馆的医生，是准备给医生们参观还是给普通人参观？我想说，对普通人来说，实在超出了能够从容忍耐的限度。

我承认安妮说得很对。你在这所博物馆里，逃脱不了一种压榨感，无助感，令人宰割的孤独感。也许只有在这里，人才能更深刻地感觉到什么是“外科”。当人的身体在这里被分割和解剖的时候，你对生命的认识，也就更直接和简明了。

人的血和狗的血、马的血，有分别吗？它们都是红色的，都是提供我们奔跑和跳跃的能源，在外科医生之前，没有人知道它们是不同的。外科医生带领着整个人类认识到这一点，为此付出了惨痛的代价和漫长的时光。

把那些残破的无可救药的肢体和脏器，从整体上切割下来，把那些可堪修补的部分穿针引线地缝缀起来，这是什么？这就是外科。于是，外科的器械就同木匠和铁匠，同缝纫匠和箍桶师没有根本的区别。如果一定要找出他们的不同，那就是外科医生的布料更昂贵，式样更简单，针脚更细密，操作的台案更狭小。而且，他们的产品往往是无法展示的，深藏在人体的洞穴中。

高大的馆舍里只有我们两个参观者。我们走到哪里，我们自己的呼吸就在哪里响出回声。那种突如其来惟妙惟肖的蜡像，往往吓得我们发抖。一个孕妇被按住四肢，在没有麻药的状态下，被人剖腹取出婴儿……濒死的产妇，飙射的鲜血，手舞足蹈的婴儿……

安妮对我说，你有没有发现，对付妇女的器械好像特别多？而且个个都很巨大沉重？

安妮的见解很有眼光。也许因为外科是男性世袭的领地，男医生占了绝对的优势，所有的外科器械都是以男人的操作方便为设计的前提。

由于女性的独特生理构造和繁衍生殖的使命，使得女性接受外科手术的机遇和项目更多。那些针对子宫的拉钩，为什么不可以做得更精巧和细腻一些？那些对付婴孩的工具，为什么不能更柔软和光滑一些？

感谢这间外科博物馆的不懈收藏。有很多东西，当它们孤立出现的时候，如同散落的野花，深藏不露的气味，因为稀疏而被遮挡和稀释。当它们浓烈地堆放在一起时，那种令人不安的气息就蒸发出来，熏得人不得不思考和应对。传统的外科忽视了妇女的生理特性，这是历史的遗憾。

我的步伐渐渐加快。安妮说，你在找什么？

我说，我在找中国。

是啊，既然叫作“国际外科博物馆”，就该有中国。终于，找到了，在一个角落里。没有实物，是一些连环画。画的是华佗使用“麻沸散”和关公刮骨疗毒的故事。图画很精致，一旁有说明：此画系一华侨捐赠，博物馆表示感谢云云。补上了空白，这很好，但这组画面更多地像一个传说和艺术品，同馆中其他部分斩钉截铁的实物相比，有一点孱弱。

直到闭馆的时间，我们才走出大门。我买了个小小的纪念品——一个塑料的关节：由股骨头和半扇髋骨组成。白骨嶙峋的，从直观美觉上，实在谈不上有多少乐趣。之所以买下，除了它的造型少见（在别的地方，你哪能买到比例如此精确的骨骼制品），更想到一个特别的用途。母亲年事已高，老相识中有几位阿姨，因为缺钙，跌了一跤，就造成了股骨头骨折，躺在床上，足足半年休养生息。我敦促妈妈补钙，她却时常忘。这个小玩意儿，可以再形象不过地说明什么是股骨头，为什么它那么容易骨折而难以愈合。

标价7美元，不便宜。决定如果妈妈问起价钱，就说，嗯，只花了1美元。

玛瑙人

中国人对宝石，有一种与生俱来的向往与神秘。我们的正史、野史、诗词、传说，像一块巨大的黑丝绒，其上缀着无数星光闪烁的宝石：和氏璧、隋侯珠、杜十娘的百宝箱、水晶宫的白玉床……最珍奇的是那块来无影去无踪的通灵宝玉——假如没有它，中国文学史上最伟大的著作将无处落笔。

俗话说，玉不琢不成器。这话说得太滥，我们已习惯于径直去理解它的引申义，反倒忽略了它本身所描述的过程。琢玉是很残酷的——在一块成功的饰物之后，壅着一堆碎屑。在许多年代里，它们只是彩色的垃圾。

3月的桂林，烟雨如画。在参观了广西宝石研究所璀璨的宝石之后，主人热情相邀：“再去看看我们的宝石画吧！”

知道漆画、铁画、羽毛画、麦秸画，不知道天下还有宝石画！

很小的一间房屋，普通的两张台案。见不到什么绘画器具，只有几十只素白的碗碟摆在桌上，盛得鼓尖，好像好客的乡下人摆下的丰盛宴席。

碟子里的菜可不能吃哟！每只碗里，盛一种宝石的碎屑，翡翠、密玉、红蓝宝石、紫晶、碧玺、蔷薇石……粗粝的如同火柴头大小，细腻的就是彩色的富强粉了。

因了那份毫不混淆的纯粹，因了那份无可挑剔的晶莹，宝石的粉末成了一种绵里藏针的绮丽之物。

凝固的鸽血一般的红，南极洲冰下海水一般的蓝，大漠一般焦灼的黄，原始森林初生嫩叶的绿，若有若无的轻粉，袅袅婷婷的弱紫……目光在五颜六色中沐浴，我疑心自己的眸子要被染成彩虹。

所有的语言都显出一种笨拙，所有的比喻都像窄小的床单，覆盖不了宝石给我们的感觉。词汇被宝石吓住了。我们已习惯说雨后的天空蓝得像一块宝石，待我们看到真正的蓝宝石时，再湛蓝的晴空也无法达到那种晶莹。在真正的宝石面前，只能悄然不语。凭借心中久久的惊讶，记住它的神秘。

几乎是世界上最小的加工厂了。只有两名艺人. 都是年轻的女子，在默默地作画，仿佛怕惊动玉石的精灵。

宝石画其实是以宝石粉末颗粒为笔锋，以石为墨，将天然色泽和花纹各异的宝石碎屑粘贴镶嵌在麻布或瓷盘上，形成一幅幅独特而诡谲的画面。

最初的构图是用透明的胶水勾勒而出的。一位艺人拿着牙膏似的胶管在画布上蜿蜒，有轻微的乙醇味在空气中游蛇似的窜动。胶似干未干之时，她纤巧的手指捻一撮极渺细的蓝宝石粉末，像抚摸婴儿面颊似的在布的上空一抹，一条波光粼粼的漓江便晃动起来。

另一位艺人在点染黛玉。腮上涂了胶，像是终日洗面的泪痕。芙蓉石粉撒上去，这娇美聪慧的女儿便有了永不消退的红颜。

椰子树婆娑摇曳的叶片，是用翡翠镶嵌而成，春夏秋冬常绿；史湘云的石榴裙，是用真正的石榴石拼接连缀，日晒水洗不旧不残。

画出漓江的女艺人，像烹调大师一样忙碌着。从碗碟中拈出原料。灰蓝色的贵翠铺出一片宁静的土地，阿富汗的青金石叠出桂林的骄傲象鼻山……最后用棕黄色的虎睛石粘出一叶小舟……

“您说这象鼻山上是不是还该有点什么？”女艺人问。她并不回头看我，只是看画，一会儿凑下身去端详， 一会儿又端起画布，像火车铁轨似的伸直双臂，脖子尽量往后仰，拉开距离打量……

“空荡荡的山，终是有点冷清……”我思忖着说。

她点点头，捏起一把女人修眉毛的小镊子，像挑食的孩子，在碟子里急促翻拣起来。好容易挑中一粒宝石，往画布上一比量，啪地丢回碗中，发出清脆声响，仿佛两粒子弹相撞。

终于，女艺人挟起一粒粟米大的黑玛瑙，把它精细地黏结在象鼻山的山洞里，又挑选了一粒更小巧的红宝石，挤在一旁。

噢，好一对亲热的情侣！这一幅宝石画，因了这一双依偎的彩粒，漾起了浓浓的春意。

女艺人们作画是没有底稿的，全凭目光在宝石堆里搜寻，看到个什么，想到个什么，就画出个什么。由于天然宝石原料的可遇而不可求性，每一幅创作都是孤本。

“你们总共画了多少幅？”

“上千幅了。”她俩说。

“那怎么周围一幅成品都不见？”我巡视一圈，除了一只远红外取暖器，别无长物。

“都叫人买走了啊！粘好一幅，拿走一幅，有时站在一边催，催得你心慌慌……有一次，我俩一起画了幅大型花卉，好富丽呀！因为太贵，暂且没人买，我俩好喜欢，天天看，都不敢相信是自己粘起来的……可惜呀，还没喜欢够，只看了七天，就被外国人买走了……该买个照相机把它照下来……”两人抢着说。

她们俩的美术都是自学的，然而天分极高，作品销往港台一带，很受欢迎。我同她们聊着天，很融洽。

“我的一个纸包，你看到没有？”画黛玉的女子对画漓江的女子说。

“没有啊！别着急，我帮你慢慢找。”

两个女子便在碗碗碟碟中翻拣，似乎把我忘了。

“我那日在玛瑙碗里发现一块黑色的，像极了一个女人的胸，我就把它留出来。过了些日，又看到一块羽毛条纹的白玛瑙，像一条裙子。就是跳芭蕾舞短而泡起的那种……后来又寻到了淡红玛瑙的胳膊和腿……我把它们都藏在一个纸包里，很小心地收起，怎么会没有了呢！”画黛玉的女子把白碟子敲得仿佛要碎掉。

粘漓江的女子不作声，细细寻觅，轻声说：“找到啦！你怎么就不看看眼底下！”

“我们画个玛瑙人送给你！”两人说。

我深深感谢这份温馨的情意。只是定睛看去，心中又暗暗失望：这哪里是美丽的玛瑙人啊？只是一堆零碎的半透明小石片！

这就像是哪吒的莲花身，看看每一截儿都不像的，合起来就稳是那个人了。画黛玉的女子在一张白纸上随笔勾了个图，果然是翩翩欲飞的舞蹈形象。

“我给你胶，你回去照这个样子一粘就画出来了。”她说。

“我可是个笨手笨脚的人……”我没把握地说，心中半信半疑，“这把碎屑真能变成那般婀娜吗？”

“我帮你粘起来吧。”画漓江的女子说。

她找来一块白布，敷在一块纸板上，一个简单的画框便出来了。她灵巧地抹着胶。把碎玛瑙按在上面……仿佛她的指尖有魔力，那个舞女轻盈地飘落在画布上：起伏的胸，雪白的裙，挺拔的腿，高昂的头……尤其是她的双臂，像展开的翅膀，仿佛在向苍天祈求着某种祝福……

“好吗？”她俩歪着头问我。

“好，极好。”我由衷地说，惊讶于这两个山野中的姑娘对于石头的想象力。

“好像……单薄了些……她张着两只手，像在求什么……求什么呢？……什么……”画黛玉的女子自言自语。

她俩便一齐静默了，你望着我，我望着你，彼此的瞳孔里却都没有对方的影像，一片空茫。

我不敢插言，怕打破了她们的想象。

“让她祈求月亮吧。”画漓江的女子怯怯地说，好像怕惊飞一只鸟。

“好！就找一颗紫月亮！”画黛玉的女子叫着，把盛满紫牙乌宝石的碟子搅得翻江倒海。

“紫月亮？”我轻轻地讶异！

“对！紫月亮！在最晴朗的夜晚，你久久地盯着月亮看，直到眼睛酸了都不要眨，就会看到月亮透出紫色……”画漓江的女子说。

她俩配合得真默契。我想，是宝石给了她们相通的灵犀。

“那么是初月、残月，还是满月呢！”画黛玉的女子问。

“满月！是满月！”我们三个几乎一块儿喊出。无论从画面的构图重心，还是从玛瑙人企盼的虔诚，那里都只能悬挂一轮满月。

我们像秋风扫落叶一般寻觅每一个角落，把宝石的盆盆碗碗翻得一片狼藉。我们终于找到了两个备选月亮，一个是滴溜溜圆的紫牙乌，规整的形状仿佛用圆规画过，圆得不可思议。一个是锆石的，好像浸在水中，略椭了一些，然而极其晶莹透亮。

紫色的月亮啊，哪一轮更圆？哪一轮更亮？

她俩费了劲斟酌，反复商量，几乎吵了起来，又征求我的看法。我说了，她们却又不听。

最后，终于照画黛玉的女子的意见办了：在玛瑙人的上方，粘了一轮皓月——用真正的锆石所剪裁的月亮。

“月亮可以不圆，但月亮必须要亮。”她说。

“谢谢你们！”我发自肺腑地说，“回到北京以后，我一定把玛瑙人挂在桌前。祝你们画出更多更好的宝石画。”

“我们一定要画得更好，只是，不可能画得更多。”她们说着，打开远红外取暖器，烤自己颀长而冰冷的手指。桂林的3月，阴雨连绵，空气中有一种潜移默化的寒意。

“为什么呢？”我不解。

“因为宝石是很稀少的。选料要很严格，颜色、质地、花纹都是天然的，要把它们搭配在一起，显出一种美，是马虎不得的……”她们俩对我说。

手指烤热了，她们又在冰冷的宝石粉屑中翻拣……

此刻，玛瑙人正立在我的案头，仿佛在向皎洁的月亮祈求什么……每当我写作困顿的时候、慵懒的时候、敷衍的时候、畏葸的时候，我就想起两个创造它的普通女工。

我便振作起来，不敢懈怠。

万荣的土

梨花开放的时候，我到了山西省万荣县。万荣是当年轩辕帝扫地为坛祭祀后土圣母的地方，这里的山和水就有了令人亲近的神圣。我喜欢扫地为坛的说法，那是最原始最诚恳的仪式。我们追随当年的轩辕，到这里来祭奠一位伟大的女神，她是我们共同的母亲。

在雪白的梨花之下，是万荣醇厚的黄土。当抚摸万荣黄土的时候，有一种肌肤相亲的感觉。那土是有热度的，你的手指感到温暖的黄土之下，有轻微而幽远的搏动。一如拉住我们慈爱母亲的臂膀，你能触摸到她血脉的涌流。

我从小就喜欢女娲造人的神话，最心动其中的一段——女娲造人用的是黄土，所以我们的皮肤是黄色。不单因为这传说里埋藏着文化密码，更因为我看到黄土的时候，心情荡漾，好像有一簇银针柔软地醒来，复苏为绵延悠长的须根。

我知道有丰富的古籍支撑着万荣古老的历史，我知道关于女娲造人，有无数学者在探讨和研究。不从学理只从情感方面着眼，我期待全世界的炎黄子孙都来看看我们亲爱的母亲，都能带走一抔万荣的黄土珍藏一生。先向全球的华人雕塑艺术家征询方案，让大家把心目中最早的祖先的模样，用黄土再现出来。从中选出最质朴最执着最富生机的雕像，定为模型。

从距离当年的脽上最近的地方，用镢头（千万不要用机械）把一坨坨黄土砍下来，放在金灿灿的太阳下足足地晒，直到每一个土粒都镶满了太阳的光芒。想象中女娲是在早晨开始造人的工作，那我们也在一个晴朗的黎明，用黄河的水把黄土和成泥。

我期望雕塑师都是年轻的女人，她们健壮有力，她们祥和勇敢，她们耐心细致，她们挥汗如雨……她们把细腻的黄泥遵照模型造出一排排的男人和女人，摆在地上，再一次接受太阳的烘烤，直到男人和女人们都有了暖洋洋的体温。每一个出门的赤子和每一个归来的远客，都带走一个这样的模型吧。他们是我们相认的独特符号，他们是连接先民和今人的文化基因。

把远祖的雕像复原之后，再带走一些万荣的黄土。把黄土先用最洁净的丝绸包裹，然后装在黑陶制成的罐子里，跟随我们上路。无论漂洋过海到哪里，夜深人静时低头凑过去，你都会闻到黄土纯正干燥的气息。在这种黄土里，埋藏着太多的苦难，储存着太多的希望。早年我学医的时候，老师教我一剂妙方，名曰“黄土汤”，说的是游子临行时，要把家乡的灶心黄土抓上一把，出门千万里风霜雨雪袭来，无论你染上怎样的病恙，都记得要把乡土拿出，用滚烫的水沏一碗金色的黄土汤。它有百利而无一害，扶正祛邪保你顺畅。听了老师的话，当时很感慨，心想一定要为自己备下这神奇的药剂。不想真正施行起来，却遇了大困难。生活在钢筋水泥森林中的现代人，举目四望，哪里是我故乡？就是随意指认某地为家，哪里又能有丰美的黄土可供我煲汤？

现在终于找到了。万荣的土，就是全世界华人的家乡所在。携一包万荣的黄土走四方，大地母亲会微笑着祝福她的儿女安康！

第二章

灵魂因旅行而细腻

那些好的旅行，会让人在某个时刻，滴下泪来。人在旅行中，会狂喜、会悲伤；会在感动袭来之时，悄无声息地完成一次灵魂的蜕变。

人生终要有一场触及灵魂的旅行

拜伦有一首诗，开头写得很气派：

> 我的海盗的梦，我的烧杀劫掠的使命，
> 在暗蓝色的海上，海水在欢快地泼溅，
> 我们的心如此自由，思绪辽远无边……

一些爱好旅游的人，常引了这段诗文的后四句，以抒发自己对大海的观感。其实拜伦这首诗的名字叫“海盗生涯”，借海盗之口来抒发自己狂荡不羁的志向。就算是最钟爱此诗的旅人，恐怕也无法赞同“我的烧杀劫掠的使命”一句，因为这实在同旅游毫不相干。

也许从广义上说，海盗也是一种旅行。

每个人的心底，都潜藏着一个到远方的梦。熟悉的地方已经没有了惊喜，人心思动，渴望浪迹天涯。

如果是上文所述的金戈铁马血战屠城到远方，那是侵略和占领。以前用暴力可横扫天下，现代文明社会，这种方式已被禁绝。

如果是衣衫褴褛地到远方去，那就是乞讨和流浪。这事儿要具体问题具体分析，有走投无路不得不如此的，有心甘情愿甚至乐在其中的。不管怎么说，这方式对人的意志和耐受力要求都比较高，不是一般人下得了决心的。

如果是道貌岸然地用贪腐和贿赂的钱，到远方去赌博和挥霍，是令人愤慨的事儿，归反贪局和司法部门管辖，咱们先不在这儿讨论。

如果用了纳税人的钱，到国外去考察访问，顺便也浏览参观，这笔钱算是三公开支。很多人义愤填膺，我能理解。不过我作为也纳了些许税款的平头百姓，却愿意把这钱让官员们花销了去长见识拓眼界。记得有一年和某偏远山区的官员聊天，他说刚从欧洲回来，一脸压抑不住的自得。

我说，公款旅游？

他说，也算是吧。有个名头，说是和国外某个机构交流，用了半天时间，我们是官方的，他们是非政府组织，也没啥好说的，彼此笑和客套。然后就是玩了。有一些人大买东西，都带着纸条，家里人和七大姑八大姨交代的，一一照办。我没有这种任务，就带双眼睛东张西望。回来后，我决定的第一件事儿，就是在县城里修上好的茅厕。到了人家外国，才知道茅厕这种地方，也是可以没有味道的。拉屎撒尿这种事情，也能体面地完成。还有一个呢，就是发觉城里的老街不能拆了。人家外国当宝贝似的保存着的联合国遗产什么的，就是这种东西。不走出去，不知道它是宝。要是在我这一任为官期间给拆了，就成了罪人。

我说，太好了。

贫困县的官员说，要是没有公款旅游，我不是一个贪官，就没有那么多的钱自己出去转悠。就算有了那么多钱，我老婆也不让我花，她要买金子。可不出去转，我就没有觉悟要善待老房子。就算茅厕的事儿不在乎这一天半天的，可从长计议，但老街肯定是保不住，不定哪个早上，就变破砖烂瓦了。

我历来坚信，旅游的妙处之一——这世界上总有一处风景会打动你。但我没料到打动了这位年轻官员的是——最脏和最老的地方。

如果是用汗水换来的金钱，和“到远方去看看”的渴望，做一个以物易物的交换，有权势的人自然有所不屑，但却是我这种有一点小钱但没有其他讨巧机缘的人，所能采取的最大可行之道。

喜爱文化历史的人，心境平安欢愉的人，感情自由丰沛的人，多半愿意出外旅行，尝试着生命在陌生之地驰骋的感觉。如果一个人身体健康，又有一点闲钱，有了空闲而不想到这个世界上去看一看，若不是守财奴，就是闭锁而无聊的人。

旅行最美妙的感觉，是在它不断轻声提醒我们——你所知甚少，而这个星球如此美好。

世界上的所有人和事儿，给予我们的影响，大体可分为两种。一种是让你的世界变得越来越小。比如那些披露隐私的小情小趣，杯水兴波的小打小闹，死无对证的谣言和气味相投的小圈子。还有逼仄的环境和拥挤的人群……在其中浸泡久了，人也变得松垮灰暗，好像穿了很久的袜子，既无形状也无好气味。

还有一种是让你的世界变得更加广袤，让你开阔视野，通晓古今。让你知道有那么多奇花异草和珍禽猛兽，在你一己的生活方式之外，还有无数种形态绵延不绝地繁衍着，一切皆有可能。高山大川江河湖海，让你从此不惧生死襟怀豁达。让你爱好和平痛恨战争，让你与万物和谐相处与宇宙相通。

好的旅行，就藏在这第二种情形中，值得竭力寻找。

带上灵魂去旅行

人的知识永远是不完备的。他无法知道一个地区或是一个时代，是否就是空间和时间的全部。在这个意义上讲，我们每个人都是井底之蛙，所不同的只是栖息的这口井的直径大小而已。每个人也都是可怜的夏虫，不可语冰。于是，我们天生需要旅行。生为夏虫是我们的宿命，但不是我们的过错。在夏虫短暂的生涯中，我们可以和命运做一个商量。尽可能地把这口井掘得口径大一些，把时间和地理的尺度拉得伸展一些。就算终于不可能看到冰，夏虫也力所能及地面对无瑕的水和渐渐刺骨的秋风，想象一下冰的透明清澈与痛彻心肺的寒冻。

旅行，首先是一场体能的马拉松，你需要提前做很多准备。先说说身体方面。依我片面的经验，旅行的要紧物件有三种。第一，当然是时间。人们常常以为旅行最重要的前提是钱，于是就把攒钱当成旅行的先决条件。其实，没有钱或是只有少量的钱，也可以旅行。关于这一点，只要你耐心搜集，就会找到很多省钱的秘籍。如果把一个人比作一辆车，驱动我们前行的汽油，并不是金钱，而是时间。这个道理极其简单，你的时间消耗完了，你任何事都干不成了，还奢谈什么呢？或者说，那时的旅行只有一个方向，就是地心了。

第二桩物件，是放下忧愁。忧愁是旅行的致命杀手，人无远虑，乃可出行。忧愁是有分量的，一两忧愁可以化作万朵秤砣，绊得你跌跌撞撞鼻青脸肿。最常见的忧愁来自这样的思维：把这笔旅游的钱省下来可以买多少斤米多少缕菜，过多长时间丰衣足食的家常日子。将满足口腹之欲的时间当作计量单位，是曾经有用现在却不必坚守的习惯。很多中国人一遇到新奇又需要破费的事儿，马上把它折算成米面开销，用粮食做万变不离其宗的度量衡。积谷防饥本是美德，可什么事都提到危及生命安全的高度来考虑，活着就成了负担。谁若一意孤行去旅行，就咒你将来基本的生存都要打折，食不果腹衣不蔽体流落街头……别怪我说得凄惶，如果你打算做一次比较破费的旅行，你一定会听到这一类的谆谆告诫。迅即把诸事折合成大米的计算公式，来自温饱没有满足的农耕时代遗留下来的精神创伤。如果你一定要把所有的钱，都攒起来用于防患于未然，这是你的自由，别人无法干涉。可你要明白，身体的生理机能满足之后，就不必一味地再纠结于脏腑。总是由着身体自言自语地说那些饥饱的事儿，你就灭掉了自己去看世界的可能性，一辈子只能在肚子划出的半径中度过。这样的人生，在温饱还没有解决的往昔，是不得已而为之，甚至可能成为能优先活下来的王牌。在今天，就有时过境迁过于迂腐之感了。

第三桩事儿，是活在身体的此时此刻。此话怎讲？当下身体不错，就可以出发，抬腿走就是，不必终日琢磨以后心力衰竭的呕血和罹患癌症的剧痛。我琢磨着自己还有能力挣出些许以后治病的费用，我相信国家的社会保障机制会越来越好。我捏捏自己的胳膊腿，觉得它们尚能禁得住摔打，目前爬高上低餐风宿露不在话下。若我以后真是得了多少万人民币也医不好的重症，从容赴死就是了，临死前想想自己身手矫健耳聪目明时，也曾有过一番随心所欲的游历，奄奄一息时的情绪，也许是自豪。

我是渐渐老迈的汽车，油料所剩已然不多。我要精打细算，小心翼翼地驱动它赶路。生命本是宇宙中的一瓣微薄的睡莲，终有偃旗息鼓闭合的那一天。在这之前，我一定要抓紧时间，去看看这四野无序的大地，去会一会英辈们残留下的伟绩和废墟。

终于决定迈开脚步了，很多人有个习惯，出远门之前，先拿出纸笔，把自己要带的东西都一一列出。旅游秘籍中，传授这种清单的俯仰皆是。到寒带，你要带上皮手套雪地靴，到热带，你要带上防晒霜太阳镜驱蚊油。就算是不寒不热的福地，你也要带上手电筒黄连素加上使领馆的电话号码……

所有这些，都十分必要。可有一样东西，无论你到哪里，都不可须臾离开。那就是——你可记得带上自己的灵魂?

据说古老的印第安人有个习惯，当他们的身体移动得太快的时候，会停下脚步，安营扎寨，耐心等待自己的灵魂前来追赶。有人说是三天一停，有人说是七天一停，总之，人不能一味地走下去，要驻扎在行程的空隙中，和灵魂会合。灵魂似乎是个身负重担或是手脚不利落的弱者，慢吞吞地经常掉队。你走得快了，它就跟不上趟。我觉得此说法最有意义的部分，是证明在旅行中，我们的身体和灵魂是不同步的，是分离分裂的。而一次绝佳的旅行，自然是身体和灵魂高度协调一致，生死相依。

好的旅行应该如同呼吸一样自然，旅行的本质是学习，而学习是人类的本能。身为医生，我知道人一生必得不断地学习。我不当医生了，这个习惯却如同得过天花，在心中留下斑驳的痕迹。旅行让我知道在我之前活过的那些人，他们可曾想到过什么做过什么。旅行也让我知道，在我没有降生的那些岁月，大自然盛大的恩典和严酷的惩罚。旅行中我知道了人不可以骄傲，天地何其寂寥，峰峦何其高耸，海洋何其阔大。旅行中我也知晓了死亡原不必悲伤，因为你其实并没有消失，只不过以另外的方式循环往复。

凡此种种，都不是单纯的身体移动就能够解决问题的，只能留给旅行中的灵魂来做完功课。出发时，悄声提醒，背囊里务必记得安放下你的灵魂。它轻到没有一丝分量，也不占一寸地方，但重要性远胜过GPS。饥饿时是你的面包，危机时助你涉险过关。你欢歌笑语时，它也无声扮出欢颜。你捶胸顿足时，它也滴泪悲愤……灵魂就算不能像烛火一样照耀着我们的行程，起码也要同甘共苦地跟在后面，不离不弃，不能干三天停一天地磨洋工。否则，我们就是一具飘飘荡荡的躯壳在蹒跚，敲一敲，发出空洞的回音，仿佛千年前枯萎的胡杨。

旅行使我们谦虚

由于工作的关系，常常旅行。旅行比居家的时候辛苦，这是不消说的。中国有句古话——在家千日好，出门一时难，说的就是这份不易。但时间长了，待在家里，筋骨锈了，就会生出一份隐隐的焦灼，迫不及待地想到外面走走。

是什么诱惑着我们放弃安宁和舒适，离开温暖的家，在某一个清晨或是深夜，毅然到遥远的他乡去了呢？当然，很多时候，是为了谋生，为了无法推卸的责任和理由。但是，随着温饱的解决，我们越来越多自觉自愿地选择了——人在旅途。

一次，我应邀到国外访问。在规定的活动完结之后，主人很热情地让我挑选一个完全自由的项目，以便我可以更深入地了解这个国家。我想了想，提笔写下了：乘坐火车或是长途汽车，在大地上旅行。主人看了看那张纸说，好，我们很乐意满足您的要求。只是，您的目的地是哪里呢？您究竟要到哪里去呢？

我说，没有目的地，不到哪里去。坐着车在土地上行走，就是目的，就是一切了。

我固执地认为，要真正认识一个国家，一个民族，一块土地，一处山水，你必得独自漫游。

旅行使我们谦虚。飞驰的速度，变换的风景，奇异的遭遇，萍逢的客人……这一切旅途中可能发生的事件，强烈地超出了我们已知的范畴，以一种陌生和挑战的姿态，敦促我们警醒，唤起我们好奇。在我们被琐碎磨损的生命里，张扬起绿色的旗帜。在我们被刻板疲惫的生活中，注入新鲜的活力。

久久的蜗居，易使我们的视野狭小，胸怀仄斜，肌力减弱，肺廓扁平……这个时候，收拾好行囊，告辞了亲人，踏上旅途吧。

珍惜旅途吧。火车上那些不眠的夜晚，凭窗而立，看铁轨旁一盏盏路灯，闪着紫蓝色的光芒，瞬忽而逝，许多记忆幽灵般地复活了。

人们常常在旅途中，猛地想起湮灭许久的往事，忆起许多故人的音容笑貌。好像旅行是一种溶剂，融化了尘封的盖子，如烟的温情就升腾出来了。

人们常常在旅途中，向相识才几个小时的旅伴倾诉衷肠，彼此那样深刻地走入了对方的精神架构。我甚至知道几位青年，竟这样找到了自己的终身伴侣。

有人把这些解释为——旅途使人们亲近，是因为没有利害关系。我不同意这个观点。正是因为同乘一列车，同渡一条船，才使我们如此亲密。旅行使人性中温暖的那些因子，弥散开来。

旅途也有困厄和风雨，艰难和险恶。但是，这不会阻止真正的旅行者的脚步。旅行正是以一种充满未知的魅力，激起人们不倦的向往。

旅游预习

旅游常常被复习。比如眉飞色舞地向亲朋好友讲述风光，比如把自己所摄的摇摇晃晃的看着都头晕的DV向人演示，比如家里贮藏着数以公斤计的照片，比如忙不迭地指着电视屏幕一闪即逝的某处胜景，说：我去过去过……

但是，旅游需不需要预习呢？要到一个地方去，是否事先多了解一些当地的风俗风光，向已经去过的先驱者打探有关的注意事项？简言之——旅游做不做预习？

大概分两派。一派是主张多看看有关的材料，这样心中有数，到了目的地，可以有的放矢，让有限的时间发挥最大的效益，自己的举手投足，甚至每一眼瞟去的地方，都物有所值，把浪费的系数减少到最小，分分秒秒颗粒归仓。

还有一派比较随心所欲。不做功课，贸然出动。赶上什么算什么，风吹雨打都是缘分。碰上什么吃什么，露宿风餐全为乐趣。闲云野鹤自由自在，流浪漂泊，到什么山上唱什么歌……只有大框架，没有细安排。

我内心渴望旅行中有很多奇怪的事情发生，不喜欢一切都在计划的桎梏中亦步亦趋，同时又害怕意外频发命运多舛。这就立场游移界限不清，时而循规蹈矩按图索骥，时而又摩拳擦掌尝试探险，于是成了面目可憎的骑墙派。

具体到细节中，也是这般举棋不定。到某地出游之前，看不看别人的游记和有关的介绍呢？如果不看，瞎子摸象地出发了，回来才发现有一些美景失之交臂。比如到西伯利亚的贝加尔湖，看到当地很多售卖海豹海狗的小模型，模样煞是可爱。心中喜欢，却想这也不是当地的特产，不过是因为靠近北冰洋（贝加尔湖只有一条出湖的河流，叫作安加拉河，流入北冰洋），仗着地理优势，把那里的特产顺手牵羊了。看透了这些海物的真实来历，狠下心来，坚决不买。回家后查了资料才知道，这些动物正是贝加尔湖的一大特色，或者说是一大蹊跷。它们是生活在贝加尔湖中的淡水海狗海豹，天下绝无仅有的景致。甚至有传说揣测，在永冻土层之下，贝加尔湖和北冰洋孔道相连。淡水的海狗和海豹是史前时期，经由地下从北极游过来的。

失之交臂，郁闷啊郁闷！看，这都是不预习的坏处。

也有反面的例子。20世纪80年代，我到西北。当地朋友说，明天去看阳关。就是那个“西出阳关无故人”的阳关吗？我说。

难道还有第二个阳关吗？朋友翻着眼白问，很吃惊的样子。

当然没有第二个阳关了。只要会背十首唐诗，你就会对阳关情有所钟耿耿于怀。那时资讯不发达，没有互联网也没有电视，所有关于阳关的印象都来自唐朝。我说，阳关好看吗？接待同志说，说不得啊说不得。我说为什么？当地人答，说了就没啥了。本来以为问问能明白，不想下场是更糊涂了。

第二天，驱车80公里到了阳关。在我看到阳关的那一瞬间，就明白了阳关是不可说的。站在阳关前，目光凄迷。那道景致的全名叫作“阳关遁去”。昔日的喝酒的离别的繁华的歌舞升平灯红酒绿的阳关，已经在莽莽黄沙下长眠。细密的沙被漠风运起，如同夏雨前的蚁群掠过脚踝，留下酥麻的热感和浅淡的痛。云天浩渺大漠苍苍，你看到的只是荒丘和沙海，还有呼啸的长风和走动的烟霞。

幸好，我在这之前不知道阳关的任何现代版消息，才有了那劈头盖脸的愕然和惊骇，才有了那挥之不去的愁索与眷恋。假如被人提前告知了阳关的隐没，以我这样一个怕苦怕累之徒，是否还会跋涉百里去探看身无长物一贫如洗的阳关？

很多风光都在记忆中淡去，唯有什么都没有看见的阳关，却以满心的遗憾永生。这也许就是不知道的美丽吧？

从此，我固执地吸取了这个经验，对那些充满了想象的地方，有意地不去查找资料，就让它们在想象中浮沉，享有海阔天空的余量。倘若有什么人好心好意地要告诉我，我就要迫不及待地捂住他的嘴，就像一个不想听到足球比赛结果的球迷。请让我自己去看吧，知道得越少越好！

世界观与观世界

航行在大西洋上时，有一位日本女士找上门来，说很希望我能开设一个传授中文的自主企划。我说，好啊。本来以为自己天天说的就是中文，写的也是中文，教外国人说一些基础的中文，应该不是太大的问题。不过，真的着手准备起来，才发现事情并不简单。

首先，我们没有任何文字的资料可以发给学员们。

船上有教西班牙语的，有教韩语的，英语就更不用说了，天天高朋满座。他们都提前做了准备，不单有高级班、低级班的分类，还有各种层次的教材，相当正规。我是两手空空，这未免让未来的学生有点寒酸。也曾想过是不是编写点简易的教材，然后打印出来，聊胜于无。可船上所有纸张和印制都需收费，让学生们掏一笔不便宜的书费，好像也不相宜。

讨论起具体教什么课程的时候，大家也是七嘴八舌莫衷一是。有人说，当然是从“你好”“再见”教起，这样以后船上充斥着中文打招呼的声音，满处乡音，岂不快意？有人立刻反驳说，凡是对中文感兴趣，并愿意在海上学习汉语的人，那就已不是一张白纸，早就会说“你好”“再见”了，人家愿上提高班。

这样一说，我有点紧张，人家期望值还挺高。我说，要不要从汉语拼音教起呢？这样，喜好汉语的人，得到一个好拐棍，以后自学或是参加其他的课程，都会有所帮助。

大家说，好是好，那就太难了。要是有些一年级小学生的课本就好了。

我说，这样吧，到了纽约，咱们到中文书店看看，努力找找。

事情就这样放了下来。到了纽约之后，很遗憾，并没有找到注有汉语拼音的读物。更不巧的是，船坏了。船上流言纷起，大家也没心思学习了。待游轮在佛罗里达修好，再次讨论教学计划时，又有人说，既然没有像样的教材，那我们就别开生面，教大家来吟诵古诗吧。在日本，能用汉语吟诵古诗，被认为是一种有文化有品位的表现。有人憧憬着，想想吧，当游轮结束航行的时候，咱们的学员可以在台上抑扬顿挫地背诵李白的《静夜思》：“床前明月光，疑是地上霜。举头望明月，低头思故乡。”窗外万顷波涛一弯明月，那是何等的诗情画意啊！

畅想自然是好的，不过要让一群没有多少中文基础的外国人，单单凭着注音，来背诵古诗，我觉得有点难。很多日本人听闻这一计划，也表示顾虑。事情就这样耽搁了下来。再后来，游轮进入了中南美，上岸的次数比较频密。上岸的前一天，大家开始心旌摇动，要重新踏上陆地了，总是非常兴奋。到了岸上，紧张的行程，精力体力消耗很大。等到回到了游轮上，又要经历一两天疲惫不堪的休整。刚刚缓过劲来，又快到了下一个靠港地，重又充满期盼……自主企划的事儿就推了下来。

8月8日，中国成功地举行了奥运会，芦淼很希望能办一个有关奥运的自主企划，把咱们美丽的祖国和奥运健儿的英姿，好好展现一下。我们从墨西哥下载了奥运开幕式的资料，开始向船上的自主企划部申请时间和地点。人家先是质疑这个开幕式能播放吗？

芦淼很吃惊，说这是对全世界公开转播的节目，为什么不能播放呢？

企划部说，怕有版权之争。因为船上并没有购买这个转播权。

真是佩服日本人的版权意识。芦淼说，在“和平号”上的播放，完全是免费的，是公益活动，应该没有问题吧。

企划部答应安排，又提出了第二个问题——开幕式整个过程有四个多小时，最多给中国人一个半小时的播放时间。

这就面临着痛苦的压缩过程。咱们看开幕式是哪儿都好，哪儿也舍不得压缩，但日方允诺的时间有限，坚决不肯延长。要想播出2008年中国北京奥运会的开幕式，只有忍痛割爱一部分场景，优中选优。再加上张艺谋在开幕式中有很多寓意深刻的场面，若不精心准备解说词，恐难以表达出深意。一时间，频繁地和国内通过海事卫星联络，多方搜集资料。翻译也付出了艰苦的努力。比如一个“击缶”的解释，如何能让外国人听得懂“缶”是什么意思？击缶象征着什么？在中国人也许一目了然的事儿，对外国人就得掰开了揉碎了说清楚。

经过反复斟酌和精心准备，终于把浩大而辉煌的开幕式压缩到了40分钟。这时候，游轮已经离开了阿拉斯加，开始横渡太平洋。自主企划的安排突然变得紧张起来，芦淼每天都去询问何时能轮到奥运会的放映安排？不料却总是定不下来。

怎么办呢？除了催促，没有别的法子。你也无法知道那些排在前面的自主企划，是不是早就登记了？现在是排排坐分果果，循序渐进，谁也不得改变既定顺序。有时后悔我们登记得是不是太晚了呢？如果早一点登记，是不是现在已经排到了呢？又一想，再早，咱们的奥运会还没开呢，能不能得到影像资料，也还没有把握，不敢贸然登记啊。

时间就这样一天天地拖了下来。每天都去催，却总是没有安排到我们。船一天天地靠近日本，直到“和平号”靠上了日本横滨的码头，也没有给中国人安排上有关奥运开幕式的自主企划。芦淼对此非常伤心，单是准备中国古代四大发明的资料，他就煞费苦心，精心设计了一套解说词，并和小唐密切配合，声情并茂地把整个解说词都背了下来。

我也无言。想了很久，对他说，这毕竟不是我们国家自己的船啊！这个世界上有些事，我们只能尽力而为。你已经做了所有的准备，对祖国问心无愧了。这就够了。

如果日后有谁还乘坐这种远洋游轮，如果游轮上还有自主企划一类的活动，我的建议是提前做好准备，积极参与。而且带上必要的工具和资料，这样会使你的自主企划锦上添花。不然，人出门在外，所有临时的动议，往往会面临预想不到的困难，就事倍功半了。一旦准备好了，马上提前预约，到时候一展风采，完成既定计划。

船上有一位中国企业家Z先生。记得在北欧海域航行的时候，有一天，我和他趴在甲板栏杆上看海。碧空如洗，海鸥像战斗机一样向我们俯冲过来，马上就要碰到我们鼻尖了，突然一个漂亮的转身，直插青天。Z先生对我说，咱们国家还没有自己的远洋客轮。

我说，是啊。不过，我们已经能造出非常漂亮的远洋货轮了。

Z先生说，你说世界观是从哪里来的呢？

我说，是从脑子来的吧。

Z先生说，脑子是不能凭空产生观念的。依我看，世界观世界观，顾名思义，就要观了世界才能形成啊。

我说，Z先生您说得好，要有世界观，先要观世界。

Z先生说，咱们这次出海环球旅行，是中国大陆人的第一次。年轻人里，除了翻译小唐，就是你儿子了。咱们出来的人少，年轻人更少。你看人家日本，这么多年轻人出来观世界，这是多么好的事情啊。一个人这么年轻就能看世界，看了世界和没有看世界，眼光是不一样的。什么时候，咱中国也有了远洋客轮，也拉着咱们的青年人，来看看这个美丽的地球呢？

远眺大海，我们无言。

啊，原来你是一只老虎

在美国，参观过几所中学。有贫民区完全由政府资助的免费的公立学校，也有肯尼迪的女儿曾经就读的有百年历史的私立贵族学校，还有专为新移民的孩子建立的双语（英语和母语）学校。在不同的学校里，我都和华裔的孩子们有过交谈，留给我的感受真是一言难尽。

我也是一位母亲，尤其是喜欢女孩子。但没有女儿，所以看到了别人的女孩子格外亲。不是吹牛，我和女孩子有一种特别的亲和力，也许是因为我特别喜欢她们，也许是因为我长得像一位操劳的老阿姨，让女孩子们一见之下就想到了她们爱唠叨的老邻居。

先说纽约哈林区的那所公立女中。哈林区是以黑人为主的聚居区，也有很多少数民族裔，是比较贫困和治安秩序混乱的地区。外交部官员比尔从饭店接上我们，一直陪着我们在纽约的地铁里穿行，直到从哈林区的车站钻出来，把我们交到校方来接我们的弗德姆老师手上，这才离去。

我说，比尔真是一个热情的人。其实，凭着地图，我们自己来，也找得到啊。

安妮说，比尔不单是热情，更是负责任。因为这里的治安不好，他不放心。所以要看到我们平安地到达，他才肯离开。

弗德姆老师是个高大的白人青年，大学毕业后到这里来当老师，已经两年了。他说，是这样的，我刚来的时候，就遭了好几次抢劫，喏，就在前面不远的地方。

正是阴天，狭窄而脏乱的街道，更蒙上了一层晦暗。有一些游手好闲的人，在巷子口挤眉弄眼地看着我们。我吓了一跳，说，那您估计今天会发生这种事吗？

弗德姆老师说，大约不会的。因为他们已经认识了我。知道我是这里的老师，他们就不抢我了。如果有别的不认识的人抢我，他们还会出来干涉，说这是教书的老师，来教我们的孩子，放了他吧。

这样说着，我的心稍稍安定下来。看周围的建筑，低矮破旧，和曼哈顿岛上繁华的风光天壤之别。

学校倒是一座崭新而现代的建筑，收的学生都是女性。走进去，墙壁被刷成五颜六色，给人一种跳跃的青春感。因为孩子们正在上课，我只能趴在门口匆匆看看。很喜欢这儿的课桌不是摆成规矩的方阵，而是像吃饭似的，四张桌子拼在一起。同学们面对面地坐着，彼此吐一口气，就吹到对方的脸上。老师教课的时候，就像个饭店的服务生，在桌子之间走来走去，边走边说……

我说，嗨！有趣。我很喜欢这种有些混乱的课堂，有一种游戏感，让沉重的功课变得轻松些。

弗德姆老师说，女孩子们都喜欢这样的桌椅摆法，也许，这是女性的特点。

我说，我猜男生也会喜欢这样的摆法，它让僵硬的教室变得活泼。

弗德姆老师微笑不语。我估计他可能有统计数字，证明男生更热爱循规蹈矩的教室。

这时候，正好安排我与一班女孩子们的座谈课开始了。她们围成一个半圆，我坐在她们的对面，就是半圆仪中间开孔的那个位置。女孩子们十三四岁的样子，皮肤有白色、黑色、黄色、红色……还有若干从浅到深的中间色。

我说，我先来做一个自我介绍，让你们先认识我。然后，你们就要给自己做一个介绍，让我认识你们。如果有什么不清楚的地方，你们可以随时打断我。

我说，我来自中国……

孩子们立即开始举手。我说，有什么不明白的吗？

一个黄皮肤的女孩子不客气地说，请问，你来自哪一个中国？

这是我第一次注意到她。说实话，这是一个很俊秀的女孩子，而且我有直觉，她不但是亚洲裔，而且是华裔。

我说，你能告诉我，你为什么会问这个问题吗？

黄皮肤女孩说，我知道世界上有三个中国。一个是香港的中国，一个是台湾的中国，还有一个是红色的中国。

我看到有好几个女孩频频点头，看来此说颇有市场。

我说，我要告诉你，世界上只有一个中国，我就是来自那里，它的全称叫作中华人民共和国。你说的那个香港，是中国的一部分，原来被英国人租借了去，在1997年已经回归中国。至于你说的那个台湾，是中国的一个岛，也是一个省，是中国几十个省中的一个。

女孩子们轻轻地笑起来，好像明白了一个很困难的问题。

黄皮肤的女孩说，据我所知，就算你把那三个地方都叫作一个中国，可是实际上它们是非常不同的。

我说，你说得有点道理，这三个地方是有很大的不同，可是我不知你想过没有，它们还有更多更多相同的地方。不同只发生在这一个世纪中，还不到100年，但相同的部分流传了5000年，从很久很久以前的公元前就开始了。100年比5000年，谁长谁短？

听众一片哗然。

我发现美国民众对于时间的概念，是很容易惊奇的。也许因为美国成立的时间比较短，对那些悠久的历史，总是抱有半是羡慕半是敬仰的愕然感。

黄皮肤女孩好像若有所思。但她很执拗，稍停了片刻，就说，我是出生在美国的，我不知道这三个都称自己为中国的地方，有什么相同的东西。

我说，那个相同的东西就是文化。也许这样说，太空洞了。如果你不介意，你能告诉我你的年纪吗？

黄皮肤女孩还没来得及答话，其他的女孩子就大叫起来——我们都是14岁！

我微笑着对黄皮肤女孩说，那我就知道了——你属虎！

那一刻，这个执拗的女孩好像被一支箭射中，立刻变得柔软而妩媚，笑起来说，你怎么知道的，我是属老虎的？

我说，这就是文化的力量啊。

我转向全体女孩，说，我知道这样一个小故事，也不知是真是假。那年，美国总统第一次访问中国，我们的总理给他一个谜语猜。谜面是：你有一个，我也有一个，整个中国只有12个。这是什么东西？你们的尼克松总统很聪明，他猜出来了，这就是中国的属相。中国用12种动物代表12个年份，循环往复以至于无穷。于是，每个中国人在出生的时候，就有了一个属于自己的属相。

我又把脸转向了那个黄皮肤的女孩，我说，这就是文化啊。不但在中国的大陆、台湾和香港的中国人是这样的，连离开了这些地方，到了海外的中国人，也依然记得这个风俗。所以，你的爸爸告诉你，要你记住，你是属老虎的。

我说到这里，黄皮肤的女孩连连点头，她的同学们更是激动不已，纷纷叫着她的名字说，哈！想不到，你竟是一只老虎！

她自豪起来，说，对，我就是一只老虎。

脸上的神气从先前的隔绝变成快意。

我又到了另一所贵族女中。听说这是纽约最负盛名的私立女中，以为一定豪华莫名。其实它的外表倒很朴素，门脸也不大，很宁静的样子。并不像国内的某些私立学校，排场大得吓人。

校方组织了四位女生同我谈话，就在学校学生餐厅里。塑料的桌椅，颜色是鲜艳的明黄粉蓝，很有蓬勃气息，但实在算不上高档。

几位女孩子来了。很开朗的样子，落座后眼光一点也不怕生，友好地向我微笑。其中一位黄皮肤的女孩，第一句话就是：我是中国人。发音那叫一个地道，简直就是一口京片子。

我特高兴。虽然离开北京时间并不算太长，但什么抵得上“他乡遇故知”啊！我说，你的中国话说得真好，你到美国多长时间了？

她接下来的反应，倒让我迷惘。她不能回答我的问题，只是很窘迫地看着我，再求援地看看安妮，看来是希望安妮为她翻译我的问话。

安妮善解人意，立即帮助她。

女孩子笑了，回答道，我是在美国出生的。

我有点失望，原来还以为是遇到了一个中国籍的老乡，没想到还是美国人。按照美国的法律，在美国出生的人就是美国人了。但我很快调整了自己的情绪，觉得自己的一厢情愿没道理。顿一顿，对女孩说，你的中国话说得真是不错啊。

她又是莫名其妙的样子。安妮又为我们翻译，我这才发觉自己没话找话，把刚才的意思又重复了一遍。也猛地醒悟过来，这女孩只把一句“我是中国人”练习到了炉火纯青的地步，从语调到发音，都无可挑剔，让人以为她是个中国通。然而对其他的中国话，就一头雾水了，只有借助翻译谈话。

女孩子很骄傲地告诉我说，父母去年带她回了一趟中国，去了北京、西安、广州等地，那时候，她的中国话说得要比现在好多了，现在不好了。

说到这里，她很遗憾地耸耸肩头。一个纯粹美国人的表达方式。

校方说，这所学校，现在越来越多地录取亚裔学生，这四位学生中就有两位（另一位是韩国裔）。一方面是因为美国的新移民在增长，亚洲国家的发展，使得他们成了新的富翁。另一方面是亚洲国家的传统非常重视教育，由于学校悠久的历史和良好的声誉，使得他们非常愿意送自己的孩子到这里来读书。

华裔的女孩子在纸上为我写她的中文名字，她写得很认真，但笔画错误甚多，有几处倒插笔。写完了，细一端详，发现少了一笔，马上又横着添上去。不像是在写字，倒像是在画一幅路线略图。完工后，她很自豪地递给我，期待着我的表扬。

我选择了很热烈地表扬她。她特高兴。她的同学也充满了敬佩地看着她。

我长大了以后，要回到中国去。她很坚定地说。

你的爸爸妈妈会同意吗？我说。

我想，会的。即使不同意，我也会去的。女孩说。

告辞的时候，她又很精确地说出了汉语的“再见”，说完，眼巴巴地看着我。我知道这又是一个她反复操练过的汉语，就夸她，你的汉话说得很好啊！

她又一脸听不懂的样子。安妮把这话译给她，她灿若桃花地笑了。

出了校门，安妮说，在美国的华裔中，这个女孩子算是比较特别的。

我说，为什么呢？

安妮说，你夸她国语讲得好，她很高兴啊。

我说，这有什么奇怪的呢？假如在中国，有一个英国人，夸一个中国孩子英语讲得好，这个孩子难道不高兴吗？

安妮说，在中国，我想你说得对。但是在美国，事情就有些两样。美国的华裔孩子，很多把不会说母语当成是自己的荣耀。你夸她说得好，就相当于骂她，证明她还没有融入美国。这个孩子，因为她很自信，并没有自卑心理，所以才那么坦然地接受了你的夸奖，这是一个特例。

我觉得安妮的话很有见解，但我不能肯定她说得是否全对。我还要用自己的眼睛看看。

到达旧金山，我们又到了一所专为新移民的孩子开办的学校。为了帮助他们过语言关，学校采用双语教学。对刚从故国来的孩子，就用母语教学。过了一段时间，如果他们的外语过关了，就转入英语教学的班级。这次和我座谈的孩子，就是国语班的。

今天我可以比较轻松了。因为您用华语演讲，我就不必给您翻译了。安妮说。

我说，不知那些孩子脱离了汉语的环境，能否听得懂我的话？必要的时候，还得请你帮忙啊。

安妮说，我会安静地坐在教室的最后面，需要我的时候，我会马上帮助你。

我们这样说着，到达了学校的大门口。说实话，这是我在美国见到的条件最差的学校。校舍的墙壁上有痰迹，油漆脱落，颜色灰暗得如同发了霉的面包，厕所很脏。

见到了那个班上的老师，一位台湾来的朱小姐，椭圆的脸，标准的国语，友善的笑容。看得出，她是一个敬业和爱孩子的老师。

她说，您随便讲什么都可以。我的这堂课，就是专门让孩子们开阔眼界的。

我站在讲台上，看到下面的学生一脸顽劣神色，好像国内的差班。我对他们的语言能力不摸底，就问，我讲国语，你们听得懂吗？

没有任何人回答我，好像是对着一批蜡做的娃娃。

我有点慌张，看着安妮。安妮平静地看着我。我知道，如果我发出请求，安妮是会帮助我的。我等待着，但那些孩子们的耐性看来比我好，木僵着，一言不发。小朱老师看不过去了，对我说，您尽管说，他们什么都听得懂的。

没有笑容，没有眼神的交流，更没有丝毫默契的友善。有的只是冷漠和回避。

我演讲的经历不算多，上百场总是有的，还从未碰到过这种剃头挑子一头热的局面。没办法，自顾自地讲起来。

我说，旧金山在海的这一边，越过浩瀚的太平洋，在海的那一边，就是中国。我来自中国，那是一个伟大而历史悠久的国家。关于中国，我想知道，你们都了解哪些？谁能告诉我？

冷冷的，又是没有一个人理我。

尴尬。我拿出一个纸包，说，如果谁答对了，我有一个从中国带来的小小的礼物，就送给他。

孩子们起了轻微的骚动，看来是礼物引起了他们的好奇。一个孩子终于张口了，说，嗨，能让我们知道礼物是什么东西吗？

我说，可以。它是中国的风景明信片，礼物很轻，但是那上面有中国的美丽风光，它就变得重了。

说实话，我很想拿出更隆重一点的礼物送给孩子们，但因为访问已接近尾声，礼物储备已告罄，昨晚上在宾馆把行李翻遍，这才找到了一盒中英文对照的卡片，表表心意。

孩子们的情绪稍稍活泼了一些。我说，我想知道你们是从哪里来的？

新一轮冷漠开始了。没人理我。他们所有的人都彼此知道出处，只有我不知道。他们不屑告知我。但这个问题对我来说很重要，我不了解他们，座谈就无法进行下去。

我几乎一筹莫展了。小朱老师不好意思，站起来伸出援手，指点着她的学生说，这个是中国香港，那个是中国台湾，剩下的都是中国大陆……

于是我明白了，我面对的几乎就是一个专由大陆学生组成的班级。可是他们全无大陆上这个年纪的孩子的生动与活泼，他们是灰暗和阴郁的，垂头丧气，在沉默中有一种压抑的抗拒。

我一时真的不知再说什么好。先前准备的一些话，似乎都成了多余。告知他们祖国的明媚，那是他们背离的地方。告知他们在这里必将遇到挑战，他们的感触比我要深刻得多。我反复咳嗽，拖延时间，一时很是狼狈。终于，我想到了一个话题，依我的经验，每个孩子都不会对这个问题缄默。

我说，你们能告诉我，在美国，长大了之后，你们想干什么？

果然，他们低垂的眼帘挑起了半幅，我看到了一点希望。

一个高个子的男生站起来说，我是从上海来的。我的作文以前在上海的作文大赛中得过奖。我希望长大之后成为一名作家，但是，我知道，我的理想实现不了。

我说，我先祝贺你。上海是人才荟萃的地方，你能得奖，这很不容易。但你为什么又说自己的理想实现不了呢？

那个俊朗的男生说，因为我的父母不会让我写作的。他们已经为我定好了以后的发展方向，我必须要去上会计专业，他们说，这样会有比较稳定的收入。

我说，你喜欢学会计吗？

他还没来得及回答，他的同学们就哄笑起来，说，你的数学那样差，你还当会计呢，你算得清账吗？

那个男生羞惭地低下了头。小朱老师又马上出手，让她的学生不致太难堪。

一个女孩子站起来说，我想当一名医生。可是，我可能当不上。因为医学院的学费很贵，我的爸爸妈妈掏不出这笔学费。就算他们能掏出来，我也很难考上。因为我的英语不好，其他的成绩也不很好，医学院的分数是很高的。

教室里一片寂静，听得见窗外黄叶飘零的声音。这个女生的话，说出了大多数孩子的困境。即使他们有五颜六色的理想，在金钱和语言的双重枷锁之下，脆弱的翅膀能飞多远？

最后我说，我想你们的爸爸妈妈一定说过，我们这么辛辛苦苦地到美国来，做新移民为的是什么呢？就为的是你们啊！你们背负着家庭的期望，感到了巨大的压力。

我第一次看到了全教室孩子们的脸，他们齐刷刷抬起头来，看着我，长长睫毛的眼里满是迷惘和困窘。或许是这些话击中了他们柔弱而稚嫩的心。

那个上海的俊朗男孩说，是啊，我的爸爸妈妈不停地这样唠叨，天天说他们全是为了我，才背井离乡地到美国来了。我不服气，分明是他们做的主，我才不愿到美国来，是他们非要来的，要是依我的想法，我马上要回上海去……

这一刻，我听到几乎全班都深深地叹了一口气。我还从来没有听到过如此年轻的孩子，这样苦闷深沉的叹息，悠长而无奈。

我不想让谈话在凄楚的气氛中收束，我说，我知道作为新移民的孩子，你们现在很难很难。你们心中的焦虑，也许比你们的父母更甚。回去，几乎是不可能的。只有一条路，就是迎接挑战，走下去。送大家一句中国的古话——也许它也不能算很古，反正是我在西藏当兵的时候，常常鼓励自己的一句话，那就是——坚持就是胜利。

好不容易下了讲台，小朱老师对我说，你讲得真好。

我说，这是我做过的最艰难的一次讲话。比我对大学的博士生和监狱里的犯人讲话还难得多。你天天做他们的老师，也很不容易啊。

告辞出来，满地是萧瑟的黄叶。我说，有多少人知道新移民的孩子心中的忧愁?

安妮说，移民的第一代，就是这样艰难地走过。他们是边缘人，他们自卑，他们难以融入主流社会，他们中的某些人，会把这一切迁怒于自己的祖国。他们希望美国人忘记他们新移民的身份，他们要做的，就是变得比一个原生的美国人更像美国人。在他们之中，当一些人积聚了足够的财富之后，有了更多的思考之后，他们才会在更高的尺度上，看待祖国的文化，以做一个中国人的后裔而为荣。在现今的美国，这样的华裔是很少的。所以，我说，在那所贵族学校里的那位女生，是一个例外。

谢谢安妮所给予我的启示和指点。说实话，那一天，我整个心情抑郁不堪。这些孩子是我见到的最压抑的孩子，他们丧失了快乐，丧失了与人为善的习惯，丧失了反应与说真话的能力，他们的少年时光被阉割肢解。他们的情形，令人想到没有归属感的蝙蝠，想到黑色与夜晚。他们是从祖国的土地上连根拔出，在新的土地上又动荡漂浮的秧苗。我明白他们为什么有那样迟钝的眼神，那是惨痛的自发的保护。要练就怎样无动于衷的心态，才能抵御这种文化的休克和剥离的凄凉？

我猜这些少年心中，定有成人所难以体味的痛楚。他们不说，他们无法言说。没有人能察觉，甚至连他们的父母也未曾知道这深深的重创，是怎样把淋漓的鲜血从幼嫩的心房连绵不断地刺出的……

我对安妮说，我希望他们之中将来有人成为优秀的心理医生，做跨文化的心理学研究，以帮助一代代新移民的孩子度过转折中的艰难时期。

安妮说，在美国，看心理医生的费用很高。即使有了这样的医生，新移民的孩子，也未必看得起啊。

大雁落脚的地方

小时候，妈妈偶尔说，你生在新疆巴岩岱。只听音，不知是哪几个字，在幼稚的心里，就以为是“八烟袋”，恍惚中觉得那地方是一块旷野，有很气派的大烟袋码成一排，八柱袅袅的白气上升。

我半岁时随父母到北京，在城墙里长大，再哪儿也没去过。人只道乡下的孩子孤陋寡闻，其实京城的少年于外面的世界，也一样模糊。对荒远的边疆，地理知识几乎是零。几十年前，西北是远在天边的概念，那八个烟袋，谁知在哪个犄角旮旯冒烟呢？

于是巴岩岱又湿又重地扎入我的童年记忆，像墨水瓶底的一支蓝羽毛。

参军学了医，自从懂得了生理解剖生命起源，我对出生地空前地重视起来。我们从哪里来？这是一个永恒的命题。无数学者望洋兴叹，终身寻觅，不得其解。这个深奥的哲学问号，若从医学角度来说，倒是易如反掌。你的母亲孕育你的过程，她行走的地方，吃下的食物，饮入的清水，看过的流云，听到的小调……这些物质精神的元素，累积着架构着混淆着镶嵌着，一秒秒一天天地结晶了你。

你就是你，不是其他的叶子和花，不是猪马羊和狼，不是沙粒和谷子，其中一定有大逻辑。生命之所以奇异，在于一个个零件的精致组装。把那些新鲜的血和肉搭配起来的主宰者，是一个多么能干而霸道的调酒师啊！想想看，即使是称为你父亲的这一个男人，和被称为你母亲的这一个女人，在这一个特定的时刻孕育了你，如果不是在这一个特定的地域，用当地的特产充填了你生命的轮廓，你也必定不是此番模样。

我们挺拔的骨骼，来自那里飞禽走兽体中的钙和磷。我们明澈的目光，来自那里田野中绿缨垂地的硕壮的胡萝卜。我们飘扬的发丝，来自那里山峦上乌云笼罩电光石火的黑夜。我们猩红的嘴唇，来自那个铁匠铺里熊熊燃烧的烈焰……

出生地是一枚隐形的金箍，出生的那一瞬，它就不动声色地套上了每个人的后脑勺，叫你终生无法退下。我们嗅到的第一缕空气，是那里的草木释放。我们喝到的第一滴甘泉，是从那里的岩石沁出。我们看到的第一眼世界，是那里的风云变幻。我们听到的第一声响动，是那里的万物呼吸……

我开始缠着母亲，讲我出生的故事。母亲的记忆如雨中砖地上的红叶，零落但是鲜艳洁净，脉络清晰。她说，你出生在新疆伊宁，那是一座白杨之城。那里的白杨不像这里的白杨，有许多幽怨的眼睛。那里的白杨没有眼睛，每一棵都像银箭，无声地射向草原无边无际的天空。

母亲说，我出生在秋天，父亲在远方执行任务。母亲说，部队里成了家的男人和女人，平日都是分开住的。唯有到了节日，才是团聚的时刻。母亲说，大礼堂里，拉上许多白布帘子，分割成一个个独立小屋，那就是军人们的卧室了。母亲说，节日的黄昏，女人们早早就躺下了，在四周雪白的布笼中，悄悄地等待自己的丈夫。母亲说，夜深了，查哨归来的男人们，像潜入敌营一般，无声地在白布组成的巷道穿行，走到自己的属地，持枪的手，像雄鸟的喙一样衔开白帘，温暖地滑翔进去。

母亲说，部队里的孩子，就是孕育在白布帘子背后。如果从礼堂的房顶看下去，那些布做的田野和畦，和如今冰箱里储藏冰水的塑料格子差不多。我忙问，我是那样来到的吗？母亲说，不是。因为职务，父亲和母亲享有一栋古老的俄式木屋。它高大凉爽，有宽宽的木廊。唯一美中不足的是，不知建于何年何月的地板，每当你脚步穿过的时候，就会合着你的节奏簌簌抖动。

母亲说，怀你的时候，父亲率领骑兵，要去远方。他把照顾母亲的担子，交给一个年长的警卫员，名叫小胖子。母亲说，那个兵，大约有40岁吧，现在没有这样老的兵了，那时有。幸亏他的年纪比较大，要不这个世界上，可能就没有你了。

母亲说，整个怀孕期间，她完全吃不下寻常的食品，闻什么都吐，体重锐减。医生说再不补充营养，大人孩子都危险。小胖子很着急，他是四川人，会做饭，殚精竭虑地把能够想出的吃食，因陋就简地做出来。盛在大粗碗里，端上来让母亲闻闻，看哪一样能吃得下去。母亲对所有吃食，都大饥若饱，置若罔闻。终有一天，母亲嗅到一缕奇异的香味，不觉食欲大动，问小胖子，你吃什么呢？能不能让我也尝尝？小胖子说，我在喝野鸽子汤。

在俄式木屋不远处，有一座废弃的粮仓。粮仓高而窄的窗户，像古堡的透气孔。每天早晨，小胖子打开窗户，然后就忙自己的事去了。粮仓的地上，散落着陈年的苞谷粒，粮仓的每一寸墙壁，都蒸发着粮食干燥熏香的气息。铺天盖地的银灰色野鸽群飞来了，从窗口鱼贯而入。到了夕阳倾斜的辰光，小胖子突然从墙外关闭窗户，使粮仓没入黑暗。然后挥着一把大扫帚冲入门内，旋风般扑打，鸽羽纷飞……

怀你十月，我只吃了不到十斤的大米和一点野菜。剩下的营养，全靠野鸽子汤支撑。母亲很严肃地说。

我追问道，您一共吃了多少只野鸽子啊？

母亲想了想说，一天少说也有十只，几百天算下来，总有几千只了。

我大惊，愤愤地说，您也太能吃了。要是“绿色组织”知道了，会对您提出抗议的。

母亲纠正我说，不是我能吃，是你能吃。一旦生下你，我就再也不吃野鸽子了。

我说，不管怎么说，这数字也大得可怕，承受不起。我最多只能承认自己是一千只野鸽子变的。再多，就是大罪孽了。

一想到自己平凡的生命之弦上，挂着千只野鸽，坠得心绪弯出弧形。一千对鸽翅，将是怎样一片掠过苍穹的翠蓝的云？一千只鸽鸣，将是怎样一曲缭绕云端刺人肺腑的歌？一千双鸽眼，将是怎样一束眺望远方洞穿云雾的光？一千堆鸽羽，将是怎样一片洁白的雪能融化万古寒冰？假如我这一生虚掷光阴，对不起造化，对不起自然，对不起我的父母，也对不起架构我生命的那——羽翼丰满飞翔不息的千朵生灵！

母亲临产的时候，父亲从营地骑马赶来。母亲已住进苏联人开的医院，躺在产床上，辗转反侧。病房不让父亲进去，父亲只好在医院病房的窗户上，久久地凝视着母亲。然后，一扬鞭，飞身上马，再赴疆场。

你第一次见到你父亲，已经是满月后。那时，你已是一个大孩子了。母亲说。

然后，父亲又走了。母亲抱着我，住在古老的俄式木屋。夜里我爱哭，母亲就彻夜抱着我。母亲胆小，不敢点灯，就在漆黑的夜里，守我到天明。门口有一棵小榆树，树影在夜风里，像鬼魅一般伸缩着指爪。

无数次地讲述历史之后，我对母亲说，咱们回一趟新疆吧？去看木房子、小榆树和野鸽子。母亲曼声应着，几乎不抱希望地说，好啊好啊。只是新疆太远，伊宁太远。

对话埋在土里，好像古墓中的莲子，酣睡着，不知何时才会绽成花。

1997年夏秋，我和母亲同赴新疆。汽车翻越天山的时候，我十分紧张。那是一条年久失修的战备公路，已很少有人走。一边是壁立的悬崖，一边是深渊。山顶的冰川，在炎热的8月，融化成无数道淋漓的小溪，从峰顶汩汩坠下。冰川就变得稀薄了，出现了亚麻般的网络，好像贫女洗涤多次的纱裙，自山顶逶迤而下，渐薄渐远，直到下缘溶成一道暗赭色的湿边。

我悄声对母亲说，您害怕了？母亲说，有一点。我说，您当年从伊犁离开去北京的时候，难道没有翻越天山吗？怎么倒好像是第一次看到这种险峻呢？母亲说，那时，我怀抱你，没有看过一眼山，我一直在看你。

汽车驶近伊犁的时候，心怦怦跳，我对自己说，一定要大睁着眼睛，把记忆变得像一卷新录像带，事无巨细都拍下来，留着以后慢慢回味。

伊宁满目是青苍的绿，高耸入云的绿，剑拔弩张的绿，沙沙作响的绿——高大矗立的伊犁杨！不长忧郁眼睛的伊犁杨！耳边听到母亲喃喃说，都认不出来了啊，哪里是当年的老房子？

在伊犁的日子里，母亲第一个也是最后的愿望，就是找到她和父亲住过的地方。我本来以为这不很难，就算地表建筑有了相当大的变化，但山川依旧，地名还在，只要踏破铁鞋，还怕找不到吗？

然而，我错了。伊宁发生了太大的变化，从母亲茫然的眼神里，我发现她记忆中的伊宁，仿佛是另外一个星球上的地方，同这方土地不搭界。赤日炎炎下，母亲说，那时漫天大雪啊，我坐着雪爬犁……我怀疑都是这季节闹的，大约应该在隆冬来。白雪的城市和青杨的城市，永远无法重叠。

我帮母亲梳理头绪。母亲说，老房子的周围有一家飞机场。我想这是一个显著的目标，得到《伊犁河》的编辑热诚相助。第二天一大早，带着我们照直奔机场而去，绕着机场转了三圈。不想母亲对那里的地形地物毫无反应，说，房前还有一条河，房后还有一座山，这里一马平川，不是啊不是。我说，机场嘛，当然是平的了，也许是修机场的时候，把山平了，把河填了？

母亲不置可否，看得出，她不信服我的解释。找来机场的工作人员，向他打听这里原先的地形，以证明我的猜测。没想到他很肯定地说，这里没有山，也没有河。从来没有。我看，老人家说的那个机场，不是我们这个机场。你母亲20世纪50年代初期就离开伊犁，那时这座机场的图纸还没画出来呢。

于是有了老机场的悬念。

我们又驱车去巴岩岱。这是一个赫赫有名的地方，几乎每个伊犁人都知道，但当我细究这地名是什么意思的时候，又谁都说不清楚。

巴岩岱是一个小镇，我们的车缓缓驶过，好像在检阅路旁古旧的土屋和新的建筑。我不断地问母亲，是了吗？想起一点了吗？母亲总是漠然地摇头。

新疆小镇特有的十字形短街，很快就被车轮丈量完了。往回开，再走一遍。我对司机说。正在修路，地表的积土和晒干的驴粪，化作旋风样的灰尘，快乐地裹挟在车的后方，像赭黄色的陈旧面纱，把巴岩岱半掩半藏。母亲索性走下车去，期望巴岩岱的土地，会直接告诉她点什么。

亚洲腹地的太阳，从公路上方，几乎垂直地击穿颅顶，把灼热和焦躁注入思维。随着车轮的反复碾压，母亲的迟疑已经延展成沮丧。我的记性真的这么糟了吗？不对啊，我怎么一点也想不起来了？就算房子被拆了，山也被削平了吗？还有那条河？河边的柳树呢？母亲低声自语，愤愤不平，仿佛要同历史讨一道说法。

四周悄悄，母亲已经离开这里44年了，没有人负责回答她陈旧的问好。

我决定放弃寻找，不论是巴岩岱还是八烟袋，这样对她老人家的压力可能轻些。我说，有很多归国的老华侨，都找不到自己的家。不是您记性不好，是这个世界变化太快。

我拉着母亲走到一处风景秀丽的小渠，对随行的记者说，麻烦您给我和母亲合张影。这里就是巴岩岱。

母亲不服，说，你那时什么都不记得，凭什么说这里就是巴岩岱？

我说，您倒是记得，可您的巴岩岱在哪里？这里就是巴岩岱。

于是我和母亲，在我所指定的我的出生地，照了几张相。平心而论，四周景色不错。草原在午后阳光下灼热地呼吸，波光粼粼，犹如晃动着自九天而下的玄紫色纱幕。脚旁的小草，像无数神奇的吸管，把苍黄大地的水分，变成了绿色油漆，不慌不忙地涂抹在自己向阳的叶面上。也许是颜料不够，叶子背面就比较马虎，敷得清淡些，露了霜白的底色。野花英勇地高举着花茎，把小小的花盘，骄傲地迸裂到近乎水平的角度，竭力把自己最美丽的一面展示出来。好似一个细胳膊的小伙子，一往情深地仰着脸，向蓝天求爱。虽然结局不一定乐观，仍充满了令人感动的柔肠。

我很中意此地的风景。母亲不再吭声，那神情分明在说，这里虽然好，但不是你出生的地方。

回宿处的时候，母亲说，你出生的那家医院，总是应该能找到的。

那家医院还在，新的四通八达的主楼、熙熙攘攘的愁眉苦脸捏着药袋的杂色人流和飘逸的白衣。我和母亲在药气汗气中穿行，问一个护士，这个医院当年的妇产科在哪里？那个护士匆匆走着，一边走一边丢着话，你要问现在的妇产科，我告诉你。要是问原来的，谁知道？

连续问了好几个人，都被干脆地回绝。母亲一脸的茫然，也许昨天我的指鹿为马刺激了她，她不愿再无望地寻找，对我说，我们走吧，即使找到了医院，也找不到你爸爸看我的那扇窗户了。

我便依偎着母亲，慢慢向医院的大门走去。就在这一瞬，千真万确地，我听到血脉深处剧烈的叹息，心被攥紧又松开，痛得窒塞。

我果决地对母亲说，请随我来。不由分说地牵了她，向一个我也说不清的方向，义无反顾地走去。

人很多，不停地碰撞，我急速穿梭，不住口地说着对不起，宛若行进在旷野杂草间。碰到的人不再有鼻子有眼睛，只是一些木桩。七折八拐，终于看到一栋老屋。

它蹲踞着，好似千年蘑菇。自屋顶冲刷而下的杏色雨迹，如岁月的鞭痕，在木疤处拐了一个小弯，依然执拗地向下。

我的血翻起泡沫，激烈地鼓荡着。看——就是那扇木窗！我握着母亲的手大叫。那一刻，我们都感到彼此的肌肤，在盛夏的炎热里冰冷如雪。

木屋的墙壁上有一扇木窗。木窗和它宽大的窗台，漆色斑驳地幽闭着，锁定45年前一位戍边的将士和最初的父亲久驻的目光。

是吗？是这里吗？母亲轻声反问着，伏在窗棂上，处处抚摸，好像那里还遗有军衣的擦痕。俯身比量着询望屋内的角度，好像父亲的视线，还如探照光柱一般，笔直地悬浮空中。许久，母亲缓缓说，正是从这个方向，你爸爸他第一次看到你……

我僵僵地立着，感觉时光顺流与逆流的波纹。

还需确认。无人知晓数十年前此地的格局。终于找到一位维吾尔族老人，捋着飘拂的白胡须说，半个世纪以前嘛，这里是苏联人开的医院。后来嘛，都拆了，盖了新的楼了。现在嘛，只剩这最后的地方啦，原先是专门接娃娃的房……

我长久凝视窗户，穿越时间隧道，一身戎装的父亲，牵着他的战马，屹立远方。

母亲说，连我都认不出的地方，孩子，怎么就像有丝绳拽着，你一下走到这里？

我说，妈妈，不要忘了，我也来过这里啊。在我的记忆深处，我记得这条路。这里是我第一眼看到的世界。从这扇木窗中，我认识并记住了父亲的微笑。

到了临离开伊犁的前一天，母亲有些不好意思地对我说，我还想找找我和你爸爸住过的那座老房子。让车在伊宁街上随便转吧，也许突然就看到了。

我不知如何再向主人提出要求，为了老房子，我们已麻烦人家多次。主人说，老人家来伊犁不容易啊，今生今世也许最后一次了。说什么也要找到这个地方。于是让老王来帮助我们。

老王瘦而干练，目光鹰隼一样锐利，开始详尽地了解情况。

您敢肯定门前那是一条河，不是一条渠？新疆的渠沟很多，有的也很宽，波涛滚滚的。老王抽着莫合烟说。

是河。因为它是弯弯曲曲的，人修的渠是取直的。岸边有很粗而疙疙瘩瘩的树，老树，树叶落在水上。母亲说。

您的记忆很肯定，附近有一座山？

小山，不高。肯定有。在河的北面。母亲说。

老王站起身来，说，咱们走吧。我已经知道那大概的方向了。

我和母亲半信半疑地跟着老王上了车，他对司机低语了一声，车就飞快地沿着白杨大道驶去。

到了一处疏朗的房舍，周围有不浓不密的林子，地面有些残存的鹅卵石，像半睁半闭的疑惑之眼。

其后发生的事，恍若慢镜头。母亲一跃下了车，踢着那些鹅卵石，飞快地向远处的房舍走去。我想紧跟上，老王示意我拉开距离，以给母亲一个独立回忆的空间。于是放她苍凉地一人走向往事，我们默默地跟随。

母亲举步如飞，跑到一所孤独的木屋旁，目光如啄木鸟，从地基敲到檐顶，然后又一寸寸地凿下，好像要把那些木棂中的年轮剥出来。

我以为母亲会说什么，结果她什么也没说，就倒着身子，退开了。我忙凑过去，没想到她又疾步走上前去，我紧跟，听到了她对木屋说的话——你怎么比原来变矮了？哦，是了，我知道了。我们都老啦！

母亲拉着我的手，登上木屋的台阶。那台阶吱吱扭扭响着，这声音亲热地召唤母亲，从她的耳鼓潮水般地蔓延开去，扩展到整个身心。

这是一座说不上年代的俄式建筑，当年不知漆过何种颜色的油漆，现在已完全脱落，连绿豆大的一点遗迹都不曾留下。

每一寸木纹都裸露着，好像森林老人住的原木房子。高高的挑檐，抗拒着岁月的磨损，依旧尖锐地飞翔着，几乎把草原湛蓝的天空刮出伤痕。檐口的滴水槽已经残破，水线蜿蜒，好像一把用旧的木锨还牵着淋漓的泥浆。屋顶上小塔式的烟囱半边坍塌，露出被壁炉焰火熏黑又被风雨漂白的栗色。悬山的边缘已成锯齿，唯有山墙像倔强老人的脊背，昂然挺立着。阳台的栏杆，有美丽的螺旋状丝纹，不可思议地保持着精致的形态，透出当年的华丽。游廊很宽敞，木地板由于多年无数双鞋的摩擦，生出短而茸的木刺，在舒缓的木弧中被浮土半遮半掩。

一把大锁禁锢着历史。母亲紧张地扒着门缝向里张望，如同孩童。老王不知用了什么办法，找来一个全副武装的士兵，开了门。原来这里和半个世纪以前一样，是军队的产业。

木屋的中央是气势宏大的客厅，虽堆满杂物，仍看出往日的磅礴。四周是布局严谨的小房间，年代久远，已察不出主人修造时的匠心。我们在灰尘中走动，搅起呛人的烟尘。母亲的目光如蛛网一般，打捞着游动的往事。她一定是看到了我所无法窥视的影像，与那时年轻的自己对话。

你好啊！老房子，我来看你来了。你还记得我吗？这就是当年那个爱哭的孩子啊！我们一道从北京来看你，你还记得我们吗？母亲拍打着积满青灰的栏杆，对着空中自语。

我和母亲拉开一米远近，怕惊扰了她的思绪。没想到母亲执意拉着我，好像面对久久不见的亲戚，不停述说——那里，就是我睡的床，抱着你，坐在床上。那些夜晚，总也盼不到天亮……她指着一个堆满军械的角落。——那里，就是小胖子煮野鸽子汤的地方。她指着回廊的拐角处。你该叫他小胖子叔叔的，要是没有他的好心，这世界也许就没有了你。他如果还在世，该有80岁了。——那里，就是整夜摇晃的小榆树啊。天！它长得这么高，成了老榆树了……她指着窗口外的树枝，我眨眨眼，看到那树应声弹下几斑苍凉的绿泪。

木地板在我们的脚下波动，我问母亲说，它们是不是晃得更厉害了？母亲说，没有啊，它们和以前一模一样。真奇怪。哦，对了，人是熬不过木头的。

那位开锁的士兵，从我们的对话中，明白了原委，恍然大悟道，啊，你们从北京赶来看它。来得正好，再有一个星期，它就被卸成一堆木板。

在城市建设的整体规划中，已几次动议拆除这老屋，不料每次临动手的时候，就出些意外的变故，阻止了工程。这一次，推土机已备好，再不会拖延了。

啊，老屋一直在等着我们，等着母亲布满褐斑的手最后的抚摸。等待当年的孩子，再看一眼它斑驳的木纹。

山不在了，河不在了，但老屋尚在，与我们母女相会于它生命的夕照里。

老王后来告诉我，20世纪50年代，贯穿伊宁市的河流只有两条，背后依山的就是这条河。后来，城市变迁，山被砍平，填了河床，地表上的旧貌已杳无音讯。此地原来确属巴岩岱管辖，但行政区划几经变更，如今已归属市区，难怪母亲在巴岩岱百寻不到了。

我们依依不舍地告别老屋，我从摇曳的榆树上摘下几片树叶，从地上掬了一抔黄土。我会把它置于父亲的墓前，我猜他会在有月亮的晚上，轻轻地闻着树叶，用手指捻着黄土纷纷落下。父亲一生戎马生涯，他眷恋他骑马挎枪走过的地方。

母亲安宁了，好像同我交割清了生命的最后一笔账目，我却接过一副沉重的挽具。你已知道生命的源头，你不由得张望生命的尽头，心中惴惴。当你有朝一日，一切归于永恒，背负黄土，仰望星空，检点一生：你啊你，可对得起三千银翅、一蓬绿荫、古旧的木纹和一个名叫小胖子的老兵？！

离开新疆前，我应邀做了一场讲演。主题发言以后，我说，我有一个私人问题，求助大家。我出生在伊宁巴岩岱，我不知巴岩岱是什么意思，谁能帮我解答？不一会儿，纸条递上来了，说：“巴岩岱是一句蒙古语，意思是——大雁落脚的地方。请问你何年再回新疆？”

我一时热泪盈眶。新疆是我生命的始发站，只要我还在天际运行，无论飘到何方，都会彗星回归。

又传上来一张纸条，上书：“我们几位伊宁人，想把自己的家腾出来，为你建一间文学馆。让天下更多的人知道，伊宁出了个你。”

我感动，为着家乡人的热忱。半晌，我说，毕淑敏何德何能，能承受伊宁人的如此盛情？我的老乡们，听我一句话。自家的房子，还是好好装修，住得宽敞一些为好。如果实在空闲，就开一个小饭铺，卖手抓羊肉和伊犁草原上的马奶酒吧！那是天地的精灵。

第三章

遇见这世界的美好

旅行最美妙的感觉，是在它不断轻声提醒我们——你所知甚少，而这个星球如此美好。

生当做瀑布

“峡湾”是个词，是个专有名词。这名词在词典里的解释是——对不起，没有。我查的是《现代汉语词典》，手头最方便处摆放的就是这部词典，通常都不会让我失望。这一次，例外。

只得分开来查。关于“峡”，它说是“两山夹水的地方（多用于地名）”。然后再来查“湾”，说是“水流弯曲的地方”。

现在，你把这两个字拼在一起，峡湾的意思就是：两山夹水的弯曲的地方。

现在，你明白峡湾的意思了吗？

我估计你还是不明白。因为两山夹水可以是长江三峡，但峡湾不是三峡。夹水的弯曲的地方，可以是漓江，但峡湾不是漓江。

峡湾究竟是什么东西呢？或者更准确地说，它不是一个什么东西，而是一个什么地貌呢？

用一句通俗的话来讲，峡湾就是海水构成的山谷。

中国的地势是左高右低，按照上北下南左西右东的标识，中国的西部高东部低，靠近大海的地势，是平坦而中庸的。这样，我们中国人就以自己的亲身体验，认为海岸线是平原和大海的渐次衔接，是一个和平过渡的交班。但这有点一孔之见。在地球的其他地方，并不都是这样。

挪威的峡湾被幽深碧蓝的海水充溢着，但源头并不是海水，而是高山上的冰川。由于气候变换，冰川时代结束，大地回暖。昔日不可一世的冰川开始融化，向大海缓缓滑去，这个过程看似缓慢柔润，实则蕴含着强大而持久的力量，犹如锋刀的切割。冰川美人，手持潺潺而化的溪流，当作微型利剑，日复一日潜移默化地将高山雄健的肌体划得遍体鳞伤。终于，高山成壑，大地分裂。成功地复仇之后，冰川之水义无反顾地向大海奔去，山麓荷满支离破碎的皱纹，在那里仰天叹息。海水不失时机地乘虚而入，它其实是爱戴和敬仰高山的，用深邃的咸涩的泪水把峡谷填平。

这就是峡湾了。窃以为，峡湾不如叫作陆海壑，这样比较清晰一点。但是，会不会有人以为陆海壑是海中的陆地呢？那就又说不清了。还是叫峡湾吧，去过的人多了，其义自明。

美国有本《国家地理》杂志，大名鼎鼎。中国人知道这本刊物，不少是来自《廊桥遗梦》故事里那位男主角罗伯特·金凯，这位漂泊四海孤独激情的摄影记者就常常在这本杂志上发表作品。该杂志独出心裁，组成了一个庞大的专家组，囊括了生态学、地理学、城市与地区发展、旅游介绍与摄影、文化自然遗产保护、考古学和可持续旅游领域的各界人士。专家们根据六项标准加之亲自体验审查，对世界各地115个旅游目的地进行了评选。这六项评选标准是什么呢？

1. 生态与环境质量

2. 社会与文化完整性

3. 历史建筑与文化古迹质量

4. 美学与吸引力质量

5. 旅游管理质量

6. 未来前景

一番讨论之后，专家组列出了全世界50个世界最佳旅游目的地。在这张清单上排第一位的就是挪威峡湾。

在中国乃至亚洲大陆并没有峡湾，除新西兰、智利等国偶有所见外，世界上80%的峡湾在欧洲，而欧洲的峡湾主要在北欧，北欧的峡湾则主要在挪威。峡湾的英文名是“Fiord”，有时特指的就是挪威的峡湾。

挪威南部的大西洋海岸线呈不寻常的曲折，多条宽阔的“海流”蜿蜒伸展到内陆达150公里。峡湾的水非常深，一般都在几百米，最深达到1200米！两岸的山峰动辄也是千米高，万丈绝壁紧紧钳住一泓蓝水，这水还会随着潮汐一呼一吸，是不是有一种诡异的壮观？

峡湾里瀑布之多到了令人眼花缭乱的程度，可以说千米之内必有瀑布，常常是一眼望去，三四条瀑布同时跌落九天，细者如银丝，粗者如白绫。从北部的瓦伦格峡湾到南部的奥斯陆峡湾，车行之处，无数大小瀑布如万马奔腾。一条接一条，呼啸着喧哗着溅入峡湾，构成烟雨迷离彩虹飞架的仙境。

旅途中，不由得想到，如果我是水，做哪里的一滴水呢？做藏北高原狮泉河的一滴水吗？那里太冷了。做大海中的一滴水吗？海啸壁起的时候，杀人夺命，造孽深重。做黄河中的一滴水吗？虽然历史久远，然携带泥沙太过劳累，不得休息。做南极的一滴水吗？虽然洁净，但万古不化的寂寞，也令人怅然。

思前想后，最后做了一个决定——生当做瀑布。瀑布的前身是小溪，无拘无束地跳跃和畅流。小溪们会聚在一起，就长了能耐和勇气。人多力量大，水丰好办事。同心协力找到腾空而下的山岩，嘻嘻哈哈地纵身一跃，快乐地自高处跌下。水珠们拿着大顶叠着罗汉，倒栽葱地撞向深处，被风扯出透明的旗帜，在飞翔中快乐地撒欢。

瀑布没遮拦地降到了谷底，反倒安静了，变成了一汪小小的泉。如果有幸在挪威做了瀑布，通常不会旅行太远的行程，就被峡湾收编了去，成了海的一部分。

我是一个很爱吃巧克力的人。在瑞士的时候，导游一句话，让我来了兴趣。导游说，世界上哪里的巧克力最好吃呢？是瑞士。为什么呢？因为巧克力主要是由可可脂和牛奶构成的。

我觉得这几乎是一句废话，等于说你知道今天的天气为什么好吗？因为今天是星期三，明天是星期四，所以天气好。不解决任何问题，疑团继续存在。

瑞士是一个面积只有41万平方公里的小国，山高水险并且冬季严寒，全国并不生长一棵可可树，瑞士也从未有过殖民地，和可可生产地——如非洲、南美洲等没有任何直接关联。就是说，瑞士生产巧克力，几乎就是先天不足。然而，为什么瑞士却是世界上巧克力的第一生产大国，享誉全球？

巧克力的所有制造方法都是在瑞士发明的，瑞士人使巧克力的制造流程和方法达到了几乎完美的地步。最可贵的是瑞士人并没有让巧克力长久地保持高昂的身价，而是毫不犹豫地把它从奢侈品的皇冠上拉到了平民的椅子上，成了大众化的消费。1819年，500克巧克力的价钱高达6瑞士法郎，这在当时相当于一个普通工人三天的工资。1826年建立了一家巧克力工厂，所有机器设备的动力都来自水力，大大提高了效率，每个工人每天可生产25—30公斤巧克力，降低了成本。1830年，勒拉赫和自己的儿子们，在洛桑建立了一家工厂，并发明了欧洲榛果巧克力。一位屠户的儿子，把巧克力与牛奶混合在一起，从此结束了巧克力带有苦味的历史，产品有了一个质的飞跃。同时他发现Henri Nestle[①]最新发明的炼乳方法很好，遂用来制造出了美味的牛奶巧克力。

1879年卢道夫林特在伯尔尼大教堂下的阿尔河旁，建立了自己的

① 亨利·内斯特莱，雀巢公司创建者。——编者注

巧克力工厂。他发明了一种被称作“Conchieren”的工艺，在较硬的巧克力泥中加入可可脂，使瑞士巧克力有了今天的高贵、精美的味道。

瑞士是世界上巧克力消费最高的国家，最高纪录为2001年人均消费巧克力12.3公斤。以我当过医生的经验，真觉得这么多巧克力的摄入，怕容易引起血糖血脂的增高吧？

瑞士商店里的巧克力琳琅满目，品种有几百种之多，售价也很便宜，一块简装的没有华丽外壳的100克的巧克力，只相当于人民币几元钱。吃到嘴里，甜香软滑，非同一般。

说了这么半天，还是没有把瑞士巧克力天下第一的秘密揭露出来。其实，谜底很简单，导游指着车窗外说，因为瑞士有最好的奶牛，最好的奶牛挤出最好的牛奶，最好的牛奶就做出了最好吃的巧克力。

在阿尔卑斯山麓，是无边的草场和自由自在的奶牛。瑞士奶牛不是黑白花的，通常是红白花或是黄白花的。它们体形硕大，乳房饱满，无忧无虑地吃着草，好像生活在远古时代。导游说，你们注意到了牧草吗？我瞅了半天，说看不出有什么特别的，只是这里没有污染，好像格外嫩绿。导游不满意，说，你没发现牧草的品种不一样吗？瑞士精心研究牧草，培养优良品种，有时候要花费五六年的时间，才能选定某种优质牧草的种子，播撒在草地上，才会长出富有营养的牧草，吃着这种牧草长大的奶牛，才有可能挤出芬芳浓郁的牛奶，然后，才能保持世界第一的口味独特的巧克力啊。

原来，巧克力的生产线是从牧草开始的，多么长远的谋略啊。

山色越发深了。车停下来休息，在欧洲，司机的工作时间是固定的，每两个小时必须休息，不得违背。车上有类似飞机上的黑匣子装置，只要汽车一发动，它就开始记录，包括测算司机每天的驾驶时间和休息的频率，以防疲劳驾驶。

此处景色优美，奶牛们三五成群，在牧场上优哉游哉地闲逛着，看到游客们，也不躲避，睁着好奇的大眼睛，好像在猜测这些人的来历。

有人充满善意地走过去，企图近距离地接触奶牛，和奶牛合影，抽冷子可能也想抚摸一把牛背什么的。导游赶紧招呼大家，说这万万使不得。

导游说，近几年来在瑞士牛和人之间发生事故的比例，比过去多了许多。究其原因，可能是由于新的养殖方式造成的。

过去奶牛受到人的照料比较多，现在，它们更多的时间是在牧场上散养，跟牧民接触的时间很少，已经不习惯跟人靠得很近。也就是说，在某种情况下，这些奶牛部分地恢复了野牛的天性，桀骜不驯。你别看它们好像长得很温顺，其实发起脾气来，也是很彪悍的。即便是一只样子乖巧的小牛也不可以随便触摸，否则，你就有可能被它追得到处乱跑，或者全身负伤。

再者，旅行者来自四面八方，没有和奶牛打交道的经验。看到奶牛生气了，他们也跟着惊慌失措，不知道如何是好。有些人本能地立即转过身撒丫子就逃，但这其实是最危险的举动，会刺激奶牛进一步发作。正确的做法是保持安静，慢慢地蹑手蹑脚地远离奶牛。

多起悲剧之后，瑞士徒步旅行协会发出郑重建议：别去打搅奶牛，更不要想着去触摸它们，可爱的小牛也很危险。不要试着去吓唬它们，不要死死地盯着它们看，也不要当着它们的面舞动棍子。万一发生极端的情况，你就瞄准它们的屁股来一下。

听导游这么一说，我们个个视牛如虎，再也不敢靠近。导游稍稍缓和了口气说，如果你实在太喜欢奶牛了，在离它们20米的地方看看还是可以的。

就这样，我虽然非常喜欢奶牛，但是没有留下一张和奶牛合影的照片，因为我在距它们25米之外。

山路越来越险，真不知道深山里的牛奶如何新鲜地卖出去。看来我的担心不是多余的，这个问题也逼着牧人们开动脑筋。一个名叫保罗·韦勒的牧人，每年都为他的奶酪销售犯愁。他的牧场使用太阳能，木材是用直升机空运来的，设备一流。奶酪则是牧场主按照传统方法制作的，质量绝对优等。可是因为交通不便利，他的产品就是销不出去。

头脑灵活的牧人想到了出租奶牛。他在网上刊登了奶牛的照片，一头奶牛整个夏天租赁费用为380瑞士法郎，估计可产70—120公斤奶酪，租赁人在9月份就可以来牧场收取奶酪——可以将其带走出售，也可以馈赠亲友。

多么聪明的牧人！保罗的计划大获成功，15头奶牛在网上被租赁一空。保罗还计划扩大服务范围，将周围几个牧场的奶牛统统在网上租赁出去。

真佩服保罗的好脑子，当然也佩服保罗的照相技术。想来他毕竟是主人，聪明的奶牛认得他，乖乖地让他照相，并且把自己的照片贴到互联网上，供人们评头品足。

离开瑞士的时候，有的人买了表，瑞士的手表当然是天下第一。我也买了瑞士天下第一的东西！这就是瑞士的巧克力。特别挑选了“三角”牌巧壳力，因为喜欢包装上的图案，高耸的阿尔卑斯山。据说这个牌子的巧克力特意制成三角形状，就是为了纪念欧洲最高峰的身姿。也是为了立此存照，想到那些幸福的自由自在的偶尔发发小脾气的奶牛，分泌的精华就存贮在这块巧克力中。

后来，我又到过一个欠发达的国家，看到田里的耕牛，目光惨淡骨瘦如柴。它们的脊梁如悬崖般锐利，如果有什么人胆敢骑到它背上的话，牛肯定会在第一时间被压垮倒地，那个人的尾骨也会被牛背切出伤口。从此我对骨瘦如柴这个词，有了形象化的记忆。那不仅仅是菲薄的瘦，更是生命的干涸和死亡的引燃。

写了半天，把挪威和瑞士这两个国家生拉硬拽到一处，真是没有太多的道理。也许，连接这些文字的，就是游丝般飘荡的思绪吧。如果我是一滴水，纵是一滴普通的水，也希冀着跌宕起伏和波澜壮阔，也渴望游弋和携手，那就做一次瀑布吧。如果我下辈子变成一只牛，就到人迹罕至的山里去，吃的是优质的草，挤出优质的奶。不要被人打扰，不要留下影子，百无遮拦自由自在地在山坡上踱来踱去。为了人间的香甜贡献一点力量。

北纬66度

北纬66度33分是地球上假设的一条线。一条非常重要的线。为什么这样说？因为这是北极圈的标志。在这个纬度之上，就进入了广袤荒凉的北极。

冰岛的国土有很大部分在北极圈以内，我们问有何特产值得一买？当地导游是入了籍的华人，咂着嘴说，冰岛的物价很贵，日用品基本上都是从欧洲运来的，除了鱼类制品和蓝湖的火山泥化妆品，别的就不必买了。如果你一定要买点东西做纪念，就买冰岛各式各样的钥匙链吧，虽然也不便宜，毕竟还能承受得了。

我在冰岛看中了一样东西，叫作“高山之巅”。它像一听可口可乐，铝质小罐，密封，很轻。拿在手里，好像是空的。弹一弹，声音虚怀若谷，还真是空的。其实它千真万确就是空的，如果我们回到“空”的本意上来。原来，罐子里盛装的是冰岛高山之巅的空气。还有的罐子里装的是冰川之上的空气，想必更寒冷清冽一些吧？

计算了一下价钱，每罐空气约合人民币70元，不知道拉开罐盖大口吸入，能不能保持一分钟？从实用的角度来看，价值几乎是零，但按照我的喜好，会买下来。我一厢情愿地认为，人到过一些地方，由此所产生的思绪需要附着在一些物件上面，就像人的肌肉要长在骨骼的关节之上，才能屈仰自如。没有了可以伸缩的基点，记忆岂不变成了一堆肉馅？买不买呢？迟疑不决，因为我是一个怕老公的人。

早年间，还没有豪华到赴国外旅游，只在国内转悠。我买回一些当地小玩意儿，摆在书橱里，常常拿出来观赏。时间一长，也就渐渐疏淡了。一次，突然想起在桂林买下的竹制漓江小舟和鱼鹰模型不见了，就问先生。

先生狡黠地一笑说，你还记得那东西啊？

我说，当然记得了。坦白吧，到底你把它们弄到哪里去了？

先生交代：春节的时候，我看它们灰尘满面，想擦一擦，不料那只黝黑的鱼鹰刚一沾抹布，就瘫成一堆泥，原来是臭焦油捏的。鱼鹰怕水，失了形状，竹制的小舟也因为烧了暖气，干燥得裂了口，只好一并丢掉。本想马上就告诉你，后来转念，倒要试试你需要多久才会想起它们，才会发觉它们其实已不在。这不，已经快到中秋节了，你才念叨它们，可见没多少感情了。屋里就这么大点空间，以后你走的地方越来越多，照这个样子买下去，咱家就成地摊了。

我哑口无言。买东西的钱，是一次性支出，就算昂贵，也是有限的。但天长日久地摆放和擦拭，却是持之以恒的占据和劳作。我主张简单生活，不愿麻烦他人。既然自己不能承担起打扫纪念物的责任，家又是公共空间，就只能节制和收敛了。于是决定除了万分必要，我不再购买没有实用价值的纪念品。

罐装冰岛的空气，就忍痛割爱了。

我没有买冰岛的钥匙链。我已退休，只有一把家门的钥匙，不必这样烦琐。我没有买冰岛的鱼制品，路途迢迢恐生腐臭。我也没有买冰岛蓝湖的火山泥润肤品，东方人的体质可能水土不服。

一日，气温骤降。来自北极的冷酷寒气刺入每一个毛孔，我们瑟瑟发抖，将所有的御寒服装披挂在身。有的人干脆一双双把连裤袜重复套上，腿粗如象，增强保温能力。

当我们蜷成一团尽量缩小自己散热体积之时，导游小伙子面色红润手舞足蹈，毫不惧冷。我们就说，到底年轻。又说，一定是冰岛的生猛海鲜吃多了，火力壮。

导游揪着自己的衣服说，你们说的其实不是，全凭的是它。

一件淡蓝色的夹克，毛茸茸的，样式不错，但也说不上多么时髦，初看和咱们的腈纶粒绒服装没有太大的差别。导游示意我可以用手摸摸。接触了实物，高下立分出来。导游的夹克非常细软，料子柔若无骨，丝般顺滑。

我说，这叫什么东西?

导游说，北纬66度。

我说，不是问牌子，是问材料。

导游说，这我也不大清楚，冰岛本地人称它为羊羔绒，是一种合成纤维面料，保暖性能非常好，我叫它火龙衣。你知道咱们中国的民间故事中说有一种衣服，寒冬腊月天能把人热得满头大汗，就是它了。

我疑惑地说，不是吧?故事里的火龙衣可不是一件真的衣服，是穷苦人不停地干活，用汗水抵挡严寒。火龙衣是编出来骗地主老财的。

导游笑道，可能出国的时间长了，我记不大清楚了。我说的火龙衣，完全是正面的意思，表扬它抗寒性特别好。在冰岛以外的地方，我还真没看见过这种衣服，也许别的地方没有这里冷，不需要开发这种抗寒衣料吧。你若问冰岛有什么特产，这“北纬66度”就是当地的名牌了。

所言不虚。在所有的旅游商店里，都悬挂和摆放着各种颜色和款式的“北纬66度”，目不暇接。特别是那些童装，雪白粉紫、青翠碧蓝、金红鹅黄……看一路，连眼光都暖起来。柔和轻盈，似乎只能穿戴在天使身上。

我痛下决心，对导游说，我要买一件“北纬66度”。

导游说，买吧，你回国后一定觉得物有所值。买哪件，我帮你参谋。

我说，不好意思，我不想在旅游店里买。到冰岛人日常买东西的商店去，可以吗?

我打了两个算盘，一是物价会比较便宜。二是我想看看当地居民购物的场所。如果你想了解一个地方的风土人情和百姓们的生活状况，商店是一定要去的。看看柴米酱醋盐的标价，比什么官方介绍都更入木三分。

导游答应了，带我们进了冰岛首都雷克雅未克最大的商场。购物条件非常好，明亮温暖宽敞，和北欧的其他国家差不多，唯一不同的是物价更贵。大致浏览一圈之后，我一头扎进了“北纬66度”的专柜。挑来拣去，为先生选中了一件夹克衫。藏蓝色，式样很大众化。

回到家中，我献宝似的拿出“北纬66度”，先生试穿之后，非常合适，颜色也正是他所喜爱的。闻听了价钱之后，他山河变色道，太贵了。以这个钱数，到小商品批发市场，最少可以买到10件。

我相信他说的是实话，也不分辩，只是默默地等待着。冬天到了，北风起了。北京的三九时分，很有几天北风萧萧。我请他穿起“北纬66度”。第一天回来，先生就说，这个衣服是值这个钱的。

我不语。以德报怨。

说起旅游购物，还有几件小事留在记忆中。

芬兰首都赫尔辛基，是个美丽的以白色为基调的城市。导游介绍道，如果两个人手拉着手，并且平伸着另外的臂膀，在人行道上前行500米，不会被人从对面走过来打断。这说法乍一听有点费解，想想方才明白。两人并排平伸胳膊携手，体宽再加上双臂展幅占地就在3米之上，走了许久还碰不到人，说明赫尔辛基道路宽阔行人寥寥。

赫尔辛基空气极其清新，据说可吸入颗粒物的含量是“0”。我问导游，此地有什么好东西？那是一个中国籍的小姑娘，说，这里好东西多了，只是道路宽阔和空气新鲜，带不走的。剩下的最好东西，我看是诺基亚手机和驯鹿皮。

诺基亚手机的总部设在芬兰，我们观看过那座几乎完全是由玻璃幕墙构建的大楼，听说里面的会议室都是以城市名字命名的，你可能上午在柏林开会，下午就到伦敦相聚。我说，手机我有一个老式的海尔已足够，驯鹿皮我倒是很有兴趣。

喜欢那个喜气洋洋的老头。戴着垂肩的红软帽，裹着窝窝囊囊的红皮袍，脚蹬结结实实的长筒靴，满头银发和垂到腰际的胡子好像在比赛谁更白更亮。最重要的是他不辞劳苦地扛着无数个红袋子，里面塞满了送给人们的礼物。

这老汉就是大名鼎鼎的圣诞老人。在白雪皑皑的冬夜，这个上夜班的老爷爷，拜访千家万户，送去祝福和快乐。

老人岁数大了，扛着大包袱走路太辛苦了，速度也慢，会让渴求礼物的小孩子们等到很晚。天黑雪滑，他老眼昏花又没有驾照，肯定是开不成车。礼物又多又沉，没法骑自行车，用什么代步？

圣诞老人爬上了雪橇。谁来拉雪橇啊？八只驯鹿！

我很小的时候，听到了这个故事，对圣诞老人感情倒还一般，只知道他是个外国人。那时候中国人对所有的外国人，除了苏联人之外，都有疏离之感。唯有对那八只拉着雪橇的驯鹿充满神往，想想吧，在漆黑的雪夜里，只有丛林间隙透过的点点星光，八只浑身布满美丽斑朵的长角驯鹿，眼睛里充满安详和赶路的兴奋，宽大的蹄子在冰雪上渺无痕迹地掠过，皮毛被掠起的风吹得纷披而下，像一道褐色的闪电擦过雪原……

关于驯鹿，我们还知道些什么？

导游是个美丽的中国女留学生，名叫佳佳。佳佳以前在国内的时候，曾看过我的作品，接机的时候认出我，我们从此十分友善。她告诉我说："驯鹿"一词源于印第安语，意思为掘地觅食的动物。驯鹿是异常勇敢的生灵，生活在北极圈附近，雌鹿体重可达150多公斤，雄鹿较小，为90公斤左右。雄雌鹿都生有一对树枝状的犄角，可达1.8米，每年更换一次，旧角刚刚脱落，新的就开始生长。驯鹿不但雄鹿有鹿角，雌鹿也长鹿角。为什么如此？是由客观生存条件决定的。北极气候严寒，植被稀疏。怀孕的母鹿为了抢到更多的地衣、草根、苔藓等食物，需要跟强壮的同伴们争抢，只能巾帼不让须眉地长出角来。

阿拉斯加冰原地区冬季气温可降至零下60℃，为了抵御寒冷，驯鹿不仅全身覆盖皮毛，连嘴鼻部都长有浓密的须毛。

驯鹿虽然温顺善良，却并非人工驯养出来的，由北欧拉普人管理的驯鹿是大范围圈养的。

驯鹿毛很有特点。长毛中空，充满了空气，不仅保暖，游泳时也增加了浮力。贴身的绒毛厚密而柔软，就像是穿了一身双层的皮袄。

驯鹿群每年都要进行一次长达数百公里的大迁移，遇山翻山，逢水涉水，勇往直前，前赴后继，万死不辞。春天一到，它们便离开赖以越冬的亚北极森林和草原，沿着几百年不变的既定路线往北进发。

北极圈西部一带生活着50多万只驯鹿，庞大的种群里每年春季都会有数万只母鹿即将临产。地衣草根等食物所含养分较少，数量也很有限，根本无法满足孕鹿所需的营养。为了确保自己的孩子出生在食物充足的地方，让亲爱的孩子身强体壮、在返乡的路途中能够存活，勇敢的孕鹿一刻也不敢耽搁，在白昼刚稍见增长的2月初，就最先踏上迁移的征途。

总是由雌鹿打头，雄鹿紧随其后，浩浩荡荡，长驱直入，日夜兼程，边走边吃，匀速前进，秩序井然。

驯鹿们沿途脱掉厚厚的冬装，生长出新的薄薄的长毛。绒毛掉在地上，正好成了天然的路标。年复一年，不知已经走了多少个世纪。

它们从阿拉斯加东部的苏瓦半岛出发，平原的尽头，宽阔的库伯河横亘在驯鹿的面前。这是驯鹿们需要逾越的第一道天然屏障。正常情况下，驯鹿们可以趁着结冰期过河，如果春天提早来临，河面出现大规模破冰，融冰使河水暴涨，它们只能冒险。大多数母鹿都有察觉冰层薄厚的本领，会谨慎地挑选一条安全路线。年轻母鹿缺乏过河经验，有的会掉入冰河。尽管驯鹿善于游泳，可是冰河的温度很低，游累的母鹿会爬上浮冰歇息。浮冰顺流而下，可能将疲乏的母鹿带离群体，也可能让其迷失方向，最后溺死。

逃过冰河之劫的母鹿们以为可以暂时喘息一下，没有留意身边还有另一个会走动的危险——它们的天敌大灰熊结束冬眠了，正需要填饱空了一冬的肚子。牺牲了几个大意的同伴之后，其余的孕鹿们开始翻山越岭，进入另一阶段的征程。野狼在这里成群出没，危险无时不在。

天气变暖了，苔原地区进入产期的动物不只是驯鹿，南方野狼也快要当妈妈了。对于驯鹿来说，野狼捕食量大增当然不是好消息。要想到达目的地还要翻过布鲁克斯山脉、越过尤塔卡河，可是孕鹿顾及不了这些，它们马上就临盆了。

幼鹿出生后几小时就会直立、行走，一天之内奔跑的速度就会超过人，在很短的时间内就会自己觅食。拥有如此迅速的生长速度，是大自然赋予幼鹿的独特法则，它们必须尽快强壮起来，跟着妈妈一起逾越尤塔卡河。

6月的苔原地区进入了短暂的夏天，到处都是绿油油的青草和盛开的野花，在各种维生素和氮、磷脂的滋养下，幼鹿很快就会强壮起来。

最后一批来此的驯鹿一个月后才能享受到这些。跟先出生的幼鹿相比，落在后面的孕鹿生出的幼鹿就要弱小得多。

水面宽阔，有经验的母驯鹿知道幼鹿过河危险性很高，会挑选水流和缓的地方让幼鹿下水。相反，有些年轻的急脾气的母鹿会带小鹿逆流而上，致使幼鹿还未上岸就已筋疲力尽。湿淋淋的幼鹿无力上岸，母鹿再焦急也帮不上忙。体力差的幼鹿就此丧生，就算侥幸上岸，绵延数里长的驯鹿群已经走远，很可能落入大灰熊或者野狼的口中。

7月的苔原雨水较多，地面上积存了很多水洼，滋生了大量蚊蝇。此时的驯鹿已经长出了新的鹿茸。初生的鹿茸表面十分脆弱，里面含有大量血液，是蚊蝇围攻的主要目标。每天，每只驯鹿都会为此损耗一定的鲜血。

苍蝇最喜欢将蝇蛆生在驯鹿的鼻孔中，而蝇蛆将在其鼻孔中寄生。为了驱赶身上的蚊蝇，驯鹿不得不重新爬上布鲁克斯山脉，让山风帮忙。8月下旬，北极圈的头一阵冷风袭来。驯鹿深知这一讯号的含义：几周后大雪就会来临。雪困之前，它们必须离开。漫长的迁移之旅又开始了。

驯鹿肉是上好的食品，跟牛肉的味道差不多。皮可以用来缝制衣服、制作帐篷和皮船。骨头则可做成刀子、挂钩、标枪尖和雪橇架等，还可以雕刻成工艺品。

感谢佳佳的这番介绍，让我们对驯鹿多了了解，更多了敬佩。人是需要敬佩一些动物的，为了它们所具备的我们业已丧失的智慧和勇气。

敬佩演变成了尽快购买驯鹿皮毛的欲望。佳佳说，咱们就到南码头吧。

位于市中心参议院广场上的赫尔辛基大教堂及其周围淡黄色的新古典主义风格的建筑，是赫尔辛基最著名的建筑群。在大教堂附近，就是南码头。那里是停泊大型国际游轮的港口，北侧建有总统府。总统府建于1814年，原是沙皇的行宫，1917年芬兰独立后成为总统府。总统府西侧的赫尔辛基市市政厅大楼建于1830年，外观至今仍保持着原来的风貌。南码头广场上有常年开设的自由市场。虽然是露天的，却找不出丝毫的杂乱与匆忙，处处洁净而整齐。在色彩缤纷的小棚子底下，贩卖着花草、蔬果、食物、玛瑙、水晶、琥珀、芬兰刀具等手工艺品，色彩纷呈。当然最多的是新鲜鱼类，鱼鳞闪着紧致而幽蓝的光，瓷白色的鱼眼炯炯有神地看着你。

找到一个出售皮毛的摊位，驯鹿皮堆满柜台。摊主是个小伙子，态度友善。我问佳佳，什么样的驯鹿皮算是好的呢？

她说，您是打算铺沙发还是挂在墙上？

我想这么清丽的驯鹿皮，若是垫在屁股底下，暴殄天物了。回答，挂在墙上。

佳佳又问，喜欢什么颜色？

我说，有分别吗？

姑娘说，白色的驯鹿皮最美丽，但很稀少，价钱昂贵。比较大众化的是咖啡色有白色斑点的那种。给圣诞老人拉雪橇的驯鹿，就是咖啡色的。

我说，那就要咖啡色。一是因为囊中并不宽裕，想那罕见的白色驯鹿皮，可能消费不起；二是我想看到真正拉过圣诞雪橇的那种驯鹿。

驯鹿皮比常见的羊皮要大，毛也要长一些，稍显粗硬，但很有弹性。在浅褐色的底子上，有椭圆形的白色斑点，好像没有融化的大朵雪花。驯鹿皮保温性能特别好，芬兰人冬天坐在河边砸开冰洞钓鱼，屁股底下垫一张驯鹿皮，根本不会受寒得老寒腿什么的。听说驯鹿奇特地实行着双重体温，小腿以下的温度要比躯干低10℃左右。蹄子和腿经常埋在冰雪里，降低了温度就有利于体温的保存……多神奇！

我像扯旗那样撑开驯鹿皮，一张张翻看，想找到最有特色的皮毛挂在自己家中。驯鹿的花纹气象万千绝无重复，我把预备精选的皮张放在一旁。佳佳便把它们翻转过来，审视背后的质地。我说，看后不看前，为什么？佳佳说，挑选驯鹿皮，毛色花纹固然重要，也要注意皮子的内在质量。每只驯鹿生前的营养状况不一样，受过蚊虻叮咬或受伤，就会在皮肤上留下小黑点，皮毛寿命就会受影响。只有那些最健壮的驯鹿皮毛，才光彩照人。

感谢佳佳教诲，我淘到了一张美丽的驯鹿皮。接下来的步骤就是谈价钱了。佳佳向笑眯眯地看着我们挑皮子的芬兰小伙子询了价，每张60欧元。

大约合人民币600元整。我小声问佳佳，能不能便宜一点呢？佳佳吐吐小舌头说，估计不成。他们通常是不还价的。佳佳虽然这样说了，还是又问了一遍。小伙子很友善但是很坚决地拒绝。

几位同行伙伴走了过来，看到驯鹿皮也很喜欢，就对佳佳说，我们也要买，多买几张是不是可以便宜些呢？

佳佳又一番紧锣密鼓地交涉，无功而返。小伙子笑眯眯地回了我们批发的建议。于是，我们每人都以60欧元的价钱买下了驯鹿皮。佳佳说，小伙子说，他的驯鹿皮是最便宜的了。后来到了其他地方，看到售卖驯鹿皮的商店，价钱在70—90欧元，也有卖到100欧元的，看来南码头的芬兰小伙子说得很实在。

说了两件在国外购物的经历，也说一件在咱们国内买东西的事。那天和女编辑家邓邓在江南的一条古街上漫步。下着小雨，滴水的瓦檐和彤亮的灯笼，让人恍惚回到了唐朝。我把这感觉说给邓邓，邓邓说这也太古老了。我说，那就相当于回到了清朝，反正封建社会几千年，差别不大。我和邓邓一边说笑着，一边在古街上缓缓地踱，看到店铺就走进去，相中了就买，相不中就飞快地出了铺子，再拐进对面的店。几番下来，邓邓说，不能像一根针似的，来回乱穿，这样很可能把一些最好的店铺闪过去了。好不好咱们去时只看左边，回时再看右面的店，就一家都不会空过了。我说，好好。

我们检阅般地一家家店铺浏览过去，看了山货店，又看茶叶店，看了古玩店，又看首饰店……有一种店，我和邓邓都不看，这就是砚台店。倒不是我们不喜欢，只是从街面就可以觑到那砚台价签上令人眼晕的零，价格成千上万。自忖没有那个经济实力，看也白看，自觉地绕着走。

该看的都看了，手中也渐渐大包小包地沉重起来。往回走的时候，同类的店，就没有心思细看了。

邓邓说，咱们也进砚台店看看吧。

我说，看了也买不起，人家老板会烦的。

邓邓说，咱们脸上又没有写着字，老板怎能知道咱们到底买还是不买？此地是中国名砚的产地，砚台店就好似博物馆，咱们不妨欣赏。

邓邓人长得漂亮，衣着也考究，举手投足间有一股书卷气，看来像是个买得起砚台的人。进得门，有小伙计模样的人走过来，说小姐要买砚台啊？

邓邓说，先看看。你们的好砚台都在哪里啊？

我在一旁暗笑，心想如果是个行家，还要问伙计什么是好砚台吗？

邓邓不笑，一本正经地看着小伙计，等着下文。雨渐渐大了，天色也晚了，进店来的客人不多，小伙计看邓邓仪态万方的样子，也乐得做个介绍。他先从砚台的石头产地说起，再说到这里出的砚台源远流长，曾送给过多少国家作为礼物……

我和邓邓似懂非懂，小伙计大方地批准我们可以摸摸名砚。战战兢兢地用手触了石面，果然如同婴孩的肌肤一样滑腻温凉。再看四周星罗棋布的砚台，不知将目光聚焦在哪一方上最好。几尊硕大无朋的砚台，几乎有伞盖大小，不知要研磨多久，才能让清水变黑？

在店里徘徊了约半小时，受益匪浅。感谢诲人不倦的小伙子，让我们迅速从砚盲变得稍通常识。

邓邓倒背着手，巡视了一番后，对小伙计说，把你们最好的砚台拿出来让我们看看。

小伙计一时语塞，说，好砚台都在这里了，您不是都看到了吗？

邓邓说，就这些啊？总还有些更好的吧？比如镇店之宝什么的，拿出来吧！

小伙计非常为难地说，能让你们看的，你们都看到了。

我悄悄扯扯邓邓，说，你这语气有点像女皇，逼着人家把最好的东西贡出来。你买得起吗？

邓邓在暗影里悄声说，买肯定是买不起，但买不起就不能看看吗？

我们俩正说着悄悄话，一老者不知从何方突现，朗声说，谁想看我的镇店之宝啊？

老者一身青布裤褂，盘扣直锁到颌下，在夏天的夜晚，显得很严谨。墨汁一样清亮的双眸，打量着我们。

邓邓说，您是老板吧？

老者说，我是。请问你们是什么人？

邓邓说，我们也是舞文弄墨的人。不过，我们舞的文字出自计算机，用的墨是喷墨打出来的，和传统有些隔阂了。今天到贵店补补课。

老板笑着说，我已经听了一会儿你们的谈话，看你们不像是当官做生意的人，就让你们看看我的宝贝吧。说完示意小伙计从隐秘处端出一个蓝印花布包裹。他郑重地一层层打开蓝印花布，闹得我们也紧张起来，屏着气，好像那里面睡着一个活物。

打开最后一层蓝印花布，露出一个雪亮的盒子。说它是雪亮的，是因为在第一时间我们都被盒子本身反射的光芒耀花了眼，一时分辨不出它的具体色泽。待眼睛慢慢习惯了这种光芒，才看出那盒子是木质的，漆着赭色的漆。

打开木匣，一方漆黑的砚台露出来，黑得好像藏北的夜。砚台上有一片狭长的金晕，被艺术家勾勒成了奋笔疾书的王羲之。砚身上密集的金星，被艺术家勾勒成了“兰亭序”的全文，还有曲水流觞的荡漾波纹……

这真是一方奇砚，把石材的天然肌理和悠长的历史天衣无缝地凿在了一起，让人惊讶得说不出话来。

老者说，金晕金星，其实就是硫化物的颗粒，它们入到墨里，墨就含了硫，用这种墨汁书写的字迹画下的山水，千年不蛀。

我想，如今多少文字稍纵即逝，谁还曾想过流传千年？

老者说，这方砚台，集中了四个艺术家的毕生智慧。

我们问，哪四位呢？

老者说，先要有一个设计家。他面对着一块石材昼夜苦思冥想。石头都是有形状的，石头都是有色彩的。一定有一个最佳的设计藏在这方不言不语的石材之中，设计家的任务就是把它找出来。一旦找出来了，你就觉得事情太简单了，它原本就存在那里，只是在等待。好的设计有了，然后要有一个好的雕刻家。他要把设计变成立体的图案，这个过程要千百倍地小心，因为不能出差错。刀偏了，石材就毁了，雕刻大师噤若寒蝉如履薄冰。好马还要配好鞍，好砚要有一个好匣子。买椟还珠固然是不对的，也说明了那个盒子实在巧夺天工。木匠要找到最好的红木，然后用最古老的工艺将它打磨成砚台的衣裳。这一步完成之后，还要请漆匠来油。这个匣子用的是传统的大漆，漆艺是从商代流传下来的。大漆来自漆树的汁液，也叫中国漆或是金漆。我们用的这种漆，一棵漆树一年只能产一两。大漆很难干，要漆很多层，大师就慢慢地漆慢慢地等，干了一层再漆一层，一共四十多层……

我们静静地听着，找不到话来回应。老者讲完了制作工艺，说，摸摸这个匣子的底下吧。

我们遵嘱用手指肚摩挲了一下木匣的腹部。那是一个很小的间隙，如果不掉转砚盒，根本看不到。

老者说，怎么样？

我们用食指和拇指打榧子般地拧动了好几下，一片茫然。不解地说，好像没有什么不同。

老者说，这就对了，就是没有任何不同。在人看得到和看不到的地方，做工雕刻和油漆都是一样的，这才是中国匠人的传统。

夜色深沉起来，雨也更大了。时候不早，我们打扰了许久，也该告辞了。邓邓说，我问您最后一个问题。

老者说，请讲。

邓邓说，磨墨是很慢的，现在生活节奏这么快，也有了现成的“一得阁”墨汁这样的代用品，谁还会用砚台研墨呢？砚台会不会走向凋亡？

眉清目秀的邓邓微笑着提了个充满火药味的问题。老者稍顿了一顿，说：你说得不错，作为一种书写工具，用砚台研墨的人是越来越少了，但是作为一种文化传承，它是不会凋亡的。你刚才说研墨很慢，我觉得好就好在这个慢字上面。要那么快干什么？慢慢地磨墨，慢慢地想，慢慢地积攒情绪，慢慢地琢磨还有什么更好的表现方式，一圈圈地磨着墨，思绪也就慢慢地分泌出来深入下去，看着清水渐渐地变得像糯米粥一样稠厚，火候就快到了。磨墨本身就是艺术创造的热身……

还想听老人讲下去，然而，终是要告辞了。

临出门的时候，我问老者，您说如果我们是当官或者是做生意的人，就不让我们看您的镇店之宝，能告知为什么吗？

老者微笑道，如果是个当官的人，看到了这么好的砚台，就会想买了送给上面的人。虽然我的钱不会少挣，可就委屈了这方砚台。如果是做生意的人附庸风雅，也让这方砚台沾染了世俗之气。知道你们买不起，所以才让你们看了。

我们就这样离开了砚台店。

看到这里，你也许会说，不是要讲在国内购物的事情吗，闹了半天，并没有买砚台啊。

是的，这是一次没有购物的行程。我以前的经验是买下一样东西，看到那样东西的时候，就会睹物思人，这一次，却是没有买到东西，也会思人。

会吐火的龙

荷门医生是犹太人。从前头看，像马克思，有一把大胡子。从后头看，可就一点都不像马克思了。他的后脑勺梳着小辫子。尽管我在访问他之前，知道他是新墨西哥州圣文森医院精神科的主任，但还是无法将他的形象和一位严谨的精神科医生联系起来。白大衣如同太小的糖纸，有一些包裹不住的浪漫的气息，从纽扣和线头的缝隙散发出来。

圣文森医院红砖白屋顶，没有想象中的精神病院那种森冷和光滑，反倒有温暖的倦怠感，在秋阳下蒸发着。荷门医生在门口的绿色藤架下迎接我们。

宾主落座，荷门医生劈头就说，我对中国很有感情。我读博士时的导师，写过一本关于《黄帝内经》的书。我原来在中国有一些朋友，后来，因为我的关系，他们都到美国来了。他们到了美国之后，就同我不再是朋友了。结果闹得我在中国也没有朋友了。

他说这些话的时候，胡子抖动着，有一点伤感，有一点无奈。我就很有一点羞惭，为我的那些同胞，也生出很多惆怅。

在这种气氛下谈话，颇有些开局不利的味道。我对荷门医生说，我不知道自己能否成为您的朋友，但有一点我可以肯定，就是我不会到美国来。中国是我的祖国，我热爱她。我热爱东方的医学。

荷门医生一下子就振作起来，也许我话中的哪一部分打动了他。

荷门医生自称是医疗方面的怀旧者。他说，30年前，成年病人平均住院16天以后，才由医生给出正确的诊断和处方。一年以前，这个时间缩短为6天。现在呢，仅仅为3.7天。当然这有医疗检查设备更先进更快捷的因素，但这不是最主要的。最主要的是保险公司说了算，他们要求快，要求缩短病人的住院时间，把大量的病人赶到门诊治疗。这对病人是不负责任的。比如我们这里，以前用于专为青少年服务的病床有11张，现在只有2张了。原来有专门的儿童精神病科，因为保险公司的反对，就取消了。但青少年中的抑郁症发病率呈不断上升的趋势。75%的住院病人都为抑郁症。保险公司制定抑郁症的住院时间是6天。这很奇怪，每个病人都是不同的，是医生说了算，还是保险公司说了算？以前是医生说了算，现在不是了。你可以和保险公司争论，但你不会赢。这种医疗保险系统有很大的弊病，医生、医院和病人都不喜欢。我不知道中国现在是否施行这种保险制度？荷门医生很恳切地问我。

我说，很遗憾，我们的医疗保险制度还很不普及。

荷门医生反倒笑起来，说，那就好。慢有慢的好处，可以把美国的缺点看清楚，在你们进行的过程中弥补，做得更好。

荷门医生的年纪已经不轻了。虽然穿着新潮的T恤，扎着辫子，但我觉得这打扮表示着他的艺术追求，并不体现青春。我向他请教，抑郁症在美国的发病率是多少？

荷门医生环视了一下他的助手们，并不是征询他们的意见，只是为了表明自己以下所发表的看法更具权威性。

他说，抑郁症是一个巨大的文化问题。为什么美国的原住民——印第安人很少有抑郁症发生呢？因为他们的价值观念和现代人是不同的。他们知足常乐。在美国，抑郁症的发病率已达到总人口的20%—30%，女性居多，但是病情严重、自杀去世者是男性居多。州政府已拨出专款进行研究。抑郁症是由于脑内的化学元素不平衡所引发的疾病，由此造成了一系列生理和心理上的紊乱。以前，人们对于抑郁症是比较陌生的。现在通过种种的宣传，有关的知识就普及多了。越来越多的人明白：得了抑郁症，就像得了糖尿病、心脏病一样，这不是耻辱，甚至不是弱点。这并不代表你的无力。它只是一次精神的感冒。任何一个强壮的人，都有可能感冒。

我问，抑郁症住院的标准是什么呢？您刚才说过，这要由医生细致鉴别。

荷门医生说，抑郁症的首要鉴别点是它的危险性——会不会伤害人？这包括伤害他人，也包括伤害自己。

突然一个有趣的问题闯入脑海，但我吃不准荷门医生会不会见怪。试探着说，我有一个小问题，不知会不会冒犯您？

荷门医生一下子来了兴趣，说，请讲。

我说，美国有很多以精神病院为背景的电影，那里面的精神科医生，恕我直言，好像反派人物比较多。这会不会让大众对精神科医生另眼看待？

荷门医生说，这是一个很好的问题。很多人对精神科医生的了解，是从好莱坞电影里来的。觉得精神病院非常恐怖，充满了邪恶。精神科医生都是一些不可理喻的人，有怪癖，是杀人狂等。我觉得，从《飞越疯人院》之后，有了一些变化，到了《被打扰的女孩》，就相当不错了。精神病科学是非常艰苦的科学，做一个精神科医生，是非常枯燥的。因为治疗是一个非常缓慢的过程，而且常常出现反复。还有一些疾病是不可能治愈的，你心里会很悲观。

我说，荷门医生，我很理解您的心情。依我看来，你还是很乐观的。

荷门医生说，我乐观吗？我悲观吗？我不知道。也许我经常在这两极之间游走吧。要说悲观，我的妻子才是真正的悲观呢。她也是一位医生，一位专门治疗癌症的医生。在做了16年卓有成就的临床医生之后，她突然决定改行，再也不要做医生了。

我吃了一惊，对荷门医生的妻子画了个大问号。美国的医生很受人尊重，不但是精神贵族，也是物质贵族。学出来一个医生，要有很高的投入，成为职业医生之后，收入也很可观。做医生这般风光，怎么突然就转行了呢？是什么原因促使她做了这么重大的转变？

荷门医生说，你很惊奇，是吧。所有的人知道了都很惊奇，除了我以外。让我告诉你为什么。我能理解她，深深地。看着一位位的病人，在化学药物的折磨下，吃尽了苦头，却依然走向死亡，作为一个临床医生，她每天都要受到内心的谴责。她是一个很重感情的人，和病人有很深的情谊。这不仅源自她的善良，也为了更好地工作。只有当病人充分地相信医生，和经治医生有一种高度的默契和信任的时候，药物的疗效才可以发挥到极致。我的妻子正是出于关照病人的福利，才和他们建立起了深厚的感情。但是，那些病人，一个个头也不回地都走了，留下她，孤零零的。她怕极了这种离别。如果她是一个冷漠的人，也许会好一些。可惜，她不是。如果她的记忆力不好，事情也许会简单一些。可惜，她也不是。她没有办法，每一个她经手的病人，都长久地活在她的记忆中。她做不下去了，背负不了这份沉重的担子。为了她自己的健康，她只有辞去医生的工作。

荷门医生讲得很有情感，看得出，他非常了解和爱自己的妻子。

我沉默了很长时间。算是对一个恪尽职守的医生的离去表示惋惜。之后我说，您妻子改行之后，做什么工作呢？

荷门医生的面容一下子如旷野的菊花，摇曳多情。说，她画画。她以前从来没有绘画的基础，但是，她一起笔，就画出一些很美的画。极端的安静的花，单纯而美丽。我想，她经历了太多的生死，把太多感触都融到画布上了。我在她的画面前，常常做不得声，只有深深的感动。受她的启发，我也开始学习艺术。

我竭力掩饰自己的惊愕，装出坦然。在冰冷的精神病院岩洞，突然听到艺术的钟乳液坠落的声音。真有些不可思议。从这一刻起，我和荷门医生的谈话，就离开了原定的日程，进入了某种私人的领域。

我说，能把您从事的艺术门类告诉我吗？我也当过多年的医生，我能想象到您和您妻子的心境。

精神科权威的荷门医生，变得像小孩子一样天真，还有一点点羞涩。他看了看周围，他的助手们因为有急诊，刚好离开了办公室。他说，我在烧艺术玻璃，很好玩的。我有一间专门的工作室，不知你愿不愿意去看一看？

我说，太好啦！很希望看到您和您妻子的艺术品。

于是荷门医生给了我他的艺术廊的地址。他不好意思地说，我的店在城外，那里租金相对便宜一些。但是地方很不好找，你们会费事的。

我说，抱歉，我的访问计划安排很紧，只有星期天才有一点空闲。不知道那时去您家拜访，会不会打扰您和您的妻子？

荷门医生说，我们等着你们。

在其后的访问中，我焦急地盼望着星期天。计划中，我的陪同安妮星期天是休息日。衷心地感谢安妮，她放弃假日，愿意同我一道走访荷门医生的艺术廊。

秋高气爽的星期天。安妮开着车，我们在高原灼热的阳光下，找到圣塔非郊外一条僻静的街道，走进了一间光彩陆离的画室。

荷门医生的妻子——芭芭拉，是一位温存而寡言的女人。她的面容寂寞而安详，话说得很简短，像几只朴素的鸽子，但眼神柔和，好像是蓝天。于是那些鸽子就有了令人想象的空间。

到处是芭芭拉的画。纯美的静物，毫无声息地瑰丽着辉煌着。还有很多透明的玻璃样的反光，萦绕在那些花朵的周围，让那些花朵有了超凡入圣的光芒，虚幻而超拔。

我觉得这些画很熟悉，好像在哪里看过。当然，我知道自己绝无可能在任何地方看到过这些画。那就只有一个解释了，它们全体是从芭芭拉的梦境流出来的。人类的梦境有一种跨越种族和地域的密码，被芭芭拉轻取手中，并固定在画布上。

一种在我们潜意识里浮动的，对于死亡和生命的感悟。每个人都遗传了它们，它们潜藏在我们大脑黑暗的地下室里，却是距离深邃的地基最贴近的地方。芭芭拉用画笔将它们残酷地挖掘了出来，于是就让每一个看到她画的人，在心底最柔软的地方苏醒和惊悸了起来。在她的画面前，真如荷门医生所说，你无言，不是不想说，也不是没什么可说。你想说，你有很多的话要说，可是你说不出来。那些凄美冷静凝固了的无生命的画面，如同一块沾满香料的毛巾，堵住了你的咽喉，让你有一种窒息般的感动。你怕自己一张口，这种感动就烟消云散了。感动是现代人一种久违了的感觉，为了这一份难得的心灵抚慰，所有的人都选择了沉默。

我说，芭芭拉的画，买的人多吗？

荷门医生说，不很多。几乎所有看到的人都说好，但是，买的人并不多。除了金钱上的原因，我也不知道还有什么其他的原因。

我很想对荷门医生说，一些有着深刻寓意的画，是只能看不能买的。买下来，挂在自己的房间，我们脆弱的灵魂经不住这种持久而无可逃避的敲打。如同香氛太盛的花木，夜间要移出卧室。它会使人痴迷。为了维系世俗的平衡，人们只好掉头而去。

想了半天，还是没有说这些话。因为我虽然非常喜欢芭芭拉的画，但我也不会买。我无法承受其中单纯而锋利的冷静。

然后去看荷门医生的彩色玻璃。

烧玻璃需要炉子。我原以为这炉子会很大很牢固，起码也得和烧煤球的炉子差不多吧？一见之下，大失所望。它相貌平平，毫无惊世骇俗的艺术光芒。炉门闭起的时候，如同一个中等大小的微波炉。打开来，看到一些散乱的玻璃，铺排架上，好像一屉待烤的炊饼。银色的铅条夹杂其中，就像果料和香草。

这就是全部吗？我半信半疑，原以为繁复无比的艺术玻璃的烧制过程，居然这样波澜不惊。

这当然不是全部。全部在这里。荷门医生引导我向一边看去。不看还好，看过之后，更是气馁。旁边堆放着大块的彩色玻璃，红黄蓝绿……因为被敲掉了若干部分，看起来支离破碎的，简直像一堆垃圾。

荷门医生沉浸在展示自己工作成就的快感当中，完全没注意到我的不屑。他说，我的工作就是打出画稿，然后用铅条勾勒出优美的线条，彩色玻璃熔化后的汁液凝固在线条之中，一一组装起来，唔，美丽与神秘就在我手中诞生了……

说实话，我始终也没弄懂彩色玻璃制造的全过程，但我看到了荷门医生眼中光彩四射，我知道这是他倾心热爱的事情。我为自己刚才的不敬感到歉意。

荷门医生说，有时候，我会把一些小块的彩色玻璃，随意放在炉子里，然后关上炉门，开始加热。玻璃在高温下熔化，然后流动，然后融合……我完全不知道在密闭的炉子里，那些玻璃发生了怎样的改变，我无法预计也无法操纵它们。它们——就是那些玻璃，有自己独立的生命，它们按照我们人所不知的规律集合着，分裂着，交织成了新的个体。每当打开炉门，观察融合后的玻璃的时候，我都很激动。我觉得它们被炉火赋予了灵魂。你看，这就是我最近的一些作品。

荷门医生说着，引导我们到另一间展室参观。哈！到处都是玻璃。普通的玻璃聚集在一起，已是明媚灿烂，彩色玻璃聚集在一起，更显出诡谲灵动。若是经过了火的洗礼，发生了神鬼莫测的熔汇的玻璃集在一起，就有了某种被施了魔法点石成金的意味。色彩缠绕着错落着交织着辉映着……奢华地灿烂着。

我和安妮看得目瞪口呆。荷门医生说，喜欢吗？

我们答道，非常喜欢。

荷门医生说，那我就送给你们一人一块。现在，你们自己挑吧。

喜出望外。我知道荷门医生是个犹太人。我记忆中的犹太人，除了聪明的爱因斯坦和伟大的导师马克思，就是吝啬的夏洛克了。荷门医生当然不属于他们之中的任何一类，但这些美丽绝伦的玻璃，是荷门医生的心血所凝，我实在不好意思在这琳琅满目的宝物之中挑选。

荷门医生看出了我的犹豫。他说，这是我的心意啊，也是我对东方和中国的心意啊。

于是我只有收下了。礼貌的推辞和感谢都不再说，我们摩拳擦掌。安妮让我先挑。

在一大堆美丽的东西里面挑选一件东西，是福气也是为难的事情。看看这件好，再看看那件也不错。提醒自己不可显得太贪婪，便把第一眼看中的那块玻璃拿起来，说谢谢您，我就要这块了。

暗茶色的底子，好像远古的琥珀。上面有一只绿色的麒麟，大张着嘴，好像在打哈欠。在它厚厚的嘴唇上方，有两条胡萝卜样的红色索条，仿佛在诱惑它，又在逃避它。最难得的是在麒麟的肚子上，有两个小孔。你既可以将它想象成某种神秘的穴道，也有很高的实用价值。有了这两个恰好开在玻璃重心处的小孔，这块美丽的玻璃就可以悬挂在粉墙上，构成镂空的欣赏。

荷门医生说，你很有眼光。这是我非常喜欢的一件作品，刚才你在挑选的时候，我还在想，唔，你会挑中这一块吗？没想到它真的要跟你到遥远的东方去了。以后，它就要走了。你知道，每一块艺术玻璃都是不可复制的。我以后，再做不出同样的一块玻璃了。

我一听忙说，荷门医生，要不我就换一块吧？

荷门医生说，我说这话的意思是咱们的看法很一致，这是缘分。我很高兴啊。如果你看中的是我自己都不很喜欢的一块，那我会想，咦，她为什么和我这样不同呢？现在我们很一致，这是让人高兴的事情。

我说，荷门医生，您是这件艺术品的制造者，您给它起一个名字吧。

荷门医生说，通常这样烧出来的玻璃，你很难说它像什么，是什么。但我看，这块很特别，它像你们东方的一种动物。

我吓了一跳，心想：乖乖，荷门医生真是个中国通啊，他连麒麟都知道。

我说，是东方的什么动物？

荷门医生说，龙。

我大笑，又不想打击他，就说，龙要比这个动物长啊。

荷门医生不服气地说，这是一条小龙。你没看到它还在吃巧克力吗？

荷门医生说着，指了指动物嘴巴上方那两条红色索状物。

我说，龙是不吃巧克力的呀，不管大龙还是小龙。

荷门医生很诚恳地问，那么，龙是吃什么的呢？

这下我真是搬起石头砸了自己的脚。我也不知道龙到底是吃什么的。可能是餐风饮露吧？我正在思忖，可荷门医生是什么人？是响当当的精神科权威啊，我的一颦一笑当然瞒不过他的眼睛，他说，我不管你的那些龙吃什么东西，反正我的这条龙是吃巧克力的。

芭芭拉一直微笑着听我们说话，此时插进话来，说，荷门最喜欢吃巧克力了。所以，他让他喜爱的动物，都吃巧克力。

原来是这样！我深深地为自己刚才的莽撞内疚，赶忙改弦易辙，说，对对，这条龙吃的是巧克力。

我的心思又被荷门医生看穿，怕我难堪，他说，你觉得这不是巧克力，那么，我就把它的名字命名为"会吐火的龙"。这两条红色，就是它吐出的火。它是一条正义的龙，吐出的火，会把一切的邪恶烧毁。

荷门医生说这些话的时候，很有疾恶如仇的风骨。他把"会吐火的龙"郑重地交到了我手上，让我猛地想起了一句古诗：友人赠我金错刀……

芭芭拉又把"会吐火的龙"接过去，用很厚的鱼眼塑料布包好，对我说，你带着它，远涉重洋也不会破碎。

荷门医生从书架上拿出一个细长脖颈的玻璃瓶子对我说，猜猜看，这里是什么东西?

安妮惊呼道，这个瓶子的式样好古朴啊。

我对外国的瓶子素无研究，在我眼里，它们都是一模一样的怪气。瓶子里盛着一些茶水色的液体，显得神秘。

酒吗？我没什么把握地说。主要是看荷门医生对此瓶子的珍视程度，我猜它可能是百年老酒。

荷门医生得意地笑起来，说，没有人能猜出它里面装的是什么。不是酒。它比酒要宝贵得多。因为别说是百年老酒，就是更老的酒，我相信这世界上也一定有人保存着。我的这样东西，我相信这世界上再也不会有第二份的。

荷门医生的话，激起了我的好奇心。我说，到底是什么呢?

荷门医生说，我是犹太人。我的父亲是药剂师，我的祖父是药剂师，我的曾祖父也是药剂师。这是106年以前，我的曾祖父亲手配制出的止痛糖浆。那时候，芝加哥瘟疫大流行，曾祖父就配了很多糖浆，分给病人。后来，得病的人越来越多，药品越来越少了，曾祖父就留下了一瓶，怕自己家里的人病了，找不到药。再后来，瘟疫过去了，这瓶药也就放在那里，一直没有人动过。随着年代的久远，它成了我们家的传家宝，一代一代地传下来。在我祖父的那个年代，只要喝几滴这样的糖浆，人的病就会霍然痊愈。这神奇的药水的名称叫“生命之油”。只有给马治病，才会用到整整一片药。现在呢，你跟我来看……

荷门医生一边说着，一边引我走到一个大药柜前。拉开柜门，满满一柜子精装的药品，拥挤不堪。荷门医生说，你看，这些都是各大药厂免费送给开业医生的药品。他让我们把这些药品开给病人，然后病人就有可能接受这些药品，长期应用它们。这样药厂就有很可观的利润收入了。到处都被商业目的驱使着，我作为一个精神科医生，感到非常悲哀。我深知这些药物的副作用很复杂，有些简直就是毒药。但是病人不懂得那么多，在广告的蛊惑下，他们固执己见地要求吃这些药……我的心情很矛盾。所以，我要到艺术的殿堂里寻找一个精神的栖息地。你想做一个好的精神科医生吗？那你至少要有一项稳定的热烈而持久的业余爱好，松懈舒缓你紧张到极点的神经，才能保持住体力和精神的不衰竭。

分手的时候，我问荷门医生，你估计，你曾祖父的那瓶药水还有效力吗？

荷门医生说，我不知道它还有没有效力。即使是一种很稳定的药品，这么多年过去了，药效也衰减到几乎没有了。它对我是一种象征。一个医生，要用最少的、最有效的药物，医治你的病人，而不是想着怎样从你的病人的口袋里，拿出更多的钞票。这是我的曾祖父传下来的话。

浮潜加勒比海

美国本土的最南端——佛罗里达州的基韦斯特岛，我和翻译安妮在夜半时分到达，乘一辆吉普车似的小飞机降落在机场。机场很小，如同郊外的长途汽车站。甚至没有人查验行李，自己动手从传送带上取下行李，然后一头钻进被腥热的海风泡软的黑暗中。

安妮说，你等一等，我去取车。

接待方计划安排得很周到，考虑到小岛上交通不便，特地为我们租了一辆车。安妮从机场问讯处取到了一个密封信封，撕开信封就见到了车钥匙。我们拿着钥匙，拉着行李，到机场前面的停车场，去找我们的车。那种感觉好似要进山打猎，有一杆枪和一条属于我们的狗，正在不远处的山脚下等待着新主人。

很快找到了我们的车，一辆红色的雪佛兰。进到车里，很洁净。

我说，好像是新车。安妮说，这是美国最普通的车，旧了便租不出去。安妮飞快地驾着车。在寂静的、杳无一人的沿岛公路上，雪佛兰如同一颗红色的保龄球，快乐地向前。我们找到下榻的旅馆，一栋美丽的白色建筑。因为抵达得太晚，管理人员已经入睡。录音中留给我们的信息是：××号房间的钥匙，压在门口的脚垫下。祝你们晚安。

在脚垫下摸到了钥匙，走进门，如同刚孵出的小鸡样的嫩黄色扑面而来。屋顶是黄色的，墙壁是黄色的，连同卫生间所有的瓷砖和洗手盆，都是杏黄色的。这种黄色让人先是不惯后是惊喜。对于中国人来说，明亮的黄色有一种潜在的禁忌，在漫长的时代仅属于皇室。凡人一眼见到，有一种消受不起的惊慌。

然而，还是从心底喜欢，葵花般的兴奋。

由于太晚，料定没有晚饭可吃。刚才在路边的小店，买了一种鱼肉做成的沙拉。我和安妮各自住下，我开始吃沙拉，有海水的味道，细腻软滑，浇了一些莫名其妙的汁液，酸而辛辣。

第二天，我们先去参观海明威的故居。街上有很多酒吧，好像每一座酒吧，海明威都曾在里面喝过酒。到了一间据说是海明威最常去的酒吧，我们要了一杯酒。据说这也是海明威最爱喝的。我一边喝着，一边觉出自己的可爱、可笑。已经这把年纪了，像是追星的少年。名人坐过的地方，自己也要安放一下屁股。不管海明威喝着这种饮料，听到水手讲了多么动人的故事；不论海明威在这种饮料的刺激下，萌发了怎样的灵感，我还是要说，那种饮料对我的舌头来讲，一点也不舒服。

缓缓地踱步。在这样的地方快快走，暴殄天物啊。一辆废旧的汽车，浑身贴满了闪亮的磁片，仿佛无数妖魔闪着银亮的脸，对着天空和海卖弄风情。我说，这是什么？安妮说，这是居民的创造。他们在玩。喜欢磁片，觉着磁片好玩，就把它们贴在旧汽车上，让过往的人也欣赏他们的杰作。

我点点头，表示明白。一边在想，不知道我的国家的人民，何时能有这份雅兴？

除了参观海明威故居，我们在这个岛上就没有固定的安排了。安妮说，我们怎样来度过这两天？我说，随缘分吧。我们就在路上走，看到什么好玩的事，我们就去参加。

于是我们就像两个真正的观光客，懒懒散散、懈懈怠怠地在路上走。我们先是沿岛转了一圈，在美国最南端的标志前照了相，然后在路边无数的小店流连忘返。这是一个纯粹的旅游胜地，店铺也很有特色。我姑且把它们称为“专卖店”。这种“专卖”和一般的理解有所不同，不是专卖男装、女装或是电器，而是专卖“螃蟹”“海龟”或是“鹦鹉”，或是“壁虎”……这么说吧，你看到一家门楣上镶着一只螃蟹，你走进店门，就会看到各种质地、形态、颜色、样式的螃蟹。比如瓷的、布的、塑料的、玉石的、钢铁的、玻璃的……仿真的、卡通的、夸张的、写实的……红的、绿的、紫的、白的……站着的、趴着的、俯仰的、侧卧的……你会觉得全世界的螃蟹都接到了紧急的命令，到这里来集合，以供每一位游客检阅。看到如此多形态各异的同一种生物，会感觉到造化的神奇和人的想象的丰富。自然界的螃蟹再稀奇古怪，也是大同小异的，只有人的想象，才使螃蟹变幻出如此庞大的家族，演出万千气象。每一个螃蟹都非常可爱，恨不能囊括回家。可惜银两有限，只买下一个红色的塑料螃蟹，直径约有半尺，肚腹处一捏，会“吱吱”作响。心想，这样大的个头，如果煮熟的，要卖大价钱。但“吱吱”响，就有些莫名其妙，权当螃蟹的肚子里寄居了一只小老鼠吧。

我们继续走。岛上有很多T恤店。

观光手册上写着：在专卖店中，最受欢迎的是请店家在素色的T恤上加印自己喜欢的图案或是花样，只是价格会因商家的不同而有很大的差异。虽然也有很多相当有良心的店，但也会有一些店家以强迫的方式逼游客买货。通常一件T恤是12美金，若买得较多，店家会打折。所以购买时一定要杀价，若觉着价格太高不可接受，就应坚决地拒绝。找回的零钱也必须仔细核对清楚，还需留意税金的问题……

这本观光手册是日本出版的，看来他们为自己的同胞设想得真够细致周到的。

和安妮进了一家小店，店里是五颜六色的T恤。

我们还没来得及浏览，店主就迎过来说，你们是日本人吗？

我们说，不是。

他又说，你们是韩国人吗？

我说，不是。

他突然就很高兴地说，那你们一定是中国人了。

我说，是啊。

他说，我也是中国人啊。

轮到我惊骇莫名。无论从哪个角度来说，他的模样都和中国人相差太远。我说，真的吗？

他说，当然是真的了。我的祖父是中国人，我的祖母是巴西人。我出生在巴西，后来来到了美国。我的叔叔和表哥表姐，都长得很像中国人的，只有我，一点都不像。我很苦恼，可是也没有办法。我总是对别人说，我是中国人，可是大家都不相信。看来，你们也是这样，我很伤心啊。我要证明给你们看。

说着，他掏出了一份证件，说，你们看了这个，就会认为我是中国人了。

我拿着他的证件颠来倒去地看了半天，还是不知道从哪里看得出他有中国人的血统。

他说，你看，我的姓里有“VHANH”的拼法，我的祖父姓张。他说过，无论你们最后成了哪国人，都要有这个“张”字。

那一瞬，我很感动。我说，老乡，那么，我们来照一张相吧。

他说，那太好了。这里是旅游胜地，是富人们来的地方。可是我从未在这里见到中国人。今天看到了你，看来今后我会在这里遇到更多的中国人了。

于是我们合影。合影之后，友好地分手。然后，我慢慢地走，很久默默无言，连买T恤的兴趣也烟消云散了。我对安妮说，这条街上，有各种专卖店。以后，中国人来了，可以在这里开一个从未有过的专卖店，生意一定会非常红火。

安妮说，卖什么呢？

我说，卖“熊猫”啊。这条街上，有卖“马”的，卖“猴子”的，卖“山羊”的，甚至卖“蝎拉虎子（壁虎）”的“专卖店”，怎么就没有一家卖熊猫的专卖店呢？要知道，美国人是很喜欢熊猫的啊。从中国进货，各种熊猫，塑料的、铁的、不锈钢的、瓷的、棉的、绣花的、毛绒的、竹编的、泥雕的……应有尽有，琳琅满目，品种繁多，绝不输于这街上任何一家其他物品的专卖店啊。

安妮也兴奋起来，说，那是一定的。

岛上有一种小火车，样式很像早年的蒸汽火车，其实是电动的，在岛上蜈蚣一样慢慢爬行。火车司机兼任解说员，随着车轮的进程，向游客们介绍岛上的风土人情。路过一座木结构的白色小屋，他就介绍说，这里是“奥杜邦纪念馆”。奥杜邦是有名的大学者，尤其在鸟类的研究方面很有建树。据说在馆内陈列着奥杜邦亲笔所画的鸟类的素描。又路过了一座“灯塔博物馆”，它本身就曾是一座灯塔，建于1894年，据说里面陈设着航海图和早年间灯塔的实用物品。在马洛里街区附近，可以看到名为“小白宫”的建筑——一座精美的白楼。在1946—1952年，由于美国第33任总统杜鲁门时常带着家人和随从到这里来居住，因此而得名。

导游看来是很尽职的，说话也有特点。不过，这位司机兼导游给我的印象不大好。因为我不通英语，每逢他说完一段介绍的话，我就要请安妮帮我翻译。我们交谈的声音很小，但导游还是认为影响了他的工作，对安妮说，要她停止为我翻译。安妮很不高兴，说你们既然不能提供各种语言的翻译，就不应该阻止游客自我服务。导游很会发动群众，面对着小火车上的乘客说，他这样做是为了更好地为大家服务。我赶快劝安妮，说不要为我坏了人家的兴致。毕竟面对着如此美丽的风景，以心态的平稳为第一重要。

于是，没有了翻译，在以后的长约一个小时的旅行中，我如同失聪的人，只凭自己的一双眼睛，欣赏周围的风光。最让人心旷神怡的是，岛上的建筑都是白色，雪白如贝壳，蓝天之下，耀人眼目到昏眩。

下了小火车，我把憋在心里许久的问题倒出来，为什么所有的建筑都是白色的？是否这里有统一的规定？

安妮说，没有。因为从美学的角度出发，这座岛屿上的建筑以白色最为艳丽。为了维持岛上的景观，所有的人都默默地遵守着这条不成文的规定，没有人违反。

这一点让我在意外之余很是感动。美国是一个非常讲求个性化的国家。在其他的小镇，你可以看到，几乎没有一座建筑是雷同的，千奇百怪，每个人都在极力张扬自己的个性。但是在这里，不管是自发还是统一规定，反正所有的人都严格地执行着“白色主义”，在成千上万的建筑中，我没有看到任何一座不是白色的外墙。也许屋里依然色彩纷呈，但是，房屋的外观一律是像鲨鱼牙齿一般的莹白。

海明威的故居也参观了，街道也浏览了，小火车也坐了，剩下的宝贵的一天，干什么？

我们在街上的海报中，看到了“加勒比海潜水”的项目。身穿潜水服的蛙人吐着大如牛眼的泡泡，身边萦绕着礼花般灿烂的热带鱼，引人遐想无限。我和安妮几乎是异口同声地说，走，咱们潜水去！

潜水教练室在一个曲曲弯弯的小巷里。不知为什么，我和安妮往里走的时候，不安的感觉云雾般袭来。当我把这种想法说给安妮的时候，安妮说，毕老师，我也正想告诉你，我也有一种不祥的预感。

我们面面相觑。但是，我们都不是轻易服输的女人，马上就要到潜水教练的办公地了，哪能打退堂鼓？

潜水教练是一个长着大胡子的高大男人。他嚼着口香糖，漫不经心的样子。他先告知我们，潜水训练需要6个小时，要交纳110美金。

我们点头应允，他的热情才高涨起来。我估计他原本以为我们只是一时兴起，随便来打探一番，没想到两个看起来散淡的东方女人真要潜入海底，并非只是说着玩的。

他拿出一沓厚厚的表格，要我们一一填写。那项目真是详细，从你幼时得过何种疾病，到祖上的健康状况，都一一涉猎。有无心血管疾病？有无脑血管疾病？有无糖尿病？有无癫痫？有无心肌病？有无关节病……密密麻麻的病名，直看得我这个医生出身的人都惊出了一身薄汗。安妮来得爽快，在所有的病名后面，画一个大大的括号，然后写一个大大的“NO”字做结。我却没有这番利落，因为表中有几条询问，让我觉得需郑重对待。

其一是：你是否有过在高速下降的电梯中耳鸣的经历？

其二是：你是否有过在飞驰的地铁中耳鸣的经历？

其三是：你是否有过在密闭的车厢内耳鸣的经历？

我对安妮说，不幸，我都有过。请你帮我询问一下，这对于潜水是否有影响？

安妮询问。潜水教练回答说，这说明你的中耳和内耳的机能不良。这对于下潜是有很大的影响的。教练说完这些话后，又拿出一张表格让我们填写。安妮看完之后，很是生气。

我说，这上面写着什么？

安妮说，这是一份具有法律效能的文件。如果我们签了字，就证明我们对于潜水中所发生的一切问题，都后果自负，和他们没有任何关系。

我说，那么，他们负有何种责任呢？

安妮说，他们不负有任何责任。

安妮和潜水教练理论，教练海盗般地微笑着，一言不发。脸上所有的笑容都写着一句话：这里我说了算！

安妮慢慢地抓起那几张我们填写过的纸，认真地把它们揉成一团，丢在了地上。

如果我们死在潜水的过程中，他们是不负任何责任的。我是你的陪同，要对你的安全负责，单是这一条，我们就不能在他的文书上签字。安妮对我说。

我说，安妮，你做得很对。我们都有直觉，还是相信我们的直觉吧。离开这里，到安全的地方去。

我们重又走在洒满热带阳光的大路上，欢快如初。我们后来找到了乘坐游艇出海的项目。这次不是深潜，是浮潜。也就是说，游艇将游客运送到加勒比海湾内的某处珊瑚礁，让游客们佩戴好蛙鞋和潜水呼吸管，戴好目镜，然后从游艇的中央楼梯下潜，在海中停留约半小时后，再返回游艇，返回海岸。

我买了一件游泳衣，是棕色格子带裙边的，穿上很有趣，有一点像冬天的风衣，很御寒的样子。安妮的泳衣十分漂亮，我们两个在游艇上，一言不发地看着周围的人。他们多是来自美国各地和欧洲的游人，成双成对者居多，看来是夫妻到这里来度假的。白种人的皮肤按说是很怕晒的，可安妮说，在美国，如果谁能在周一上班的时候，携带着这种被热带阳光晒得红艳艳的皮肤出现在大家面前，那么大家都知道，他飞到佛罗里达度假了。这是很有面子的事。所以，几乎所有的美国人都趴在甲板上像晾鱼干一样翻晒着自己，唯有我和安妮躲在阴凉里，喝着加冰的可乐。

终于到了蔚蓝海水中的珊瑚礁。我迫不及待地潜下水。哈！真美丽啊！无数的热带鱼从身边掠过，它们经过我的皮肤的时候，好像羽毛刺透丝绸，一种爽滑，一种让人心痒的酥麻。我翻动着自己因为穿了蛙鞋而变得长大丰硕的脚掌，觉得自己像个水怪。倒是热带鱼们见怪不怪，悠然自得地嬉戏着。

那一天返航的时候，我和安妮看着天边的云霞说，我们终于潜到了加勒比海的水中，我们还活着，这就很好。

谁可以破门而入

圣塔非是一座高原城市，新墨西哥州的首府。在我未到圣塔非之前，每一个听说我要去那里的人都说，唔，好美的地方。有人甚至说，那是美国最美丽的小城。

下了飞机，圣塔非给我的第一印象是大失所望。这就是最美吗？四周都是光秃秃的红褐色山峦，稀疏的植被像卡通人可笑的头发。银亮的日光肆无忌惮地辐射着大地，蛮荒和寂静从干燥的大地反射到空气中，弥漫四野。

安妮说，毕老师，你是不是觉得美极了？

我说，安妮，你去过中国的西部吗？比如陕、甘、宁、青、新？

安妮说，没去过。以后有机会，我一定去。

我说，我明白美国人为什么喜爱到中国的西部游玩，那里像这样的景色随处可见，荒凉空旷原始古朴。

安妮大感兴趣，说，真是这样吗，那太好了。

在圣塔非居住了几天之后，我对安妮说，我要纠正某些说法。中国的确有很多同圣塔非的外部景色相同的地方，但是，一旦走进了圣塔非特有的红土搭建的建筑内部，我就发现了自己的主观武断。

在圣塔非顽强保持着自然景观原始风貌的同时，圣塔非人用现代的理念，建设着家园。

我们走访了圣塔非危机应答中心。

一座小小的二层楼。圣塔非的建筑都不高，但这座二层楼还是显得有些局促狭窄。进得门来，几位工作人员用如花的笑脸迎接我们。

我早就发现，从事危机干预的人，一般都面目慈善。不知道当初是因为他们面善，所以被挑选来了做这份工作，还是这份工作做着做着，就把人的脸塑成了这种模样。

我就“危机”的定义请教他们。危机应答嘛，需先把概念搞清楚。

没想到他们全都笑起来，说这个问题没法回答你。不单是不能回答你，我们也不能回答所有问询我们的人。

我大奇怪，说，若是不弄清什么是“危机”，你们应答的标准是什么？

他们说，我们是特地保留着对“危机”的开放性理解。每个人对危机的感受是不一样的，一个老年人，一个孩童或是一个成年人，还有男性和女性，对危机的判断和承受力都是不同的，没有统一的标准。成年人的失恋、破产可能构成危机，但小孩子被父母训斥几句，一只小猫小狗死了，也会构成危机。我们不希望有人在拨打我们的应答电话的时候，在想：我这个情况是危机吗？我们希望只要你觉得需要帮助，就拨打我们的电话。只要你知道这里有一扇门，你来了，你敲响了门，这就足够了。你可以放开地讲出你人生中的真实，从脚趾到大脑，都可以讲。

真是一个聪明而富有人情味的解释。一个模糊的概念，在它松软庞大的袈裟下，危机中的心灵可以得到舒缓和救援。

他们接着向我介绍工作。

圣塔非危机应答中心，成立于1996年。共有3条热线，有9名常驻的工作人员，都是硕士以上的学历。自成立以来，一共接答了2万多个电话。其辐射的范围主要是圣塔非市和新墨西哥州，也有200多个电话是来自其他的州。

这里主要是电话值班，每天早上8点至下午5点，是两个人值班。5点之后，到第二天，是一个人值班。危机应答中心的电话号码，每天都刊登在《新墨西哥人》报纸上，很容易找到。平均每周会接听125个电话。如果值班人员判断来电话者正处于有生命危险的危机当中，会一个人继续接听电话，另外一个人马上出动到家中干预。这样的险情，每周有10—12次。

我们的外出小组，配备一名警察，一名精神科医生，一名护士，一名社会工作者。我们的车子很好，有必要的设备，比如云梯。当发现来电话者的情况危急时，我们可以不经司法程序就破门而入。因为那时时间就是生命。特别是很多呼救的人正处于酗酒的状态，医生护士的治疗及时让他们镇定下来，是非常重要的事情。

我们的义工都是分文不取的。向社会征集志愿者，年龄跨度从20岁到70岁，各个阶段的人都有。特别是要保持总名额3%以上的老年义工（要求年龄在60岁以上），因为老年人发生危机的比例越来越高，他们在电话里听到一个和自己一样苍老的声音，在现场看到一个和自己年龄相仿人，会比较容易沟通。

当然，性别也是非常重要的。义工中，男女比例各一半。还有族别。新墨西哥州有很多西班牙人的后裔，所以我们的义工当中一定要有会讲西班牙语的人。义工工作2—3年以后就会轮换，这个工作对人的心力和体力的耗竭都是很大的。

我们的义工是向社会公开招募的，要求很高。义工要经过40个小时的培训。义工的主要来源是大学社会学科的学生，报名的人很踊跃。爱心当然是最主要的，还有一个重要原因是，有很优厚的学术回报。在我们这里服务，可以得到36个学分，相当于将获得社会学和咨询学硕士学位总学分的1/3。这对学生是很宝贵的。在这里服务获得了良好的评价，对今后的发展是很有帮助的。

当然，电话不可能解决所有的问题，就是到达现场破门而入的抢救，也不可能彻底解决问题。危机是一个连续的过程，我们一旦介入，就不会中途放弃。我们建有档案，会把每个人的情况介绍到社区，以便追访。我们还有一个强大的资源库，包括精神科、法律、医学、性病方面的专家，甚至还有住房方面的专业人士……

我忍不住问道，别的专家我能理解，可是为什么要有住房方面的专家呢？

工作人员解释说，一般当危机发生的时候，来电话者通常都是锁在自己的房间内。房子的历史和结构是各式各样的，怎样才能在最安全的情况下进入房间，又不会对危机中的人造成伤害，这些当然要请教专家了。

我听得频频点头。最后我说，我看到了你们充满爱心和高度责任感的工作，看到了你们显著的成绩。我还想请教一个问题，你们如何应对沉重的压力？我猜想，你们一定对电话铃声有着特别的敏感，长此以往，会不会造成心理能量的枯竭？

工作人员意味深长地交换着眼神。一位男士说，您说得很对，当然会了。我们的经费来自圣塔非医疗辅助计划拨款，除了义工完全没有收入以外，我们固定工作人员的收入也很低。我如果改行去做别的工作，收入起码会翻上一倍。支撑我做这个工作的动力是——我喜欢在别人最需要帮助的时刻，出现在他的面前。世界上能提供给人这样机会的工作，是很有限的。我感到能为他人服务，是我的快乐。当然，就算是有这样坚定的信念，我也无法完全战胜自己的疲惫。我们工作人员彼此之间有一个约定，也可以说是一个控制系统。我们密切地观察着自己和周围人的反应。我告诉你一个察觉人是否枯竭的小指标，很灵验的。如果一个原本幽默的人，突然不幽默了，你可要高度警惕了。如果你心中一旦出现不愿接听电话的念头，听到电话铃声就烦就害怕，那就应该立刻停止工作，开始休息了。这不单是对危机来电话者的负责，也是对你自己身心的负责。

正说着，久未开口的一位女工作人员拿来了一套精美的照片。她笑着说："喔，前一段，我就出现了山姆刚才说过的那种情况，我不会笑了，也不会幽默了。他们立即要我休养。我就和母亲一起到非洲去了，那里的旷野和自由自在的野生动物，还有空气和阳光，让我的身心得到了极好的放松。你看，这就是我在南非拍下的照片。"

"我看到了狮子和长颈鹿，还有羚羊，在一望无际的高原上，在碧蓝如洗的蓝天下，肆无忌惮地晒着太阳。现在，我又像一颗饱满的种子，每天都蓬蓬勃勃的。我不再害怕听到电话铃声了，我知道那是一个人伸出他求救的手。我会把我的手递过去，无论他在水里还是在火里。"她说。

告别的时候，圣塔非危机应答中心送给我一个小玩具，是一只可爱的小白熊。在小白熊紫色的背心上，醒目地印着中心的电话号码。

留个纪念吧。再有，希望你能把我们这里的电话——0333，带给更多的人知道和记住。也许有一天，我们会收到来自遥远的中国的电话呢！工作人员送我们到门口，幽默地说。

我们挥手告别。在返回的车上，我突然发现，这只背着电话号码的小白熊的产地是中国。我想，制造这只小白熊并不难，建起我们的危机应答中心，才是艰难的事情。

海明威的最后一分钱

基韦斯特是美国本土最南端的一座小岛，东西长约5.5公里，南北宽约2.5公里，像一只胖而舒适的卧蚕，睡在蔚蓝的海中。战争年代，由于基韦斯特独特的地理位置，这里是兵家必争之地。

我选择到基韦斯特一游，不是因为战争，或者说，也是因为战争——一位擅长描写战争的伟大作家曾在这里生活过，他就是欧内斯特·海明威。

半个多世纪以前，声名初起的海明威，厌倦了大城市的繁华生活，想换换口味。小说家约翰·帕索斯向他推荐了佛罗里达州的小岛基韦斯特。这座岛距离美国大陆的距离比距离古巴的距离还要远。地处墨西哥湾和大西洋交汇的水域，岛上长满了红树林、棕榈、胡椒、椰子、番石榴……天空飞翔着蓝色和白色的海鸟，云彩堆积着，巍峨得好像奇异的山峦。海水由深邃和清澈，变得近乎紫色，赤红色的水母遨游着，和天边的霞光呼应，构成了诡异的光柱。岛上居住着西班牙和古巴的渔民，是早年捕鲸人的后代，民风淳朴。海明威欣喜若狂地说："这是我到过的地方中最好的一个，我一点也不留恋大城市的生活。纽约的作家，那都是装在一个瓶子里的蚯蚓，挤在一起，从彼此的接触中吸取知识和营养，我想躲开他们。"

基韦斯特岛的确非常美丽，让人沉醉而迷惑。但我想不通，在如此妖媚的阳光下，海明威哪里来的心境去描写流血的战争？我有个不登大雅之堂的心得，总觉得作品是某种地理时空的产物，就像野菊花是旷野和秋天的合谋。可能为了迅速纠正我的谬误，夜里，就让我见识到了加勒比海一场骇人的风暴。暴烈的阴云和能够置人于死地的狂雨让我明白了，这里的天空和海洋可以比拟任何战争与和平。

海明威在这座小岛上写下了《永别了，武器》《午后之死》《胜利者无所获》《非洲的青山》《有的和没有的》《第五纵队》《西班牙的土地》以及《丧钟为谁而鸣》的一部分……这些小说，凿成一级级花岗岩阶梯，送海明威到达了不朽的山巅。

海明威来到基韦斯特定居以后，先是住在西蒙通街，后来搬到了怀特理德街907号，现在对游人开放的就是907号故居。它坐落在一条短短的安静的小街上，回想半个多世纪以前，这里一定更为清冷。宽大的庭院，一栋白色的二层楼房，绿得不可思议的树和曲折的小径。走进故居，首先接触到的是无数只猫以豹子般勇敢的身姿，在你脚下乱箭般窜动。这可能是世界上最无人管教的家猫了。还有一些猫不成体统地睡在小径的中央，袒胸露乳、放荡不羁。刚开始我几乎以为它们是死猫，它们委实睡得太沉醉了。别看这些猫其貌不扬（以我有限的知识，觉得它们是一些平凡的猫，绝无名贵之种），但它们的血统直接来自海明威当年豢养过的猫，个个是正牌后裔。它们气定神闲、为所欲为，赋予海明威故居以勃勃生机。它们是大智若愚的，对所有的访客不屑一顾，心知肚明，自己的祖上才是这厢真正的主人。

我在海明威的故居内轻轻地呼吸。

这套房子是海明威的第二任妻子波琳的叔父于1931年送给波琳的礼物，海明威在这里生活了8年。房子原先是栋西班牙风格的古典建筑，年久失修，门槛腐朽，墙皮脱落，房顶和窗户也有很多破损。海明威着手组织工匠把房子从里到外来了个大改造。这不是项小工程，尤其是设计方案，有很多是海明威自己完成的。

现在看起来，这是一套舒适而井然有序的房子。我原来以为海明威的写作间是阔大的，按照房屋的规模与格局，他完全有能力为自己做这样的安排。室内的陈设，估计很可能是凌乱的。但是，我错了。工作间异常整洁，面积也不算很大，铺着黄色的木质地板，齐胸高的白色书架靠在墙边，古典的西班牙式的圆形写字台摆在地中央，阳光充足得让人想打喷嚏。在介绍海明威的书籍里，写着海明威习惯站着写作，他常常把打字机放在书架的最上一层。但在海明威的故居中，我看到的打字机还是规规矩矩地放在写字台上。

海明威还有一个我觉得很女性化的习惯，就是爱收藏小动物玩具，比如铁乌龟、背后插着钥匙的玩具熊、小猴子和长颈鹿造型的小工艺品……我在一些名人故居经常看到的是名贵的收藏品，显示着主人的身份。但是，海明威不这样，他让人看到的是一个大作家的率性和真实。

让我留下特别印象的——是海明威的孩子的卧室，地砖的颜色如同韭黄般鲜嫩。解说员告知，这间房屋的设计是海明威亲自完成的，铺地的材料是海明威专门从法国订购来的。

我偷偷笑笑。平心而论，和整套住宅华贵精致的风格相比，海明威为自己的孩子所设计的卧室，谈不上出色。不敬地说，甚至有支离破碎的堆砌之感。但我想，他一定是倾注了极大的爱心，单是把那些颜色暖亮得如同咸鸭蛋黄的瓷砖一路颠簸地运到这座小岛上来，就让人的心情从感动演化成嫉妒。不是嫉妒海明威的富有，是嫉妒那孩子所得到的眷爱。

海明威的庭院里，有一座露天游泳池。出门就是天然浴场的岛屿，从咸水的怀抱里掬出一座淡水游泳池，即使在今天，也是奢侈。更不消说，海明威是在半个世纪以前，一举完成此项工程的。那时，这颗淡绿色的葡萄，是整座岛上的唯一。

在更衣室和游泳池之间的水泥地上，有一块灰暗的玻璃，落满了尘土。解说员将浮尘拭去，让游客看到一枚硬币镶嵌在水泥中央。由于年代久远，币面显出苍老的棕绿。

这就是那著名的一分钱了。在观光手册上写着："海明威曾用两万美元修建这座全岛唯一的淡水游泳池。他说过，要用尽最后一分钱来建造。他做到了，于是在完工的时候，他就把自己的最后一分钱镶嵌在了水泥地上。"

浪漫而奢华的故事。海明威一掷千金为博红颜一笑，有点帅哥的味道。我却多少有些不明白。既然是求奢华享受，就不要这样捉襟见肘。就算捉襟见肘，也不要公告天下。就算要公告天下，也要做得好看一些。这枚锈绿的硬币，歪斜着，尴尬着，好像一张肿了的苦脸。

我把自己的想法对解说员谈了。那是一个被热带阳光晒出一身麦黄肤色的青年。他说，自己祖居基韦斯特，对海明威很了解。

那一分钱的真相是这样的。他陷入了沉思。

海明威的妻子波琳执意要建造岛上第一座淡水游泳池。在她，这不但是一种享受，更是一种地位和财富的象征。海明威出于爱，答应了这个请求。家中当时并非富有，两万美元不是一个小数目，海明威抖空了钱袋的缝隙。施工很混乱，预算一再突破。有一阵，几乎要半途而废。海明威殚精竭虑，把最后一分钱都榨了出来，才艰难地完成了这座划时代的游泳池。为了表达这份窘迫和来之不易，海明威把一枚硬币镶嵌在这里。

海水拍打着珊瑚礁。往事已经湮灭在不息的浪花之中。我不知道在众多的海明威传记当中，还有没有更权威、更确切的说法，关于这一分钱，关于这座来之不易的游泳池。

从故居走出，我们在海明威生前最爱去的那家酒吧点了一种海明威最爱喝的酒，慢慢呷着。我想，我愿意相信解说员的解释。因为他那麦黄色的皮肤是一个强有力的注脚。从依然明亮的瓷砖到早已暗淡的游泳池，我在那座葱绿的院子里，除了记住了海明威的旷世才华，还感受着他的率真和独特的个性。

鸟瞰埃德蒙顿

北极光给人的感动，是突如其来的狂喜和感天动地的震慑，加拿大阿尔伯塔省省会埃德蒙顿留给我的冬日怀想，是清冷的安宁和无以言说的静谧。

下雪了，加拿大的冬天，必然该有雪的，犹如真正的海要有惊涛。艾伯塔省的雪是绵软的，带着轻薄的鞘，好像一种来自上天的昆虫。它们自由自在地飞舞，降落在大地、树梢、城堡、木屋和人们的肩头，让埃德蒙顿如同种了千百万棵梨花盛开的树。为了鸟瞰埃德蒙顿的全景，我们登上了全市第二高的建筑。保安队长领着我们不断攀登，用粗大的钥匙打开一层层厚重的铁门。终于，我们站到了距地面150米高的顶楼之上。这里通常不是一个景点。

那一刻，四周寂寥无声。汽车和行人的喧嚣已匍匐在脚下如峡谷般的深底之街上，头上是苍凉云天，蕴含着雪花的千军万马。四周是林立的大厦，玻璃幕墙闪着孤寂而带有虹彩的光。远方，是涟漪般散去的民居。在更远的地方，是天和大地的缀连处，由细密的森林用灰绿的针脚缝缀而起，浑然天成。

我们渴望城市，我们又留恋乡村。埃德蒙顿的建设把这两者结合起来，人们在享受现代文明的便捷之时，依然偎依在大自然的臂弯里。

而这一切，并不是偶然的，来自周密的设计。埃德蒙顿市早有规定，除了市中心，不得在郊区建造高楼。这就使得埃德蒙顿至今保留着完整圆滑的360度地平线，令人心旷神怡。

人类是需要常常看见地平线的。那让我们有一种与大地同在的踏实感。它提示我们在琐碎的生活之外，还有一个博大的存在，可以承载我们的身体和心灵。

埃德蒙顿把高度繁华的城市建设与自然的生态环境完美结合在一起，不仅符合建筑美学，而且和人类生存的深层渴求共振。人类是自然之子，如果长期和大自然相隔绝，在单调、鼓噪、僵硬、刻板的人工建筑中踯躅，喝添加了氯化物的水，呼吸被空调设备循环往返无数次的空气，饮下农药和化肥，吞入各种各样的工业原料……就违背了人类几百万年以来进化的基本大法，它不仅仅是不自然的，而且是不人道的。那种总是两点一线或三点一线的生存方式，缺少大自然月朗风清的抚摸，缺乏太阳炙热而光明的照耀，呼吸不到由青葱的树木刚刚制造出来的新鲜氧气，喝不到由无数砂岩缓缓滤过的甘甜泉水……我们的身体和灵魂，会一道萎靡、羸弱、发霉、凋零。

人是活在关系中的群居动物。人的一辈子，说穿了，有三种关系像轴心一般，指挥着我们围着它打转。第一种是人与自然的关系，第二种是人与人的关系，第三种是人与自我的关系。如果你远离自然，那这第一种关系的纤绳已咔嚓断裂。据美国科学家研究，世界上最幸福的城市，有一个显著的特点就是那里的人们可以随时拥抱大自然。和大自然的隔膜，是现代人的悲剧之一。

说到人与人的关系，这是一个大题目。先说一个和空间有关的小试验，科学家们证实，当笼子中的小白鼠密度太高时，即使终日提供足够的食物和饮水，小白鼠们也会因拥挤而产生焦虑，之后发生剧烈冲突，彼此咬断对方的尾巴，攻击行为不断，自相残杀，鲜血淋漓……人也难逃这个规律。

说到人与自我的关系，当现代人无法应对越来越频繁的压力，难以有效地调适心境时，就很容易患上抑郁症。

我特别问询了艾伯塔省抑郁症情况，得到的答案是发病率很低。埃德蒙顿第二高楼之上的俯瞰，给了我很好的启示。在中国现代化的进程中，我们要在城市建设中，为人们最大可能地保存大自然的原生态，让我们一眼望去，可见到更多的绿色、蓝色和五颜六色的花，可以与广袤的地平线同在。

刚才提到带领我们来到顶层的人，是大厦的保安队长。他和想象中刻板严厉的保安队长大不同，相貌绅士，服装整洁，而且业余爱好十分丰富，酷爱跳伞和摄影。

我对跳伞十分好奇，问，你是从自己守卫的这座大厦往下跳吗？

他微微一笑，说，这个高度可不够，我是从飞机上往下跳。纵身一跃的时候，感觉像鸟一样自由自在，烦闷就被高空的风吹走了。

我说，那么你不能跳伞的日子，有了烦闷怎么办？

他说，很好的问题啊。在不能跳伞的日子，如果烦闷了，我就爬上这座高楼，一一打开通往大厦顶层的门，独自来到这里，极目远眺。看到一个广大的存在，心情就渐渐放松了，你所感到的压力，和这么大尺度的空间相比，算不了什么。一切烟消云散。

那一天很长时间，我都站在大厦顶上，眼眸毫不聚光地朝向远方，与地平线相交。冰凉的雪片落在睫毛上，化作细碎的水滴。

热情有劲台湾人

王蜀桂女士，先请你原谅。我把你的一本书的名字——《热情有劲台湾人》借来了，成了我的这篇回忆台湾之行的文章的题目。因为我再也想不出更好的题目来形容你在我脑海中的印象。

当我们回想某处地域的时候，我们通常想到的是那里的风光。如果只是想到那里的风光，如果那里不是人迹罕至的荒原，那就说明了旅游者的孤独。孤独未尝不是一种优雅的旅游状态，但我更喜欢的是——在回忆的时候，忆起在旅途中新结识的人。人是永恒的变化，好像一束明亮的追光，打在风光之上，那风光便有了飒飒的动感和淼淼的生气。

大陆作家代表团在高雄的日子里，王蜀桂女士一直伴随着我们。她个子不高，一张圆圆脸总是快乐地微笑着，使人想起丰收的灿烂的甜橙。记得到达台湾的第二天，在高雄的海边，大海翻滚着，不安地搅拌着天地。斜拉的雨丝中，我问她，你做什么工作呢？

她说，我在家。照料家务，也开办一些语文的补习课程。

那一刻，我突然觉得和她很亲近。因为在我的内心，一直有个愿望，甚至可以说是美好的固执的愿望——就是期待有一段生命时光，能够一心一意地待在家里，做家务，闲暇的时间就请一些孩子来，给他们补习功课……

这愿望从来没有对人完整地述说过，因为每逢我刚说到——我很想总是待在家里……就被人打断了，说这么多年以来，你不是已经一直待在家里了吗？怎么骑着驴找驴呢？弄得我难为情起来，后面的话就没有勇气说出口来了。

看到蜀桂淡淡平和地描述她的生活状态，我突然就有了深刻的知音和某种早就相识的感觉。在心理上，和台湾同胞的亲情，在这一刹那弥散融合。你想啊，平日我们走在街上，看到和自己选了一样背包或衣着的人，都要平添一份亲切感，你突然在遥远的地方，看到一个人把你心中为自己勾勒的生活图景，明确地上演了并扮得有声有色，你是不是会有一种故旧的重逢和贴切的感动呢？

说实话，头一天夜半，我们进入高雄的时候，心中真是弥动着很奇异的感受。每一家店铺招牌上的汉字，我都认得，它们连成一片，我却觉得那样陌生，仿佛看到的是一场电影中的布景。第二天同台湾的作家们交流的时候，心中也很谨慎，试探着前行。但在高雄海边的这一刻，我心释然。正如在海峡两岸研讨会上，余光中先生所说，50年的隔绝，抵不过5000年的文化。

嗨！大家竟有那样相像的地方。

我问蜀桂，你教的学生，是从多大到多大呢？

她笑笑说，从小学一年级到预备大学联考的学生都有。

要不是初次见面，把持着基本的礼仪，我几乎要佩服地惊呼。平平淡淡的一句话，你就可以感受到面前的这位女子的襟怀和水准。她的学养和自信，她的渊博和稳定。

我发愁地说，年龄跨度这么宽，大的大来小的小，相差10岁不止，你可怎么安顿他们呢？

蜀桂说，通常我会把时间岔开，如果学生们的时间逢到一起，也没什么，我对他们各自辅导，彼此并不干扰。这些年来，我的学生总是满满，大家传来传去，我的口碑还不错吧。有的一家几个孩子，前赴后继地在我这里上的补习……我很喜欢大陆的简体字和拼音，常号召学生们学习……

我深深地叹服。作为母亲，我知道一位老师能在家长和孩子们的心中，享有如此高的声誉，那后面是怎样的劳累和深度的敬业啊！

在高雄的日子里，蜀桂从黎明到深夜，一直陪伴着我们。在颠簸的汽车上，她为我们充当山地原住民风俗的解说员，并自己付钱为我们代表团的每个成员，赠送了山民的纺织品饰物——一枚可挂在脖子上的花袋。我挑了一个黑白纹路的，蜀桂说这是卑兰族的吉祥图案。我们天天在电视里看到的那个欢腾跳跃的女孩——张惠妹，就是卑兰族酋长的女儿。从此，在台湾旅行的日子里，我们代表团的团员，就有了一个显著的标志——每人的脖子上都有一件独特而美丽的饰物。

说到台湾的风土人情，蜀桂真是如数家珍。我说，你是本地人吗？

她说，你看我的名字啊，我是大陆人。生在大陆，祖籍是陕西的。但我来台湾很多年了，在我的心里，我觉得自己就是一个台湾人。

蜀桂1947年生，陕西省城固县人，世界新专编辑采访科毕业。曾任教师，从事报告文学的写作多年，擅长发掘台湾乡土人物的生命故事。

看蜀桂的书，你好像跟随她很有弹性的步伐，拨开蝴蝶兰的花朵和叶子，在海风中，走入台湾普通人的生活。

这里面有智障教育的拓荒者，有现代妈妈环保义工，有流浪汉温暖的家，有永远的三铁皇后，有“炒热”母亲节的人，有新鲜的行业——闻臭师，有快乐的傻子，有研究闽南语发音的人，有洋人的“超级顾问”，有储存精子的专家……

哈！怎么样？光看看这些题目，你就眼睛发亮了吧？你就知道王蜀桂女士在宝岛的足迹和工作，涉猎到了怎样广泛和细腻的科目了吧？

蜀桂深情地说，台湾是我的青鸟。

蜀桂领着我们游历南台湾，终日忙碌着。她请我们到她朋友的柜台上，喝鲜榨的果汁。我们说，吃得饱饱的，就不喝了吧？蜀桂说，你们好不容易到了台湾，要利用一切机会，全面地了解这块土地啊。

清凉的果汁下了肚，蜀桂的情谊也常留心中。

回到北京后，我特地到了一家专门售卖教学辅导参考资料的书店，对服务小姐说，我需要一套全面的语文辅导资料。小姐说，我们这里资料很全，你要哪个年级的呢？我说，从小学一年级到高中三年级，全要。小姐狐疑地看着，疑惑自己听错。我只得又重复了一遍，她才帮我找去了。

我把厚厚的一叠资料寄往台湾。在心底，期望着蜀桂的家庭课堂办得更好。

在本文的结尾处，我又要请蜀桂原谅了。我要把她最近给我的信摘引一小段。

“台湾的未来，是好？是坏？大家都不知道……我最近在研究台湾少数民族的织布。由于这方面一直被大家忽视，对我来说空间极大。另外，我想写一系列农家饲养家畜的故事，因为这和传统饲养法完全不同。所以今年以来，我比前两年更用心写报道……”

蜀桂是认真和努力的。愿宝岛和平。

第四章

放飞想象的翅膀

人们常常在旅途中，猛地想起湮灭许久的往事，忆起许多故人的音容笑貌。好像旅行是一种溶剂，融化了尘封的盖子，如烟的温情就升腾出来了。

在海参崴闭上眼睛

我以前读不准俄罗斯海参崴的“崴”字，自以为是地念作“海参威”，觉着透出一股忧郁的蓝色气息。到了东北，才知道这原是一个极乡土气的地名。崴子，是山东话，意为水湾。海参崴，就是出产海参的湾子。

在地图上，海参崴是个被圈在圆括号里的小名。那地方的大名叫“符拉迪沃斯托克”。

多拗口的地名！

我们作为旅游者来到远东这座美丽的海滨城市，轿车在细雨霏霏的街道上疾驶，观赏着异国的风光。俄罗斯女导游娜佳迫不及待地拿出一张黑白人物照片，约莫有30厘米见方，上下晃动着，眉飞色舞地向我们解说着什么。

娜佳名为导游，其实并不通汉语。我们随着汽车的颠簸，注视着相片上那个留着小胡子的俄国军人高傲的面庞，莫名其妙。

娜佳神采飞扬地讲完了，示意随团的中方翻译将她的话译过来。

我方精干的小翻译没来由地结巴起来，无端地咳嗽。旅游车里一瞬变得很静。中国人和娜佳对望着，视线的焦点集中在相片上的那人上。

中方翻译终于开口了："相片上的人叫穆拉维约夫，是沙俄时代的将军，他是第一个踏上海参崴的俄国人……"

窗外是蔚蓝色的港湾，天空缀着白色的海鸥。远处，庞大的舰群像钢灰色的山峦，岿然不动。

我凝视着相片上须发森然的将军，心想，从世界上发明第一张照片到今天，不过百十年的历史，可生活在这块土地上的人，岂止繁衍了千百年？第一个踏上这片土地的俄国人，居然留下了如此清晰的照片，历史的神经已经错乱。

小翻译顿了顿，继续说："这里原来是中国的领土。19世纪中期，任俄国东西伯利亚总督的穆拉维约夫多次武装侵入中国的黑龙江流域，1858年用武力迫使清朝签订了不平等的《中俄瑷珲条约》，1860年又签订了《中俄北京条约》，将海参崴割让给俄国。中国共计失去了100多万平方公里的土地。由于穆拉维约夫扩张领土的功劳，沙皇特封他为阿穆尔伯爵，意为黑龙江伯爵。海参崴也改名叫符拉迪沃斯托克，意为'控制东方'……"

娜佳矜持而骄傲地微笑着，她听不懂小翻译的话，以为他是把自己的话全文照译。

我闭上了眼睛，让眼帘暂时隔绝穆拉维约夫将军胜利者的笑容和海参崴明媚的阳光。我看到自己血脉中的红细胞在阳光的照耀下，变得像火球一样鲜艳而灼热。

娜佳是无辜的。她向所有访问海参崴的外国人都这样介绍着海参崴的历史。对于他们来说，历史的确是从穆拉维约夫将军开始的。

在海参崴面对历史的沉重与沧桑时，我们无话可说，只有闭上眼睛，听凭血液澎湃地涌动。

在海参崴还听到一个故事。据说穆拉维约夫将军在签约的最后关头动了小小的恻隐之心，给中国留下一个小镇作为出海口，在那里矗立了一块中国的界碑。不想巡逻边防的清军嫌那个小镇太偏远了，每日巡逻的时候，都要把界碑往我方扛几步。就这样，他们走得越来越轻松。终于有一天，卫国的军士们巡察国境时再也不用走那么远的路了——中国已经永远丧失了它在远东最后的出海口。

我不知这个故事是否真实。假如它是真的，我们有太多太多的话要说。

在阿穆尔湾请愿

不知俄式大菜是怎样的排场，但在我们赴俄罗斯旅游的海参崴阿穆尔饭店里，招待我们的食品是极为简略的。

从我国的绥芬河口岸过境，到达对面的俄罗斯小镇，是上午9点多。由于存在三个小时的时差，其实已相当于过午了。一顿午饭就莫名其妙地被“差”过去了。俄罗斯的汽车不守时，像黄牛一样懒洋洋，一路上等车、坐车加修车，足足折腾了六七个小时，到达俄罗斯的远东重镇海参崴时，已经是当地时间晚8点了。

大伙儿饥肠辘辘。

阿穆尔饭店是海参崴最豪华的饭店之一，坐落在宁澈的日本海阿穆尔湾，气势恢宏。宽敞的餐厅，布置得像远洋巨轮的船舱，墙壁上镶着金色的舵盘。一长溜铺着暗色条纹亚麻布的餐台上，摆着亮晶晶的碟子和叉勺……

从早上颠簸至今，胃像被冲洗一清的空白磁带，正准备录入充足的食物。

我们端正地坐好，像幼儿园大班的孩子一样乖，等着服务员上菜。

胖胖的俄罗斯大婶，一趟趟殷切地为各位端上食物。人们用刚刚学会的俄语不断地“思八西八”（谢谢）。一位早年间曾留学苏联的老者说，一共要上四道食品呢。

可是大伙儿很快就不用致谢了。俄国大婶已经安静地消失，餐台上只留下一排空碟子。

有好事者统计，已经上过的菜肴计有：第一道生拌墨斗鱼丝。每盘约有火柴粗细两寸长的雪白鱼丝20余根，淡而无味，不撒咸盐，几乎无法进食。第二道为生番茄片。就是用那种比乒乓球略大一点的西红柿，切作三四片，摆在雪白的碟子里，花朵一般好看，用叉子一戳之下全部挑起来填进嘴里。第三道为每人一个貌似包子的油炸面团，发出很纯正的酸酵气味，一口咬下去，中间夹着半个剥了皮的土豆。我之所以不说它是土豆馅的包子，实在是因那半个土豆毫无油盐，完全还在原装的土豆之列，不能称它为“馅”。主食为每三四个人分得一盘黑面色，约有十余片，每人可得半厘米厚的面包片两三块。

大家便对第四道食物望眼欲穿，甚至有人说也许是热气腾腾的一大碗烩菜，内装五花猪肉、粉条、豆腐、大白菜……

笑眯眯的俄罗斯大婶果然裹在一团热腾腾的雾气中驾临，递给每人一盏滚烫的——红茶。

于是晚餐宣布结束。

大伙儿大眼瞪小眼，不由得说：“俄国人一天光吃这个，怎么能长得那么人高马大呢？著名的土豆炖牛肉呢？脍炙人口的俄罗斯红肠呢？起码黑列巴（面包）要让人吃饱吧！”

不过，红茶确实是甜香浓郁的。有人请翻译帮忙再要一杯。

笑容可掬的俄罗斯大婶说："要茶可以，但要付款，300卢布一杯。假如是自己到厨房去取，不劳驾大婶，价格可便宜一些，200卢布就行了。"

第一天初来乍到，大家不敢造次。看看再无甚"进口"的可能了，在个别人付款加饮了红茶以后，纷纷退席。

经询问，我们这餐饭的伙食标准为12000卢布，约合人民币50元。人家纷纷说，我们连5元钱的食物也没能吃到肚里。

好在离开故国刚刚一天，各位都有些备战备荒的储备。回到客房，每人拿出方便面，打算自己开伙。这才发现饭店里全无热水瓶这一设施，俄罗斯人都是喝生水的。

因陋就简吧。把方便面揉碎，将一团团的碎块放进嘴里，像老鼠般咯吱吱地嚼着，用舌头干燥地搅拌着。一仰脖，吞一口海参崴的自来水，让这"中外合资"的方便面到自家温暖的胃里缓缓膨胀吧。

平心而论，海参崴的自来水真好喝，清爽洁净，略带甘甜，像上好的矿泉水。

吃饱喝足，一夜无话。宿费为每人12.5万卢布，约合人民币500元。被褥很干净，但其他设施就很寒酸了。没有电视机，只在墙壁上镶着一台小小的矿石收音机，好像二十几年前中国农村的大队部。

人总是对新的一天充满了希望。第二天早上，我们精神抖擞地来到餐厅，心想昨日到得晚，猝不及防，俄罗斯大婶们没有准备，今天让我们重新开始吧。

餐桌上摆着我们的早餐，好像是昨晚的食物没有吃完，在微波炉里烘了烘，又原样端了出来。

瞪大了眼睛，见也有变化之处。那个夹土豆泥的烤包子不见了，代之以一道凉拌黄瓜。

大家默不作声地落座。大约5分钟后，杯盘皆空。有人向俄国大婶要面包，胖胖的大婶一转身，从别的客人吃剩的桌上端来了半盘。他狼吞虎咽地吃了。

洁净的亚麻台布上，一排排吃得精光的白盘子，好像组成一个卖瓷器的柜台。

大家舍不得离开餐桌，议论起来。

老这么着可不行，顿顿吃个半饱，跟旧社会似的。

我想了一个广告：你想减肥吗？请到俄罗斯的海参崴去。

是不是俄国人以为中国人肚子小，用喂鸟的食儿打发咱们呢？

真是想念祖国啊！身为一个中国人真是太幸福了。我们一辈子比俄国人要多吃多少好东西！

大家越说越感慨。人的嘴有两个功能，一是吃饭，二是说话。当第一个功能得不到满足的时候，第二个功能就空前地发达起来。刚开始是半带调侃地议论，渐渐地就义愤起来，围着中国方面的导游同仇敌忾地诉说饥饿。恰在此时，俄罗斯方面又通知说上午派不出车来，大家只有在饭店里闲坐。

群情开始激昂。

中方导游说，他还从未遇到此类情况，不知还会出什么意外。为了后面的旅游顺利，建议大家随他到海参崴市的国家旅游局去反映一下情况。

中国有句古话叫作“吃饱了没有事干”。现在大家是吃不饱没事干，把一腔恼火发泄给小导游，人家给出了主意，大家自然不能临阵脱逃。况且导游也是身在异国，势单力薄，我们理应助他一臂之力。再说，我们若是认可了这样的待遇，俄方对以后的来访团也许就更不负责了。无论于私于公，都该去说几句话。

于是大家簇拥着导游，像打狼的一样，成群结伙地在街上走。

海参崴风光旖旎，凉爽的海风像蓝纱巾一样迎面拂来。走着走着，我们欣赏起美丽的异国景色，几乎忘了自己是为什么走到街上来的。

一栋陈旧的红楼映入眼帘，这就是海参崴的国家旅游局。

我们一行约20人，相随进入红楼。导游小声介绍说，海参崴原有四家旅行社承办旅游业务，但后来统归这一家了，于是对旅游者相当不客气，反正你离了我就没办法。

我们在暗中相视一笑，感觉到某种熟识甚至亲切。只要没有竞争的地方，你就要碰到官僚的冷遇。

我们做好了思想准备，公推两位代表陈述原委。

中国是民以食为天的民族，吃不饱饭，尤其是交了足够的饭钱而不给吃饱饭，就会把肚子和面子联系在一起，叙述起来，格外慷慨激昂。

对方接待我们的是一位年轻的俄罗斯女郎，据介绍是旅游局的副局长（他们也挺重视使用年轻干部的，我看女副局长的年龄不会超过30岁）。

俄罗斯真不愧是一个喜怒形于色的民族，长相清秀的女副局长听完导游的翻译后，立时柳眉倒竖，樱唇抖动，快捷的俄语单词像重机枪一般横扫过来。虽说语言不同，也看得出绝非从谏如流、虚怀若谷的良善之辈。

果然，翻译说，女副局长表示这很正常。车子派不出来，饭食也无法增加。理由是：你们的人虽然过来了，可你们的经费并没有同时打过来，你们现在吃的饭钱还是我们垫付的呢！我们很穷，没有钱，能给你们吃这样的东西就算不错了。

她双手一摊，做出无可奈何的样子。我们立即有人给她拍照。她一看照相机的镁光灯闪起来，就昂首挺胸，摆出雄赳赳气昂昂的英姿，以不失国家的威严。

我方翻译说，这其实不是理由。我们从来没有拖欠过款项，只是过境时又不能携带现金，两国支票兑付需要一定的时间。对于俄方的旅游团，我们都是盛情款待的……

女局长依然说，我们没有钱……

这倒是实话。在其后的日子里，我们着实领教了俄罗斯远东地区的食物短缺与昂贵。1公斤红肠需2万多卢布，合人民币近100元；1公斤西红柿要人民币30多元。我在集市上，用1000卢布买了一种不认识的紫蓝色小浆果，约合人民币4块钱，只有小小的一捧，装在一页旧书折成的纸包里。果子的味道极酸，便有些后悔。但后来又感觉很有价值，因为翻译告诉我，这种不起眼的樱桃大小的果子，就是俄罗斯文豪笔下赫赫有名的醋栗。

面对海参崴市国家旅游局女副局长摊开的双臂，我们这些请愿者只有无望地退出。

走在街道上，我们又自我解嘲地笑起来。大家说，他们完全不把客人当上帝呢，觉得是我们给他们找了麻烦。他们旅游局的分配体制一定是大锅饭的，所以根本不怕客人不满意，也不怕从此没有人到海参崴来旅游。

突然有一个人讲，你们说，旅游局女副局长的态度是不是和我们前几年官商的态度有几分像？

大家齐呼，太像了。

于是大家说，俄罗斯真是非要改革不行。不然，连一个小小的旅游者吃饭问题都解决不了，还谈什么更大的开放呢？

我们只好不再怨天尤人，只怪自己到海参崴来的时间太早了一点。等他们改革好了再来，不是既可以欣赏到优美的景色，又可以不让肚子受委屈了吗？

我们在街上买了韩国的小点心充饥。不知是饿了，还是韩国的点心确实精美，总之感觉好极了。

当我们已经绝望的时候，餐桌上出现了奇迹般的变化。第二天早上，我们每人除了常规的墨鱼丝、黄瓜条、包子、红茶以外，大婶又端上了一盘硕大的鸡腿。当我们抹着油光光的嘴唇准备退席的时候，大婶又给每人端上了一个大盘子，盘内计有3个煎蛋和3两以上的炒饭。

这一回，轮到我们犯难了。不吃吧，这是大家集体请愿的结果，虽说信息反馈得比较慢，总不能出尔反尔；吃了吧，实在是超出了中国胃的负荷。

不知谁说了一句，俄国人最腻烦吃饭剩东西的了。假如你剩饭，他就觉得是你吃不了，下顿饭就会给你上得少多啦！

于是人们相互鼓励着，相互援助着，把所有的煎蛋和米饭都吃完了。

从此，我们每顿饭都能吃饱了。

只有贝加尔湖知道

对于贝加尔湖，基本上就是这样的态度。[①]检点起来，对这个湖的印象可以归纳为两点。一点来自汉朝的苏武牧羊，老人家吞毡咽雪，事发地点就是凛冽的北海——贝加尔湖的小名。还有一点就是天气预报，我们所有的寒冷都来自那遥远的湖面，贝加尔湖简直就是整个中国的北部冰库。

好了，有了这些就足够了。带上方便面，让我们向贝加尔湖出发。

---

① 见于作者在《旅游预习》中所写："很多风光都在记忆中淡去，唯有什么都没有看见的阳关，却以满心的遗憾永生。这也许就是不知道的美丽吧？从此，我固执地吸取了这个经验，对那些充满了想象的地方，有意地不去查找资料。就让它们在想象中浮沉，享有海阔天空的余量。倘若有什么人好心好意地要告诉我，我就要迫不及待地捂住他的嘴，就像一个不想听到足球比赛结果的球迷。请让我自己去看吧，知道得越少越好！"——编者注

中国人出国都愿意带上几包方便面。我觉得主要是我们的方便面做得好，味道多样化。面条这种东西，很能抚慰中国人的胃。当我们在国外连续几天吃不到可口的中餐时，一旦想起旅行箱里还有几包方便面，心中就安然了很多。

从北京出发，乘坐俄航的飞机，只需两个多小时就到达伊尔库茨克。由于看书太少，在没有到达伊尔库茨克之前，我不知道贝加尔湖和伊尔库茨克的关系。

其实，贝加尔湖紧靠着伊尔库茨克。

但是，我们不能马上看到贝加尔湖。因为我们是从这里入境的，按照规则，我们还将从这里出境。前后两次经过伊尔库茨克，贝加尔湖的游览就被安排在返程途中。

贝加尔湖近在咫尺，可是却不能一睹芳颜，只有等待。不过，伊尔库茨克也是非常值得一看的城市。它保留着古老的俄罗斯风貌，让人恍惚闻到19世纪俄罗斯作家笔下的田园味道。导游很骄傲地告诉我们，伊尔库茨克已经建市300多年了，是东西伯利亚第二大城市。我们听着无动于衷，因为我们有很多3000年历史的城市。伊尔库茨克的街道上有很多小木屋，都是以整棵的原木为构架，粗大的原木在转角处搭接，好像刚刚从森林里砍伐回来，还带着木纹的印记。院子也是原木围绕而成的，以木墙承重，木板屋顶，据说坚固保温。想想也是，即使漫天大雪，你躲在一个木头挖出的槽里，闻着松脂的清香，还会寒冷吗？有些木头是被截断的，因为那里要开窗户。每一扇木头窗户都挂着镂花的窗帘，好像有一个童话躲在后面窥视着你。由于年代久远，已经看不出木屋当年粉刷过的颜色，通通是原木在腐朽过程中的赭黑色。当地的导游很为这一点气馁，解释道：“我小的时候，看到过人们把自家的房屋都刷上油漆，每座木屋的颜色都是不一样的，可好看了。”

我们就说：“那现在为什么不再把它们刷上油漆呢？这样不但美观，也可以保护这些小木屋啊。”

年轻的女导游撇撇嘴说："小木屋多难看啊，有什么保留的必要呢？为什么还要浪费油漆呢？我们很快就要把它们都拆掉了，盖新的水泥的房子。"

我们无语。

自从20世纪90年代苏联解体后，位于西伯利亚腹地的工业重镇伊尔库茨克一直未能从严重的经济衰退中摆脱出来。吃午饭的时候，在当地居住了40多年的老板娘说，这里几十年来就没有多大的变化。

没有变化，是好事还是坏事呢？如果小木屋都变成了钢筋水泥的建筑，伊尔库茨克是更美丽了还是不美丽了呢？

正值7月，是伊尔库茨克最温暖的季节。听老板娘说，如果再早来几天，背阴处的积雪还没有融化呢！街道两旁的林木盛开着繁茂的白花，稠密得看不到枝条和树叶。我问导游："这叫什么树？什么花？"

导游说："不知道。"

我就为自己的爱打听害臊了。我一厢情愿地认为，你想了解一个地方，就应该认识那里的植物，每一种植物都有故乡。看到餐厅的老板娘爱说话，我就又向她探问这种开着无比稠密的白色花朵的树木叫什么名字？

"我不知道它的俄国名字是什么，可我知道它的中国名字。"老板娘说。

我只有退而求其次了，说："中国名字也行，叫什么呢？"

"它叫酸丁子。春天开白花，秋天结出紫黑色的浆果，可以生吃，还可放在锅里蒸熟再吃，蒸着吃比生吃还要酸甜可口，面面的。蒸好的酸丁子还能做成酸丁子酱，能做馅饼的。"

一句"能做馅饼"，就让我明白了这位远在异国的中国老婆婆已经彻底融入了俄罗斯的风俗，馅饼不再是韭菜茴香馅的，爱吃果酱馅饼了。只是，闹了半天，我还是不知道这个酸丁子到底是棵什么树。

安加拉河河岸到处都是酸丁子树，花朵熙熙攘攘人山人海（把一朵花比作一个人的话），叫你不断担心树干会不会不堪重负被压垮。

好在酸丁子树像个好汉，树皮是黑色的，树枝遒健有力，很是坚忍不拔地挺立着。俄罗斯青年在树下喝酒唱歌，啤酒瓶子瘫倒一地，快乐到你觉得他们有点忘乎所以、游手好闲。同伴中有勤劳的同志，还掰着指头计算了一下今天是星期几（旅游在外的人对日期比较敏感，对星期几比较糊涂），待想起是星期天，才稍稍平息怨气。

第二天早上，我就要离开伊尔库茨克的时候，俄方导游拿着一本俄汉词典对我说："你问的那种树，它叫稠李。"

啊，原来是大名鼎鼎的稠李啊！

在俄罗斯作家的笔下，那旷野中开着白花的稠李树下，发生过多少美丽的故事。稠李的芳香在暮春的时候，弥漫在木屋的炊烟之中，又激起多少令人哀伤的想象！

叶赛宁有一首诗，开门见山就叫《稠李树》。

稠李树

馥郁的稠李树，
和春天一起开放，
金灿灿的树枝，
像鬈发一样生长。

蜜甜的露珠，
顺着树皮向下淌，
留下辛香味的绿痕，
在银色中闪光。

缎子般的花穗，
在露的珍珠下璀璨，
像一对对明亮的耳环，
戴在美丽姑娘的耳上。

在残雪消融的地方，
在树根近旁的草上，
一条银色的小溪，
一路欢快地流淌。

稠李树伸开枝丫，
发散着迷人的芬芳，
金灿灿的绿痕，
映着太阳的光芒。

小溪扬起碎玉的浪花，
飞溅到稠李树的枝杈上，
并在峭壁上弹着琴弦，
为她深情地歌唱。

有了词典的帮忙，导游底气壮多了。她说，稠李的俄文发音是—— черёмуха，在俄罗斯文化中是美丽和爱情的象征。

在明媚的春天，雪白的稠李花仰天怒放，一阵阵浓郁的芳香，沁人心脾。诗人们将它喻为蓬松的白云和雪白的妙不可言的树木。稠李树下是情人约会的地方，稠李所表达的爱情是一种绵绵的柔情。叶赛宁在《请吻我吧……》中写道："在稠李充满柔情的沙沙声中，响起了一个甜蜜的声音：'我是你的。'"没有稠李的爱是一种没有柔情和甜蜜的爱，因此当小伙子向姑娘表达爱意时，常常向心爱的姑娘投去一把稠李枝……

怪不得那么多年轻人挤在稠李树下，原来有如此的象征意义。虽然和爱情无关，但我也在稠李树下照了一张相，以表达对这种树木的喜爱。后面的行程里，在莫斯科，在圣彼得堡，在涅瓦河畔……只要我一看到这种盛开着白花的树（俄罗斯腹地由于气候温暖，稠李花已经快谢了，但芬芳更浓烈），就会不由自主地小声招呼一句“稠李树”……好像在向一个新认识的朋友问好。

重新回到伊尔库茨克，重头戏就是拜谒贝加尔湖。这一次，和我们同行的导游是个小伙子，名叫万尼亚。这名字很容易记住，因为有个著名的万尼亚舅舅活在话剧里。

从伊尔库茨克出发，沿着宽阔的柏油路前行了大约40公里，穿过丘陵，先到了湖畔的小木屋博物馆。

一个非常有趣的博物馆，据说是在安加拉河上修建水库的时候，把被淹没的库区的一些木屋搬迁到这里，以保存当地居民的原生态。比起伊尔库茨克城里的那些木屋，这里的木屋更精致、更高大，精彩得让人不相信是建造于几百年前。也许市街两旁的建筑，不过是普通的民居，但这里的木屋是经过遴选的典型建筑，就像北京胡同的小四合院和达官贵人家的府第，均为古建筑，却不可同日而语。有一个木屋据说是100年前的乡村学校，宽敞明亮，摆着整齐的课桌，足以让今天的希望小学羡慕不已。在老师的桌子上，有一个巨大的地球仪，手一抹，滴溜溜地转起来。对此我心存疑虑：当年俄罗斯乡下的孩子们就如此胸怀世界了吗？

从这里，可以看到宽广的安加拉河。导游说：“再往前走，你可以在安加拉河河口看到一块巨石，那是贝加尔湖抛下的绊脚石，企图阻碍女儿的脚步。”

怎么回事？

传说中，贝加尔湖是爸爸，安加拉河是他美丽的女儿。贝加尔湖兼容并蓄，有336条河流进来，却只有一条安加拉河流出去。安加拉河就是贝加尔湖唯一的孩子。女儿到了年龄就要出嫁，父亲为她选中的恋人，就是俄罗斯最大的河流——伏尔加河。但飞来的海鸥告诉安加拉河，有位名叫叶尼塞河的青年非常勤劳勇敢，安加拉河的爱慕之心油然而生，想追随叶尼塞河而去。贝加尔湖断然不许，安加拉河只好趁其父熟睡时悄然出走。贝加尔湖醒后痛苦不已，追之不及，便投下巨石，以挡住女儿的去路。可安加拉河已经远去，为了爱情，安加拉河嫁给了汹涌澎湃的叶尼塞河，向北向北，最终流入了北冰洋。

在故事中继续前行，我们看到了那块被称为“圣石”的巨石，没有想象中那样大，不过屹立在湖河分界处，中流击水、浪花飞溅也很壮观。

贝加尔湖几乎是在没有征兆的情况下突然出现。目之所及皆为蔚蓝，鸥鸟飞翔，水波不兴，湖岸线仿佛画框，将西伯利亚瑰丽的巨大蓝宝石——贝加尔湖镶嵌其中。

贝加尔湖是英文“Baykal”一词的音译，俄文称之为“baukaji”，源出蒙古语，是由“saii（富饶的）”加“kyji（湖泊）”转化而来，意为“富饶的湖泊”，因湖中盛产多种鱼类而得名。根据布里亚特人的传说，他们将贝加尔湖称为“贝加尔达拉伊”，意为“自然的海”。湖形狭长弯曲，宛如一轮明月镶嵌在西伯利亚南缘。南北长636公里，相当于从莫斯科到圣彼得堡之间的距离，平均宽48公里，最宽处79.4公里，面积达31500平方公里，最深处有1620米，贝加尔湖聚集着全球淡水湖总蓄水量的1/5。

俄罗斯作家契诃夫曾写道：“贝加尔湖异常美丽，难怪西伯利亚人不称它为湖，而称之为海。湖水清澈透明，透过水面像透过空气一样，一切都历历在目。温柔碧绿的水色令人赏心悦目。岸上群山连绵，森林覆盖。”

贝加尔湖湖水如琼浆般澄澈，有记载说湖水透明度可达40.8米。湖中有植物600多种，水生动物1200多种，其中3/4为特有种群。贝加尔湖虽是淡水湖，但湖里生活着许多地道的海洋生物，如海豹、海螺、龙虾等，据说湖中虾的种类就有255种。另外，还有两种完全是透明的贝尔鱼。贝加尔湖中有岛屿27个，最大的是奥利洪岛，面积约730平方公里。我们问轮船老大，到那座岛上要多久？他说，最少要20个小时。

贝加尔湖的大，由此可见一斑。

贝加尔湖也是世界上最古老的湖泊。湖底为沉积岩，第四纪初的造山运动形成了该湖周围的山脉，湖区地貌基本形成的时间迄今约2500万年。贝加尔湖下面存在着巨大的地热异常带，火山与地震频频发生。据统计，湖区每年约发生大小地震2000次。贝加尔湖还有许多未解之谜。例如，湖水一点不咸，也就是说它与海洋不相通，但却生活着地地道道的海洋生物。又如贝加尔湖里长有热带的生物，像贝加尔湖藓虫类动物，其近亲就生活在印度的湖泊里；贝加尔湖水蛭在我国南方淡水湖里才能见到；贝加尔湖蛤子只生存在巴尔干半岛的奥克里德湖。

有人说，贝加尔湖在地下和北冰洋相连。想想吧，多么奇妙，也许那些海洋生物是从地底下潜泳来的呢！

湖堤旁是一排排售卖烤鱼的摊子。那种鱼尺把长，鱼皮是淡黑色的，身材像鱼雷一样修长而浑圆，看得出善于遨游，而且非常结实。肉质粉红，类似三文鱼。各个摊子的售价都是统一的，为40卢布，合人民币十二三元。导游告诉我们，它的大名叫秋白鲑，是贝加尔湖的特产，肉质鲜嫩刺少，就着伏特加酒下咽，别有一番滋味。据说，因为湖水冰冷，一条秋白鲑要9年才能长到十几厘米长。为了保护鱼类资源，当地政府对捕鱼许可证的发放非常严格，此鱼严禁出口，只有到贝加尔湖才能品尝到这种美味。

我相信其言不虚，因为临走的时候，万尼亚单买了几条鲑鱼，说是留着回家再吃。看来就是在伊尔库茨克市里，这鱼也属珍品。

不过平心而论，虽然秋白鲑毫无腥气，但因为摊贩基本上不用任何调料，连盐都很吝啬（估计是为了保持原汁原味），这样除了鱼本身的味道之外，对喜欢咸香麻辣的中国人来说，就略显寡淡了。我在岸边照了一张大吃鲑鱼的照片，拿回家给人看，都说我像一个原始人。其实，很多人一边抡着酒瓶子一边吃鱼，模样比我饕餮多了。

我们上了一艘小游轮。游览贝加尔湖是自费项目，每人600卢布，约合人民币200元。游轮向贝加尔湖深处驶去，很快周边的景色就退向远方，只剩下碧蓝的湖水和天上变幻莫测的白云。

太大的湖和海就没有什么分别了，最大的分别也许是湖水更清澈，看着湖底的水草，会产生一种错觉。想起安徒生的童话《海的女儿》，说水面像最蓝最蓝的矢车菊花瓣，在这晶莹剔透的湖底，一定隐藏着另外一个世界。

万尼亚从船舷摘下一个水桶，把桶抛下，荡起绳子。小桶翻着筋斗翻进湖中，盛满水后被提起来。万尼亚举着滴滴答答落着水珠的小桶对大家说："请，喝吧。"

我们说："就这样喝？"

记得在莫斯科，导游再三告诫我们，俄罗斯的自来水是不能直接饮用的。在饭店买一瓶水，要合人民币近20元。我们基本上已经习惯了每天为自己的饮水支付款项，现如今一下子看到如此多的免费洁净水，受宠若惊，将信将疑。

万尼亚说，贝加尔湖中心的水是可以直接饮用的，非常洁净。在盛夏，水温也只有3℃，冰镇的，矿泉水。

我们就一仰脖，咕咚咕咚喝下去，果真甘美如泉。

我和万尼亚站在船边看天上的流云。万尼亚说："我很想请教您一个问题。"

我说："您尽管说。如果我知道，一定告诉您。如果我不知道，这船上还有那么多人，我可以帮您问问大家。"

万尼亚是个30岁出头的小伙子，汉语说得不错，去过中国。他说："我的问题是，为什么你们中国人对贝加尔湖情有独钟呢？"

我说："你知道我们汉代的'苏武牧羊'吗？"

他说："知道。"说到这里，他手搭凉棚眺望天边，蓝色的眸子反射出天空的白云。他说："每次来到贝加尔湖，就会想，当年你们的苏武在这里的哪个地方牧过羊呢？"

大地苍凉。是啊，他一个外国人在想，我这个中国人更要想了。

苏武牧羊的"北海"并非大海，而是我们脚下的这个贝加尔湖。汉代称之为"柏海"，元代称之为"菊海"，18世纪初的《异域录》

称之为“柏海儿湖”，《大清一统志》称之为“白哈儿湖”，蒙古人称之为“达赖诺尔”，意为“圣海”。

贝加尔湖周边是无尽的山脉和丘陵，历史上这里曾是中国北方部族的主要活动地区。现在是盛夏时分，正是这里最好的季节，在船上还感到沁骨的寒意。一过了9月，严寒就奔驰而来。秋天，湖畔在0℃左右，而周围山峰和盆地零下40℃至零下30℃，巨大气压差形成强大的风暴——贝加尔季风。到了冬天，更是锥心刺骨的寒冷。据当地人说，温度可达零下50℃。如果你走到外面猛地呼吸一口冷空气，那你就对自己的呼吸系统的分布有了最形象的了解。你会知道腔子里所有的气管走向，每一个肺泡都变成冰珠子。贝加尔湖湖面就是一整块巨冰，把天地万物的每一丝暖气都吸入脏腑，几米深的积雪将所有的地方都覆盖成一片银白。

在这样艰苦恶劣的气候下，苏武待了19年。戏文中唱道：

雪地又冰天，苦守十九年。
渴饮雪，饥吞毡，牧羊北海边。
心存汉社稷，旄落犹未还，
历尽难中难，心如铁石坚。
夜坐塞上时听笳声入耳痛心酸。

转眼北风吹，群雁汉关飞。
白发娘，望儿归，红妆守空帏。
三更同入梦，两地谁梦谁，
任海枯石烂，大节总不亏。
宁教匈奴惊心破胆共服汉德威。

苏武是公元前1世纪汉朝人，当时中原地区的汉朝和西北的匈奴关系时好时坏。公元前100年，匈奴政权新单于即位，汉朝皇帝为了表示友好，派遣苏武率领一百多人，带了许多财物，出使匈奴。不料，就在苏武完成了出使任务，准备返回自己的国家时，匈奴上层发生了内乱，苏武一行受到牵连，被扣留下来，要求他们背叛汉朝，臣服单于。最初，单于派人向苏武游说，许以丰厚的俸禄和高官，苏武严词拒绝了。匈奴见劝说没有用，就决定用酷刑。正值严冬，下着鹅毛大雪。单于命人把苏武关入一个露天的大地窖，断绝食物和水，指望着可以改变苏武的信念。时间一天天过去，苏武在地窖里受尽了折磨。渴了，他就吃一把雪，饿了，就嚼身上穿的羊皮袄。受尽刑罚、濒临死亡的苏武仍然没有丝毫屈服的表示，单于只好把苏武放出来。单于看到软硬兼施对苏武都没有起作用，又不想让他返回中原，就把苏武流放到西伯利亚一带。单于对苏武说："既然你不投降，那我就让你去放羊，什么时候公羊生了羊羔，我就让你回到中原去。"

苏武被流放到了人迹罕至的贝加尔湖边，唯一与苏武做伴的，是那根代表汉朝的使节棒和一小群羊。苏武每天拿着这根使节棒放羊，心想总有一天能够拿着使节棒回到自己的国家。这样日复一日，年复一年，使节棒上面的毛都掉光了，苏武的头发和胡须也都变白了。19年后，当初下命令囚禁他的匈奴单于已然老死，新单于执行与汉朝和好的政策，汉朝皇帝立即派使臣把苏武接了回来。苏武受到热烈欢迎，从政府官员到平民百姓，都向这位富有民族气节的英雄表达敬意。苏武回国后，一直保持着吃羊肉棒骨喝羊肉汤的饮食习惯，不知道是不是这种食谱的好处，受尽苦难的苏武居然活到了80多岁。要知道，这在人生七十古来稀的时代，可是个惊人的寿数呢!

万尼亚说："苏武牧羊就在此地，可那个时候这里还不是你们国家的啊。"

我说："那时这里是匈奴的地盘，匈奴后来也成了中国的一部分啊。"

万尼亚说："好吧。就算是这样吧，但现在贝加尔湖是我们的。"

我无言。

是的，现在，贝加尔湖不是中国的。这也是千真万确的，我们只有尊重国境线。

想起一件往事。有一次，在北京会见蒙古国作家团。友好气氛中，作家团的团长说，我们代表蒙古国作家，送给你们一件礼物，是一张画在皮革上面的画。说着，就展开了一幅尺把长的皮画，上面绘着一位身穿蒙古服装的英武汉子，面如重枣，稀疏的胡须被归拢成几绺垂在下颌上。

蒙古作家团团长说："这就是我们民族伟大的英雄和开国元勋……"中国作家很尊敬地走过去瞻仰。团长说："……他就是成吉思汗。"

当时就想起了鲁迅先生那段著名的论述——到底是他们的汗还是我们的汗呢？

当然先是他们的汗了。

扯远了，还是回到贝加尔湖吧。

贝加尔湖是美丽的，也是珍贵的。凡是美丽而珍贵的东西，都应该珍惜。在俄罗斯，作家是保护贝加尔湖的重要力量，其中最突出的是著名作家拉斯普京。

当年我读文艺学研究生的时候，就很喜欢拉斯普京的作品，喜欢那种对人生绝境的从容不迫的描述，并在这种描述中彰显出人性的顽强和坚忍。

瓦连京·格里戈里耶维奇·拉斯普京（1937—　）是俄罗斯当代著名作家。他的小说以浓郁的西伯利亚乡土气息和对人与传统主题的深刻挖掘而著称于文坛。比如他的《告别马焦拉》，就是很有代表性的作品。在参观小木屋博物馆的时候，我就在想，这里面有没有一座木屋是来自马焦拉呢？

小说写的是安加拉河上的一座小岛——马焦拉即将因一座大型电站的建设而被淹没，由此引发出人们搬迁时的种种情感冲突。有一位俄罗斯老大妈叫达丽娅，古老的木屋就要被水淹没了，达丽娅拎着小桶，艰难地粉刷着自己的小木屋。年轻人大惑不解，觉得何必要徒劳无益地粉刷房屋呢？它们就要消失于波涛中，粉刷还有什么意义呢？殊不知在对故土怀有深情厚谊的人心中，每一幢小木屋都是有灵魂的。维系村民与马焦拉联系的是那种似乎说不清、道不明的，但又深深熔铸于人们血肉之中的传统，一种有价值的精神和道德的脐带。“马焦拉”不仅仅是一座小岛，而且是小说中村民们得以劳作、生息，有着种种无法割断的精神文化联系的母亲大地，而且也是俄罗斯民族传统根基的象征，具有强烈的象征意义。作者并不是写简单的“乡土恋情”，而是深刻地揭示了历史、传统和民族意识对于当代人的意义，并提醒处在高科技时代的人们要“注意人类生存的根基”，要“珍惜地搬迁”。

拉斯普京也以此表达了深深的忧虑。在历史蜕变中，很多民族传统中有价值的东西被冷落、遗弃，乃至无情斩断……《告别马焦拉》，是一首悠长的挽歌，合着贝加尔湖的波浪，在水中激起不息的涟漪。

拉斯普京直言不讳的批评，成了某些人的眼中钉和肉中刺。黑暗势力对拉斯普京的仇恨，居然演变成了血腥的暴力。1980年寒冷的冬天，拉斯普京遭到了惨无人道的暗算，就在位于伊尔库茨克的公寓外面，他被五个人用凶器打得皮开肉绽，鲜血横流。当人们发现拉斯普京的时候，以为他已经死了。经抢救，拉斯普京终于活了过来，眼睛几乎失明了一年，脸部做了多次的整容手术。

在伊尔库茨克城里漫步的时候，我常常不由自主地想，哪一栋房屋是拉斯普京的喋血之地呢？一个作家，为了捍卫自己的感情和理念，居然要付出这样深重的代价，在意外也在意中。我在北师大读书时，导师曾说过一句话：“作家其实是一个充满了危险的职业，因为你要说真话。你选择了这一行，就要决定做一个勇士。”

拉斯普京是一个勇士。伤愈之后，他依然毫不退缩地投入保护贝加尔湖的事业中。他对人说，总有一种“做得太少，为时太晚”的感觉。记者曾问过他：“你是否觉得这种原始的西伯利亚古老民族的传统应当受到保护？”

拉斯普京点点头，说：“要是我们过去多注意一点他们的传统，今天的贝加尔湖就不会遇到这么多的麻烦。”说到这里，他深深吸了口气，接着说，“所以，我们要注意优先保护当地的传统，包括思想传统、文化传统、民族传统，因为没有这些传统，人类将无法保护其生存环境。”

贝加尔湖的保护得到了越来越多的重视，但拉斯普京认为，有些保护贝加尔湖的决议仍然是模棱两可、治标不治本的，主管部门可以随意解释或是延误执行有关的决定，或者对存在的问题采取文过饰非的态度。拉斯普京说：“当大家反复看到这种口头上热爱自然，而行动上破坏自然的口是心非的现象时，便会滋生一种厌恶的、麻木的、无动于衷的心态。国家是否真的具备长期的生态政策，当前主要体现在贝加尔湖的问题上。”

官僚主义换汤不换药的措施终于激怒了群众。伊尔库茨克地区党和政府1987年4月1日通过一项决议，说是为了保护贝加尔湖，计划投资一亿四千万卢布，立即修建一条长达76公里的管道，把污水排到伊尔库特河。为了修建这条管道，需要穿过一片原始森林，砍掉12—15公里的树。伊尔库特河河畔有一个很美丽的村庄，首先是这个村庄的居民强烈反对把污染转移到这个地区来，接着是科学家、作家、记者在报刊上发表文章，反对这个不明智的决议。他们把这个排水管方案称作林业造纸工业部门的“特洛伊木马”，是转嫁污染，也是不真正解决贝加尔湖问题的一个埋伏。大学生们更是走上广场、街头、车站，到处发表演说，组织签名，掀起了一场保护贝加尔湖的运动。开始，公安部门认为他们是极端分子恣意闹事，对他们横加干涉，还抓了几个人。这下更激起了人们的不满，事态扩大了。签名者越来越多，达七万多人。连铺设管道的工人也被说服自动罢工了。开始，地区领导还想坚持原来的决议，邀集一些专家学者来论证这项措施，希望能为铺设管道找到一些科学论据。没想到专家学者们一致反对。他们认为，铺设管道不仅毁掉了伊尔库特河，而且注入安加拉河以后，会使西伯利亚这条著名的已被污染的河流污染更为严重。同时，铺设管道丝毫不能解决造纸厂的空中污染问题，废气照样在毁坏周围的森林及其生态系统。再说，国家拿出巨额资金来修建这项环境效益不大而又增加了新的破坏的工程，为什么不用这笔钱来加快造纸厂的转产改造呢？各方面的压力终于迫使政府重新做出决定，取消铺设管道的计划，把建设管道的资金用于污水治理，并把污染严重的造纸厂逐步转产为家具厂，同时对保护环境做出了新的规划。为了减少空气的污染，逐步用电力和煤气代替冒烟排尘的锅炉。

以上啰啰唆唆地写了这个故事，看似和风景无关，其实相连。我们今天还能看到的一尘不染的贝加尔湖，并非只是天然的恩赐。贝加尔湖也曾面临过肮脏的污浊，只是由于人民的力量，湖水才依然清澈。

航行至贝加尔湖深处，万尼亚拿出几个小戈比，发给我们一人一枚。我们说：“干什么用呢？”

万尼亚说：“看我的。”说着，他就一扬胳膊，把戈比投向远远的湖水。他说：“把硬币交给贝加尔湖，然后许一个愿，不要讲出声来，就放在你心里。贝加尔湖会听到的，它会帮助你实现愿望。很灵的。”

我们感谢他的好意，依次把手中的戈比投向贝加尔湖。

我的那枚硬币画出一条流畅的弧形，边缘如切割原木的轮锯，划开贝加尔湖水晶般的湖面，缓缓沉入。正好轮船的航向略有改变，经过硬币沉没的地方。贝加尔湖的水非常清澈，我看到那枚褐红色硬币在碧绿的水草中漂荡，衬着垩白色的湖底岩石，宛如大幕前舞蹈的精灵。

至于我的那个愿望，不告诉你，只有贝加尔湖知道。

最最重要的

在美国的一些心理机构访问，礼节性的交谈之后，我总是提出实地参观一下他们的心理辅导室。为什么会提出这个要求？主要是想看看人家是怎样布置心理诊所的，有点儿百闻不如一见的意思。打个不很恰当的比方，就像一个准备买房子的人，到别人家里做客，总忍不住要对主人说，我能看看你各个房间的陈设吗？当然了，私人空间和公共空间的保密度是不一样的，这另当别论。

美方的心理服务机构，一般都会很热情地满足我的要求。有的时候，他们也会很抱歉地说，对不起，我们的心理医生正在工作当中，不能打扰他们。咱们只能在心理辅导室的单面镜后面看一下。

一次，我悄悄地同负责接待我的临床心理学家，来到观察室的单面镜后面。观察室很大，很空旷，除了若干椅子和一面巨大的单面镜之外，几乎没有其他的陈设。不难想见，在必要的时候，这里可以容纳一大群人，在单面镜的后面虎视眈眈地瞄着辅导室内的情况。

单面镜这种东西，在一般人的印象中似乎不怎么好，多半和鬼祟与阴谋联系在一起。人们通常是从间谍影片中认识单面镜的。一个男人，对着镜头刮胡子，龇牙咧嘴的，做着一些只有一个人独处的时候才有的怪样子，甚至干脆自得其乐地挤出一泡尿……待观众们看得云山雾罩，镜头才缓慢地摇移，出现了一块晶莹的玻璃，在玻璃的这一面，聚结着一伙居心叵测的人，正在仔细地研究刚才那个人的一举一动、一颦一笑……观众们这才猛然醒悟到，原来隔开双方的不是一块普通的玻璃，而是单面镜。单面镜的奥妙就在于被观察的那一方，完全无知无觉，以为是面对真空，但实际上，他的所有活动都被众多的火眼金睛所监测。

和单面镜打过一次交道。某方邀请专家组讨论问题，我也身为其中一员。记得意见分歧较大，争论煞是激烈，场上双方，各不相让。战火中，突然进来一位款款的小姐，托着一个精致的盘子，盘子上有一封折叠的信。会议主持者打开了信，看着。那一瞬，所有的舌头都被冻住，视线都被这个奇怪的纸条锁定。主持人看完纸条说，讨论就进行到这里，因为领导层已经清楚了大家的看法，觉得很受启发。他们的意见倾向于某一方面，希望大家沿着这个方向，再进一步地深入讨论下去。

领导层发了话，原先的争论就打住了，大家就新的问题再起唇枪舌剑。领导的倾向，正是我所坚持的那个方向，按说己方意见受到了重视，该是高兴的。但那天，我精神萎靡，继续讨论的兴趣丧失殆尽。总在想，场外的领导，是怎么知道场内的情形的？在会议过程中，并没有任何一个人走出过会场啊？后来，我自作聪明地认为，一定是在角落，有一台小录音机或是录像设备，把大家的发言同声传递了出去。

怀揣种种猜测的，绝非我一人。证据是后来的讨论，全都心不在焉。疑问像铁钩，坠着大家的肝肠。会议结束后，不知道是主办者为了答疑还是偶然，把与会人员带到了相邻的房间。一进门，全都噤了声。一面和墙壁等宽等高的单面镜，矗立在刚才研讨的那间房子和现在这间房子的中央。简单说吧，可以把它想象成一间超长的大房子，中间镶有一堵玻璃的墙壁。只允许光线单方面地进出——从这面看那面，洞若观火，千变万化尽收眼底；从那面看这面，铁壁合围，渺无声息波澜不惊。

与会的诸君，面面相觑，什么也没说。看来不是没什么好说的，是不知如何说好。当然了，大家在会上说的都不是什么见不得人的话，也不是悄悄话。若是这家机构的领导层轩昂就座，我看绝大多数人都会该说多少就说多少，没什么可藏着掖着的。但楔进来了一扇单面镜，事情就有了微妙的变化，好像夜半有一只猫头鹰，悄然地打量着你，那感受就令人不舒服了。也许，暗中的窥探引发的不安全感，来自远古的忧患，和这面高科技的镜子本身并无太大的关联。

还是回到美国的心理辅导室吧。我们凑到单面镜前，看到在室内坐着若干的人，围成一圈，正在说着什么。临床心理医生介绍道，这是一个专为抑郁症病人开设的小组，他们每周活动一次，已经有几个月了。我一边观察，一边低声问道，哪一位是组长呢？临床心理学家笑起来说，您不必那么小心。这里的隔音设备是一流的，我们可以非常清晰地听到他们的对话，但我们无论怎样喧哗，他们是听不到的。至于谁是组长，我先不告诉您，您不妨猜猜看。

我看到一个中年男子，神采奕奕，腰背挺得笔直，就指点着说，他大约是组长吧？

临床心理医生笑起来说，错了，他不是组长，他是组员。我要把你猜错的结果告诉我的同伴，也就是真正的组长。这说明他的小组治疗是很有成效的。是的，这个人已经从抑郁的状态中走出来了，不但你看着他不像个病人，我看也不像呢。

我说，那么谁是真正的组长呢？

临床心理医生指着一个人说，他就是。

从单面镜后面看过去，只见那个人眉头紧锁，面容忧戚，肩膀下垂，嘴角抿得紧紧的。

我说，这个组长的神情倒是很像个抑郁症患者呢。

心理医生说，他一投入工作，就是这副神情。我们也常常说他，在你的小组里，你是最像抑郁症的一个人了。这也许正是他的敬业。

临分手的时候，我问，辅导室有单面镜这件事，你们告知来访者吗？

心理医生回答，我们告知他们。我们说，这个设备对你们的治疗是有利的。他们刚开始有些顾忌，但随着治疗的深入，很快就忘记了。

我的一颗心这才放下来。

我在美国所见到的心理辅导室，房间都不很大，甚至可以说是相当狭小的。这当然不是出于金钱的计算，而是专业的考虑。屋内陈设简单，一般只有两个低背的沙发，彼此呈45度角摆放着，中间没有茶几阻隔。有几个柔软的棉布垫子散乱地放在一边，有家的温暖味道和并不过分的温馨豪华。有一个朴素的花瓶，有些并不喧宾夺主的花，不是很鲜艳，但绝对是生机勃勃的。墙壁的颜色很柔和，但没有很多的装饰品。灯光是属于明亮中偏暗的那种，清静而不炫目。门窗的密闭性能很好。总之，所有的陈设都有一个基本的出发点，那就是简洁宁静亲切而富有人性，适宜进行推心置腹的谈话。

后来我还到过一家有着多位心理医生的诊所。在每间辅导室的地面，都有一个类似蚊香盒的东西。一般摆在门后，塑料的外壳，看得出是个电器玩意儿。我说，这是什么？

主人说，这是消音器。

我有点儿尴尬。说实在话，也许是我的孤陋寡闻，我真的不知道消音器是干什么用的。当然了，可以顾名思义，就是一个消除声音的仪器呗。但我还是弄不清楚，这个仪器是能像厕所里的吸臭剂，把声音吸收进出，还是一个类似无声手枪上配置的附件？我不能糊里糊涂地让这件事过去。于是，硬着头皮问下去。您能详细地向我介绍一下消音器的工作原理吗？

主人很惊讶地说，工作原理？它没有什么工作原理。很简单的。

说着，主人就把消音器打开了。原来，它是一架录好了某种特定声音的小仪器。打开来，拨到不同的频道，它就可以发出特定的声音。比如，类乎鸟鸣、类乎溪水、类乎风声……音量不大，音色柔和，尽职尽责并持之以恒。

见了实物操作，听了介绍，我恍然大悟。原来，为了让来访者最大限度地得到安全感，谈话开始之前，心理医生会征询来访者的意见，是否需要打开消音器。如果需要，消音器的声音就会在整个谈话期间，弥漫在小小的辅导室内。这样，会让来访者更安心，觉得即使有什么人有意无意地在门外偶然走过，听到的也是经过干扰的声音，谈话的内容就更加私密了。

我还看到辅导室外的门框上，有一组五颜六色的指针，有点儿像国内生产的晾晒毛巾的架子，聚拢起来是一把，散开来就像伞骨。

我说，这是干什么用的？

主任明显地兴奋起来，说，这可是我的专利。你知道，我们这里有若干位心理医生，但是并没有那么多相应的心理辅导室。就是说，每个人的工作场所是不固定的。我们这里工作繁忙，经常有来访者预约或是突发情况，都需要精确地知道某位医生此时此地在做什么。但心理辅导中有一条规则是很严格的，那就是医生在和来访者交谈的时候，不可打扰。为了病人的利益，这是非常必要的，一边是不可打扰，一边是需要知道医生的状态，这是个大矛盾。怎么解决呢？我就发明了这组指示针。我请每个医生为自己挑选一根针，比如我自己，就选了一根粉红色的针，很醒目，是不是？有的人选了绿的，有的人选了蓝的，随你的便，都登记在册，大家彼此都记得别人的颜色。你注意到了这根黑色的针吗？这就代表着来访者。黑色是庄重和严重的颜色，代表着神圣不可侵犯。如果是我在此和来访者交谈，我就会把粉红色的指针和黑色的指针一同竖起来。那么，除非是有十万火急的情况，否则谁也不可推开这扇门，谁也不可打扰我们。如果只是我借用这间房间阅读或是工作，那么，我就把粉红色指针单独竖起来，情况就要简单一些。你可以斟酌，是不是敲开这扇门。对我们来说，黑色，也就是来访者的利益，是最最重要的。

这些话，让我感动了许久。

以上说的，是些琐碎事情，写在这里，因为细节是最有魅力的。叶子的繁茂，是预示一棵大树盎然生长或是訇然倒地的要素之一。

1.7 亿只碟子

列车的窗口，我在眺望。窗外是苍凉的荒漠，天边是如血的晚霞。从美国中部到西部的旅行。吃晚饭的时间到了。陪同翻译安妮对我说，咱们到火车上的餐厅去吃吧。我说，安妮，我坐车的时候，对颠簸特别敏感。在车厢里走动，头晕得像打秋千。安妮说，吃晚餐的时候，我们和旅途中的美国人混坐一桌，也许会发生有趣的谈话。

既然吃饭也被赋予了工作的意义，我就起身，踉踉跄跄地随着安妮到达餐厅。

餐厅有雪亮的光和艳丽的玫瑰花，餐桌小巧，可落座四位。我们靠窗边坐下，看着渐渐暗淡下去的风景。还没来得及点菜，就听到温文尔雅的问话，请问，我可以坐在这里吗？

抬头看，一位高大的美国青年，穿着银灰色细条绒的夹克衫，微笑着看着我们。我和安妮相视一笑，然后点点头。看来这是一个爱说话的小伙子。

“细条绒”刚坐下，就又听到略显局促的问话——我可以坐在这里吗？

我和安妮又是连连点头。

“局促”是一位40多岁的男子，青着下巴，皱着眉头，散淡忧郁的样子。

大家刚要攀谈，一位穿着浆洗得雪白的工作服的老人，拿着菜单，请我们点菜。

于是大家就各自沉浸在对晚餐的谋划上，一时无话。我的胃因为晕车，像个乱七八糟的鸟窝，就只点了一份蔬菜沙拉。

等候上菜。谈话从沙拉开始了。

你为什么吃得这么少？“细条绒”很关切地问。

吃不惯。我说。除了晕车的不适，这也是实话。到美国已经半个多月了，我得了一个深刻的教训，就是不敢吃菜谱上扑朔迷离的食物。万一不合口味，剩在公众场合，十分不妥。应对的方式就是只吃那些确有把握的食品。但说句真心话，这块大陆上能适合中国胃的食品，的确有限，更不消说在震荡的火车上了。

啊，明白了。你们是日本人，所有不习惯。“细条绒”恍然大悟。

这位女士不是日本人，是中国人。安妮纠正他。

“细条绒”苦笑了一下说，对不起。在我看来东方人都差不多，常常分辨不出。不过，我知道，日本菜和中国菜味道是很不同的。

安妮说，你常常吃中国菜吗？

“细条绒”一下子神采飞扬起来，说，我最爱吃中国菜了。我住在纽约，是一个电脑工程师。你知道美国青年中，如今最时髦的生活方式是什么吗？那就是——第一，单身住在纽约的小公寓里。第二，在一家电脑公司工作。第三，吃中国菜。

安妮说，这么说来，你是又有钱又时髦了。

“细条绒”很谦虚地说，有钱，谈不上。如果我真有钱，就不会仅仅局限在吃中国菜，而是要到中国去旅游。我正在朝这个方向努力。

我忍不住插嘴道，你怎样努力呢？

“细条绒”说，我的努力分为两个方面。第一个是攒钱，旅游是很费钱的，这我就不多说了。第二个是努力地研究中国的历史。

尽管高速行驶的火车，毒害着我的胃和思维，但我还是对面前的这位美国青年产生了很大的兴趣。我说，哦，能把你研究的收获告诉我一些吗？

“细条绒”很得意，说，当然可以了。我主要认为中国对待慈禧太后的看法是不公正的。一个女人，能够执掌这样一个古老帝国的最高权力，这是很先锋很前卫的。在宫廷的斗争中，她是弱者，是男人们的牺牲品。中国的义和团对待外国人，是很残忍的，这是愚昧……

还没等我把目瞪口呆的表情表达充分，那位忧郁的“局促”先生，就一点也不局促地开始了反击。他说，你这样看待中国的义和团，我不能同意。一个国家的人，如何对待进入他们国家的人，是有选择的自由的。你凭什么站在100年以后的时空，对着他们指手画脚？你没有这个资格！

如果此刻在餐桌上方的空气中，挂上一只活龙虾，我猜它的颜色会立刻由雪青变成洋红。

“细条绒”还算保持君子风度，说，我可以知道你是谁吗？

“局促”先生说，我就在好莱坞工作。我看，你对中国的了解，就是来自好莱坞。可那是逗人笑的。

“细条绒”说，不，这和好莱坞无关。是我自己思索的结果。

“局促”面露不屑。

我觉得自己必须说点什么了。我说，我作为一个中国人，很感谢你们了解中国的愿望。但是，以我这次到美国来的经历，我觉得你们对中国的了解比较狭窄。中国的历史很复杂，恕我直言，美国有200多年的历史，中国有5000多年的历史，是美国的20多倍。与其面对历史的中国，不如面对现实的中国。特别是目前的中国，是一个正在发生巨大变化的国度。

“细条绒”和“局促”都安静了下来。正好，各自要的菜肴也上来了，一时间，叉勺碰撞的声音，掩埋了争执的硝烟。

看来食物有助于缓解争论的尖锐，待吃到半饱，“细条绒”已然恢复平静，脸上重新出现孩子般的笑容。他对我说，我是要到中国去亲眼看一下。说实话，中国是一个令我害怕的国度。

我说，为什么呢？是不是害怕中国的治安不好？我可以很负责地告诉你，在中国旅游的外国人，应该是很安全的。

“细条绒”说，不是这个意思。虽然在我的感觉中，好像每一个中国人都会中国功夫，一发起火来，就会“嘿嘿”地呼出白气。但我是一个和平的旅游者，身体也很棒，安全上应该没太大的危险吧。我说的害怕，是猜不透中国到底想干什么？

他用毫无杂质的蓝色眼珠看着我，证明迷惘得深不可测。

我的迷惘一点儿也不比他少。我说，我不知道你指的是什么？

“细条绒”说，中国为什么要到美国来抢饭碗？为什么让美国的工人没有饭吃，减少了美国的就业机会？你到街上看一看，随便拿起一件衣物、一种器具，翻过商标一看，都是中国制造的。中国的产品覆盖了美国，很便宜，让美国人又恨又怕。再这样发展下去，美国的工业就将不存在了。这难道不是很可怕的吗？

他说到这里，露出了深深的忧虑。如果我看得不错的话，还有怨恨。

这场谈话，已经从餐桌上的礼仪寒暄，演变成了某种实质性的分歧。

我顿了一顿，让自己的胃先安定下来，保持腹肌的稳定。因为我不想让自己在下面的谈话里，显出力不从心或是上气不接下气的狼狈。保养好自己的设备之后，我说，你说得很对。在美国的商店里，有很多标有中国制造的产品。可是，我不知你注意到了没有，有无细致地分过类？你说铺天盖地的中国产品，到底是些什么东西呢？

“细条绒”是个听话的小伙子，他的眼珠开始向左上方转动。我知道，他开始了回忆。

我说，恐怕主要是些纺织品和日用品吧？我可以坦率地承认，基本上都是低档的产品。在纽约第五大道那些豪华的店铺里，几乎没有中国制造的产品。在我参观的设备精良的医院里，没有中国制造的器械。我在美国走了这么多的机构，看到了无数的计算机，但是，似乎也没有一台是中国制造的。但我可以告诉你，你将来到中国也可以亲眼看到，中国有多少精密仪器和计算机是美国制造的。

你说得很对，因为中国廉价的劳动力，一些劳动密集型的产品，美国将不再制造。比如，这个碟子……

我说着，举起了刚才侍者送上来的一个碟子。很普通的那种白瓷碟，在餐厅明亮的灯光下，反射着淡淡清辉。"细条绒"和"局促"的目光，随着我手中的碟子而转动。我接着说，不错，有一天，美国人真的可能不做碟子了。可是美国人在做别的。如果你说中国人扼杀了美国人的碟子，我想告诉你们另一件事。我这次到美国来，什么让我感觉到最熟悉呢？是美国的飞机。为什么呢？因为在中国的天空，我们的民航飞机基本上都是美国制造的。从波音到麦道，各种型号一应俱全。我在中国看到过一个报道，中国上海和美国合作，制造出了自己的飞机。但是，没有哪家国内的航空公司愿意购买这种飞机，于是，中国国产的大型民航客机，从它试飞成功的那一天起，就被打入了冷宫。至今，孤零零地停在停机坪上，经受风霜雨雪。

我举起手中的碟子说，小伙子，你知道这只碟子多少钱吗？

"细条绒"老老实实地说，不知道。

我说，我在超市里看到过，我记得售价是0.99美元。中国将这个碟子出口到美国的价钱，一定还要低很多。但为了计算的方便，我们就姑且把它算作1美元一只吧。

"细条绒"点点头。不知道我葫芦里卖的什么药。

我说，你知道一架波音777的售价是多少吗？

"细条绒"又老老实实地摇头。

我说，是1.7亿美元。

我说，既然是贸易，就会有来有往。中国用什么来买美国的波音飞机呢？目前用的主要还是资源和劳动力。比如碟子。中国人要用1.7亿只碟子，才能买到一架波音飞机。一只碟子咱们算它1厘米厚，1.7亿只碟子，是多少呢？一只靠着一只地排列起来，就有170万米长啊。这是怎样的数字？我明白你对美国人不再制造碟子感到痛心，但也请想一想，中国人在造碟子的同时，也委屈了自己制造飞机的能力。孰重孰轻？

“细条绒”大张着嘴，吃到一半的通心粉卷在叉子上，半天送不到嘴里。

他说，你说的这个角度，我从来没想到过。你这样一说，我觉得很有道理啊。看来，我会提前结束我的旅游，赶回纽约。

我说，你刚走出来，还没有到达目的地，怎么就想回去了呢？

他说，我要赶回去挣钱。赶快攒够到中国旅游的钱。你的关于碟子的比喻很有趣，我会讲给其他的朋友听。要知道，在美国，持我这种观点的人，很多的。

我说，那就谢谢你了。

一直没有说话的“局促”，说，今天，是我旅行的第三天了。我今年50岁了，这条路，我30年前独自一人走过。那时，我从纽约到洛杉矶，路上用了7天。在美国，火车是旅游的工具，不是交通工具。这一次，我又要用7天的时间。比乘飞机慢多了，花费也多。

我说，你故地重游，一定有很多感触。

“局促”说，景色没变，人老了。我之所以要旅行，就是想在途中，碰到与众不同的人。可惜，前两天遇到的人，都是在都市中随处可见的人。人们疯狂地从城市逃出，想不到在野外，遇到的还是这些人。我是搞艺术的，我很富有。可是我痛苦不堪。

我说，看来你很孤独。人群中的孤独。

他低声说，你说得对极了。没有人的时候我孤独，有人的时候我更孤独。你们来自东方，在东方的哲学里，可有抵抗孤独的良方？

我站起身来，说，欢迎你们到中国去。我不敢说那里有什么良方，但我想说那是另一种文化。地球上的人，应该尊重彼此优秀的文化，保存下来，以寻求更适宜的生存状态。不要单纯用经济的贫富来衡量文化的优劣，那样，吃亏的将是整个人类啊。

饭吃到这会儿，已经距离填满肠胃的目标很远了。我说，到中国去看看吧。我们的火车可能没有这样舒服，但我们的饭菜会更有味道。

机场悬红

我和安妮每人得到了一沓厚厚的机票本，好似一本有着细腻文字的质地很好的天书。在一个月内，我们要有数十次的飞行，穿梭美国这块辽阔的大陆。每当我们上天的时候，就要从本上撕下一张来喂给钢鸟，它吃下去才肯驮我们远行。

那一天，要从纽约飞往佛罗里达。头晚看天气预报，电视画面上一个巨大的旋涡，铁环似的掠过美国的南部，心房乱颤起来，怕这股浓烟滚滚的台风，搅乱了我们精确设定的日程。第二天，早早地便起床了。我至今还保持着一个糟糕的习惯——每当要出远门的时候，内心就无端地惴惴不安，好像要有什么祸事即将发生。早先窃以为自己具有神秘的第六感，能预知未来，后来屡屡失算，才晓得不过是杞人忧天，没多少准头。这一次，异国他乡的，但愿我那脆弱的直觉，早就因为水土不服昏睡过去了，此刻只是从未出过远门的乡下农妇式的多疑。在狠狠地自我批判之后，心中方稳定一些。

吃了早餐，在饭店大堂等待出租汽车到来的时候，有一个短暂的空闲。我迟疑地对安妮说，我有一个小小的请求，不知当不当说。安妮非常体贴地说，毕老师，你有什么想法尽管提。如果是合理的，我做得到，我会尽力。如果我做不到，我会坦率地告知你。这就是我的工作，你不必客气。

我说，安妮，你说得这样诚恳，那我就直说了。我在纽约待了这许多日子，走访了很多非常重要的机构，受益匪浅。但是，我没有到过任何一家博物馆，甚至，连自由女神也没见上一面。今天就要走了，博物馆自然是来不及了，等以后再有机会到美国来时弥补吧。我不知今天我们到机场的路上，能否看到自由女神？如果不顺路，可否和司机商量，请他绕道，让我一睹自由女神的风采？

安妮思忖片刻道，我很愿意帮助毕老师满足这个心愿，但要看出租汽车司机是否答应。因为机场与女神并不顺路，要特地拐往自由岛，需要足够的时间。再者，因为这是你个人的额外要求，需要你自己支付这一部分的车费。

我说车费我可以出。

剩下的事，就是盼望派来的出租汽车司机是个爱赶早的人，有事好商量的人。在某种程度上，是一个爱赚小钱的人，为了挣我多付出的那一部分车费，愿意额外绕路。

司机来了，一个高大的黑人。纽约的出租汽车司机好像都是黑人，都很高大。安妮说了我们的要求，他点头答应了。于是我成功地看了一眼自由女神，这一眼，价值12美元。

到了机场，时间已很紧。我们推着行李，好不容易排到柜台跟前，方被告知预订的航班被取消了。

我说，是不是因为台风？

安妮说，不是，是因为罢工。

罢工在我们的字典里，一直是个正面的词汇。比如安源煤矿大罢工，京汉铁路大罢工……都是劳动人民扬眉吐气对付资本家的有效手段。现在可好，我作为普通民众，领略了罢工的厉害。

怎么办呢？安妮说，因为我们的安排十分紧凑，今天必须赶到美国最南端的基韦斯特岛，所以，只有改签其他航空公司的飞机。于是安妮同机场的工作人员交涉。

在中国，机场工作人员基本上都是年轻人，俊男靓女手脚灵便，态度不一定好，但耳聪目明是没问题的。如果他不搭理你，那就是他成心冷落你，并非反应迟钝。但在美国，机场工作人员中，实在是不乏步履蹒跚耳聋眼花的大爷大妈，态度不错，然效率甚慢。安妮交涉了很久，当值的黑人老大爷愁肠百结的样子，不是他不愿帮我们换航班，而是在浩如烟海的航班中，他找不出合适的方案。最后，他把硕大的头颅摇得风摆荷叶，苦笑着起身找来了一位女士，好像是他的上级。

我吁了一口气，希望燃烧起来。这是一位穿着非常得体的黑人女士，我想，一个女人，可以把统一发放的制服，收拾得这般妥帖精当，想必她在处理其他事务的能力上也有过人之处。果然，她飞速地击打着电脑键盘，一会儿工夫就很利索地安排好了我们新的航班。只是，要到另外一个机场去，而且，时间很不宽裕了。

我拎着箱子就想飞跑，不料安妮依然沉着同她交涉，甩我在一旁着急。机场女士认真地听着安妮的陈述，间或有一两句插言，好像在讨论和争辩。最后，看来是和安妮达成了某种协议，大家友好地告别了。

我问安妮，有什么麻烦吗？看你寸土不让的样子。

安妮说，我在索赔呢。

我说，索什么赔？不是已经安排好了新的航班了吗？

安妮说，我要求了四项赔偿。

我吓了一跳，心想，人家没误了咱今天的航程，感谢都来不及。天灾人祸，有什么办法，还赔偿，且是四项，真有本事。

安妮说，第一项，因为我们马上要赶到另一家机场，需支付咱们的出租汽车费。第二项，现在就要到吃午餐的时间了，按照原来的安排，我们的这顿午餐是在飞机上免费享用的，现在由于你们的失误，让我们不得不自己支付午餐费，所以，要给补偿。第三项，我们的朋友已经在目的地准备接站，现在要打电话通知他们改变时间，这笔电话费，应由你们负责。第四项，这边的行李搬运出机场和到达那边机场后的行李搬入以及小费，都是由于你们的责任造成我方的额外付出，所以，你们也要补偿……

我先是目瞪口呆，然后是心悦诚服，再后是感叹不已。我说，那个美丽的女人把这一笔笔的钱，都给你了吗？

安妮说，OK！只是因为午餐的数量难以衡量，她给了我两张机场餐厅的免费用餐券，再有出租汽车费用也不好确定，她安排机场的车送我们。至于其他的钱，都已打入我的信用卡，等一会儿，由我来支付这些费用就是了。

我颇多感慨。想起在国内多次被延误航班的经历，蜷缩在大厅的地上，好似难民。记忆中最好的一次待遇——无端的8个小时苦等，凭着机票排队。一位面无表情的小姐，在机票上狠狠地打了一个钩之后，我领到了一小瓶矿泉水。又一想，古话说，他山之石，可以攻玉。只怕他山之玉再美，但石头顽固，久攻不下。

吃了机场的午餐，坐着机场的车，到了新的机场。在候机的队伍里，突然看到一男子龇着牙向我们友好地笑。

我说，安妮，他好像认识我们。

安妮说，是啊，刚才他也在那个机场候机，也被改签到这里了。同病相怜，狭路相逢，所以微笑。

我说，你问问他得到了多少赔偿？

安妮问过之后，对我说，他一项赔偿也没有得到，因为他没要求，人家给他签了字，他就扭身走了。

于是，我就坐在机场宽大的皮椅子上呆想。原来，这他山之玉，也并非那么玲珑剔透，也有看人下菜碟一说，遵循的是“告诉了才处理”的原则。如果没有安妮的据理力争，我们也是两手空空。想想，不禁又生疑虑和悲哀。当然我不知道那位未获得丝毫赔偿的先生，是否真的不需要赔偿，单从他悻悻的神情来看，似乎也有不满。消费者的利益，能否从商家那里得到充分的保护，看来和自我的捍卫能力有很大的关联。

下了这一班飞机，换乘的时候，听到机场的播音员用很焦灼的声音，一遍又一遍地播送紧急通知。我问安妮，是不是台风的消息？我们今夜能否安全到达基韦斯特？

安妮笑说，毕老师，咱们要不是今晚必须到达基韦斯特，眼下倒是有一个发一笔小财的机会。

我说，讲来听听。

安妮说，刚才的通知是：此地有两个人急着要到基韦斯特岛去，但今天的小飞机已经满额。那二人悬红说，如果谁愿意把飞机票出让，他们愿意以每席250美元酬谢，并负责出让者今晚明晨在这里的宿费餐费。

一个很有趣也很有用的方法。冥思苦想搜索记忆，在我的经验中，国内的机场，从未有过这样的悬红方式。当我们被告知某班的机票售罄，除了自认倒霉就是找领导或是熟人，看有无后门可开。如果没有，就无计可施了。其实乘客的情况千变万化，有的人十万火急，需立即到某地去，有的人却优哉游哉，早一天晚一天无所谓。如果能以时间换金钱，去留两相宜，何乐而不为？只是，我们的机场广播员肯播出这样的启事吗？

播音员念了一遍又一遍……后来，突然就不念了。

待我们坐上飞往基韦斯特的小飞机时，我好奇地张望了一下周围。不知道那两个有急事的人，是否已换到了这架飞机上？他们会是坐在我身旁的这两位喜气洋洋的男子吗？

地铁客的风格

挤车可见风格。陌生人与陌生人亲密接触，好像丰收的一颗葡萄与另一颗葡萄，彼此挤得有些变形。也似一个民族刺出的一滴血，可验出一个民族的习惯。

那一年刚到日本，出行某地，正是清晨，地铁站里无声地拥挤着。大和民族有一种喑哑的习惯，嘴巴钳得紧紧，绝不轻易流露哀喜。地铁开过来了，从窗户看过去，厢内全是黄皮肤，如等待化成纸浆的芦苇垛，僵立着，纹丝不动。我们因集体行动，怕大家无法同入一节车厢，走散了添麻烦，显出难色。巴望着下列车会松些，等了一辆又一辆。翻译急了，告知日本地铁就是这种挤法，再等下去，必全体迟到。大伙儿说就算我们想上，也上不去啊。翻译说，一定上得去的，只要你想上。有专门的“推手”，会负责把人群压入车门。于是在他的率领下，破釜沉舟地挤车。嘿，真叫翻译说着了，当我们像一个肿瘤，凸鼓在车厢门口之时，突觉后背有强大的助力涌来，猛地把我们抵入门内。真想回过头去看看这些职业推手如何操作，并致敬意。可惜人头相撞，颈子根本打不了弯。

肉躯是很有弹性的物件，看似针插不进水泼不进的车厢，呼啦啦一下又顶进若干人。地铁中灯光明亮，在如此近的距离内，观察周围的脸庞，让我有一种惊骇之感。日本人如同干旱了整个夏秋的土地，板结着，默不作声。躯体被夹得扁扁，神色依然平静，对极端的拥挤毫无抱怨神色，坚忍着。我终于对他们享誉世界的团队精神，有了更贴近的了解。那是在强大的外力之下，凝固成铁板一块。个体消失了，只剩下凌驾其上的森冷意志。

真正的苦难才开始。一路直着脖子仰着脸，以便把喘出的热气流尽量吹向天花板，别喷入旁人鼻孔。下车时没有了职业推手的协助，抽身无望。车厢内层层叠叠如同页岩，嵌顿着。只能从人们的肩头掠过，众人分散在几站才下了车，拢在一起。从此我一想到东京的地铁，汗就立即从全身透出。

美国芝加哥的地铁，有一种重浊冰凉的味道，到处延展着赤裸裸的钢铁，没有丝毫柔情和装饰，仿佛生怕人忘了这是早期工业时代的产物。

又是上班时间。一辆地铁开过来了，看窗口，先是很乐观，厢内相当空旷，甚至可以说疏可走马，必能松松快快地上车了。可是，且慢，厢门口怎么那样挤？仿佛秘结了一个星期的大肠。想来这些人是要在此站下车的，怕出入不方便，所以早早聚在出口吧。待车停稳，才发现那些人根本没有下车的打算，个个如金发秦叔宝，扼守门口，绝不闪让。车下的人也都心领神会地退避着，乖乖缩在一旁，并不硬闯。我拉着美国翻译就想窜入，她说再等一辆吧。

眼看着能上去的车，就这样懒散地开走了，真让人于心不忍。且于是者三。我说，上吧。翻译说，你硬挤，就干涉了他人的空间。正说着，一位硕大身膀的黑人妇女，冲决门口的阻挠挺了上去，侧身一扛就撞到中部敞亮地域，朝窗外等车者肆意微笑，甚是欢快。我说，你看你看，人家这般就上去了。翻译说，你看你看，多少人在侧目而视。我这才注意到，周围的人们，无论车上的和车下的，都是满脸的不屑，好似在说，请看这个女人，多么没有教养啊！

我不解，明明挤一挤就可以上去的，为何如此？翻译说，美国的习俗就是这样。对于势力范围格外看重，我的就是我的，神圣不可侵犯。来得早，站在门口，这就是我的辖地。我愿意让出来，是我的自由。我不愿让，你就没有权力穿越……

北京地铁的拥挤程度，似介于日本和美国之间。我们没有职业的“推手”（但愿以后也不会有，如果太挤了，政府就应修建更多的交通设施，想更人道的主意，而不是把人压榨成渣滓），是不幸也是幸事。

会不会挤车，是北京人地道与否的重要标志之一。单单挤得上去，不是本事。上去了，要能给后面的人也闪出空隙，与人为善才是正宗。只有民工才大包小包地挤在门口处。他们是胆怯和谦和的，守门不是什么领地占有欲，而是初来乍到，心中无底，怕自己下不去车。他们毫无怨言地任凭人流的撞击，顽强地为自己保有一点安全感。在城里待久了，他们就老练起来，一上车就机灵地往里走，用半生不熟的普通话说着：劳驾借光……车厢内膛相对松快，真是利人利己。北京的地铁客在拥挤中，被人挤了撞了，都当作寻常事，自认倒霉，并不剑拔弩张。比如脚被人踩了，上等的反应是幽默一把，说一句“对不起，我硌着您的脚了”。中等的也许说“倒是当心点啊，我这脚是肉长的，您以为是不锈钢的吧？”即便是下等的反响，也不过是嘟囔一句：“坐没坐过车啊，您着点儿，我这踝子骨没准儿折了，你就得陪我上医院做CT去！”之后一瘸一拐地独自下车了。

人与人的界限这个东西，不可太清，水至清则无鱼，到了冷漠的边缘。当然也不可太近，没有了界限也就没有了个性没有了独立。适当的“度”，是一种文化的约定俗成。

还是喜欢中庸平和之道。将来有了环球地铁，该推行的可能正是北京这种东方式的弹性距离感。

第五章

点滴里收获幸福

旅行使我们谦虚。在我们被琐碎磨损的生命里，张扬起绿色的旗帜。在我们被刻板疲惫的生活中，注入新鲜的活力。

在北欧游轮上

从芬兰到瑞典，我们乘坐的是维京号游轮。也许是因为泰坦尼克号留下的印象太深刻了，我上船的第一个动作就是鬼鬼祟祟地瞟着船的两舷，想数数救生艇的数目够不够。其实数也是瞎数，谁知道船上有多少人呢?

到了吃晚饭的时候，就大概知道有多少人了。晚饭被安排在9点半，即使此刻是北欧的白夜期间，太阳下班很迟，这个时辰吃饭也还是相当晚了。导游跑去联系，企图把我们的吃饭时间提前，未果。游轮方面的答复是：食客众多，只能分期分批地享用大餐，已经安排在这个时间，无法更改。

入乡随俗吧。

时辰到，进了餐厅，真是蔚为壮观的饕餮大军。自助餐形式，几百个不锈钢的食槽彻头彻尾地敞开心扉，各色食品竭尽全力讨好你的视觉嗅觉，透过它们和你腹中的肠胃打招呼。无数人端着盘子，在美味之中遨游，如同饥饿的鲨鱼。

餐厅位于整个游轮的正前甲板处，四周都是玻璃，可以把它想象成行进中的水晶宫，游客们就在这座劈风斩浪的宫殿里，有惊无险地大快朵颐。

得知我们能够在维京号游轮上享受美食，送我们上船的芬兰导游不胜羡慕地说，我到芬兰7年了，都还没有乘过游轮。据说船上的大餐会让你一辈子难忘。

中国人吃饭好扎堆，有了美景有了美味，当然要有佳客，说说笑笑当作料，才有滋有味地惬意。伙伴们很快就发现这愿望成了窗外波罗的海一朵泡沫。餐厅能接待的人数有限，一批人抹着嘴巴走出另一批人才能鱼贯而入。吃完的人散居在各处，腾出的位置也星罗棋布。这直接导致了我们虽然获准进入餐厅，但并没有现成的位置候着，全靠见缝插针。

没有那么大的缝隙，可以一下子插入这么多中国针，只能化整为零分而治之了。

我端着盘子在熙熙攘攘的人流中寻找座位。一处偏僻的位置，一张两人小桌，一个黄种人在独自进餐。男性，个子不高，大约30岁的年纪，服饰整洁。我猜他是一个日本人，也可能是韩国人。说实话，哪怕有一线希望，我也不愿意和一个日本人同桌进餐，但环顾左右，桌满为患，再咽着口水四处游逛，有点像丐帮。

我用汉语说，这里有人吗？

没指望他能听懂。在海外旅行的经历，我有一个收获。你不会说当地语言也无大碍，大胆地自说母语好了。反正人们萍水相逢之时，能够交流的信息是有限的，配合着手势和表情，大致也能猜个八九不离十。千万不能钳闭双唇什么也不说，那才是真正的闭目塞听一头雾水。

我相信以我端着盘子没着没落的样子，他一定能明白我的意思，摇头或是点头就可答复。没想到他非常清晰地用标准普通话回答我说，没有人。你可以坐。

我大喜过望。不单是因为有了座位，更是因为在这里遇到了同乡。我如释重负地放下盘碟，说，中国人？

他略微迟疑了一下，说，冰岛人。

我大吃一惊。说，你一个冰岛人，居然把汉语说得这么好啊。

他微笑了一下说，我以前是中国人，十几年前加入了冰岛籍。

原来是这样。我说，那你就是冰籍华人了。怎么称呼你呢？

他说，你就叫我阿博好了。

我坐在阿博对面，开始吃我的很晚的晚餐。动了刀叉之后，才发现这顿大餐并不像想象中那样诱人。不怪游轮上厨子手艺不精，是我失算。单凭目测一见钟情，拣来的食物多半口味诡异。比如一种美若珊瑚的红豆子，每一颗都像宝石放射光芒，我以为是外籍的红豆沙，舀了偌大一勺，抿到嘴里方品出拌了羊油和蜂蜜。平素我不吃羊肉。

炸鸡、蔓越莓、番红花鳕鱼、牛蒡扒、惠灵顿牛排、迷迭香、酸辣墨鱼、酪梨、红酒烤肉……你很难猜出色彩艳丽的食物中蕴含着怎样陌生的原料和味道。拣到盘子里就都是菜，不得不通通吃掉，以防服务生对中国人有微词。只是照单全收很辛苦，吃相也不轻松。

阿博看出我的窘态，慢慢地等我吃完，说，我和你一道再去添些食物。我知道有一些东西比较合东方人的口味。

有了阿博做向导，在食物摊中游弋，好比有了指南针，东西好吃多了，起码入口不再龇牙咧嘴。

阿博说，客人来自四面八方，游轮上各种口味的饭菜都有。

我说，没有看到中国饭啊。

阿博说，他们主要还是接待欧洲人，当然以西餐为主。以后中国人来得多了，他们也会做中餐的。

我说，你当年怎么想起到冰岛呢？

阿博说，我很想到海外留学，成绩不是很好，美国的学校考不上，英国学费又太贵了，就到冰岛来了。在冰岛学习冰岛语，有奖学金，就这么简单。

我说，你喜欢冰岛吗？

他说，喜欢。不然我不会入籍。

我说，冰岛有什么好处，这样吸引你？

阿博说，第一是我喜欢冰岛的水。冰岛是个资源非常丰富的国家，特别是水，简直取之不尽，用之不竭。冰岛人口很少，又有广大的冰川，简直就是一个大水库。第二是我喜欢冰岛的风光，像月亮一样。

我有点搞不明白，就问他什么叫像月亮一样？是又大又圆的意思吗？

阿博说，我说冰岛像月亮，是指它的美丽和寒冷，还有荒凉。当然了，还有各种宝藏和让人充满了想象的寥廓空间。

我说，哦，明白了。第三点呢？

阿博说，第三是我喜欢冰岛的姑娘。她们热情豪放，敢爱敢当。如果喜欢你，就狂热似火地和你相爱。不喜欢了，就恩断义绝地同你分手，绝不拖泥带水。如果是你不干了，就直截了当地告诉她，她也不会哭哭啼啼缠着你不放。如果有了孩子，就跟你算清抚养账目，然后痛痛快快地奔自己的前程去了，再不会寻死觅活地找你麻烦。只是冰岛的法律很保护女子和孩子的利益，就算你是个富豪，如果离上几次婚，也就成了穷光蛋。

我说，看你对冰岛女子这样倾心，想必一定是娶了当地姑娘。

阿博说，曾经有过这样的想法。冰岛出美女，那里的女孩子也很阳光。她是我在一次圣诞节的聚会上遇到的，名叫黛比。我们一见倾心。那一天，正是北极圈内最黑暗的时分，天上出现了美丽的极光，是淡绿色的，横跨整个天穹，好像一匹无与伦比的绸缎，妖娆得令人恐怖。好在两个人在一起，什么都不怕了。那天我们喝了很多酒，分手的时候，彼此恋恋不舍。黛比说，咱们到乡下去吧。我说，这样寒冷，到乡下去岂不要冻死？黛比说，你跟我来，会把你热死。我就和黛比上了路。前几天刚刚下过一场暴风雪，公路上的雪虽然被铲雪机清除了，但两侧的积雪有好几米高，穿行在雪巷中，好像童话世界。我随着黛比到了冰岛首都雷克雅未克郊外的一座别墅。房子几乎被皑皑冰雪掩埋，只有房顶高耸的壁炉烟囱证明这里曾有人居住。

冰岛的富人通常在郊外都有这样的住所，主要是夏天时分来游玩，到了冬天，就人迹罕至了。我说，黛比，你有钥匙吗？

黛比说，这是我亲戚家的房子，我有钥匙。但是，没带。

我说，这不和没有钥匙是一样的吗？黛比说，当然不一样。我有钥匙，说明我有支配这套房屋的权利。我说，权利是一回事，我们进不去，这就是另外一回事了。

黛比说，谁说我们进不去呢？

我说，没有钥匙你怎么进去呢？

黛比说，这太简单了。说着，黛比走到窗户跟前，扒开积雪，用靴子猛地扫了过去，玻璃应声而碎。黛比矫健地跳了进去，然后从里面把房门打开。我大吃一惊，说你近乎强盗了。黛比笑起来，说，维京人的祖先就是海盗。

那一次，我和黛比在乡下的别墅待了三天三夜。屋内储备有很多罐头食品，还有饮用水，我们吃穿不愁。取暖和洗澡也没有问题，设备很齐全。窗外是极其寒冷清澈的星空，身边是极其温暖柔软的姑娘，那种感觉真是欲仙欲死。三天以后，我们回到都市。黛比对我说，咱们到此为止吧。

我大吃一惊，说为什么，我们才刚刚开始。黛比说，我有男朋友，只是这一阶段他不在。现在他就要回来了，我们就结束了，这就是一切。谢谢你给予我的美好感受。说完就翩然而去。

我知道这对黛比很正常，但我难以接受，久久伤感。后来我决定还是找一个中国的传统女性做妻子。文化这个东西，像胃一样，换不掉的。我不希望我的女儿在14岁的时候，就把男孩子领回家。不希望我一推门看到他们在床上做爱，我还要心平气和地说，对不起，打扰你们了，然后镇定地转身离开。我做不到……

阿博举起一杯酒，我用手中的矿泉水和他碰碰杯，预祝他早日找到中意的中国新娘。

吃罢晚饭，已近深夜。我到船上的免税商店转了转，里面也是熙熙攘攘热气腾腾，人们提着装满酒和化妆品的袋子兴高采烈。还有很多娱乐设施，因为疲倦，听说人也很多，我都没去浏览。

这艘游轮就叫作维京号。维京人是日耳曼人生活在斯堪的纳维亚半岛地区的一支，也称诺狄人，[①]至今德语中“北”仍和此发音近似。维京人人口不多，却是欧洲历史上影响很大的一个种族。他们的足迹北达格陵兰、冰岛以及俄罗斯腹地，南及地中海南岸温暖的亚历山大港和耶路撒冷，西抵不列颠、爱尔兰，东达北美洲东北部。他们在这些地方耕种、放牧、交易，凭着当时欧洲最出色的航海技术，到处拓殖和贸易，在今瑞典、丹麦、挪威等地安营扎寨。连远在加拿大的圣劳伦斯湾也曾是维京人的殖民地。近东的拜占庭有精锐的维京人雇佣军团，英格兰、爱尔兰、法兰西都有他们的占领区和政权。现代英语中最常用的词汇中有900多个来自维京语。英国东北部的600多座村庄至今还沿用维京地名。法国船长口令中的“左（babord）”“右（tribord）”，也是维京航海家留下的。爱尔兰的首都都柏林的奠基人，也是维京人。在俄国，时至今日，普京和叶利钦互称“先生”时，说的还是维京人古老的词汇。

维京人的基本生活方式是农耕，他们的农庄以家族为单位。但他们并不是自给自足的小农，他们还下海捕鳕鱼，腌渍以后卖给西欧人。他们从事国际贸易，有石制、陶制、木制以及兽骨兽角制成的日用器皿、金属制品、毛纺织品、珠宝饰品等。传统沿袭至今，只不过贸易的品种改成了集装箱码头、战斗机、轿车和移动电话。他们还大量倒卖各地土特产，考古中发现的存货就有斯堪的纳维亚的磨刀石和

---

① “Nordic”的音译，意译为“北方人”。——编者注

染料、荷兰的布匹、地中海的丝织品等。

严酷的环境和落后的生产方式，使维京人的文化处于相当原始的状态。神话、英雄史诗都在吟游诗人口头上流传。维京人是尚武的。他们的神谱中有两大神系，最崇高的主神名叫奥丁，属于埃西尔神系，与雷公索尔为伴。他创造了世界上的一切，并拥有全部的知识，但最重要的是他是战神，主宰生死。另一个被称作瓦尼尔的神系，由弗雷和他的妹妹弗雷娅组成，相对温柔些，主管繁殖和财富。维京人信仰骁勇善战，宣称懦夫将被送进寂寞的地狱，而勇敢战死的人则升入乐园瓦尔哈拉。

实话实说，我觉得北欧的自然环境挺恶劣的，如果没有那些郁郁葱葱的树木，简直就是穷山恶水。在这里生长的维京人，如果不彪悍，早被别的部族消灭或赶走了。他们敬畏大自然的力量，相信即使是他们全能的大神，也战胜不了命运的安排。好在他们也达观，相信彻底的毁灭之后将是新一轮重生，周而复始，生生不息。

维京人并非没有文字，只是北佬①传下来的由24个字母组成的书写体系比较原始，又没有好的介质，只好刻在木头和石头上，这样就只能作为记录而不方便交流。为了刻画方便，字母都由直线和折线组成，没有现代字母的曲线，如现在的“O”是圆圈，而当时则是个菱形。这种文字是后来的英语的原型。而沉郁寡言的维京人还嫌24个字母太复杂，逐渐给简化成16个，表达能力就更差了。有时候人们就把维京人简称为“海盗”。

我不知道阿博在雷克雅未克郊外遇见的女子，是不是一个海盗的后代，但那种性格显然和生长在温带的中国人有相当大的不同。

在心理学里有一种人格名称，叫作“T型性格”，简称为“海盗性格”。代表着创造性，外向型，爱冒险，喜欢生活多姿多彩，喜欢生命力淋漓尽致地发挥。他们喜爱追求新奇和未知，喜欢不确定性，喜

① 指古代北欧人。——编者注

欢复杂与刺激，爱把生命搞得像“一次事故”。有生理学家研究指出，这些人与生俱来有一种“刺激”基因，需要经常性的强力刺激，才能保持生命的张力和兴奋，只有不断地冒险，他们才感觉到自己还活着。

据说，爱因斯坦就是这样的人。

也许，黛比就是这样的人。

突然记起阿博的一段话。阿博说他和黛比分手的时候，天空也飘荡着北极光。这一次的北极光是橙红色的，披散着，很凌乱，好像火焰或者是巫婆的眼光。

我说，什么时候才容易出现北极光呢？

阿博说，有三个条件。

阿博很喜欢把问题梳理成几个点，也许因为是学管理的吧？阿博说，最容易出现北极光的日子，第一是要在冬天的12月。第二是要天气特别晴朗，如果有大风的搅动，极光就会躲藏。第三是要特别的寒冷。

阿博说，真奇怪，那三天，都有北极光出现，第二天晚上的北极光是金蓝色的，好像深海的海草，也像黛比的头发。

清早起来，站在甲板上，呼吸着海风传递的湿润，渐渐地接近了港口。瑞典到了。上岸的时候，我又看到了阿博。彼此间隔着很多拉杆箱和双肩包，我们只是微笑着颔首，算是招呼，算是告别。

旅途就是这样，我们会在某个地方以出乎意料的方式遇到某个人，彼此一点都不了解，却说了太多的话。

从此天各一方，也许永无相见。祝福他。

甲虫冰激凌

芝加哥可真冷啊。从机场出来，寒风一拳砸了过来。真想头也不抬随便撞进哪家饭店，有热牛奶就是天堂。可惜，不行啊，按照计划，我们必须在当天晚上赶到美国伊利诺伊州的小镇福利波特。

乘坐“灰狗”客车，在暮色苍茫的美国中部原野上疾驰。树叶红黄杂糅，现出凋零前不可一世的瑰丽。广阔的土地，远处有高大的谷仓……

从青年时代起，每当我面对巨大场景的时候，就有一种轻微的被催眠的效果，好像魂飞天外，被一种超自然的力量所震慑。我会感到人是这样的渺小，时间没有开始又没有终极，自我只是一个微不足道的点，在太阳的光线之下蒸发着……我在西藏的时候，常常生出这种感念，这次，是在美国的旷野，突如其来地降临了这种久违了的感受。我就想，每个人的历史，如同嗜血的蚂蟥，紧紧地叮咬着我们的皮肤，随着我们转战天下。也由此，我深深地记住了伊利诺伊州的黄昏。

我们乘坐玛丽安夫妇的车，到达岳拉娜老人家的时候，天已黑得如同墨晶。

在黑黝黝的背景下，老人的窗口如同一块蛋黄晕出轮廓，花园的树丛像一只只奇异的小兽，蹲着，睡着。玛丽安夫妇把我们放在花园小径的入口处，就告辞了。

家中有孩子，在等着我们做晚饭。他们说。

我本来以为同是一个镇子的乡亲，玛丽安夫妇接到了我们，把我们平安送到了岳拉娜老人家，他们之间会有一个短暂的交接仪式，把我和安妮像接力棒似的传过去。但是，没有，他们的车在黑暗中远去，留下我们在一栋陌生的房屋门口。

岳拉娜是一位有趣的老人，她已经87岁了。这是车开动以后，玛丽安留下的最后一句话。

天哪，87岁！真是一个很老很老的年纪了。我甚至在想，都这样大的年纪了，为什么还愿意招待外国人？怀揣着疑惑，拖着行李箱，我们走到这栋别墅式住宅的门口。在电影中，此时的经典镜头是双扇门呼地打开，灯光泻出，好客的主人披着屋里的暖风和光芒迎了出来，热情的话语敲击耳鼓……但是，没有。也许是因为车子停靠的地点比较远，也许是老人家的耳朵比较背，总之，当我们以为房门会应声而开的时候，房门依然紧闭。

寂静中，有一点凄凉，有一点尴尬。很久以来，可以说自从踏上美国土地的那一刻开始，我就在等着这一次的经历。在普通的美国人家中度过几天，是令人神往和想入非非的。在介绍行程的册子上写着，岳拉娜老人是一位农民，于是我想到了黄土高原的老大娘和无边无际的金玉米，虽然我知道这会是完全不同的场景。

有一百种想象，就是没想到在漆黑的夜里，站在陌生人家的门口，等待着叩响无言的门扉。

安妮轻轻地敲打着门。可能是太轻了，没反应。安妮加重了一点手指的力量。门开了。

岳拉娜是一位驼背的老奶奶，穿着粉红色的毛衣，下身是果绿色的裙子，看得出，老人家为了我们的到来，是专门做了准备的。她的目光有一点严厉，和安妮的寒暄也不是很热情，虽说语言不通，但我也看得出，她有些不满，甚至是在责备我们。

安妮笑笑对我说，她说我们到得太晚了，她在为我们担心。晚餐早就做好了，她一直在等我们，都快睡着了。

我立刻从这种责备中，感到了家的温暖。是啊，从小，当我们玩得太晚回家的时候，你还指望着在第一时间得到的是温暖的问候吗？通常的情况下，你收获的肯定是责备。唯有这种责备，才使你得到被人惦念的感动。

老人用极快的速度端出了晚餐，看来，她是个身手麻利的人。首先映入眼帘的是一盆深红色的豆子汤，汁液内有若干的漂浮物，看起来黏稠而复杂。安妮问，这是什么煮成的？

岳拉娜老奶奶正在操作的手被问话打扰，有些不耐烦地说，这是豆子汤。

安妮询问的积极性并未受到打击，我知道她是为了我，让我能更多地了解到美国普通民众的生活，包括他们的食谱。于是，安妮锲而不舍地问，豆子汤是怎么做出来的呢？

老奶奶露出不胜其烦的样子回答道，就是用豆子，红豆子煮的呗。里面要加上猪肝和鲜肉，要煮很长的时间。

到底要多长时间呢？安妮问得真详细，叫人疑心她以后要依样画葫芦地也烧一碗豆子汤。

老奶奶看来是被这样的穷追猛打闹得无计可施，只好放下手里的盘碗，认真地想了一下回答道，要煮八个小时。如果你没什么事，不妨煮上一天。时间越长越好吃。

好了，问到这里，算是告一段落了。安妮不易察觉地向我使了一个眼神，意思是——关于这道汤，咱们是明白了。

我点点头。我不想让老奶奶觉得安妮是一个弱智的孩子，我知道安妮这是为了让我多一些感性的知识，我愿和安妮同甘苦共患难。于是，我带着夸张的表情说，八个小时，甚至还要多！这是很难做的汤啊！

没想到老人家一点也不领情，撇撇嘴说，有什么难做的？普通的汤而已！

我和安妮意识到，在这样一位历经沧桑的老人面前，最好的尊重就是封起嘴巴，睁大眼睛，竖起耳朵。

主食是老奶奶自家烤的香蕉夹心面包。非常香甜，好吃极了。

我和安妮埋头吃饭喝汤。一是饿了，二是不知这倔老太太爱听什么，依目前的情况来看，我们埋头吃饭，就是令她最高兴的事了。

饭后上的甜点，是老人自己做的红草莓冰激凌。在晶莹的冰激凌碗里，我一眼看到一个红黑相间的甲虫。它甚至还是活的，虽然被寒冷和糖分腌得萎靡不振，但从冰箱来到了温暖的餐桌，在明亮的灯光照耀下，渐渐地恢复了生机，收敛的翅膀也扇叶般地张开了。

一个甲虫。安妮眼尖，最先发现，叫了起来。

我也看到了，小声重复着——一个甲虫。好像，是瓢虫。

岳拉娜老奶奶说，是的，肯定是瓢虫。虽然我看不清，可我知道它是瓢虫。红草莓是我从自家的花园里摘的，下午才摘的，很新鲜。在草莓的叶子里，经常有瓢虫。还有一些不知名字的虫子。我的手，就在摘草莓的时候，被虫子蜇伤了。

老人说着，把她布满老年斑的手伸到我们面前。那一刻，我和安妮无言，连礼貌性的惊诧和同情，都忘了表达。一只苍老的手，手背处红肿得像个小面包。为了远方的客人，老人家从早上就开始煮红豆汤，下午又到花园里摘新鲜的草莓。

这个瓢虫是可以吃的。老人没注意到我们的感动，颤巍巍地把瓢虫送到嘴里。我想，这种吃法一定来自一个世纪以前。

饭后，老人领着我们参观她的家。这是她花了两万美元买下的拥有租住权的老年公寓。也就是说，只要她在世，就可以住在这所房子里。如果她感到自己需要人照顾了，就可以付出较多的费用，搬到有专人护理的楼舍里。如果她的身体进一步衰退，就要住到老年医院里去，一天24小时都有医生护士照料。当然费用也就更高了。在老年中心居住的老人，只拥有房屋的使用权，如果他不幸去世了，房屋就由老年中心收回，老人的家属和后人不再享有房屋的继承权。

客厅很大，有专属于老年人的那种散漫的混乱和淡淡的陈旧的气息。在客厅最显眼的一面墙壁上，挂着很多盘子。

这是我年轻周游世界的时候买的。每到一个地方，就会买一个那里的盘子。每当看到这些盘子，我就好像又到了那些地方。岳拉娜老奶奶一边指点着，一边很自豪地说。

我看到了北美风格、南美风格、欧洲风格和亚洲风格…还有不知是哪里风格的盘子，它们挂在墙上，好像很多眼睛，眨着不同的风情。

你看，我还有一枚中国的印章。那是我在上海刻的。你可以告诉我，它在汉字中是什么意思吗？老奶奶说着，拿出一个锦缎的小盒，小心翼翼地打开来。

我看到了一方并不精致的印章，刻得很粗糙，石料也不名贵，总而言之，是在旅游旺地小摊上常见的那种简陋蹩脚的货色。看到老人那么珍爱的神情，我也显出毕恭毕敬。

这是什么意思？老人指着“岳”字。

这是山峰的意思，高高的山峰，我说。

哦，山的意思。那么，这个呢？老奶奶又指着“拉”字。

我沉吟了一下，觉得这个“拉”字，实在是不易解释。就算我勉为其难地做出一个动作，解释了“拉”，但马上她又要问起“娜”，我可就真的说不上来了。看着老人求知若渴的样子，我可不敢扫了她的兴。这样想着，我就说，在汉字里，有一些字是必须连起来用的，不可以分开。您的名字中的“拉娜”这两个字，就是这样的。它们连起来的意思就是——美丽的女孩。

美丽的女孩？岳拉娜老奶奶重复着，重复着。

我说，对了，就是这个意思。您的名字整个连起来念，意思就是——站在高高的山上的美丽的女孩。

我说完，看着安妮，给她一个清晰的眼神。安妮，你可千万别揭穿我的解释。

安妮低下头，我看到她在悄悄地笑。

这真是很有意思的名字。好啊，我很喜欢我的名字的中文意思。我要把它告诉我的好朋友。岳拉娜老奶奶心满意足地说。

老人蹒跚着，指给我们看卧室和卧具。两张并排的单人床，好像幼儿园大班小朋友的宿舍。床上铺着雪白的绣花床单，熨得平板如铁，好像用米汤浆过。

这是60年前的床单了。我那时刚刚结婚，一下子就买了两条，一直用到了现在。

我和安妮熄了灯。在黑暗中，我对安妮说，我从来没有在一条有着60年历史的床单上睡过觉。

安妮说，不知我们会做好梦还是做噩梦？

我想会是好梦吧？

那一夜，睡得很沉，什么梦也没有做。早上醒来，天空把空气都染蓝了，岳拉娜老奶奶要带着我们到教堂去。

她把车库的门打开，开出一辆墨绿色的捷达车。老奶奶穿了一套杏绿色带条纹的羊毛衫裙，很高兴地发动了车。

我这辈子还从未坐过一位87岁的司机的车。我悄声问安妮说，这么大岁数的司机，还让上路啊？

安妮说，你是不是不放心？没事的。我昨天同老奶奶聊天，得知她已在这镇子上住过几十年，所有的路，她闭着眼睛也开得到。再说了，我估计所有的村民们都认识这辆绿色捷达，看到老奶奶来了，都会让她三分的。

教堂很近，但车走得很吃力。安妮悄声对我说，老人家的手刹一直拉着，没放下。安妮是一个非常优秀的司机，对这种情形简直如鲠在喉。我要告诉老人家。安妮说。

我说，不可。

安妮说，为什么？这样对车是很大的磨损，而且也不安全。

我说，你刚才不是说过了吗？在这样萧条的小镇上，是不会有什么危险的。如果你说了，老人会不高兴的。不如你找个机会，悄悄地帮她拉起手刹。

安妮说，我还是要告诉她。我已经闻到橡胶的煳味儿了。

于是，安妮就对岳拉娜老奶奶说了关于手刹的事。果然，老奶奶没有一点感谢的意思，气呼呼地说，我的手刹没问题。然后，她就很生气地继续向前开车。

安妮不再吭声。我对安妮说，一只老母鸡哪里肯听一只鸡蛋的教训？这下你明白了吧？

安妮说，可我明明是为了她好。

我说，为了她好，就让她感到高兴吧。手刹不拉起来，当然是不好，可是你告诉了她，手刹还是没拉起来，老人家还很生气。你想想吧，究竟怎样更好？

安妮说，你这样一讲，我就把另一句到了舌头边的话压回去。

我说，怎样的一句话？

安妮说，我看到岳拉娜老奶奶的羊毛衫背后，有一片污迹，好像是洒的菜汤。说还是不说？我决定不说了。

我说，安妮，我赞成你把这句话压回去。老人家的眼睛实际上已经看不到这样的污迹了。在她的眼睛里，杏绿色的羊毛衫是很美丽的。她很想在我们的眼中也是美丽的。我们就帮她维持住这样的想象吧，这也许是比说出真相更难达到的关切。

这样嘀咕着，乡村的小教堂已经到了。

大家穿得都很漂亮，教堂里弥漫着温暖的气氛。牧师在一系列的宗教仪式之后，说，在过去的一周里，谁家有亲人生病或是逝去，或者是自己的伤感和悲痛的事件，都可以在这个场合与大家分享哀伤……

我看到身边的岳拉娜老奶奶跃跃欲试。我有点奇怪，从昨天到今天，老人家的情绪一直很正常，她有什么伤心事呢？

果然，牧师的话刚落，岳拉娜就猛地站起来，动作之敏捷和她的年龄都有些不相称了。全场的目光聚向她。她深吸了一口气说，我有一件事要向大家报告，我的家里来了两位客人。她们是东方人，是从遥远的中国来的……

老人讲得很是得意，但全场有一些骚动。因为众人的心理是预备听到一个忧郁的消息，但岳拉娜老奶奶实在是喜气洋洋的。

老奶奶一边说着，一边示意我和安妮站起身来，向全场人们打个招呼。我们站起来，向大家微笑。

稍有一点尴尬。我猜，老奶奶一定是从走进教堂的那一刻，就期待着站起来报告自己家中的事情。她根本就没听到牧师的话，不知道自己现在有点不合时宜。

现场安静了片刻，大概大家也需要一点时间调整情绪。好在人们很快就把肃穆的表情变成了笑脸，回应着我和安妮。

然后大家为海地的饥民捐款。礼拜过后，在教堂的小图书室里，还有一个小小的活动。

对正在放映的一部关于死亡的专题片发起讨论。大家围着一张橡木长桌子坐着，桌上摆着几碟香喷喷的小点心。我发现在讨论开始的时候，没有人吃这些点心。当讨论到某一个话题的时候，大家都不由自主地吃起点心。我知道，那是这个话题引起了众人普遍的焦虑。

今天讨论的题目是《死亡是一关》。

在美国，正在发起“进一步了解死亡”的运动。随着现代社会的发展，死亡被隔绝在白色围罩的医院里面，死亡变得神秘和恐怖以及不可思议。因为技术的发达，使死亡的过程变得漫长，使人们在死亡面前反倒丧失了尊严。人们需要优雅宁静的死亡空间，这最好就是在家里。

这部电视专题片，说的就是怎样死在家里。有人说，美国人是一个非常怕死的民族，因为这里无灾、无饥，也无战争，死亡好像很遥远。大家害怕死亡，不愿看到死亡，就把死亡封闭起来。现在，美国人勇敢了，把死亡从白色的囚笼里放了出来，在光天化日下讨论。

一个男人说，死亡对财富和精神，都是巨大的打击。

听的人频频点头。我觉得这是一个很有趣的说法。这句话的主语是什么呢？想必不是指那个死去的人。他已经不在了，无所谓精神还是财富。那么，这句话指的就是活着的人了。死亡对精神是巨大的打击，我可以理解。但是，对财富……我就有些不大明白了。

另一个人说，死亡时，最重要的是要让人们知道爱。无论是那个即将死去的人，还是活着的人，都要知道，有人爱着我们，我们的爱也已被接受。

讨论的形式是看一段录像，大家交谈一番。专题片上出现了一个濒临死亡的人，可能是忍受不了疾病的痛苦折磨，或者是被无望的等待煎熬得心烦。他对前来看望他的医生说，我为什么还不死呢？快让我死了吧！

看到这里，我有点替那个医生着急。面对这样的病人，你该如何回答呢？安慰吗？故意说些乐观的话？王顾左右而言他？似乎都不是好办法。如果我在现场，无奈之中也许会佯装未曾听见，转身就走。但我知道，濒临死亡的人有一种属于死亡的智慧，你骗不了他。

正心焦着，听见屏幕上的医生和颜悦色地对濒死之人说，你的时间还没有到。到了时间，你会死的。

我以为那个病人会痛苦，没想到他反倒安静了。

到了下一个镜头，那个人就要死了。他的至爱亲朋围着他的病床站了一圈。每个人轮流着低低地对他说着什么。

我悄声问安妮，他们对他说什么？

安妮说，他们在给他讲故事。

我说，是关于死亡的故事吗？

安妮说，不是，是关于爱的故事。

后面的镜头，就是那个人死了。他的家人把他的骨灰撒到芦苇中。一边撒，一边念叨着：你从这里来，你还到这里去吧。

专题片最后表述的主旨是，死亡的人和他的家庭，都需要帮助。死亡的人去了，但生活依旧在继续。镜头上，前面出现过的那位医生，又到死者的家中去了。在沙发上，以前出现过死者和医生谈话的情景，现在，一切依旧，只是那个人不在了。画面变幻出某种模糊的镜头，在沙发的那一头，死者微笑着坐在那里，瞬间又不见了，只剩下枯寂的沙发。但是，生活还在继续着，可以看到，他的家人已经逐渐从悲哀中走了出来。

这不是一个轻松的节目。由于电视的直观性，死亡变得更清晰和没有距离感。我觉得观看的人心情很不平静，但大家都很努力地看着，思索着。

安妮说，毕老师，这一路，我们似乎总是离不开死亡的话题。有的时候，我真的感到承受不了，想跑到大街上，在阳光下，呼吸正常的空气。

我说，是啊。我也有这种窒息的感受。死亡原本是很正常的事情，正是我们把它弄得不正常，这是普遍的过错。现在要开始纠正它了。

从教堂出来，时间已经不早了，岳拉娜老奶奶征询我们到哪里吃午餐。有两个选择，一是回家，她给我们做午餐；一是到老年中心，吃老年人的聚餐，饭票是6.25美元。

我和安妮选择了后者。让一位87岁的老奶奶做饭给我们吃，心里的不安宁可以把可口的菜肴变成对胃的压迫。况且我也非常想知道老年中心的饭菜究竟怎样。

餐厅充满了粉红、嫩绿、湖蓝、奶黄等娇俏的颜色，还有许多有趣的小玩意儿，让人一点儿也不感到衰败和颓唐。老人们陆续到了，大家围坐在长方形的餐桌旁，盛菜的盘子在众人之间传递着。

盘子里有：黄油、饼干、面包、猪排、炒豆角、煮甜萝卜、炸红薯、蓝莓派等。

营养是足够，味道实在不敢恭维。不管是什么主料作料，都是黏黏糊糊一派混沌，比起中餐的色香味俱全来说，天上地下。端盘子的是一个身材高大到你可以怀疑他是篮球中锋的青年，两只眼睛的距离较一般人要远些。盘子在他手中，仿佛都是纸片。他的笑容很单纯，初看之时，充满天真。看得多了，就觉出刻板。安妮小声对我说，他是一个智障青年。

我说，那为什么让一个残疾人来服侍老年人？

安妮说，在美国，人工是很贵的。服侍老年人，也不是非常复杂的工作，经过训练，智障人士也可以学会日常操作，而且他们会非常尽职尽责，热爱这份工作，这不是各得其所吗？

我知道对于纯粹的美国饭，最好的摄入状态是半饥半饱。照这个标准来说，我这顿饭吃得不错。

饭后，岳拉娜老奶奶载着我们在镇子里游荡。我之所以说游荡，是因为老人家并没有一定之规，开着开着一个急刹车，原来路口正是红灯，她没有看到。吓得我们赶紧把安全带绑得紧紧的。

在小镇的博物馆里，我看到很多妇女缝制的工艺被子。很像我们的百衲衣，由很多碎布拼接而成。只不过那些碎布不是从一家一户那里讨来的，而是把现成的好布剪碎，再千针万线地缝缀起来，真是辛苦异常。

岳拉娜老奶奶问我，你猜，缝制一床这样的被子要多长时间？

看着她很希望我猜不出来的眼神，并且判定我必然犯下猜的时间偏短的错误。我决定不能让她得逞，显出我不具备常识，就拼命把时间猜长一些。

每天缝制多长时间呢？为了胜券在握，我先要把标准工作日的时间搞清楚。

八个小时吧。其实，这活儿一干起来，就会上瘾。一有空就会趴在案上缝制。不过，我们就按每天8小时算好了。岳拉娜老奶奶说。

那么，需要一个月。我指着一床看起来花样最繁复的被子说。

话一出口，我就从老奶奶得意的笑容上，知道我的答案覆没了。

一个月？你想得太简单了。告诉你吧，像这样一床花被，没有三到四个月的时间，是断断做不出来的。岳拉娜老奶奶很权威地说。

我相信她说的是真的，可我想说，美国妇女的手艺是否笨了一点？我相信，这类型的被子，在中国妇女手里，一个月的时间，绰绰有余了。

我问老人家，这里有您缝制的被子吗？

岳拉娜老奶奶立刻腼腆甚至羞惭起来，说，这里哪能有我的被子？我的手艺差得多呢（晚上我在岳拉娜老奶奶家，看到了老奶奶缝制了一半的花被。还真不是她老人家谦虚，她的手艺实在是够糙的了）。

在艺术馆里，我看到了一架瑰丽异常的中国屏风。岳拉娜老奶奶很夸耀地对我说，这是20世纪，这个镇上的美国传教士从中国带回来的，精美极了。据说是唐代的，很少见的。她说话的口气非常坦然，丝毫没想到我是一个中国人，看到自己祖先的遗物，在异国他乡漂泊，所感到的那腔酸楚。

我用手抚摸屏风上的螺钿仕女图案，它温凉的细腻，灼痛了我的指尖。我不能确认它是否真是唐朝的文物，但它的确是很古老的。幸好它受到了很好的保护，也许从更广大的范围来看，我的哀伤可以稀薄一些。

小镇很冷清，年轻的人都到城市里去了，留下的都是老人。地面上铺着黄叶堆积而成的地毯，更添一分凄清。老奶奶又领我们到了镇上的图书馆。那是一栋有了年头的楼房，书不算多，大多数也很破旧了。和想象中的数字化闪烁不同，图书馆是传统和黯淡的。老奶奶说，她经常到这里来借书看。

接着，又参观了一家贵族豪宅改建的博物馆，显示着20世纪这个小镇的风貌。那时的服装，那时的餐具，那时的装饰，那时的工业……

是的，那时，这个小镇生产精美的铁玩具，在展柜里，摆着铁制的炉子、房屋、蒸汽机车、各种机器模型，制造得惟妙惟肖。还有很多古老的工具，让人想到熊熊的炉火和叮叮当当的金属声。但是，现在这一切都消失了，空无一人的厂房，丛生的荒草……人们都聚集到大城市去了，这里是一个虽未被遗忘却不免委顿的小镇。

我在小镇的商店里，买了一个铜制的小铃铛。晃晃它，会有脆得让人心疼的声音响起。说明牌上写着，一个世纪以前，美国乡村小学，就是摇起这样的小铃铛，告诉孩子们，上课啦！

最后是到当年林肯和道格拉斯辩论处参观。那是一座小小的土丘，草在秋风中有一点苍黄。一处宁静的地方，两尊铜像，林肯坐着，道格拉斯站着，看不见的机锋在空中交叉。我觉得这二位的姿势有点特别。想来若是一般的雕塑家，会把正义的林肯塑成侃侃而谈的站立姿势，也许再加上强有力地挥舞着的手臂什么的，把道格拉斯塑成仰视的模样。但是这处雕像别出心裁。林肯坐着，举重若轻。道格拉斯虽然站着，在感觉上却比坐着的林肯要矮。谁更有力量，就不言而喻了。

我在林肯传记中看到过这样的记载：在伊利诺伊州，道格拉斯先生对来自本州各地的农民，发表了长篇演说，宣讲他于1854年新提出的法案。这个法案对奴隶主明显是有利的。林肯对这篇演说给予了回击，批驳了道格拉斯的所有观点。林肯以异常的激情和活力对这一法案进行了抨击，逐一揭露其欺骗性和虚伪性，法案被批驳得原形毕露体无完肤。从他口中说出的真理在燃烧，他激动地颤抖着，道格拉斯对自己失去了信心，意识到了自己的失败，局促不安。整个会场死一般的寂静……

今天，这里也是非常寂静。一个多世纪以前的唇枪舌剑，已经被萋萋青草吸附，只留下旅人的凭吊。

也许是因为白天跑得多了，这一夜，又是无梦到天明。和岳拉娜老奶奶告辞的时间到了，我拿出一条中国杭州的丝绸围巾送她，她很高兴。

分别时，我看着她佝偻的身影，突然非常感伤。我知道，今生今世，我再也看不到这位老人了，她已经87岁了，就算我几年后有机会再到美国来，就算我会再次寻找到这个美国中部的小镇，岳拉娜老奶奶还能继续到花园里，为我们采摘新鲜的红草莓，还会有一只红黑相间的美丽瓢虫，醉倒在冰激凌里吗？

在老奶奶87岁的生涯里，可能接待过多位外国的访问者，也许她会很快忘记我的。从我们的汽车尚未开出她的住宅，她就返回房间这一点来看，我想一定会是这样的。但我会长久地记住她，记住她搅拌冰激凌时那红肿的手背。

轰先生的苹果树

第一次听说此次日本之行，要在长野县大豆岛的农民轰太市先生家住一天时，半是欣喜，半是忐忑。高兴的是可以由此深入普通的日本人民中，体验一下他们的生活，真是难得的好机会。不安的是，想象中的轰先生是一个很严厉的人，因为“轰”这个姓总使我联想起夏天的暴雨和闪电雷鸣。

一见到轰先生，我就乐了。他是一个非常和善的老人，矮而健壮的身材，好像北方的橡树。他的大脑门亮晶晶的，在明媚的秋阳下，闪着汗珠。他不像常见的日本人，嘴角总是抿得很紧，仿佛时刻都在思索，而是经常忘情地哈哈大笑，好像一个快活的大孩子。

轰先生的家是一所古老美丽幽静的和式住宅，斗拱飞檐，显出一种历史的沧桑感。院落里林木苍苍，各色常绿植物修剪得异常精致，仿佛放大了的盆景，表明了主人不同凡俗的雅趣。

轰先生一家为我们的到来，真是忙坏了。你想啊，一下子来了五个外国人，吃喝坐卧，不是一个小工程。轰先生的妻子绿女士和他的妹妹、儿媳扎着浆洗一新的围裙，为了我们不停地忙碌着。我们品尝着精美的日式菜肴，吃得非常开心。吃完饭，轰先生招呼我们沐浴。

我心中有些嘀咕：天这么凉，要是冻出感冒，再转成气管炎，异国他乡的，岂不麻烦？

没想到，轰先生一家为我们想得周到极了，先是大小浴巾，再是和式睡衣，最后干脆抱来了两大摞长短袖的棉睡袍，堆在地上，好像两座小山。我们全副武装穿在身上，面面相觑，不由得开怀大笑。打趣说，男的都像鸠山，女的都像阿信了。

我们在轰先生家度过了非常愉快的一天。老人家自己种稻田。他招待我们吃的米饭，就是亲手种出来的。我敢肯定地说，这是我平生吃过的最香的米饭了。

我们都夸老人家的米好。他笑眯眯地说，我种的柿子那才叫好呢，全日本第一。我们听了频频点头，心想这样善良勤劳的老人种出的柿子一定出类拔萃。

轰先生接着骄傲地宣布，他种的富士苹果是全日本第二。他说得是那样肯定，我不由得问：是不是进行过正规的全国评比，您的苹果得了银牌？

老人眨着眼睛笑起来说，全日本第一的苹果还没有长出来呢，因为没有第一，所以，我的苹果树就是日本第二了。

我们愣了一下，明白了老人家的诙谐与幽默，也会心地笑起来。不管怎么说，看轰先生的自豪样儿，他的苹果树百里挑一那是没得说了。

吃了午饭，我们和轰先生的文友欢聚座谈。轰先生是作短歌的高手，又是短歌同人刊物《原型》的主编，亦农亦文，深受大家爱戴。

座谈会开得非常成功，但我心里一直惦记着轰先生的苹果树。说起来惭愧，从小到大，我吃过无数的苹果，但还从没有自己亲手从树上摘过苹果。没想到东渡扶桑，到日本的果园来摘苹果，这苹果又是全日本第一，真是一件有趣而又有意义的事情。

我们沿着乡间的小路，缓缓地向轰先生的果园走去。10月的日本晴空万里，干燥凉爽的秋风，带着苹果的甜香扑打着我们的衣襟。远处山峦上最初染红的枫叶，像拍红的手掌，在招呼着我们。

这一带是苹果产地，果然名不虚传。一株株精心培育的苹果树，迎风而立，硕果累累。小路四周的地面，银光闪闪。果树下的土地上都铺着雪亮的金属箔，好像无数面巨大的镜子，用以反射阳光，普照苹果的各个部位。这样结出的苹果不但颜色像玫瑰一般艳丽，而且含糖量高。果园的上空还罩着结实的尼龙网，刚开始我们还以为是防盗，后来一问，才晓得是为了防鸟啄食苹果，这样才能保证每一个苹果都无褶无疤，玉润珠圆。

我一边走一边想，轰先生的苹果树既然是全日本第一，那他树下的银箔一定最亮，他树上的尼龙网一定最大，他的苹果一定像红宝石一般美丽。

正想着，轰先生停下脚步说，喏，到了，你们可以尽情地摘苹果了。

我定睛一看，吓了一跳。这实在是一片太平凡的苹果园。咳！甚至连平凡也算不上的。苹果树上没有遮天蔽日的尼龙网，苹果树下没有银光闪闪的金属箔，树不高大，果不繁密，在周围一大片人工精心雕琢的果园中，显得简朴而随意。树上的苹果因为没有受到阳光各方面的照射，半边青半边红，远没有想象中那般夺目。

轰先生，这是您的苹果树吗？我半信半疑地问。

噢，我也不知道这是谁的苹果树。不过，你们摘就是了，保证没有人来管你们。别看这树上的苹果不大好看，可它的味道可好了。它里面有蜜！轰先生摇着他聪明的大脑袋，眨着眼睛说。

我们走进果园，七手八脚地开始摘苹果，站在苹果树下大吃起来。平心而论，轰先生的苹果还是相当优良的，甜脆爽口。但因为没有尼龙网和金属箔的养护，果皮上有小鸟啄过的黑斑点，味道也略略有点酸。

人真是不知足的动物。我一边大嚼着轰先生的苹果，一边紧盯着邻居家的果园，心想别人那边像红灯笼一样鲜艳的红苹果，该是更好吃吧。

我们吃饱了苹果，又摘了一兜，才迎着暮色回到轰先生的家。真应了那句中国老话：吃不了，兜着走。

丰盛的晚饭后，轰先生拿出纸笔，文人们开始舞文弄墨了。

我写诗是外行，站在一旁伸着脖子屏息欣赏。

轰先生写下他的一首短歌：

我闭着眼睛，四周一片寂静，
沿着阶梯，走向湖泊的深处，
那里，
有什么呢？

那一刻，四周真的变得十分寂静。听了轰先生的诗句，我的心灵深处有一根琴弦被触动，有一种温暖的感动壅塞喉头。

大家笑着追问老人，在湖底到底会有什么呢？

恰在这时，轰先生的妻子绿女士来为我们送茶，轰先生遂一本正经地回答，那里有美人啊！说着，亲热地拍了绿女士一下。

我们大笑，为了轰先生的风趣和他美满幸福的一家。

在轰先生家的榻榻米上安睡一夜。清晨，要告别了，大家恋恋不舍地分手。我为轰先生写下了这样一句话：“您使我想起了中国神话中的山野仙翁。”

到了东京，在车水马龙的城市人流里，在扑朔迷离的霓虹灯下，我又拿出轰先生的苹果端详。它朴素天然，携一种大自然的清新空气。其中又注入了轰先生对中国人民的深情厚谊，越发显得沉甸甸了。

我坚信，它是日本第一的苹果。

珊妮兵团

芝加哥一处僻静的街道，除了凛冽寒风的脚步，看不到一个人。找到1504号门牌的时候，一股烈风吹过，呛得我差点儿摔个跟头。今天要拜访的是“珊妮兵团”。

单从字面上看，完全想象不出这是一个怎样的机构。加上它的大名——芝加哥宠物治疗中心，残缺的想象力才有了一点儿方向，然而，显然是更困难了。注意啊，不是治疗宠物，而是宠物治疗。我穿过20年医生的白大衣，实在难以想象在医生束手无策的地方，那些被人类豢养的动物，能有什么高招?

说实话，我不是一个很喜欢动物的人。不是因为我吝啬自己的感情，正相反，因为害怕感情的流离失所。想想看吧，大概除了乌龟，所有我们日常亲近的动物，比如鸡鸭鹅兔、猫狗驴马……寿数都比人类要短。如果与之建立起了深厚的感情，当它骤然离去的时刻，会遗下怎样的凄楚？罢，罢！索性将情感的半径缩如毛衣针般短小，相对应的痛苦也会有限。

1504号的楼梯窄得如同天梯，侧着身子上到顶层，一扇普通民居的门。我们敲门，然后等待。几乎怀疑自己走错了地方的那一刹那，门开了。在我没看到任何一个人的时候，四股旋风，分别为棕色、灰色、白色、黑色，无声地扑到我身上……吓得我脖根往后仰，险些晕了过去。

那是四只狗。被四只大小不同的狗，活蹦乱跳地围着身体的感觉，极为奇特。它们闭着嘴，用鼻孔热情地喷着气体，眼神温顺而友好。皮毛摩擦着你的肌肤，好像若干件羽绒背心被挑开了尼龙面子，绒毛满天飞舞，轻暖而撩人。不，不仅仅是暖和轻，更重要的是这些绒毛充满了生命力，不停变换着方向簌簌流动着，拂过你的全身，仿佛一把奇妙的丝绒刷子，从你的发梢抹到脚踝，直至把你包裹成一根巨大的羽毛……

这是惊恐之中的享受，令人在汗毛竖起的同时想入非非。

当我惊魂稍定，才在众多的狗脸之后，看到了一张和善的人脸——艾米女士，是这家中心的负责人。

艾米把四条狗呼唤到一旁，然后对我说，我们特别设计了这样的欢迎仪式，希望没有吓着你。因为只有它们才是我们这里的主角，它们是只吃饼干不拿薪水的治疗师。

我抚着胸脯说，吓倒是没吓着，只是，它们从不咬人吗？真正的医生都有出意外的时候，这些狗，会不会哪天脾气不好，伤害了病人？谁都有万一，对不对？

艾米女士叹了一口气说，你说得对。在我们人类的社会里，的确是这样的——会有万一。但据我所知，在狗的世界里，发生这种机会的概率，要远远小于人类，我不敢说绝无仅有，但我从来没有见过。

狗永远是积极的。你见到人类背叛狗，在某些人那里，还吃狗肉。但是，你见过一条主人的爱犬，背叛过主人吗？你见过在没有食物的时候，狗把主人吃了吗？没有。从来没有过啊！我们这些治疗犬里，从来就没有出现过对病人的伤害。有的，只是人对它们的伤害。

我心中尖锐地疼了一下，我相信艾米女士说的一定是真的。我还需要了解得更详尽一点。

艾米女士说，我们这个中心成立了11年。我们现在有200多条治疗犬，也就是说，有200多位犬医生。我们的医疗犬到监狱里面为犯人治病，结果那些罪犯用烟头烫伤了医疗犬。即使在这种情况下，医疗犬也没有给那些人以任何回击，它们只是伤心地离开了……

我愤愤不平地说，为什么要让医疗犬到监狱里去？

艾米女士说，伤害医疗犬的犯人只是极个别的现象，绝大多数犯人对医疗犬都很友善，效果很好。甚至可以说，在某种程度上，医疗犬起的作用比医生还大。

这我就有些不以为然了。看得出，艾米非常热爱动物，但是也不能把动物的作用夸大到比人更加能干的地步啊？

可能是我的表情出卖了我内心的某些活动，也许是艾米常年同犬打交道，神经和感知也异常灵敏，总之，她以下的话似乎是针对我的念头而来。

犯人犯罪的原因有很多很多，但是其中最根本的原因，是丧失了对人的信任。教育他们今后不犯罪的办法也有很多，但最根本的是要他们恢复对人的信任，让他们内心深处的良知苏醒过来。也许人的语言难以抵达的地方，治疗犬却可以达到。是的，它们不会说话，可是它们有对人的一往情深的信任，它们单纯而友善，执着而可爱。在监狱里的那些人，几乎已经忘记了被另一个个体信任的感觉，但是，在治疗犬这里，他们突然得到了。信任所给予人的动力是巨大的。治疗犬让一些作恶多端的人流泪，让他们重新思索自己的人生。

我听得感动，说，训练这样打不还手骂不还口的治疗犬，是不是非常困难？

艾米说，是很困难。只有很少的一些犬具备优良的治疗犬的素质，选择这样的犬，再进行严格的训练，最后参加特别的考试，然后才有进行治疗的资格。

我说，这么难啊？

艾米说，是啊。

我说，都有什么试题啊？你不要怀疑我知道了会透题，我在万里之外，一定会保密的。

艾米说，比如说，在考试中，有一个题目，要求治疗犬连续地舔人的手掌，达若干的时间，很多的犬就难以通过。有一些犬是可以训练出来的，有一些犬是无法训练出来的。只有那些最友善、最耐心并且喜欢交往的犬，才能过关。

我心里替那些犬大抱屈。当然了，犬是经常舔主人的手掌，但那是它在表达自己的情感。若是要求它对一个不认识的人反复这样的动作，就像要求一个小伙子对一个陌生的老大娘不停地说：我爱你爱你爱你……真够受罪的了。

艾米说，你一定想问，为什么要这样呢？

我连连点头。

艾米说，治疗犬对偏瘫后遗症和老年性痴呆的治疗效果很好。其中很重要的一个治疗方案就是治疗犬用舌头抚摸老年人的手指。手指上有很多神经末梢，这种抚摸对人的神经的恢复非常有帮助。若是一个耐性不良的治疗犬，干着干着就烦了，摇摇尾巴自己跑了，那怎么行？治疗常常是很枯燥的，一条好的治疗犬深深地懂得这一点。它们执行治疗任务的时候，非常敬业，极为投入。治疗完成了，犬也累坏了。有时，两个小时的治疗之后，治疗犬要深睡一天。

我说，艾米女士，您本人一定是训练治疗犬的行家了。

艾米女士说，惭愧得很。我训练的一条治疗犬，刚刚在考试中被刷了下来。

我说，为什么呀？

艾米女士说，它的注意力不够集中。有一条是考验治疗犬的耐心，要它们端坐若干的时间。当还有一分钟就要结束考验的时候，考官突然放出一只猫从犬的面前飞跑而过。我的那只考试犬没能经得住考验，它看了猫一眼，浑身就不自在起来，坚持了若干秒，最后还是一跃而起，追那只猫去了，结果前功尽弃。

艾米女士说得很伤心，那情形像极了自家孩子勤奋苦读之后，却未能金榜题名的失意母亲。

艾米女士说，芝加哥的很多家医院都同她联系，请治疗犬到病房里施治。治疗犬供不应求，计划已经安排到了两个月之后。前些日子，韩国的一家医院也请艾米女士带着治疗犬到他们那里现场操作。美国联合航空公司特地批准了这些治疗犬免费飞越重洋。只有最优秀的犬，才能得到这份殊荣。任务特殊，也有些艰巨。比如有一个科目，是让病人训练犬学会打篮球。治疗犬就要乖乖地跟随着病人的脚步，做这个训练。它们开始的时候，一窍不通，然后在病人的训练中，逐渐进步，最后成功地掌握这个动作。这个训练，会让病人感受到成功，并且不厌其烦，学会交流和合作。

我说，这很有趣啊。

艾米女士说，若是我告诉你，我们的治疗犬早就掌握了打篮球的动作。但是它们要做出一无所知的样子，然后慢慢地进步，你觉得怎样？

我说，这是人都难以完成的作业。

艾米说，优秀的治疗犬能够成功地做到这一点。它们懂得循序渐进，懂得让训练者有成就感。狗非常忠诚。它是把人当成它的头狗来效忠的。

告别的时候，艾米女士和治疗犬一道欢送我。我一一抱起治疗犬，表达一名人医生对四位犬医生的敬意和谢意。我问艾米女士，哪一位是珊妮呢?

我想那只威武高大的母犬应该是珊妮了，好像含威不露的资深女医生。

没想到艾米说它的名字叫采茜。至于珊妮，是这里最好的治疗犬，所以整个队伍以它的名字命名，叫作珊妮兵团。不巧的是，珊妮今天出诊去了，到病人家里做治疗，很晚才会回来。

无缘见到这支部队的总司令，甚为遗憾啊。当我沿着陡峭的楼梯走下，故意把脚步放慢，期待着，也许正赶上珊妮出诊归来呢。

奶奶是没有翅膀的天使

“奶奶是没有翅膀的天使”——几个字，颤巍巍地写在一个钥匙链上。一位绒布老奶奶，悬挂在这句话的下面。粉红色的纱裙，充满皱纹的脸，背上展着一对雪白的翅膀。这个小小的纪念品，是一位老人做的，送给了政府的一位官员。

米绍博士是新墨西哥州政府老年事务服务局的局长，长着一头浓密的黑头发，是西班牙和印第安裔的混血儿。说实话，她的长相平凡到世俗的地步，一点都看不出法学博士的出身和政府官员的背景。

米绍博士的办公室也很有特点，一点也不像是办公室，而像一个家。还不是那种整洁清爽一尘不染的家，而是那种乱哄哄的杂乱无章的家。比如在米绍博士的办公桌上，和密集的文件夹挤在一起的，是一条青里透红的鱼——一条会唱歌的机器鱼。外表酷似真鱼，背鳍高耸怪眼圆睁。悄悄按动机关，拥挤的办公室空间就响起一个沙哑的黑人老汉的声音：我是一条鱼，让我回到大海去，让我回到大海去……

我问米绍博士，为什么要在办公桌上摆一条鱼？

米绍博士说，我做了10年老人局的局长，我的工作令我太沉重了。所以，我这里有很多的玩具。

办公室里确实有很多玩具，稀奇古怪的。比如长着鳄鱼脑袋的唐三彩的马，比如奇形怪状的面具和饰物。同时也充斥着另外的极端，如靠墙角的地方，摆着一台缝纫机，式样衰老到使你怀疑它是世界上所有缝纫机的祖父。

米绍博士说，我的办公室可能令你惊奇，但是它令到我这儿来的老年人感到亲近。我处理所有有关老年人的事务，他们有了困难，都会来找我。比如老人到医院看了病，他的处方丢了。找谁呢？就可以来找我，这里负责帮助他们。这架缝纫机就是我曾经帮助过的一位老人，临去世前送给我的。按照规定，我作为政府工作人员，是不能接受礼物的。但我想，这架缝纫机已经没有实用的价值，只是一种象征和纪念。它让进入我的办公室的老年人，有一种温暖和时光重返的感觉。

我说，整个新墨西哥州有多少老年人呢？

米绍博士说，我们把60岁以上的人，定位为老年人。这样计算下来，新墨西哥州一共有23万老年人。我们是一个小州，全州设有250个为老年人服务的中心。每年的拨款是1200万美元。在这样的中心里，为老年人提供各种相关便利，比如送老年人到医院去，帮他们代买东西，也为他们提供法律、营养、各种护理的服务，另外还设有专门的老年性痴呆和精神病的特别护理中心。除此以外，我们还有很多养老院，每年政府为养老院拨款4亿美元，私人慈善机构捐款约4亿美元，再加上其他一些款项，每年用于养老院的资金达10亿美元。但是，这些私人机构的养老院，存在着很大的弊病，他们把老人当作摇钱树，却不能提供给老年人周到的服务，很多老年人在冷漠的养老院死去了。还有我们的医疗系统，实在是太昂贵了。很多医生认为老年病是没有价值的病，他们不愿在这上面下功夫。

我很希望能够创立新的模式，让老年人能有更安宁安全幸福的晚年。我们正在摸索。米绍博士说着说着激动地站了起来。

我做过一件美国50个州的老人局局长都没有做过的事，这件事给我的刺激太大了。它使我重新思考美国的养老机构究竟怎样办，才能最大程度地造福老年人。你想不想知道那是怎样的一件事？

米绍博士说到这儿，一脸调皮的神情，让我觉得很有趣。我真是想不出，身为州政府的官员，她究竟做成了怎样的一件事，让她的观念骤变？我说，很想知道。

米绍博士特意把声音压低了说，告诉你吧，我做了一次化装侦察。

尽管已有准备，我还是吓了一跳。我说，您化装成了一个怎样的人？到哪里去侦察？

米绍博士严肃起来，说，我化装成了一位老妇人，大约有70岁的样子吧。我到了一家老年服务中心，在里面住了三天。我还到了一家医院……

真是匪夷所思。我再次打量着她。在国外不能问女士的年纪，但依我的经验，还是可猜个八九不离十。她在45—50岁，虽说她不是那种精于保养皮肤的女士，但整个体态机敏目光灼灼，与老年人相差甚远。再说，以我当过医生的经验，一个人的外表易于伪装，但内里的脏器加上各种生命的指标，都诚实得很。米绍博士怎么能在医院蒙混过关呢？

我说，米绍博士，在长达数天的时间里，你全都滴水不漏？就没有一个人怀疑您，发现您的真面目？

米绍博士深深地叹了一口气说，没有。没有任何一个人怀疑我不是真正的老年人。这也正是我最悲哀的所在。

我说，是不是您的化装技术太高超，演技也太好了呢？

米绍博士说，不是。我只做了简单的化装，买了一个花白的发套，穿了一身陈旧破烂的衣服。因为我的姐姐曾经得过老年性麻痹，我就装成那副样子，说话含混不清。我原来也以为自己很快就会被识破，但是，没有。我悲哀地发现，根本就没有一个人认真地看一眼老年人，即使是那些正在为老年人服务的人，也都不曾正眼看过我，只要你是白发和陈旧的衣服，就没有人认真对待你。在老年服务中心，我表示我要洗澡。工作人员很不耐烦地丢给我一块小毛巾，那是多么小的一块毛巾啊！我被关到洗澡间，整整3个小时，没有任何人过问。如果我那时候死了，也不会有人救治。我出来的时候，房间很冷，我半裸着身体，没有人照顾。在那些服务人员的眼里，老年人是不配享有尊严的。

在医院里，我看到一位90岁的老人跌倒在地，骨折了，躺了两个小时没有人管，过往的护士嫌他挡路，还用脚踢他，非常惨……

我看到米绍博士的眼睛半是湿润，半是怒火。

米绍博士说，据我所知，有些私人养老院的老板，用募集来的养老金和政府的资助，买古董和艺术品，欠下巨资债务，把养老金都给吞没了。这种弊端，一定要杜绝。我下决心要改变养老的模式。在美国，现在40—60岁的一代人，是第二次世界大战以后婴儿潮时期出生的，他们即将步入老年。这是勇敢的一代人，我期望着美国的养老制度在他们的阶段，有新的模式出现。人老了，想和自己的家人在一起，这不但是一种本能，更是一种文化。家庭不但是一种经济结构，更是一种氛围。这对老年人是非常重要的。在这一点上，我们要向亚洲学习。即使不是一家人，也要创造出家庭的气氛。

我的设想是，关闭老人院，把政府的资助拿过来，选择一些很有爱心的家庭，把老人安顿在这样的家庭里。由政府的机构经常来检查这些家庭照顾老人的情况，如果出现不合格，就取消他们的资格和资助，使这成为一种充满爱心和同情心的社会公益行动。在某种程度上说，这样的家庭是政府雇来照顾老年人的，所以，他要小心，他必须要履行对政府的承诺。

除了我的这种设想以外，在美国的密歇根州、纽约州、佛罗里达州，也都在实验着新的模式。就我个人来说，我也很喜欢旧金山中国城的模式。那是专为老年人修建的公寓，是高层建筑，其中是精致的小房间。老人每人每月由政府拨款2800美元，然后由自己决定需要何种治疗何种服务。大楼里有由医生、护士、清洁工人组成的工作团体，老人有权选择他们。这样做的好处是老人有了自主权，钱在他们自己手里。另外一个好处就是比较节约。如果老人住在现有的养老院，政府每月要为每人拨款3500美元，还到不了老人手里，很多被养老院私吞了。

还有令人激动的消息就是，美国的国家实验室，也在开始研究美国老龄化的问题，希望能用高科技的手段来帮助老年人。比如制造出可以迅速感知墙面和路面不平的装置，对老年人的行动自由就很有帮助。再有非常困扰老年人的问题就是上厕所。如果这件事能自理，会使人的尊严感受到很大的维护。这在科技上，应该是有办法可想的。据我调查，老年人最害怕最苦恼的就是这一条。当人的最后时刻，除了猝死，大约有90%的人，都要经历这一阶段。缩短这个阶段，让人在尽可能长的时间内可以自己处理排泄事宜，对老年人是非常重要的事情。另外，研制出可以听懂人的对话的电脑、电视和饮食用具，都会简化老年人的行动难度。没有一个国家希望自己的老年人，成为虚弱无助的大军。总之，当科技手段能与人的关怀结合起来的时候，就会使老年人不再依靠他人，直到他们尊严地死去。

临走的时候，米绍博士送给我“没有翅膀的天使”这件小礼物。

制造钥匙链的这位老人很可能已经不在世了，她希望人们能听见她的这句话，能记住她的这句话。老年人其实是一笔巨大的精神财富，我同他们在一起，常常在感动中。米绍博士对我说。

十一块宝石婴孩的项圈

美国的老妇人，多半化着很浓的妆。在美国，是不可以打探女士的年龄的。当然，女权主义者在此规矩之外。我曾会见过美国女权主义的领袖弗里丹女士，见面寒暄之后，她出口的第一句话竟是——你们多大年纪了？

时下有一种看法，觉得不打听年纪是文明的举措，打听了，就是原始社会的陋习，是没教养和愚蠢的行为。也许我是当医生出身，把年龄看成是光明正大的东西。君不见病历和处方笺上，都赫然列着年龄一项，万万不可疏漏过去的。年龄和一个人的关系太密切了，每个人都是年龄的产物。年龄像一把旋刀，削磨着我们的轮廓和意念，铸成了不同的框架，人生就在这样的框架中，演出着各自的剧目。每个年龄阶段遇到的问题，是不相同甚至是很不相同的。孩子产生着成长中的烦恼，他无论怎样激进与酷，也不会遇到自己再婚的事件。到了青年，就有了新的问题，比如恋爱交友，但他不会有老年性痴呆的烦恼。到了老年，就不会有青春期发育的问题，有的只是眷恋和怀旧……这些问题，不谈年龄，如何能把症结的实质穿透？所以，当我对自己面前的谈话对象的年龄无法明确把握的时候，我对整个谈话的质量，就会生出一种不信任感。我觉得耻谈年龄，是一种不文明的陋习。它的地下室是建筑在对女人的歧视，是男性文化中心的糟粕。好像一个女人的价值就在于她的年轻，说到底，年轻的代名词就是有生殖的能力。当一个女人的这种能力随着年龄的增长而渐趋衰退的时候，她就极大地贬值了。为了维持住这种虚假的繁荣，女性在年龄面前自己挤眉弄眼不算，还期待着全世界的人齐患白内障。

在老人院里，我依然无法知道他们的年龄，只好猜测。当过医生的人，眼光比较犀利，我猜人年龄的本领相当高强。无论她化着怎样铺天盖地的妆，都能剥开那些芬芳的粉底，将她真实的年龄掐个八九不离十。有时，反问自己这样是否有些残忍了？那人拼命要掩盖的东西，我却要毫不留情面地剜出来，也许应了估计的误差，我估的会比她要藏的更深，岂不弄巧成拙？

我看到美国的老人基本是孤单的。他们没有和子女合住的习惯，风俗里没有这个东西，大家都觉得子女一旦长大，就理所应当地脱离父母的羁绊，远走高飞。在一个年轻的国家，在一个瞬息万变的时代，我相信这是一种单方面的利好，是一个有利于年轻人的约定俗成。也许我来自一个古老的国家，也许我是浸透着另外一种文明生长的动物，我总是在那些老年人浓墨重彩的脸上，看到若隐若现的凄凉。

我在走访伊利诺斯州立大学时，会见了妇女研究中心的安诺森博士。她说，按照国家的劳工政策，照顾孩子是工作，照顾老年人也是工作。但相比之下，美国是一个把孩子看得比老年人更重要的国家。比如，按照《克林顿法案》，如果个人有需要，可以离职六个月，照顾老人或是孩子，你供职的部门要保留你的公职，但不付工资。在法案实施以后，有人请假照顾孩子，但没有人请假照顾老年人。在社会心理上，认为赡养老年人只是一种职责，而不是工作。其实，很多人都知道，照顾一个濒危的老年人，其工作量比照顾一个孩子要更多。而且，心理上承受的压力也更大。孩子是一天天地成长起来，你可以看到希望。而老年人是一天天地衰败下去，你不但要自己支撑得住，还要给他以支持。长久以来，照顾老年人，被看成是个人的责任，而不是社会的责任。这就使得老年人的生存状态很不稳定，它取决于后代的一种道德水平，而难以得到整个社会的监督和制约。举个简单的例子，如果学校要开家长会，做父母的都会欣然请假，老板也会准假，大家都认为这是理所应当的事。但是，如果一个人的父母在养老院里住着，养老院要开子女会，子女会同样做到如此吗？老年人的问题，说到底，也是年轻人的问题。如果一个社会无法让老年人得到保障，年轻人就会很没有安全感，因为人人必定都会老的。一个没有安全感的社会不是一个完美的社会。

这席话说得很好。这是一个人类面临的共同的问题。

我在一位乡下的老奶奶家里，看到她精心贴制的相片簿。她已87岁，簿子里，有她周岁时的照片，还有她曾祖父和曾祖母的照片。想想看，多么久远的家族史，相片中的人物穿着福尔摩斯式的服装，笑容意味深长。照相术是西方发明的，他们得天独厚。所以，我在中国的家庭里，从来没有看到过这样成体系的照片阵营。老人家把照片，按照人物和时间排列组合，从树根到树枝，每一根枝杈都交代得很清楚。于是我们在照片上认识了她所有的叔叔和姑姑还有姨姨们，以及他们的配偶，包括离婚和再婚的沧海桑田。当然，这棵大树的主干，是女主人自己。我记得她招呼我们来看她的影集时那神采飞扬的样子，好像一个清纯少女。她喊着，快来看啊，我那时像嘉宝一样迷人！

老人家还真不是吹牛，她年轻的时候，雍雅非凡。

古树小的时候，枝叶繁茂。嘉宝奶奶读书的照片、打篮球的照片、郊游的照片、旅游的照片……如春天的花瓣映入眼帘，让人目不暇接。以后是结婚生子，四处迁徙，岁月更迭，丈夫逝去……到了嘉宝奶奶晚年的时候，大树已被岁月蛀空。黄叶飘零，先前出现的诸多人物，一位位销声遁迹，大约已魂归天国。新生的绿叶们，童年照还是很密集的，但走出校门之后，身影就渐渐稀疏，戛然停止在结婚照的阶段，便了无下文。

我正要感叹，翻过一页，但事情又有了转机，出现了一大长溜婴儿的周年照片，个个如同天使，可爱至极。我问，这都是谁啊？

嘉宝奶奶的脸，如同涂了釉彩一般闪亮起来，她用圆而开裂的手指肚点着照片告诉我，这个是外孙，那个是孙子，这个是孙女，那个是外孙女……

我说，这些婴儿真好看，真好玩，真想抱抱他们。

嘉宝奶奶有些古怪地看了我一眼，咕噜着说，好玩？你可抱不动他们。他们如今都是成年人了，最小的也有20多岁了。

我说，他们现在在哪里呢？

嘉宝奶奶说，不知道。不知道他们的确切地址。他们的爸爸妈妈只是在他们出生以后，寄来这样的照片，以后就再也没有他们的消息了。可能，还好吧？我很想他们，可是我想，如果不是他们特地来找我，我就是在街上看到他们，也不会认出他们来的。

那一瞬，嘉宝奶奶的脸上的釉彩剥脱了，遗下斑驳的水渍。

我想，老人家的要求并不高，她甚至不奢望那些孩子有机会来看望她，只是希望那些孩子能把自己的结婚照片给她寄来一张，让她孤寂而热爱怀旧和稍微有些虚荣的心，得到浅浅的满足。但是，那些幸福的孩子们，淡忘了这一点。

第二天早上，嘉宝奶奶混浊的眼睛里充满自豪，她让我看她藏在汽车库的储备物资。无数的瓶瓶罐罐，装着她自制的番茄酱、草莓酱还有许多叫不出名来的饮料和食品，把车库填塞得像一家蹩脚的杂货店。她说有这么多好吃的东西，就是病倒在家里，就是下大雪，她也不害怕。

看着嘉宝奶奶心满意足的脸，我想起了老松鼠。秋风吹起的时候，忙着把松子松果搬进自己的树洞。嘉宝奶奶住在设备完善的老人院里，她有独立的别墅，每月只要付500美元，就会有专人帮助她打扫房间，收拾花园，代办一些杂事。如果她的身体状况不允许再这样独居，就可以搬到老人院的健康中心去，在那里有专门人员为她服务。当然，相应的费用也就比较高了，每月2000美元。如果她的健康进一步恶化，就会进入病房，有医护人员24小时不间断地照料她。费用自然也就更高了。嘉宝奶奶的经济并不困难，所以，从技术层面来讲，她并不存在着在风雪交加的冬季，出现没有吃的被大雪围困的危急情况。她的那些储备，也许派不上多少实际的用处。但我能体会到嘉宝奶奶的心境。一个身边没有任何亲人的老人，她的心灵是不安全不安宁的。她要在自己一息尚存的时候，努力地多储备一些过冬的物品。这些食物最重要的功用，不是填满她那日渐萎缩的胃，而是镇定她老人家紧张不安的心。

我还参观过一家老人院的洗澡间。院方很骄傲地告诉我，这个给残疾老人洗澡的装置，是他们自行研制成功的，在美国也很少见。我细细地绕着这个被称为“洗澡机”的装置，看了半天。整体看来，它好像一个半人高的塑料桶，其中一部分好似圈椅，人可以舒服地坐在里面。另外一部分是可以自由开合的。老人的轮椅开到洗澡机旁边，通过一定的操作，就能比较方便地从轮椅上转移到洗澡机的座位上。然后关上洗澡机的舱门，按动开关，适宜温度的水就注入洗澡机里面了，再过一会儿，除了头部以外，人就整个地浸泡在洗澡机里了。

可是，谁来按摩老人的身体呢？我问。洗澡机虽然很先进，但洗澡洗澡，最重要的步骤是“洗”，单单是把人装进机器里，泡在水里，就好比是把衣服塞进了滚筒，事情才刚刚开始呢。

院方的工作人员向我指出了一些开关，可以让水流发生螺旋般的流动，还有震颤……我看明白了，利用了洗衣机的原理，将人当作羊毛衫一样揉搓冲荡，只是省去了甩干这个步骤。看着这个像太空舱的座位一般的洗澡机，我不知说什么好。我觉得洗澡的一个最基本的动作，是手指和手掌对皮肤的触摸——自己抚摸自己。在这个过程中，首先感到爱惜和愉悦，其次才是清洁。如果自己做不到这些了，由他人来帮助自己完成，那就是人和人亲密关系当中最紧密的一种了。因为你看到我的每一寸肌肤，你爱护我，帮助我，你不嫌弃我日渐老迈松弛的皮肤，你和我感受同样的水和温度……这一切，是隐秘亲近并且激动人心的。可是，在洗澡机里，机器代替了一切。一个孤寡残疾的老人，被人推送到这里，然后被关上了洗澡机的门，旋钮启动，就再也没有人看顾他了。水流机械地旋复，冲击着他的胸腹，单调而刻板。我不知道从统计学的角度来说，洗澡机的洗净度是怎样的，想必应该不错，也许，比人的手洗更洁净也说不定。但洗澡中的诗意和温暖，一定也被同时洗去了。洗澡变成了一道工序。

我问院方的工作人员，为什么不能安排一些人工来给老人洗澡呢？

工作人员说，美国的人工是很贵的，院方支付不起这笔费用，所以设计了洗澡机。

我说，来用它洗澡的老人多吗？

工作人员说，不多。老人们不愿用。

我想，是的。肯定会是这样的。在孤寂的震荡中，独自体验自己的衰老和残疾，是一件残忍的事情。连洗澡这件事都变得如此工业化，老人们会很不习惯的。不到万不得已，没有人肯进这个洗澡机。

在一次家庭宴会上，我看到一位老人，戴着一条非常美丽别致的项圈，那上面有11块宝石，颜色形状各不相同，但看得出，每块都很名贵，在灯光下发出彩色的射线。老奶奶身体的每一部分，都向着她的项圈倾斜着，你在看到她的那一刹那，必会注意到她的项圈。因为她的表情、体态和所有的肌肉，都像指针一样指向了她的项圈。如果你注意不到她的项圈，你简直就是一个瞎子。如果你注意到了她的项圈，你不过问这件事，那你简直就是对她的大不敬了。

在这种压力之下，每个人在寒暄之后，都要夸奖她的项圈。她就如愿以偿了，情绪高昂地说着什么。轮到我与她见面，我的谈话也从项圈开始。这是我看到过的最美丽最别致的项圈之一。我说。

这可并不全都是客套。那项圈的确是独一无二的，晶莹璀璨。

谢谢。它的确是独一无二的。我把毕生积攒的名贵宝石都拿了出来，我自己设计了这个样式交给工匠，无论从价值还是款式来说，它都极为名贵。而且，对我来说，它的价值更是无可估量的。因为这个项圈有很大的象征意义。老奶奶说。她说话的时候，脑袋摇个不停，脖子上的项圈就宝石相撞，精光四射，仿佛一串电焊的火花。

话说到这个份儿上，脖子晃成了这个样子，出于礼貌，你就是再没兴趣，也得问老人家这个项圈的象征意义是什么。

老奶奶就像一个好猎人下了套子，看到你的爪子果不其然地被她绊住了，兴奋溢于言表。她说，我这11块宝石，代表我的11个孙子和孙女。蓝色和绿色的宝石，代表的是男孩，粉红色和橙黄色的宝石，代表的是女孩。现在，你已知道了这个秘密，你仔细地数一数，我有几个孙女几个孙子？

我很精心地数过了，但老奶奶究竟有几个孙女几个孙子，又忘记了。记住的只是她那张充满期待的脸和筋络缠绕的脖子。项圈是美丽的，但如此近距离地观看一张苍老的面庞，在晶莹剔透的项圈的映照下，有一种残酷的枯萎。

也许是太想让老奶奶高兴了，我千不该万不该，问了一句话：您的这11位孙女孙子常常来看您吧？

老奶奶的脸色黯淡下来，喃喃地说，是啊，他们来过，可是，已经很久不来了……

整个晚上，我都为自己的贸然发问后悔不已。

不。直到今天，我都为自己的贸然发问后悔不已。我为什么要自作聪明地用手指捅一位老人期待和自豪的泡沫？

有时，我看到大街上的女孩戴着灿烂的宝石项圈，会不由自主地想到，天底下，无论是东方还是西方，无论是中国还是美国，有没有这样一个女孩，在盛大的宴会上，骄傲地指着自己项圈上的宝石对来宾说，这块蓝色的宝石，是纪念我的祖父，这块红色的宝石，是纪念我的祖母。他们永远在我心中。

有吗？

有吧。

斯特朗的地毯鞋

这是一家老年人活动站。在新奥尔良。新奥尔良是个美丽的地方，古老的橡树像虬蚺的幽灵。活动站在郊外，周围是贫民区。这是黑人聚居的地方，以前黑人是不能进城的。一栋简陋的楼房，早先是黑人的旅馆。石头砌成的墙，有一种沉稳的结实。进得门来，看到的都是白发苍苍的头颅，不论头发下的面孔是何种颜色，头发都是白而暗的。人的头发真是很奇怪，不管它们年轻的时候是黑的、棕的、黄的……到了尾声，一律都变垩白。我问安妮，白色的头发老了，会是怎样？安妮说，它们依旧是白色，但无光泽。

看来，亮度比颜色更说明一个生命的状况。

很多老人在这里活动，有的打牌有的下棋，还有三三两两的谈天健身。一些人聚在一起，听一位年轻的女孩讲解台风的知识。听众多是一些老女人，耳力不佳，年轻的女孩不得不扯着嗓子反复地重复。这么大分贝的音量，要是在其他的场合，一定会引起他人的侧目，但在这里，大家见怪不怪。

老女人们对台风的兴趣，让我感动。我不知道自己到了这个年纪，还会不会对在远方出没的台风，抱有如此新鲜的兴趣。我原以为，只有上班和旅游出差的人，才会对天气的变化充满了关切，那背后是不要迟到、不要受凉、不要忘了带雨伞等的忧虑。

在这些垂垂老矣的妇人面前，我觉察到了自己对天气的功利。她们不会上班，不会出差。说一句不好听的话，其中的绝大部分人，今生今世再也没有力气走出新奥尔良的橡树阴了。可她们依旧睁大浑浊的眼睛，努力分辨台风经过的途径，痴心地关注着和自己毫不相干的天气，这也许就是人和自然相濡以沫的渊源。

有一棵树，一棵假树，工艺树，做得很逼真，赭的树干，绿的枝条。大约有一人高，摆在活动站很显眼的地方，树上挂着很多树叶，当然也都是人造的。每片树叶上写着一些字，或者是一幅小画。比如一片蜡烛形的叶子上写着：记住我有一只大鼻子的快乐的镶满皱纹的脸……然后是抖动的签名。

我问活动站的站长古薇尔女士，这是什么？

她说，这是曾经在这里活动，现在已经去世的老人，从天堂写给大家的信。

我的头皮“轰”的一声。死人是不能写信的，这是常识。古薇尔女士已经75周岁了，胸膛饱满如同揣着两个大菠萝。她步履弹性很好地走来走去，使人无法怀疑她的说法。

新奥尔良一共有20所这样的老年活动站，每年需经费500万美元。经费的来源主要是四方面，联邦政府、州政府、地方政府一共可拨款400万美元，还有100多万美元的“洞”，就要靠自筹和社会捐款来解决。今天来活动的老人共有70多位，但有1000多位老人要求将免费的午餐送到家。所以，活动站的工作量很大。

我一边听着她的介绍，一边锲而不舍地惦念着那棵有着奇异叶子的树。

古薇尔女士终于讲到了这棵树。噢，是老人们共同栽下了这棵树。每一位老人都知道自己死后，在这棵树上会有一个位置，悬挂自己的树叶。他们会在生前就写下这片叶子，然后保存在自己的亲人那里。如果他们没有亲人了，就保存在活动站里。当他们去世之后，他的家人就会把他的叶子送来，挂在这里，永远的。大家常常来看望这些叶子，念着上面的话，有很温暖的蒸汽，从这些叶子上蒸发出来，进入人们的眼睛……

古薇尔女士这样说着，我就看到她的眼睛湿润起来。哦，我错了。古薇尔女士久经生死，在说这些话的时候，神采飞扬，很为自己发明了这棵沟通生死的树而骄傲。不是水汽进入了她的眼睛，是水汽进入了我的眼睛。

与楼下的喧闹相比，楼上是静谧和安详的，有几位老人在绣花和织毛线，古老的女红的气息从风烛残年的鼻孔呼出，让人走路和说话都变得叹息般轻。

旁边有一个小小的橱柜，陈列着老人们的工艺品。一套极其美丽的婴儿装，雪白的翻卷的绒毛，精美的图案让人爱不释手。我很想买下，但偷偷觑见标价，要50美金，囊中羞涩，不敢问津。但我决定斟酌力量，一定买下一件老人们的产品。不单是留作纪念，也为了尽一点绵力，包括让制造者有一种成就感。因为古薇尔女士说，老人们的产品收入绝大部分都捐给活动站，自己只取很少一点。

一双黄色和蓝色毛线织成的地毯鞋，大而柔软，蓬松得如同两只小哈巴狗。虽然我家并没有地毯，我还是把它们买下来。然后我对古薇尔女士说，我能和“鞋匠”照一张相吗？

古薇尔就拉着我向一位老人走去。

她身材瘦小，坐在轮椅上。在身体和轮椅的空隙中，夹着两团大大的毛绒球。她的手指干枯如藤，但依然很有力地操纵着两根毛衣针，上下翻动。在她的身边，摆着刚完成的一只地毯鞋，红黄相间，鲜艳如枫。

她叫斯特朗，今年86岁了。她患糖尿病很多年了，两条腿都截过了，眼睛已近乎失明……古薇尔介绍说。

我这才注意到斯特朗老奶奶轮椅下的“腿”，白色的套鞋中，是冰冷的金属，风在她的腿间，毫无障碍地吹过。

斯特朗老奶奶笑着说，很高兴从中国来的客人喜欢她的地毯鞋。她说，那套美丽的婴儿装也是她织的，只是现今年龄大了，有些力不从心，就专门织地毯鞋了。

我抚摸着一位没有脚的老人织出的精美的地毯鞋，心中充满痛彻的谢意。她把自己对脚的期待，织进鞋里了。

第六章

最美的风景在阿里

当我们没有出发的时候，我们期望着与最美好的世界相遇，不辞万里。等我们从远方回到家里，才发现这个世界最美好的地方，就在我们咫尺相遥的指尖。

远行，与最美的世界相遇

你认为，最美的风景在哪里？为什么呢？

我以这个俗不可耐的问题为匕首，插向很多跋山涉水走过五大洲四大洋的人。他们先是愤然，就好像我在逼一个美人：非要她说出自己最绝色之处。

我告诉他们，大俗必雅。你既然走过万水千山，就有必要告知人们你的心得。

有人说，我最喜欢冰岛。可能是爱读武侠小说的缘故，对所有地老天荒、神鬼莫测的地方，都很有感觉。在冰岛，看到犬牙交错、遍地狼烟的火山岩地貌，看到巨大的地热喷泉按时按点地喷射而出，直冲云汉，好像到了金毛狮王谢逊的“冰火岛”。

有人说，我最喜欢克罗地亚的杜布罗夫尼克小城。中世纪的城堡水灵灵地活过来了。你看到古老的药房、古老的海关，甚至那个时代的洗手池，现在还可以冲手。被时光吸管“嗖”地一下，嘬回了几百年前。

有人说，我喜欢亚马孙河的莽莽苍苍。你变成史前的一只蝼蚁般的动物，无声无息地凝视着这个没有人类存在的世界的模样。就好像在傍晚，你刚刚独自捕获一条食人鱼，看着它残忍冷漠的眼神，瞬间物我两忘。

有人说，我喜欢废墟。所有的废墟都会讲话，用你听不懂的语言，描述过去的故事。在波斯的皇宫旧址、在埃及的墓穴中探寻历史的深意；在土耳其巨大的棉花堡温泉，凝固成牛奶状的石灰岩，像旧时的贵族，在半沉半浮的水中窥探宫廷的秘密。

有人说，我喜欢阿拉斯加的溪流。看一只饿熊，很有耐心地等在水流起伏之处，等着那些迎着浪峰一跃而起的勇敢鲑鱼——扑到熊身边的是其中脚力不健、算计不准的倒霉鬼。熊不慌不忙地捡起来，把鱼的身体变成了点心。

有人说，我喜欢南极。理由吗，不用多讲，纯白纯洁，让人感动得落泪。还有，经过西风带的时候，风浪很大，我晕船难受得要跳海；直至看到了真正的原生态寒冰，才深觉苦尽甘来、一路艰辛有了回报。

回答完毕，被问之人也像澳洲土著玩的“飞去来”镖，反问：你觉得这世界上最美的风景在哪里？为什么呢？

我说，我觉得最美的风景在西藏阿里。我们这个星球上最高的地方。

大家说，你十几岁的时候就去那里守防，一待十几年。你既然已经到过了世界上最美丽的地方，何必中老年以后，自备盘缠，不辞辛苦地在地球上跑来跑去呢？

我说，我在那里的时候，并不知道那是世界上最美的地方；离开阿里的时候，我想：穷山恶水，永不再见。

但是，现在我懂得那是最美丽的地方。因为人生最贵重的那场旅行，往往不是收拾包裹去往一个计划好的目的地，而是随着命运，开始一场不知终点的漂泊——从父母怀抱着我的那块土地启程，一路走过青春之地、梦想之地，欣赏完生命中最美丽的风景，最后到达永恒的归宿。

一个好的旅行可以改变人生。

例如英国诗人拜伦，从1809到1811年3年的时间，他出国到世界的东方去旅行，他的想法是——“看看人类，而不是只在书本上读到他们。”还有一个更重要的理由，就是他要扫除“一个岛民怀着狭隘的偏见守在家门的有害后果”。

旅行让拜伦的世界发生了升华，让他成为伟大的诗人。

那些好的旅行，会让人在某个时刻，滴下泪来。人在旅行中，会狂喜、会悲伤；会在感动袭来之时，悄无声息地完成一次灵魂的蜕变。

现在拜交通方便所赐，飞行能让我们的身体频繁地在晨昏寒暑之间往来，跨越若干个时区甚至东西南北整个半球。几个小时就走过了古人的半生之路；只需不到一天，就能掠过玄奘十几年的风雪跋涉。走下飞机舷梯的那一瞬，旅人已和自己的文化断了脐带，与异域风情结下良缘。

有一部电影叫《蚂蚁的尖叫》，里面有一段经典的独白：

“我跨越七大海洋，攀越七大高山，走过所有河谷，穿越广大平原，抵达世界各地，等我回到家却惊异地发现，全世界就在我家花园那一小片叶子的露珠里。”

当我们没有出发的时候，我们不知道这个世界有多大，不知道最美好的地方在哪里。我们以为它们均在虚无缥缈的远方。我们期望着与最美好的世界相遇，不辞万里。等我们从远方回到家里，才发现这个世界最美好的地方，就在我们咫尺相遥的指尖。

如果你不出发，你就不会懂得这个朴素的道理，你就不知道珍惜。

也许，这就是远方的重要性。因为它以猝不及防的相逢，悄无声息地教会你什么是人间最宝贵的东西。

走，到阿里去

新兵训练要结束了，分配就在眼前。大家都心里关心这事，可表面上却显得很淡漠，没心没肺地打打闹闹。因为你要是特别表现出对去向的关注，别人会觉得你挑肥拣瘦，思想有问题。领导知道了，没准儿特地把你分一个倒霉的单位，制裁一下你呢。

我对这事想得比较简单，希望做一个通信兵。女兵基本上只有两个工种可挑——卫生员和电话员。卫生员要给病人端屎端尿，我一想就心中作呕。要是当着病人的面吐起来，是多么尴尬的事！通信兵就比较安稳，每天打交道的无非是塞绳和电线，都是不会说话的，当然省心了。

墙上有一幅油画，叫“我是海燕”，一个英姿勃勃的女兵，在漫天风雨中攀上高耸的电线杆，维修线路。狂风卷起她黝黑的短发，因为淋了水，橡胶雨衣显出乌鸦羽毛一般油亮的光泽，随风飘荡……她高喊着“我是海燕”，这既是一句线路修复之后的联络用语，也充满了勇敢的象征意味，使我年轻的心激荡万分。油画的技术如何我不知道，但暴风雨中的女通信兵，成为我的青春偶像。我想，要是我当通信兵，力争比她干得还棒。打仗时，我会用两手把线路接通，让进攻的命令通过我的身体传达到火线，立个功给大家看。

在树林里，小如悄悄凑近我的耳朵说，这次有五个名额，分到阿里去。

我从这一句话里听出了两个问题：阿里是哪儿？你从谁那儿听说的？

小如拢拢耷拉到眼前的头发说，阿里是西藏的一个地方，听说海拔有5000多米呢，高寒缺氧，还有好多地方根本就没有人去过，号称“无人区”。

我吓得抽了一口凉气说，既然是无人区，要我们去干什么？

小如说，普通人当然没有了，但有国防军啊。听说那里以前从来没有女兵，这次是头一回。

我说，你的情报还挺详细，哪儿来的？道听途说还是你自己编的？

小如说，你还挺高看我的，这样机密的消息，我就是蒙着头想它个三天三夜，也编不出。是连长告诉我的。

我大吃一惊，说看连长那个严肃样，恨不能把我们都当成射击胸靶，怎会把兵家大事透露给你？

小如说，这事对你我是大事，对连长来说，不过小菜一碟。经他的手，把多少新兵送往四面八方啊。这是我给他洗衣服的时候，随口问来的。

我的疑问更大了，说，小如，你再说一遍，你给谁洗衣服？

给连长啊。小如清清楚楚地重复。

你为什么要给连长洗衣服呢？他难道是个残疾人，自己没有手吗？我很纳闷，惊奇中又很不以为然，看不起她巴结领导。

小如坦然地说，每天训练回来，一身泥一身土的，谁像你似的，那么懒，帽子脏得像炸油饼的锅盖也不洗。我可天天要洗的，要不睡不着觉。好几次遇到连长，他一个男人家，洗衣的时候笨手笨脚，肥皂泡子溢了一地。帮一下呗，顺手的活儿。在家的时候，我也净帮着我哥。

我大笑起来，原来你把连长当成了哥，他就向你透露军情。

小如说，没事闲聊呗，话赶话地就说到那儿了。

我说，请继续刺探下去，特别是通信兵和卫生兵的比例问题。

小如说，你干吗特别关心这个呢？

我说，我讨厌卫生员这个行当，一天到晚遇见的不是病人就是死人，反正都是些没有笑容的脸，晦气啊。而且从根本上说来，我是一个缺乏同情心的人，所以，我不想穿白大褂。

小如反驳我说，当个医生多么好！治好了一个病人，人家全家都感谢你，会记你一辈子的。

我说，你怎么光想好事？就不想想，若给人家治死了，全家都恨你，也许到海枯石烂。

小如说，为什么光想坏事？再说，你就不会把本事练得精点，别把人家给治死吗？

我说，天有不测风云啊。再说，人总是要死的，这是伟人说的……

我俩正拌嘴，果平跑过来说，你们躲在犄角旮旯，是不是正说我的坏话呢？背人没好事。

我们大叫冤枉。果平嘻嘻一笑说，既然不是说我的坏话，就把正说的话，告诉我吧。要不，我不信。

我看着小如。消息的主要来源是小如，不能喧宾夺主。小如是个好脾气，虽然她不想把消息散布得人人皆知，但考虑到友谊至上，还是把所有的情报都告诉了果平。

我以为果平会激动得捶胸顿足，没想到她一撇嘴说，就这个啊，早嚷破天了。

我这才明白有些消息的传播，是不需要“海燕”的。

果平接着说，连分配中卫生兵和通信兵的比例是九比一，也已是公开的秘密。

好像有千吨陨铁自九天坠下，正好砸到我的头上。我揪着果平说，你这话当真？

果平说，向毛主席保证！

这是一句极有威力的誓言，我再也无法怀疑它的准确性。

小如沉静地说，看来，只有极少数的幸运儿才能当上海燕，绝大多数都是小白鸽啦。

小白鸽是小说《林海雪原》中女卫生员的爱称。果平说，悲痛欲绝！我本来想若是一半对一半的比例，不哼不哈地等着，也许就会分我到通讯站。没想到，事实这般残酷！

完啦！我彻底绝望，近在咫尺就有竞争者。我简直想变成老鹰，把小白鸽抓走几只。

河莲走过来说，这次分配最艰苦的地方是阿里。越是艰苦越光荣，我想写一份血书，你们谁与我同甘共苦？

果平说，哈！我只是在小说和电影里才看到血书什么的，没想到真有人打算这么做！太棒了，我的血和你流在一起！

现在果平和河莲成了一伙的了，神采飞扬地看着我和小如。

小如描绘的阿里，令我心惊胆战。要是分到我头上，那是没法的事，军人以服从命令为天职。可我不打算主动争取，那里离家太远了。再说，我的理想是当一个通信兵，阿里要的都是卫生员。我要写了血书，就从根上绝了成为海燕的希望。

不想，宁静的小如抢先说道，我写血书。

一下子局面成了三比一，我变成失道寡助的少数派，心里不由得有一点慌。想想海燕飞舞的雨衣，我咬着牙坚持道，你们要写就写好了，反正我是不写的。

果平和河莲有些失望，但她们毕竟人多势众，便不理我，一齐商量血书的操作规程。因为以往只是听人家说，真到了自己演练的时候，才发现有许多具体的步骤很朦胧。比如用什么部位的血呢？当然是用手指头上的血来得方便，可是“十指连心”，一想到要把好好的手指头扎一个洞，挤出血来，大家都直抽冷气。

我在一旁待着，有些尴尬，走不好，继续留下，好像也不伦不类。我胡乱找个碴儿要溜，小如却拼命扯我的袖子，要不是军装缝得格外结实，简直要揪出个窟窿。

我说，你到底要干吗，跟抓壮丁似的？

小如说，上厕所啊。咱们俩一起去吧。

我们的厕所离得很远，大概总有几百米的距离，这样，每次方便就有了散步的性质，两个好朋友一边走一边说，讲到开心处，有时真希望厕所修得更远一些，或者多喝几杯水，制造出的机会更多一些。

就算我和她们成了血书和非血书两个阵营，也不能拒绝要同你一道上厕所的朋友吧？

我和小如默默无声地往前走。

小如说，你真的打定主意不写血书了？

我说，是。

小如说，其实也没什么，不过就是疼一下子。别人都能忍过去，偏你就不行？

我说，也不光是个疼的事，了不起就像得一回肠炎，再说得邪乎点就算悲惨地拉了一场痢疾，一咬牙一跺脚也就过去了。

小如笑起来说，我看，你对医学还挺懂门儿的。

我说，我一辈子就得过这么两种病，疼痛如绞，记忆犹新。

在靠近厕所的地方，小如停下脚步，板着脸说，既然你不怕，我看你还是写血书的好。

看着她的严肃样，我很惊诧，因为她平时总是笑眯眯的，姐姐般的温柔和气，这是怎么啦？

小如看出了我的心思，小声解释道，我听连长说，他就是要用敢不敢主动要求去阿里，来考验一些人。要是你主动要求了，也许就不让你去了，特地按照你的爱好，分你一个想去的地方。要是你缩手缩脚地不表态，往后躲，就偏让你去。

我好似被人兜头灌了一脖子的冷水，脊梁骨变成一根又硬又直的鱼刺，梗在那里，回不过弯儿。原想革命大家庭，温暖和谐，不想还有阴谋埋伏在里面。

我一急，结巴起来，说，河莲她们……都是……知道了，故意才……是吗？

小如说，我不知道，也不愿瞎猜。估计她们不明白这里的奥妙，真是一腔热血。你想啊，连长是多么精明的一个人，哪里能让大家都摸了他的底牌，那他的试验还有什么意义呢？

我稍微缓过一点神来，淡淡地说，热血也好，冷血也好，反正我是不打算写血书的。

小如说，我把话都说到了这个份儿上，看在咱俩是好朋友，才把这天大的秘密告诉你，你怎么就这样不开窍！

我说，小如，你是一番好意，我领情了。我要是不知道这个底细，也许你劝劝我，我也会写的。可我既然知道了，我是说什么也不写的。我不想当卫生员，我不愿去阿里，我也不做这种装样子的事。

小如急了，说，你怎么这么固执呢？大家都写了，就你一个人不写，不就显得你太落后了吗？你写了吧！连长私下问过我愿到哪里去，说他可以照顾我。我反正只是想当个医生，这回学医的名额多得很，我也不需要他特别为我做安排，我求求他，让他分你去当海燕。

我一把捂住小如的嘴说，你别侮辱了我心中的海燕。

小如气得眼眶里注满了泪水，说，小毕，你这样不懂别人的心，我是为了你好！

我说，小如，你的这份情谊，我会永远记得。只是我不能违背自己的心愿做事，你该理解我。

往回走的路上，我们一句话都不再说了，因为所有的话都已经说完。我们看着远方，那里有很多云彩，像棉花垛一般笔直地堆积着，渐渐地高入遥远的天际，在云的边缘，就形成了峭壁一般险峻的裂隙。云像马群一般飞腾着向我们扑过来，粗大的雨滴像被击中的鸟一样，从乌云里降落下来，砸到我们的帽子上，留下一个个深绿色的斑点。

快回去吧。我对小如说。

这儿的雨和内地的雨不一样。我家乡的雨，很细很小，牛毛一般。你要是不留意，好像觉不出来似的。但它的后劲很大，你在雨中走一会儿，全身的衣服都会湿透，阴冷会一直沁到骨头缝里。这儿，雨来得很猛，可是这一颗雨滴和那一颗雨滴之间，隔得很远，简直能跑一只骆驼呢！小如说。

我不知她为什么要说这些关于雨的没什么意思的话。从领新军装那天起，我们就是要好的朋友。但我拒绝了她最后的忠告，分手就在眼前。可能她不愿伤感，才故意找个轻松的话题吧。

整个连队掀起了如火如荼的写血书运动。我本想离这件事远一点，后来才发现完全躲不开。这个屋子的人在写，那个屋子的人也在写，你总不能老是待在操场上像长跑运动员一般乱转吧。这是一件让人可以充分发挥想象力的事，大家八仙过海，各显其能。手指上的血量很少，再加上很快就凝固了，根本就没法写字。后来就有人割腕取血，血虽然多，但那女孩子脸色苍白，一副快要晕过去的样子，把老兵班长吓得不轻，坚决制止了此类盲动行为。后来不知是谁，发明了一种节约而科学的方法，用少量的血，掺上一部分红颜色，再兑上水，就调成了一种美丽的樱红色，写出字来艳若桃花。

我东跑西颠，把大家的发明创造互通有无，像个联络员。

终于到了最后分配的日子，不想，连长陷入了困境。因为写血书的人太多了，也闹不清谁是最勇敢最忠诚最大无畏的。连长不愧足智多谋，他把堆积如山的血书放在墙角，实施新的选择方案。

那是一个晴朗的日子，扎着武装带的连长，像一株笔直的白杨，站在操场中央，对所有的女兵大声发布命令——面向我，按个子高低，成一路横队集合！

我们都愣了一秒钟。这是一道古怪的命令，想想吧，一个连200多人呢，平常都是成几路横队或几路纵队集合，方方正正才像队伍。就算连长萌发新招，编成一路纵队也够标新立异了。现在可好，一路横队，士兵像鲫鱼似的一个挨一个要排出多远！还要按个子高矮，真是复杂啊。

但命令，谁敢不服从？片刻犹豫之后，大家都迅速寻找自己应该站的位置。其中又发生许多混乱，女兵招收时对身高要求很严格，个头集中在一米六到一米七之间，同样身高的人，少说也有十几个，实在难分上下。彼此推推搡搡，各不相让。还有的人，入伍时测的身高，这一两个月过去了，部队的伙食好，又蹿起一截，按照旧印象排队，显然比旁人高出个脑袋尖，就得重新调换地方。还有的人因为胖瘦不同，引起视觉上的误差，非得背靠背地比了高矮，才能分出伯仲，难度不亚于一道数学题。

操场上吵嚷得像个蛤蟆坑，要是往日，连长早火了，非大声呵斥不可。但今天，竟是出奇的好脾气，由着女孩们颠来倒去地比量，直到每个人找好了应有的位置。

队伍排得实在惭愧，因为太长，形成了一个大大的"S"形，好像一道漫长的绿色篱笆，被大风吹过，前拱后弯。依连长往常的性子，必得让解散了，重新集结。但这一回，连长的容忍度极好，犀利的目光像梳子，从队头刮到队尾，又从队尾刮到队头，仍是什么话也没有说。

我偷着往四处瞧了瞧，好朋友都彼此隔得很远，大家是一片茫然，不知道连长玩的什么把戏。

连长调整了一下自己的位置，主要是大踏步地向后面退去，然后立定。他像一个等边三角形的顶点，在远远的地方，严峻地注视着我们。他那双猎鹰般的眼睛，睁得很大。

待他看到队伍自发地调整为笔直以后，温和地发布了第一道口令：单双数，报数！

每个女孩子都竭尽全力把数字报得很响，记得我是“二”。说句实在话，我不喜欢“二”，比较爱好的是“一”。报一的时候，嘴咧得很开，音波清脆嘹亮，好像时刻在微笑。报二就不同了，上下唇基本不动，喉咙里发出古怪的一声，好像吃多了白薯，打嗝似的。想想看吧，古代的故事里，老大总是勤劳勇敢的，老二多半又懒又馋。

唯一可以安慰自己的是，我听到河莲、小如和果平，报的数也都是偶数。人嘛，只要有和自己同命运的好朋友，就有了安慰。

大家注意，听我的口令，偶数——向前——一步——走！连长拖长了嗓门，发布新的口令。

于是，大约有一百个女孩向前迈出一步。这样，操场上就有了两条彼此等长的队伍，像一个巨大的等号。

大家都不知道连长葫芦里卖的什么药，充满了人的操场显出了异样的安静，好像一片旷野。

连长又让我们继续报数。他稍微变了一下方式，不再是把我们分成一、二两组，而是让大家一五一十地报，然后命令逢五逢十的人向前迈一大步，好像农村赶集时挑选的日子。这时迈出向前的人显著少了，好像间过苗的庄稼，又被田鼠吃了一些秧苗，隔好远才稀稀拉拉地有一个人。

人们越发莫名其妙，连长当然不做任何解释，他按照自己的预定方针，继续发布命令，让站在队伍最前列的那排人，按一定规律报数，命令逢到某个特定号码的人向前迈步……几番操作下来，剩下的人越来越少，大家的好奇心也越来越强烈了。

现在，站在最前列的只有五个女孩子了。我很想看看都是谁，可是不行。连长的目光像探照灯一样盯着我们，只要你稍微拧一下脖子，立刻就会被他发现。

连长走到我们面前，对着我们五个人，也对着操场上所有的女兵说，现在我宣布，站在最前列的这五名，光荣地被选为第一批奔赴西藏阿里的女战士。这是她们的光荣，也是我们所有人的荣耀。让我们以热烈的掌声，欢送她们走上共和国最高的国土……

掌声暴风雨般地响起来，缠绕我们许久的问号，就被连长用这样宿命的方式，三下五除二地解决了。

连长接着用毫无感情色彩的语调，念出其余人的分配名单，对谁都是一视同仁。

直到这时，我才有胆量偷偷斜了旁边一眼，哈！果平、小如、河莲都和我并排站着，还有一个瘦弱的小姑娘，站在队伍的尾巴上，她叫苏鹿鹿。

和朋友们在一起的狂喜，冲散了我不愿当卫生员的愁云。况且，我也想通了，即使我不被分配到西藏去，也很难保证能当上海燕。听天由命吧，也许我的命里注定，必须要在工作中见到许多呻吟的人。不管怎么说，就算上班的时候愁眉苦脸，下班以后可以和伙伴们开心一乐，也该知足啊。

解散以后，大家立刻把我们几个围起来，充满好奇之情，好像此刻的我们已和大家有显著的不同。

我大叫，不要这样虎视眈眈地看着我们好不好？好像我们不是要到阿里去，是从阿里已经绕回一圈似的。

大家就笑起来说，毕竟你们是要到那么遥远的一个地方，仿佛去另一个星球。到了那里，可千万记得要给我们写信啊。

我说，你们那么多人，我怎么写得过来？等我以后当了作家，写一本书，你们大家传着看吧。

大家就笑个不停，说这个家伙多么会吹牛啊。

连长走过来，大家的笑声立刻消失了，等着听他的指示。连长不看大家，单对我们五个说，现在，你们已经是西藏阿里边防部队医院的战士了，我们已经用电报通知了那里，工作很忙，要求你们立即上山。

我小声嘟囔了一声，为什么不用电话呢，那可比电报要快得多啊。

连长看着我，说，那里不通电话。我们只能用最简练的词句，把最多的内容用无线电波传递上去。

大家都不由自主地吐了吐舌头。连长并不理睬我们的惊讶，也不看大家，只是对着我们五个人说，上山的路途艰难而遥远，你们要做好充分的思想准备。为了领导方便，你们选出一个班长来。

大家面面相觑。自当兵以来，凡事都是领导指定，今日如何民主起来？

河莲最先说出我们的心里话，选什么？连长看着谁合适，就让谁当呗！

一向说一不二的连长破天荒地缓缓说道，从现在开始，我已不再是你们的连长，你们已经完成了新兵的训练课目，就要走上工作岗位。希望你们能够记住这一段岁月，它是你们军旅生涯的开端。

大家的鼻子就有些酸，感觉到了分手就在眼前。想想连长虽说严厉、偏向，但也有可敬可爱的地方。比如这一次分配，就并没有利用自己手中的权力，做什么特意安排。他宁可用一种概率的方法，来决定大家的命运。

我们伤感了一会儿，才发觉班长的人选问题，并没有随着心情的变化而解决。小如最先打破沉寂，说，我看就选小毕吧。

我吓得大喊，不同意！不同意！

大家齐刷刷地问我，为什么？

我说，谁不知道班长是军队里最小的官啊，当不当的，实在也说明不了是否进步。可吃苦在前，享受在后，身先士卒是第一位的。我这个人，从骨子里就比较怕苦怕累，要是有别人给我做了榜样，带领着我向前，基本上还算一个服从命令的兵。要是想让我冲锋在前地起到某种表率作用，实事求是地说，我做不到。

大伙儿看我这副不堪重任的样子，也就不勉强我。但总得有个班长啊，连长等得不耐烦了，直搓手掌。我说，我提个人，你们可不能说我有私心。好不好？

大家说，真啰唆。没人议论你，快提吧。

我说，刚才小如提名我当班长，现在我再提她，好像有点互相吹捧的意思。我可真的是出以公心地认为，小如是班长的合适人选。她温柔细心，组织纪律性强，关心爱护同志，还爱给别人洗衣服……

大家笑起来，说同意同意，就小如啦！

连长大手一挥，宣布说，奔赴西藏阿里的女兵班现在组建完成，还是由小毕担任临时班长。

走，到阿里去！我们五个女孩手拉起手。

糖衣氧气压缩片

上山了。

我们五个——小如、果平、河莲、鹿鹿和我，有幸成为西藏阿里的第一批女兵，开始向雪山之巅进发。

一个炎热的早晨，我们坐上了从平原到西藏去的军用大卡车。大车厢里载了许多麻袋，内装大米。坐在麻袋上，把脚像芭蕾舞演员一般竖起，插进麻袋的缝隙。汽车摇摇晃晃地在布满石子的路上向山上爬，像一只笨拙的绿毛龟。

人人脑袋上方，笼罩着一片绿色。不是天的颜色，是汽车篷布笼罩的效果。我们大呼憋死了，要求同行的老兵批准揭开这顶盖子，看看外面的风景。

透过篷布上的窟窿，你们尽管看，看个够。针尖大的窟窿能透过斗大的风。没听人说吗？眼皮是世界上最大的物件，你只要睁着眼，有什么看不到的？同行的老兵懒洋洋地说。他是下山治病的，听说病还没治好，工作紧张，要他上山，所以，他闷闷不乐，一副苦大仇深的样子。新兵连长把我们几个女兵交给他，委托照应，他好像不堪重负的毛驴，又被人强压了一捆柴火，愤愤地不爱理人。

我们只好像预备行窃的小偷一样，每人揪住篷布上的一个小孔，尽力向外张望。汽车颠簸着，大米麻袋不停地上下蹿动，好像一尊浑身长着硬颗粒的庞然大物，不甘心驮人，一有机会就想把我们从它背上掀下来。我被晃得肠胃错位，说，一会儿你们谁帮我一下？我打算改造一下座位，用几袋大米摞成沙发模样，虽说硌屁股，肯定比现在舒服得多。

同病相怜的女兵精神一振，都说我主意不错。

胡说！老兵斥我。

怎么啦？我不服气。

你找死啊！上山的路，奇险无比，咱是摸着阎王鼻子走钢丝，你还想舒服？到时候一个急转弯，你的麻袋沙发砸下来，屁股倒是不硌了，整个人成了米粉肉！老兵慢吞吞地说着刻毒的话。

想想也是。我讨了个没趣，只得乖乖地坐着重新张望。车外是一片青翠的原野，有薄荷样的清凉味道弥漫在裹着黄沙的空气中。

要走几天，才能到目的地啊？有人问。

大家都默不作声，车里能回答这个问题的，只有一个人。可是此刻他眯缝着眼，好像已经昏过去了。

要是没什么意外的话，也就是说，不翻车，不遇上暴风雪，司机不得急病，车子不抛锚……六天。过了好久，当我们对获知答案基本绝望的时候，老兵瓮声瓮气地回答。

天啊，要走那么远的路！那还不到了外国啦？要是能快点就好了，到了我就能给我妈妈写信了。鹿鹿说。她是我们之中最小的，肯定想家了。

老兵突然睁开眼，说，车走得那么快，有什么好的？还是慢点好，抓紧时间，好好看看，好好闻闻吧。他说得很认真，像是在传授什么秘诀。

我们四处乱瞧，耸动鼻子，但除了山峦和扑面的尘土以外，没发现什么特别的好味道。只好请教他，你让我们看什么闻什么呢？

看地。闻气。老兵很简略地说。

地有什么好看的呢？每个人都在地上生活了十几年，地就像我们的身体，早就熟透了。现在我们巴望的是早早到陌生的高原上去。至于空气，不就是一种无色无味风一样流动的东西吗？它无时无刻不在陪伴着我们，鼻子里嘴巴里胸膛中都充满了它，从一出生我们就与之相伴了。

不得要领，只得继续请教傲慢的老兵。老兵这一回很健谈，好像一直在等着教育我们的机会：马上就要开始爬山了，当然，是汽车在爬，不是我们爬。但是都一样，你会觉得路在我们面前立起来，汽车像个铁猴子攀登。爬得高了，氧气就慢慢稀薄了，好像空气和冰雪有不共戴天的仇恨，雪多的地方，空气就越来越少。

空气少了，是一种什么滋味呢？是不是就像感冒时，鼻子里堵满了鼻涕的感觉？大家纷纷议论。

不是那么回事。比起来，感冒就太舒服了。缺氧的感觉，就像有人掐住你的脖子，然后用鞭子赶着你在玻璃罩子里跑。你拼命张大了嘴呼吸，可是肺永远是空的……老兵若有所思地说。

这真是太可怕了。我们一个个煞白着脸，好像在听一个从地狱里回来的人讲旅游经历。

老兵是个很奇怪的人，当我们满不在乎的时候，他就吓唬我们。我们真的害怕了，他又变得大大咧咧。

我告诉你们一个治缺氧的好办法吧，百治百灵的……他很神秘地说。

啊，我知道的。一定是吸氧气了。鹿鹿的家里有从医的根底，抢先说道。

老兵有些泄气，但他很快恢复了指点江山的气概，说，你那是洋法子。荒山野岭的，到哪儿去找氧气筒？我说的是土方子，偏方治大病，你们知不知道？

我们怕他一生气，就不讲了，忙狠狠地瞪小鹿，齐声说，知道知道，偏方治大病。

老兵这才告诉我们，治缺氧最好的办法是——用背包带，喏，就是你们捆行李的那种，把自己的头紧紧地缠起来。记住，一定要用那根宽带子，窄的不管事。

我们目瞪口呆，果平第一个战战兢兢地说，那还不得把人勒死了？

老兵大不耐烦，说，我让你勒的是太阳穴那个位置，又没让你勒脖子，怎么就会死了！

大家想想也是，河莲说，是不是勒成日本浪人那副模样？

老兵说，日本浪人什么样，我没见过。反正这个法子治好了许多缺氧头痛的兵，信不信由你们。

我们赶快说，信信！

说话间，汽车马达发出很怪异的声响，好像是发动机得了肺炎，吭吭哧哧直咳嗽。老兵警觉地说，这就是开始爬达坂了。平原已经一去不复返。

我们从墨绿色的汽车篷布缝隙，注视着越退越远的平原，意识到一种巨大的变化就要出现了。

老兵谆谆告诫我们说，今天我们到了兵站的时候，你们一定不可跳下车就撒腿跑。因为身体根本不适应高原，你一剧烈活动，心脏的负担突然加重，它受不了，就罢工了。你就永远睡在第一个兵站了。

尽管老兵的口气很平稳，我们还是吓得不敢大口喘气。河莲似乎连笑也很节省气力，再不像往日那样哈哈个不停，只是小小地抿着口，好像旧时代的小姐。她不放心地说，如果背包带勒头不管事，怎么办呢？老兵很干脆地说，那就成烈士呗。阿里这地方就这点好，不管你是因为什么原因死的，只要牺牲在高原，就算是正经八百的烈士。说起来也有道理，要不是保家卫国，谁到这天边似的地方来呢。

我们都不想小小的年纪就成为烈士，因此，就很注意保养自己，大家话也不敢多说，软软地靠在大米袋子上，生怕一个微小的举动，消耗掉体内宝贵的氧气，悲惨地成了第一个用背包带勒头的人。

缺氧有一种轻度的麻醉作用，像喝了酒似的，晕晕乎乎。初次体验这种感觉的我们，以为它是晕车呢，并不在意。只是原来观看景色的眼皮，好像被糊了一层透明胶纸，你什么都可以看到，却觉得遥远而虚假。刚开始是冷漠地眯起眼帘，后来干脆昏昏欲睡，仿佛被人施了武林中的“麻骨松筋散”，大脑一片空白。

到啦到啦！老兵喊起来。

我们一惊，今天怎么过得这么快？老兵说，第一天登山的路，料到大伙儿都不习惯，特地安排得短些。以后甭想这么舒服了，晓行夜宿，早上摸着星星出兵站，晚上揣着月亮进兵站。对了，这还是在车子不闹脾气的好运气下。要是出了故障，另当别论，也许在冰达坂上蹲上个三天两宿，也正常。

老兵有个爱好，特别喜欢说不吉利的话，从中感到极大的乐趣。

河莲撇撇嘴。那没说出来的话，我们都听到了——吓唬人呗！

老兵不傻，看出了我们的不以为然。他撩开篷布，一指兵站后面的小山，说，看到了吗？

兵站这个名字，很有点烽烟缭绕的边塞感，想象中该是庞大的屯兵之地，发生过“增兵减灶”之类的惊险故事。哪怕是军棋上的兵站，也有些不凡。谁一躲进去，就可避免炸弹的袭击。军长、司令，也常常在内休养生息。可眼前的这几间低矮的小平房，冒着袅袅的炊烟，和普通的民居差不多，实在让人难以生出英武之感。至于兵站后面的小山，要不是老兵特意提示，根本就没人注意。一路上，这种貌不惊人的山梁，大约经过了几万座。

看到了。大家应付老兵说。

看到什么啦？老兵穷追不舍，好像诲人不倦的老师，课堂上提问没完成作业的差生。

看到一座普普通通的山。我们懒懒地答道。

谁让你们看山了？我让你们看的是山上的东西。老兵有些火了，脸皱得像汽车轮胎。

山上还有东西？我们很吃惊，幸好我们都是刚验过身体的新兵，视力是绝对雏鹰般敏锐，很快就看到了小山坡上的确有一些隆起的小土包，好像还有凋零的白花。

知道那是什么东西吗？坟。是一些像你们一样年轻第一次上山的兵，没经验，觉得高原也没有什么了不起的，天是一样的蓝，水是一样的清。他们不听招呼，低估了高原的杀伤力。有人因为憋了一泡尿，下了车就跑，啪，摔倒了，再也没起来，永远留在高原上了。从今天开始，你们在上山的每一个兵站后面，都会看到一片铺满白雪的墓地。今天才是高原的边角，雪山的第一级台阶。假如你们要想在高原上活下去，必须对高原毕恭毕敬。你瞧不起它，它就让你拿命来向它赔不是。记住了吗？老兵这一席话，说得我们开始对他佩服得五体投地。

老兵率先下了车，铁拐李似的，走得极慢。我们按照他的样子，像旧社会的小脚女人，一步迈不了三寸。

西部夜幕落得晚，这天行程也短，此刻太阳在很高的山上悬挂着，像一只金羽毛的火鸟，灿烂而冷漠。果平说，啊，我对高原的第一个感觉是寂静，第二个感觉是寒冷，第三个感觉是空旷，第四个感觉是……

老兵不屑地说，这里才3000多米，你就那么多的感觉。要是到了阿里，足有6000多米，你还不得弄个十来八条的感觉，累不累啊？

果平仿佛被人塞了一脖子雪，立时没了说话的情绪。我们慢慢走到食堂，默不作声地开始吃饭。主食大米饭，菜肴因为一下来了这么多人，兵站措手不及，就倒了半盆酱油，说用这个拌米饭，很好吃的。

我心说，这玩意儿黑不溜秋咸不啦唧的，倒在米饭里，能咽得下去吗？

嘿！真奇怪，舌头一上了高原，好像也发生了奇妙的变化，竟然完全分辨不出食物的味道。米饭吃到嘴里，像一粒粒长着刺的锯末。酱油汁把米饭渗透到发红发黑的地步，也不觉咸，好像搅拌进去的是一种无味的特殊颜料。不过胃比舌头可捣蛋多了，刚吃第一口，就想吐。

看我们眉头紧锁不动筷子，老兵大口咽着饭说，知道了吧，这就是高原的厉害了。它会变魔术。从现在开始，你们要放弃在平原上的许多怪毛病。吃东西，不是为了舌头，而是为了肚子，为了脑袋，为了胳膊腿……一句话，为了能在高原上好好地活下去，你必须得吃。别理舌头那个家伙，听它的，你什么也不想吃。更别理胃那个软溜溜的没骨气的玩意儿，它想吐，你愣吃，它也没法，吃进去就是胜利。

我们像吃毒药似的，每人填了半碗饭。甭管老兵怎么用眼光督战，还是义无反顾地撤离饭桌，到各自房间睡觉。躺进冷硬如铁的被子时，我最后一个动作是看了看宽背包带放在哪儿。

咳，也不知道明天早上，我还会不会在阳光下醒来？要是就这样“烈士”了，倒也不算太难受。我想着，很快睡着了。

第二天起来的时候，没什么独特的倒霉感觉，我甚至都有点失望了，高原不过如此。

但很快，我就知道自己小瞧了高原。它用大智若愚的绵长内力，慢慢地持久地消耗着我们，当到达海拔6000米的界山达坂时，猛地一变脸，发动了全面的攻击。

胸膛里吸进的好像不再是空气，而是一种黏糊糊的金属，沉重而压抑。肋骨好像变成了八脚章鱼，紧紧地箍着肺，让它没法像平日那般自由扩张。脑袋里装满了打火石，摇一下就金星乱冒。眼珠子胀得难受，恨不能把它抠出来，用冰凉的雪水擦擦四周，再安回狭小的眼眶。每个人都嘴唇青紫，好像刚刚吃完玫瑰香葡萄，葡萄皮没吐干净。

恰好这时，由于海拔太高，气压太低，汽车也犯了高原病，水箱开锅了，呼呼直冒热气，像个火车头。司机只好停车，到远处去背雪，赶快给发高烧的汽车降温，让它歇息一会儿，才可继续赶路。

我们像些80岁的老婆婆，颤颤巍巍地爬下车。虽然一上一下又要消耗不少体力，喘似多年的老气管炎病人，我们还是要站在雪地上，透透风。

无垠的雪原环绕着我们。五个女孩互相搀扶着，站在巨大的高原中央，惊讶它无比的美丽和壮观。天蓝得让人误以为是深不可测的海底，一朵白云像沉睡千年的珊瑚礁，凝然不动地沉没在空中，喜马拉雅鹰像热带鱼一般翩翩而过，黑翅掀起的气流，使山影像浸在水里的绸缎般抖动不止。陡峭的山峰戴着白雪的桂冠，安然地屹立着，好像在打坐，思索着人世间的难题。在偏戴着的帽子顶端，镶着钻石般的冰川，阳光照耀下，折射出的无数根银线，几乎要把人的双眼刺瞎。精灵般的野马，用花瓣一样的蹄子，把山石敲打出紫色的火星，似岚气顺着山脊蜿蜒攀升，只把一条乱甩的尾巴，留在跟踪它的眼光里……

我们呆呆地看着，缺氧使我们变傻，恍惚间觉得自己到了月亮背面，虽然极端荒凉，但美得令人不可思议。

果平掐掐自己的腮帮子，说，咦，我怎么不觉得疼？这是在梦里吧？

河莲很有经验地说，因为太冷，你脸上的肉都变成木板了，所以感觉不出疼。你可换种方式，比如用牙咬咬舌头，狠一点，才会见效果。

果平“呸”了她一口说，我宁愿相信自己是到了火星，也不愿把舌头咬出血。

河莲做出很无辜的样子说，我在脑子缺氧的情况下，还替你想出这样有效的办法，而你，真是不识好人心！

什么事都怕说，本来每个人都头痛欲裂，以为别人没感觉，就不好意思呻吟叫唤。现在有人开了头，大家就同仇敌忾地叫起苦来。

鹿鹿的头上早已绑了背包带，因为用力过大，额头勒得像个细腰葫芦，嘴巴被扯到耳朵根，好像她无时无刻不在嘲笑谁。她说，还偏方治大病呢，我的脑袋都捆成炸药包了，一点用也没有。

果平说，真想把肺从肚子里掏出来，邮寄到平原去，让家里人给灌饱了氧气，再寄回来。

河莲说，那可得挂号。要是万一寄丢了，你不就成了有心没肺的人了？

沉稳的小如说，我有一个设想……

大家就都很感兴趣地凑过来，要知道在这里冒出来的设想，很有可能是世界上最高级的。别的地方海拔哪有这么高！

小如说，我想制造一种氧气压缩片。小小的，白白的，很洁净的样子。含在嘴里，甜甜的，用舌头一抿，就有清凉的氧气从牙缝中源源不断地冒出来。呼吸到肺里，肺就像海上的风帆一般，张开来，像白蝴蝶一样，所有缺氧的难受就都消失了。

我们听着，都无限神往地抿舌头，舔牙缝……可惜啊，嘴里翻腾的都是昨晚上的酱油泡米饭滋味，小如的氧气压缩片只是一个梦。

老兵不知道什么时候走了过来，听了我们的谈话，说，氧气可以压缩到瓶子里，关键时刻真的能救命呢。压成片，没听说过。就是能行，也不能做。太危险了。比如，你兜里装了许多氧气片，要是经过炉子旁边，会呼地一下烧起来，爆炸起火……

我们掐着自己的太阳穴，困难地思索着老兵的话，在高原上，神经的传导也像蜗牛一般磨蹭。半晌之后，我们在心里强烈地反驳他：老兵，你也太没点想象力了。难道不能在氧气压缩片的外面，裹上一层保护的红色糖衣，让它像巧克力豆一般美丽吗？揣着它穿过火焰的时候，至多是外皮有一点发黏，并不会影响使用。需要的时候含在嘴里，轻微的香甜过去之后，糖衣融化完，就一定会有带着薄荷味的氧气，像雨后森林的风一般，源源涌出。

黑白拂尘

抵达阿里，我们受到了热烈的欢迎。头几天，领导上照顾我们，说是不安排工作，让安心休息以适应高原。我们住在医院最暖和的房子里，清闲得像一群公主。

一天早上，我走出房门，突然看到一个奇怪的庞然大物卧在雪地上，目光炯炯地面对着我。它眼若铜铃，身披长毛，威风凛凛地凝视远方，丝毫也不把寒冷放在心上，好像身下不是皑皑的白雪，而是温暖的丝绵。它一动也不动，仿佛一堵古老残破的褐色城墙。长而弯曲的犄角，散发着不可抗拒的威严。

天啊！这是什么？我小声喊道。原本是想大叫的，只是突然想到若是一下子惊动了这猛兽，它还不得用舌头把我卷上天空，然后掉下来摔成一摊肉泥！声音就在喉咙里飞快地缩小，最后成了恐惧的嘟囔。

声音虽弱，但受了惊吓的慌张劲儿还是成色十足。河莲一边用牙刷捅着腮帮子，一边吐着泡沫从屋里走出来说，一大清早，你瞎叫什么呀？好像撞见了鬼！

我战战兢兢地指给她看，说，比鬼可怕多了。鬼是轻飘飘的，可它比一百个鬼都有劲儿！

河莲顺着我的手指看去，眼光触到怪物，大叫了一声，哎哟，我的妈呀，肯定是牛魔王闯到咱们家来啦！说罢，吐着牙膏沫子逃向别处。

本来我想河莲会给我壮个胆，没想到她临阵脱逃。我偷着瞅了一眼怪物，只见它的大眼睛很温顺地瞄着我们的小屋，并没有露出恼火的神色。过了半天，它沉重地眨了一下眼皮，就又悠然自得地注视远方去了。

我屏住气，悄悄地走近它。只见它浑身上下都是尺把长的棕黑毛，好像裹着一件硕大的蓑衣，连海碗大的蹄子上方也长满了毛，像毛靴一样把自己保护得严严实实，难怪它对酷寒无动于衷，没准儿觉得像乘凉一般舒服呢。连它的尾巴也不同寻常，不似水牛、黄牛的，只是小小的一绺儿，在屁股后面抽抽打打地赶蚊蝇，好像苍蝇拍一样。这家伙的尾巴是蓬蓬松松的一大把，好像一只同样颜色的小松鼠顽皮地蹲在它身后。我正看得带劲儿，它突然不耐烦起来，挺起胸膛，大大地张开嘴巴，我看到雪白的牙齿和红红的舌头，一股淡黄色的热气喷涌而出，好像它的嘴巴是一个即将爆发的火山口……

更可怕的事还在后面，从它粗大得像水桶一般的喉咙里，发出了震撼山峦的吼叫。

我被这叫声吓呆了，不仅仅是因为它的声音大，像它这么大的体积，吼声震天是意料中的事。令人惊异的是它的叫声太像猪了，好像宇宙间有一大群猪八戒，接受了统一的口令，齐声高歌。

我看着发出猪叫的怪物，它也很得意地看着我，好像在说，对，就是我在叫。怎么样啊？真正的猪也没我叫得像吧？

震耳欲聋的猪叫声把老蓝给引出来了。老蓝是医院里最老的医生，有一种爷爷的风度。他一看我和怪物对峙的局面，忙打了一声奇怪的呼哨。那怪物好像听到了同伴的召唤，慢慢爬起来，恋恋不舍地看了我们一眼，向远处的深山走去。

老蓝说，你这个女娃胆忒大，知道它是什么吗？

我说，知道。它是野猪。

老蓝说，错啦！它要是野猪，你还能安安生生地在这儿跟我耍贫嘴？它是牦牛！

我说，野牦牛？

老蓝说，它是家牦牛，你没看它挺和气的，我一发出牧人的信号，它就找自己的伙伴去了？野牦牛的脾气要比它大得多，一不高兴，就会用犄角把你的肚子顶出两个透明的窟窿。

我说，老蓝你没搞错吧？它的叫声分明是猪啊。我小的时候，在我姥姥家住过，猪圈就在窗户根底下，每天不是公鸡打鸣报告天亮，而是猪像闹钟一样准时把我叫醒。我可以证明，我们平常说猪是懒惰的动物，真是冤枉了它。猪是很勤快的，起得可早了……

老蓝不耐烦地打断了我的啰唆，说我在西藏喝过的雪水，比你过的河都多。你看见过长角的猪吗？

我一下子傻了眼。是啊，古今中外，还真没听说过猪长角。

老蓝说，牦牛是一种特殊的牛，老在寒冷的高原住着，它们身上的毛就越长越长，恨不能拖拉到地上，变成一件毛大氅。它的叫声像猪，老乡就给它起了一个好听的小名，叫作“猪声牛”。其实，它和猪没有一点关系，是地地道道的牛科反刍动物。别看牦牛长得挺吓人，其实，它的脾气最好，而且特别能吃苦耐劳。早年间西藏没有公路不通汽车的时候，牦牛就是最主要的运输工具，被人赞为“高原之舟”，和骆驼属一个级别的。牦牛奶也很好喝，颜色是淡黄的，营养价值特别高。牦牛的肉也很好吃，因为它经常跋山涉水的，瘦肉多，一点也不腻。它的毛非常结实，细的可以用来纺线织牦牛绒的衣服，暖和极了；粗的毛可以搓绳子，擀毡，制帐篷……牦牛简直浑身都是宝。对了，它的油更是好东西，能打出上好的酥油茶，那个香啊……还有牦牛血，提神壮胆……

老蓝说得得意起来，有滋有味地咂摸着，好像酥油茶抹了一嘴唇。

我刚开始听得很起劲儿，到了后来，忍不住说，老蓝，你怎么老说吃牦牛的事啊，都是高原上的生物，多不容易啊，为什么不让牦牛越养越多，漫山遍野？

老蓝说，你这个女娃的想法怪。牦牛养得太多了，你让它们吃什么？高原上只有很少的地方能长草，牦牛的舌头一舔过去，地上就秃了。

想想也是，我只好为牦牛的命运叹了一口气。

这时河莲走来，说，那个可怕的家伙跑了？

我说，河莲，如果发生了战争，我断定你是个叛徒。

河莲说，你可冤枉了我！你以为老蓝是自发来的吗？那是我呼叫来的援军，我陪着你死守有什么用？还是老高原有办法。这是机动灵活的战略战术啊！

老蓝趁我们俩斗嘴的工夫，回到自己的房间。当他再次出现的时候，手里多了一柄雪白的拂尘。它长丝垂地，根根都像精心锻造的银线笔直刚硬，拂动晨风，令人有飘飘欲仙之感。

我和河莲看傻了，觉得老蓝一下子变成了观音菩萨的化身，手持拂尘，仙风道骨，超然脱俗。

老蓝当然还是那个倔老头儿的模样，关键是他手中的那柄拂尘，像精彩的道具，让老蓝摇身一变，使人耳目一新。

您这个东西是干什么用的？河莲问。

老蓝得意地一挥拂尘，轻盈地旋转了一下，原先聚在一起的银丝，就像一把白绸伞，缓缓地张开了翅膀，绽成一朵白莲花，在初升的太阳照耀下，晶莹剔透，神奇极了。

我和河莲还没来得及表达惊叹，老蓝就把这美丽的白伞高高举起，重重地抽在自己身上，于是，一股黄烟从老蓝油脂麻花的棉袄上腾起，好像在他身上爆炸了一颗手榴弹。高原上的风沙大，大家都是“满面尘灰烟火色”，衣服更成了沙尘的大本营。这柄拂尘好像鸡毛掸子，把灰沙从衣服布丝的缝隙里驱赶出来，抖在空气中，化成呛人的气流，随着寒风远去。老蓝用短短的胳膊挥着长长的银丝，围着自己圆柱形的身体，反复抽打着，直到把浑身打扫得如同河滩上一块干净的鹅卵石。

老蓝表演结束后，看着我们说，怎么样？

这是从哪儿搞来的？河莲不理老蓝的问话，追问感兴趣的话题。

老蓝说，是牦牛的尾巴啊。

我和河莲惊得几乎跳起来，说，牦牛的尾巴能做拂尘？

老蓝说，正是。你们不是亲眼见了吗！

我们又问，哪里有白牦牛啊？

老蓝得意起来，说，白牦牛就像白蛇白猿一样，非常稀少。我在西藏多年，只碰见过一头白牦牛，浑身上下像是雪捏的。

你就把它的尾巴活活给割下来了？我战战兢兢地说。

不是我给割下来的。是我让牧民在这头牦牛老死的时候，把它的尾巴给我留下来，做个纪念。老蓝很认真地更正。

我从老蓝手里接过牦牛尾巴做成的拂尘，它仿佛有神奇的法力，扑打出那么多的灰尘，自己还是洁白如雪。想到它曾是一头巨大生物的尾巴，每一根银丝都好像具有灵性，在阳光下抖得像琴弦，我不禁肃然起敬。

我央告老蓝，你去对牧民说说，让他们也送我一条牦牛尾巴。

老蓝说，一个女娃，勤洗着点衣服，身上哪有那么多土？实在脏了，找条手巾拍打拍打就是。一头牦牛只有一条尾巴，拂尘，难搞着呢。

我说，我不是要拿它掸土，是要把它挂在墙上。

老蓝说，干啥？当画？

我说，留个纪念。以后我回了家，会指着它对别人说，知道这是什么吗？它是牦牛啊！一个尾巴就这样震撼人心，要是整个现出原形，庞大得会让你腿肚子朝前。

老蓝说，你这么一说，我这个白牦牛尾巴也不用它掸土了。牦牛毛虽然很结实，也是掉一根少一根。掸土时再精心，也免不了伤了它。从今往后，我就把这牦牛尾巴当宝贝藏起来。探亲的时候拿出来，人家还以为我是从南海观音那儿借来的呢！

河莲一撇嘴说，谁那么傻！仔细闻闻，您这个掸子，牛毛味儿大着呢！

老蓝听了，真就把牦牛尾巴托到鼻子跟前，像猎犬那样闻个不止。我和河莲哈哈大笑起来，因为雪白长须挂在他的下巴上，太像唱戏的老生了。

老蓝说，嗯，是有点膻气。怪我当时洗得不干净。

河莲凑过去说，老蓝，我给你再洗洗怎么样？用我洗头发使的胰子，保证让您的牦牛尾巴从此香得跟茉莉花似的。

老蓝摆手说，那倒不必，东西还是天然味儿的好。你这个女娃心眼儿多，手脚勤快。不过，我看你是个无利不起早的人，说吧，有什么要求我办的事？

河莲说，老蓝你真是火眼金睛，怎么一下就把我看穿了呢？我要办的事一点也不复杂，就是你给小毕搞牦牛尾巴的时候，顺便给我也剁下一绺儿。

我说，河莲，你怎么抢我的？

河莲说，不是抢，是分个二分之一到三分之一的，无伤大雅。

我说，我的牦牛尾巴被你砍去一半，只剩下电话线粗细的一小撮儿，成什么样子？人家没准儿以为是马尾巴呢！

河莲说，那就叫老蓝多给我们弄些就是了。

老蓝气得说，谁答应你们啦？还闹起分赃不均！

我们又赶快哄他说，咱们换工吧。你若是给我们搞来了牦牛尾巴，我们就给你洗衣服。

老蓝脸色像夏天的雪山，有了一丝暖气，说，那好吧。一根牦牛尾巴合一件衣服。

我和河莲大惊失色，说老蓝你太黑！一柄拂尘少说也有几千根牦牛毛，这样洗下去，十个手指头还不搓得露出骨头来！

老蓝微笑着说，我的意思是，我给你们每人一柄拂尘，你们只需为我洗一件衣服即可。

我很惭愧，觉得自己以小人之心度君子之腹。河莲到底深谋远虑，说您让我们洗的那件衣服，该不会是皮大衣吧？

老蓝说，普通的外衣，就是脖领上的油泥稍厚了些。

事情就这么说定了。老蓝是个说话算话的人，当我们催他把外衣赶快送来时，他总是不好意思地说，牦牛尾巴还没搞到，还是以物易物好，我不喜欢拖欠。

一天，老蓝提着麻袋来了，往地上一倒，一团黑白夹杂的毛发滚到地上。河莲说，天啊，简直像谋杀案里的人头。

老蓝说，这就是牦牛尾巴，剩下的事我就不管了，你们俩自己分吧，互相谦让着点，别打起来。

河莲说，老蓝你没有搞错吧，这团毛黑白相间像围棋子似的，是牦牛尾还是荷兰黑白花的奶牛尾巴？

老蓝说，你想得美！娇气的荷兰奶牛若还能在这海拔5000米的高原活着，挤出的就不是牛奶，而是牛骨髓了。这是地地道道的牦牛尾。

河莲说，那为什么不是白的？

老蓝说，我不是跟你们讲过了吗，纯白牦牛极其少见，这种黑白交叉的也不多，算稀有品种呢。最大路的货是褐色的，还有黑的，没掸灰呢就显出脏，不好看。

我们只得谢谢他，然后自己开始洗涤和分割牦牛尾巴。

先用清水泡，再用碱水反复搓洗，最后用洗发膏加工，在阳光下晾干。直到抖开时每一根尾丝都滑如琴弦，柔顺地搭在我们的胳膊上，像一道奇特的瀑布。

河莲说，它黑的黑、白的白，好似中老年人的头发。虽说是珍稀品种，终是不大好看。我想，咱们能不能把黑白两色分开，一个人专要黑的，另一人专要白的。要知道有一句谚语说，单纯就是美。

我晓得河莲是很有谋略的，赶忙先下手为强说，那我要白的，你要黑的。

河莲说，我想出的主意，却被你占了先。好吧，谁让我年纪比你大呢，让你一回吧。

我们于是找来外科专用的有齿镊子，一根根地从牦牛尾皮上往下拽毛。河莲把黑色的归成一堆，我把白色的拢在一起。尾毛长得很牢实，像一根根长针扎进皮里，拔起来挺费力气的。但是一想起我们每人将有一把纯色的拂尘，我们干得还是很起劲儿，一边干一边聊天。

你说人的头发，除了黑的白的以外，还有灰白的。牦牛尾毛要么油黑，要么雪白，怎么就没个中间色的呢？我说。

人的头发从黑变白，是渐渐老了呗。这头黑白相间的牦牛，是天生的，所以不变灰。河莲解释。

我说，这头牦牛并不老，就死了。想起这个，心里有点儿难过。

河莲说，牦牛死了，尾巴留给我们。它的尾巴那么美丽地活着，它就没死。

我说，人死了以后，也该有点美丽的东西留在世上啊。

河莲说，是啊。我们一定要给人间留点什么，才不算白活过。

正说着，我突然发现了一个致命的问题——牦牛毛拔下来以后，我们有什么法子，再把它做成一柄拂尘？

普通的拂尘制作工艺很简单，把长着牛毛的尾皮，直接钉在一根木柄上，在木柄上画点花草，再涂上一层清漆，就大功告成了。可是脱离了皮的毛，怎么钉在木柄上？

也许在特殊的工厂里，可以把单根的毛发，用强力的胶水粘到布或皮革上。但在荒凉的高原，我们没有任何办法！

河莲捶胸顿足，懊悔自己智者千虑，有此一失。不过，她很快恢复了镇静，说，事已至此，我们只有一个办法。

我忙问，什么办法？

她一字一句地说，把所有揪下的尾毛，都扔了。

我说，这算什么办法呢？

河莲说，而且永远不对别人说。咱们实在太蠢了。

我们沿着狮泉河走，把撕下的牛尾毛，挽成两个大大的毛圈，抛进清澈的河水。它们像两位黑发与白发美女的遗物，打着旋儿漂荡着，半个环浸入水里，半个环挂满阳光和风，好像水下有两只巨手托举着它们，缓缓地浮沉，漂向远方。

由于失误，剩下的牦牛尾巴，再裁成两份，就比较单薄了。我们只有在木柄上多下功夫，精心打磨，请了画画最好的人，为我们各画了一幅雪山风景。别人见了，都说我们的牦牛拂尘，小是小了一点，但十分精致。

心情总算好起来。河莲突然又叫道，糟了！

我摸着胸口说，河莲你别一惊一乍的，我算叫你吓怕了。又有什么糟糕事？

河莲说，我们俩的牦牛尾巴是来自同一条牦牛，不但颜色是一样的，连毛发的根数都几乎相等，木柄也是同一个人画的，除了咱们两个以外，别人怎么能分清哪个是你的、哪个是我的？

我说，哈！这算什么事啊。你忘了咱们俩有一个巨大的区别了？

河莲说，是什么？

我说，你家在南方，我家在北方，我们以后把牛尾拂尘挂在自己家的墙上，隔了十万八千里，哪里会弄混！

河莲说，我真是糊涂了。这世上是没有两头一模一样的牦牛的，像我们俩这种黑白相间的拂尘，注定也只有这两柄。以后，无论我们到了什么地方，都会记得这头牦牛，都会记得我们一起度过的时光。

在雪原与星空之间

拉练的夜晚，我们在雪原与星空之间露营。

两顶雨布搭的帐篷很窄小，像田野中看秋的农人用玉米秸支的小窝棚。我和小鹿头脚相对，用体温暖和着对方。刚躺下的时候，根本睡不着。平日柔软的被子，此刻变得铁板一样冷硬，被头像锐利的铁锨头，直砍我们的脖子。棉絮好像变成了冰屑，又沉又冷地压在身上。

这是怎么回事？被子被施了妖法！小鹿在对面瓮声瓮气地说。

我本想看看她，但沉重的负担使我没法抬起头来。为了保暖，我们把所有的物品，比如十字包、干粮袋、皮大衣，包括毛皮鞋，都堆在被子上面，像一座拱起的绿色坟堆。此刻要是有一双眼睛从帐篷外窥视我们，一定以为这是军需品仓库。

我说，被子又不是暖气，自己不会产生热度。它像个水银瓶胆，装进开水它就热，放根冰棍它就凉。我们在零下几十度的气候里行军，被子的温度当然也是零下了。不能着急，得靠自己身体的暖气，把被子焐热，才会觉得暖和。

小鹿说，只怕到了明天早上，我们还像两条冻带鱼一样，舒展不开手脚。

我说，反正也睡不着，咱们就说说在高原露营的好处吧。

小鹿说，有什么好处？硬要说，第一个好处就是让你不但不困，而且精神抖擞。

此话千真万确。不管你行军多么疲劳，在越来越深的午夜中，寒冷的空气好像不是吸入肺里，而是进了胃，化作无数薄荷糖，让你从里往外透出绿色的清醒，神智警觉无比。

我说，可惜这是以第二天的疲倦为代价，要不然，真该推荐所有的科学家都到高原来工作，人类的伟大发明一定会成倍增加。

小鹿说，第二个好处是空气新鲜。城里的空气，被人的鼻子滤过千百遍了。这里的空气从没有人呼吸过，就像从没污染过的泉水。你说是不是世界一绝？

我说，空气倒是很新鲜，只是它里面的氧气含量很少。这就像是一种外表很美丽的果子，里面的果仁却又瘦又小。营养太少，中看不中用。

小鹿说，这话可不对。你敢说这里的空气不中用？那你把头钻进被子里，再捏住鼻子。要是你能支撑三分钟以上，明天我帮你背手枪。

我说，我当然不敢把头埋进被子，你的脚太臭了。至于手枪，你别卖假人情。你知道规定是人不离枪，枪不离人的。

小鹿说，谁的脚要是在这种滴水成冰的时候，还能出汗，一定是赤脚大仙托生的。不信你试试！百见不如一闻。

我不想扫小鹿的兴，就把头缩进被子，但根本不喘气，然后很快地探出头来，说，喔，真的没什么味了。

小鹿很高兴，说露营的第三个好处是，可以增长你的天文学知识。你看，天上的星星亮得像猫眼！

我们的雨布虽然薄，但没破洞。只有从两侧的缝隙中，观察星空。铁锹做的帐篷杆和雨布的边缘构成的间隙，很不规则，像是一幅抽象图案。

我说，根本看不到天空的全貌。从我这个角度，北斗七星只能看到一个勺子把儿，牛郎只挑了一个孩子，那个丢了。

小鹿说，你以为我这儿完整吗？银河基本断流，蟹状星云变成了对虾的模样。

我说，哎哟，真了不起，还知道星云。

小鹿说，我妈妈最喜欢天文了，从小就教我。

于是，我们半天都不说话。最后还是小鹿打破了沉默，说我们别说妈妈，那样说一会儿就会流泪的，还是说星星吧。

我赶快拥护，说，就形容自己看到的天和星星的模样吧。

小鹿赶快说，好。

想念亲人就像大海中危险的台风眼，我们思维的小船要赶快掉转航向，飞速离开。

我摇头晃脑端详了半天说，从我这个角度看天空，它的轮廓像一棵宝蓝色的树冠，树上结着许多银色的榛子。

小鹿说，从我这边看啊，天空的形状像是一件天蓝色的礼服，那几颗最明亮的星星，就是礼服上的银扣子。

我调整了一下姿势，又说，从我的铁锹把侧面看过去，天像一扇敞开的钢蓝色大门，星星就是门上凸起的门钉。

小鹿也扭了身子说，我有一个比喻，你可不要笑我。你答应了，我就说。

我说，只要风和雪不笑你，我才不管呢。

小鹿说，从我这儿看上去，天空像极了一匹蓝色的奶牛。那些凸起的星星，就像奶牛的乳头，它们离我们这么近，好像一伸手就可以摸着。用嘴吸一吸，就会有蓝色的乳汁流出来。

我笑起来，说小鹿你是不是饿了或是渴了？

小鹿说，你一提醒，我才想起雪原上露营的最大好处，那就是你随时都有冰激凌吃。

小鹿说着，伸手到褥子下面去抓，我听到类似野兽爪子搔扒的声音，再以后是积雪被挤压的声音，最后是小鹿咯吱吱的嚼雪声和牙帮骨大肆打架的声音。

我们的身下，枕着一尺厚的白雪。领导宣布在这里露营以后，我埋头用铁锹拼命挖雪，一会儿就在身边堆起一座小雪山。领导走过来说，你这是干什么？

我说，把雪挖走，才能把铁锹埋进土里当支柱，把帐篷支起来。

领导说，你这个傻女子。雪下面是冰，睡在冰地上，明天你的关节就像多年的螺丝钉淋了水，非得锈死不可。

我说，冰和雪还不一样吗？

领导说，当然不一样了。雪是新下的，并不算冷。你没听俗话说过，下雪不冷化雪冷吗？雪底下的永冻冰层，那才是最可怕的。睡在雪地上，就像睡在棉花包里，很暖和的。

我半信半疑，但实在没有力气把所有的冰雪都挖走，清理出足够大面积安营扎寨，只好睡在雪上。这会儿看小鹿吃得很香，不由得也从身下掏一把雪吃。为了预防小鹿汗脚的污染，特地选了我脑袋这侧的积雪。

海拔绝高地带纯正无瑕的积雪，有一种蜂蜜的味道。刚入口的时候，粗大的颗粒贴在舌头上，冰糖一般坚硬。要过好半天，才一丝丝融化，变成微甜的温水，让人吃了没够。

一时间我们不作声，喀哧哧地吃雪，好像一种南极嗜雪的小野兽。我说，小鹿，你把床腿咽进去半截了。

小鹿说，你还说我，你把床头整个装进胃里了。

我们互相开着玩笑，没想到才一会儿，我和小鹿的身体都像钟摆一样哆嗦起来，好像有一双巨手在疯狂地摇撼着我们，这才感到雪的力量。

小鹿……我们……不能再……吃下去了，会……冻死。我抖着嘴唇说。

小鹿回答我，好……我不吃了……我发现，雪是越吃越渴……

我们把自己缩成小小的一团，借以保存最后的热量。许久，许久，才慢慢缓过劲来，被雪凝结的内脏有了一点暖气。

我有点困了。小鹿说。

困了就睡呗。我说，觉得自己的睫毛也往一起粘。

可是我很害怕。小鹿说。

怕什么？我们的枕头下面有手枪。真要遭到袭击，无论是鬼还是野兽，先给它一枪再说。周围都是帐篷，会有人帮助我们的。我睡意蒙眬地说。

小鹿说，我不是怕那些，是怕明早我们起来，会漂浮在水上。

我说，怎么会？难道会发山洪？

小鹿说，你是不是感到现在比刚才暖和了？

我说，是啊。刚才我就觉得暖和些了，所以才敢吃雪。吃了雪，就又凉了半天。现在好像又缓过劲儿来了。

小鹿说，这样不停地暖和下去，还不得把我们身下的雪，都焐化了？明天我们会在汪洋中醒来。

我说，别管那些了，反正我会游泳。

小鹿说，我不会。

我说，我会救你的。你知道在水中救人的第一个步骤是什么？

小鹿说，让我浮出水面，先喘一口气。

我说，不对。是一拳把你砸晕，叫你软得像面条鱼。你这样的胆小鬼，肯定会把救你的人死死缠住，结果是大家同归于尽。把你打昏后，才可以从容救你。

小鹿说，求求你，高抬贵手，还是不要把我砸晕。我这个人，本来脑子就笨，要是你的手劲掌握不准，一下过了头，还不得把我打成脑震荡，那岂不是更傻了？我保证在你救我的时候，不会下毒手玉石俱焚。

我说，哼，现在说得好听，到时候就保不齐了……

小鹿说，我们是同吃一床雪的朋友，哪儿会呢……

我们各自抱着对方的脚，昏昏睡去。

起床号把我们唤醒的时候，已是高原上另一个风雪弥漫的黎明。我们赶忙跳起，收拾行装。待到我们把被褥收起，把帐篷捆好，才来得及打量了一眼昨晚上送我们一夜安眠的雪床。

咳！伤心极了，我们太高估了人体微薄的热量。雪地上不但没有任何发洪水的迹象，就连我们躺卧的痕迹也非常浅淡，只有一个轻轻的压痕，好像不是两个全副武装的活人曾在此一眠，而是两片大树叶落在这里，又被风卷走了。只是在人形痕迹的两端，有几个不规则的凹陷，好像某种动物遗下的爪痕。

那是我们半夜吃雪的遗址。

葵花之最

20年前的那个春天，我是在昆仑山上度过的。

昆仑山其实只有一个季节——冬天，春节过后那段漫长而寒冷的日子被称为春天，这是我们这帮小女兵从平原家中带来的习惯。

快到“五一”了，冰封的道路渐渐开通，春节慰问品运到了。五颜六色来自五湖四海的慰问袋最受欢迎。小伙子们希望从绣着花的漂亮布袋里，摸出一双精致的鞋垫，做一个浪漫的梦。姑娘们没有这份心思，只想找点稀罕的吃食，打打牙祭。整整一个冬天，除了脱水菜和军用罐头，没有见过绿色。可惜，关山重重，山路迢迢，花生走了油，瓜子变哈喇，沙枣颠成粉末，面粉烙的小果子像出土文物……

突然闻到一股奇异的清香。

那是一个绣着黄色“八一”和红色五星的小白口袋。针脚毛茸茸的，绣活手艺不高，想必出自一个笨手笨脚的胖姑娘。

打开一看，是一袋葵花子。颗颗像小炮弹一样结实，饱满得可爱。我们每人抢了一把，一尝，竟是生的。葵花子中埋着一封信。

“敬爱的解放军叔叔们……”

信是从广东省湛江市第二小学发出的。

我们趴在地图上找。唔，湛江，好远！那里是亚热带，一个很热的地方。

孩子们请求解放军叔叔们，把他们精心挑选出的葵花种子，种在祖国的边防线上。

我们把手中的葵花子放回布袋。那清香，是阳光、土地和绿色植物的芬芳。

昆仑山咆哮的暴风雪，伴随我们进行讨论。

为什么只写给解放军叔叔？边防线上也有解放军阿姨呀。

在国境线上种葵花，多美妙的想法！每当葵花开放的时候，我们将有一条金色的国境线。

这根本不可能！昆仑山是世界第三极，雪线上连草都不长，还能开葵花？！

我们都默不作声了，只听见屋外风在嘶鸣。

大家决定由我给孩子们回一封信，就说葵花子是解放军阿姨们收到的，只是这里很冷很冷……

昆仑山的“夏天”到了。

信早已写好，却始终没有发出。我们大着胆子，把葵花子种在院子里。

人们都说活不了，却天天跑来看，松土施肥。

葵花发芽了。先探出两片嫩黄的叶子，像试探风向的小手掌，肥厚而天真。然后舒展腰肢，前仰后合生机盎然地长大起来。

昆仑山默默地认可了这些来自亚热带的绿色幼苗，就像它认可了我们一样。

然而，我们高兴得太早了。不知道该算是上个冬天最迟还是下个冬天最早的一股冷风，冻死了绝大部分葵花。

奇迹般地保存下一棵幼苗。它并不是最强壮的，也许因为近旁有一块大石头。受到启发，我们用石头为葵花围起一圈不透风的篱笆。

现在，我们每天趴在石头围墙上看葵花，不知道的人，会以为里面养着活蹦乱跳的小生灵。

这棵幸运的葵花，一往情深地看着太阳，勇敢地展开桃形的枝叶，茎上纤巧的绒毛，像蜜蜂翅膀一样，在寒风中抖个不停。也许它感到了昆仑山喜怒无常的威严，急匆匆地压缩自己生命的历程，才长到一尺高，就萌出了纽扣大的花蕾，压得最高处的茎叶微微下垂，好像惭愧自己为什么不长得更高一些。

那一年没有秋天。寒凝一切的风雪，毫无先兆地骤然降临。早上起来，天地一片苍茫，我们几乎是跌跌撞撞地扑向葵花。

石围墙也被飓风吹得四散飘去，向日葵却凝然不动地站立在那里，在冰雕玉琢的莹白之中，保持着凄清的翠绿。叶片傲然舒展，像一面面玻璃做的旗，发出环佩般的叮当之声。最不可思议的是，在它生命的最后一刻，居然绽开了一朵明艳的花。那花盘只有五分硬币那么大，薄而平整，冰雪凝冻其上，像一块光滑的表蒙子，刚分裂出的葵花子还未成熟，像丝丝柳絮一样优雅地弯曲着，沁出极轻淡的紫色。最令人警醒的是花盘四周弹射出密集的黄色花瓣，箭头一般怒放着，像一颗永不泯灭的星。

向日葵身上的冰花越结越厚，最后凝固成一方柱形的冰晶。

广东省湛江市第二小学当年的孩子们，但愿不要看到我这篇小文。愿他们心中永存一条盛开葵花的金色国境线。

假如有一天，我能重回昆仑山。在两座最高的山峰中间，有一块只有我们才知道的地方。在深深的永冻土层之下，有一方冰清玉洁的水晶，水晶中有一朵美丽绝伦的花，宛若雏菊半仰着脸，灿然微笑着……

我不知道它是不是世界上最小的葵花，但我知道它是世界上最高的葵花。

碗里的小太阳

我不吃羊肉，总觉得那肉里有一股青草味儿。小的时候，跟父母到北京的东来顺馆子里吃过一顿涮羊肉，回来后全身起了风疹。医生说是过敏，让我终生忌食羊肉。

到了西藏，羊肉就成了主要菜肴。做法很粗犷，用斧子将整头羊劈成碗口大的坨子，连骨头带肉丢进高压锅，再塞入一块酱油膏，撒点作料，拧上锅盖急火猛攻。一个小时后，一道名为“大块羊肉”的高原菜就算烧得了。大家就拎着饭碗来打菜。

我对同屋的果平说，你把我的那份儿菜打走好了。

果平说，那你吃什么呀？

我说，吃咸菜呀，我是宁肯吃咸菜也不吃羊肉的。

果平说，你好傻啊，会写美丽的“美”字吗？

我说，会写呀！说完，就用勺子把儿在手心上写了一个大大的“美”字给她看。

果平说，原来你还挺聪明的呀！那你为什么不吃羊肉呢？什么叫“美”？“大”“羊”两个字摞起来就是“美”啊，西藏的羊多大啊！

我便如实相告，吃羊肉过敏。

于是，在吃羊肉的日子里，只有我一个人孤零零地吃咸菜。时间长了，被炊事班长发现，他说，老吃咸菜怎么行？长久下去会得病的。

我说，那好啊，你给我做猪肉。可那些猪肉都是从平原运来的，数量不多，都让我吃了，就太对不起大家了。几次小灶以后，我对炊事班长说，我还是吃咸菜吧，这样心安。

炊事班长见我很坚决，就说，要不这样吧，你跟我到食堂的库房里挑一挑，看你喜欢吃什么，就拿点什么；反正每个人都有一份儿伙食费，你不吃羊肉就吃别的好了。

我第一次走进库房。哇，好丰富！一箱箱的奶粉，成麻袋的红糖白糖，还有花生米、葡萄干、脱水菜、压缩饼干……真够琳琅满目的。可惜都是干菜坚果类，根本引不起人的食欲。

就没有蔬菜吗？比如红红的萝卜、绿绿的黄瓜？我实在太渴望吃青菜了，明知没有多少希望，还是试探着问。

有啊。炊事班长很肯定地说，随手拈出一筒罐头。三下五除二，打开来，倒真是有红红的萝卜、绿绿的黄瓜，只是它们强烈地冒出一股酸气。原来这是酸菜罐头。

吃了几次酸菜罐头，我就腻了。我跟在炊事班长的屁股后面转，突然发现一只神秘的小麻袋，袋口的线绳扎得紧紧的，灰头灰脑地缩在墙角。

那是什么？可不可以吃？我问。

吃不得。那是一种虫子干儿，有怪味道。炊事班长说。

我好奇地解开绳子，出现在眼前的是满满的一麻袋红橙鼓胀的——大海米！

噢！我今天就吃这种虫子干儿了！我快活地大叫着，要知道我们自打到了西藏，还没尝过海味儿呢！我顺手抓了一把海米填进嘴里，嚼得咯咯响，鲜香满口。

炊事班长吃惊地瞪着我，因为，他自小生活在西北的山区，从没见过海里的生物。

但连续吃了几次海米之后，我又腻了。这一回，我长了经验，不让炊事班长当向导，自己在库房里转呀转，想再发掘出点不同凡响的食品。

果然，我又找到一只奇怪的麻袋。看起来鼓鼓囊囊，拎一下却很轻。打开一看，原来是又大又圆的山西红枣。

我立刻用随身带的饭盆舀了半盆，连蹦带跳地跑出库房，对等在外面的炊事班长说，我今天就吃这个喽！

炊事班长说，这个当零食吃可以，当正经菜可不行。

我说，能行能行，又能当菜又能当饭。说着就跑远了。

以后，我和我的朋友们就热切地盼着吃羊肉的日子。我进库房用来盛红枣的器皿越来越大，最后，简直变成了一只小脸盆。炊事班长吃惊地说，你一个女孩子，一顿吃得了这么多的红枣吗？小心别闹肚子。

我说，当然吃得了，你就放心吧。

他不知道，每次都是我们全屋的女孩子一块儿吃红枣。在那些最严寒的日子里，我们团团地围坐在火炉旁，把红枣洗净，撒上白糖，放在小锅里，慢慢地煮。

在呼啸的风雪声里，红枣渐渐地膨胀起来，好像一轮轮暖洋洋的小太阳，把我们的脸都映得红艳艳的。

女孩子吃红枣，是很补身体的。

雪线上的蛋花汤

鸡蛋在昆仑山上是很稀罕的东西。

你想啊，海拔5000多米，多么品种优良的母鸡也活不了。从平原到高原几千公里的路程，汽车一路上“跳迪斯科舞”，鸡蛋就是铁皮的，也会被颠出缝。

于是，军需部门就给我们运鸡蛋的代用品。其一是蛋黄粉，色泽像金皇后玉米面一样灿烂。掺上水，用油一煎，就成了金闪闪的蛋黄饼。可惜好看不好吃，根本没有鸡蛋味儿，曾噎得人直翻白眼儿。

用鸡蛋黄养鱼都养不活，人要一天吃这个，能得黄疸病！有人说。

食堂若吃蛋黄粉，准得剩一大盆，像漫天的迎春花。

其二是一种有清有黄的冻蛋，是把整个鸡蛋打进铁桶，速冻而成。说起来倒是全须全尾的原装，吃到嘴里，却比鲜蛋差得远。好像鸡蛋的魅力是一种很温暖的东西，一冻就丢了。

其三就是鸡蛋罐头了。圆圆滚滚的球体卧在玻璃罐里，随浑黄的液体浮动。除了形状上还保持着基本轮廓，很难使人想到它是母鸡的产品。

于是，我们这些远离家乡的年轻军人，就像思念绿色一样，思念白色的温暖的有着粗糙外壳的真正的鸡蛋。

有一年过节，炊事班长很神秘地叫我，喂，你是女娃，有个事要问你。

炊事班长很能吃苦，做饭的手艺可不敢恭维。

什么事？你说好了。我心不在焉地应道。

喏，你看。他伸出蜷得像个鸟窝似的手掌——我看到在他皲裂的手指圈起的半圆形凹体中，有一个粉红色的鸡蛋。

是真的吗？我惊喜地问。

当然是真的！要是有个老母鸡，也许能孵出鸡娃来！炊事班长得意地说。

这肯定不行。就算它原来是一颗有生命的种子，跋涉冰峰雪岭时也早冻死了。我顾不上反驳炊事班长，只一个劲儿地问，它为什么没被颠破呢？

炊事班长不乐意了，说，瞧你这个样，好像巴不得它破了！这是我老乡特地从家乡带来的，一路上抱着纸盒，连个盹都没舍得打。

我说，这真是一个经历了长途拉练的鸡蛋。

炊事班长说，别废话，知道叫你来干什么吗？

我说，把这个鸡蛋送给我。

吓！想得美！炊事班长晃着他的方脑袋说，老乡一共送我三个鸡蛋，三个鸡蛋够谁吃的？今天过节，我想用这三个鸡蛋给大伙儿做一锅真正的鸡蛋汤。你是城里人，你喝过那种片片缕缕像米汤似的鸡蛋汤吧？咱就做那样的。

喝过。我说。

那好，你就给咱做。炊事班长说着，把我推到锅前。

在呼呼的热水面前，我可傻了眼。不错，我是喝过那漂浮如丝带的甩袖汤，但我根本就不知道它是怎么做出来的！可我又不好意思对向我寄予了无限期望的炊事班长说“我不会”。在炊事班长的方头颅里，既是城里人，又是女人，就该天生会做鸡蛋汤。

嗨！有什么了不起的！鸡蛋汤鸡蛋汤，顾名思义，把鸡蛋倒进水里就成汤！我痛下决心。

打蛋！我命令道。

炊事班长乖乖地拿出个大铝盆（可以当行军锅的那种，比一般脸盆要大和深），把三个鸡蛋打进去，用手指把蛋壳内的每一滴黏液都刮净。

三个鸡蛋像三颗金蚕豆，在空旷的盆底滚来滚去；没有了外壳的鸡蛋，更小更少。

一大锅水开了，冒着汹涌的白汽。我端起盆，正想把搅匀的蛋液倒进去，突然觉得它们太单薄了。

加水。我说。

往哪里加水？炊事班长谦虚地问。

当然是往……鸡蛋里加水了。我胸有成竹地说。

加多少？炊事班长小心翼翼地请教。

就加……一大勺吧！我指挥若定。

现在盆里的景象好看多了，黄澄澄的地半盆，再没有捉襟见肘的窘迫。好了，现在就把鸡蛋液倒进锅里，并且一个劲儿地用筷子搅拌。一会儿，我们就会有香喷喷的真正的鸡蛋汤喝了。我有条不紊地吩咐着。

人高马大的炊事班长乖乖地听着指挥，三个珍贵的鸡蛋和一大勺凉水倾倒进沸锅……一时间锅里锅外都很安静。

一个人只能喝一碗，多了就不够了。今天你辛苦，就给你喝两碗吧。炊事班长思谋着。

鸡蛋是你的，你本该多吃多占点。我说。

想象中的鸡蛋汤该有仙女水袖般飘逸的蛋花，该有糯米般甜蜜的蛋丝，该有……

满满一大锅水再次开了。

锅里什么也没有，只是云雾般的浑浊。那三个鸡蛋神秘地失踪了，融化在一大锅雪水中。

我和炊事班长面面相觑，目光在询问，鸡蛋呢？万里迢迢从家乡带来的鸡蛋哪儿去了？！

喝汤的时候，我对大家说，今天这汤是鸡蛋汤，真正的鸡蛋汤！

同伴们莞尔一笑，说，是吗？做梦吧！

是真的！我亲眼看见三个鸡蛋的，它们就在这汤里，我不骗你们！我急得都要哭了。

大家还是半信半疑，因为，汤里实在是看不到鸡蛋的影子。

不信，你们问炊事班长。我使出最后的撒手锏。

大家把脸转向炊事班长。炊事班长扶着他的大方脑袋，什么话也没有说。

于是，大家一哄而散，没有人相信我关于鸡蛋汤的神话。

炊事班长，你为什么不说？为什么不说？我气愤地质问他。

大家没看见鸡蛋，你叫我说什么？炊事班长心平气和地说。

那一天，我喝了好多鸡蛋汤，一边喝一边想，鸡蛋藏到哪儿去了呢？

这个问题我一直想了好多年。我想假如我不在鸡蛋里掺水，事情也许会好得多。当然，如果锅不是那么大，如果我们有许多的鸡蛋，我们就一定会喝上美味的鸡蛋汤了。

藏族的花围裙

我小的时候在幼儿园表演藏族舞蹈，每个小姑娘都要扎一条花围裙，那是藏族女装最显著的标志，我们都喜欢得不得了。可那么多的小朋友，到哪里去找许多真正的藏族小围裙呢？幼儿园的阿姨很会想办法，买来白毛巾，贴上彩色蜡光纸的窄条，一条五光十色的藏族小围裙就做好了。

我把这条毛巾和纸做的围裙扎在腰间，对着落地的穿衣镜一照，哈！美丽极了。雪山上的仙女就是这个样子啊！

来到西藏，看到藏族女人果真围着同样的围裙。也许是扎在腰间的时间太久了，高原的紫外线把颜色晒褪了，它们没有我想象中的漂亮。

离我们住的地方不远有一条小街，藏语称它为“毛伴”。一天，我在毛伴的小店里闲逛，突然在柜台里发现一条极鲜艳的藏族围裙，缝缀着七彩的绸条，好像是把天上的彩虹剪来一段贴在上面了。

这条围裙多少钱？我迫不及待地问售货的藏族小姑娘。

她微笑着用不很熟练的汉语报出一个价钱，并不很贵，我一算，自己身上带的钱足够了，就一边忙着掏钱，一边连声说，我就要这条围裙了，请赶快给我包起来。

藏族小姑娘数完了钱，却一动也不动，充满歉意地对我说，单有钱是买不了围裙的。

我吃了一惊说，买个围裙还需要什么证明吗？

她说，还需要两尺布票。

那个时候，每年都发一种布票，凭票才可以买布制品，我们的衣服因为都是统一发的，就没有布票。我一时抓了瞎。

我不死心地说，这个围裙都是绸缎做的，为什么要布票呢？是不是有些没道理？

小姑娘红着脸把围裙拿过来，翻过绸缎的背面让我看，那是一层淡紫色的布。她小声说，没有办法，这是规定。

我再不好说什么了，垂头丧气回到宿舍，把缘由一讲，大家七嘴八舌地帮着我想办法。

果平说，让你妈妈给你寄几尺布票来吧。

我撇着嘴说，我还以为你有什么好主意呢！就这个办法啊，我早想过了，不行的。我们家在北京，寄来的是北京布票，在西藏是不能用的。必须要有西藏布票才行。

河莲说，我们同你一起再去找卖围裙的藏族小姑娘，大家一块儿为你说话，人多力量大，没准儿就把她的心说动了。

我连说，不成不成。我看得出她是一个好心的小姑娘，我们要是不给布票就拿走了她的围裙，她会伤心的。要是那样，我情愿不要围裙了。

正在大家一筹莫展的时候，一直没吭声的小如附在我的耳边说，我倒有一个办法，你可如此这般……不过要你一个人去，千万不可一大帮人凑热闹。这事能成最好，不成就算了，千万不要再为难小姑娘……

我连连答应着，再次进了“毛伴”。

藏族女孩依旧笑眯眯地看着我，不待我说话，就把那条精美的围裙拿了过来，用略带生硬的汉语说，布票，有了？你的？

我记着小如的指示，不慌不忙地说，我没有布票。

听了我的话，她脸上的笑容还在，但拿围裙的手就想往回缩了。

我忙说，可是我有一张背心票啊。

那时候，我们虽然不发布票，但每人每年有一张背心票，可以买一件背心。

她垂着睫毛说，可是，围裙和背心是不一样的。

我说，是啊，是不一样。但是，如果我没有背心票，要买一件背心，就要给你两尺布票。对不对？

她又笑起来说，是这样规定的。

我说，那现在我用背心票换你的两尺布票，也说得过去啊。所以我就可以用这个背心票买藏族围裙了。你说是不是啊？

她开心地笑了，露出珍珠一样的牙齿说，这样的买卖，我以前从来没有做过。不过，你说得也有道理。就按你说的办吧，谁让你这样喜欢我们藏族的花围裙呢。

我高高兴兴地抱着围裙回了家。伙伴们都开心极了，每人扎着围裙照了一张相。

只可惜那时的相片都是黑白的，不能充分显示出我的藏族围裙是多么光彩夺目。

毕淑敏 著

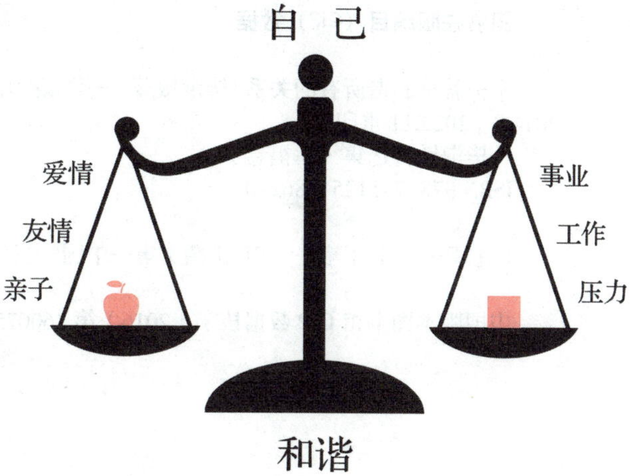

幸福就是和谐所有的关系

毕淑敏
自选集·幸福卷

Happiness Comes From Harmonious Relationship

国际文化出版公司
·北京·

图书在版编目（CIP）数据

幸福就是和谐所有的关系 / 毕淑敏著. —北京：国际文化出版公司，2016.7（2022.11 重印）
（毕淑敏自选集 · 幸福卷）
ISBN 978-7-5125-0862-0

I. ①幸… II. ①毕… III. ①杂文集—中国—当代 IV. ① I267.1

中国版本图书馆 CIP 数据核字（2016）第 160075 号

毕淑敏自选集 · 幸福卷

作　　者	毕淑敏	
责任编辑	赵　辉　戴　婕　李　璞	
出版发行	国际文化出版公司	
经　　销	国文润华文化传媒（北京）有限责任公司	
印　　刷	文畅阁印刷有限公司	
开　　本	787 毫米 × 1092 毫米	16 开
	60 印张	781 千字
版　　次	2016 年 7 月第 1 版	
	2022 年 11 月第 2 次印刷	
书　　号	ISBN 978-7-5125-0862-0	
定　　价	180.00 元（全三册）	

国际文化出版公司
北京朝阳区东土城路乙 9 号　　邮编：100013
总编室：（010）64270995　　传真：（010）64270995
销售热线：（010）64271187
传真：（010）64271187-800
E-mail：icpc@95777.sina.net

目 录

第二章　寻找幸福的另一半

第三章　与孩子一起成长

第四章　真情浇灌友谊的花蕾

第五章　在工作中绽放

第六章　拥抱自然

总序

写作多年，积攒下若干文字。20 世纪 90 年代，有出版社找到我，说是预备给我出套文集。我听后心情有些激动，先是高兴马上又觉得自己不配。

文集出了，销得还不错。劳动人民文化宫举办书市，我去签名售书。文集共 4 本，卖 80 多块钱。读者们排着长长的队伍，缓缓走向我。我埋头签书，心里充满了不忍。我想，80 多块钱，要是用来买成肉，快合半扇猪了！（那时物价便宜，一斤肉才几块钱。）人家把吃肉的钱省下来，买我的书，多大的信任啊！一斤肉吃到肚里，肯定会让人长力气壮身体（那时的人没有那么多“三高”超标，视吃肉为上等的好事情）。扪心自问，我的书带给人的帮助，能抵得过十几斤肉吗？

心中惶恐。从那一瞬，我暗下决心，这辈子，不写则已，如果写，就一定要说真话，要认真负责对待笔下的每一个字。力争做到对得起读者为了购买我的书，付出的买肉钱。

购书的代价是两方面的。首先要付出金钱，读者的钱是哪里来的呢？是他的劳动换来的。所以，买书这件事，说到底，是用作者的劳动换读者的劳动。市场上，如果人们买了变质的食品或是伪劣产品，可以要求退换货或是保修。但是，读者买了一本书，如果没有缺页错页，基本上不能把书退还书店或是作者。也就是说，写书卖书的人，只对书的装订质量负责，至于内容，你买了书，就自认是全盘接受，售出后概不负责。我觉得这近似霸王条款。或者往好里说，是人与人之间一种极大的信任。一个作者，万不可亵渎了这份信任，唯有竭尽全力诚惶诚恐地为自己的产品负责，才能对得起读者这一份近乎无条件的接纳。

读者付出的第二种代价，是他或她的时间。时间其实是无价的，是用来构成生命的金色颗粒。读者把如此宝贵的东西，消耗在阅读我所写的文字之中，我无以回报，只能将我的思考和表达，千锤百炼力求尽善尽美。我不敢保证它们完全正确，但我应该保证它们具备发自内心的诚挚。否则，就是暴殄了人与人之间的信赖，就是对他人的轻慢和敷衍。

从那时到现在，又过去了 20 多年。作品积攒得比过去多了，心态已悄然变得平和。感谢编辑们的热忱和信任，我能有机会出一套自选集，十分高兴。

它们大致分为三部分。一部分是和幸福有关，一部分是和心理有关，还有一部分和旅游与我在西藏的岁月有关。

这是我在不同时期写下的文字，打着我的年龄的烙印。年龄的增长从未让我气馁，只是帮助我理解了不同时期的美好。

如果把人生比作一株植物，把青年时期比作嫩绿，我 35 岁时才开始写作，实在要算在苍绿时段才进入别人的早春，接下来是无以抵挡的墨绿与苍黄……现在，干脆成了深秋时节银杏叶般的暗金。我已进入老年，步伐放缓，心头肃静。我知道生命还会继续变化，从草黄变成铅铁般的灰黑；再然后，哦，就该是土壤的褐赭色了；再再然后，大约就无色透明了。

祈愿我的文字带着我的暖意和祝福，飞抵你的掌心。

毕淑敏

2016 年 6 月 1 日

文学界的白衣天使

如果她的署名是阿咪、狂姐、原水爆或者荷兰豆，也许我早就读过她的作品了。

然而她的名字是毕淑敏，这名字普通得如——对不起——任何一个街道妇女。

而且她说她从小就是一个好学生，她的数学与语文是同样的好（总算找到了一个喜欢也学得好数学的同行了，王蒙大悦焉），她的开始写作源于她父亲的建议，而她的戒骄戒躁是由于儿时母亲的教导。为了写作，她在完成了医学学业以后，又去上广播电视大学的文学系并以“优”的成绩毕业，继而读研究生，获得了硕士学位（有几个作家老老实实地这样学过文学）。再说，她同时是或者更加是一个医术精良的内科医生，她对此充满自信与自豪……

我真的不知道世界上还有这样规规矩矩的作家与文学之路。我本来以为新涌现出来的作家都可能是怀才不遇、牢骚满腹、刺儿头反骨、不敬父母（而且还要审父）、不服师长、不屑学业、嘲笑文凭、突破颠覆、艰深费解、与世难谐、大话爆破、呻吟颤抖，充满了智慧的痛苦、

天才的孤独、哲人的憔悴、冲锋队员的血性暴烈或者安定医院住院病人的忧郁兼躁狂的伟人——怪物。

毕淑敏则不是这样。她太正常、太良善，甚至是太听话了。即使做了小说，似乎也没有忘记她的医生的治病救人的宗旨，普度众生的宏愿，苦口婆心的耐性，有条不紊的规章和清澈如水的医心。她有一种把对人的关怀、热情和悲悯化为冷静的处方，集道德、文学和科学于一体的思维方式、写作方式与行为方式……

所以就更显得毕淑敏的正常、善意、祥和、冷静乃至循规蹈矩的难能可贵。即使她写了像《昆仑殇》这样严峻的、撼人心魄的事件，她仍然保持着对于每一个当事人与责任者的善意与公平。善意与冷静，像孪生姐妹一样时刻跟随着毕淑敏的笔端。唯其冷静才能公正，唯其公正才能好心，唯其好心世界才有希望，自己才有希望，而不至于使自己使读者使国家使社会陷于万劫不复的恶性循环里。也许她缺少了应有的批评与憎恨，但至少无愧于心，其实是远远优于那些缺少应有的爱心与好意的志士。她正视死亡与血污，下笔常常令人战栗，如《紫色人形》《预约死亡》，但主旨仍然平实和悦，她是要她的读者更好地活下去、爱下去、工作下去。她宁愿忏悔“我”的多疑与戒备太过，歌颂普通人（《翻浆》），而与泛恶论的诅咒与煽动迥异其趣。至于她的散文就更加明澈见底了。

她确实是一个真正的医生，好医生，她会成为文学界的白衣天使。昆仑山上当兵的经历，医生的身份与心术，加上自幼大大的良民的自觉，使她成为文学圈内的一个新起的、别有特色的、新谐与健康的因子。

而另外的多得多的天才作家的另一面，实在是文学界的病友。我尊敬与同情我的病友，我知道世界上许多伟大的作家都有病，他们太痛苦了，他们因痛苦而愈发伟大了。但同时我也赞美与感谢大夫，

为了全国人民的身心健康，我祝愿在大夫与病友的比例上不至于出现太大的失调。有病人也有医生，这才是世界，这才有各种写不完的故事。

不知道这是我的幸还是不幸，不知道这是不是我的被误解与被攻击的原因之一。我既觉得病人之可哀可叹，又觉得医生之可亲可信，特别是当我给一个比我年轻的作家作序写评的时候，我承认每一片树叶的价值。当然，我宁愿多称赞一点祥和与理性，我也许又发放了太多的苦口的良药，真对不起。

王蒙

第一章

爱上真实的自己

我们可以不美丽，但我们健康。我们可以不伟大，但我们庄严。我们可以不完满，但我们努力。我们可以不永恒，但我们真诚。

自信第一课

1972年的一天，领导通知我速去乌鲁木齐报到，新疆军区军医学校在停顿若干年后这年第一次招生，只分给阿里军分区一个名额，首长经过研究讨论决定让我去。

按理说，我听到这个消息应该喜出望外才是。且不说我能回到平地，吸足充分的氧气，让自己被紫外线晒成棕褐色的脸庞得到“休养生息”，就是从学习的角度讲，“重男轻女”的部队能够把这样宝贵的唯一的名额分到我头上，也是天大的恩惠了。但是在记忆中，我似乎对此无动于衷，也许是雪山缺氧把大脑冻得迟钝了。我收拾起自己简单的行李，从雪山走下来，奔赴乌鲁木齐。

1969年，我从北京到西藏当兵，那种中心和边陲的，文明和旷野的，优裕和茹毛饮血的，高地和凹地的，温暖和酷寒的，五颜六色和纯白的……一系列剧烈反差让我的心发生了沧海桑田般的变化。面临死亡咫尺之遥，面对冰雪整整三年，我再也不是当初那个天真烂漫的城市女孩，内心已变得如同喜马拉雅山万古不化的寒冰般苍老。我不会为了什么突发事件和急剧的变革而大喜大悲，只会淡然承受。

入学后，从基础课讲起，用的是第二军医大学的教材，教员由本校的老师和新疆军区总医院临床各科的主任、新疆医学院的教授担任。记得有一次，考临床病例的诊断和分析，要学员提出相应的治疗方案。那是一个不复杂的病案，大致的病情是由病毒引起重度上呼吸道感染，病人发烧、流涕、咳嗽，血象低，还伴有一些阳性体征。我提出方案的时候，除了采用常规的治疗外，还加用了抗生素。

讲评的时候，执教的老先生说："凡是在治疗方案里使用了抗生素的同学都要扣分。因为这是一个病毒感染的病例，抗生素是无效的。如果使用了，一是浪费，二是造成抗药，三是无指征滥用，四是表明医生对自己的诊断不自信，一味追求保险系数……"老先生发了一通火，走了。

后来，我找到负责教务的老师，讲了课上的情况，对他说："我就是在方案中用了抗生素的学员。我认为那位老先生的讲评有不完全的地方。我觉得冤枉。"

教务老师说："讲评的老先生是新疆最著名的医院的内科主任，在国民党的军队里做到很高的医官，他的医术在整个新疆是首屈一指的。把这位老先生请来给你们讲课，校方已冒了很大的风险。他是权威，讲得很有道理。你有什么不服的呢？"

我说："我知道老先生很棒。但是具体问题要具体分析。他提出的这个病例并没有说出就诊所在的地理位置。比如要是在我的部队，在海拔 5000 米以上的高原，病员出现高烧等一系列症状，明知是病毒感染，一般的抗生素无效，我也要大剂量使用。因为高原气候恶劣，病员的抵抗力大幅度下降，很可能合并细菌感染。如果到了临床上出现明确的感染征象时才开始使用抗生素，那就晚了，来不及了。病员的生命已受到严重威胁……”

教务老师沉默不语。最后，他说：“我可以把你的意见转告给老先生，但是，你的分数不能改。”

我说：“分数并不重要。您听我讲完了看法，我已知足了。”

教室的门开了，校工闪了进来，搬进来一把木椅子摆在讲案旁，且侧放。我们知道，老先生又要来了。也许是年事已高，也许是习惯，总之，老先生讲课的时候是坐着的，而且要侧着坐，面孔永远不面向学生，只是对着有门或有窗的墙壁。不知道他这是积习，还是不屑于面对我们，或是有什么难言之隐。

这一次，老先生反常地站着。他满头白发，面容黢黑如铁，身板挺直如笔管，让我笃信了他曾是国民党医官一说。

老先生目光如锥，直视大家，音量不大，但在江南口音中运了力道，话语中就有种清晰的硬度了。他说：“听说有人对我的讲评有意见，好像是一个叫毕淑敏的同学。这位同学，你能不能站起来，让我这个当老师的也认识你一下？”

我只有站起来。

老先生很注意地看了我一眼，说：“好。毕淑敏，我认识你了，你可以坐下了。”

说实话，那几秒钟真把我吓坏了。不过，有什么办法呢？说出的话就像注射到肌肉里的药水一样，是没办法抠出来的。

全班寂静无声。

老先生说：“毕淑敏，谢谢你。你是好学生，你讲得很好。你的话里有一部分不是从我这儿学到的，因为我还没有来得及教给你那么多。是的，作为一个好的医生，一定不能全搬书本，一定不能教条，要根据具体的情况决定治疗方案。在这一点上，你们要记住，无论多么好的老师，也不可能把所有的规则都教给你们。我没有去过毕淑敏所在的那个5000米高的阿里，但是我知道缺氧对人的影响。在那种情况下，她主张使用抗生素是完全正确的。我要把她的分数改过来……”

我听到教室里响起一阵轻微的欢呼。因为写了抗生素治疗的不仅我一个，很多同学都为这一改正而欢欣。

老先生紧接着说：“但在全班，我只改毕淑敏一个人的分数。你们有人和她写的一样，还是要被扣分。因为你们没有说出她那番道理，是知其然而不知其所以然。你现在再找我说也不管事了，即使你是冤枉的也不能改。因为就算你原来想到了，但对上级医生的错误没敢指出来。对年轻的医生来说，忠诚于病情和病人，比忠实于导师要重要得多。必要的时候，你宁可得罪你的上司，也万万不能得罪你的病人……”

这席话掷地有声。事过这么多年，我仍旧能够清晰地记得老先生如锥的目光和舒缓但铿锵有力的语调。平心而论，他出的那道题目是要求给出在常规情形下的治疗方案，而我竟从某个特殊的地理环境出发，并苛求于他。对一个初出茅庐的年轻人的不够全面的异议，老先生表现出了虚怀若谷的气量和真正的医生应有的磊落品格。

真的，那个分数对我来说完全不重要，重要的是我在此番高屋建瓴的话语中悟察到了一个优等医生的拳拳之心。

我甚至有时想，班上同学应该很感激我的挑战才对。因为没过多长时间，老先生就因为身体的关系不再给我们讲课了。如果不是我无意中创造了这个机会，我和同学们的人生就会残缺一段非常宝贵的教诲。

我的三年习医生涯，在我的生命中是一个重大的转折。我从生理上洞察人体，也从精神上对自己有了更多的信任。我知道了我们的灵魂居住在怎样的一团组织之中，也知道了它们的寿命和局限。如果说在阿里的时候我对生命还是模模糊糊的敬畏，那么，老师的教诲使我确立了这样的观念：一生珍爱自身，并把他人的生命看得如珠似宝，全力保卫这宝贵而脆弱的珍品。

对自己诚实一点

当你企图在两个不同的自我之间游走时，你在生活中的形象就变得复杂混乱，你面临的形式也更加琢磨不透，甚至你的身体也无所适从了。

我们总是希图表现得比我们实际的情况要好一些。

好比我们小的时候，如果有客人要来，我们会被父母要求："你要乖一些啊！"等到客人走了，父母会说："好了，现在你可以放松一下了。"这些都是很平常的话，却在不知不觉中给我们留存了一个印象——你要在某些特殊的场合和人物面前，努力表现得比你实际拥有的状况更好。

什么是更好呢?

就是按照世俗的标准，我们要更聪明、更好学、更勤劳、更大度、更幽默、更有责任感、更勇敢、更……还可以举出更多的“更”。总之，是比你本人更完美。

这个主观动机可能并不是太坏。爱美之心，人皆有之嘛！

不过，这就形成了一个习惯。我们把一个不真实的自我呈现在别人面前，并以为这才是可爱的，才是有价值的。而那个真实的自我，则是上不得台面的残次品，是应该被掩藏和遮盖的。

这就是自我形象的分裂。我们不喜欢真实的自我，我们把一个乔装打扮的“假我”拿给大家看。当这个“假我”被人欢迎和夸赞的时候，我们一方面沾沾自喜，觉得自己成功地扮演了一个角色，而这个角色就是别人眼中的“我”。另外一方面，我们的自卑加重了，我们知道外界的评价都是给予那个不存在的“我”，真实的我反倒像灰姑娘一样，躲在角落里捡煤渣。

长久下去，我们就变成了一个分裂的人。

这种现象，比比皆是。比如我们常常听到女性朋友说，结婚以后，他的真面目暴露出来了，我几乎不敢相信他和结婚前是同一个人。

也有的领导会说，这个人是我招聘的，当时看他十分勤快，想不到真的走上岗位以后，却非常懒惰，毫无工作的主动性。

以上这两个例子，最后是以离婚和炒鱿鱼作结。可见，伪装的自我，可以骗人一时，却不能矫饰久远，最后吃亏的还是你。

如果你觉得真实的自我还不够完善，那么最好的方法，是让自己渐渐变得完善起来，而不是敷衍、遮盖或欺骗。那样的话，自己很辛苦不说，离完美是越来越远。再有，天下的人都不是傻子，你装得了一时三刻，却没有法子永远生活在一个不属于你的光环中。一旦被人家识破，你被减分更多。

我年轻的时候，心其实很累。因为总想表现得比自己真实的状态更好一些，便不由自主地要作假。明明不快乐，怕被人看出，以为是思想问题，就表现出欢天喜地的兴奋。对领导有意见，怕领导对自己看法不良，影响进步，就故意在领导面前格外卖力地工作。其实，那彼此的不融洽，大家心知肚明。在会议上有不同意见，因为判断出自己是少数，就放弃主见随大流，默不作声……凡此种种，以为是老练的举措，都让我做人辛苦，不胜其烦。

后来，终于明白了，要以自己的真实面目示人。没有必要取悦他人，没有必要委屈自己。这样做了以后，我本以为机会一定要少很多，因为抱定了破釜沉舟的决心，只求这一生做一个真实的自我，付出代价也认了。不想，却多了朋友，多了机缘。

思来想去，原来大家都更喜欢真实的东西。你真实了，自己安全了，也让他人觉得安全，机遇反倒萌生。从此，竭力真实。不但自己省力、省心，节省出的能量可以做更多的事情，而且成功的概率也高了起来。

精神的三间小屋

面对那句——人的心灵，应该比大地、海洋和天空都更为博大的名言，自惭形秽。我们难以拥有那样雄浑的襟怀，不知累积至那种广袤，需如何积攒每一粒泥土？每一朵浪花？每一朵云霓？

甚至那句恨不能人人皆知的中国古话——宰相肚里能撑船，也让我们在敬仰之余，不知所措。也许因为我们不过是小小的草民，即便怀有效仿的渴望，也总是可望而不可即，便以位卑宽宥了自己。

两句关于人的心灵的描述，不约而同地使用了空间的概念。人的肢体活动，需要空间。人的心灵活动，也需要空间。那容心之所，该有怎样的面积和布置？

人们常常说，安居才能乐业。如今的城里人一见面，就问，你是住两居室还是三居室啊？……哦，两居室窄巴点，三居室虽说也不富余，也算小康了。

身体活动的空间是可以计量的，心灵活动的疆域，是否也有个基本达标的数值？

有一颗大心，才盛得下喜怒，输得出力量。于是，宜选月冷风清、竹木潇潇之处，为自己的精神修建三间小屋。

第一间，盛着我们的爱和恨。

对父母的尊爱，对伴侣的情爱，对子女的疼爱，对朋友的关爱，对万物的慈爱，对生命的珍爱……对丑恶的仇恨，对污浊的厌烦，对虚伪的憎恶，对卑劣的蔑视……这些复杂对立的情感，林林总总，会将这间小屋挤得满满，间不容发。你的一生，经历过的所有悲欢离合喜怒哀乐，仿佛以木石制作的古老乐器，铺陈在精神小屋的几案上，一任岁月飘逝，在某一个金戈铁血之夜，它们会无师自通，与天地呼应，铮铮作响。假若爱比恨多，小屋就光明温暖，像一座金色池塘，有红色的鲤鱼游弋，那是你的大福气。假如恨比爱多，小屋就阴风惨惨，厉鬼出没，你的精神悲戚压抑，形销骨立。如果想重温祥和，就得净手焚香，洒扫庭院。销毁你的精神垃圾，重塑你的精神天花板，让一束圣洁的阳光，从天窗洒入。

无论一生遭受多少困厄欺诈，请依然相信人类的光明大于暗影。哪怕是只多一个百分点呢，也是希望永恒在前。所以，在布置我们的精神空间时，给爱留下足够的容量。

第二间小屋，盛放我们的事业。

一个人从 25 岁开始做工，直到 60 岁退休，他要在工作岗位上度过整整 35 年的时光。按一日工作 8 小时，一周工作 5 天，每年就要为你的职业付出 2000 小时。倘若一直干到退休，那就是 7 万小时。在这个庞大的数字面前，相信大多数人都会始于惊骇终于沉思。假如你所从事的工作，是你的爱好，这 7 万小时，将是怎样快活和充满创意的时光！假如你不喜欢它，漫长的 7 万小时，足以让花容磨损、日月无光，每一天都如同穿着淋湿的衬衣，针芒在身。

我不晓得一下子就找对了行业的人，能占多大比例？从大多数人谈到工作时乏味麻木的表情推算，估计这样的幸运儿不多。不要轻觑了事业对精神的濡养或反之的腐蚀作用，它以深远的力度和广度，挟持着我们的精神，以成为它麾下持久的人质。

适合你的事业，白桦林不靠天赐，主要靠自我寻找。这不但因为相宜的事业，并非像雨后的菌子一样，俯拾即是，而且因为我们对自身的认识，也是抽丝剥茧，需要水落石出的流程。你很难预知，将在18岁还是40岁甚至更沧桑的时分，才真正触摸到倾心的爱好。当我们太年轻的时候，因为尚无法真正独立，受种种条件的制约，那附着在事业外壳上的金钱地位，或是其他显赫的光环，也许会灼晃了我们的眼睛。当我们有了足够的定力，将事业之外的赘生物一一剥除，露出它单纯可爱的本质时，可能已耗费半生。然费时弥久，精神的小屋，也定需住进你所爱好的事业。否则，鸠占鹊巢，李代桃僵，那屋内必是鸡飞狗跳，不得安宁。

我们的事业，是我们的田野。我们背负着它，播种着，耕耘着，收获着，欣喜地走向生命的远方。规划自己的事业生涯，使事业和人生，呈现缤纷和谐相得益彰的局面，是第二间精神小屋坚固优雅的要诀。

第三间，安放我们自身。

这好像是一个怪异的说法。我们自己的精神住所，不住着自己，又住着谁呢？

可它又确是我们常常犯下的重大失误——在我们的小屋里，住着所有我们认识的人，唯独没有我们自己。我们把自己的头脑，变成他人思想汽车驰骋的高速公路，却不给自己的思维留下一条细细羊肠小道。我们把自己的头脑，变成搜罗最新信息网络八面来风的集装箱，却不给自己的发现留下一个小小的储蓄盒。我们说出的话，无论声音多么嘹亮，都是别的喉咙嘟囔过的。我们发表的意见，无论多么周全，都是别的手指圈画过的。我们把世界万物保管得好好的，偏偏弄丢了开启自己的钥匙。在自己独居的房屋里，找不到自己曾经生存的证据。

如果真是那样，我们的精神小屋，不必等待地震和潮汐，在微风中就悄无声息地坍塌了。它纸糊的墙壁化为灰烬，白雪的顶棚变作泥泞，露水的地面成了沼泽，江米纸的窗棂破裂，露出惨淡而真实的世界。你的精神，孤独地在风雨中飘零。

三间小屋，说大不大，说小不小。非常世界，建立精神的栖息地，是智慧生灵的义务，每人都有如此的权利。我们可以不美丽，但我们健康。我们可以不伟大，但我们庄严。我们可以不完满，但我们努力。我们可以不永恒，但我们真诚。

当我们把自己的精神小屋建筑得美观结实、储物丰富之后，不妨扩大疆域，增修新舍，矗立我们的精神大厦，开拓我们的精神旷野。因为，精神的宇宙，是如此的辽阔啊。

你要学着自己强大

小时候学古诗，杜甫的这几句背得熟。“挽弓当挽强，用箭当用长。射人先射马，擒贼先擒王。”主要是因为它像个童谣，或者说简直是个顺口溜。

问过大人，“挽强”是什么意思。大人说，强就是指弓很硬，拉这种弓要用大力气，好处是射得远。从此把“强”和弓联系起来，再说，谁让这个强字的偏旁部首就是个“弓”呢？更是和弓箭逃不脱干系了。

渐渐年长，才知这个“强”字的根源，和弓箭并没有丝毫相关，那答案真是匪夷所思，本意居然说的是一枚虫。这要从“强”的繁体“強”说起，它原本的模样是在“弘扬”的“弘”字右下角嵌进了个“虫”字组成。改成简体字的时候，将“弘”的右半边改成了一个“口”，让无限的深意丢却了注脚。它原本是什么意思呢？“虫”指代的是单一的卑微生命。不过若这小虫把体内的精神弘扬出来，就构成了坚强雄厚的力量。

这个字里蕴含的能量，让人心意难平。“强”字像个微电影，描绘了一条卑弱小虫的奋斗史。

再来说说这个“大”字。

有一些字，因为太熟稔，念起它们的时候，就像嘴巴接触了牙膏，虽知是异物，却难得留心思谋它的深意。“大”是什么意思呢？就是范围广，高度高，体积阔吧？估计大多数人都会同意这个解释。

“大”的本义，其实和范围高度什么的毫无关系，就是非常单纯地独指一个人。

汉字是象形字，在甲骨文里，这个“大”字伸胳膊撂腿，就是一个人的体态临摹。西周战国之后大行其道的金文中，“大”也是笔触鲜明、四肢俱全的人形。与甲骨文笔道细弱的“大”字相比，金文粗肥猛壮，把人的形象镌刻得更雄硕伟岸。

等到了小篆和现代文字，这个“大”字就和人的形状渐行渐远，一时让人想不起命名它时的初心，不那么相似了。

“强大”是把“强”和“大”组成的一个铿锵有力的词。你看到它，不由得会挺起胸膛浑身充满能量。但倘若问某人，你觉得自己强大吗？大多数都会说，我还不够强大，我希望自己有一天会强大起来。

然而，错了。我们每个人，本身就是强大的。强大的原意指的就是一个卑微如虫的生命，只要将精神弘扬出来，它就有力量。只要你是一个人，天然就强大。

爱因斯坦说过：有百折不挠的信念所支持的人的意志，比那些似乎是无敌的物质力量有更强大的威力。

我们孜孜以求的强大，以为远在天边的强大，以为要靠什么人赐予或是相助才能达到的境界，其实原驻自己身上。

一个再弱小的人，也比一条虫子要有力量。

所以，强大并不难，难的是我们不自知自己的强大。这真是天下第一大悲剧。我们四处寻找的东西，我们以为自己一生也不可能具备的东西，其实从未须臾离开过我们。

我们要学习的不是如何让自己强大起来，而是让自己原本就具有的强大，拂去尘埃，闪闪发光，铮铮作响。

毛笔就在我们手里，墨汁瓶盖已经打开。如果你的时间足够，慢慢研磨墨汁也是极好。总之万事俱备，只等我们用自己的心和手，书写人生的美丽篇章。

我们有很多瑕疵，但只要内心坚定，我们就依然强大。我们可以修补自己的瑕疵，也可以携带着瑕疵前进。这个世界上没有瑕疵的人根本没有出生。

我们有很多不完善，但只要宽容待人待己，我们就依然强大。完善可以不懈追求，但不必形成坚硬桎梏。世上的事情就像吃饭，八分饱即是完美。处处尽善尽美，就是一种无言的慢性自杀。

我们常常受伤，伤痕累累。不过，听说只有一生都圈养在棉花堡中的牲畜，才不会受伤，留待把它们的皮毛制成贵人的衣裘。我们要和命运厮杀，哪里能不受伤。受伤不是耻辱，而是勋章。强大也会受伤，只不过修复的能力比较强，速度比较快，能够在更短的时间内重上战场。

据说每个人每天都会和自己进行 5000 次对话，其中绝大多数话语都是在否定自己。比如说：我很差，我无力，我不行，我要等等看，哦，算了……这一切的根源，都是来自我们认定自己不强大。

“你生而有翼，为何竟愿一生匍匐前进，形如虫蚁？”这是贾拉尔·阿德丁·鲁米的诗，每当读起，我都心生痛楚地觉醒。

希望从今天开始，我们对自己说的第 5001 次话是——我已学会了自己强大。

人生有三件事不可俭省

无论世界变得如何奢华，我还是喜欢俭省。这已经变得和金钱没有很密切的关系，只是一个习惯。我这样说，实在是因为俭省的机会其实很多，俯拾即是、遍地滋生。比如不论牙膏管子多么丰满，你只能在牙刷毛上挤出 1.5 到 2 厘米长的膏条，因为你用不了那么多，你不能把自己的嘴巴变成螃蟹聚会的洞穴。再比如无论你坐拥多少橱柜的衣服，当暑气蒸人的时候，你只能穿一件纯棉的 T 恤衫，如果把貂皮大衣捂在身上，轻则长满红肿热痛的痱毒，重了就会中暑倒地、一命呜呼。俭省比奢华要容易得多，是偷懒人的好伴侣——用最直截了当的方式和最小的代价直抵目标。

然而有三件事你不能俭省。

第一件事是学习。学习是需要费用的，就算圣人孔子，答疑解惑也要收干肉为礼。学习费用支出的时候，和买卖其他货物略有不同。你不知道究竟能得到多少知识，这不单决定于老师的水平，也决定于你自己的状态。这在某种情况下就有点“隔山买牛”的味道，甚至比股票的风险还大。谁也不能保证你在付出了学费之后一定能考上大学，你只能先期投入。机遇是牵着婚纱的小童，如果你不学习，新娘就永远不会出现在你人生的殿堂。

第二件事是旅游。每个人出生的时候都是蝌蚪，长大了都变作井底之蛙。这不是你的过错，只是你的局限，但你要想法弥补。要了解世界，必须到远方去。旅游是需要花钱的，这谁都知道。旅游的好处却不是一眼就能看到的，常常需要日积月累、潜移默化的蓄积。有人以为旅游只是照一些相片买一些小小的工艺品，其实不然。旅行让我们的身体感受到不同的风和水，我们的头脑也在不同风土人情的滋养下变得机敏，目光因此多彩，谈吐因此谦逊。

第三件事是锻炼身体。原始人没有专门锻炼身体的习惯，饥一顿饱一顿全无赘肉。生存的需要逼得他们不停奔跑狩猎，闲暇的时候就装神弄鬼，在岩壁上凿画，在篝火边跳舞，都不是轻体力劳动，积攒不下多余的卡路里。社会进步了，物质丰富了，用不完的热量成了我们挥之不去的负担。于是要人为地在机器上跋涉，在残余氯的池子里浮沉，在人造的雪和冰面上打滚，在水泥峭壁上攀爬……这真是愚蠢的奢侈啊，可我们没有办法，只有不间断地投入金钱，操练羸弱的肌肉和骨骼，才能保持最起码的力量和最基本的敏捷。

有没有省钱的方法呢？其实也是有的。把人生当作课堂，向一切人学习，就省了上学的钱。徒步到远方去，就省了旅游的钱。不用任何健身器械，就在家里踢毽子、高抬腿、做广播体操……就省了健身的钱。

然而，这也是破费，因为我们付出了时间。

你的身体里，必有一颗成功的种子

在每个人的生命里，都有一个关于创造的秘密，等待着被发现。那将是你的第二次诞生。

你一定要相信，在你的身体里，有一颗种子，焦灼地盼望着阳光。至于它到底是一颗什么种子，在没有发芽之前，谁也不知道。

你的责任就是给它浇水，保护它不被鸟雀啄食，不因为干渴而失去生机。不会被人偷走，也不会在你饥肠辘辘的时刻，被你把它炒熟了充饥。如果那样做了，你虽可一时果腹，却丧失了长久发展的原动力。

那颗种子可能藏在你的耳朵里，你就有灵敏的听觉。可能藏在你的手指甲里，你就有非凡的触觉。也可能在你的眸子里，也可能在你的肌肉中。当然了，更可能在你的大脑中，心脏里，双手中……

每个人在属于个人的成长经历中，早已获得了解决问题的丰富宝藏。请信任我们的潜意识，它必定能在正确的时机产生恰当的回应。告诉你一句悄悄话——有时候，信息也将以非语言的方式揭露真相。

找找吧。一定找得到！

身体里绝对有不少于一百种的功能，能保证你在浑然不觉中完成种种复杂的运作。但你不要以为功能们会一直老老实实地待在那里，它们是勤勤恳恳的，却不是任劳任怨的。如果你一直视它们的存在为理所当然，从来不照料它们，不维护和激励它们，或是过度使用，或是置若罔闻，那么，它们不是反抗就是消极怠工，更或许会集体突围，无声无息地溜走了，让你误以为它们从来不曾居住在你的身体里。要知道，一辈子无意识地随波逐流，会导致你各种功能的退化。

成功并不像想象的那样难。因为我们不敢做，它才变得难起来。

为自己建立快乐的生长点

人类正在经历有史以来最独特的一个阶段，也可以说是“五千年未有之变革”。嘿！岂止是五千年，简直就是自打人类从树上爬下来之后，五十万年甚或两百万年以来从未有过的奇特阶段。

这就是我们生存的威胁，已经不再是祖先们最恐惧的风霜雨雪等自然灾害，也不再是布帛菽粟的温饱问题，而是来自亲手制造的核灾难和心理樊笼。这是我们第一次面临人的心灵广泛起到主导作用的阶段，是人类自身演变进程的关键时刻。

我们面对的最大矛盾是——痛由心生。

饭吃饱了，是好事还是坏事呢？当然是好事了。没有尝过饥饿滋味的人，是很难体会到那种极度低血糖带给人的虚弱，具有多么恐怖和濒死的感觉。那个时候能得到一块干粮，简直就是无与伦比的幸福。

如果是一块喷喷香的烤肉，更是咫尺天堂。

饥饿是强大的。当饥饿不存在的时候，很多痛彻心扉的欢乐也一去不复返了（这里的痛，要作痛快来理解）。旧的欢乐走了，要有新的欢乐顶上来。否则，人就被剥夺了幸福的重要源泉。

每个人，要为自己建立起快乐的生长点。这是你在新形势、新阶段的新任务。你不能仅仅满足于食物带来的快乐，也不能满足于性本能带来的快乐。那都是动物的本能，虽然不能一笔抹杀，但人毕竟和动物是有重大区别的。

生物的快乐是永远存在的，不过，它们其实是很节制的。比如你的胃，容量就很有限。我曾亲眼在临床上见到过因为吃得太多，而把胃撑爆裂的病人，极其凄惨。我本来以为胃是很结实的器官，而且到了满溢的时刻，就不会接纳更多的食物。其实不然。因为一下子涌进了大量食物，胃就丧失了蠕动的功能，停滞在那里，好像一个懈怠了的橡皮口袋。如果事情局限在这个地步，还不是最糟，要命的是吃进去的食物，在体温的作用下开始发酵，产生了大量的气体。这时的胃就膨胀起来，变成了一个气球。产气越来越多，气体终于把胃给撑炸了。当我们用手术刀打开患者腹部的时候，看到的是满肚子白花花的大米饭。我们把破裂的胃切除了，用大量的生理盐水清理腹腔，把那些完全没有消化的大米粒从肝胆的后面和肠子的表层冲洗下来，好像在洗一堆油腻的锅碗瓢盆……手术持续了很长时间，我们多么希望能挽救这个人的生命啊，然而，那些米饭带有大量的病菌，它们污染了洁净的腹腔，让这个人生了极重的败血症，最终逝去。

可见，一个人能吃进肚子的食物，实在是有限度的。

再说那个令人颇感兴趣的“性”。性的物质基础是性器官。当我学习性器官的功能时，接触到一个词，叫作“绝对不应期”。这个医学术语是什么意思呢?

面对一块活体的肌肉，你用电极棒刺激一下，它就反射性地弹跳一下，对你的刺激发生反应。你加快刺激的频率，它的反射也就增快增密。但是，这不是可以无限玩下去的游戏。当你的刺激变得更加频密的时候，肌肉反倒一动不动了。老师说，这组肌纤维进入了“绝对不应期”。任你如何加大刺激的强度，它就是呆若木鸡，毫无反应。用一句通俗点的话来说，肌肉罢工了！

肌肉什么时候复工呢？不知道。理智无法操纵肌肉的规律，除非它休息好了，自愿上工。不然，除了等待，你是一点法子也没有。

老师说，在人体所有的肌肉组群中，男性生殖器的肌肉和心肌的绝对不应期是最长的。为什么，你们知道吗？

学生们回答说，心肌如果没有足够的休息，无论什么刺激来了都反应一番，心脏就乱跳起来，会发生纤维性颤动，人体的发动机就废了。

老师说，回答得很好。那么，生殖器的肌肉为什么也要那么长的休息时间呢？

那时我们都很年轻，实在不知道这个问题如何回答为好，面面相觑。

老师说，性可以被用来压抑死亡焦虑。医学不得不承认性的诱惑具有某种极为神奇的力量，是一个强大的避风港，在短时间内可以对抗焦虑。在性的魔力之下，人会陶醉其中。不过，因为生殖器官不是单纯为了给人狂喜的器官，它肩负着繁衍后代的责任。这个工作太辛苦了，所以，它就给这个活动包了一件快乐的外衣，如同药丸外面的那层糖皮。你若是为了糖衣而不停地吃药，一定会把你吃坏。所以，生殖器的肌肉就有了显著的绝对不应期。

但是，请谨记——性绝不是全部。医学教授谆谆告诫，这显然已经超过了医学的范畴。他说，年轻人啊，如果你把性当成了人生的唯一要务，那么，不但身体不能允许，而且在一切如潮水般消退之后，遗留下来的是无比凄凉和无意义的感觉，世界变得庸俗和单一。尤其是杂交，虽然可以向寂寞的人提供短暂而强大的舒缓，但这必然是饮鸩止渴。

我至今不知道这是不是有科学证明的权威说法，但人的生殖系统绝不是贪得无厌的蠢货，这一点我绝对相信。

既然食欲和性欲带给我们的快乐都是有定量的，那我们到哪里去寻找取之不尽、用之不竭的快乐呢？

只有精神领域的探索是永无止境的，它能提供的快乐也是最高质量的快乐。

美丽是心底的明媚

认识一位资深的整形医生，我问，您可以一眼就看出谁整过形吗？

她说，基本可以。特别是演艺界的人，他们的脸是公开的档案。某个演员笑容呆滞的时候，我知道她刚刚做完一个微型整形项目。某个当红明星突然没有什么缘由地销声匿迹，过一段时间高调复出，我看后知道她或他刚刚把自己打磨完工。我还知道，过一段时光，为了保持良好状态，他或她就得开始下一轮整形了。

我说，整形效果难以持久，是不是他们碰上了手艺不堪的整形医生，所以事倍功半呢？

她说，整形这件事，大约有 60% 的效果要仰仗整形医生的经验和技术，剩下的 30% 呢，要看接受者的条件，比如不能是疤痕体质。

我把这两者的概率加了一下，并不到 100%，就说，那剩下的呢？

整形医生说，剩下的要看天意，就是概率，再说明白点就是运气。有时候，医生没有问题，病人没有问题，却南辕北辙，甚至丢了性命，就是这神鬼难测的 10% 在起作用。

我说，这么有风险的事情，为什么人们还要前赴后继在所不辞？

整形医生说，我们这一行真是蒸蒸日上。不管经济是不是景气，每年的增长率都达到两位数。特别是现在开辟了新战场。

我说，你们那儿刀光剑影血流成河，真可谓战场。只不过这增的部分位于哪里？

整形医生说，是小鲜肉们。过去男子除了受伤毁容必须要做整形之外，来得毕竟很有限，多年来只占一个很小的固定比例。最近几年，小鲜肉啊颜值啊呼声震天，年轻男子整形的比例大幅度上升。天生的小鲜肉数目毕竟有限，我们就后天大批量制造小鲜肉和好颜值，也迎来了整个市场的黄金发展时期。

我说，您整形前，一定要好好观察他们的长相吧？

整形医生说，除此之外，最重要的是我让他们一定回答一个问题。回答不正确的，我就不给他做整形。

我说，是什么问题？

整形医生说，请把你的心想象成一座山谷，告诉我，那里是怎样的景象？

有人说，山谷里绿树成荫泉水潺潺。

有人说，山谷里鸟鸣不绝百兽出没。

有人说，他的山谷里阴风惨惨，宛若地狱。

有人说，他的山谷里毒蛇盘踞豺狗成群。

我说，这和整形有什么关系呢？

整形医生说，整形的效果并不是一劳永逸，相由心生。人们为什么要整形？说到底是为了让自己的容貌美丽。可是再端正的容貌，也不是一成不变的。它一定会随着人心的动荡而此起彼伏。就像一件牛仔裤穿在不同人的身上，半年后，就会养成不同的纹路，人的容貌也是一块更细腻的布。天然的容貌是这样，靠人工矫正过的容貌更经不起磨损。愁苦，会生出相应的皱纹。快乐，则会有完全不同的纹路。如果你想要美好容颜，请先让自己心境明媚。

也有人拒绝做这个想象，说，我不告诉你，你就不会知道我的心事。

我就对他说，你当然可以不告诉我，也可以不对任何人说出你的秘密。但是你不知道，你身边就潜藏着证人，不断揭发你试图掩藏的一切。

那人多半大惊失色，说，这是谁？他躲在哪儿？为什么刺探并出卖我！

我说，它就是你的脸，你的容貌，你的动作，你的身体，包括你所散发出来的气场。我们的心灵就像树根，滋养生发塑造着我们的身体。一棵树的叶子光泽灼灼，花开艳丽，你就知道它的根系深长营养丰饶。绝大多数的叶子和根长得一点都不相似，可叶子是根的证件照。

很多人用尽种种法子，来补充皮肤上的水，来拉直面颊上的纹，来填丰唇上的沟壑，来挑垫低垂的眉……在高明的整形医生手下，这些都不是难事。你可以在短时间内看到某人焕然一新的容貌。然而，整形医生手中的刀，抵不过天下另外两把刀。

我说，那两把刀是什么？

她说，一把刀是时间，时间会冲刷整容的效果，就像雪堆遇到春阳，渐渐融化。还有一把更尖锐的刀，就是心灵的雕刻。只有心底的明媚，才能滋养出旷日持久的美丽。

温柔就是能够对抗世间所有的坚硬

圣雄甘地说过："用温柔的方式也可以震撼整个世界。"

原子弹可以震撼世界，山崩地裂可以震撼世界，但是温柔——可以吗？很难吧？

并不是做不到。

地球上，最广大的存在是什么呢？是水。海水占了地表面积的71%，除了海水之外，陆地上也有水。所以加在一起，它们比71%还要多。

水深流慢，风动山静。一滴水，多么柔弱啊！它没有形状，没有硬度，甚至连自己的姿态也维持不住，放入锅碗瓢盆，马上就悄无声息地依从了容器的限制，要方就方，要扁就扁，毫无个性的模样。

然而水的力量，谁敢小觑？它们雕刻了山峦，凿通了石壁，溶解了无数矿物，摧枯拉朽地一泻千里，裹挟万物。有道是水火无情，不起眼的水居然排在了万丈烈焰的前面，可见它爆发的力度。

当它不准备发功的时候，安静而温和。它慈悲柔软地轻轻流过，灌溉大地濡养生灵，没有一丝居功自傲的模样。它遇到不平的时候，会发出铿锵有力的声响，决不忍让和退缩。它的每一朵浪花中，都藏有自己的目标。无论怎样粉身碎骨，盘绕多少曲折，总是坚定地向着远方奔涌，从不懈怠。

水教会人们，不要把迂回还当作怯懦。不要紧抓着毫不妥协的感觉自我沉醉，真正的勇敢是富于弹性。允许那些必要的弯曲，比如长江的天下第一湾和黄河的大拐弯，都不曾影响了它们滔滔东去入海。

水可成为我们意志的向导，只要稳定向前，温柔便可对抗所有的坚硬，便可越过障碍，复归安宁。

握紧你的右手

常常见女孩郑重地平伸着自己的双手，仿佛托举着一条透明的哈达。看手相的人便说：男左女右。女孩把左手背在身后，把右手手掌对准湛蓝的天。

常常想世上可真有命运这种东西，它是物质还是精神？难道说我们的一生都早早地被一种符咒规定，谁都无力更改？我们的手难道真是激光唱盘，所有的祸福都像音符微缩其中？

当我沮丧的时候，当我彷徨的时候，当我孤独寂寞悲凉的时候，我曾格外地相信命运，相信命运的不公平。

当我快乐的时候，当我幸福的时候，当我成功优越欣喜的时候，我格外地相信自己，相信只有耕耘才有收成。

渐渐地，我终于发现命运是我怯懦时的盾牌，当我叫嚷命运不公最响的时候，正是我预备逃遁的前奏。命运像一只筐，我把自己对自己的姑息、原谅以及所有的延宕都一股脑地塞进去，然后蒙一块宿命的轻纱。我背着它慢慢地向前走，心中有一份心安理得的坦然。

有时候也诧异自己的手。手心叶脉般的纹路还是那样琐细，但这只手做过的事情，却已有了几番变迁。

在喜马拉雅山、冈底斯山、喀喇昆仑山三山交汇的高原上，我当过卫生员。在机器轰鸣铜水飞溅的重工业厂区里，我做过主治医师。今天，当我用我的笔杆写我对这个世界的想法时，我觉得是用我的手把我的心制成薄薄的切片，置于真和善的天平之上……

高原呼啸的风雪，卷走了我一生中最好的年华，并以浓重的阴影，倾泻于行程中的每一处驿站。

岁月送给我苦难，也馈赠我清醒与冷静。我如今对命运的看法，恰恰与少年时相反。

当我快乐当我幸福当我成功当我优越当我欣喜的时候，当一切美好辉煌的时刻，我要提醒我自己——这是命运的光环笼罩了我。在这个环里，居住着机遇，居住着偶然性，居住着所有帮助过我的人。

而当我挫折和悲哀的时候，我便镇静地走出那个怨天尤人的我，像孙悟空有分身术一样，跳起来，站在云头上，注视着那个不幸的人，于是，我清楚地看到了她的软弱，她的懦怯，她的虚荣以及她的愚昧……

年近不惑，我对命运已心平气和。

小时候是个女孩，大起来成为女人，总觉得做个女人要比男人难，大约以后成了老婆婆，也要比老爷爷累。

生活中就像没有无缘无故的爱一样，也没有无缘无故的幸运。对于女人，无端的幸运往往更像一场阴谋一个陷阱的开始。我不相信命运，我只相信我的手。

因为它不属于冥冥之中任何未知的力量，而只属于我的心。我可以支配它，去干我想干的任何一件事情。我不相信手掌的纹路，但我相信手掌加上手指的力量。

蓝天下的女孩，在你纤细的右手里，有一粒金苹果的种子。所有的人都看不见它，唯有你清楚地知道它将你的手心炙得发痛。

那是你的梦想，你的期望！

女孩，握紧你的右手，千万别让它飞走！相信自己的手，相信它会在你的手里，长成一棵会唱歌的金苹果树。

暴雨筛

南方的女友讲过这样一个故事。

她说，我 35 岁的时候，考上了一所夜大。每天下班后，要穿越五条街道去读书。一天傍晚，台风突然来了，暴雨像牛仔的皮带一样宽，翻卷着抽打天地。老师还会不会上课呢？我拿不准。那时，电话还不普及，打探不到确实的消息。考虑了片刻，我穿上雨衣，又撑开一把伞，双重保险，冲出屋门。风雨中，伞立刻被劈开，成了几块碎布。雨衣阴险地背叛了我，鼓胀如帆，拼命要裹挟我去云中。我只有扔了雨衣，连滚带爬。渺无人迹的城市中，我惊惶地想到，是不是只有我一个人这样傻？也许今天根本就不上课。

我迟疑了片刻，但咬紧牙，继续向前。好不容易到了学校，贴身的衣服已像海带一般冷硬，牙齿像上了发条似的打战。没想到看门的老人说，从老师到学生，除了你，没有一个人来！

那一瞬，我非常绝望。不单是极端的辛苦化为泡沫，更有无穷的委屈和沮丧。

老人看我失魂落魄的样子，让我进他的小屋歇口气。喝着他沏的热茶，我心灰意懒。伴着窗外瀑布般的水龙，老人缓缓地说，你以后会有大出息。我说，我是一个大傻瓜啊。

他说，所有学生里，只有你一个人来上学了。看，暴雨是一个筛子。胆小的，思前想后的，都被它筛了下去，留下了最有胆量和最不怕吃苦的人。

那一瞬，好似空中打了一个闪电，我的心被照得雪亮。也许我不是3000学生当中最聪明的，但今晚的暴雨，让我知道了，我是3000学生中最有胆量和毅力的人。

从那以后，我就多了自信。你晓得，天地万物都会齐来帮助一个自信的人。所以，我就一步步地有了今天的成功。

我说，那位老人，是你人生最重要的导师之一啊。

三月，是我们的节日

记得上初一的时候，一天上午，女教师对我们说："今天是三八妇女节……"我们乖乖地坐着，从小到大，每年都要听到一次这样的开场白，下面的话不听也猜得出来：下午女教师都放假了，你们要自己复习功课……我们安安静静地等待意料中的下文，没想到老师说："所有的女同学放假半天。"

这是我第一次过三八妇女节，第一次被人庄重地当作女人。那一天，北京下着春雪。纷纷扬扬的雪花和对于女人最初的感受，从此在我记忆的天空中永远飘荡。

好长时间不喜欢女人这个词，觉得它像绸缎一样柔软，仿佛一个阴晴未定的早晨，谁知道会不会出太阳！于是便穿夹克，留短短的头发。妈妈说：鞋穿得那么费比个男孩还要淘！虽说挨着骂，为了这后半句话，心里还很得意。后来，我当了兵，来到喜马拉雅山、冈底斯山、喀喇昆仑山三山交汇的一处博大的高原。连绵的冰川、无尽的雪峰，横亘在我青春的道路之上。我们是那里最初一批也是最后一批女兵，和男兵们一起爬冰卧雪，餐风宿露。假如不是每发 6 元钱津贴费时，要给我们加发 7 角 5 分的卫生费，我几乎以为自己已成功地成为一个男人了。

终于愿意当个女人了，是因为有了我的儿子。他使我认识到了女性自身的伟大和勇敢。她承担了这个世界上最复杂最精细最充满开创性的劳动——她制造新的人，包括女人也包括男人。生命的基因像一条缀着金锚的水兵飘带，是女性用自己的血凝为红宝石，以自己的眼泪和汗水化为珍珠，把智慧的密码绣在蔚蓝色的大海上，在波浪与白云之间飘扬。

许多年过去了。我依旧爱穿夹克，它有那么多口袋，可以装许许多多杂乱的东西。我依旧爱留短短发式，因为它简洁而随意。但我不再歧视我的性别，不再去刻意模仿男人。我终于知道世界上有一些事情，是不能选择也不能改变的。造物主随手给了我们一张白纸你不可能再换一张。我们能做的事，就是在这张纸上，画美丽的画，写潇洒的字。

于是，每年临近三月，心中便有了企盼，盼那个完完全全属于我们的节日。那个下午终于到了，和女伴们去看一场久已慕名的电影；和女同学一起追忆遥远的往事；到公园里静静地走，任凭略带寒意的春风，吹起丝绸披肩的一角；看野外暖气霭然的大地，浮动若隐若现的青翠……

记得一个女人曾经在书上写道：三八妇女节若是能往后推几天，该多好！现在的日子太冷了，女人们穿着厚厚的冬衣，无法显示出身材的婀娜与美丽。

可惜“三八”不单是一个充满鲜花的节日，它的源头是一场血与火的抗争。饥寒交迫的女人，是无暇顾及美丽的。她们用自己的热血，为后来的女人们，争取了包括美丽在内的许多权利。

记得一位中年男子曾经悻悻地说：你们都有节日，唯独我没有。仔细想一想，好像也有道理：孩子们有儿童节，老人们有重阳节，青年人有“五四”……我说：你们也有节日，比如五一国际劳动节。他反驳说那是大家共有的节日，不算。我这才明白，节日就像一个国度，是有特定的领海和领空。

是的，成年的男子们没有单独属于他们的节日，而我们有，我在感到由衷的自豪的同时，又出生淡淡的悲哀，淡淡的苦涩。他们没有自己的节日，但他们是公认的强者。我们有属于自己的节日，但我们曾经是弱者，曾经地位卑下。那些需要格外保护的东西，除了因为珍贵，就是因为脆弱。节日在给予我们真理的同时，更给予我们责任。

女人因此有更多的苦，更多的累，更多的血汗与悲凉的泪。女人因此有更多的责任，更多的勇气，更多的优美的歌与深切的爱……

“现在的女人，没有过去的女人能干喽！那时候，吃糠咽菜，一个女人要拉扯几个孩子……”妈妈徐缓地对我说，好像在念一首古老的歌谣。

我望着母亲华丽的灰发，心中充满迷惘也充满不平。一代又一代女人组成生命的链条，每一个环节都熠熠闪光。我们要读许多的书，我们要做许多的事，我们要对这个世界讲许多话，我们将比我们的祖母姨母姑母要更忙更累也更快乐！

做个女人，在春风里迎来自己的节日，这是一件多么美好的事啊！

无形容颜

除了蒙面匪，我们向人时都有一副容颜，或姣或陋，此乃上天与父母合谋的奉送。它像一件不是自主选定的商品，无处退换，不论满意与否都得义无反顾地佩戴下去，还需忍受它的褪色与破旧，直至与身俱灭。虽说整形与美容术可使某些乏善可陈的相貌得到修正，但从根本上讲，我们的脸都是造化随机奉送的礼物，绝非不喜欢就可轻易扒下、再换一张新的画片。

然而事情又有些怪异，按说千人千面，绝不雷同，但每逢分手之后，我追忆熟悉的朋友或新结识的诸色人等，他们的脸往往如淋了雨的泥娃娃，五官模糊成团，心头浮起的只是一汪暗影，好像柏油路上水渍洇开的油迹，朦胧浮动，难以界定。淡去的眉眼缩略简化成某种符号——亲切或是寒冷的感觉，温馨或是漠然的情致，和谐或是嘈杂的音调。

或者干脆涌出一片颜色：柔润的夕阳红、华贵的荸荠紫、神秘的宇航灰或污浊的狗尾巴黄。更多的时候，一提到某个名字，与之相关的那张具体的脸仿佛突然被巨型“消字灵”涂掉，代之一股情绪的云雾，或愉悦或厌倦，弥漫心头。

早先以为自己有残缺，大脑里专管录像的那一部分遭了虫蛀，成了破包袱皮，再也包裹不住有关相貌的记忆，后来年事渐长，与人交流，才知天下有这等恍惚毛病的人颇不少。方明白人的脸，乃是一个变数。

眼光直接注视的时候，对方的眉目自然是清晰的。可惜心灵的感光，基本上是一次成像不保存底片，加上懒散，有形的面容一旦撤离视野，记忆就清理记录，大而化之地分门别类，一一归档。人的有形容貌，无法恒久烙下记忆，卷宗收留的只是提炼过的印象。

世上资产，分为有形和无形。无形资产的定义，我以为是指超出物质的实际价值，由于你的努力在人们心目中形成的信任——简言之，它是你的名字进入他人耳鼓时，呼唤起的一种美好感情。

摈除其中的商业因素，对于人的容颜来说，或可借用这个概念。

脸后有脸。

上天赋予我们的端正或歪斜的眉眼、粗糙或光滑的皮肤、颀长或粗短的身材、完整或残缺的四肢……均是我们有形的容颜，每个人后天创造发展的性格、品行、能力，属于你的无形容颜。

无形脸有正负之分。一个人只有美丽的外表，却没有相应的内在，初次结识时秀丽外形所留下的愉悦印象就会犹如沙上之塔，很快便会被残酷的现实冲刷得千疮百孔。无形容颜的毁灭，像一场“精神天花”，人际关系一旦被传染，犹如多米诺骨牌轰然倒塌。从此提起你的时候，人们会遗憾甚或恼怒地说：“那个人啊，金玉其外、败絮其中。”

无形脸不会衰老。只要我们浇灌慧根、磨砺意志、拓展胸臆，它便会从幼年开始，如同花树一般渐渐生长，直至轮廓分明、明眸皓齿、青丝不老、慈眉善目……岁月流逝，沧海桑田，但在欢喜你、亲近你的眼光中，你所留下的形象始终如一，引起的感觉永恒温暖。比如远行的双亲，纵使白发苍苍，在儿女们心中依旧是盛年音容、风采卓然。

我们习惯以思为笔，在心灵之纸上勾勒众人容貌。它和古时衙门的“画影图形”不同，与真实的形象已无关联，只对真实的情感负责。无形容貌是想象和判断的产物，摒弃工笔，重在写意。它缥缈，却比纤毫不差的实照具有更持久的魅力。

无形脸可以美丽也可以丑陋，能怒火中烧也能垂头丧气，会神采奕奕也会惨淡无光。无形容颜的营造也像一门古老的手艺，“师傅领进门，修行在个人”，如果你背信弃义，无形脸的画布上就留下贼眉鼠眼的一笔。如果你阿谀奉承，画布上就面色萎黄。如果你恃强凌弱，画布上就口眼歪斜。如果你居心叵测，画布上就血盆大口。如果你聪慧机警，画布上就眉清目秀。如果你襟怀坦荡，画布上就有浩然正气流注天庭。

我们对有形的容颜可以心平气和、随遇而安，对无形的容颜却要惨淡经营、精益求精。有形的容颜可以有疵而不坠青云之志，无形的容颜不能肮脏受污而无动于衷。

有形的脸可存不完美，无形的脸必得常修炼。

珍惜每个人的无形脸，它是品德签发的通行证。凭着优雅的无形容颜，我们可以在萍水相逢的一瞬，遭遇千金难买的信任，转危为安；我们可以在旋转的大千世界，找到志同道合的朋友，共赴天涯。

蓝宝石刀

一次朋友聚会，来了几位新面孔。席间，有男士谈起自己新交的女友，说是一位美女，于是不但在座的男子几乎全体露出艳羡之色，就是各个年龄段的女人，也普遍显出充分的向往与好奇。

大家纷纷说，原以为美女都已随着古典情怀的消逝被现代文明毒死，不想这厢还似尼斯湖水怪般藏着一个。众人正感叹着美女的重新出山，突然从客厅的角落里发出了一个声音："美女是有公众标准的。不是你说她是，她就是的。恋爱的人，眼里出西施。"

大家诧然复茫然，想想也有理。先别忙着赞叹，到底是不是个真美女，还有待考察商榷呢！

说这煞风景话的男子，看上去细而柔的身材、平淡的五官。但并不虚弱，四肢甚至可以说是有力的。

于是，有人对那位与美女交往的男子说：“带着照片吗？拿出来让大伙儿看看嘛！一来让我们养养眼，二来也让蓝刀鉴定一下，到底算不算真美女！”

我悄声问身旁的朋友：“蓝刀是谁？”

他指指细而不弱的小伙子说：“他就是。”

我说：“蓝刀——好古怪的名字！江湖上的？武林高手？”

朋友说：“他是整形外科医学博士。因为他常用蓝宝石手术刀，所以圈内人称他为蓝刀。”

美女之友架不住众人的鼓动，从西服内袋里掏出一张照片。姿势娴熟，想来是常常观摩的。

彩照，长跑火炬似的在众人手间传递。几位上了年纪的，还掏出了老花镜。

好不容易轮到我。姑娘确实美丽，身材相貌都属上乘，起码不逊于时下影视界的靓丽偶像。

照片最后传到蓝刀手里。不知道是巧合，还是大伙儿等着他一锤定音，喧哗的客厅悄无声息了。

蓝刀只看了一眼。真的，只一眼。我觉得即使从敬业的角度来说，他也该多看几眼的。后来蓝刀解释，一是将别人女友盯住不放，有失礼仪。再是对于老农来说，庄稼长势如何，一瞄足够。

蓝刀说：“总体上，还不错。这是一位17世纪的美人形象。”

大家驳道：“美人也不是瓷器，还有时代限制？”

蓝刀正言：“时间感很重要。比如盛唐以肥为美，杨贵妃就是个双下巴，连那时的菩萨塑像也个个超重。而17世纪的标准美人是：眼要重睑，也就是咱们平常说的双眼皮。鼻子从侧面看是微微上翘的，万万不能是鹰钩。嘴唇不可太大，更不可太小。上嘴唇较下嘴唇稍薄，反过来就是败笔。左面的颊上有一个酒窝，要是不幸长在右面就要减分。颈部可以有皱褶，但形状一定要好，如同一圈天然的项链……”

大家听到这里就大笑说：“真够苛刻，难为女人了。”有人起哄道：

“蓝刀，不要光说好的，来点具有专业水准的。”

那潜台词是期待蓝刀指出这女子的容貌缺陷。

蓝刀以目光征询美女男友的意见。小伙子好像也很想长点知识，做出愿意洗耳恭听的模样。

蓝刀说：“既然说到专业，我就再发表点意见。学术研究，没有别的意思，若是冒犯了，请多原谅。从照片来看，这位女性的相貌还有不足之处。一是从发际到下颌之间的距离，应为本人的三个耳朵的长度。以这个比例要求，似稍嫌长了一点儿。鼻尖、嘴唇中点和下颌点，应为一直线，此为美人非常重要的一个指标。但这位女生鼻尖稍向右偏了一点，于是面部有了少许不平衡之感。女性好细腰，但并不是越细越好，从美学的角度来看，腰围是头围的 1.618 倍最好……”

大家哄笑起来，说：“蓝刀，闭嘴吧。照你这样算下去，人间就真的没有美女了。”

蓝刀也就不再就该女士发表意见。但由此引出的话题新鲜有趣，整个晚上，蓝刀成了主角。

一位桥梁工程师说：“对不起，不是针对你个人。我倒是很有点看不起整容医生。”

蓝刀很沉着地问：“为什么呢？”

工程师说：“虽然你们是医生，却没有急诊。我不是医生，可我知道，几乎所有的科，都有急诊。比如外科，那就不必说了。妇产科、小儿科……就连牙科吧，也有。比如你的腮帮子被人打漏了，就得上口腔医院马上缝。可有谁急诊整形呢？它是富贵事，可有可无的。”

蓝刀说：“你说得对，整形外科没有急诊。但是，一个烧伤的病人，你不为他整容，他就无法回到正常的人群当中。你倒是用急诊把他的生命挽救回来了，他却自惭形秽，自暴自弃，再也无法挺胸做人。还有，若是他不整容走到街上，月黑风高，谁要是在胡同拐角处突然看到一个满脸焦疤的人，以为遇到了妖怪，惊恐万状，虚脱休克，这人道吗？”

听蓝刀这么一讲，大家就觉得整容也是社会发展到高级阶段的产物，医学百花中的一朵。

有人问："什么人适宜做整容？"

蓝刀清清嗓子说："我先不回答这个问题。我想说的是——什么人不适宜做整容？"

大家说："原来不是掏钱就能做，你们规矩还挺大。"

蓝刀说："有八种人，我是不给他做整形手术的。"

"第一种人，天天身上带着一面小镜子，无论何时何地，都随手把小镜子拿出来顾影自怜或是自惭形秽的人，不做。"

大伙儿忙问："为什么？"

蓝刀说："他认为人世间最重要的事就是他的容貌，自信心和尊严都系此一事。这样的人，无论手术做得怎样成功，他都会认为未能达到目的。所以，我不能自找烦恼。"

"第二，进我诊所时，拿着一本或几本时尚导刊，指着封面或封底的某明星或歌星的大幅照片说：'我的要求不高，就是做成她的那个鼻子加上她的那个嘴巴……'"

大家笑道："这是不能做。无论如何你都无法使他满意。"

蓝刀叹气道："我心中常常又好笑又生气，便对来者说：'你以为我是谁？上帝吗？可惜，我不是。纵使我能把你修理出那样规格的鼻子和嘴巴，你可有那样的才气和奋斗？'"

"第三种不做的人是：头不梳脸不洗衣冠不整浑身散发不洁气息……"

不等蓝刀说完，大家打断道："这一条，好似不合情理吧？正是因为某些人的仪表不良，他们才要求整理容貌，你怎么反而拒之门外呢？"

蓝刀说："一个人的容貌可以被毁或是天生缺憾，但爱整洁是教养和习惯问题，不仅是对他人的敬重，更是对自己的珍惜。如果一个人没有这份热爱生命的感觉和精心维持，那么，我即使辛辛苦苦地帮他建设了较好的硬件，软件跟不上，也还是没良效的。而我尊重自己的劳动，我愿把宝贵的精力放到更善待自己的人身上。”

大家默然片刻后表示可以接受。接着问：“其他呢？”

蓝刀说：“第四种，凡来人说：‘我本人并不想来此做什么整容手术，都是我的家人——丈夫或男友，要我来做的……’这样的人，我也概不接待。”

大家说：“啊，那么绝对啊？”

蓝刀说：“是。容貌是自己的内政，无论它怎样丑陋，只要自己接受，别人就无权干涉。如果一个人因为惧怕或讨好，而听命于另外一个人，被迫接受了在自己身上动刀动剪动针动线，那是很不情愿和凄凉的事情。我不愿成为帮凶。”

大伙儿频频点头，表示言之成理。

蓝刀说：“第五条，多次在就诊时间迟到或无故改变约定的人，不做。”

大家说：“这倒有些奇怪，你又不是兵营。遵纪守时的问题，和医疗何干呢？”

蓝刀说：“整形手术需反复多次，其中的艰苦和磨难，超乎想象。手术程序一旦开始，就不可中断。你不能把大腿上的皮瓣做好了准备移到脸上，但本人突然不干了……所以，纪律性和承诺感不好的人，我不为他做手术。医生精力有限，我不愿在医疗以外的事情上花费太多的时间。

“第六条，对同一问题，反复询问。我这次答复了，下次又问的人，我不做。”

大家笑道：“蓝刀，脾气够大啊。是不是求你做手术的人太多了，店大欺客啊？问来问去，可能是那人记性不好，干吗不依不饶？”

蓝刀说：“一个人对自己高度关注的事，况且我反复讲过多遍，还记不住，这是记忆问题吗？不是。是信任问题。他不信任我，所以不厌其烦地追问，好像审讯。我虽可理解这种心情，但我不能给一个不信任我的人动手术。无论是对我还是对他，都不愉快。”

大家愣了一下，没人再作声，表示尊重一名资深医生对病人的挑剔。

“第七条，态度特好或是态度特不好的病患，对医生满口奉承和送礼的病患，表现得特别合作或特别不合作的病患，一概不做。”蓝刀一字一顿很慢地说。

大家道：“这一条，能顶好几条。情况却大不一样。态度不好的不做，明白。但态度特好的也不做，费解。”

蓝刀说：“他为什么特别殷勤？后面肯定有这样一个假设——如果他不送礼，我就不会尽心尽意地为他手术。他能奉承我，也就能诋毁我，不过是正反面吧。手术是一件充满概率的事情，即使我小心翼翼、殚精竭虑，也不可能百战百胜。为了那个无所不在的概率，我要保留弹性。我需要有医生的安全感和世人对‘万一’的理解，得给自己留一条后路。”

客厅的空气一下子变得有点沉重。

“该第八条了，也就是最后一条了。”沉默半晌，大家提醒蓝刀。

蓝刀说：“这一条，简单。凡是手术前不接受照相的人，不做。”

有人打趣道：“整形大夫是不是和某影楼联营了，可以提成？要不，为什么有这样古怪的要求？”

蓝刀道：“一个人破了相，不愿摄下自己不美的容颜，可以理解。但是，为了对比手术的效果，为了医学档案的需要，留有确切的原始记录，总结经验教训，都要保留病患术前的相貌。当然，会做好保密的。但是，有些人说什么也不接受这一合情合理的要求。没办法，既然他连面对真实情形的勇气都没有，又怎能设想他和医生鼎力配合呢？所以，只有拒之门外了。”

蓝刀说到这里，很有一些痛惜之意。

分手的时候，蓝刀热情地说：“欢迎大家到我的诊所做客。”大伙儿回答：“蓝刀，我们会去的。不是去整形，是听你说这些有趣的话。”

美容师的作品

一家很有名的制造商，产品从服装到化妆品到无数精美的饰品。

一天，商家召开盛大的产品推销会，其中最有趣的项目是——造就绅士。他们聘用的高级美容师，从城市最肮脏的角落，找到了一个身材高大的流浪汉，衣衫褴褛面容晦暗。美容师先给他拍了照片，存档以观后效。接着便用芬芳的洗液为他冲沐理发，用名牌剃须泡给他刮胡子，敷上一层又一层含有药物成分的润肤品、面霜和眼霜……打理清洁后，根据他的身高和肤色，选配了最适宜的衬衣、西装、领带，甚至还有一支很棒的手杖和一顶昂贵的帽子……

于是，众目睽睽之下，这个穷困潦倒颓败已极的莽汉，被商家的产品包装一新，成了仪表堂堂的绅士。在场的人叹为观止，公司的销售额飙升。

会后，某经理决定雇用这名容光焕发的绅士。约他第二天早晨报到，绅士点头答应了。但是，第二天早上，绅士没有来。经理决定耐心等下去，第三天、第四天……绅士还是没来。经理就去流浪汉聚集的地方，终于找到了他。

绅士脸上长出了白而短的乱须，身上散发着恶浊的气味，西服、领带，以及华美的帽子全不见了，或许被他换了酒喝。此刻他醉醺醺地躺在垃圾箱旁，只有那根手杖还枕在头下。

经理把他叫醒，说，美容师改变了你的外貌，但是他们没有改变你的内心。所以，你还是你啊。现在，你乐意跟我走吗？

流浪汉站起身，跟着经理走了。后来，他终于从里到外成了新人。

改变一个人的外貌，也许几个小时就够了。美容师没有错，但改变一个人的精神，绝不是化妆品和纺织品能够胜任的。只有劳动和信仰，才能真正改变我们。

第二章

寻找幸福的另一半

恋爱与婚姻是一个寻找对方更是寻找自己的过程。你整个的价值观和思想体系，都在这种亲密无间的关系中得以延伸和凸显。

关于女人和男人的吉光片羽

有些女人以为自由就是可以任意模仿男人的弱点，比如玩弄异性。这实在是对自身的侮辱和对自由的亵渎。

女人经常宣称自己在感受他人的直觉方面，如何敏锐，其实很多时候是她们注意到了种种难以觉察的细节。

比如掉了的纽扣说明不严谨，过分花哨的领带说明对方不懂得协调，脸上某种竖行的纹路，说明他总是在人所不知的背后诡秘地耷拉着嘴巴……

每个人的性格都是一幅全息图像，女人不过更善于解读罢了。

很多人把对异性的征服，当作自己的业绩和成功。

其实性的本质永远是双方的给予与获取，就是从纯生物的角度看，它也是对等的交换。

把原本正常的事件，当作罕见的胜利大肆吹嘘，是心智愚昧和体能虚弱的体现。

对于女人来讲，选择拒绝的流程就是选择生活的走向。

天下无数繁杂的道路，你只能走一条。你若是条条都走，那就等于在原地转圈子，俗称“鬼打墙”。

女人使用拒绝的频率格外高，是因为女人面对的诱惑格外多。

拒绝是女人贴身的软甲，拒绝是女人进攻的宝剑。

拒绝卑微，走向崇高。拒绝不平，争取公道。

拒绝无端的蔑视和可疑的恩惠，凭自己的双手和头颅挺身立于性别之林。

不懂得拒绝的女人，如果不是无可救药的弱智，就是倚门卖笑的流莺。

因为拒绝，我们将伤害一些人。这就像春风必将吹尽落红一样，是一种进行中的必然。

女人永远是最爱怀疑又是最易轻信的动物。

她们什么都渴望得到，又什么都敢于付出。

没有人知道让女人十全十美的秘诀。

聪明的女人终身都在摸索，怎样使自己更幸福，使世界更美好。

倘若是男人，还有一个放松的机会，那就是三五知己喝醉了酒，吐出几分真言。女人就只好憋在肚里，让那些心里话横冲直撞，直到把自己的神经撞出洞来。

有一种男人，冷漠后面有热情，平淡过后是高潮。就像一本开头不很精彩的书，动人心魄的章节在后半部。一定要耐着性子读下去，你就会被深深地感动。

有的女人只是男人的一件行李。

有的男人只是女人的一件首饰。

男人和女人都做事业。男人是为了改造这个世界，女人是为了向世界证明自己。

男人的自由多，男人的领域大。男人被人杀戮也被人原谅，男人编造谎言又自己戳穿它。男人可以抽烟可以酗酒可以大声地骂人可以随意倾泻自己的感情。历史是男人书写的，虽然在关键的时刻往往被一只涂了蔻丹的指甲扭转。那也是因为在那只手的后面，有一个男人微笑地凝视着她。

男人的内心像一颗核桃。外表是那样坚硬，一旦砸烂了壳，里面有纵横曲折的道道，细腻得超乎想象。

男人会喜欢很多的女人，在他一生的任何时候。女人会怀念唯一的男人，在她行将离开这个世界的瞬间。

婚后的男人，太累太累。好像追赶太阳的夸父，一头担着事业，一头担着家庭。

我们的记忆，同自己的伴侣紧密地缠绕在一处，像两种混淆于一碟的颜色，已无法分开。你原先是黄，我原先是蓝，我们共同的颜色是绿，绿得生机勃勃，绿得苍翠欲滴。失去了妻子的男人，胸口就缺少了生死攸关的肋骨，心房裸露着，随着每一阵轻风滴血。失去了丈夫的女人，就是齐斩斩折断的琴弦，每一根都在雨夜长久地自鸣……

面对相濡以沫的同道，我们忍心说我不重要吗？

女人常常在细微之处精细，在博大之处朦胧。显微镜和望远镜都能把眼力达不到的地方看清楚，但两者绝不相同。男人瞩目宇宙，却常常忽略了脚下的石子。于是男人多谴责女人琐碎，女人多抱怨男人粗疏。改变几乎是不可能的，最好的变法是结合。将男人的大度与女人的纤巧融于一身，锻造新的人类。

假如我们被强暴，在做完了惩治凶犯的一切工作之后，拭干泪水，让我们重新开始吧。

丢掉有关那一刻所有的记忆，让我们像新生的婴儿一般坦荡。烧毁目睹我们灾难的旧衣服，让痛苦的往事一同化为飞烟。取清凉的山泉自头顶浇下，洗涤我们每一根如丝的长发。挑选一件更美丽的裙衫，穿上它快步行走在如织的人流中。

对生活中美好的事物，被强暴过的女人依旧可以发出真诚的微笑。

对生活中黑暗的角落，被强暴过的女人依旧可以发出强烈的谴责。

女人被强暴，是生命的记录上一处被他人涂抹的墨迹。轻轻擦去就是了，我们的生命依然晶莹如玉，洁白无瑕。强暴是发生于刹那的地震，我们需要久久地修复。但女性生命的绿色，必将覆盖惨淡的废墟。

让我们振作起来，面对强暴以及所有人为的灾难。这世上没有任何一种力量，可以强暴女性不屈的精神。

他人的评判固然重要，但最重要的是我们对自己的评判，这是任何人也无法剥夺的权利。只要女人自己不嘲笑自己，只要女人不自认为自己不重要，谁又能让你低下高贵的头？

假若一个村子的领导人里，有40%的妇女，他们就很难做出为争夺水源去同另外村落械斗的决议。她们会说，还有没有新的水源？我们再挖一口井或是再开一条河……要不然，我们一个村子用一天水源吧。

即使一定要打仗，她们一定会更仔细地计算可能会牺牲多少人？会有多少母亲失去儿子？多少妻子失去丈夫？多少孩子失去父亲？……

假如战争不可避免，她们也会更细致地安排怎样抢救伤员，保存更多的生命。

这一切不是因为女人的懦弱，而是因为她们担负着繁育生命的重担。

在人类所有重大决策上，一定要倾听女性的声音。不但因为她们的人数占了人类的一半，更因为她们是人类自身的生产者。

男人和女人的区别

做医生的时候，常常接生。男婴和女婴的区别，就在那小小的方寸之间。后来，男孩和女孩长大了，一个头发长，一个头发短。一个穿裙衫，一个穿短裤。这是他人强加给男人和女人最初的区别，他们其实还在混沌之中。后来，曲线们出来了，肌肉们出来了。这些名叫“第二性征”的桨，把男人和女人的涟漪渐渐划出互不相干的圆环。

遇到过一个女病人，因为重病，需要持续地应用雄激素。那是一种黏稠的胶水样物质，往针管里抽的时候非常困难，好像是黄油。那药瓶极小，比葵花籽大不了多少。每个星期打两针，量也不算大。药针就这样一管管打下去，不知从哪一天开始，以前那个清秀的女孩，像蝉蜕悄然殒落。一个音色粗哑、须发苍黑、骨骼阔大、满脸粉刺的鲁莽汉子蹒跚地出现在我们面前。以至于同屋的一个女病人嗫嚅地对我说，她还算女人吗？我想换到别的屋。

男人也有用雌激素的，比如国际驰名的人妖。任凭你有再好的眼力，也看不出他们与天然的女人有何区别。

我端详着装有雌雄两种激素的小瓶，在医学里它们被庄严地称为“安瓿”——英文“AMPOULE”的音译。意思是密封的小注射剂瓶。两种激素的作用虽有天壤之别，但外观是那样的相似，像新鲜松香黏而透明。敲开安瓿闻一闻，也没有什么特殊的气味。

但男人和女人巨大的差别就蕴藏在这柔润的液体里。这魔幻的药水里，有尖锐的喉结、细腻的肌肤、温婉的脾性和烈火般的品格。它使所有男人和女人的神秘，都简化成一个枯燥的分子式。它是上帝之手，可以任意制造美女和伟男。它是点石成金的造化，把人类多少年的雕琢浓缩到短暂的瞬间。

人关于自身最玄妙的谜语，被这淡黄色的油滴践踏。所有男人和女人各自引以为豪的差别，只不过是两个小小的安瓿而已。

假如你把玻璃药瓶上的字迹擦掉，你就分不清它到底是哪一种的激素。

两个一模一样的安瓿。这就是男人和女人的全部区别。

我们沉默。我们黯淡。科学就是这样清脆地击落神话和谎言，逼迫人们面对赤裸裸的真实。

男人和女人的区别究竟在哪里？

他们犹如南极和北极，蒙着一样的冰雪，裹着一样的严寒，但它们南辕北辙，永不重叠。

性征是不足以强调的，它们已在冰静的手术台上，被人千百次地重新塑造。甚至女性赖以骄人的生育，也已被清澈的试管代替。生物的自然属性淡化为一连串简洁的符号。假如今日还有人以自己的性别特征为资本，喋喋不休，那实在是悲哀和愚蠢。

我们寻找，男人和女人的区别。

那区别不在生理而在心理，不在外表而在内心。人类文明进程的天空愈晴朗，太阳和月亮的个性愈分明。

男人和女人都做事业。男人是为了改造这个世界，女人是为了向世界证明自己。

男人为了事业，可以抛却生命和爱情。他们几乎从一开始的时候就下了必死的决心，愿意用一生去殉事业。男人崇尚死，以为死是最壮丽的序言和跋。因而男人是悲壮的动物。

女人为了事业，力求生命与爱情两全。她们在两座陡壁中艰难地攀登，眼睛始终注视着狭隘的蓝天。她们总相信在生命的最后一分钟会出现奇迹，她们崇尚生。在她们的潜意识里，自己曾经制造过生命，还有什么制造不出来的呢？女人是希望的动物。

男人的感情像一只红透了的苹果，可以分割成许多等份，每一份都香甜可口。当然被虫子蛀过的地方除外。

女人的感情像一洼积聚缓慢的冷泉，汲走一捧就减少一捧，没有办法叫它加速流淌。假如你伤了那泉眼，泉水会在瞬间干涸。所以女人有时候会显得莫名其妙。

男人的内心像一颗核桃。外表是那样坚硬，一旦砸烂了壳，里面有纵横曲折的闪回，细腻得超乎想象。

女人的内心像一颗话梅。细细地品，有那么复杂的滋味。咬开核，里面藏着一个五味俱全的苦仁。

男人的胸怀大，所以他们有时粗心。女人的心眼小，所以她们会斤斤计较。

男人的脚力好，所以他们习惯远行。女人的眼力好，所以她们爱停下来欣赏风景。

男人和女人都要孩子。男人是为了找到一个酷肖自己的人，自己没做完的事还等着他去做呢。女人是为了制造一个崭新的人，做一番自己意想不到的事。

男人和女人都吃饭。男人吃饭是为了更有力气，所以他们总是狼吞虎咽。女人吃饭是因为必须要吃，所以她们总是心不在焉。

男人和女人都穿衣。男人穿衣是为了实用，所以他们冬着皮毛夏套短裤，只管自己惬意。女人穿衣是为了美丽，所以她们腊月穿裙子三伏披有帽子的风衣，很在乎别人的评议。

男人遇到伤心事的时候，把眼泪咽到肚里，所以他们的血液就越来越咸，心像礁石，虽然有孔，但是很硬。女人遇到伤心事的时候，就把眼泪洒在地上，所以她们的血液就越来越淡，像矿泉水一样，比较甜，比较晶莹。

男人爱把自己的忧郁藏起来，觉得忧郁是一件丢脸的事情。女人爱把忧郁涂在自己的脸上，好像那是一种名贵的粉底霜。

男人把屈辱痛苦愤怒都化为力量。他们好像一只热火朝天的炉子，无论什么东西抛进去，都能成燃料，呼呼地烧起来。水哗哗地开了，喧嚣的蒸汽推着男人向前走。

女人将所有的苦难都凝聚为仇恨。无论伤害的小路从哪里开始，都将到达复仇的城堡。然而女性的报复是一把双刃的剪刀，它在刺伤女人仇人的同时刺伤女人。甚至它刺伤主人在先。然而女人正是见到仇人的血与自己的血流在一起，她才心安，才感到复仇的真实。假如自己毫发无损，即使对方血流成河，她们也觉得不可靠，不扎实。她们有一种同归于尽的渴望。

男人在欢庆胜利的时候，马上考虑把战果像面包似的发起来。胜利像毒品一样，刺激他们更大的欲望。女人在欢庆胜利的时候，想的是赶快把苹果放到冰箱里保存起来。胜利像电扇，吹得她们更清醒。于是男人多常胜将军也多一败涂地的草寇，女人多稳练的干家却乏恢宏的大手笔。

男人会喜欢很多的女人，在他一生的任何时候。女人会怀念一个唯一的男人，在她行将离开这个世界的瞬间。

男人和女人的区别太多太多。它们像骨髓，流动在最坚硬的地方。当我们说某某像个女人的时候，我们已使女人抽象。当我们说某某像个男人的时候，我们指的其实是一种类型。剔掉了世俗的褒贬之意，原野上剩下了孤零零的两棵树。两棵树都很苍老，年轮同文明一般古旧。它们枝叶繁茂，上面筑满鸟巢。

它们会走到一处吗？

无所谓高下，无所谓短长，无所谓优劣，无所谓输赢。各自沐着风雨，在电闪雷鸣的时候，打个招呼。

男人和女人的区别，地久天长。

男人眼中的玫瑰花

通常有恋爱中的男生说，不明白为什么女朋友为了一句话或是一件小事，就吵吵嚷嚷地要分手，或是采取冷战策略，来个不理不睬。

有一次，我在心理诊所接待了一个因为失恋而抓耳挠腮的青年男子，名叫小耕。小耕开门见山地说，我到您这里来，不是为了解决自己的心理问题，只是想请教一下，我采取什么方法才能让女生回心转意。或者说，我不想和您说我自己心里想的是什么，因为我是怎么想的并不重要，重要的是她心里想的是什么。如果您也不知道，您就要帮我猜一猜，她的心思到底是什么。

我看小耕气急败坏、语无伦次的样子，说，她是谁？

小耕说，咱们就叫她乔玉吧。

我说，小耕，你先不要急，把情况慢慢说清楚。

小耕和乔玉是一对恋人。在情人节前很久，小耕就答应那一天会给乔玉一个惊喜。乔玉向往地说，你会给我99朵玫瑰吗？送到我们公司来，让我也享受一次众人瞩目的光彩！还没等到小耕回答，乔玉又改变主意了，说，算了，我不要那么多了，99朵玫瑰太奢华了，只要九朵就好了，不过，一定要包装得特别漂亮啊！小耕满口答应，他虽然出身农村，但现在是一家很大的公司的主管，收入相当不错。

小耕工作很忙，之前没有预订玫瑰。到了2月14日那天，没想到玫瑰花价格疯涨。小耕觉得不值，就没有买。到了傍晚，花房快打烊的时候他才去买的。他心想反正也是烛光下的晚宴，花只要是红的，包在朦胧闪光的花纸中，看起来都是一样的。他们已经到了谈婚论嫁的节骨眼，他想把每一分钱都节省下来，花在刀刃上，何必被华而不实的花贩子宰呢！

焦急地等了一天的乔玉，终于等来了九朵打蔫的玫瑰花。她火眼金睛，一下就看出小耕买的是处理玫瑰。她还算顾大局，当着众人什么也没说。一出了众人的视线，乔玉立刻把花儿扔到了地上，大发脾气，踩着花瓣说自己望眼欲穿等来的却是这种货色。那么，在小耕眼中，自己肯定也是处理品，他们的爱情也是处理品，都不配享用上等的玫瑰。她说他这样吝啬，以后的日子肯定没法过了。

小耕无限委屈地说——我无论如何都想不通，那么多山盟海誓，就抵不过玫瑰有点枯萎的花瓣吗？！况且，一般人根本看不出来，她却要这样无限上纲上线。我也非常伤心，也很生气，心想罢了，像这样小心眼、爱计较的女生，不要也罢！但这几天我思来想去，觉得她真是做妻子的最佳人选，很想挽回。我的初步打算是：找海南岛的一家五星级酒店，订下面朝大海的总统客房，让那边把房间钥匙先送过来。然后我在这边订下两张机票。当这些步骤都完成以后，我就用快递把房间钥匙和机票一起送到她的公司，以表达我对她的真情实意。您看怎么样呢？

这表面上是一个问句，但小耕渴望听到赞同回答的表情太明显了，眼巴巴地看着我。实在不忍心给他泼冷水，可正因为出于爱护，我才要讲实话。

我尽量把语速变慢，让他能有个思想准备。我说，请原谅我，我觉得你这个方案不怎么样。

他恼火起来，说，你们女人怎么和我们男人想的就是不一样！

我不计较他的态度，说，首先，一朵玫瑰花，在你的字典里代表着什么？

小耕想也没想就回答说，玫瑰就是玫瑰，一朵花而已。现在的小女生赋予了玫瑰那么多浪漫和想象，其实都是瞎掰。花就是花，无知无觉，开上一两天就谢了。什么 99 朵玫瑰代表爱情天长地久，全是商家编出来骗人的鬼话。谁上当谁是傻瓜！

我说，我能理解你对玫瑰花的定义。说实话，我很有些赞成你的意见呢。花就是花，很简单。

小耕得到了支持，情绪缓和下来，说，务实的人，都持这种看法。

我说，你的女朋友是怎样看待玫瑰花的？

他说，我知道，在这以前，乔玉说过很多次了。她说，玫瑰花代表着爱情的信物，一个女孩子，要是在谈恋爱的时候都没有得到过满捧满怀的芬芳玫瑰，就是枉做了一世女子。

我说，你不是说乔玉是做妻子的上好人选吗？如果她天天要你送玫瑰，我看也很靡费呢。

小耕听了老大不乐意，突然与我反目为仇，说，不允许你这样讲乔玉。她其实是很会过日子的女孩子，只不过要在恋爱的时候要点情趣。

这结果，正中我意。我说，对啊。玫瑰花在你的字典里和在她的字典里，是完全不同的含义。玫瑰花盛开在不同的字典里。你觉得那只是一朵普通的花，她却把自己的理想和价值都寄托在里面了。

我说，女子喜爱花，其实历史悠久。远古时代，人们逐水草而居，靠天吃饭，生活很没有保障。如果在住所附近看到了花，就等于看到了希望。因为花谢了以后，就会有果实慢慢膨大起来，再等一些时候，就到了收获的时节。所以，在女人的记忆深处，对花的喜爱，是一种安全和务实的需要。只不过由于时过境迁，大家已经忘记其中的传承，只记得看到花时那种单纯的欢喜。一般的花，如果美丽，就没有香味。如果有醉人的香气，花瓣就微小暗淡，两者都占全的很少。这也是来自植物的本能，它们要吸引昆虫，要借助风势，才能传播自己的花粉，繁殖后代。通常只要一种手段就够了，花们也就懒得又美丽又芬芳。玫瑰是一个例外，它美艳馥郁，于是被人们挑选来做了爱情的使者。

人的生活中，需要偶尔的浪漫和奢侈，这也是生命因此有趣和值得眷恋的理由。我觉得，爱情中的人们有资格稍微浪费一点，因为这种时刻毕竟不多啊。

小耕想了想说，我明白了，原来她在玫瑰上寄托了自己的尊严，我买了处理的凋零玫瑰，她就觉得我刺伤了她的尊严。可是，我不是决定改正了吗？我订了豪华客房，表示我不是一个小气鬼。我用特快专递的钥匙和双人机票表示了歉意，用实际行动来响应她的浪漫主张，这不就挽回了吗？

我直截了当地回答他，此招恐怕不甚可行。理由是：乔玉觉得在玫瑰花上丧失的是尊严，已经表示和你绝交。现在还没有达成谅解，你就直接寄双人机票给她，这又一次说明你没有尊重她的选择。所以，别看你花了那么多钱，很可能适得其反呢！再有，你说她是个会过日子并不奢靡的女孩，你租了总统客房，以为能讨得她的欢心，这样她就会认为你断定她是个奢华虚荣的女子，我想她也不会乐意。所以，这很可能是一个事倍功半的馊主意。

听我这样一说，小耕有点急了，说这也不行，那也不成，我可怎么办呢？

我说，小耕，你不要着急。办法就在你手里，不妨再想想看。我就不相信，恋爱中的人还能想不出和解的法子？你一再说她是个通情达理的女孩，那么，这件事还是有希望的。

小耕想了半天，说，我要郑重地向她道歉，说我从今以后会非常尊重她的意见和想法。如果是我承诺的事，就一定做到。如果我有另外的建议，就一定当面向她提出，再不会先斩后奏、一意孤行。

我说，试试吧。预祝你好运气！

小耕走了。

其后的某一天，我收到了速递来的一袋喜糖，喜袋上用透明胶纸粘了一朵粉红色的玫瑰花。我想，这就是故事的结局了吧。

修补爱情

东西用得久了，便会磨损。小到一双鞋子，大到整个天空。于是诞生了修补这个行当。从业人员从街头古朴的老鞋匠，到谁都未曾谋面的一位叫作女娲的神仙。

只有珍贵的东西，才需要修补。我们不会修补一次性的筷子和菲薄的面巾纸，但若损坏的是一双象牙筷子和一幅名贵字画，又是家传的珍宝和友人的馈赠，那就大不一样了。你会焦灼地打探哪里有技艺高超的工匠，为了让它们最大限度地恢复原貌，不惜殚精竭虑。

我们修补，是因为我们怀有深情。在那破损的物件的皱褶里，掩藏着岁月的经纬和激情的图案。那是情感之手留下的独一无二的指纹，只属于特定的人和特定的刹那。

考古人员修复文物，所费的精力，绝对大于再造一件新品。比如一只陶罐，掉了耳朵，破了边沿，漏了帮底，假若它是新出厂的，肯定被扔到垃圾箱里。但在修复者眼里，它们是不可替代的唯一。于是绞尽脑汁，将它复原到美轮美奂。陶罐里盛着凝固的历史和永恒的时间。

修补是一个工程，需要大耐心、大勇气、大智慧。耐心是为了对付那旷日持久的精雕细刻，勇气是为了在漫长的修复过程中，坚定自己的信念和抵御他人的不屑。智慧是为了使原先的破损处，变得更加牢靠而美观。

人们常常担心修补过的器物是否还有价值。也许在外观上会遗有痕迹，但在内在品质上，修补处该更具强韧的优势。听一位师傅说，锔过的碗，假如再摔于地，哪怕别处都碎成指甲盖大的碗碴儿，但被锔钉箍过的瓷片，依旧牢牢地拢在一起。

爱情是我们一生中最需精心保养的器皿，具备可资修补的一切要素。爱是珍贵的，爱是久远的，爱是有历史的，爱是渗透了情感的，爱是无价之宝。

爱情的修理工，不能假手他人，只能是我们自己。当我们签下爱情契约的时候，也随手填写了它的保修单。我们既是爱情的制造者，也是它的使用者和维修点。这种三合一的身份，使人自豪幸福也使人尴尬操劳。爱情系统一旦出了故障，我们无法怨天尤人，只有痛定思痛地查找短路，更换原件，改善各种环境和条件……

古书上说，假如宝玉有了裂纹，可用锦缎包裹，肌肤相亲，昼夜不离身，如此三年，那美玉得了人的体温滋养，就会渐渐弥合，直至天衣无缝，成为人间至宝。

不知这法子补玉是否灵验？若以此法修补爱情，将它放进胸膛间，以血脉灌溉，以精神哺育，以意志坚持，以柔情陶冶，它定会枯木逢春，重新郁郁葱葱。

飘扬的长发与人生的幸福

接到一封读者来信，是一个名牌大学的男生写来的。他说恋爱过程连战累挫，女友抛弃了他，他很痛苦，简直丧失了活下去的勇气。他问我拯救自己的方式是否是马上进入下一场恋爱。以前的每一位女友都有飘逸的长发，都是一见钟情。他说："我还要找一头长发的女孩，还要一见钟情。"

通常的读者来信，我是不回的。但这一封让我沉吟。他谈到了厌世和一个我不能同意的救赎自我的方法，我想对长发谈点看法，因为长发形成了一种绝望与新生的象征。

早年间，看到很多女孩留长发，司空见惯了，也不去寻找这后面所包含的信息。后来，我偶然发现一位已婚女友的发式常有变化，有时是长发，有时是短发。刚开始我以为这是她出于美观或是时尚的考虑，后来她告诉我这和她的婚姻状况有关。如果这一阶段她和丈夫关系不错，她就留短发。如果关系很僵，她就留长发。我说："哦，我明白了，头发和爱情密切相关。"她笑话我："亏你还是个作家呢，难道不知头发是人的第三性征？"

后来，我见到她稳定地梳起了马尾巴。说实话，那一头飘扬的长发（她的头发不错）和她满脸的皱纹实在是有些不宜。好在我已明白了头发的意义，对她说："你是下定了离婚的决心，要重新寻找新的伴侣了。"

她有些惊奇，说："我还没来得及告诉你，你怎么就知道了？"

我说："是你的头发出卖了你。"她抚摸着头发说："这是爱情的护照。"

从那以后，我就对长发留意起来。

女性的头发的样式表示她的婚姻状况，这是一种集体无意识，已经深深地刻在我们的骨骼上了。女孩子为什么要留长发？首先因为一个人的头发是一个很好的"晴雨表"，可以反映这个人的健康状况。在中医学里，称"发为血之余"。一个人的头发是否健康，表示着他的血脉是否丰沛充盈，生命力是否蓬勃旺盛。服饰可以调换，颜面可以化妆，但一个人的头发，是不能完全改变的。血自骨髓来，骨髓是一个人先天后天的精华之府。在骨髓的后面是肾。"肾主骨生髓"，这才是关键所在。众所周知，在东方人的文化中，肾并不仅仅是一个泌尿器官，而是和人的生殖系统有着极为密切的关系。

好了，现在我们已经逐渐涉及了问题的核心。长发在某种意义上，表达的是这个人肾的健康状况，也间接地反映着他的生殖潜能。当你以为只是展示你飘扬的长发的时候，你其实是在暴露你的健康情况。

所以，一般说来，未婚的和期望求偶的女子爱留长发。如果一个未婚女孩留个短发，大家就会说她像个假小子。女子在结婚的时候，会把头发来一个改变。正如那首著名的歌曲中唱到的："谁把你的长发盘起，谁给你做的嫁衣？"

如今，对女子头发的要求是越来越苛刻了。君不见某些品牌的洗发水广告，拍出的长发美女，那头发的长度已经到了一挂黑瀑的境地。画面曲折表达的意思是——你想赢得性感高分吗？请向我看齐。潇洒到形销骨立的刘德华干脆说：“我的梦中情人，有一头长发。”潜台词即是：你想成为著名歌星的梦中情人吗？此处有一个绝好的机会——请用我们这个牌子的洗发水吧！

这种要求渐渐全方位起来。比如近年来的男性歌手组合“F4”的走红，除了其他因素，我觉得和他们形象中的一头长发有相当大的关系。不单男性需要知道女性的健康和性征，女性也有同样的要求。女性潜在的平等诉求被察觉和被满足，于是 F4 蓬松长发油然而生并一炮蹿红。

就头发不厌其烦地讨论了半天，是想说明“性”这个因素，是仅次于“食”的人类基本本能之一，它的影响力不可低估。它在很多时候，渗入我们生活的种种缝隙中，以“缘分”甚至是“思想”这类面孔闪亮登场。

再来说说一见钟情。我是医生出身，见过若干就“一见钟情”的生物学分析。在那些神话般的境遇之中，很可能是男女双方的体味在相互吸引，要么就是基因的配型有着某种契合，还有免疫互补……甚至，童年经验也在润物细无声地影响着我们。不要把“一见钟情”说得那么神秘，那么不可思议，我们不是生活在真空，很多以为虚无缥缈的事件背后，有着我们今天还不能彻底通晓的物质基础。

在我们以为是“天作之合”的帷幕下，有时埋伏着的不过是人的本能这个“老狐狸”。我在这里绝没有鄙薄本能的意思，但作为主人，知道有乔装打扮的“本能先生”混在客人堆里一个劲儿地劝酒，觥筹交错时，就要提防酩酊大醉，以防完全丧失了理智，被本能夺了嫡。

本能这个东西很有意思，魔力就在于我们能否察觉它。它习惯在暗中出没，魔法无边。我们被它挟制而不自知，它就是君临天下的主宰。但是，如果把它揪到光天化日之下，它就像雪人一样瘫软乏力。假设那位来信的男生，知道了他期望找到一位长发女友这一先入为主的标准不过是要检验一个女子的生殖系统潜能和最近一段时间以来的健康状况，那么，他在考虑长发因素的时候，可能就有了更多的角度和更宽容的心态。

本能是很会乔装打扮的，它不狡猾，但它善变。能够识出它的种种变相，不仅要凭一己的经验，也要借助他人的心得和科学研究。

如果现在有人对那个男孩子讲，你选择女友的标准只是看她如何性感，我猜他一定要反驳，说："我根本就不是那样浅薄。我们情投意合，我们非常默契，我要找到的就是和她在一起的这一份独特的感觉……"

其实在婚姻这件事上，绝对的好或是绝对的坏，大约是没有或是极少的，有的只是常态，只是平衡，只是相宜。单凭某个孤立的条件来寻找爱人，怕是不够成熟的表现。你是一个什么样的人，你可要先认清，才好去寻找一个和你相宜的人。我很喜欢一个词，叫作"志同道合"，人们常常以为这句话是指事业，我觉得形容婚姻更妙。

有的年轻朋友会说："我找的是伴侣，火眼金睛地把对方认清了不就得了，干吗先要从自己开刀？"

理由很简单。忠诚的人只能欣赏忠诚，而不能欣赏背叛；诚恳的人只能接纳诚恳，而不能接纳谎言；慷慨的人可以忍受一时的小气，却不会喜欢长久的吝啬；怯懦的人可以伪装暂时的勇敢，却无法在无尽的折磨中从容。谁想用婚姻改造人，只是一个幻彩的泡沫，真实只能是——人必然改造婚姻。

恋爱与婚姻是一个寻找对方更是寻找自己的过程。你整个的价值观和思想体系，都在这种亲密无间的关系中得以延伸和凸显。

如果你把金钱当作人生的要素，你就不要寻找一个侠肝义胆的爱人。因为你即使在危难中曾受惠于他，但那是他的禀性，而非对你的赞同。当有一天你祭起"金钱至上"的大旗，无论你怎样千娇百媚，还是挽不回壮士出走的决心。

如果你荆钗布裙、安于寡淡，就不要寻找一个志在鸿鹄的爱人。即使你以非凡的预见知道他会直抵云天，也不要向这预见屈服，把自己的一生押了出去。否则他的翅膀上坠着你，他无法自在遨游，你也被稀薄的空气掠得胆战心惊。

如果你单纯以色相示人，就要准备在人老色衰的时候，被厌恶和抛弃；如果你喜欢夸夸其谈，你就等着被欺骗的结局吧。

物以类聚，人以群分。失恋男生喜欢长发和一见钟情，他就不断地被这些吸引。他把恋爱当成了一道算术题，当一个答案打上红叉的时候，就赶忙用橡皮擦掉笔迹，在毛糙的纸上写下另一个答案。殊不知他早已将题目抄错。

不要把长发当成唯一，“一见钟情”也没有什么神秘。我手头就有若干个例子，某些离散的婚姻，往往始于绚烂无比的开端。比起开头，人们更重视过程和结尾，这就是“创业难，守业更难。”这就是“成百里半九十”的含义。

我在一个有鸟鸣的清晨给这位男生回信，因为我已心境沧桑，而对方是一位青年，人在清晨的时候心脉比较年轻。我说：“不要把人生匆匆结束，不要把恋爱匆匆开始。你把一件事做完再做另一件事好吗？”

他很快给我回了信。他说：“不是我没有做完，而是事情已经被女友提前结束。”我复信说：“为了你一生的幸福，你要把爱的前提，好好掂量，为此花费一点时间是值得的。没想清楚之前，就不算真正结束。我明白你想用新鲜替代腐烂，想把新发丝黏结在旧发丝上让它随风飘扬……可你见过馊了的牛奶吗？如果你不把酸奶倒掉，不把罐子刷洗干净，便把新牛奶倒进去，那么，只怕很快我们就又要捂起鼻子了……”

他已经久未来信了。我不知他是生我的气了，还是已酝酿了新的爱情？

失恋究竟失去什么

一个身材高大的男青年倚在一个瘦弱的女子身上，踉踉跄跄地走进心理咨询中心。工作人员以为他患了重病，忙说，我们这里主要是解决心理问题的，如果是身体上的病，您还得到专科医院去看。女子搀扶着男青年坐在沙发上，气喘吁吁地说，他叫瞿杰，是我弟弟。我们刚从专科医院出来，从头发梢到脚后跟，检查了个底儿掉，什么毛病都没查出来。可他就是睡不着觉，连着十天了，每天 24 小时，什么时候看他，他都睁着眼，死盯着天花板，任啥话也不说。各种安眠药都试过了，丝毫用处都没有。再这样下去，就算什么病也不沾，人也会活活熬死。专科医院的大夫也没辙了，让我们来看心理医生。求求你们伸出援手，救救我弟弟吧！

姐姐涕泪交流，瞿杰仿佛木乃伊，空洞的目光凝视着墙上的一个油墨点，无声无息。

瞿杰进了咨询室，双手拄着头，眉锁一线，表情十分痛苦。

我说："睡不着觉的滋味非常难受，医学家研究过，一个人如果连续一周不睡觉，精神就会崩溃，离死亡就不远了。"

"你以为是我不愿意睡觉吗？你以为一个人想睡就睡得着吗？你以为我失眠是我的责任吗？你以为我就不知道人总是睡不着觉就会死的吗？"瞿杰突然咆哮起来，用拳头使劲击打着墙壁，因为过分用力，他的指节先是变得惨白，继而充血发暗，好像箍着紫铜的指环。

我平静地看着他，并不拦阻。他需要一个发泄，虽然我暂时还不知道导致他失眠和强烈情绪的原因是什么，但他能够如此激烈表达情绪，较之默默不语就是一个进步。燃烧的怒火比闷在心里的阴霾发酵成邪恶的能量，好过千倍。至于他把怒火转嫁到我身上，我一点儿也不生气。虽然他的手指指点的是我，唾沫星子几乎溅到我脸上，指名道姓用的是"你"，似乎我就是令他肝胆俱碎的仇家，但我知道，这是情绪的渲染和转移，并非和咨询师个人不共戴天。

一番歇斯底里的发作之后，瞿杰稍微安静了一点。

我说："你如此憎恨失眠，一定希望能早早逃脱失眠的魔爪。"

他翻翻暗淡无光的眼珠子说："这还用你说吗！"

我说："那咱们俩就是一条战壕的战友了，我也不希望失眠害死你。"

瞿杰说："失眠是一个人的事情，你就是愿意帮助我，你又有什么用！"

我说："我可以帮你找找原因啊。"

瞿杰抬起头，挑衅地说："好啊，你既然说要帮我，那你就说说我失眠到底是什么原因吧！"

我又好气又好笑，说："你失眠的原因只有你自己知道，你要是不愿意说，谁都束手无策。要知道，失眠的是你而不是我。你若是找不到原因，或是找到了原因也不说，把那个原因像个宝贝似的藏在心里，那它就真的成了一个魔鬼，为非作歹地害你，直到害死你，别人也爱莫能助，无法帮到你。”

瞿杰苦恼万分地说：“不是我不说，是我真的不知道为什么失眠。”

我说：“你失眠多长时间了？”

瞿杰说：“十天。”

我说：“在失眠的时候，你想些什么？”

瞿杰说：“什么都不想。”

我说：“人的脑海是十分活跃的，只要我们不在睡眠当中，我们就会有很多想法。你说你失眠却好像什么都不想，这很可能是因为有一件事让你非常痛苦，你不敢去想。”

瞿杰有片刻挺直了身子，马上又委顿下去，说：“你是有两下子，比那些透视的X光共振的核磁什么的要高明一点。他们不知道我脑子里想的是什么，你猜到了。我承认你说得对，是有一件事发生过……我不愿意再去想它，我要逃开，我要躲避。我只有命令自己不想，但是，大脑不是一个好士兵，它不服从命令，你越说不想它越要想，这件事就像河里的死尸，不停地浮现出来。我只有一个笨办法，就是用其他的事来打岔，飞快地从一件事逃到另外一件事，好像疯狂蔓延的水草，就能把死尸遮挡住了。这法子刚开始还有用，后来水草泛滥成灾，死尸是看不到了，但脑子无法停顿，各种各样的念头在翻滚缠绕，我没有一时一刻能够得到安宁，好像是什么都在想，又像是什么都不想，一片空白……”说到这里，他开始用力捶击脑袋，发出空面袋子的“噗噗”声。

我表面上镇静，心里还是有点担心，怕这种针对自我的暴力弄伤了他的身体，做好了随时干预的准备。过了一会儿，他打累了，停下来，呼呼喘着粗气。我说：“你对抗失眠的办法就是驱动自己不停地想其他的事情，以逃避那件事情。结果是脑子进入了高速旋转的状态，再也停不下来。你现在能告诉我那件让你如此痛苦不堪的事情，究竟是什么吗？”

他迟疑着，说：“我不能说。那是一个妖精，我好不容易才用五花八门的事情把它挡在门外，你让我说，岂不是又把它召回来了吗？”

我说：“我很能理解你的恐惧，也相信你让自己的大脑，不停地从一个问题跳到另外一个问题，用飞速旋转抗拒恐怖。在最初的阶段，这个没有法子的法子，在短时间内帮助过你，让你暂时与痛苦隔绝。但是，随着时间的延续，这个以折磨取胜的法子渐渐失灵了。你变得疲惫不堪，脑子也没办法进行正常的思维和休息，你就进入了混乱和崩溃，这个法子最终伤害了你……”

瞿杰好像把这番话听了进去，用手撕扯着头发。我不想把气氛搞得太压抑，就开了个玩笑说：“依我看啊，你是饮鸩止渴。”

瞿杰好奇地问：“鸩是什么？渴是什么？”

我说：“渴就是你所遭遇到的那件可怕的事情。鸩就是你的应对方法。如今看来，渴还没能把你搞垮，鸩就要让你崩溃了。渴是要止住的，只是不能靠饮鸩。我们能不能再寻找更有效的法子呢？况且直到现在，你还那么害怕这件事卷土重来，说明渴并没有真正远离你，鸩并没有真正地救了你。如果把这个可怕的事件比作一只野兽，它正潜伏在你的门外，伺机夺门而入，最终吞噬你。”

瞿杰的身体直往后退缩，好像要逃避那只野兽。我握住他的手，给他一点力量。他渐渐把身体挺直，若有所思地说：“您的意思是我们只有把野兽杀死，才能脱离苦海，而不是只靠点起火把敲响瓶瓶罐罐把它赶走？”

我说：“瞿杰你说得非常对。现在，你能告诉我那只让你非常恐惧的野兽是什么吗？”

瞿杰又开始迟疑，沉默了漫长的时间。我耐心地等待着他。我知道这种看起来的沉默，像表面波澜不惊的深潭，水面下风云变幻，正进行着激烈的思想斗争——说还是不说？

终于，瞿杰张开了嘴巴，舔着干燥的嘴唇说：“我……失……恋了。”

原本我以为让一个英俊青年如此痛不欲生的理由，一定惊世骇俗，不想却是十分常见的失恋，一时觉得小题大做。但我很快调整了自己的思绪，认真回应他的痛楚。心理问题就是这样奇妙，事无大小，全在一心感受。任何事件都可能导致当事人极端的困惑和苦恼，咨询师不能一厢情愿地把某些事看得重于泰山，而轻视另外一些事情，以为轻若鸿毛。唯有当事人的情绪和感受，才是最重要的风向标。

我点点头，说："谢谢你对我的信任。失恋的确是非常令人惨痛的事情，有时候足以让我们颠覆、怀疑整个世界。"

瞿杰说："我没有把这件事告诉任何人。"

我说："你不说，一定有你不说的理由。"

瞿杰说："没想到你这样理解我。你知道我为什么不说吗？"

我老老实实地回答："不知道。如果你告诉了我，我就知道了。"

瞿杰说："你看我条件如何？"

我说："你指的条件包括哪些方面的呢？"

瞿杰说："就是谈恋爱的条件啊。"

我说："每一代人都有每一代人的条件，我的眼光可能比较古旧了，说得不对供你参考。依我看来，你的条件不错啊。"

瞿杰第一次露出了笑容说："岂止是不错，简直就是优等啊。你看我，一米八三的高度，校篮球队的中锋，卡拉 OK 拿过名次，功课也不错，而且家境也很好，连结婚用的房子家里都提前准备了……"

我说："万事俱备只欠东风了。"

瞿杰说："是啊，这个东风就是一位女朋友。"

我说："你的女朋友究竟是一个怎样的人呢？"

瞿杰说："人们都以为我的女朋友一定是倾国倾城貌的淑女，不敢说一定门当户对，起码也是小家碧玉……可我就是让大家大跌眼镜，我的女朋友条件很差，长得丑，皮肤黑，个子矮，家里也很穷，但很有个性……得知我和她交朋友，家里非常反对，我说，我就是喜欢她，如果你们不认这个媳妇，我就不认你们。话说到这个份儿上，家里也只好默许了。总之，所有的人都不看好我的选择，但我义无反顾地爱她。可是，没想到，她却在11天前对我说，她不爱我了，她爱上了另外一个人……我以前听说过天塌地陷这个词，觉得太夸张了，就算地震可以让土地裂缝，天是绝对不会塌下来的，但是在那一瞬，我真正明白了什么是乾坤颠倒地动山摇。我被一个这样丑陋的女人抛弃了，她找到的另外一个男人和我相比，简直就是一堆垃圾，不不，说垃圾都是抬举了他，完全是臭狗屎！”

瞿杰义愤填膺，脸上写满了不屑和鄙夷，还有深深的沮丧和绝望。

事情总算搞清楚了，瞿杰其实是被这种比较打垮了。我说：“这件事的意义对于你来说，并不仅仅是失恋，更是一种失败和耻辱。”

瞿杰大叫起来：“你说得对，就像八国联军入侵，我没放一枪一炮就一败涂地丧权辱国。如果说我被一个绝色美女抛弃了，我不会这么懊丧。如果说我被一个高干的女儿或是富商家的小姐甩了，我也不会这么愤慨。或者说啦，如果她看上的是一个美男帅哥大款爵爷什么的，我也能咽下这口气，再不干脆嫁了个离休军长，我也认了……可您不知道那个男生有多么差，我就想不通我为什么会败在这样一个人渣手里，我冤枉啊……”

看到瞿杰把心里话都一股脑儿地倾倒出来，我觉得这是很好的进展。我说：“我能体会到你深入骨髓的创伤，其实你最想不通的还不是失恋，是在这样的比较中你一败涂地溃不成军！”

瞿杰愣了一下，说：“你的意思是说我的痛苦不是失恋引起的？”

我说：“表面上看起来，是失恋让你痛不欲生。但是刚才你说了，如果你的前女友找的是一个条件比你好的男生，你不会这么难过。或者说如果你的前女友自身的条件要是更好一些，你也不会这样伤心。所以，我要说，你的失败感和失恋有关，但更和其他一些因素有关。”

瞿杰若有所思道：“你这样一讲，好像也有一点道理。但是，如果没有失恋，这一切都不会发生啊。”

我说：“如果没有失恋，也许不会这样集中地爆发出来，但是恕我直言，你是不是经常在和别人的比较当中过日子？”

瞿杰说：“那当然了。如果没有比较，你怎么能知道自己的价值？”

我说：“瞿杰，这可能就是问题的关键所在了。其实，一个人的价值并不在和别人的比较之中，而是在自己的掌握之中。就拿你自己来当例子，你的条件和 11 天以前的你，有什么大的变化吗？”

瞿杰说：“除了睡不好觉，体重减轻头发掉了一些之外，似乎并没有其他的变化。”

我说：“对啊，那么，你对自己的评价有什么变化吗？”

瞿杰说：“当然有了。比如我觉得自己不出色、不优秀、不招人喜爱、前途暗淡了……”

我说：“你的篮球还打得那样好吗？”

瞿杰不解地说：“当然啦。只是我这几天没有打篮球，如果打，一定还是那样好。”

我又说：“你的歌唱得还好吗？”

瞿杰说：“这个没有问题。只是我现在没有心思唱歌。如果唱哀伤的歌儿，也许比以前唱得还好呢。”

我接着说：“你的学习成绩怎样呢？”

瞿杰好像明白了一些，说：“还是很好啊。”

我最后说：“你的个头怎样呢？”

瞿杰难得地笑出声来，说：“您可真逗，就算我几天几夜不吃饭不睡觉，分量上减轻点，骨头也不会抽抽啊。”

我趁热打铁说：“对呀，你还是那个你，只是这中间发生了失恋，一个女生做出了她自己的选择……我们还不完全知道她是因为什么做出这样的决定，但你只有接受和尊重这个决定，这是她的自由。两个相爱的人因为种种原因不能走到一起，固然是一件令人伤感的事情，但感情的事情是不能勉强的。世上无数的人经受过失恋，但从此一蹶不振跌倒了就爬不起来的人毕竟有限。瞿杰，我看你面对的并不是担心自己以后找不到女朋友，而是更深在的忧虑。”

瞿杰说："您说得太对了。寝室的男友知道我失恋的事，总是说，依你这样好的条件，还怕找不到好姑娘吗？别这么失魂落魄的，看哥们儿下午就给你介绍一个漂亮 MM。他们不知道我心里的苦，并不是担心自己以后找不到老婆，而是想不通为什么会被人行使了否决权，我觉得自己在人格上输光了血本。"

我说："瞿杰，谢谢你这样勇敢地剖析了自己的内心，失恋只不过是个导火索，它点燃的是你对自己评价的全面失守，你认为女友的离开是地狱之门，从此你人生黑暗。你看到她的新男友，觉得自己连一个这样的人都不如，就灰心丧气全盘否定了自己。"

在长久的静默之后，瞿杰的脸上渐渐现出了光彩，他喃喃地说："其实我并没有失败。"

我说："失恋这件事也许已成定局，但是人生并不仅仅是爱情，还有很多重要的事情在等待着你。再说，就是在爱情方面，你也并不绝望，依然有得到纯美爱情的可能性啊。"

瞿杰深深地点头，说："从此我不会再从别人的瞳孔中寻找对我的评价，我会直面失恋这件事情……"

瞿杰还是被姐姐扶着走出咨询中心的。他的眼睛因为极度的困倦已经睁不开，靠在姐姐肩头险些睡着。大约一个半小时之后，工作人员说瞿杰的姐姐打电话找我。我以为瞿杰有了什么新情况，赶紧接过电话。

瞿杰的姐姐说："我带着瞿杰，现在还在出租汽车上。"

我说："你们家这么远啊？"

瞿姐姐说："车已经从我们家门口路过好几次了。"

我说："那你们为什么像大禹治水一样，路过家门而不入？"

瞿姐姐说："瞿杰一坐上出租汽车马上就进入了深深的睡眠，睡得香极了，还说梦话，说：我不灰心，我不怕……睡得口水都流出来了，好像一个甜甜的婴儿。这些天他睡不着觉非常痛苦，看到他好不容易睡着了，我不敢打扰他，就让出租车一直在街上兜圈子，绕了一圈又一圈，车费都快200块钱了。我怕一旦把他喊起来，又进入无法成眠的苦海。可他越睡越深沉，没有一点醒来的意思，我也不能一直让车拉着他在街上跑。我想问问您，如果把他喊醒下车回家，他会不会一醒过来就又睡不着觉了？我好害怕呀！”

我说：“不必担心，你就喊醒他下车回家吧。如果他还睡不着觉，就请他再来。”

瞿杰再也没有来。

眼药瓶的奥秘

渠枫来见我的时候，披头散发，衣帽邋遢。对一个容颜娟秀的女孩子来说，糟蹋自己到了这种地步，可见她遇到了重大的困厄，心灰意懒，已经抛弃自爱，不再珍重。

她一屁股坐下来，从内兜深处掏出一件东西，握在手心，对我说，都是它把我毁了！

我以为那会是一枚珠宝首饰或是一个信物，要么干脆是一封绝交信，没想到在渠枫苍白的缓缓展开的手掌心里，是一只普通的塑料的小眼药瓶。到街上的药店，一块钱可以买回三只。

我细细地观察着这只药瓶。奇怪它有何魔力，竟能把一个青春年华的女大学生，折磨得如此憔悴萎靡？

药瓶基本上是空的，它的底部，有一些暗红色的渣滓沉淀着，好像是油漆的碎片。瓶颈部的封堵已被剪开。之所以特别提到了这一点，是它被剪开的位置，反常地偏下。一般人怕药水大量滴出，瓶尖部的口通常开得很细小。但这只眼药瓶，几乎是从瓶肩部被断开了，瓶颈缩得短短，仅够套上瓶帽。

我看着渠枫。渠枫也看着我。很久很久，沉默如同黑色的幕布，遮挡着我们。终于，渠枫说，你为什么不问我？

我说，我在等你。

渠枫说，等我什么？

我说，你来找我，就是信任我。我等着你把你想要对我说的话，说出来。

渠枫又继续沉默。当我几乎不寄希望的时候，她突然说，好吧，我就把一切都告诉你。

我爱上了申拜，一个并不高大但是很有内涵的男生。有同学说，依你的条件，可以找一个比申拜外形更酷的男孩，申拜矮了些，要知道，身高就是男人的性感喔！我说，我看重的是申拜的内在。注重男子的身高，是农耕社会和游牧民族的习气了，机械欠发达的时候，男人的力气就是他的资本，比如扛麻包挑担子什么的，当然是大个子占便宜。如今到了电子时代，经营决策，敲击电脑，都和身高无关。一个男人能不能给女人幸福，不在身高，在于内里的质量。

朋友被我驳得两眼如同死鱼，干张着嘴，无话可说。申拜知道了我的观点，对我更是呵护有加体贴入微。他说，我是他交的第一个女朋友，我说，你也是我的……我们的感情很快进展到如胶似漆。一天，我约他到我家玩，父母正好同到外地出差。夜深了，他抱着我说，他忍不住了，想彻底全面地得到我。我急忙推开他的手，说，不……不能……

我看他退开，情绪很伤感，觉得我对他不信任，就急忙安慰他说，不是我不愿意，是我还没做好这个准备。下次吧，好吗？

他很尊重我，就让自己渐渐地平息下去，那一天，我们好说好散了。

没想到他期待中的下次，竟那么快，就是第二天。也许是怕我父母很快就会回来，我们就不容易找到如此安全无干扰的地方了。又是我的小屋，又是子夜时分，我们聊着，却都有些心不在焉，在期待着什么，畏惧着什么，迎接着，又想躲避……

他突然拥着我说，今天，你准备好了吗？

我战战兢兢地回答，准备好了。

我把灯熄灭了。在黑暗中，我们脱掉所有衣服，把彼此还原成伊甸园中的模样。我躺在自己的小床上，看着窗外，觉得自己的床如此陌生，我就要在这张床上，变成申拜的新娘。我看到申拜被月光镀成青铜色的躯体，知道一个关键的时刻即将到来。

申拜的激情越来越蓬勃，我在昏眩中等待。就在箭即将离弦的时候，他突然抬起身体，说，渠枫，你说得对，我们还没有做好准备。既然我们要爱到地老天荒，为什么不能再等几个朝朝暮暮？我保存和尊重你的领土完整，直到婚礼之夜……

我拼命搂住他的身体，不让他离开我，声嘶力竭地叫道：不！申拜，你不能这样！不能！我要你！

但是，没用。申拜是一个自制力非常顽强的人，他一旦决定了，谁也无法更改。于是我绝望地看着他起身，拧亮电灯……于是，在明亮如昼的灯光之下，他看到了——在我的雪白的床单之上，有一片鲜红的血迹……

这是什么？他大吃一惊。

刚才，床单上还是什么都没有的啊……我干了什么？我什么都没干啊……

申拜惊愕地捶着自己的胸膛，我知道，在他的胸膛里，一颗纯洁的心正在粉碎。

他疯了似的抓住我，歇斯底里地喊道，这是你干的，是你！是不是？

我泪水凄迷地点了点头。这屋子里没有别人，不是我干的，又是谁干的？！

这就是你所说的要做的准备，对不对？你想伪装成一个处女，你作案的工具在哪里？在哪里？！申拜的目光喷吐着蔑视的火焰，嘴唇哆嗦。

我不说。我什么也不说。默默地穿上我的衣服。我看着申拜，如同路人。刚才，我们还在肌肤相亲啊。

申拜在我的房屋里疯狂地寻找，很快，他就在我的床下，找到了这只眼药瓶，里面还有几滴残存的血液。

申拜说，你是处女吗？

我说，我不是处女了。

申拜说，那个人是谁？

我说，是我以前谈过的一个男朋友。我不知道男人为什么要用性这种东西，让女人来证明自己的爱。我那时还小，我不知道说“NO”。当我发现他不可信任的时候，我就离开了他。

申拜捏着这个眼药瓶说，这里面是你的血吗？

我哭了，说，不是。我没有办法把自己的血装进这个小瓶里。如果做得到，我愿用千倍百倍的血来证明我的爱。

申拜毫不为之所动，冷冷地追问，那这是谁的血？

我说，不是谁，是一只鸡。那只鸡是我杀的，它的尸体在垃圾桶里。

申拜说，想不到，你设计得这样周密啊！

我放声痛哭道，我不愿失去你！我知道你在意！我没办法，才想出这个主意。我本来想用现成的猪血豆腐，但那是凝固的，根本就不能流淌了。我后来到了菜场，我想跟人要点鳝鱼血，就说是为了治病，可我还是没法子把它装进小瓶里。后来，我买了一只活鸡。菜贩子说，小姑娘，我替你杀了吧，不多收钱。我说，不，我自己杀！

我从来没有杀过任何活物，包括一只螳螂或是蝴蝶。可是，为了我的爱情，一回到家，我挥刀就把鸡头斩了下来。鸡血飚射一地，好像谋杀案的现场。我往一只碗里注了冷水，再加了点白醋，然后把鸡血控进去，拼命搅动。我从书上查到，这样血液就不会凝固了。然后我到街上买了几只眼药水瓶。先是开口剪得太小，血好不容易吸进去但又挤不出来，总之很不顺畅。我想熄灯后，留给我操作的时间不会太长，我得速战速决。后来我又把药瓶口子剪得太大了，瓶帽盖不住了。费了半天劲儿才弄得合适了，血吸进去后，一滴不漏。需要的时候，可以很快喷涌而出。一切都计算好了，只是没想到……

申拜双臂交叉，紧紧地抱住自己的肩膀，好像在狂风暴雨中。他冷笑道，你没想到什么？

我说，没想到你有如此坚强的毅力，没想到你那样地珍爱我……

申拜说，珍爱？只可惜，那是以前了。你伤害了我，什么都不存在了。保存好你的秘密武器吧！

他说着，把这个眼药瓶扔到我床上，扬长而去。

从那以后，我无论打他多少电话，他一概不接。我堵着他，好不容易见到了，也没一个眼神……我太痛苦了，生命已没有价值……渠枫拼命撕扯着自己的头发，没有一点痛觉的模样，好像那是一堆破渔网。

我看着愁云惨淡的渠枫，再看看那个眼药瓶。药瓶如同一个杀了人的子弹壳，丑陋而污秽。

我说，渠枫，你很后悔，你想挽回，你不知从何做起，对不对？

渠枫说，是啊，是啊。快教我怎么办。

我说，你先告诉我，你最伤了申拜心的是什么？

渠枫说，他嫌我不再是处女。

我说，如果真是这个原因，此事已无可挽回。即便你做了修补手术，不似这次露馅，但他已心冷如铁，你无法修补他的记忆。

渠枫想想，又说，他嫌我欺骗他。

我说，一个不诚实的人，确实人见人怕。你怎样才能让申拜认为你从此痛改前非，开始真诚？

渠枫说，我找到他，把我的苦心和忏悔告知他。如果他能原谅我，我就和他重新开始。如果他不能原谅我，我也只好认命了。但是，以后，我若再交了男朋友，该如何解释自己不是处女？

我说，交友的双方，都可以保留自己的隐私，这无可厚非。只是你机关算尽，导演了一场闹剧，你企图伪造一个现实，这就是欺骗了。恋人之间，谎言注定会杀伤幸福。渠枫，你已经付出了两次惨痛的代价，但是你还没有得到代价之后的思索。真正的爱情必定是真诚基础上的建筑。

蝴蝶盾

江南。雨雪迷蒙的早春。傍晚。小城。远远的红灯。

我离开寄住的招待所，好奇地向那盏红灯走去。几晚了，从窗口望见它，如一颗椭圆形的红蚕豆，在江南嫩绿的空气中孤悬。尤为奇怪的是，灯火下飘着一些斑驳的影子，若彩色的巨蚊，翩翩翻转，又不曾片刻飞离。

近了，看到一个细弱的小伙子，蹲在灯下，用剪刀劈开粉色的绸带，三缠两绕的，一朵小小的莲花，就在指尖亭亭玉立地绽开了，他的手，好像是埋在池塘里的一段藕。

再看蚊形巨影，不禁哑然失笑。那是小伙子用各色绸带编织的小物件，翡翠色的螳螂、巧克力色的蚂蚱、橘红色的龟、冰蓝的玫瑰等，一律以丝线穿了，吊在灯下的铁丝上。这些美丽的幌子，随每一阵微风，幽灵般起舞。破碎的雨滴，洒在它们的翅膀、脊背和花瓣上，像抹了露水似的，彩亮动人。

我说："卖的吗？"

他抬起头。一双被夜熬红的眼。

"卖的啊。买一只吧。多好看啊。除了挂着的这些，我还会编好多别样的。天上飞的、地上跑的，只要你叫得出名，我都编得来。"

他望着我，很快地说。手不停操作，盲人按摩师一般娴熟。

我本打算看了端的就走的，这下反不好意思，想了想说："编一只凤凰吧。"

不知为什么，他却踌躇了。好在只是片刻间的犹豫，马上接了问："什么色呢？"

"红的吧。"我说，想起涅槃，火和再生什么的。

"红的不好看，像烧鸡。"他很坚决地否定，并不怕因此驱走了顾客。

"青色吧。青鸟，很吉祥的。"他权威地决定，不待我表态，十指翻飞地操作起来。

先是裁绸带。烧饼大的绸带卷，在小伙子手中无声地流淌着，渐渐缩小如贝。啊嘀，一只凤凰要用这么长啊！我惊讶着，嘴边不敢动静，怕惊动了他手心渐渐成形的生命。

十分钟后，一只蟹青色凤凰诞生了。骨架很魁梧，尾羽却不够丰满，嶙峋模样，令人忆起乌鸦。

我付了钱，然后说："小伙子，可惜没我想象的好。"

他收拾着残屑很镇定地说："那你再买一只别的吧。凤凰不容易讨好，世上本没有的东西，每人心底想的都不一样。实实在在的，比较好办。"

我说："那好，这回我改要蝴蝶。"

他突然愣了，问："你是从外地来的吧？"

我说："是啊。"

他说："此地人都知道，我是不编蝴蝶的。"

我纳闷，说：“蝴蝶很难吗？我看比蜻蜓和猫什么的，容易多了。你刚才还天上地上地夸口呢。”

已经入夜了，周围很寂静，没有主顾。薄薄的雾丝掠过灯笼的红光，像拭不净的血色玛瑙。那些悬挂着的绸制精灵，突然在某个瞬间一齐停止摆动，好像被符咒镇住了，不动声色地倾听。

他接着问：“你是马上就要离开吗？”

我说：“明天一大早。”

他下了很大决心似的，说：“破一次例，卖你一只蝴蝶吧。”

他也不再征询我对颜色的意见，思索着，径自施工。绸带卷沙沙滚动着，用料之多之杂，几乎够编一头斑斓猛虎。

他边编边说，家乡多棕榈，人人都会用叶编些好玩的东西。后来到外闯荡，人小力单，总也挣不到钱。突然看到城里人用作捆扎礼品的绸带，和棕榈叶差不多，就琢磨用它编物件。绸带软滑，很多编法都须另创。优点是颜色多，耐保存。如今现代人喜欢手工制品，他走南闯北，生意不错。

“常想，全中国编这东西的，就我一个人吧？也许，该到北京申请个专利？”

小伙子结束谈话的同时，完成的蝴蝶也递到我手里。

这是我生平所见最为精致的编织物，身肢纤巧，探须抖颤，好像刚从卷心菜畦受惊起飞。翅膀色彩鬼魅般绮丽，镶有漆墨般的黑点，如同一排豹睛，若有所思地注视着孤寂清冷的世界。

我失声道：“这么艳的蝴蝶，能抵十只凤凰！”

小伙子诡谲一笑，说：“它的价钱比这要贵得多。”

我吓一跳，忙说：“哎呀，那我就买不起了。”

小伙子忙解释：“收您的，不会那么多，与凤凰同价。”

我定下心，又问：“那你为什么不多编些蝴蝶？”

他说：“多了，就不值钱了。三个月前，我刚到这里，原想住住就走的。此地不大，喜欢小玩意儿的人必也有限，打一枪就转移，流动作业呗。记得也是这时分，来了一个男人，两天前，他买过我的货。这趟劈头问：‘你能编多少种蝴蝶？’我说：‘没算过，大约……总有……几十种吧。’

“他说：‘我用大价钱收你的蝴蝶。条件是，蝴蝶不得重样，不许给别人编，每日一只，一共百天。’

“我就在这儿住下了。除了摆摊，就是每天早上供应那男人一只蝴蝶。刚开始并不难，照我以前编过的花样，做给他就可交差。一月之后，渐渐有些吃力了。日日都要设计出新图谱，夜里想得脑仁开锅。我用各种颜色的绸带搭配翅膀，镶上奇异的条纹和斑点。在身躯和蝶须上大变花样……有时真恨蝴蝶为什么没有八只翅膀四条须，那么做文章的篇幅可多翻一倍。终于有一天，我对他说：‘老板，我不想再给你一个人编蝴蝶了，我要走了。’男人落下泪来，说他在苦苦追求一个女孩，每天都给她送花。女孩刚开始连看都不看，就把花抛掉。后来他偶然附了一只从我这里买的蝴蝶，没想到那女孩就收下了花。为了每天得到一只奇异的蝴蝶，女孩一直同他交往，并说如果能集到100只不重样的蝴蝶，就答应嫁他。男人说完，又把蝴蝶的价码加倍，并许事成之后，给我更多的钱。他说：‘蝴蝶就是老婆，千万别让她飞了。’

“我又留下来了。到今天为止，共编了89只蝴蝶，还有11只就满百数之约。每当我煎熬心血编出一只前所未有的蝴蝶时，总在想：‘那个得到这只蝴蝶的女孩，究竟是谁？长什么样？她若真是喜欢我的蝴蝶，在有月亮的晚上细细端详，也许能猜破我编进蝴蝶翅膀花纹中的心思。’

“我想问她，她爱的究竟是人还是蝴蝶？为什么女人总想用某种东西考验男人？还要把自己一生的幸福，寄托在一个没头脑的死物件上呢？即使那样东西再宝贵、再难寻找，某个男人费尽心机为你找到了它，就是爱情了吗？要知道，你不是同蝴蝶过日子，而是同一个活人，相伴走过一生啊。

“也许，我会在编满100只蝴蝶之前，突然逃离这里。我还有10天的时间，可以来琢磨这事。如果那女孩真的爱他，即使攒不到百只蝴蝶，她也会欢喜地嫁他吧？蝴蝶一旦没有了，女孩醒了，重新考虑自己的决定，是不是更好？我给了她一个妥善脱身的借口。”

一阵夹杂雪粒的风吹来，悬挂着的彩色精灵，互相碰撞着跳起舞。我把手中纤巧的编织物很仔细地包好，对他说：“放心吧。在我没离开小城之前，不会有人看到蝴蝶。”

道了别，缓缓离开。很远了，稀薄的空气中还充满着淡淡的红光，从背后的方向绕过我的衣角，涌进无边的雾丝。

结婚约等于

世界上的事情，有些是不好比的，比如，一颗星球和一片树叶，孰重孰轻？

当然是星球重了。但那颗星球远远地在天上飘着，和我们没有什么关系。一片树叶袅袅地坠下来，却惹得一位悲秋的女子写下千古绝唱。孰轻孰重？

但人们仍然喜爱比较，古时流传“不比不知道，一比吓一跳”“人比人得死，货比货得扔”等诸多话语，说明“比”的重要性。如今科学加盟，更是创出了许多先进的指标，使“比”这件事，空前地科学和精确起来。

看到过一张“社会再适应评定量表”。

那表的左端，将我们生活中可能遭遇的变化，列成长长的一排。

从亲人死亡、夫妻不和、离婚退休、违法破产、搬家坐牢，一直到睡眠习惯的改变，和亲家翁吵架这样的事件，都做成明细的账表，共计有数十种之多。

表的右侧，列出各相应事件的“生活变化单位”，简言之，就是一个事件对生活影响的严重程度。据说，这个表是根据5000多人的病史分析和实验室所获资料得来，可以对某个人因为生活变化而造成的适应程度，做出数量估计。

当生活变化单位超过150时，80%的人感到严重不适、抑郁或心脏病发作。

这段话说起来十分拗口，其实就是把我们在生活中经常遭遇到的事，跟小学生的算术卷子似的，每题各打一个分，说明它对我们身心的影响。把最近碰上的事的分叠加起来，就得到了一个总分，大致表明它们对我们生存境况的影响。不过，这个分可不像高考的分，越高越好，而是患病的危险性同分数成正比。

居生活事件严重程度前三项的是：

配偶的死亡：得分100。

离婚：得分73。

夫妻分居：得分65。

可见，在纷繁的世界上，家庭和亲人对我们至关重要。爱护家庭，就是爱护我们自己的生命。

金钱对身心的影响，远没有想象中那般明显。少于一万元的抵押和贷款，居于严重等级的第37级台阶上，分值仅仅为17，只相当于过一次半圣诞节。

各种节日也被列入影响生活的事件，比如圣诞节，它的分值是12。刚开始很有些不得要领，过节是快乐的事情，怎么反成了坏事？静下心来想想，也有道理。在每一个盛大的节日后，都有许多人疲倦和病痛。假如是身在远方的游子，每逢佳节倍思亲，潸然泪下，忧郁足以致病了。

与上司的矛盾，分值是23，只相当于一次半睡眠习惯的改变。（睡眠习惯的改变分值为16）。

这表是洋人制定的，不大符合我们的国情。他们在职业上来去比较自由，与老板闹僵了也不是什么了不起的事，对自己的情绪影响不大。若是中国的统计数字，和领导翻了脸，对目前的形势和以后的出路都会投下巨大的阴影，这一点儿分值肯定是不够用的，起码需高上一倍。

表上所列大多是消极事件，就是我们常说的坏事，但也有积极事件。比如，制定者们将“杰出的个人成就”这一辉煌事件的影响值，定为28分，相当于儿女离家（29分）和姻亲纠纷（29分）。

我们这个民族信奉的是“人逢喜事精神爽”，高兴还来不及呢，哪里还会因此有病?

反过来一想，中医素有“大喜伤心”与“乐极生悲”之说，大约也是这个道理。比如，《儒林外史》中的范进中举，不知算不算具备了“杰出的个人成就”，但鬼迷心窍，一时疯傻，须他的岳丈一巴掌打在脸上才苏醒过来，却是千真万确的。

“结婚”这一栏的分值是“50”。

约等于一个半知心好友的死亡（好友死亡为37分）。

约等于一次搬迁（20分）加上一次转学（20分）再加上一次轻微的违法行为（11分）的总和。约等于个人受伤或害病（这一项为53分）。

超过了被解雇（47分）和退休（45分）。

“结婚”这件大喜事，竟有这样高的不良影响分值，世间许许多多的女子，可能也同我一样出乎意料，对人生的这一重要转折估计不足。

这张表当然也不是权威，但它毕竟从另一个角度向我们发出异样的警报。

结婚给女人带来了巨大的变化，从女儿变成媳妇，从恋人变成妻子，从自由身进入了特定的角色。

中国有句古话，叫作“凡事预则立，不预则废”，这张表就相当于我们生活的预报表。它是客观而严峻的。

过多沉迷于玫瑰色想象，对幸福不切实际的甜蜜憧憬，会削弱承受艰难的耐力。婚姻并不仅仅是快乐，是节日，是两情相悦，是生死与共，它还是考验，是煎熬，是一种对熟悉生活的破坏和一种崭新模式的建立，是包含了智慧、勇气、人格、意志的双方重新组合。就像进入一块陌生的大陆，所有事情都有可能发生，我们对此必须有清醒的认识和足够的心理准备。

结婚约等于一次必将穿越风暴的航行。当新船驶离港口的时候，两个水手要将自己的身心调整到最光明、最昂扬的状态，镇静地眺望远方，携手向前。

婚姻的四棱柱

人们谈论婚姻的频率，就像谈论坏天气。女人们凑到一处，更是“三句话不离本行”，家是女人永远的职业。若是在公园里看到掩面哭泣的女人，十有八九是为了爱情。

婚姻的第一种开端模式：莫逆之交。

天下婚姻万千，开端总是几种模式。好像你要是得了感冒，起因脱不了受凉或传染。要是患了痢疾，便一定是病从口入了。婚姻的第一种开端模式，是莫逆之交。何为莫逆？字典上写的是：“彼此情投意合，非常要好。”顾名思义，“莫”是“没有”的意思，“逆”是“方向相反”的意思。莫逆之交是一个否定之否定，表示高度的协调与一致。

有人说，要是夫妻两个人，几十年都没有一点分歧，是不是太乏味，太枯燥？好像对着镜子中的自己，如影随形一辈子，会不会无聊至极？

这种揣测，乍一听很是有理。争吵好像家庭的味精，矛盾仿佛黏合剂，很长一段时间内，我也赞同这个观点。后来一次出差，遇到一对老夫妇，他们温存而默契的眷恋，深深感动了我。与那些无时无刻不想显示幸福的年轻夫妇不同，他们宁静谦和，彼此一个手势、一声叹息，对方都心领神会……他们的和谐，像一串老檀香木珠，隐隐地但是持久地散发着温馨的香气，让每一个看到这情景的人，心中叹息。

我说："你们银婚金婚的，就真没红过脸吗？那是不是太没意思了？"老翁说："我们有产生分歧的时候，但是不会吵架。人可以同自己争吵，但不可以同一个如此深爱自己的人反目。我们都有使对方冷静的能力。吵架不会使人感到生活有趣，只会使人痛恨生活。生活的美好来自和谐与温暖。"

我又对老媪说："你们一辈子不吵架，别人都不信呢。"老媪微笑着说："别说你们不信，就是我们自己也不信。当初我们结婚的时候，并没想到一生不吵架。但这么多年过去了，我们真的无架可吵。有一天，我对老伴说：'咱们吵一架吧，尝尝吵架的滋味。'他积极响应说：'好啊，开始吧。'于是我说：'你先吵吧。'他谦让说：'还是你先吵吧。'我们互相看着，谦让了半天，结果还是没吵成。想起来，好懊丧啊。"

我说："哈！你们的经验是什么呢？让大家都学习一下多好。"老翁慢吞吞地说："这可能是学不来的。我们平时都不同别人说我们不吵架的事，那会惹人笑话，好像这么大岁数了还在说谎。因为天下夫妻几乎都吵架，大家都不相信世上有不吵架的夫妻。我们很幸福，可幸福不是展品，我不想让所有的人都传颂这件事。我只能告诉你，也许我们是一个例外，但莫逆之交的夫妻，一生从不吵架的夫妻，绝对存在。我们可以没见过钻石，但我们不能否认，世上有这种硬度极高的宝贝，在旷野中闪烁。"

第二种婚姻的开端模式，是患难之交。它好像最具戏剧性，古时的公子落难，小姐搭救；才女风尘，名士救援……惊险与曲折，自是不必说了。到了现代，就演变成或战斗负伤，或打成"右派"，或"上山下乡”，或远走他乡，或病体难支，或飞来横祸……总之是一方遭遇大悲惨、大厄运，辗转于苦痛之中；另一方肝胆相照，鼎力相助，挽狂澜于既倒。于是爱的萌芽，在这恶劣苦旱的土壤中滋生，掀开巨石，迎着风暴，绽开了绿的叶和红的花。

依我以前的印象，觉得这种开端的婚姻是极稳固、极难得的。你想啊，大风大浪都闯过来了，在风和日丽的日子，岂不要收获加倍的幸福？没想到，许多惨痛的婚变，就蜷缩在这只涂满沧桑的旧匣子里。究其原因，在于事件起始部分的不平等。婚姻这件事，最要紧的是脸对脸，心靠心。

若有一方居高临下，就会埋伏畸变的导火索。当事人可能不自觉，但危险的种子已经种下。大难当头的时候，人的正义感、怜悯心都会异乎寻常地发达起来，拔刀相助与见义勇为，仁爱之心与乐善好施，甚至母性与女儿性，大丈夫“我不下地狱谁下地狱”的豪情，都油然而生，像五颜六色的调味酒，依次倾入堆积冰块的苦难之杯。于是，略带苦味却莹光四射的命运鸡尾酒，在艰窘之中，由位置较好的一方绚丽地调配成功，递了过来。那另一方，在孤独苦寂中，将自我的感激误认为爱情，起初出于理智婉拒，最终抗拒不了凄凉与冷寞，依了人的本能，欣然接受，也是情理之中的事。双方痛饮混合了各种复杂成分的婚姻酒，醉一个酩酊。那些世界上最动人的山盟海誓，往往发生在此时。然岁月更迭，逆境不可能永远存在，当外界的压力解除，爱情脱尽附加的藩篱，以本真的面目凸显的时候，潜伏的阴影就膨胀了。一旦双方地位、学识、教养、门第……的卵石，在激流消退后的平滩上裸露出来，无情的舆论又像烈日，将石头晒得炙手可热，婚姻的危机就笼罩头顶了。

况且，婚姻不是账本，旧话重提没有用，一方永远地施与，另一方总是赤字，心里就会失去平衡。有些恩情，也如仇恨一般，太深重了，便无法报答，有时简直想一逃了事。不平等的婚姻，当跷跷板上位置低下的一方腾然升起的时候，双方能否寻找到新的支点，是婚姻是否继续的要素。患难是泥沙俱下的荒地，在那里寻到的爱情，绝非纯金精钢，还需顺境霹雳火的锤炼。

所以，患难之交不但不保险，很可能还是饱含危机的婚姻。你看古今中外多少愁云惨淡的故事，都产生于这类土壤，就可知它的曲折艰险。并非要人在苦难中不谈爱情，我只是想说，苦难不是婚姻的保单。假如你是跷跷板位置较高的一方，请做好位置颠覆后的准备。假如你是位置较低的一方，请扪心自问："天翻地覆之后，我能否忠诚依然？！"假如回答都是："不。"不妨在患难中，对爱情三思而后行。

第三种婚姻的开端模式是一见钟情。

与其说它属于社会学心理学范畴，我更愿意相信它在生理学中的地位。原本素不相识的男女，在毫无先兆的一见之下，迸出激烈的火花，从此如醉如痴，天地为之动容；朝思暮想，百计千方，不成眷属，终日寝食不安。有的学者，对这种婚姻模式给予高度的评价，认为它是人类本性的爆发，无功利杂质掺入，纯真契合，地久天长。我想，在那男女一见的瞬间，一定发生了一种我们目前的科学还不能完全解释的生理变化，大量的神秘物质分泌入血，年轻的机体，从瞳孔到心灵，都感到极大的愉悦。这种物质以高度的愉悦，牵引着我们，操纵着我们，使我们不假思索地按照它凌驾一切的指令，决定了终身的伴侣。对这种"惊鸿只一瞥，爱到死方休"的神秘过程，我不敢妄加揣测。私下里猜它的来源一定非常古老，是人类延续种族繁荣昌盛的钥匙之一。想那雌雄的相投，必无长远的卿卿我我，常常是电光火石的一瞬，成就了好事。一定有存在于基因的密令，操纵着冥冥中的结合。我想探究的是，作为高度发达创造了语言交流的人类，是否须对"一见定乾坤"的传统重新审视？那毕竟是一种非常状态，犹如飓风，无法天长地久地陪伴我们。不知道在哪一天黎明，激情悄然离去，连个招呼也不打，剩下冷却到常温的男女，相对无言。失却了神秘物质的激励和保护，以它为先导的婚姻，是否也将随风飘逝？婚姻不是"一见"，是一世相守的千见万见亿见。钟情是否是永不疲劳的金属，始终保持着最初的弹性？一见钟情的质量，不在开头，而在结尾。它可有终身的保修期？

现在要说四棱柱的最后一面了——萍水相逢。

这词一听，便让人生出凄凉漂泊之感。当人们谈论婚姻的双方，原是“萍水相逢”时，多的是无奈与宿命，还有些许的调侃，好像一只得来容易的旧履，不值得珍惜。

我们太轻慢了萍水啊。何谓萍？那是一种随波荡漾的低等植物，淡淡绿绿，草芥一般，任何一抹风都可以将它捋了去，抛向远方，颇似普通人的命运。两朵浮萍，没有背景，没有根，被不知何处来的气流推着，无目的地漫游，怎的就撞到了一起？俗话说：“相逢是缘，相守是分。”为什么遭遇的是这一朵浮萍，而不是那一株水草？为什么碰撞在这一块水域，而不是在那一方波涛？偶然的萍水相逢里头，是否藏着一个天大的必然的缘分？萍与萍之间，还有一个最大的优势，那就是平等。水平水平，天下没有比水更平坦的东西了。生在水里的植物，该是最懂得这道理的。纵使不懂，水以天然的流动也教会你懂。平等是一切婚姻的柱石，它不是一种有形的资产，却是长治久安的地平线。在平等的伞下缔结的爱情，少的是不着边际的浪漫，多的是同在一片蓝天下的理智。它们依傍于水，浮沉于水。雨打浮萍的时候，须同舟共济；水涨船高的时候，须宠辱不惊。需要磨合，需要考验，一个平淡的开端，未必不预示着一段肝胆相照的历史，象征着一个美满妥帖的结局。

萍水相逢和一见钟情，真是有些像呢。都是素昧平生，都是相约到老。千万不要把两者搞混啊。在开端的时候，它们像一对孪生姐妹，但女大十八变，渐渐地就有些质的分野了，一个是在瞬间爆炸，一个是徐徐地加温。婚姻的本质更像一种生长缓慢的植物，需要不断灌溉，加施肥料，修枝理叶，打杀害虫，才有持久的绿荫。

在婚姻的入口处，立着这根四棱的柱子，每一面雕刻着不同的花纹，指示着不同的道路。每一个经过的男人、女人，都按照自己的意愿，选择了一个入口。家庭就像单向的铁路，是没有回程票的。我们在婚姻的列车上，铿锵向前。在生命的终点站，有几多夫妇，手牵着手，从容出站？

婚姻有漏

实行计划生育多年，当年的婴孩开始踏上婚姻的红地毯。现在要想找一个家中有兄弟姐妹的配偶，概率已越来越低。在法院工作的朋友告诉我，双方都是独生子女的婚姻，离婚率相当高，且从结婚到离婚的时间短，甚至只有几天。我吓了一跳，说，为什么？她说，理由当然是各式各样的，但我看，主要是事因有漏。

事情之发生，都有一个原因。这个原因如果不纯粹，就是事因有漏。漏是沙漏的漏，一个缓缓下旋的洞。情感有多少血液经得住这般从夏到秋夜以继日地漏？一个有漏的婚姻，从一开始就是不结实的。当所有的情感都漏光的那一天，婚姻就扁了。

那么，婚姻的理由究竟是什么呢？有的人因为世俗的压力，父母的祈盼，舆论的导向，甚至觉得在玩一个有趣的游戏。有的人以为那是一笔投资，一注筹码，一套吃饭的碗筷，一栋半山的豪宅。有的人只是头脑发热荷尔蒙亢奋，更可怕的还有政治与经济的陷阱与阴谋，都会织进婚姻之因。

除了这些以往婚姻中常见的漏，朋友说，独生子女的婚姻漏，最高发的是他们太想找到朝夕相伴的手足（这当然不是错），但是，却缺少和兄弟姐妹亲密相处的经验。他们缺少忍耐。

婚姻是需要忍耐的。长久的持续的充满定力的忍耐。忍耐一个任性的姑娘成长为干练的妻子，忍耐一个办事不牢的小伙子成为坚如磐石的汉子。忍耐孩子在啼哭和不断摔跤中长大，忍耐彼此的白发和倦怠。忍耐性格的摩擦和裂变，忍耐孤独与风寒……

婚姻无漏的理由只有一个，那就是爱。因为有了爱，才会长出茁壮的忍耐。忍耐磨砺着爱的光洁，使它在坚硬的同时润泽而美丽。

婚姻鞋

婚姻是一双鞋。先有了脚，然后才有了鞋。幼小的时候光着脚在地上走，感受沙的温热、草的润凉，那种无拘无束的洒脱与快乐，一生中会将我们从梦中反复唤醒。

走的路远了，便有了跋涉的痛苦。在炎热的沙漠被炙得像鸵鸟一般奔跑，在深陷的沼泽被水蛭蜇出肿痛……

人生是一条无涯的路，于是，人们创造了鞋。

穿鞋是为了赶路，但路上的千难万险，有时尚不如鞋中的一粒沙石令人感到难言的苦痛。鞋，就成了文明人类祖祖辈辈流传的话题。

鞋可由各式各样的原料制成。最简陋的是一片新鲜的芭蕉叶，最昂贵的是仙女留给灰姑娘的那只水晶鞋。

不论什么鞋，最重要的是合脚；不论什么样的姻缘，最美妙的是和谐。

切莫只贪图鞋的华贵，而委屈了自己的脚。别人看到的是鞋，自己感受到的是脚。脚比鞋重要，这是一条真理，许许多多的人却常常忘记。

我做过许多年医生，常给年轻的女孩子包脚，锋利的鞋帮将她们的脚踝砍得鲜血淋漓。缠上雪白的纱布，套好光洁的丝袜，她们袅袅地走了。但我知道，当翩翩起舞之时，也许有人会冷不防地抽搐嘴角，那是因为她的鞋。

看到过祖母的鞋，没有看到过祖母的脚。她从不让我们看她的脚，好像那是一件秽物。脚驮着我们站立行走。脚是无辜的，脚是功臣。丑恶的是那鞋，那是一副刑具，一套铸造畸形、残害天性的模型。

每当我看到包办而蒙昧的婚姻，就想到祖母的三寸金莲。

幼时我有一双美丽的红皮鞋，但我很讨厌穿它，就像鞋窝里潜伏着一只夹脚趾的虫。每当我不愿穿红皮鞋时，大人们总把手伸进去胡乱一探，然后说："多么好的鞋，快穿上吧！"为了不穿这双鞋，我进行了一个孩子所能爆发的最激烈的反抗。我始终不明白：一双鞋好不好，为什么不是穿鞋的人具有最后的决定权？！

同样，旁人不要说三道四，假如你没有经历过那种婚姻。

滑冰要穿冰鞋，雪地要着雪靴，下雨要有雨鞋，旅游要有旅游鞋。大千世界，有无数种可供我们挑选的鞋，脚却只有一双。朋友，你可要慎重!

少时参加运动会，临赛的前一天，老师突然给我提来一双橘红色的带钉跑鞋，祝愿我在田径比赛中如虎添翼。我脱下平日训练的白网球鞋，穿上像橘皮一样柔软的跑鞋，心中的自信突然溜掉了。鞋钉将跑道扎出一溜齿痕，我觉得自己的脚被人换成了蹄子。我说我不穿跑鞋，所有的人都说我太傻。发令枪响了，我穿着跑鞋跑完全程。当我习惯性地挺起前胸去撞冲刺线的时候，那根线早已像绶带似的悬挂在别人的胸前。

橘红色的跑鞋无罪，该负责任的是那些劝说我的人。世上有很多很好的鞋，但要看适不适合你的脚。在这里，所有的经验之谈都无济于事，你只需在半夜时分，倾听你自己脚的感觉。

看到好几位赤着脚参加世界田径大赛的南非女子的风采，我报以会心一笑：没有鞋也一样能破世界纪录！脚会长，鞋却不变，于是鞋与脚，就成为一对永恒的矛盾。鞋与脚的力量，究竟谁的更大一些?我想是脚。只见有磨穿了的鞋，没有磨薄了的脚。鞋要束缚脚的时候，脚趾就把鞋面挑开一个洞，到外面凉快去。

脚终有不长的时候，那就是我们开始成熟的年龄。认真地选择一种适合自己的鞋吧！一只脚是男人，一只脚是女人，鞋把他们联结为相似而又绝不相同的一双。从此，世人在人生的旅途上，看到的就不再是脚印，而是鞋印了。

削足适履是一种愚人的残酷；郑人买履是一种智者的迂腐；步履维艰时，鞋与脚要精诚团结；平步青云时，切不要将鞋儿抛弃……

当然，脚比鞋贵重。当鞋确实伤害了脚，我们不妨赤脚赶路！

再婚的女人

她是一个再婚的女人，穿着华丽得体，脸上浮动着礼仪性的微笑。看到我，她说，我现在十分幸福。

我们是在一个短暂的会议上结识的，吃饭时，正巧坐到一起。得知了我的职业，她说，晚上我也许会找你聊天。

此刻她来了，在沙发上很端正地坐下，裹着裙子的双膝，有教养地并拢后微微斜倚着，双手交叉抱在胸前，恰到好处地微笑。饭店千篇一律的落地灯，透过冷白的纱罩，从她的侧后上方轻柔地打下来，勾画出她脸庞优雅的轮廓和细致的皱纹。

我真的很幸福。重复地说过这句话之后她松开手臂，从钱夹中拿出一张全家福的照片给我看，一个大男孩和一个小女孩拉着手，一位中年男子，很踌躇满志的样子。她本人，仰望云彩微笑。背景是某游乐园巨大的摩天轮，悬挂着的每一间彩色小屋都紧紧地关着门，像无尽的删节号，在蓝天滑行。

我看了看，依旧什么也没说。

怎么，您不相信我幸福吗？她的声音好像有些气恼了，但笑容仍在。

我依旧沉默。从她进屋这短暂的时间，我不断听到“幸福”这个字眼，以至于让我高度怀疑它的真实性了。真正幸福的人，是不会半夜三更地到一个陌生人的房间来倾诉的。当某人反复描述某种情境的时候，多半是他自己对此产生了怀疑。

我稍做解释：幸福不幸福，通常只是当事人内在的感觉，没有统一的标准，也无须别人的肯定。所以，我很难说什么……

之后又是长久的沉寂。也许是我的无言，更激起了她的讲述欲望。

——我是一个离了婚的女人。不是我想离，实在是没办法过下去了。他发了财搞第三者不说，还在外面和那女人租了房子。刚开始是每天半夜才回来，我不说什么，总想用自己的温柔来感动他。没想到他顽石心肠，一点也不悔改。夜不归宿从每周一天，发展到三天四天，后来，干脆住到那里，公然成了一家子。倒把自己真正的家，当成了酒店。那些年，我天天以泪洗面，可我挺坚强的，真的，和谁都不说。我这人自小就要强，不能让旁人看我的笑话。小学中学同学聚会，我全都打扮得漂漂亮亮去，一次也不落，叫谁也看不出我不快活。可是我不能跟他们深谈，从小就待在一块儿，都是知根知底的人，话一多了，非露馅不成。倘若女友只要问一句，你怎么那么瘦啊？我的眼泪就止不住了……

在那种见不得人的日子里，我忍啊忍的，总想，人心都是肉长的，终有一天，负心的男人，会认清这世上谁是真正的贤妻。一回，他破天荒地早回来了，我还没来得及给个笑脸，他说，你不是天天夸自己多么贤惠吗，今儿考验考验你。那边停电了，洗衣机没法使了，换下的衣服都臭了，你马上给洗出来吧。她可比你讲究，洗干净点，晾干了，得熨平……我当时什么话都说不出来，就是你娶了两个老婆，我也算大的，怎么能反过来伺候你们这对狗男女！我把一包脏内衣，兜头兜脑地甩到他身上，转身上了法院。

离了婚，前夫不要孩子，抚养费给得也很少。我发了狠，一定要让女儿过上公主般的生活，让那个男人看一看，没有他，我们活得更有滋有味。话说起来容易，但一个白发悄然上头的女人，钱哪里是容易挣的？后来，找到了一家卖玩具的公司，那儿是提成制，你卖得多，就能挣得多。人家一看我这么大岁数了，说，卖玩具可是年轻人的事业，得欢蹦乱跳的，自己整个是一大玩家，孩子们才会乐意买。您啊，还是去卖个纺织品什么的，兴许还有点收益。他们说得在理，可卖衣料赚得太有限，我得养活孩子啊，就硬着头皮卖起了玩具。

一说玩具，您可能就想起积木、箜竹什么的，那些太古老了。现在都是高科技的东西，一部动画片放出来，紧跟着上市的玩具，都是那里头有名有姓的玩偶，狂风似的迷倒了无数孩子。做这种玩具商，弄好了是个暴利行当，只不过一般人不大知道内情。销玩具的季节性很强，春节前大热卖，再有就是每年暑假。刨去这两个旺季，就很淡净。孩子们学习紧，考了期中考期末，谁还尽给孩子们买玩具啊。此行中的老手，都跟北方农民似的，干半年闲半年，忙时忙死，闲时骨头生锈。他们干得长了，都有自己的据点，也就是老客户，像一张绳床，织得密密麻麻。我一个青春不再的女人，哪里插得进去！所以，我刚入行时，收入很可怜。我想，这么下去，我们娘俩离饿死也不远了。我得改换策略。呛别人行的事，我不能干。我没那个本事，能把别人的老关系抢过来。退一万步讲，即便成，我也下不了那个手，叫人戳脊梁的事，咱不能干。

后来，淡季来了，大伙儿都闲着。我想，为什么不能试试呢？生孩子是不分淡季旺季的，每年每一天，都会有孩子过生日。现今的孩子是小皇帝，七大姑八大姨的，都赶来凑热闹。送豪华玩具，是个风光事。我上了年纪，要是直接和买玩具的孩子打交道，肯定不如那些和孩子年龄接近的大娃娃们占优势，但我要是和成年人交往，以一个妈妈的身份出现，那些想给孩子买玩具的亲属们，就容易相信我。这个路数定下来，我就不辞劳苦地跑商场推销订货。我模样长得不像个商人，是个缺陷其实也是个长处，更容易让别人少戒心，乐意买我推荐的货色，把我看成是一个爱孩子的妈妈……

刚开始，口干舌燥啊，说得我都腻烦听见自己的声音了。我把玩具操纵得比任何一个调皮的孩子都更出彩，简直成了一个大顽童。我的业绩开始缓缓上升。有点像盐碱地的果树，刚栽下的时候，半死不活的，真不敢寄什么希望。但慢慢地它扎下根来了，一天比一天有起色，开始挂果子了……

我轻轻地摆了摆手。她是个很敏感的女人，立刻把说了半截的话含住了。

我说，我很理解你的努力和艰辛。但是，我们的时间有限，我想你到这里来，恐怕最主要的不是讲你怎么成了好玩具商。我更关心的是你的痛楚。

她的脸一下子变了颜色和形状，瓜子脸痉挛，青色透过脂粉渗出来，颤抖着说，我苦，您怎么看出来的？

我说，是猜。

她紧咬嘴唇，好像有些东西要自动跳出来，她在做最后的抵抗。

我依旧什么也不说，等着她。

过了好半天，她说，好吧，我都告诉您。我干吗上这儿来？不就是要找个人，把心底的黄连水倒倒吗？要不，我会被自己的过去呛死的。她的语句快而微微颤抖。

后来，我有钱了。挺多，够我们娘俩过日子的。我想找个丈夫了。以前我没钱的时候，不敢找，怕自己条件太差，找不到好的，让女儿也跟着受屈。现在，有条件了，我也能挑挑别人了。挑了多少人，才挑中了我现在的丈夫。他也是被人抛弃的，我想吃过亏的人，应该更懂得珍惜。他也带着一个男孩，他前妻也是不要孩子的。他没钱，日子像我以前那么苦。总而言之，我俩有那么多相像的地方，同病相怜啊。一见面，我就喜欢上他了。我说，我会给孩子当好后妈的，跟对我的孩子一样好。有我们娘俩吃的，就有你们爷俩吃的。

婚礼我是竭尽所能地办，声势浩大。我把能请的同学都请来了，让他们亲眼看到我的富贵和快乐，并且证明我不是一个贪图财势的女子，我一心追寻的是我的幸福，被人抛弃一次，并没有什么了不起的，我又站起来了。

婚后不久，女儿就对我说，她不喜欢哥哥。她挺乖的，早就改口叫爸叫哥了。我想她一个人待惯了，有个适应的过程。我对男孩格外好，因为不想叫人说我这个后妈偏心。他在学校闹事，我去挨老师的训斥，代他检讨，交罚款。后来他和小流氓打架，把人家的一只眼弄瞎了，人家要把他送去劳教。我吓坏了，心想，没和这家结亲以前，这孩子还没这样，现在出了事，传出去，我还有什么脸啊！于是，我拿出自己积蓄的一半，帮他把这件事摆平了。原来丈夫不知道我有多少钱，从这事以后，他就倚在我身上，啥也不想干了。我跟他说，我的钱没多少了，咱一家四口，要是光花不干，支撑不了多少时间。他不信，说我为了一个不是自己的孩子，都能一下子出那么多钱，不定潜伏着多大的油水呢。

这些我都忍了，心想将就着过吧。我不能再离婚了，离过婚的女人输不起了。你第一次错了，人家还会同情你，你再次错了，人家只有嘲笑你。所有的朋友都以为我过得很好，我无法把真相说出来。

后来，我发现原本跟我无话不谈的女儿，话越来越少，简直就成了哑巴。我问什么她都不说，我知道她恨我把两人之家变成了四人之家。可她就不想想，一个孩子没有爸爸，人家会怎么看？现在，起码这个家表面上是完整的。至于别的事，自己不说，谁也不知道。

我就生活在这样的幻想中，直到有一天，在沙发上发现了血迹。我家养了一只猫，我以为是谁叫猫抓了，就嚷嚷起来。那要是得了狂犬病可不得了，赶快到防疫站打针吧！当时只有两个孩子在家，我女儿脸色惨白，但还是什么也不说。那个男孩就跪下了，说他把妹妹给强暴了……

我的如花似玉的女儿啊！那一刻，山崩地裂啊。

我以为我会昏过去，可惜我没有。我想这事怎么办呢？我要去告官。丈夫知道了，也给我跪下了。说你要是告了，有什么好的？我丢人，我儿子丢人，可你女儿也丢人，你更丢人……你们丢的人更丑更大更多！

那个旺季，我一分钱的玩具也没卖出去，大家都说我是叫幸福泡软了，连活计也不想干了。只有我自己知道，那是怎样的苦海。面对大伙儿的玩笑，我更是说不出一句真话。丈夫说得也许有理，一切都已是生米熟饭，你告了，什么也不会改变，得到的只是耻笑。还不如自己憋着，好歹在外面还有一份面子，所以……

所以，你就怀揣着全家福的照片，不停地给人看，不停地重复“我很幸福”这样的谎言！我说，心因为怜悯和愤怒而撕裂。她不是我遇到的最悲惨的女人，但却是最自欺欺人的懦弱者。

可不这样，我有什么法子？离过婚的女人输不起啊……她闭上眼睛，有一颗很大的泪珠从一只眼里流下来，另一只的眼角始终干燥。我该怎么办啊？！她发出母狼一样的哀号。

我说，离过婚的女人，可以再离婚。跌倒了的女人，可以原地爬起来。女儿是受害者，丢人的绝不是你们。人为什么要生活在自己编织的谎言中？你口口声声说最爱自己的女儿，可你辜负了她的信任。你是她的保护人，你没有尽到自己的职责！你纵容了犯罪，你懦弱，你无能，你生活在一个残酷的谎言中，你也在对女儿犯罪……

她终于收起了自己的笑容，放声痛哭，泪如雨下。

我所能做的唯一的事，就是不停地给她递纸巾。满地的白纸团触目惊心地滚动着，好像此处降下特大的冰雹。

许久许久，她终于停止了哭泣。我看到一种力量的光芒，闪烁在她因为哭泣而变得真实的脸颊上。

现在，我最该干的是什么？她有些不知所措地看着我。

我说，以你在商场上的征战，我相信你是一个有勇气有智慧的女子。你是一定知道自己该干什么的。

她若有所思。然后喃喃地说，我知道我第一件事该干什么了。

她把那张全家福抽出来，撕得粉碎。指甲因为过度用力，边缘变得毫无血色。相纸裂解成只有玉米粒大小的碎屑，她到卫生间，放水把全家福的尸骸冲走了。

我不幸福，但是我有勇气面对它。临走的时候，她说。

成千上万的丈夫

有成千上万的男人，可成为我们的丈夫。

这句话，从一位当律师的女友嘴中一字一顿地吐出时，坐在对面的我，几乎从椅子滑到地上。

别那么大惊小怪，这话也可以反过来对男人说，有成千上万的女人，可以成为你们的妻子。你知道我不是指人尽可夫的意思，教养和职业，都使我不会说出这类傻话，我是针对文学家常常在作品中鼓吹的那种“唯一”，才这样标新立异。女友侃侃而谈。

没有唯一，唯一是骗人的，你往周围看看，什么是唯一？太阳吗？宇宙有无数个太阳，比它大的，比它亮的，恒河沙数。钻石吗？也许有一天我们会飞到一颗由钻石组成的星球，连旱冰场都是用钻石铺成的。那种清澈透明的石块，原子结构很简单，更容易复制了。指纹吗？

指纹也有相同的，虽说从理论上讲，几十亿上百亿人当中才有这种可能性，好在我们找丈夫不是找罪犯，不必如此精确。世上的很多事情，过度精确，必然有害。伴侣基本是一个模糊的数学问题，该马虎的时候一定要马虎。

有一句名言很害人，叫作“每一片绿叶都不相同”。我相信在科学家的电子显微镜下，叶子间会有大区别，楚河汉界，但在一般人眼中，它们的确很相似，非要把基本相同的事物看得不相同，是神经过敏故弄玄虚。在森林里，如果带上显微镜片，去看高大的乔木，除了满眼惨绿，头晕目眩，无法掌握树林的全貌，只得无功而返，也许还会迷失方向，连回家的路都找不到了。

婚姻是一般人的普通问题，不要人为地把它搞复杂。合适做你丈夫的人，绝非前无古人、后无来者的异数。就像我们是早已存在的普通女人，那些普通的男人，也已安稳地在地球上生活很多年了。我们不单单是一个人，更是一种类型，就像喜欢吃饺子的人，多半也热爱包子和馅儿饼。大豆和蓖麻天生能和平共处，玫瑰和百合种在一处，每处都花朵繁茂，枝叶青翠。但甘蓝和芹菜相克，彼此势不两立，丁香和水仙，更是水火不相容，郁金香干脆会置勿忘草于死地……如果你是玫瑰，只要清醒地、坚定地寻找到百合种属中的一朵，你就基本获得了幸福。

当然了，某一类人的绝对数目虽然不少，但地球很大，人又都在走来走去，我们要在特定的时间，遭遇到特定的适宜伴侣，也并不是太乐观的事。

相信唯一，你就注定在茫茫人海东跌西撞寻寻觅觅，如同一叶扁舟想捕获一条不知潜在何处的鳟鱼，等待你的是无数焦渴的黎明和失眠的月夜。

抱着拥有唯一的愿望不放，常常使女人生出组装男友和丈夫的念头。相貌是非常重要的筹码，自然列在前茅，再加上这一个学历高，那一个家庭好，另一个脾气温柔，还有一个事业有成……女人恨不能将男人分解，剁下各自最优异的部分，由女人纤纤素手用以上零件黏合成一个完美的新男人，该是多么美妙！

只可惜宇宙浩茫，到哪里寻找这样的胶水！

这种表面美好的幻想核心，是一团虚妄的灰雾在作祟，婚姻中自然天成的唯一佳侣，几乎是不存在的。许多婚礼上，我们以为天造地设的婚姻，夭折得如同闪电，真正的金婚银婚，多是历久弥新的磨合与默契。

女人不要把一生的幸福寄托在婚前对男性千锤百炼的挑拣中，以为选择就是一切，对了就万事大吉，错了就一败涂地，选择只是一次决定的机会，当然对了比错了好。但正确的选择只是良好的开端，即使航向对头，我们依然还会遭遇风暴，淡水没了，船橹漂走，风帆折了……种种危难如同暗礁，潜伏于航道，随时可能颠覆小船，选择错了，不过是输了第一局。开局不利，当然令人懊恼。然而赛季还长，你可整装待发，蓄势来看，只要赢得最终胜利，终是好棋手。

在我们人生旅途中，不得不常常进入出售败绩的商场，那里不由分说地把用华丽外衣包装的痛苦，强售给我们。这沉重惨痛的包袱，使人沮丧。于是出了店门，很多人动用遗忘之手，以最快的速度把痛苦丢弃了。这是情绪的自我保护，无可厚非，但很可惜，买椟还珠，得不偿失，付出的是生命的金币，收获的只是垃圾。如果我们能够忍受住心灵的煎熬，细致地打开一层层包装，就会在痛苦的核心里找到失败随机赠送的珍贵礼品——千金难买的经验和感悟。

如果执着地相信唯一，在苦苦寻找之后一无所获，或是得而复失，懊恼不已，你就拿到了一本储蓄痛苦的零存整取存单，随时都有些进账可以添到收入一栏里记载了。当它积攒到一笔相当大的数目，在某个枯寂的晚上，一股脑儿提出来，或许可以置你于死地。

即使选择非常幸运地与唯一靠得很近，也不可放任自流。唯一不是终生的平安保险单，而是需要养护、需要滋润、需要施肥、需要精心呵护的鲜活生物。没有比婚姻这种小动物更需要营养和清洁的维生素了。就像没有永远的敌人一样，也没有永远的爱人。爱人每一天都随新的太阳一同升起。越是情调丰富的爱情，越是易馊，好比鲜美的肉汤如果不天天烧开，便很快滋生杂菌以致腐败。

不要相信唯一，世上没有唯一的行当，只要勤劳敬业，有千千万万的职业适宜我们经营；世上没有唯一的恩人，只要善待他人，就有温暖的手在危难时接应；世上没有唯一的机遇，只要做好准备，希望就会顽强地闪光；世上没有唯一只能成为你的妻子或丈夫的人，只要有自知之明，找到适宜你的类型，天长日久真诚相爱，就会体验相伴的幸福。

女友讲完了，沉思袅袅地笼罩着我们。

我说，你的很多话让我茅塞顿开，但是……

但是……什么呢？直说好了，女友是个爽快人。

我说，是否因为工作和爱人都不是你的唯一，所以才这般决绝？不管你怎么说，我依然相信世界上存在唯一，这种概率，如同玉石，并不能因为我们自己不曾拥有，就否认它的宝贵。

女友笑了，说，这种概率若是稀少到近乎零的地步，我们何必抓住苦苦不放？世上有多少婚姻的苦难，都是因追求缥缈的唯一而发生的啊！对我们普通的男人和女人来说，抵制唯一，也许是通往快乐的小径。

第三章

与孩子一起成长

在爱中领略被爱，会有加倍的丰收。孩子渐渐长大，一个爱自己爱世界爱人类也爱自然的青年，便喷薄欲出了。

爱的回音壁

现今中年以下的夫妻，几乎都是一个孩子，关爱之心，大概达到中国有史以来的最高值。家的感情像个苹果，姐妹兄弟多了，就会分成好几瓣。若是千亩一苗，孩子在父母的乾坤里，便独步天下了。

在前所未有的爱意中浸泡的孩子，是否物有所值，感到莫大幸福？我好奇地问过。孩子们撇嘴说，不，没觉着谁爱我们。

我大惊，循循善诱道，你看，妈妈工作那么忙，还要给你洗衣做饭，爸爸在外面挣钱养家，多不容易！他们多么爱你们啊……

孩子们很漠然地说，那算什么呀！谁让他们当了爸爸妈妈呢？也不能白当啊！他们应该的。我以后做了爸爸妈妈也会这样。这难道就是爱吗？爱也太平常了！

我震住了，一个不懂得爱的孩子，就像不会呼吸的鱼，出了家族的水箱，在干燥的社会上，他不爱人，也不自爱，必将焦渴而死。

可是，你怎样让由你一手哺育长大的孩子，懂得什么是爱呢？从他眼睛接受第一缕光线时，已被无微不至的呵护包绕，早已对关照体贴熟视无睹。生物学上有一条规律，当某种物质过于浓烈时，感觉迅速迟钝麻痹。

如果把爱定位于关怀，随着孩子年龄的增长，对他的看顾渐次减少，孩子就会抱怨爱的衰减。“爱就是照料”这个简陋的命题，把许多成人和孩子一同领入误区。

寒霜陡降也能使人感悟幸福，比如父母离异或是早逝。但它是灾变的副产品，带着天力人力难违的僵冷。孩子虽然在追忆中，明白了什么是被爱，那却是一间正常人家不愿走进的课堂。

孩子降生人间，原应一手承接爱的乳汁，一手播撒爱的甘霖，爱是一本收支平衡的账簿。可惜从一开始，成人就间不容发地倾注了所有爱的储备，劈头盖脸砸下，把孩子的两只手塞得太满。全是收入，没有支出，爱沉淀着，淤积着，从神奇化为腐朽，反让孩子成了无法感知爱意的精神残疾人。

我又问一群孩子，那你们什么时候感到别人是爱你的呢？

没指望得到像样的回答。一个成人界都争执不休的问题，孩子能懂多少？比如你问一位热恋中的女人，何时感受被男友所爱？回答一定是光怪陆离。

没想到孩子的答案晴朗坚定。

我帮妈妈买醋来着。她看我没打了瓶子，也没洒了醋，就说，闺女能帮妈干活了……，我特高兴，从那会儿，我知道她是爱我的。翘翘辫女孩说。

我爸下班回来，我给他倒了一杯水，因为我们刚在幼儿园里学了一首歌，词里说的是给妈妈倒水，可我妈还没回来呢，我就先给我爸倒了。我爸只说了一句，好儿子……就流泪了。从那次起，我知道他是爱我的。光头小男孩说。

我给我奶奶耳朵上夹了一朵花，要是别人，她才不让呢，马上就得揪下来。可我插的，她一直带着，见着人就说，看，这是我孙女打扮我呢……我知道她最爱我了……另一个女孩说。

我大大地惊异了。讶然这些事的碎小和孩子们铁的逻辑。更感动他们谈论时的郑重神气和结论的斩钉截铁。爱与被爱高度简化了，统一了。孩子在被他人需要时，感觉到了一个幼小生命的意义。成人注视并强调了这种价值，他们就感悟到深深的爱意。在尝试给予的同时，他们懂得了什么是接受。爱是一面辽阔光滑的回音壁，微小的爱意反复回响着，折射着，变成巨大的轰鸣。当付出的爱被隆重地接受并珍藏时，孩子终于强烈地感觉到被爱的尊贵与神圣。

被太多的爱压得麻木，腾不出左手的孩子，只得用右手，完成给予和领悟爱的双重任务。

天下的父母，如果你爱孩子，一定让他从力所能及的时候，开始爱你和周围的人。这绝非成人的自私，而是为孩子一世着想的远见。不要抱怨孩子天生无爱，爱与被爱是铁杵成针、百年树人的本领，就像走路一样，需反复练习，才会举步如飞。

如果把孩子在无边无际的爱里泡得口眼翻白，早早剥夺了他感知爱的能力，育出一个爱的低能儿，即使不算弥天大错，也是成人权利的滥施，或许要遭天谴的。

在爱中领略被爱，会有加倍的丰收。孩子渐渐长大，一个爱自己爱世界爱人类也爱自然的青年，便喷薄欲出了。

好脾气的悖论

记得一位老妈妈曾对我说，要为儿子挑一房好脾气的媳妇。我说，你怎么考察呢？她说，看为娘的脾气就知道女儿的性情了。过了几年，我问老人家，媳妇怎样？她说，啊呀呀，再没那么凶的了，属煤气罐的，一点就着！老人又说，轮到给小儿子说媳妇，这回特地挑了一家悍妇的女儿，果然竟是极温顺的。你说这是怎么回事？！她瞪着苍老的黄眼珠问我。

我不知道老妈妈的遭遇是否具有普遍性，也不认为脾气孬好是恋爱的先决，只是环顾四周的家庭，像这般悖论的情形，似乎还可找到不少。

一个在充满了爱意家庭中长大的孩子，却丧失最起码的温情，凶残地对亲人举起屠刀。一个极朴素的母亲，孩子反奢靡成风。钵满缸流的富家子弟，横起杀人越货的贼心。勤俭本分人的后代，摇身成了江洋大盗。目不识丁的双亲，养育半打硕士博士。荒僻的山野，走出雄才大略的军师。贫寒人一旦发达，挥金如土。富甲天下的豪门，一毛不拔……

家庭通常是一个古老的模具，克隆出与前辈酷似的后代。此等异样情形，实在是一个悖论。设想因为父母脾气躁动，孩童自小在疾风暴雨中成长，经受锻炼考验，耐力反倒出众。家长若老好人，四处懦弱逢迎，对孩子也唯命是从，自然易养出暴戾乖张之徒。周围的人手脚不停，操心不止，孩子手到擒来，惯成特号懒包。爹妈若一觉睡到日头红，孩子必得自我张罗早饭，无意中造就了一个勤快人。所以，除了正面的培养，有时候，不妨利用悖论。

你想得到一个勇敢的孩子吗？月夜里，虽然他年纪幼小，体质孱弱，也让他横刀跃马地走在黑暗中，给你带路。

你想得到一个慷慨的孩子吗？无论你多么富有，不要平白无故给他金钱。每一分硬币必须让他用汗水兑换，然后不问那钱的去处，给他以完全的支配权。

你想得到一个清洁的孩子吗？看到他肮脏时，千万不要帮他洗涤，坚决袖起你的手，由着污浊下去。直到他自己忍无可忍，动手改变这局面，在新与旧的对比中，觉悟到洁净是一种舒适的状态和文明的美德。

你想得到一个智慧的孩子吗？当他遇到难题请教你的时候，除了给他一本书，什么都不要讲。坚决管住你的嘴巴，这是百发百中的诀窍！在几番艰苦的摸索之后，他自然在失败与挫折里聪明起来了。

你想得到一个独立自主的孩子吗？当他求助的时候，狠下心来，置若罔闻地看他哭泣和摸索。千万记得要装傻。不但要装得像，如果你有余力，最好再给他捣捣乱。孩子便会牢牢记住，世上最重要的事是依靠自己。

你想得到一个善于倾听、虚怀若谷、友好待人的孩子吗？当孩子兴致勃勃讲话的时候，毫不留情地把他打断，嘲笑他，然后走开，留他坐在那里孤独地发呆。如是者三，只要他不是一个过分麻木和愚钝的孩子，吸取了教训，就能学会宽容与共享快乐。

你想得到一个不推诿责任，不惊慌失措，在困境中依然沉着坚定的心理健康的现代人雏形吗？当他跌倒时，不要代他埋怨路的不平，不要伸出搀扶的手，甚至在他伤口流血的时候，也让他自我包扎。坚持冷静地作壁上观，孩子便在困境中顽强地爬起来，艰难昂扬地成长。

还可以举出很多看似生冷而盎然的手段。这也是一个悖论。谁又能说这里不溶解着父母更深的养育之爱和良苦的用心锻造呢？

妈妈，“请跟上”

十几年前，儿子和我同启电脑蒙。有次电脑故障，请专家会诊，儿子在旁，不断插言。告别时，专家对我说，电脑再出毛病，不必病急乱投医了，身边就有好大夫。我说，谁？他说，你儿子。

后来我对儿子说，咱俩是脚前脚后的同学啊，你何时修炼成精？儿子说，这许多年来，你对电脑，只是知其然，不知其所以然。好比一个蹩脚的司机，只管开车，并不学习机械原理。通常情况下，还能开着摇摇摆摆走，荒漠野外遇到抛锚，就一筹莫展了。再比如，一个使用傻瓜相机的人，一般也可凑合拍出能看的照片，但想要表现特殊的情调和效果，鞭长莫及了。打个比方……

我说，别举一反三了，咱们还是就事论事吧。

儿子说，多年来，我冷眼旁观你的态度，觉得你把电脑看得太神圣了。这也不敢碰，那也动不得。你们这些当妈妈的人，学习的最大心障，就是把电脑奉若神明。

我辩解道，谁敢小看电脑？别的不说，起码它是咱家最贵重的不动产啊。

儿子说，再贵重它也是一种工具，就该听人使唤。你们这一代啊，总把物看得比人更重要。

他这句话激我想了很多。

孩子，你说得对，也不对。

我们这一代人，是在爱护公物的教育里长大的。有了家，家里的东西好像也是公物，私自损坏不得的。小时候，丢失一块头巾一支钢笔，受到的责骂和内心的歉疚，刻骨铭心。但是，我们用肩将这历史的负荷承住，并未转嫁于后代。

孩子，我承认把物看得比自己重，但不曾把它看得比你重。你不能否认，自己是在宽松的环境下长大的。你小时把东西搞坏搞丢了，哭丧着脸，等我回家，只要告诉了我，我拍拍你的头，说，好啦，不要紧。你就立刻万事大吉，无忧无虑地玩去了。损物不受苛责，需要经济和爱意的双份支撑，今天的母亲比旧时的母亲宽裕了，所以你们这一代才酿出视物为草的胆量。孩子，我们是在不同环境下生长的植物，妈在寒带，你在温带。所以，夏虫不可语冰。

如今我当家做主，坏了东西再无人指责，但也无人再来宽恕。对于勤俭成性的妈妈来说，律己的心非但未见轻松，反倒更苛求了。

中年女人学电脑，也许首要破除的就是太珍惜物品的习气。不但要宽容后代的探索，也要给自己备出足够的学费。我们要原谅孩子，更要原谅自己。辛劳已半生，机体疲惫不堪，反应不再神速，指法不再轻盈。我们不必懊恼，不必幻想，不必惆怅，不必羡慕。更要学会关爱自己，珍视自己，循序渐进，不期望在某个早上万事如意。

不要在敲打键盘的时候，不由自主地联想电脑不菲的价值，手下因此留情。

不要在机器万一故障的时候，怨天尤人，从此缩手缩脚。

不要因为未能听懂老师的术语，而自惭形秽，无颜再问。

不要因为指法的粗钝和反应的迟缓，羞于人前演示，独自暗中摸索，以至事倍功半。

不要以“女人天生不是学电脑的料”，来为自己的畏葸辩解，暗中逃避。

不要以“年纪老了，忘性比记性大”，制作一面面盾牌，遮挡自己的惰性和消极。

太阳过午，我们的记忆力已伤痕累累。要在这块拥挤的土地上辟出葱翠的电脑园地，需下更大的心气耕种，施更厚重的肥料滋养地力。

有一句口号叫作“跟上你的孩子”，我总是不无悲观地认为，孩子是跟不上的。正因为一代代的成人跟不上孩子，世界的轮子才滚滚向前。妈妈们，要不断地“跟上”啊，不仅仅是为了孩子，更是为了跟上明天，跟上自己。

书包划破之后

儿子小的时候，我的工作是医生。

医院里的夜班，从下午4点值到第二天早上8点，要是夜里恰赶上抢救病人或是来了重患者，就会彻夜不得合眼，精神和体力都非常疲劳。但也会有整整一夜，并无复杂的病人来就诊，顶多不过是些感冒肠炎，很快就可以完成诊断和治疗。遇到这样的日子，下班后休息的那个白天，就可以做一些平日想做而没有时间做的事，好像凭空多了一天假日。

但这种概率很小，多数医生都是忙碌一夜，清晨脸色惨白地回家，所以都不愿上夜班。

我常常和别人换了夜班来值。人家问我为什么，我总是一笑说，夜里清静，可以看书。

这当然也是一个理由，但更强大真实的理由是——第二天休息的日子，我可以领着孩子到公园游玩或是去展览会参观啦！

也许有人会说，不是有星期天吗？那时再去玩，不是也很好？我不喜欢星期天出门，因为人太多了。你到公园里，从买门票开始就得排队，到儿童乐园又得排队……无数宝贵时间耗费了。到博物馆就更惨了，不是看展品，简直就是观摩各式各样的服装和人脸。

平常的日子，人要少得多。你会觉得天空是那样蓝，风景是那样优美。特别是有些特殊的博物馆，比如某某名人故居，某个出土文物的展览，清风徐徐，静寂肃穆，游人寥寥，连服务人员也格外和气。美丽的建筑好像是专为等候你的参观而矗立在那里，携着儿子的小手，缓缓地浏览，轻声地为尚未识字的他读着说明文字，真是精神上的绝好享受。

这种设计的风险是——假若那天夜里十分忙碌，下班的时候基本上精疲力竭。但因事先有了约定，儿子已在幼儿园请好了假，望眼欲穿地等着我领他出去，箭在弦上，不得不发。我纵是彻夜未眠，也需精神抖擞地陪着孩子玩一天。

先生劝我何必把自己搞得这样辛苦，你无法预测这个夜班是平安还是忙得一塌糊涂。

我对先生说，谢谢你的好意。但我实在没有勇气对一个热望着的孩子说——我们改期。好在我的夜班并不是连续的，辛苦一点儿，也不会影响后面的工作。只要我自己能够坚持，对他人并无妨碍。

先生说，想不通你为什么要这样争分夺秒？孩子又不是一个马上要起爆的炸药包，早一天或是晚一天看一个展览，有什么大区别？

我说，孩子长大的速度也许比炸药还要快。我想让他早一点接受人类最美好的那些精神遗产。让它们像养料一样，融进孩子的大脑。

每当我不在家睡觉的日子（因为到医院去值夜班），儿子就会很高兴。因为他知道，明天妈妈会领他到一个好玩好看的精彩地方。这规律几乎是雷打不动。儿子小的时候，我几乎领他走遍了北京所有的参观场所。有一次，同一位很有威望的博物馆专家聊天，他夸奖我对博物馆的了解比一般人要深入得多。

也有出纰漏的时候。

那一夜，记得是抢救一位垂危的病人，殚精竭虑。下班回到家，脚下好像踩着棉花糖。真渴望脑袋把枕头砸出一个坑，死一般地睡过去。但看着儿子贮满希望的眼睛，我说，出发！到公园去！

在公共汽车站等车的时候，我摇摇欲坠，狠狠捏了自己一把，我突然清醒地发现儿子又长大了，应该要教给他新的本领。

我对他说，要是我们在公园走散了，你怎么办呢？

他说，我就给你们打电话。

我说，这当然也是一个办法，但更好的办法是自己买一张汽车票，像老马一样跑回家。

他说，可是我没有买票的钱啊。

我说，我这就给你一点钱。足够你买车票，还够你吃一个面包喝一瓶汽水。

儿子对我的建议很感兴趣，把钱很仔细地藏在自己的小裤兜里，然后和我离得很远，恨不得现在就与我走丢，以实现独自回家的尝试。

公共汽车来了，挤得非凡。我怕他人伤了孩子，就用身体护着他，别的什么都顾不上了。

总算平安地到了目的地。但是我随即发现了悲惨的情况：书包被人用刀片划了个大口子，钱包没了。

一个同车的老婆婆对我说，你怎么能在等车的时候，从包里往外掏钱呢？贼眼就把你惦记上了，我当时就想，你可能要招贼，果不其然啊……

我谢了老婆婆的教诲，和儿子站在马路边，一时不知下一步该干什么。

妈妈，你不必发愁，我这里有咱们回家的路费呀。儿子拍拍他的小裤兜。

我开颜一笑，说，路费的事，不必着急。回家的时候，我把割破的书包让售票员阿姨看一下，我们就可以不买票了。

儿子说，那多不好意思啊。我们还有钱，还是买票吧。

我说，好吧，就听你的。但遇到特殊情况，善于争取别人的帮助也很重要。我现在想的是咱们今天到哪里去玩?

真得感谢我这个人平时有乱放东西的习惯，在书包的犄角旮旯里，搜出了些许零钱。但清点之后，又很失望。它够我们买公园的门票，但却无法支付玩游艺机和参观其他展览另须购票的费用。也就是说，如果我们按原计划逛公园的话，只能在公园的长椅上闭着眼睛度过一天。

这对一个小马驹样的孩子，自然不宜。

依我的本意，多么希望就此打道回府，美美地睡一觉啊。但是，不可。我的孩子注视着我的一言一行，特别是今天发生了丢钱的事，他会格外在意我如何处置。

我张望着，思考着。突然看到一张海报，心里有了主意。

我们去看环幕电影吧。我们都没看过这种电影，长长见识怎么样?剩下的钱刚好够买两张电影票的。我说。

好啊！妈妈！儿子快乐至极，他小小的心里一直害怕会取消今天的节目。

我清仓挖潜，凑够了电影票钱。走进黑沉沉的环幕电影院时，我唯一的念头是趁机打个瞌睡。可惜四壁被银幕包绕，竟是没有座位的。加之影片很是惊险，观众惊叫不止，让人根本无法合眼。

出了影院，阳光刺得人睁不开眼。我对儿子说，因为妈妈的疏忽，今天原定的计划无法实施了。我们已到弹尽粮绝的地步，再没有钱了，回家休整吧。

儿子懂事地说，好吧。

我不敢说自己算是一个好母亲，只知道自己已经尽力。

后来我在儿子的作文《难忘的一天》里，看到了他对幼年时这次经历的回忆。

他写道：通过这一天，我记住了不要在公共场合翻看钱包，那样容易丢失。如果有了困难，可以争取别人的帮助，只要讲清情况，大多数人是通情达理的。但是我更喜欢依靠自己的力量解决问题。我只看过这一次环幕电影，它并不很好看，比较没意思，但我还是很珍惜。因为那一天妈妈下了夜班领我出去玩，她很累，我们又丢了钱。但妈妈一点都不慌张，她使我懂得了遇事要镇定……

孩子，我为什么打你

有一天与朋友聊天，我说，就是在“文化大革命”中当红卫兵，我也没打过人。我还说，我这一辈子，从没打过人……

你突然插嘴说：妈妈，你经常打一个人，那就是我……

那一瞬屋里很静很静。那一天我继续同客人谈了很多的话，但所有的话都心不在焉。孩子，你那固执的一问，仿佛爬山虎无数细小的卷须，攀满我的整个心灵。

面对你纯正无瑕的眼睛，我要承认：在这个世界上，我只打过一个人。不是偶然，而是经常，不是轻描淡写，而是刻骨铭心。这个人就是你。

在你最小最小的时候，我不曾打你。你那么幼嫩，好像一粒包在荚中的青豌豆。我生怕任何一点儿轻微的碰撞，将你稚弱的生命擦伤。

我为你无日无夜地操劳，无怨无悔。面对你熟睡中像合欢一样静谧的额头，我向上苍发誓：我要尽一个母亲所有的力量保护你，直到我从这颗星球上离开的那一天。

你像竹笋一样开始长大。你开始淘气，开始恶作剧……面对你摔破的盆碗、拆毁的玩具、遗失的钱币、污脏的衣着……我都不曾打过你。我想这对于一个正常而活泼的儿童，就像走路会跌跤一样应该原谅。

第一次打你的起因，已经记不清了。人们对于痛苦的记忆，总是趋向于忘记。总而言之那时你已渐渐懂事，初步具备童年人的智慧：它混沌天真又我行我素。它狡黠异常又漏洞百出。你像一匹顽皮的小兽，放任无羁地奔向你向往中的草原，而我则要你接受人类社会公认的法则……为了让你记住并终生遵守它们，在所有的苦口婆心都宣告失效，在所有的夸奖、批评、恐吓以及奖赏都无以建树之后，我被迫拿出最后一件武器——这就是殴打。

假如你去摸火，火焰灼痛你的手指，这种体验将使你一生不会再去抚摸这种橙红色抖动如绸的精灵。孩子，我希望虚伪、懦弱、残忍、狡诈这些最肮脏的品质，当你初次与它们接触时，就感到切肤的疼痛，从此与它们永远隔绝。

我知道打人犯法，但这个世界给了为人父母者一项特殊的赦免——打是爱。世人将这一份特权赋予母亲，当我行使它的时候臂系千钧。

我谨慎地使用殴打，犹如一个穷人使用他最后的金钱。每当打你的时候，我的心都在轻轻颤抖。我一次又一次问自己：是不是到了非打不可的时候？不打他我还有没有其他的办法？只有当所有的努力都归于失败，孩子，我才会举起我的手……

每一次打过你之后，我都要深深地自责。假如惩罚我自身可以使你吸取教训，孩子，我宁愿自罚，哪怕它将苛烈十倍。但我知道，责罚不可以替代也无法转让，它如同饥馑中的食品，只有你自己嚼碎了咽下去，才会成为你生命体验中的一部分。这道理可能有些深奥，也许要到你为人父母时，才会理解。

打人是个重体力活儿，它使人肩酸腕痛，好像徒手将一千块蜂窝煤搬上五楼。于是人们便发明了打人的工具：戒尺、鞋底、鸡毛掸子……

我从不用那些工具。打人的人用了多大的力，便要遭受到同样的反作用力，这是一条力学定律。我愿在打你的同时我的手指亲自承受力的反弹，遭受与你相等的苦痛。这样我才可以精确地掌握数量，不至于失手将你打得太重。

我几乎毫不犹豫地认为：每打你一次，我感到的痛楚都要比你更为久远而悠长。因为，重要的不是身累，而是心累……

孩子，我多么不愿打你，可是我不得不打你！我多么不想打你，可是我一定要打你！这一切，只因为我是你的母亲！

孩子，听了你的话，我终于决定不再打你了。因为你已经长大，因为你已经懂得了很多的道理。毫不懂道理的婴孩和已经很懂道理的成人，我以为都不必打，因为打是没有用的。唯有对半懂不懂、自以为懂其实不甚懂道理的孩童，才可以打，以助他们快快长大。

孩子，打与不打都是爱，你可懂得?

进当铺的男孩

儿子有一天对我说，他们班同学有一支派克笔要出让，开价人民币 100 元整。

这笔是个什么来路？不会是赃物吧？我说。

儿子说笔的来路绝对正当，是那同学的亲戚送的，他因已有了一支，故将这支卖出，肯定是原装。

我看出儿子的渴望，就说，我认为一个孩子现在就用派克笔，有点为时过早。

儿子激烈地反驳说，派克笔也是少儿不宜吗？

我被噎得没话回答，就说，这笔太贵了，没有那么多的钱。

儿子转了一下眼珠说，您的意思是只要我可以搞到钱，就可以买下这支笔啦？

我当然不是这个意思，但一时也琢磨不出更好的理由回绝。想他一直是个守本分的孩子，手中并无积攒的闲钱。现在离春节还很远，也没有压岁钱供他挥霍。只要施行经济封锁，他的梦想就是镜中之花。于是支吾着说，是啊是啊。

儿子说，买笔的事，咱们一言为定。

我说，钱的来路须光明正大。

儿子说，您就放心好了。

过了两天，儿子把他的世佳游戏机妥妥帖帖地捆起来，结实得好像一个炸药包。我随口问了一句，又要借给哪个朋友玩啊？

儿子龇牙笑着说，这一次不是借给人家，是放进当铺里换点儿现钱。

我吓得跳起来，抚着胸口说，请把你的话再说一遍，我大概耳背了，实在听不明白。

儿子说，为了买笔，我需要钱。我检点了一下我的所有财产，就数这台游戏机值钱了。我去当铺里问了一下，大约可当250元钱，可惜您把发票弄丢了，要不然还可以多当些。

我说，天啊，你小小的年纪就知道进当铺了，长大了一定是个败家子。

儿子奇怪地说，这和败家子有什么关系？反正从现在到暑假的日子，我都没有机会玩游戏机了，放在家里什么用也没有。进了当铺，我就可以用钱买到笔……

我不客气地打断他的话，可是你拿什么钱来赎呢？医得眼前疮，剜却心头肉。到时候没有钱，你的游戏机就成了死当（我好不容易从以前读过的旧小说中，记起了“死当”这个词，用得恰是地方）。

儿子不慌不忙地说，以后我每个月都从伙食费里节省一些，到了暑假的时候就可以把游戏机赎回来了。当铺的库房很严密，还有空调，游戏机搁在那里，真是比家里还保险呢。

我瞠目结舌。面对着这种无懈可击的计划，只能自叹弗如。

我说，我这一辈子，除了出门忘记带钱的时候，临时跟人借个汽车票钱什么的，还真没有正儿八经地借过钱，更不要说进当铺了。

儿子说，要是等我慢慢地把钱攒够了，我们同学的派克笔早就拍卖出去了。我觉得当铺没有什么不好的，可以救人急难。

我们的争论告一段落。

后来，儿子还是把他同学的派克笔买了回来，用的是我贷款给他的 100 元钱。

我一再声明贷款是无息，而且偿还期可以拖得很长，不必他短时间内压缩伙食费还贷，以保障身体健康。

儿子从此用派克笔流利地书写作业，但提起此事时，表情却是悻悻的。

他说我给的钱有嗟来之食的味道，还是自己进当铺来得理直气壮。

混入北图

带儿子混入北京图书馆，蓄谋已久。

孩子的度量衡，与成人大不相同。人小的时候，可以吃到一生中最好吃的东西，看到一生中最神秘的景象，记住一生中最难忘的话语，甚至恐惧，也是童年时为最。

我带孩子参观过许多展览、许多博物馆。四岁时便让他独自去爬长城，我坚信那份磅礴与宏伟，会渗入他的骨髓。少年是一块虚怀若谷的包袱皮，藏进什么都最稳妥，一辈子都能闭着眼摸到。

北图是亚洲最大的图书馆和北京最美的建筑之一，但它只对成人开放。门口很随意地写着（想象中北图的规矩应该铭刻在铜质烫金的硬物上），进入需要证件。说起来挺宽松的，比如退休证、个体工商者证都行，唯有对学生，是一份别致的苛刻：需大学三年级以上的学生证。

假如儿子20岁时才能进入北图，我觉得那是生命的遗憾。对于成人，北图只不过是获取知识的所在。对于孩子，这座宝蓝色屋顶的巨大宫殿，该有一股独特的魔力。无奈我们的公立图书馆“少儿不宜”，于是一个鬼祟而崇高的主意开始萌动：等他长到和我一般高，我们就混入北图。

耐心地等待这颗青果成熟。终于有一天，孩子能穿40号的鞋了。我对他说：“想去北图吗？”“想去。”儿子酷爱书。他说过最爱的是母亲，其次是书，气得他父亲咻咻。现在，他第一爱的要领他去看第二爱的，焉有不快活之理？

需要做些准备。

穿上你爸爸的羽绒服，这样可以显得更臃肿更老成些。戴上平光镜，别戴墨镜，墨镜容易诱人起疑，哪有进图书馆两眼昏黑的。不要戴口罩，现在大街上谁戴口罩？欲盖弥彰。最重要的是揣上你爸爸的工作证。且慢，让我再看看像不像。那是丈夫年轻时的肖像，儿子与他酷似，心中便很踏实。

装扮妥当，临出门的那一瞬，突然气馁。从来没做过这种偷天换日的事，心中惶惶然。要不，等你再长大一点，唇边有了小胡须，就更像你爹了，咱们再去？我试图劝阻儿子。

妈妈，你为什么这么婆婆妈妈！纵然被人捉住了，又有什么？鲁迅早说过，窃书不算偷。况且我们并没有偷，只是看。看看有什么罪过？14岁男孩像马驹一样蓬勃的话，鼓舞了我。不过那句话是孔乙己说的，不是鲁迅说的。我纠正他。

走！去北图！

北图门口有卫兵，那是不足虑的，他并不盘查。很顺利地通过这第一道关卡。我故意落下几步，从侧面观察儿子。他确实很像个成人了，步履匆匆地向北图高大的正门迈去。漫长的汉白玉台阶上生长着在北国冬天显出苍灰色的苔藓。

慢行。我说。为什么？妈妈。他问。你看那台阶。台阶怎么啦？那台阶证明很少有人从正门通行。那人们从哪里进去读书呢？有莘莘学子从我们身边掠过。

从侧门。我说。

那么，正门什么时候开呢？好像是有贵宾参观的时候。

儿子便有一刻黯然。然而毕竟是孩子，他很快被北图优雅的环境所陶醉。

这是北方冬日极好的一个晴天。天穹蓝得如同海底世界，北图以同样碧蓝且更为耀眼的琉璃瓦无所顾忌地炫耀着自己。在这座庞大的王国里，居住着书的君王和它的亿万子民。

洁净的院落里，树影扶疏。注意树上的标牌，上面写着这株植物的名称种属……我提醒儿子。

儿子像小鹿似的跑。妈妈，我们还是去看书！到了图书馆，看书最重要，看植物留到植物园吧！

现在，我们要通过第二道封锁线了。进楼的人需把证件打开。妈妈，他会仔细看我的工作证吗？爸爸的年龄一栏里写着 40 岁，我怕……儿子倚住我。

别害怕！我在前面走，你在后面跟着。注意我的动作，只潇洒地把证件扬一扬，以我的经验，门卫就会挥手放行……我勇敢地给儿子示范。

终于，我们成功地进入了北图！

我领着儿子，教给他怎样存包，怎样查找目录，怎样办理复印手续……他像只乖巧的小狐狸不远不近地跟随我……我最后指点给他厕所的位置。

现在，我们去阅览厅吧！儿子跃跃欲试地说。

现在，我们回家去吧！你已经看到了北图的巍峨，你已经知道了借阅的程序，我们的目的已经圆满达到，该走了。至于书，哪里都是一样的，犹如水，无非是河里的浅，海里的深。

“不！妈妈。那不一样，海水是咸的！如果我们不看书，那还算什么到过北图！”

我要承认我在粉饰怯懦。领儿子游览北图迄今顺利，一切平安，应该见好就收。终究是用的假证件，出了纰漏，就毁了初衷。

面对儿子渴求的目光，我决定率他铤而走险。孩子，你走进厅里，工作人员会接过你的证件，然后换给你一个号码牌，你就到座位上去读书……注意签字时，一定要写你父亲的名字而不是你的……还有单位，千万不能写成你所在的中学……最后，切记不可把书带出来，不然特殊的仪器会发出尖锐的鸣叫……我谆谆告诫。

妈妈，我去了。儿子像股火苗，一蹿好高。不成，咱们再换一个阅览厅。我牵起他转移阵地。

为什么？儿子大惑不解，这个阅览厅的工作人员看起来很负责，我们太危险。

真正明白了什么叫做贼心虚。挑了一个工作人员埋头读书的阅览厅，用手一指，果断地说，你进去吧！

妈妈，你不同我一起去呀？儿子惊讶地瞪圆了眼睛。你害怕了吗？我激他。好，妈妈！儿子一步迈了三级台阶，拐向阅览厅。

真实的理由是——我害怕这种场面。也许儿子尚不致露马脚，我先要在一旁面红耳赤，心跳如驼铃了！

我卡在楼梯口，既不敢上，也不敢下，探头觑着阅览厅落地的玻璃门。在儿子向工作人员掏出证件的那一瞬，我闭上了眼睛……

真害怕看到尴尬的一幕，真恐惧听到刺耳的叱声……

四周静悄悄，仿佛一片荒原。待我再睁开眼睛，我已看不到儿子了。巨大的玻璃门像一层无声瀑布，只有那位工作人员仍在痴迷地读书……

儿子终于成了北图读者，我好欣喜。原想进去找他，又想还是让他独自享受在这殿堂中阅读的喜悦吧。

我在楼梯拐角处，一直等到闭馆时儿子出来。我们到小卖部买了点熟食充饥。

妈妈，你说人家不会仔细瞧照片，实际上他的眼光像吸尘器，在我脸上吸了个遍，肯定认出了我。只是，他什么也没有说。

哦，谢谢你，北图爱读书的管理员。

告别北图。儿子说，今天我有三点感受最深。一是北图的书真多啊！二是北图的快餐鱼真好吃。最后一条是……他沉吟，显出少年老成。

最后一条是什么呢？轮到我好奇。

我想从北图的正门走进去。

教你生病

儿子比我高了。

一天，我看他打蔫，就习惯地摸摸他的头。他猛地一偏脑袋，表示不喜欢被爱抚。但我已在这一瞬的触摸中，知道他在发烧。

“你病了。”我说。“噢，这感觉就是病了。我还以为我是睡觉少了呢。妈妈，我该吃点什么药？”他问。

孩子一向很少患病，居然连得病的滋味都忘了。我刚想到家里专储药品的柜里找体温表，突然怔住。因为我当过许多年的医生，孩子有病，一般都是自己在家就治了。他几乎没有去过医院。

“你都这么大了，你得学会生病。”我说。“生病还得学吗？我这不是已经病了吗？”他大吃一惊。“我的意思是你必须学会生病以后怎么办。”我说。

“我早就知道生病以后该怎么办——找你。”他成竹在胸。

“假如我不在呢？”“那我就打电话找你。”“假如……你终于找不到我呢？”

“那我就……就找我爸。”

也许这样逼问一个生病的孩子是一种残忍。但我知道总有一天他必须独立面对疾病。既然我是母亲，就应该及早教会他生病。

“假如你最终也找不到你爸呢？”“那我就忍着。你们早晚反正会回家。”儿子说。“有些病是不能忍的，早一分钟是一分钟。得了病以后最应该做的事是上医院。”“妈妈，你的意思是让我今天独自去医院看病？”他说。虽然在病中，孩子依然聪敏。“正是。”我咬着牙说，生怕自己会改变主意。“那好吧……”他扶着脑门说，不知是虚弱还是思考。“你到外面去‘打的’，然后到××医院。先挂号，记住，要买一个本……”我说。“什么本？”他不解。“就是病历本。然后到内科，先到分号台，护士让你到几号诊室你就到几号，坐在门口等。查体温的时候不要把人家的体温表打碎。叫你化验你就到化验室去，要先划价，后交费。等化验结果的时候，要竖起耳朵，不要叫到了你的名字没听清……”我喋喋不休地指教着。“妈妈，你不要说了。”儿子沙哑着嗓子说。

我的心立刻软了。是啊，孩子毕竟是孩子，而且是病中的孩子。我拉起他滚烫的手说：“妈妈这就领着你上医院。”他挣开来，说：“我不是那个意思。我是说我要去找一支笔，把你说的这个过程记下来，我好照着办。”

儿子摇摇晃晃地走了。从他刚出门的那一分钟起，我就开始后悔。我想我一定是世界上最狠心的母亲，在孩子有病的时候，不但不帮助他，还给他雪上加霜。我就是想锻炼他，也该领着他一道去，一路上指指点点，让他先有个印象，以后再按图索骥。虽说很可能留不下记忆的痕迹，但来日方长，又何必在意这病中的分分秒秒。

时间艰涩地流动着，像沙漏坠入我忐忑不安的心房。两个小时过去了，儿子还没有回来。我虽然知道医院是一个缓慢的地方，心还是疼痛地收缩成一团。

虽然我几乎可以毫无疑义地判定儿子患的只是普通的感冒，如果寻找什么适宜做看病锻炼的病种，这是最好的选择，但我还是深深地谴责自己。假如事情重来一遍，我再也不教他独自去看病。万一他以后遇到独自生病的时候，一切再说吧。我只要这一刻他在我身边！

终于，走廊上响起了熟悉的脚步，只是较平日有些拖沓。我开了门，倚在门上。

“我已经学会了看病。打了退烧针，现在我已经好多了。这真是件挺麻烦的事。不过，也没有什么。”儿子骄傲地宣布。又补充说：“你让我记的那张纸，有的地方顺序不对。”

我看着他，勇气又渐渐回到心里。我知道自己将要不断地磨炼他，在这个过程中，也磨炼自己。

孩子，不要埋怨我在你生病时的冷漠。总有一天，你要离我远去，独自面对包括生病在内的许多苦难。我预先能帮助你的，就是向你口授一张路线图。它也许不那么准确，但聊胜于无。

谁毁灭谁

我很爱看小孩子玩电子游戏，看他们沉浸在想象与参与的快乐中，杏眼圆睁，十指联动，小小的身体在椅子上左右腾挪，俨然一场恢宏战役的领袖。

我的侄子才12岁，已在市里的计算机比赛中多次获奖，他很乐意在电子游戏方面做我的启蒙老师，讲解有关知识，态度和蔼，诲人不倦。

有一天我看到他玩游戏时，屏幕上不时红光灿烂，花瓣状的绯红，像原子弹的蘑菇烟云，弥漫整个视野……不由赞叹道：好漂亮的玫瑰花啊！

“啥？玫瑰花？”小侄子不屑地对我撇嘴，悲悯我的少见多怪。

“那不是花，是喷溅出来的人血，是我用电锯锯出来的。好过瘾，好开心啊……”恰逢屏幕上血光冲天，小侄子乐得手舞足蹈起来。

我心一沉，随手拖来一把椅子，坐在侄子身边，看他如醉如痴地玩这款名为“毁灭战士”的游戏。

那游戏的内涵并不复杂，只是无穷无尽的巷道，不时从隐蔽处蹿出面目朦胧的“敌人”，你只需利用手中的武器，将对方消灭即可。武器有许多种，比如冲锋枪、激光炮、炸药包等。依我的粗浅观察，威力都比电锯要强大，尤其适合远距离作战。但小侄子对传统的电锯情有独钟，当游戏刚开始，尚未找到电锯装备自己时，急得抓耳挠腮，犹如没有寻着金箍棒的孙猴头。一旦电锯到手，便高举此宝，所向披靡地冲杀过去，遗下一路血泊。

我不解，问：“那么多的厉害兵器，你为什么废弃百家，独尊电锯？”

战斗正值酣处，小侄子来不及细答，激动地抛给我几个字：“电锯痛快！”

我穷追不舍，缠着要他详做说明，小侄子叹了一口气说：“你这个婶婶啊，怎么这么笨！用激光炮射死一个人和用电锯把人卸成八块，那痛快劲能一样吗？”

我大骇，逼他把事情讲得更明白些。小侄子只好忍痛割爱，暂停游戏，调出几幅图像，与我现身说法。

“喏，婶婶，你看这是用激光杀人，手指头这么一按，“轰”的一声，敌人就化成一团烟，什么都没有了。虽说你能继续向前，可是多没意思啊！”

“用电锯那就大不一样了。它喀喀一响，风一样地锯过去，你就觉得自己特威风，特带劲儿，特有成就感，过瘾极了……”小侄子连说带比画，调出一幅图像：一排肉铺挂猪头的钢钩上，颤巍巍悬挂着些支离破碎的物件。

“这是什么？”我老眼昏花，一时看不清楚，问道。

“这就是用电锯锯开的人啊！呶，这是一条大腿，这边是半截胳膊，最右侧挂的是人肚子下的半截……”小侄子沉着地以光标为笔，在屏幕上流利地滑动着，耐心地为我讲解。

我用手术刀解剖过许多真正的尸体，但这一瞬，我在模拟的并不非常真切的图像面前，战栗不止。

“你用电锯把它们杀死，可它们究竟是谁！”我问小侄子。

“它们到底是谁，那要看我玩游戏时的心情了。”侄子到底是小孩，并未发现我的恐惧与震怒，依旧兴趣盎然地说下去：“要是哪天老师批评了我，我用电锯杀人时想的对方就是老师；要是同学跟我吵架，我想杀的就是同学；要是我想买一个东西，我妈不给我买，我就假装对方是我妈；要是我爸因为我考试成绩不好，不给我卷子上签字，我就把电锯对准他……婶婶，你怎么啦？脸色为什么这么难看？”侄子不知所措地停止了传授。

责任不在他。我竭力控制住情绪，力求音色平稳地说：“就因为这么丁点儿小事，你就起了用电锯杀人的念头吗？”

小侄子愣了一下突然笑起来说：“这个游戏就叫‘毁灭战士’，它的规矩就是看到什么就毁灭什么，毁灭就是一切，不需要什么理由啊！”

面对着这样的逻辑，我的喉咙有一种被黑手扼住的窒息的感觉。小侄子是个乖巧的孩子，见我神色大变，半天不说话，就关了计算机，哄我道：“婶婶不愿听我说杀老师杀爸爸妈妈的话，下次我用电锯时，不想着他们就是了。再杀的时候，我就把它当成一个外星人好啦！”

呜呼！

面对小侄子那清澈如水晶的双眸，我真的悲哀至极。外星人与我们何仇？当另一时空的高级智慧生物，冲破千难万险，到达我们这颗蔚蓝色的星球时，迎接它们的将是地球人自己灌输的无比敌意，这是科学的悲哀还是人性的悲哀？当人类用最先进的科技将自己最优秀的儿女送往太空的时候，可曾设想到在宇宙的彼岸，等待他们的将是鲜血淋漓的杀戮？

当然，游戏毕竟不是真实，但游戏是儿童精神的食粮和体操，它潜移默化循序渐进的力量，绝不可忽视。将残暴的杀人裂尸化为银屏下淡然一笑，让孩子在游戏的过程中轻而易举地完成毁灭世界的欲望，播种无缘无故的仇恨，收获残忍与猎杀他人的快乐……这在幼童，是被迫的无知和愚昧；在成人，则是主动的野蛮和罪孽！

我对小侄子说："把这盘'毁灭战士'给婶婶，好吗？"

他吃惊道："婶婶要它做什么？莫非也要做一把'毁灭战士'？"

我说："我要把'毁灭战士'毁灭掉。"

小侄子道："为什么？"

我说："因为'毁灭战士'里，没有对这个世界的爱。"

我和瑞恩妈妈的不同

在报上看到一个故事。那是1998年的一天，加拿大的6岁男孩瑞恩刚一放学，就急急忙忙跑回家，向妈妈伸出手说，给我70加元，我要给非洲的孩子修一口井。原来，老师在给一年级的孩子们上课时说，非洲的孩子没有玩具，没有粮食和药品，甚至连洁净的水也喝不上。成千上万的孩子就这样死去了。瑞恩听了非常难过。老师接着告诉大家，一分钱可以买一支铅笔，25分可以买175粒维生素药片，一加元可以吃一顿饱饭，两加元可以买一条毯子，而70加元，可以挖一口井。

6岁的瑞恩下了一个决心：明天我要带来70加元，我要为非洲的孩子挖一口井。

这就是故事的由来。对于瑞恩的想法，我倒不觉得奇怪，孩子嘛，基本上都是富于爱心和怜悯之情的，他们常常想入非非。虽然成人世界有很多阴郁，但我们教育孩子的时候，总是以阳光和温暖为主。当我看到这里的时候，倒是为瑞恩的妈妈苏珊捏了一把汗——怎么回答呢？

苏珊是一家娱乐委员会的顾问，丈夫马克是警察。也就是说，他们是加拿大的工薪阶层，家里共有三个男孩，瑞恩是中间的一个。苏珊对瑞恩说，70加元太多了，我们负担不起。

我松了一口气。是的，要是我，我也这么说。要是孩子的每一个善良的愿望都付诸实施，几乎所有的家庭都会破产。

瑞恩没有放弃自己的请求，只要一有时间，他就向父母重复这个愿望。苏珊和马克不得不认真地对待这件事了，他们讨论之后，向瑞恩宣布了一个方案：我们不能白白地给你这些钱，如果你真的想得到，你可以自己去赚。

苏珊在电冰箱上放了一个旧饼干盒子，画了一个积分表，上面有35条线。饼干盒子里每增加两加元，瑞恩就可以涂掉一个格子。妈妈对眼巴巴的儿子说，你只有做完额外的家务活，才能得到报酬。你以前做的那些可不算。

瑞恩答应了。6岁的孩子开始吸地毯，足足干了两个多小时，妈妈验收之后，在饼干盒子里放下了最初的两加元。瑞恩开始帮邻居捡大风吹落的树枝，从此不再买玩具，别人看电影的时候，他擦窗户……就这样开源节流，整整4个月之后，瑞恩攒够了70加元。

苏珊托了朋友，多方打听，找到了一个名叫“水罐”的组织，他们负责到非洲打井。苏珊带着隆重地穿上了小西服的瑞恩到了那里，人们告知他们，70加元只够买一个水泵，挖一口井需要2000加元。瑞恩说，那好吧，以后我干更多的活儿，来攒够这笔钱。

苏珊和马克真是发愁了，就算他们的小儿子再不辞劳苦地干家务，可是他们也付不出这笔工资啊。

苏珊的朋友被感动了，用电子邮件把瑞恩的故事传了出去。后来当地报纸登出了这个故事，名字就叫“瑞恩的井”。许多人看了报道，把钱寄给“瑞恩的井”。他的父母为了管理这些钱，专门成立了“瑞恩的井基金会”，在乌干达安格鲁打下了第一口井，现在，这个基金会的筹款已经达到了 75 万加元，正在帮助更多的非洲人实现喝上洁净的水的愿望。

瑞恩作为唯一的加拿大人，被评为“北美十大少年英雄”，并得到加拿大总督颁发的国家荣誉勋章。面对着这样辉煌的荣誉，瑞恩今后将何去何从？苏珊说，瑞恩他已经做得够多的了，如果他选择放弃，我们绝不会勉强他。就是说，如果瑞恩决定放弃他的井，他的爸爸妈妈如同当年支持他打井一样，也支持他关井。

不由得想起，如果我有瑞恩这样一个孩子，我该如何应对？

我想首先在瑞恩提出要给非洲的小朋友捐一口喝水的井时，假如我心情不佳，我会不耐烦地挥挥手说，这都是大人们管的事，你还小，操那么多心干什么？快写作业去！

假如我心情不错，也许会拿出一张世界地图，指着非洲对他说，你知道非洲在哪儿？看见了吗？在这儿，离咱们十万八千里呢！就算你真有一片爱心，也得等你长大了再说。好了，睡觉去吧，梦中你就能到非洲。

如果我的孩子一定要捐 70 加元用来打井，如果我是一个富人，我会说，好，你来亲亲妈妈的脸，妈妈就给你这 70 加元。我的孩子多懂事啊，多么有爱心啊。

如果我手头拮据，我会悻悻地说，你还想用做家务挣钱给非洲人，我天天都在家做家务，谁给我钱了？做家务是挣不来这些钱的，你的算盘打错了，有这个时间，你多读点书比什么都好，自己的事情都拉扯不清，连稀粥都快喝不上了，还搭理什么非洲！

如果我的孩子真的不畏艰难，靠自己的努力攒够了 70 加元，委托我把它捐到非洲去，我会把钱暗暗收起，然后对他说，我已经把钱寄出去了，非洲那地方很远，你别着急，也许很久之后才会有回音呢！

当我几乎忘掉此事的时候，孩子问起，我就会支支吾吾地说，哦，那些钱……当然了，是的，寄出去了，你知道非洲离我们万水千山，他们很难和咱们联系得上，总之我相信他们是收到了……当我说这些话的时候，舌头直打结。那笔钱已经变成了红烧凤爪或是一套课辅教材，叫我如何交代得出确切下落！

就算是我没有贪污孩子打井的资助，我也不可能为他设立一个基金会。我会觉得这是多此一举，是没事找事自寻烦恼，我一天为了自家的柴米酱醋盐还掰不开镊子呢，哪里顾得上非洲！也许对当年记挂着亚非拉2/3受苦难的人民一事印象太深，我现在格外地愿意关注自家。

好了，就算是我为他设立了一个基金会，得到了社会各界的认可和支持，就算他得到了“十佳少年”的称号，上报上电视上广播，我和苏珊最大的分歧也将暴露出来。我无论如何也不能让他停下来。哪怕是他疲倦了，我越俎代庖也要鞭策他保持晚节（对这么小的孩子，也许不能说晚节，那就是早节吧）。哪怕是他厌倦了，我就是打着骂着哄着，也要让他在舆论面前惟妙惟肖地表演爱心。哪怕是他兴趣转移，我也要千方百计地敦促他一如既往地维持下去。既然已经走到了这一步，就好比是上了一条金光闪闪的传送带，怎能轻言退下？光环簇拥着，不能善罢甘休。无论如何也要咬牙挺到被保送上了名牌大学，把这个小英雄称号的内在价值充分利用起来。非洲的井里有没有水，在我这个妈妈的心里，是远远比不上孩子的前途和读书重要的。

我并非一个特别自私的特例。当瑞恩和妈妈一道来中国，在我们的电视台做客的时候，观众问得最多的问题是：瑞恩这样关注非洲的井，不会影响到他的学习吗？这个问题被问到的次数之多，连翻译都说他不耐烦了。

也许我的孩子和瑞恩没有太大的不同，但我和瑞恩的母亲实在是有很多的不同。这些不同，不仅仅是经济上的差异，还有文化和传统上的不同。比如我们会把一个孩子读书的成绩，看成是唯此为大的事情，相信仓廪足然后知荣辱，以为爱是建筑在物质的富裕之上的奢侈。

值得反思的不是我们的孩子，而是我们自己。虽然从时间顺序上看起来是先有了瑞恩的想法，然后才有了支持瑞恩的妈妈的行动，其实，是先有了瑞恩的妈妈，才有了瑞恩。这不仅是从生理的意义上来说，从思想的意义上也是如此。

比会见总统更重要的事

有一个男人叫阿尔，小儿子叫莎拉。莎拉要参加学校里的足球比赛，邀请爸爸当嘉宾。阿尔答应了孩子的要求，不想时间和他的工作安排有冲突。那天下午恰好需要他在办公地点会见一位来访的客人。怎么办呢？阿尔想了想，决定还是去学校观看足球比赛，同时工作也不能耽搁。阿尔把自己当成一粒跳棋子，精确地算出了球赛结束的时间，再加上从运动场驱车回到办公地点的时间。如同拉力赛，反推出了会晤开始的时刻。

足球比赛按时开始了，不料两队人马在规定时间内打成了平局。加时赛开始了，没想到又打成了平局，第二个加时又开始了。阿尔如坐针毡，工作和父爱撕扯着他。时间已刻不容缓，要想准时会见客人，他必须马上动身了。如果他继续探着脖子观看比赛，迟到就是板上钉钉的事，这是很大的失礼。更糟糕的是，这次比赛后轮到莎拉的父母给队员们分发点心，这对于孩子来说是非常重要非常荣耀的习俗，莎拉一直盼着这个时刻。阿尔煎熬了一番，最后决定留下来。当他把点心非常匆忙地发完，风驰电掣地赶到办公地点，访客已经等得太久了。阿尔道歉说明理由，客人也就释然了。他也是一位父亲，也有一个和莎拉差不多同样大小的孩子。

你看了这个故事，可能会说，是有点感动，可也没有什么了不起啊，无非是一个父亲把孩子摆在了工作前面。可是如果我告诉你，这个父亲当时是美国的副总统，名字叫作“阿尔·戈尔”，办公地点是在白宫，他要会见的那位客人是另外一个国家的总统，你是不是会惊奇？

不管你如何感想，反正我看到这个故事的时候，是大大地讶然加上茫然了。为了一个孩子的足球赛，居然把会见他国总统的时间向后延迟，这实在是在我的观念里难以想象的事件。我甚至思忖，也就是美国的副总统敢做这样的事情，因为他们有大国沙文主义，觉得别的国家的总统不如他的儿子重要。

但即使是到了这份可能是以小人之心度君子之腹的地步，我仍然被这个故事里强烈的情感因子所震撼。把孩子的尊严和快乐放到如此至高无上的地位，让我这样的父母汗流浃背。如果是我等，第一，在时间发生猛烈冲突的情形下，根本就不会答应去看孩子的足球赛。别说是这样的课外活动，恐怕就是孩子的家长会、毕业典礼也会为之让步。个人的事再大也是小事，工作的事再小也是大事，根本就不会挖空心思地计算出时间，以求两全其美。第二，就算是退上一万步，我等答应了去看孩子的足球赛，也会再三再四地像宣布一个恩赐那样对孩子说——我非常忙，所以不可能全程观看，只能到学校蜻蜓点水地走一趟，到此为止，你不要得寸进尺。估计我等的孩子也会乖乖地接受这个现实，绝不敢提出例如赛后发点心这样的非分之想。第三，就算是孩子提出了发点心的奢望，就算我们儿女情长脑子一热当时答应了下来，到了赛场上由于加时赛的变化，时间来不及了，我等一定会毫不犹豫地断然退席，扬长而去。第四，如果我等因此而迟到了，或许会找一个冠冕堂皇的理由，却无法坦诚相告是为了给儿子的朋友们分发点心，因为那似乎是一个难以拿上台面的尴尬理由……

我不知道以上的假设是否符合国情，但我敢说自己一定是会这样做的。我不会把孩子的尊严和快乐看得如此重要，我不知道这是对还是错?

从那个故事结尾来看，戈尔副总统的迟到，似乎并没有给两国关系带来剑拔弩张的后果，那位总统表示理解了戈尔，因为他也有一个几乎同样大小的孩子。

我觉得这有点意味深长。其实，大多数人也许都能理解这件事，哪怕是我们没有正好同样大小的孩子。我们都是从孩子走过来的，我们都还记得自己是怎样期待着父母的关注，如果能在公开的场合，能和自己的小伙伴们一道受到父母的重视，那是何等的快乐。基于这样的理由，成人能够接纳的东西，比我们想象的要多。

如果那天戈尔不去参加莎拉的足球比赛，如果戈尔半道上撤退，莎拉会怎么想呢?莎拉长大之后，如何看待这一天的遭遇?在无数乖张脆弱的成人衣裳里，往往包裹着一个受过心理创伤的孩子。幼年的无价值感，可以在几十年后沁出血珠。被忽视和被放弃的感觉，比一切我们所知的武器，更具有持久的杀伤力。

这个可怕的结论真是比会见总统还重要。在成人的世界里，我们还可以解释，但是对于孩子，我们只有用行动来表达我们的爱和尊重。爱和尊重，是精神世界的总统。

蓝色萝卜

有一天，我到商场的玩具柜台，为朋友的孩子过生日准备一份礼物。因总是拿不定主意，挑来选去的很费时间，便听到了如下一番谈话。

一位老妇人，在卖橡皮泥的柜台，转了好几个圈，神色有几分茫然。嘴里小声嘟囔着，哟，这才几年不见，橡皮泥已经变得这样豪华了，好的要上百块钱一套了，记得早先，几毛钱就能买一板，什么颜色都有的……

正值中午，买东西的人不多，女售货员挺清闲的，就同顾客聊开了天儿。

哎，我说这位大姐，您那是什么时候的皇历了？几毛钱一板？少说也是30年前的事了。现在的橡皮泥，36色，花哨着呢。单说红吧，就有粉红、金红、大红、桃红……细致得很。还附带模型，您是想要麦当劳的食品型，还是白垩纪的恐龙型？您叫孙子把橡皮泥往模型里这么一按，再一磕出来，就什么都妥帖了，跟真的一模一样。

那老妇人现出不好意思的神态，说，我不是给孙子买的，是给儿子买的。

售货员毕竟是从商的人，并不因自己说差了而尴尬，很快接着话茬儿说，看您这年纪，儿子怕也有小三十了吧？您还这么惦记着他，真是个好妈妈啊！

老妇人点点头说，是啊，他大学毕业，已经工作多年了。她边说，边拿起售货员递来的样品，端详一番后，把附有模型的橡皮泥向柜台里面推了推说。我不要这种千篇一律的东西，要那种自己可以随心所欲地发挥创造性的橡皮泥。

售货员热情而久经世故的脸上出现了几丝迷茫，连我也听得起了好奇之心，用余光打量起老人。她衣着很普通，第一印象，几乎要把她归入家庭妇女范畴。但这结尾的话，让人得修改初衷，确认她是受过良好文化熏陶的知识女性。想来那儿子，也已是成年的知识分子了。那么，这玩具的意义何在呢？

售货员不愧见多识广，在短暂的愕然之后，很快就重现成竹在胸的神色，缩窄了喉咙，同情地说，哦，我明白了。您的儿子精神上……是不是有点……那个……我接待过这样的顾客，是安定医院的大夫，也是不要带模型的橡皮泥，因为对病人的思维和手的活动帮助不大。简装的橡皮泥，反倒实用。病人们可以像孩子一样瞎捏，尽情地发挥想象力。听说从他们捏的玩意儿里，还能推断出病情好坏呢……

售货员嘴快手也快，把带有麦当劳和恐龙图案的大盒橡皮泥，麻利地收起来，递过一种色彩艳丽的简装橡皮泥。

老妇人很感激地看着售货员，轻声道着谢，然后细察新品种的成色。

售货员充满同情地叹了一口气。老人露出不很中意的样子说，基本还可以吧，只是有没有更多一些的呢？

售货员很遗憾地说，这种橡皮泥的颜色，已经是最丰富的了。您就是跑遍京城，也不会找到比它颜色再多的橡皮泥。您这么大岁数了，家里还有病人，差不多就得了。别累坏了自个儿。

老妇人急忙解释，我不是嫌这橡皮泥的颜色少，是嫌它的分量少。

售货员恍然大悟道，是这样啊，那我们还有大桶装的，都是专给幼儿园团体购买预备的，够一个班小朋友捏着玩了。没想到你儿子一个人能用了这么多。说着，她从柜台角落拖出一个铁皮桶，看起来分量不轻。

老妇人再次察看，脸上终于露出满意的笑容，说，谢谢你啦。我儿子个子很高，手也很大，手指也粗，那些专为娃娃预备的橡皮泥，对他来讲，太精巧了些。这种正合适。

老妇人交了钱，把售货员为她精心捆好的橡皮泥桶抱着，预备离去。售货员向她扬扬手说，您老多保重吧。看得出，您那么爱自己的儿子，他得了这样的病，您一定特难过。

老妇人开心地笑了，露出一口极为洁白的牙齿。虽然按她的岁数推算，这是假牙，但仍让人感到她压抑不住的快乐。她说，谢谢你的关心。不过我的儿子并没有什么病，他很好，很健康，是个很棒的电脑工程师。

目瞪口呆的不仅是那位热心的售货员，还有在一旁偷听的我。谜团没有揭开，越结越死。

老妇人说，事情是这样的。

我儿子小的时候，手很巧。我给他买回各种各样的玩具，让他开发智力。有一次，我买了橡皮泥，就是你说的那种老掉牙的货色——只有十二色的一小盒。他用它们捏小鸭子、小轮船，活灵活现的。有一天，他捏了一个大萝卜，圆圆的，大大的，红红的，上面还长着翠绿的缨子。我喜欢极了，还有骄傲和自豪。我把这个萝卜小心地带到单位，让同事们看。大家都说这不是那么小的孩子能捏出来的，没准是哪个工艺师随手的小品。我听了以后，心中甜似蜜呀。回到家后，儿子跟我要那个萝卜。我说，干吗呀？他毫不在意地说，把它毁了，重捏啊。红色的归到剩下的红泥堆里，绿的归绿的。我很可惜地说，那这个萝卜不就没了吗？他睁大天真的眼睛说，可那些橡皮泥还在啊，我还可以捏别的呀。我说，不成，过几天，就是“六一”儿童节，单位里要是组织展览，这个萝卜就是上好的展品。你不能把它毁了，我要留作纪念。

儿子很听话，不再要回他捏的萝卜了。过了一段日子，他悄悄问，你们单位开过展览会了吗？我说，今年没开。你问这个干什么？他说，我想要回那个萝卜，让它回到我那一堆各色的橡皮泥里，这样，我就可以捏其他的东西了。我不耐烦地说，这个萝卜我还想留着呢。你该捏什么就捏吧。儿子又怯生生地说，妈妈，你能不能再给我买一盒新的橡皮泥呢？我说，为什么？原来那盒不是挺好的吗？儿子说，那个萝卜走了，它的颜色就不全了。我敷衍地说，好吧，哪天我得空了，就给你买。那阵子，我一直很忙。更主要的是不把孩子的请求当回事，总是忘。孩子问过几次，我心里烦，就说，你想捏什么就捏什么好了，颜色有什么要紧的？大模样像了就成。我儿子很乖，从此，他再也不提橡皮泥的事情了。

大约半年后的一天，我下班回家，在桌子上，看到了儿子用橡皮泥捏的新作品。我不知是不是他特地摆在那儿的——一个胡萝卜，身体是蓝色的，叶子是黑色的。

我当时应该警醒的，可惜忙于工作，不愿分心，就装作什么也没有看到。

从此，儿子再不捏橡皮泥了，我也渐渐把这件事淡忘了。直到他长大成人，几十年当中，我们都从未有一次再提过橡皮泥这个词。

前几天搬家，从尘封的旧物中滚出一个铁蛋似的东西，我捡起一看，原来是那个蓝色的胡萝卜。谁也不知道它是怎样被保存下来的。我把它放在手心，还感到儿子当年的无奈。我从中听到了强烈的抗议和热切的渴望。我想赎回我当年的粗暴和虚荣，想完成我曾经答应过的承诺……

她说到这里，头深深地埋下了，花白的头发像一帘幕布，遮住了她的眼睛。

老妇人抱着橡皮泥桶，缓缓地走了。我也随之选定了一件礼物，离开了商场。我决定，在送给小朋友生日礼物的同时，送给他的妈妈一个故事。

只听得售货员在后头喃喃地低语，谁知她的儿子还记得这回事不？会原谅他妈妈吗？

娘间谍

我和她的相识，有点意思。我称她“娘间谍”——是她自己告诉我这个绰号的。我从小就很惊叹间谍的手段和意志力。

那天上班时分，传达室打来电话说，有一个女人，说是你的亲戚，找上门来，你见不见？我说，是什么亲戚呢？师傅说，她支支吾吾地说不清楚，我们觉得很可疑。你直接问她吧，检验一下。要是假冒伪劣，我们就打发她走。

传达室的师傅说着把话筒递给了那女人。于是我听到一个低低的气声，耳语一般地说，毕作家，我不是你亲戚，可是我有重要的事情要对你说……啊，你怎么不记得我了呢，真是贵人多忘事啊！表姑全家还让我问你好呢，你赶快跟传达室的师傅说一下，让我上楼吧，他们可真够负责的了，不见鬼子不拉弦……师傅，您来听本人说吧……

后半截的声音明显放大，看来是专门讲给旁人听的。我于是乖乖地对传达室同志说，她是我亲戚，请让她进来。谢谢啦！

几分钟后，她走进门来。个子不高，衣着普通，五官也是平淡而无奇的那种，没有丝毫特色。叫人疑惑刚才那番精彩的表演，是否出自这张平凡的面庞。

她不客气地坐下，喝茶。说，一个作家，又好找又不好找。说好找吧，是啊，报上有你的名字，实实在在的一个人，电脑这么发达了，找个人，按说不难。可是，具体打听起来，报社啊、编辑部啊，又都不肯告诉你，好像我是个坏人似的……

我说，真是很抱歉。

她笑起来说，你道的什么歉呢？又不是你让他们不告诉我的。再说，这也难不住我，我在家里专门搞侦破，我女儿送我一个外号，叫——娘间谍。

我目瞪口呆。半晌说，看来，你们家冷战气氛挺浓的啊。

她收敛了笑容说，要不我还不找你来呢！你能不能帮帮我？

我说，到底出了什么事？

她说，我就这一个女儿。我丈夫和我都是高工，就像优良品种的公鸡母鸡就生了一个鸡蛋，你说，我能不精心孵化吗？从小我就特在意女儿的一言一行。小孩子要是发烧，三等的父母是用体温表，水银柱蹿得老高了，才知道大事不好。二等的家长是用手摸，呦！这么烫啊！方发觉孩子有病了。我是一等的母亲，我只要用眼角这么一扫，孩子眼珠似有水汽，颧骨尖上泛红，鼻孔扇着，那孩子准是发烧了，我这眼啊，比什么体温表都灵。

女儿小的时候，特听我的话。甭管她在外面玩得多开心，只要我在窗台上这么一喊，她嗵嗵地拔脚就往家跑。有一回，跑太快，膝盖上磕掉了那么大一块皮，血顺裤腿流，脚腕子都染红了。邻居说，看把你家孩子急得，不过是吃个饭，又不是救火，慢点不行？我说，她干别的摔了，我心疼。往家跑碰了，我不心疼。听父母的话，就得从小训练，就跟那半个月之内的小狗似的，你教出来了，它就一辈子听你的。要是让它自由惯了，大了就扳不过来了。

左邻右舍都知道我有一个说一不二的女儿，我也挺满意的。现今都是一个孩子，我们今后就指着她了。让她永远和父母一条心，就是自己最好的养老保险。

我忍不住打断她说，你这不是控制一个人吗？

她说，你说得对啊，不愧是作家，马上抓到了要害。要说我这个控制，还和一般的层次不一样。我做得不留痕迹。控制最基本的要素，就是掌握信息。叶利钦凭什么掌握着核按钮？不就是他知道的信息比别人多吗？对儿女，你知道了她的信息，你就掌握了她的思想。你想让她和谁来往，不想让她和谁来往，不就是手到擒来的事了吗？比如她常和哪些同学联系，我并不直接问她，那样她就会反感。年轻人一逆反，完了，你让他朝东他朝西，满拧。我使的是阴柔功夫。我也不偷看她的日记，那多没水平，一下子就被发现了。现在的孩子，狡猾着呢。我呀，买了一架有重拨功能的电话机。她不是爱打电话吗，等她打完了，我趁她不在，啪啪一按，那个电话号码就重新显示出来了。我用小本记下来，等到没人的时候，再慢慢打过去，把对方的底细探来。这当然需要一点技巧，不过，难不倒我。

我点点头。不是夸奖这等手段，是想起了她刚在传达室对我的摆布。

她误解成赞同，越发兴致勃勃。

女儿慢慢长大了，上了大学，开始交男朋友。这可是一道紧要关口啊。我首先求一个门当户对，若是找个下岗女工的儿子，我们以后指靠谁呢？所以，我特别注重调查和她交往的男孩子的身世。一发现贫寒子弟，就把事态消灭在萌芽状态。

我说，这能办得到吗？恋爱的通常规律是——压迫越重，反抗越凶。

她说，我不会用那种正面冲突的蠢办法。我一不指责自己的女儿，那样伤了自家人的和气；二不和女儿的男友直接交涉，那样往往火上浇油。我啊，绕开这些，迂回找到男方的家长，向他们显示我家优越的地位，当然这要做得很随意，叫他们自惭形秽。述说女儿是个娇娇小姐，请他们多多包涵，让他们先为自己儿子日后的“气管炎”捏一把汗。最后，做一副可怜相，告知我和老伴浑身是病，一个女婿半个儿，后半辈子就指望他们的儿子了……她说到这里，得意地笑了。

我按捺住自己的不平，问道，后来呢?

她说，后来，哈哈，就散伙了呗。这一招，百试百灵。我总结出了一个经验，下层劳动人民，自尊心特别强，神经也就特脆弱。你只要影射他们高攀，他们就受不了了。不用我急，他们就给自己的小子施加压力，我就可以稳操胜券坐享其成了。

我说，你一天这般苦心琢磨，累不累啊?

她很实在地说，累啊！怎么能不累啊?别的不说，单是侦察女儿是不是又恋爱了，就费了我不少的精力。后来，我发现了一个好办法，说出来，你可不要见笑啊。女儿是个懒丫头，平日换下的衣服都掖在洗衣机里，凑够了一锅，才一齐洗。我就趁她走后，把她的内裤找出来，仔细地闻一闻。她只要一进入谈恋爱，裤子就有特殊的味道，可能是荷尔蒙吧，反正我能识别出来。她不动心的时候，是一种味道，动了真情，是另一种味道……那味一出现，我就开始行动了……近来她好像察觉了，叫我娘间谍，不理我了。你说我该怎么办?

天啊！

我大骇，一时间什么话都对答不出。在我所见到的母亲当中，她真是最不可思议的之一。

我连喝了两杯水之后，才把自己的情绪稳定住。我对她讲了很多的话，具体是些什么，因为在激动中，已记得不很清楚了。那天，她走时说，谢谢你啦！我明白了，女儿不是我的私有财产，我侵犯了女儿的隐私权。我会改的，虽然这很难。

我送她下楼，传达室的师傅说，亲戚们好久没见，你们谈挺长时间啊。

我叹口气说，是啊。我很惦念她的女儿啊。

分手时，娘间谍对我说，你要是有工夫，就把我对你说过的话，写出来吧。因为我得罪了不少人，我也没法一一道歉了。还有我的女儿，有的事，我也不好意思对她说。你写成文章，我就在里面向大家赔不是了。

娘间谍走了。很快隐没在大街的人流中，无法分辨。

请为你的夸奖道歉

朋友同我讲过这样一个故事。

她到北欧某国做访问学者，周末到当地教授家中做客。一进屋，问候之后，看到了教授五岁的小女儿。这孩子满头金发，眼珠如同纯蓝的蝌蚪顾盼生辉，极其美丽。朋友带去了中国礼物，小女孩有礼貌地微笑道谢。朋友抚摸着女孩的头发说，你长得这么漂亮，真是可爱极了！

教授等女儿退走之后，很严肃地对朋友说，你伤害了我的女儿，你要向她道歉。朋友大惊，说我一番好意，夸奖她，还送了她礼物，“伤害”二字从何谈起？教授说，你是因为她的漂亮而夸奖她，而漂亮这件事，不是她的功劳，这取决于我和她的父亲的基因遗传，与她个人基本上没有关系。你夸奖了她，孩子很小，不会分辨，她就会认为这是她的本领。而她一旦认为天生的美丽是值得骄傲的资本，她就会看不起长相平平甚至丑陋的孩子，这就成了误区。而且，你未经她的允许，就抚摸她的头，这使她以为一个陌生人可以随意抚摸她的身体而可以不经她的同意，这也是不良引导。不过你不要这样沮丧，你还有机会弥补。有一点，你是可以夸奖她的，这就是她的微笑和有礼貌。这是她自己努力的结果。

请你为你刚才的夸奖道歉。教授这样结束了她的话。

后来呢？我问。

后来我就很正式地向教授的小女儿道了歉，同时表扬了她的礼貌。朋友说。

从那以后，每当我看到美丽的孩子，我都会对自己说，忍住你对他们容貌的夸赞，从他们成长的角度来说，这件事要处之淡然。孩子不是一件可供欣赏的瓷器或是可供抚摸的羽毛。他们的心灵像很软的透明皂，每一次夸奖都会留下划痕。

“想也没想”可不行

我小时候，学过一个歌谣，开头两句是这样的：“蛤蟆和青蛙，本是亲哥俩。不幸同患传染病，浑身长满大疙瘩……”

这个歌谣后面说的是，青蛙和蛤蟆找到了啄木鸟医生（这个医生的身份挺古怪的。要说啄木鸟会给树木看病，还可成立。但说能给动物看病，就有点儿勉强。好了，暂时不去管它行医的资历了，反正是医生来了），穿着白大褂的啄木鸟，诊疗之后给难兄难弟开出一剂汤药，味道很苦很苦。蛤蟆大哥一尝，“噗”地就把药汤喷出去了，大叫道，我可不受这个罪。说罢，一个猛子扎到池水中凉快去了。青蛙弟弟很乖，皱着眉头（青蛙有眉毛吗？）把苦药汤咕嘟咕嘟咽了下去……过了一段时间，青蛙身上的脓疮痊愈了，只遗下片片淡绿色的小伤痕，讳疾忌医的蛤蟆可就惨了，一身疮疥，人见人烦。

歌谣的教诲意义挺明显的，那就是鼓励小孩子得了病后按时吃药，“良药苦口利于病”的古训，再一次得到弘扬。

我会背这个歌谣以后，内心却很有一点不以为然。想，患有慢性皮肤病的癞蛤蟆，形象够吓人的没的说，但是，治愈后的青蛙的模样就好吗？眼珠凸起没有脖子，皮肤又凉又黏又滑，也是可怕。看来，吃不吃药，后果虽然差一点点，也未见有大区别。

题外的话说了这许多，主旨意思是，我很同情《青蛙王子》童话中的女主人公——小公主。觉得她对青蛙的害怕，实在是事出有因，言之有理。而且，我觉得青蛙王子不仗义，有点乘人之危。

本来吗，他为小公主帮忙，就算不是完全无偿的英雄行为，要计报酬，也该明码标价，让小公主好好考虑一下这件事的利弊，有一个思索的时间，权衡的机会，在金球的得失和自己的承诺之间做一个选择。

再说，青蛙王子的要求，不是一下子就提出来的，采取的是步步为营，诱敌深入策略。

不妨回忆一下那个过程。青蛙刚开始只是说，“告诉我，你遇到了什么困难，让我帮助你”，一副见义勇为的样子。当小公主告诉他金球掉到井里以后，他说“这还不简单，我跳进井底，把它咬出来就好了。”当小公主要他具体地实施这一计划的时候，他摇摇头，笑着说，“我找到球后，你要怎么谢我？”

注意啊，关键的时刻到了。小公主想也没想，就回答：“不管你要什么，我都答应你。”

于是，青蛙跳进井底，很快把球找到，当小公主要拿球的时候，他说：“我要和你做朋友，和你生活在一起，无论你做任何事，我都要和你在一起……”

小公主的悲剧从此开始了。

当然，有人会说，《青蛙王子》本身就是一个关于“一诺千金”的故事。你要么不要答应人家，答应了，就要风雨无阻赴汤蹈火地去践约。在故事中，老国王正是这样要求小公主的，当小公主表示不想和青蛙做朋友的时候，老人家很不高兴，语重心长地说：“做人一定要守信用，你既然答应了青蛙先生的要求，就不能不守信用，快去开门吧……”

故事的结尾，丑陋的青蛙变成了英俊的菩提国王子，并且说：“虽然小公主脾气不好，但她有仁心又守信用，所以，我愿意娶她为妻子。”结局是小公主坐着纯金和宝石打造的马车，和青蛙王子结婚了。

看到了吧，大团圆的辉煌光环，全是因为完成了承诺。

这个结尾好不好呢？好人终遭好报，当然好了。但我却总觉得有一个不祥的地方，要提请大家注意。这就是小公主的“想也没想”。做一个小孩子，是很容易想也没想的。但世上有些事情，是要很好地想想啊。设想，你为了一个金球，就把自己一生的幸福押了上去，因为你有了一个承诺，所以，你不能翻悔。你翻悔了，就是品质不良，连你的父亲都不能原谅你，这是多么莫测的命运，这是多么严重的惩罚啊！

幸好这只青蛙是王子变的，要永远是一只普通的青蛙呢？小公主就要天天晚上和冰凉的两栖动物睡在一起，吃饭的时候，看着青蛙的口水把盘子打湿，这是多么烦心苦恼的事情！若是小公主知道了她的金球是要付出这样惨痛的代价才能得到的话，我猜她就是再喜欢金球，也宁可让它沉在井底睡大觉了。

我甚至想，做了菩提国王后的小公主，也许会在某个半夜吓得醒来，摸一摸身边躺着的是青蛙还是王子？

总而言之，我虽然同情被施了魔法的王子，但觉得他用某种小恩惠让小公主就范，取得承诺，涉嫌不公平交易，有不够光明正大的嫌疑。从童话中看，那个给王子施魔法的巫婆，只是要求有一位肯和青蛙在一个盘子吃饭在一张床上睡觉的少女，魔法就能破除，并没有说不能把底细说出来。王子不如秉实相告，让小公主有一个选择的机会。行就行，不行也不强求。

凡事要多想一想，不要只贪图眼前的小利。承诺当然是很重要的，但也非一锤定音，万劫不复。如果自己的看法有了改变，认真思考之后，也可以修正。总之一句话——小朋友们，注意啊，该想的时候，一定要想！

第四章

真情浇灌友谊的花蕾

要得到最好的友情，首先要把自己当作最好的朋友，让自己觉得自己是被信任的，是被尊重的，然后你才会尊敬别人。

关于爱情与友情的絮语

拒绝的本质是一种丧失，它与赞同相比，更带有冷峻的付出与掷地有声的清脆，需要果决和一往无前的勇气。

你拒绝了金钱，就将毕生扼守清贫。

你拒绝了享乐，就将布衣素食天涯苦旅。

你拒绝了父母，就可能成为飘零的小舟，孤悬海外。

你拒绝了师长，就可能逐出师门自生自灭。

你拒绝了一个强有力的男人相助，他可能反目为仇，在你的征程上布下道道藩篱。

你拒绝了一个神通广大的女人的青睐，她可能笑里藏刀，在你意想不到的瞬间刺得你遍体鳞伤。

你拒绝了上司，也许就拒绝了一个如花的前程。

你拒绝了机遇，它永不再来，也许留下终身的遗憾……

拒绝不像选择那样令人心情舒畅，它森严的外衣里裹着我们始料不及的风刀霜剑，而且像一种后劲很大的烈酒，在漫长的季节后还会使我们头晕目眩。

于是我们本能地惧怕拒绝。我们在无数应该说“不”的场合沉默，我们在理应拒绝的时刻延宕不决。我们推迟拒绝的那一刻，梦想拒绝的体积会随着时光的流逝逐渐缩小以至消失。

可惜这只是我们善良的愿望，真实的情境往往适得其反。

我们之所以拒绝，是因为我们不得不拒绝。

不拒绝，那本该被拒绝的事物，就像菜花状的癌肿，蓬蓬勃勃地生长着，发育着，侵袭我们的生命，一天比一天变得更难以救治。

拒绝是苦，然而那是一时之苦，阵痛之后便是安宁。不拒绝是忍，忍是有限度的，到了忍无可忍的那一刻，贻误的是时间，收获的是更大的麻烦与悲哀。

拒绝是对一个人胆魄和心智的考验。

当今时代，电脑一分钟可以复制无数的信息，且核对起来甚是简便。利用信息和情报造假越来越不易，于是“假”也在更新换代，涉及种种精神的产品。

最不易察觉的假冒伪劣是信任和爱情。它们均需要漫长岁月的培育和考验，毁灭却只是刹那间的事情。

也许当初彼此交往的时候，并不缺乏真诚。但友谊和爱情的产品，是要求终身保修的。不管何时损坏，都会被判为赝品，且无处更换。

有人炫耀自己的朋友如何多，我一般是不信的。好的朋友，也像好的货物，是有体积的。好的心灵，也像非露天仓库，无法无限扩大容积。

一个认真重情的人，心灵的空间更是有限，只能容纳几位知己。

拥有太多的友人，友谊的汁液不是溢出来，就是稀释。

友谊也像零存整取的银行。若你平时不补充情感进去，一旦需要朋友的支援渡过难关时，才发现存单上一片空白。

爱情是比死亡还要复杂的事情。因为在死亡中你只灭绝一次，而在爱情中你可能多次灭绝。

男女之间常常被自己所不具备的品质所吸引。

这就是为什么许多天真烂漫的女孩子会爱上魔鬼，许多忠诚的男子会喜欢水性杨花的女人。

一般来说，你真的爱一个人，就应该给他还报你恩情的时间和机会。

这不是我们索要报答，而是为了让他的心灵安宁。如果你只是一味地给予，就把对方一直置于被施舍的地步，这实际上是一种不敬。

人生得一知己足矣的话，当是不发达社会的写照。

如今的社会是——

人生得几知己还不足。

或是——

人生无一知己也足矣。

知己者无非是心的沟通，事的相助。于是人们有红粉知己、忘年知己、事业知己……知己已泛化，不像以往那样罕见了。

另外，知己又更加难觅。信息社会，大家都加快了变化的节奏。彼此要变得同步，变得共振，变得像没变一样，实在是太不容易。

我不赞成为了朋友两肋插刀。如果一定要插，至多插一肋。因为肋骨的后面是心脏，若都插上刀，心就会被洞穿，便丧失了思考的能力。

没有思考的友谊很可能陷入盲目。

心理医生也是和病人谈心聊天，只不过更专业更精彩一些。女性应该多有几个朋友，至少也要有一个你可以面对她哭泣的女人。我指的不是那种萍水相逢或是生意场上权利上因为利害关系结成的伙伴，而是交往多年知根知底善解人意的朋友。

你说起了一片叶子，她就知道风从哪里来。哪怕你婚后爱上了另一个男人，你也用不着分辩自己不是一个坏女人，要商讨的只是应该怎样办……她真诚而善良，绝不会把你的故事流传。精心的信任和感情，就是不花钱的心理医生。友谊是一种像水一般互相流动的物质，这一次你给予了我，下一次我给予你。

友情不是血吸虫病，不能凭借口口相传的钉螺感染他人。兵无常势，水无常形。变是常法，要求友谊在传递的过程中，像复印一般的不走样，原是我们一厢情愿的幼稚。

友谊是一种易变的东西，假如它不是变得更好，就是不可抑制地变坏了，甚至极快地消亡。有时，在很长一段岁月里，友谊似乎是一成不变的，保持很稳定的状态。这是友谊正在承受时间的考验。

铁树一样的朋友

朋友这种宝贵的矿藏，不是白白得到的。

要得到最好的友情，首先要把自己当作最好的朋友，让自己觉得自己是被信任的，是被尊重的，然后你才会尊敬别人。

如果不尊重一个人，却想得到他的倾情相助，那不但是不可能，而且是不道德的。

我曾经很努力地照料一盆花，但那盆花还是死了。浇灌一盆花，姑且如此不易，照料一个朋友，当然也不是轻而易举的了。

朋友要处得长久，你一定要真性情。因为你若是装假，天长日久的，就太辛苦了。朋友也为难，因为他或她所喜爱的那个人，不是真正的你，而是一个伪装的你，这岂不是太荒谬？

当然，这种关系要求你的朋友也以真相示人，这样才能分辨大家是否真的投缘。如果彼此都真实并且喜欢，友情就牢固，经得起岁月淬火。如果彼此不能接受，那就友好地分手，互祝珍重。

要有时间听朋友唠叨，这几乎是一种时间的储蓄，因为你听他唠叨了，当你有这种需求的时候，他才有可能听你唠叨。听的时候要快，但反应的时候要三思而后行。

要有时间陪着朋友默默地走路，什么也不说，心却已然相知。

这样的朋友，就像植物中的铁树，苍翠地绿着，很多年才开一次花。那花嫣然一笑，彼此都珍贵。

研究真诚

过了国庆，过了中秋节，心理学研究生班课堂，大家有一种久别重逢的亲切感，掺着节后的倦怠。

老师让大家谈谈过节的感受。冷了一会儿场，不知道大家是怎么想的，我的感觉是很突兀。我们习惯于默默无闻地过节，被人猛地一问，有些不知所措。

零星有人举手，大概是怕老师尴尬吧。先回答的人，都说节无新意，有的简直可说在叹息——过节就是过节呗，和以往的节没啥不同的……节很累，系上围裙炒菜，解了围裙洗衣，节是给别人过的。

老师微笑说："'节是谁的——？'这话倒是很有点意思的，留待我们以后再详加讨论。我们还是说这个节日吧。我有些奇怪的是，大陆为什么中秋节不放假呢？[①] 在华人世界，这是一个仅次于春节的大节日啊！节日要过得有趣才有纪念意义。比如我认识的一家人，过节也不给小孩子买新衣服，也不吃好东西，这样的节日真是过不过的没什么差别了。”

大家就笑起来。

一笑，气氛就活跃些了，有同学小声说：“过节我回家了，可是在家里待着，好像没有在同学们之间舒服。”

这话引起了一些人心底的共鸣。因为在这个班级里，充满了温暖的气氛，但外面的世界依旧沿着蒙满灰尘的轨道盘旋，于是我们成了在两个世界间游走的贝壳，冷暖自知，难以言说。

今天的正课是研究“真诚”。这是一个古老的话题了，但近年来受到了大挑战，真诚成了愚蠢的代名词。

我个人很喜欢“真诚”这个词，喜欢它的光明和干净。

词是有自己的光芒和属性的，比如“猥琐”一词，你一看到它，就觉得自己身上发霉、糊满蟑螂。“甜蜜”这个词则让人好似被蜂王浆噎了一嗓子，甜得憋气。“真诚”有一种岩石般的纹理和坚定，不风化，不流失，不油腻，爽洁清晰，反射着钢蓝色的金属光泽。

焦点集中在——真诚是一种方式还是一种境界？真诚有没有层次的分别？

有同学问了老师一个极富挑战性的问题——您是很真诚的，但有没有人说过您虚伪？在当代大学生里，好像流行着一种说法，真诚是一种更狡猾的虚伪。

课堂内一时很寂静。我看到老师的眸子快速向右上方移动，知道她在郑重思考。片刻之后，老师说：“没有，没有人说过我虚伪。起码是当面没有人这样说。至于背后是怎样说的，我不知道。它不在我的关心范围之内。”

---

① 从 2007 年开始我国中秋节作为法定节假日，2008 年正式实施。——编者注

老师启发道："一个小孩子，对一个成人说，你身上真臭啊。然后又对别人说，那个阿姨身上有一种臭味。这事真不真呢？肯定是真的，但这是一种低级水平的真诚。真诚是有讲究的。"

我举手，获准后发言。我说，我喜爱真诚。我的很多朋友也这样评价我。很多人用他们自己的视角来看世界，以为凡是真诚的人就无法完整幸福地生活，必然会被世俗的车轮碾得粉身碎骨，即使不粉碎也遍体鳞伤，甚至顺水推舟，演变成因为你事业成功和家庭完整，又有良好的人际关系，所以你必然是虚伪的。

我以为，真诚是一种勇敢坦诚的生活态度，它是我们思想和行动的出发点和归宿。真诚不虚张声势、狐假虎威。它似乎因清澈透明而软弱无力，但它其实是强韧而富有弹性的，使我们简洁明快、干爽清正。

真诚是一门艺术，有一个执行的秩序，这就是真善美。真诚可以分解为真实和坦诚，它本身是很有力量的，起码比虚伪有力量，不怕对证盘查，经得起推敲和考验……

但仅仅有真实是很不够的。真实的出发点可以是完全不考虑他人的感受、不看全局、不从长远出发，单纯的真实使用不当，会具有事与愿违的杀伤力。加上了"善"这个缰绳，"真"就升华了。不再是本真，而有了一种更全面更伟大的品格。至于美，我觉得是怎样更精彩地表达我们的真实。一种长袖善舞，一种大象无形……

教室内一时鸦雀无声。我从这种寂静中，感到声援和赞成。

老师总结道："真诚是有层次的，可以分成建设性的和破坏性的两种。愿每个人从此都更多更丰富地向这个并不美好的世界，贡献我们建设性的真诚。"

让我们倾听

我读心理学博士方向课程的时候，书写作业，其中有一篇是研究“倾听”。刚开始我想，这还不容易啊，人有两耳，只要不是先天失聪，落草就能听见动静。夜半时分，人睡着了，眼睛闭着，耳轮没有开关，一有月落乌啼，人就猛然惊醒，想不倾听都做不到。再者，我做内科医生多年，每天都要无数次地听病人倾倒满腔苦水，鼓膜都起茧子了。所以，倾听对我应不是问题。

查了资料，认真思考，才知差距多多。在“倾听”这门功课上，许多人不及格。如果谈话的人没有我们的学识高，我们就会虚与委蛇地听。如果谈话的人冗长烦琐，我们就会不客气地打断叙述。如果谈话的人言不及义，我们会明显地露出厌倦的神色。如果谈话的人缺少真知灼见，我们会讽刺挖苦，令他难堪……凡此种种，我都无数次地表演过，至今一想起来，无地自容。

世上的人，天然就掌握了倾听艺术的人，可说凤毛麟角。

不信，咱们来做一个试验。

你找一个好朋友，对他或她说，我现在同你讲我的心里话，你却不要认真听。你可以东张西望，你可以搔首弄姿，你也可以听音乐梳头发干一切你忽然想到的小事，你也可以王顾左右而言他……总之，你什么都可以做，就是不必听我说。

当你的朋友决定配合你以后，这个游戏就可以开始了。你必要拣一件撕肝裂胆的痛事来说，越动感情越好，切不可潦草敷衍。

好了，你说吧……

我猜你说不了多长时间，最多三分钟，就会鸣金收兵。无论如何你也说不下去了。面对着一个对你的疾苦、你的忧愁无动于衷的家伙，你再无兴趣敞开襟怀。不但你缄口了，而且你感到沮丧和愤怒。你觉得这个朋友愧对你的信任，太不够朋友。你决定以后和他渐疏渐远，你甚至怀疑认识这个人是不是一个错误……

你会说，不认真听别人讲话，会有这样严重的后果吗？我可以很负责地告诉你，正是如此。有很多我们丧失的机遇，有若干阴差阳错的信息，有不少失之交臂的朋友，甚至各奔东西的恋人，那绝缘的起因，都系我们不曾学会倾听。

好了，这个令人不愉快的游戏我们就做到这里。下面，我们来做一个令人愉快的活动。

还是你和你的朋友。这一次，是你的朋友向你诉说刻骨铭心的往事。请你身体前倾，请你目光和煦。你屏息关注他的眼神，你随着他的情感冲浪而起伏。如果他高兴，你也报以会心的微笑。如果他悲哀，你便陪伴着垂下眼帘。如果他落泪了，你温柔地递上纸巾。如果他久久地沉默，你也和他缄口走过……

非常简单。当他说完了，游戏就结束了。你可以问问他，在你这样倾听他的过程中，他感到了什么？

我猜，你的朋友会告诉你，你给了他尊重，给了他关爱。给他的孤独以抚慰，给他的无望以曙光。给他的快乐加倍，给他的哀伤减半。你是他最好的朋友之一，他会记得和你一道度过的难忘时光。

这就是倾听的魔力。

倾听的“倾”字，我原以为就是表示身体向前斜着，用肢体语言表示关爱与注重。翻查字典，其实不然，或者说仅仅做这样的理解是不够全面的。倾听，就是“用尽力量去听”。这里的“倾”字，类乎倾巢出动，类乎倾箱倒箧，类乎倾国倾城，类乎倾盆大雨……总之，殚精竭虑毫无保留。

可能有点夸张和矫枉过正，但倾听的重要性我以为必须提到相当的高度来认识，这是一个人心理是否健康的重要标志之一。人活在世上，说和听是两件要务。说，主要是表达自己的思想情感和意识，每一个说话的人都希望别人能够听到自己的声音。听，就是接收他人描述内心想法，以达到沟通和交流的目的。听和说像是鲲鹏的两只翅膀，必须协调展开，才能直上九万里。

现代生活飞速地发展，人的一辈子，再不是蜷缩在一个小村或小镇，而是纵横驰骋漂洋过海。所接触的人，不再是几十一百，很可能成千上万。要在相对短暂的时间内，让别人听懂了你的话，让你听懂了别人的话，并且在两颗头脑之间产生碰撞，这就变成了心灵的艺术。

现今励志的书很多，教你怎样展现自我优点，怎样在第一时间给人一个好印象，怎样通过匪夷所思的面试，怎样追逐一见钟情的异性……都有不少绝招。有人就觉得人际交往是一个充满了技术的领域，可以靠掌握若干独门功夫就能翻云覆雨的领域。其实，享有好的人际关系，学会交流，听比说更重要。

从人的发展顺序来看，我们是先学着听。我之所以用了“学着”这个词，是指如果没有系统的学习，有的人可能终其一生，都没能学会如何“听”。他可以听到雪落的声音，可他感觉不到肃穆。他可以听到儿童的笑声，可他感受不到纯真。他可以听到旁人的哭泣，却体察不到他人的悲苦。他可以听到内心的呼唤，却不知怎样关爱灵魂。

从婴儿开始，我们就无意识地在听。听亲人的呼唤，听自然界的风雨，听远方的信息，听社会的约定俗成。这是一种模糊的天赋，是可以发扬光大也可以湮灭无闻的本能。有人练出了发达的听力，有人干脆闭目塞听。有很多描绘这种状态的词语，比如“充耳不闻”“置若罔闻”……对“闻”还有歧视性的偏见，比如“百闻不如一见”。

听是需要学习的。它比“说”更重要。如果我们没有听到有关的信息，我们的“说”就是无的放矢。轻率的人，容易下车伊始就哇里哇啦地说，其实沉着安静地听，是人生的大境界。

只有认真地听，你才能对周围有更确切感知，才能对历史有更深刻把握，才能把他人的智慧集于己身，才能拓展自己的眼界和胸怀。

读书是一种更广义的倾听。你借助文字，倾听已逝哲人的教诲。你借助翻译，得知远方异族的灵慧。

倾听使人生丰富多彩，你将不再囿于一己的狭隘贝壳，潜入浩瀚的深海。倾听使人谦虚，知道山外有山，天外有天。倾听使人安宁，你知道了孤独和苦难并非只莅临你的屋檐。倾听使人警醒，你知道此时此刻有多少大脑飞速运转，有多少巧手翻飞不息。

倾听着是美丽的。你因此发现世界是如此五彩缤纷。倾听是幸福的一种表达，因为你从此不再孤单。

倾听是分层次的。某人在特定的时刻，讲了特定的话。只有当我们心静如水，才能听到他的话后之话。年轻人最易犯的毛病是——他明白所有倾听的要素，也懂得做出倾听的姿势，其实呢，他在想着自己待会儿要说的话。他关注的不是述说者，而是自己。“佯听”是很容易露馅的，只要他一开口讲话，神游天外的破绽就败露了。两个面对面述说的人，其实是最危险的敌人。一切都被心灵记录在案。

倾听是老老实实的活儿，来不得半点虚假和做作。倾听是对真诚直截了当的考验。所以，如果你不想倾听，那不是罪过。如果你伪装倾听，就不单是虚伪，而且是愚蠢了。

当我深刻地明白了倾听的本质而不是仅仅把它当成讨好的策略后，倾听就向我展示了它更加美丽的内涵，它无处不在，息息相关。如果你谦虚，以万物为师长，你会听到松涛海啸雪落冰融，你会听到蚂蚁的微笑和枫叶的叹息。如果你平等待人，你的耐心就有了坚实的基础，你可以从述说者那里获得宝贵的馈赠。这就是温暖的信任和支撑。

年轻的朋友们，让我们学会倾听吧。当你能够沉静地坐下来，目光清澄地注视着对方，抛弃自己的傲慢和虚荣，微微前倾你的身姿，那么你就能听到心与心碰撞的清脆音响，宛若风铃。

谁是你的闺蜜

某天，我看到工作人员正在清理一堆小山似的硬币，好像是哪个孩子当场砸碎了他的宝贝扑满。我很奇怪，心理机构不是超市银行，似乎不应该麇集如此多的硬币。助手们都很尽职，平常绝不会在业务场所处理私事，看来这些硬币和工作有关。我实在想不明白：硬币和心理咨询有何关系？

助手看我纳闷，就说，这是一个孩子交来的预约咨询费用。我一时愣怔，心想孩子的钱，是不是应该减免？助手看我不说话，以为我是在斟酌钱的数量，就说，这是那个孩子所有的钱，我打算自己帮她补足。

我说，钱的事，咱们再说。我想知道孩子是跟着谁来的？

按照惯例，孩子的问题，都是父母发现后，焦虑不安地领来求助。

助手说，这孩子是自己来的，用压岁钱来付费，父母根本不知道她要来看心理医生。助手说着，把她的登记表递过来。

工工整整的字迹填写着：张小锦，女，13岁，本市××中学初中一年级学生……

见到张小锦的时候，我吃了一惊。本以为这么敢作敢为挺有主意的孩子，一定人高马大，却不料十分瘦小，穿橙色校服蜷在沙发中，好像一粒小小的黄米。

我说，你遇到了什么事情，需要我们的帮助？

瘦小的张小锦嗓门挺大，音调喑哑，有点像张柏芝。仿佛轻巧的身躯里，藏着一根摔裂的长笛。张小锦咬牙切齿道：我请你帮助我——除掉我妈的朋友！

我着实被吓了一跳。这个开头，有点像黑帮买凶杀人。我说，你很恨你妈妈的朋友？

张小锦说，那当然！请你千万不要把我的话告诉任何人。你要发誓，永远不能说。

这可让我大大地为难了。就算一个孩子，如果她图谋杀人，我也要向有关机构报告。如果我拒绝了张小锦的要求，她很可能就拒绝和我说知心话了，帮助便无从谈起。我避开话锋，慢吞吞地回答，你能告诉我，你说的“除掉妈妈的朋友”，是什么意思吗？

“除掉”通常是血腥的。警匪影片中将要杀死某个人的时候，匪徒们会窃窃私语，吐出这个词。张小锦回答说，我的“除掉”，就是让这个朋友离开我家！不要和我妈没完没了说个不停，让我妈多拿出一点时间来陪我，遇事别老听这个朋友的，也和我聊聊天，也听听我的想法……

原来是这样！在张小锦的词典里，“除掉”并不是杀死，只是离开。我稍稍松了一口气，说，张小锦，看来你妈妈和你交流不够，你对此很有意见啊。

张小锦遇到了知音，直起身板说，对啊！我妈有什么心事，只和朋友说，不和我说。我们家的事，是和她朋友关系密切啊，还是和我密切啊？

张小锦黑亮的眼珠凝神盯着我，目光中带出急切和哀伤。

我立即表态，你们家的事，当然是和你关系最密切了。

这让张小锦很受用，她说，对啊！那个朋友一天到晚老缠着我妈，让我妈离婚，破坏我们家的和睦！说着，她长长的睫毛湮湿了。我递过去几张纸巾，张小锦执拗不接，只是不停地眨巴眼睛，希望眼帘把泪水吸干，睫毛就聚成几把纤巧的小刷子。

看来张小锦家充满了矛盾和危机，妈妈的朋友也许正是罪魁祸首。我说，小锦，是妈妈的朋友，让你们家庭变得不幸福了？

张小锦一个劲儿地点头，正是！

我说，妈妈的坏朋友具体是个怎样的人？

张小锦突然有点儿踌躇，说，其实这人也不算太坏，逢年过节都会给我买礼物，是我妈的闺蜜。

晕！我一直以为妈妈的朋友是个男人，甚至怀疑他就是破坏张小锦家的第三者。现在才知道，朋友是个女的！有一瞬间，闪过张小锦的妈妈是不是个双性恋的念头。要不然，怎么两个女人之间的关系，会引发张小锦这样大的恼怒！

咨询师的脑海就像一台高速运转的电子计算机，来访者的任何一句话，都会在咨询师脑海中引发涟漪。一千种可能性像漂流瓶在波涛中起伏，你不知道哪一只瓶塞内藏着来访者心中的魔兽。也许你以为是症结所在，穷追不舍紧紧跟踪，结果不过是一朵七彩泡沫。也许你忽视掉的片言只句，却潜藏着最重要的破解全局的咒语。这一次，我的方向差了。

我想起了老师的教导：你不能以自己的主观猜测代替事实的真相。你永远不能跑到来访者的前面去，你只能跟随……跟随……还是跟随。

我调整了心态，对张小锦说，你妈妈和女友之间的关系，让你嫉妒。

张小锦不解地重复，嫉妒？我好像没有想到这一点。

我说，以前没想到不要紧，现在开始想也来得及。

张小锦偏着脑袋想了一会儿说，好吧，你说我嫉妒，我承认。人家都说女儿是妈妈的小棉袄。可我妈妈硬是把我当成了破大衣，心里话都不跟我讲。

我说，你妈妈的心里话是什么呢？

这一次，张小锦反常地沉默了，很久很久。如果我不是一个训练有素的心理师，也许我就睡着了。我等待着张小锦，我知道这些话对她一定非常重要，讲出口又非常困难。

终于啊终于。张小锦说，哼！他们都以为我不知道，他们合伙儿来骗我。我也愿意装出一副傻相，让他们以为我不知道。他们自以为知道一切，其实我在暗里，比他们知道得更多！

简直就是一个绕口令！我彻头彻尾被这个有着破长笛一样沙哑嗓音的女生弄糊涂了。我要澄清在她的字典里，“他们”——是谁？

是我爸爸，我妈妈。还有那个和我爸爸相好的女人。当然，还有我妈妈的闺蜜……张小锦的话匣子终于打开了。原来，张小锦的爸爸有了外遇，和另外一个女子暧昧，被放学回来的张小锦撞见了。从此，张小锦见了爸爸不理不睬，爸爸反倒对张小锦格外好。张小锦决定不把这件事告诉妈妈，因为那样家就很可能破碎。张小锦知道那些父母离婚的同学，基本上都很自卑。张小锦心想，只要妈妈不发现这件事，家庭就能保全。她一次又一次地帮着爸爸遮掩，让妈妈蒙在鼓里。然而，妈妈还是察觉到了某种蛛丝马迹，开始敏感而多疑。张小锦很怕出事，就故意胡闹，分散妈妈的注意力，实在没法子了就生病。无论妈妈多么在意爸爸的一举一动，只要张小锦一发烧，妈妈就把所有的注意力都放到了张小锦身上，无暇他顾，爸爸的危机就化解了。可爸爸不知悔改，变本加厉。张小锦就是再用十八般武艺转移妈妈的注意力，妈妈还是越来越接近真相了。妈妈对自己的好朋友痛哭一场和盘托出。这位闺蜜是个刚烈女子，疾恶如仇。她不断和妈妈分析爸爸的新动向，号召妈妈奋起抗击。妈妈很痛苦，和闺蜜无话不谈，最近已经到了商议如何去法院告道德败坏的爸爸，讨论分割财产和张小锦的归属……张小锦用大量的精力偷听她们的谈话，惊恐万分。好比外敌入侵，妈妈的闺密是主战派，张小锦是主和派。张小锦要维护家园，当务之急就是除掉闺蜜！她走投无路，不知道跟谁商量。跟同学不能说，要维持幸福家庭的假象。跟亲戚不能说，爸爸妈妈都是好面子的人，张小锦不愿亲人们知道家中正在爆发内乱。跟老师也不能说，她害怕老师从此把她当成需要特别关心爱护的弱势群体。百般无奈的张小锦想到了心理医生，就把所有的私房钱都拿出来做了咨询费。

听完了这一切，我把张小锦抱在怀里，她像一只深秋冷雨后的蝴蝶，每一根发丝都在极细微地颤抖。不知道在这具小小的躯体里，隐藏了多少苦恼愤怒！她还是个孩子啊，却肩起了成人世界的纷争，为了自己的家庭，咽下了多少委屈辛酸的苦果！

许久后，我说，小锦，设想一个奇迹。假如你妈妈的闺蜜突然消失了，你们家就能平静吗？

张小锦认真想了一会儿说，可能会平静几天吧？但我妈已经起了疑心，她会穷追到底，我爸迟早得露馅。

我说，这么说，闺蜜并不是事情的症结……

张小锦是个聪明孩子，马上领悟过来，说，事情的根本是我爸妈自己！

我说，你同意我请你的爸爸妈妈到这里来，咱们一同讨论你们家的情况吗？

张小锦害怕地抱起双肩说，他们会离婚吗？

我说，不知道。咱们一块儿努力吧。只是有一条，这一次，你不能装作什么都不知道，你要把你所知道的一切和感受都说出来。包括你对父亲第三者的印象，还有你对闺蜜的看法。你要表达你对父母的期待和对一个完整的家的爱。

张小锦说，天啊！在爸爸妈妈眼里，我一直是个善解人意的乖乖女，这下子，我岂不是变成了刺探情报两面三刀的小克格勃？！不干！

不干！

我说，这是否比你失去爸爸妈妈和家庭瓦解更可怕？

张小锦捂着眼睛说，好吧。我知道什么事最可怕。

……

我们和张小锦的爸爸妈妈取得了联系，他们一同来到咨询室。经过了多次的家庭讨论，其中有很多激战和眼泪，张小锦的爸爸终于决定珍惜家庭，和第三者一刀两断。妈妈也说看在小锦一番苦心上面，给爸爸一个痛改前非的机会。

结束最后一次咨询，张小锦离开的时候，悄悄地对我说，现在，我也有了一个闺蜜，给我出了个好主意。

我说，谁呀？她说，就是你啊！

流露你的真表情

学医的时候，老师问过一道题："人和动物在解剖形态上的最大区别是什么？"

当学生的争先恐后地发言，都想由自己说出那个正确的答案。这看起来并不是个很难的问题。

有人说："是站立行走。"先生说："不对。大猩猩也是可以站立的。"

有人说："是懂得用火。"先生不悦道："我问的是生理上的区别，并不是进化上的。"

更有同学答："是劳动创造了人。"先生说："你在社会学上也许可以得满分，但请听清我的问题。"

满室寂然。

先生见我们混沌不悟，自答道："记住，是表情啊。地球上没有任何一种生物有人类这样丰富的表情肌。比如笑吧，一只狗再聪明也是不会笑的。人类的近亲猴子勉强算作会笑，但只能做出龇牙咧嘴一种表情。只有人类，才可以调动面部的所有肌群，调整出不同的笑容，比如微笑，比如嘲笑，比如冷笑，比如狂笑，以表达自身复杂的情感。”我在惊讶中记住了先生的话，以为是至理名言。

近些年来，我开始怀疑先生教了我一条谬误。

乘坐飞机，起飞之前，每次都有空姐为我们演示一遍空中遭遇紧急情形时，如何打开氧气面罩的操作。我乘坐飞机凡数十次，每一次都凝神细察，但从未看清过具体步骤。空姐满面笑容地屹立前舱，脸上很真诚，手上却很敷衍，好像在做一种太极功夫，点到为止，全然顾及不到这种急救措施对乘客是怎样的性命攸关。我分明看到了她们脸上悬挂的笑容和冷淡的心的分离，升起一种被愚弄的感觉。

我有一位相识许久的女友，原是个敢怒敢恨、敢涕泪滂沱敢笑逐颜开的性情中人。几年不见，不知在哪里读了淑女规范言行的著作，同我谈话的时候身子仄仄地欠着，双膝款款地屈着，嘴角勾勒成一个精致的角度。粗一看，你以为她时时在微笑，细一看，你就捉摸不透她的真表情，心里不禁有些发毛。你若在背后叫她，她是不会立刻回了脸来看你，而是端端地将身体转了过来，从容地瞄着你，说骤然回头会使脖子上的肌肤提前衰老。

她是那样吝啬使用她的表情，虽然她给你一个温馨的外表，却没有丝毫的温度。我看着她，不由得想起儿时戴的大头娃娃面具。

遇到过一位哭哭啼啼的饭店服务员，说她一切按店方的要求去办，不想却被客人责难。那客人匆忙之中丢失了公文包，要她帮助寻找。客人焦急地述说着，她耐心地倾听着，正思谋着如何帮忙，客人竟勃然大怒了，吼着说：“我急得火烧眉毛，你竟然还在笑。你是在嘲笑我吗？”

“我那一刻绝没有笑。”服务员指天咒地对我说。

看她的眼神，我相信是真话。

“那么，你当时做了怎样一个表情呢？”我问，恍恍惚惚探到了一点头绪。

“喏，我就是这样的……”她侧过脸，把那刻的表情模拟给我。

那是一个职业女性训练有素的程式化的表情，眉梢扬着，嘴角翘着……

无论我多么同情她，我还是要说，这是一张空洞漠然的笑脸。

服务员的脸已经被长期的工作，塑造成她自己也不能控制的状态。

表情肌不再表达人类的感情了，或者说它们只表达一种感情，那就是微笑。

我们的生活中曾经排斥微笑，关于那个时代我们已经做了结论。于是我们呼吁微笑、引进微笑、培育微笑，微笑就泛滥起来。荧屏上著名和不著名的男女主持人无时无刻不在微笑，以至于使人不得不产生疑问，我们的生活中真有那么多值得微笑的事情吗？

微笑变得越来越商业化了。他对你微笑，并不表明他的善意，微笑只是金钱的等价物。他对你微笑，并不表明他的诚恳，微笑只是恶战的前奏。他对你微笑，并不说明他想帮助你，微笑只是一种谋略。他对你微笑，并不证明他对你的友谊，微笑只是麻痹你的一重帐幕……

这样的事见得太多之后，竟对微笑的本质怀疑起来。

亿万年的进化，我们的身体本身就成了一本书。

人的眉毛为什么要如此飞扬，轻松地直抵鬓角？那是因为此刻为鏖战的间隙，我们不必紧皱眉头思考，精神得以豁然舒展。

人的上眼睑肌为什么要如此松弛，使眼裂缩小，眼神迷离，目光不再聚焦？那是因为面对朋友，可以放松警惕敞开心扉，放松自己紧张的神经，不必目光炯炯。

人的口角为什么上挑，不再抿成森然一线？那是因为随时准备开启双唇，倾吐热情的话语，饮下甘甜的琼浆。

因为快乐和友情，从猿到人，演变出了美妙动人的微笑，这是人类无与伦比的财富。笑容像一只模型，把我们脸上的肌肉像羊群一般驯化了，让它们按照微笑的规则排列，随时以备我们心情的调遣。

假若不是服从心情的安排，只是表情肌机械的动作，那无异于噩梦中抽筋，除了遗留久久的酸痛，与快乐是毫无关联的。

记得小时候读过大文豪雨果的《笑面人》，一个苦孩子被施了刑法，脸被固定成狂笑的模样。他痛苦不堪，因为他的任何表情，都只能使脸上狂笑的表情更为惨烈。

无时无刻不在笑——这是一种刑罚，它使“笑”这种人类最美丽最优美的表情，蜕化为一种酷刑。

现代自然没有这种刑罚了。但如果不表达自己的心愿，只是一味地微笑着，微笑像画皮一样黏附在我们的脸庞上，像破旧的门帘沉重地垂着，完全失掉了真诚善良的原始含义，那岂不是人类进化的大退步，大哀痛。

人类的表情肌除了表达笑容，还用以表达愤怒、悲哀、思索、惆怅以至绝望。它就像天空中的七色彩虹，相辅相成，所有的表情都是完整的人生所必需的，是生命的元素。

我们既然具备了流泪的本能，哀伤的时候就该听凭那些满含盐分的浊水淌出体外。血脉偾张、目眦俱裂，不论是为红颜还是为功名，未必不是人生的大境界。额头没有一丝皱纹的美人，只怕血管里流动的都是冰。表情是心情的档案，如果永远只是空白，谁还愿把最重要的记录留在上面？

当然，我绝不是主张人人横眉冷对。经过漫长的隧道，我们终于笑起来了，这是一个大进步，但笑也是分阶段，也是有层次的。空洞而浅薄的笑如同盲目的恨和无缘无故的悲哀一样，都是情感的赝品。

有一句话叫作“笑比哭好”，我常常怀疑它。笑和哭都是人类的正常情绪反应，谁能说黛玉临终时的笑比哭好呢？

痛则大悲，喜则大笑，只要是从心底流出的对世界的真情感，都是生命之壁的摩崖石刻，经得起岁月风雨的打磨，值得我们久久珍爱。

陌生人的错误

电话铃急遽响起，像一个突然惊醒的婴儿，呼唤你去照应。

正在洗衣，便要甩净手上如云的泡沫；正在烹作，便要熄灭缭绕青烟的油锅；正在行文，便要闸住笔下流淌的文思；正在酣眠，便像听到紧急集合号似的一跃而起……

你以为会听到亲朋好友款款的话语，你以为会知悉一条密切相关的信息……迫不及待地抓起话筒，却传来一个陌生人的声音。

陌生也很好。许多秘密都是陌生人带来的，许多故事都从陌生人开始。

陌生人兀自急切地讲着话，呼唤着一个你从未听到过的姓名……

这只是一个打错了的电话。好沮丧，好恼火，在那一瞬间。

又是一位不速之客，自从家中安了电话，每天都会登门拜访。现代高科技在为我们提供便利的同时，也将素不相识的陌生人，带进我们的生活。那根悠长的金属丝，不分青红皂白，将双方短暂而紧密地联系在一起。

陌生人的粗心而随意，使这边的人有了处罚他的权利。我不止一次在外面听到怒气冲冲的受话人嚷道：“错啦错啦！你还问我是哪儿？我是警察局，我是火葬场……”

这是现代都市人的诅咒。科学隐去了人们的身影，只剩下彼此的声音在空中碰撞，我吃惊地看到有些平素很懦弱的人变得伶俐而骁勇，因为他们知道对方永远不会知道是谁在向他怒发冲冠……

我不能这样做！我压抑住焦虑和失望，我静静地倾听陌生人讲话。贸然打断他人的话，是一种不礼貌的行为，即使他在无意中打扰了你，我们也该保持这份尊重。

在他语流第一次停顿的时候，我不失时机地插进去告知：您打错了电话。

“这怎么可能呢？”对方常常坚决而果断地否认，在粗心之后又犯下固执的毛病。

“那么，请告诉我你打的电话号码是多少？”我沉静地询问。

假如他是把“1”错成“2”，多半是用的老式拨盘话机，数码由于无数次手指的摩挲，已模糊不清。倘若把“1”错成“4”，大约操纵着一台新式键盘话机！由于手指的过度轻盈和眼波的流溢散漫，才会导致错行的发生……

我心平气和地告知他在哪一位数字上疏忽了，听筒里突然出现一片长久的静寂，以至我怀疑自己是否面对旷野。

那个粗心而固执的人终于开口了。在仔细验证了我的判断后，他说：“谢谢你！”

电话喀地挂断了，清脆得像折断一挂冬天的冰凌。茫茫人海中，我知道我们永远不会相逢。

每天都要接到打错的电话，每天都要与陌生人交谈，相识于错误里，分手在友谊中。

午夜的声音

把朋友们的姓名写在一张纸上，嗬，好长！细一检点，几乎全是女性。

交女友比交男友随意与安宁。男友跟你谈的多是国家、命运和历史，沉重而悠长。

于是，累。

还有那条看不见的战线，总在心的角落时松时紧，好像在弹一首喑哑的歌。先是要提醒对方，后是要提醒自己：不要在懵懵懂懂之中误越了界限。总有那种邻近模糊的时刻，便要在心中与他挥泪而别。

与女友相处，真是轻松得多，惬意得多。与女友聊天，像是在温暖清澈的水中游了一次泳，清爽润滑，百骸俱松。灵魂仿佛被丝绸擦拭一新，又可以闪闪发光地面对生活了。

可惜世界太大，女友们要聚到一起太不容易。你有空时她没空，她得闲时你无闲。还有先生的事、孩子的事，像杂乱的水草缠住脚踝。大家相逢在一处，像九星连珠似的，时间要算计了又算计。

于是，女人们发明了电话聊天。忧郁的时候，寂寞的时候，悲哀的时候，烦躁的时候……电话像七仙女下凡时的难香，点燃起来，七八个号码拨完，女友的声音，就像施了魔法的精灵，飘然来到。

一位女友正在离婚，她在电话的那一端向我陈述，好像一只哀伤的蜜蜂。我静静地倾听，犹如一个专心的小学生，虽然时间对我来说极其宝贵，虽然我只听开头就猜出结尾，虽然夜已深沉，虽然心中焦虑，我依旧全神贯注地倾听，在她片刻的停顿时，穿插进亲昵的嗯或呵……我很希望自己能创造出杰出的话语，像神奇的止血粉撒布在朋友滴血的创口，那伤处便像马缨花的叶子一般静谧闭合……但我知道我不能。我能送给朋友的就是静静地倾诉，所有的语言都苍白无力，沉默本身就是理解和友谊。

有时，铃声会在夜半突然响起，潜入我的梦中。夫比我灵醒，总是他先抓起电话，然后对我说，你的那群狐朋狗友又来啦！

“你是毕淑敏吗？有件事情我想求你……”声音大得震耳欲聋，使我疑心她就在楼下的公用电话亭。

其实她在城市的另一隅，女大当婚，却至今单身。她总是像潜艇一样突然浮出海面，之后又长时间地不知踪影。然而我知道她在人群中潇洒地活着，当她需要朋友的时候，就会不择时机地叩响我的耳鼓。

有什么事你尽管说……我一边披衣一边用眼光搜索鞋子，好像准备去救火。

别那么紧张。她轻快地笑了，我只是想求你帮我写几个信封……她说着，详详细细、清清晰晰地交代我一个男人的地址和姓名。

因为这样一件事，就值得把我从温暖的被窝里薅出来吗？我睡眼惺忪地问。

这就是我的那个他呀！我每天要给他写一封信，传达室的老头都认识我的字迹啦！我想换种笔体，这样他取信时就不会难为情啦！

哦！我的女友！我对着黑漆漆的玻璃窗做了一个鬼脸：为了她的男友，她可不怕叨扰自己的女友！

我也会在某个刹那下意识地抚摸电话键，好像触及一串润滑的珍珠。你好。我对一位女友说。你好。她说，有什么事吗？她清清凌凌地问，一点儿也不惊讶，好像预知我在这个时刻会找她。没什么事，只是，想找人说说话……你们那里下雨了吗？我沉吟着，继续组织着自己语言的阶梯。下了，雨不小也不大。她平静地回答。我很想到雨里去行走，很喜欢在坏天气的时候，到湖里去划船……我突然很急切地对她说。嗯，你此时心情不好。她说，我们每个人都有这种时候，忍一忍就会过去。不要紧，做饭去吧，择菜去吧，看一本喜爱的书……要不然就真到风雨中去走走吧，不过，可要穿起风衣，撑起雨伞，最起码也需戴上斗笠……我的心在这柔柔的劝慰之下，终于像黄昏的鸽群，盘旋之后，悄然落下。

每一位女友，都是一幅清丽的画。每一次谈话，都是一盏温馨的茶。我们互相凝眸，我们互相温暖，岁月便在女人们的谈话中慢慢向前推进。

迎灯

迎灯是迟子建的小名。我很佩服迟子建的父亲，给他的小女儿，起了一双如此明亮绚丽的名字——迎灯和子建。于是，在父亲的恳切召唤下，一缕魂在长空飘荡，降临到了北国的白雪之上。

在她诞生的那个傍晚，迎来的不单是灯，还有绵延不绝的才华。

我和迟子建是读研究生时的同学。由于我当时深陷工作和学习的两难之中，终日行色匆匆，很少有机会和她交谈。但人的了解，有时，是和结交的时间成反比的。殊不见同床异梦的夫妻，一辈子隔膜的不计其数。而一个异邦的相遇，却在心的海底遗下铁锚。

我认定她将是一位卓越的作家。不单单是她发表的那些带着冻土气息的小说，不单单是她身上所洋溢的那种机敏和生命力，更重要的，是我在她的背后，看到了辽阔的自然力和苍莽的绿色。

我总固执地认为，伟大的作家必定要有宏大的背景，那是一种广博的宇宙能量的积聚。它们源源不断地将一种代言人的期待和责任，灌注到这个作家的体内，由他或她发表出来。承认这一点，不是恭维这位作家，正是让他或她谦虚，不要骄傲，不要贪天之功据为己有。如果没有这种支撑和后备，那么，无论这位作家的才华如何横溢，也是杯水车薪。在短暂的喷涌之后，多半是枯竭和沉寂了。

在迟子建的背后，有一片原始大森林，有皑皑的白雪和冰清玉洁的空气。有温暖的爱和辽远醇厚的人情……有了这些蓬勃的羽毛，子建就有了不断飞越的天翼。

毕业之后，我们只有在各种会议上相见。所以我觉得繁多的会议，在使人乏味之外，也有一个好处，就是能让思念的朋友聚会。

有一天晚上，子建打来电话，谈到她的长篇小说，被书商践踏合同，肆意篡改，封面沦为三级片样的招贴广告……我听到她的怒火和孤苦，还有隐约的哽咽。我能理解她的心情，对于一个勤恳写作庄严做人正派朴素的作家来说，有什么比自己辛劳完成的作品，被人宰割和侮辱，更令人痛楚和愤怒的呢？

她说她要打官司。我知道这个决定，对于她意味着怎样的生疏和繁难，我也知道到了怒火填膺忍无可忍，子建定会拔剑而起。我所能做的，只是同仇敌忾的安慰和鼓励。

但那一天，我睡得很不安，屡屡被一种深深的忧郁惊扰。虽然我知道子建是坚强的，但我还是第二天一早就打了电话过去询问。她说自己几乎彻夜未眠，幸好听到她音色还算平稳，才稍稍放下心来。

她说到需要搜集证据，于是我就到街上的书摊，四处打探，可有这本《晨钟响彻黄昏》。老板答道，这本书前些日子流行过，现在已经卖完了。我便给不止一个书摊老板留了电话号码，要他们帮我寻找，如果找到了，就打电话给我，我会速来买。但不知是老板们不守信用，还是确实没找到，始终没人搭理我。因为我叨唠不止，我先生和孩子都开始帮我寻找此书。有一天，先生下班后很高兴地告诉我，说你要的迟子建的那本书，我给你买到了。我接过书，一边说，那太好了，一边还向他伸着巴掌。他说书已经给你了，还要什么？我说，要发票啊。他说，怎么着，你还想让迟子建给你报销啊？我说，不是这个意思。而是作为证据，你得出具是在哪里购买的原始记载……先生连连说，我怎么就没想起这个步骤。这样吧，明天我再去找那个书摊，让老板补开一张。

第二天他下班回来，第一件事就是伸着手，把发票递给我。我说，顺利吗？他说，那个老板很警觉，一听说要发票，还得写明具体的书名，就不干了，一个劲儿地问为什么？还说要不您把书拿回来，我退您钱得了，这书我不卖了。我先生还算急中生智，说是单位报销书费，什么文艺书都行，但不得买成孩子用的教学参考资料，所以得写明书名，报销时一本本地验明正身。那个贩子半信半疑，最后总算开了发票。

还多要了我一块钱，说是手续费。我先生补充道。

后来子建又打来电话，说是律师需要提供赔偿精神损伤的证据，她希望我能帮助。我当然很愿意作证，但我从未打过官司，不知这种文件怎样写，于是翻开电话簿，遍寻朋友当中懂得法律的咨询此事。问清之后，反复修改了几次，才定稿。说实话，花的心血工夫，是绝不在一篇短篇小说之下的。

那场官司，以子建的全面胜诉告终。我很高兴。能为自己的朋友尽一点微薄的力量，匡扶正义打击邪恶，正是我心中的所愿所想。

子建写得一手好文章，做得一手好饭菜。现在，子建在遥远的北方，建起了一个美丽的家。我相信那里冬天有温暖的炉火，夏天有盈盈的绿意。

假如我能活下去

“假如我能活下去，我还要写一本这么厚的书。”

张海迪对我说。

这本书——《轮椅上的梦》，整整 32 万字。作为同时参加全国青年作家会议的代表，我们在“21 世纪宾馆”第 16 层的一个房间促膝交谈。俯瞰夜色中的北京，烟雨蒙蒙，灯光璀璨。

张海迪身穿银灰色牛仔上衣，胸前绣着温暖的迎春花。下着黑色浅色条纹西裤，肉色丝袜，小巧的黑皮鞋，鞋袜和裤腿，纤尘不染，因为她永远不能站起来。

原以为自己会看到一位轮椅上的贵族，花环和鲜花。但在这个凄清的夜晚，得以在咫尺之内观察张海迪，我那颗作为医生和女人的心，为之战栗。

在那些美丽而典雅的衣服之下，包裹着一具高位截瘫的躯体，只有第二胸椎平面以上才有感觉。打个残酷的比喻，张海迪实际上只是个半截人，像一座半身胸像。

海迪的妹妹小雪陪伴着她。小雪很高，我一米七，她比我还高。小雪对我说，海迪出生时九斤重，幼年时高大而健康。看着轮椅上的张海迪，我心中黯然。无情的疾病将她拦胸砍断，并不罢休。似乎它想试一试，在这个孱弱的女性身上，究竟还蕴藏着多少力量。1991 年 1 月，张海迪在上海进行手术，被确诊为黑色素癌。

她的脸上，残留着手术后的巨大瘢疤，即使在灯光下，也很触目。她的手背上，有为了写作而磨砺出的茧子，厚硬如田间耕作的老农。

“假如我能活下去，我还要学西班牙语。”

张海迪对我说。

她已经通晓英、日、德、俄、朝鲜、世界语六种语言。

“假如我能活下去，我还要办油画展。”

张海迪对我说。

她已经画了 50 多幅油画，画大海，画蓝天和太阳。为了保持住视力和最后的体力，她拒绝做抗癌的化学和放射治疗。她在日记里曾写道：“我这几天心烦得很。倒不是为可能过早地死去而烦恼，也不是因为疾病的痛苦。对于这一切，我早已不怕了。这几天，我老在想，自己在生命的里程中，做得太少了，太少了。”

“假如我能活下去，我还要弹钢琴。”

张海迪对我说。

她的手很美，这几乎是她身上唯一同健康人相似的部位。就是用这双手，她为孩子们理发，替姑娘们裁衣，给病人们扎针，写了八本书。

“假如我能活下去，我还要……”

一个又一个的计划，从张海迪苍白的嘴唇吐出来，像鸽群似的展开翅膀，飞往窗外广袤的夜空。

命运像一把悲壮的铁锤，击打着张海迪残缺的躯体。她的意志在这铁与血的淬炼中，锻造得无比坚强。

只有一刻，她清澈的双眸蒙上凄凉："你有一个儿子，这多幸福……"她轻轻地说。

张海迪已经浓重地感觉到了死亡的阴影。在最后告别的"21世纪文学之夜"的晚会上，她深情地对大家说："我给大家唱一支歌。假如有一天我不在了，希望你们能记住我的歌……"

她的歌名是：好人一生平安。

海迪在给我的书上写道："亲爱的淑敏大姐留念，让我们更加热爱生活吧！"

海迪，我祝你永远平安！

丘吉尔教我绘画

温斯顿·丘吉尔作为1953年诺贝尔文学奖的获得者，我最喜欢的是他的一篇散文——《我与绘画的缘分》。

文章的第一句话就吸引了我——“年过40而从未握过画笔，老把绘画视作神秘莫测之事。”老丘吉尔实事求是地坦露心迹，使我感到亲切。

我总是把是否使人亲切当作一件很重要的事，这证明我实在是个平凡的人。这个世界上多的是平凡人，少的是伟人。能够听一个伟人说平常的话，不知为什么，就更多一份感动。

人们要说同某件事的缘分，多从遥远的童年讲起。每逢看到这种回忆的时候，我就不由自主地微笑。这笑容并不完全是善意，因为我怀疑他们的记忆已在多年的沉淀中变质。

老丘吉尔的坦率（起码我相信在这件事上他说的是真话），使我饶有兴趣地往下看文章。以前我常常忍着心中的不快，读一些在气氛上使自己不喜欢的东西，以为自有一份神秘埋在深处，有一种甘当读书苦行僧的修炼意志。随着年龄渐长，我的耐心被腐蚀了，变得越来越不善于忍受。一旦我在某人的文章中嗅出矫情与做作，即掉头离去再不勉强自己。

老丘吉尔在给画这个神奇的领域里，大开了眼界。他很希望别人也能体验到这一番快乐，就眉飞色舞地不厌其烦地讲述那些在专业绘画人员看来不屑一顾的常识。譬如“油画颜料比水彩颜料更好”“调色刀可以一下子就把一个上午的心血从画布上铲除干净”……

我在这些近似天真的话语里看到了老丘吉尔得意的神色。我想，他一定曾听别人讲过类似的诀窍，但是他忘了。或者他没忘，但觉得这不是自己的亲身感受，于是不予在意。只有经过自己肆意舞动画笔，才深刻地体察了这些教条的可爱，忍不住再说一遍。他这一说，就说出了和别人不同的味道。他写了第一次绘画时人对画布的恐惧，然后是一种征服调色板的快意。他写了对光的神秘的感悟，对美术高手的倾慕，绘画对于旅游的调剂，甚至说到了在绘画的案台前和在教堂里站立时的不同感觉……

这些渗透了幽默的话语，令人会心一笑。最后兴致陶陶的老丘吉尔简直像个颜料商似的，赤膊跳出来说：“买一盒颜料，尝试一下吧……惠而不费，独立自主，能得到新的精神食粮和锻炼，在每个平凡的景色中都能享有一种额外的兴味，使每个空闲的钟点都很充实，都是一次充满了销魂荡魄般发现的无休止的航行……”

这真像是广告词，幸而老丘吉尔没有说出某种颜料的具体牌号，才使人确信他襟怀坦荡。

读了老丘吉尔的这篇大作之后，我想在我一生的某个时候，可能要拿起画笔，试着画点什么。我得说是老丘吉尔鼓励了我这样做，是他教我画画的。当然他绝不是一个好的画师，也许我孤陋寡闻，不知他有何传世的画品留下。即使有，我想也不是因了画技的高超，而是沾了名气“缘分”。但他鼓励了我，一篇好的文学作品可以鼓舞人，不仅是在宏大的观念上，有时也会在一件极小的事情上。

我常常在文学作品中寻找处境这种东西，或者简言之是一种状态。大到对宇宙的看法，小到对一枚绣针的观察。当我得知在这个世界上很远的地方，有一个人会和我有一种共识的时候，心灵就模模糊糊但是毫不迟疑地暖和起来。当我打开一部书的时候，我会有一种朦胧的自己的心被他人诉说的期望。假如我的这种期望始终得不到满足，我就会合上这本书，并对别人说：它不好看。

也不可把自己实践画画的起因全归结于老丘吉尔。他只是一个触媒，最原始的愿望早已结成蛹，潜藏在暗处。当我写作的时候，面前常会出现一个场景或是朦胧的颜色，我想要是能把它凝固下来，起码对我个人是有益处的，在创作中断之后看一眼，就可迅速进入氛围（这只是我的想象，实践起来不知会是怎样）……

假如没有老丘吉尔，这个想法可能就会永久地冬眠。看了他的这篇散文，在某个阳光明媚的早晨或是狂风大作的夜晚，也许我会拿起画笔一试。

只是我用的可能是老丘吉尔所不屑的水彩颜料，而不是他所说的油画颜料。我喜欢水彩稀薄的美丽。

千头万绪是多少？

千头万绪这个词，有一种沸沸扬扬的夸张和缠人喉咙的窒息感，任人心境沮丧，捉襟见肘，好像一个泥潭，不留神陷进去，会被它掩了口鼻，呛得眼睛翻白，甚或丢了性命，也说不得。

现代人很常用——或者简直就是爱好用这个词，来描绘自己的生存状况。常常听到人们说自己的处境——千头万绪，要干的工作——千头万绪，待处理的事物——千头万绪，须承担的责任——千头万绪……千头万绪几乎成了一条癞皮狗，死缠烂打地咬住每位现代人的脚后跟，斥之不去。

千头万绪是一个主观的判断，一个夸张的形容。难道对一个普通人来说，世上就真有一万件事，非得你御驾亲征不可？

当我们认定自己进入了千头万绪这一局面的时候，心先就慌了。

披头散发，眉毛胡子一把抓，天空也随之阴霾。因为紧迫，就慌不择路。结果是线头越搅越多，原本可以解开的结，也成了死扣。

千头万绪有一种邪恶的威慑力，恐惧和慌乱是它的左膀右臂。一旦被这几个魔头统治了心神，我们在灾难的海市蜃楼面前，往往顿失镇定和勇气。

我认识一位女友，当她说到自己的近况时，脸色晦暗，手指颤抖，嘴唇也无目的地扭曲了，显出干涸辙印中小鱼的表情。

她的确是遇到了足够的麻烦。丈夫外遇十年，儿子正逢高考，模拟考试成绩很不理想。她接手奋战了一年的科研项目，已到了关键时刻，她的高血压又犯了，整天头晕。昨天上街由于精神恍惚，被小偷割裂了书包，偷走了上千元钱。她的邻居在装修房屋，每天电钻声吵得她耳鼓几乎爆炸……

有的时候，真想一死了之！千头万绪啊，我看不到一点光明！她这样说，狠狠捶着自己的太阳穴。

我说，我能体会到你心中的痛楚和无奈。你想改变这一切，但感到自己的绝望和孤独。我们先找到一张白纸，把你最感痛苦烦恼的事件写下来，然后我们看看，有什么办法可以逐个解决它们？

洁白的纸，铺在桌面，如同一片无瑕的雪地。左是起因，右写对策。女友提笔写下：

1. 夜里睡不好觉，因为电钻太吵。

我很惊讶地问她，那装修的人家居然敢冒天下之大不韪，在夜里开动电钻？

女友愣了一下，然后说，那倒不是。楼下孀居多年的邻居要结婚了，房屋不整也实在当不了新房。那家事先已出了安民告示，并于晚上八点以后，不再使用电钻。

我说，那么，你睡不好觉，就另有原因，并不能归于电钻了。

她对着白纸，看了半天，仿佛不认识自己写下的那一行字。然后把“电钻”云云删去了，在对策一栏里，写下——吃两片安眠药。

继续整理你的烦恼。我说。

2. 丈夫外遇十年。

真是一个折磨人的大难题。我定定神问，你最近才知道吗？她嘶哑地答，早知道了。

我说，你打算最近采取行动，彻底解决这个问题吗？

她思忖着说，时机还不成熟。无论是离婚还是敦促他痛改前非，都需要时间。

我说，那它是可以从长计议的，也就是目前采取的对策是等待。

女友点点头。

3. 昨天丢了1000块钱。

我说，真倒霉啊，对你是雪上加霜。你报案了吗？

她说，报了，但是没寄什么希望。

我说，那就是说，你基本上觉得这笔损失是不可挽回的啦？

她很快地回答，是啊。

我说，不一定啊。也许你不停地愁苦下去，把自己的太阳穴敲出一个透明窟窿，小偷会良心发现，把那笔钱送回来。

她"扑哧"一声笑了，说，瞧你说的。那小偷根本不知道我是谁，哪怕我今天自杀了，他也不会发慈悲的。

我正色道，说得好，这笔损失，并不因你的痛楚，而有复原的可能。

女友想了想，就把这一条划掉了，重写了一个"3.孩子考不上大学"。

我陪着她深深地叹了一口气，然后问她，你是直到今天才意识到孩子上大学无望吗？

她摇摇头，说，他学习成绩一直不好，这结果其实已在意料之中。以前总幻想能出现一个奇迹，现在彻底破灭了。

我说，不符合实际的幻想破灭，你说是件好事还是坏事？

她明白了我的用意，但还是很沉重地说，面对残酷的现实，总是让人难以接受。

我说，是啊。但事实是否因你的不接受，而有改变的可能呢？

女友说，我还是希望孩子能有接受高等教育的机会啊。

我说，此次没有考上大学，并不意味着孩子永远失去了接受高等教育的机会。

她突然抓住我的手说，你的意思是，还有机会？

我说，你觉得呢？我记得你就是通过自学直接考取的研究生啊。

她沉默了很长的时间，然后一字一顿地说，是啊。孩子已经18岁了，教会他如何应付困境，也许更重要。于是她写下对策——重新来，继续下去。

4. 高血压。

我说，你的血压是否已经像珠穆朗玛一样，成了世界上的第一高峰了呢？

她有些气恼了，说，我真的很痛苦，你却在这里穷开心。

我把脸上的笑容收起，说，对于病，也要有一个战略藐视战术重视的应对。我相信，你的高血压并非到了药石罔效的地步，只要按时吃药，是可以控制的。你服药很可能不守医嘱。

她有些不好意思，反问，你怎么知道的？

我说，别忘了，我还是有20多年医龄的老大夫。你瞒不过我的火眼金睛。

女友老老实实地交代说，一忙起来，就忘了。她规规矩矩地写上对策——遵医嘱。

女友的脸色渐渐平稳，但她还是愁肠百结地写下了最后一条。

5. 科研任务紧迫。

我说，关于此项艰巨的任务，你承担了一年。现在到了最后攻关阶段，你是否已对自己丧失了信心？

她很坚定地回答，没有。只是我的心情不好，你知道，对于一个搞研究的人来说，心情就是生产力啊。

我一拍她的手掌说，你讲得好！但心情纯属你精神领域的感觉，你为什么不能使自己的心情明亮起来呢？

她说，讲得轻松！不挑担子肩不疼。我这里千头万绪，哪里就亮得起来！

我含笑说，看看你的千头万绪，还剩下了多少？

那张洁白的纸上，写着：

失眠——安眠药

丈夫外遇——从长计议

(丢钱——自认倒霉)

儿子未考上大学——重新来

高血压——遵医嘱

科研攻关——好心情

她看了一遍又一遍，好像不相信自己的千头万绪，已细化成如此简明扼要的条款。看来，我只要今晚吃上两片安眠药，明早醒来，阳光依旧灿烂？她有些半信半疑。

我说，当所有的头绪都搅在一起的时候，的确很可怕，它们使我们的心情变得极为恶劣，智力陡然下降，判断连续失误，于是事情就进入了一个更糟糕的怪圈。把它们理清，列出对策，就可以逐一攻克了。好心情并不来源于一帆风顺，而是生长于从容和坚定的勇气中啊。

女友说，哈！我知道啦！我们每个人都有长出好心情的土地，就看你是否耕耘。

猜猜礼物

桂女士是台湾著名的女作家，也是我的好朋友。她到祖国大陆来的时候，总要给我带些台湾的特产做礼物。中华民族是礼仪之邦，我也要回赠她些小礼品，彼此都感到一份温情和惊喜。

但每次为桂女士挑选礼物，都使我颇费脑筋。要知道她的审美情趣古朴而别致，她的好朋友，台湾的已故著名作家三毛曾说过，桂女士是一幅淡墨的山水画轴。给这样一位文人雅士送什么礼物为好？

桂女士给我看过她在台北的家的照片，那是一处幽静的庭院。她的书房，简直就是一座精品博物馆，摆设着世界各国的工艺品，给人以美不胜收的感觉。她感念地说：其中许多都是朋友送的，陈列在屋里，既是美的享受，也使我时刻复习到友谊。

我当然很希望自己送的礼物能具有永久保存的价值，这就更使挑选礼品时费了斟酌。因为我亲眼看见有人送了桂女士一件绸衣，桂女士穿着它礼貌地照了一张相，回寄给那个人，就再也不穿了。我问她为什么不喜欢？她说，那绸衣价值虽高，但花色俗艳，穿不得的。去年桂女士来北京时，我带了一个精致的礼品盒去看她。看着盒子上的缎带，她好奇地问，里面是什么？我说，你猜猜好了。她笑着说，就是谜语，也要给个谜面啊！

我说，那请你听仔细了。这个盒子里装着西凉的古月，琵琶的绝响，鸽血红的葡萄酒，折戟沉沙的剑影刀光……桂女士莞尔一笑说：我已知道盒子里是什么了——这是西域的夜光杯。

面对这样聪慧儒雅的女士，再送什么礼物，真是难煞人也。

今年她到墨西哥出访，从那个遥远的南美国家，给我寄来华丽的绣品。当她再次来到北京的时候，我终于想出了如何还她一个喜出望外。迎着清晨的风，我又带着一个礼品盒，来到她下榻的宾馆。

这一次锦囊内又是什么？桂女士微笑着问。猜猜看。我说。

可以让我掂掂盒子先得点感性资料吗？桂女士说。

当然可以。我宽宏大量地应允。

很重啊……好像是玻璃器皿……大约是紫砂茶具吧？她托着包裹严密的盒子，思忖着说。

不对，我开心地摇摇头。

可否再提供些资讯线索？她皱起了清秀的眉头。

我说，行啊，这个盒子里面，藏着一道举世闻名的瀑布，藏着南国一片修长的竹林，藏着一出古老戏曲的面具，藏着一枚金光四射的奖牌……

走遍世界许多国家的桂女士，惊讶地睁大了眼睛，说："小毕医生，这下我真的糊涂了。想不出你的盒子里究竟装着怎样神奇的礼物？"于是我们一道打开那个包在礼品盒里的秘密。一封古色古香的竹筒内，是象征威猛与财富的傩面关公脸谱造型的酒瓶。沁人心脾的酒香飘散在京城秋天的空气里。

“这就是中国贵州久负盛名的安酒。”我郑重告知。

桂女士很内行地拿起酒瓶，凑近闻了闻，又远里看了看，连连说：“好酒，好酒。”

我说：“可不要当面说得好听，回家去并不喝的。”

温婉的桂女士竟有些急了，说：“小毕医生，怎么会呢！是好酒，一闻就闻得出来。我要带回台北，在一个明月当空的日子，同我的老父亲一道喝。他可会品酒呢！假如你有机会到台北来，到我家做客的时候，会在墙上发现一件新的艺术品……”

我说：“是什么呢？”

桂女士说:“就是这个安酒的瓶子啊,这是我见过的最漂亮的包装。”

我由衷地笑起来，今年的礼物好给我争面子啊。

博士课堂的礼物

自1998年始，我在北京师范大学学习心理学博士方面的课程。老师是香港的教授，同学中有多位国内赫赫有名的心理学家，每日上课，颇多收益。除了学习到国际上最前沿的心理学知识以外，还因为常有人出国或是到外地讲学，回来时，总为大家带来诸多礼物，早上到校时，便有出人意料的惊喜。

比如有人捧出日本产的以鲜贝为原料的糖果，大嚼之后，教室内的空气如同海滨浴场。有人从台湾阿里山带回糯米火腿夹心的小团子，大伙儿说和咱们的肉粽子相比也没见好到哪里。还有水灵灵带着叶子的广东“妃子笑”“糯米糍”荔枝，正宗美国迪斯尼乐园买来的米老鼠巧克力……总之，或许那物件说不上名贵，但都远道而来，有一番出处和讲究的。

我带过两宗礼物。一次是从新疆回来，背了半面口袋的杏包仁，晶莹剔透宛若内含白玉的琥珀，吃一口甜酸倒牙。还有一回接到朋友自江西寄来的茶叶——浮梁崖玉。按说江西有名的茶是“婺绿”和“庐山云雾”，当年我第一次见到“崖玉”时，可能脸上的神色不够虔诚，那朋友不悦道，会背唐朝白居易的《琵琶行》吗？

我说，不敢说一字不差，大体上差不多吧。

朋友道，那我考考你。诗中那位“老大嫁作商人妇”的京都女子的丈夫，到哪儿去了？

我一时发蒙，想不出这样一位从未正面露过脸的人物，究竟干吗去了？

朋友看我为难，启发道——就是“商人重利轻别离……”的下一句。

我苦笑道，完了，我老年性痴呆了，想不起来了。烦你直接端出谜底吧。

朋友说，那句是——“前月浮梁买茶去”。商人抛却了多情多艺的琵琶女，就是为了抢着去买这浮梁茶叶。自古以来，本茶出产甚少，每年只有百斤。可见这茶是何等的名贵！

今年接到邮寄来的茶叶，我带去了教室。从此喝茶的时候，大家就戏说有“大珠小珠落玉盘”的声音响起。

2000年的6月的一天，我第三次带礼物到教室。同学们看我拿出一个鼓鼓囊囊的口袋，好奇地说，今天我们又能吃到什么好东西了？

我说，好吃是好吃，但是此刻不能吃。

有同学不服气道，我就不信，能吃的东西为什么不能现在吃？

我笑而不答，在同学们的众目睽睽中，从牛皮纸袋里缓缓掏出了我的礼物。

它们是大蒜头。枚枚外衣雪白，形态紧凑致密，硕大如儿拳，辛香之气弥散空中。

众哗然。说，毕淑敏，你是否家在农村有往来密切的亲戚，不然，哪里来这样新鲜上等的好蒜？

我说，30 多年前，我在西藏阿里军分区当兵，战友很多来自河南的中牟县。那里是潘安故里，也是盛产大蒜的基地。这蒜就是我的战友的朋友到北京来开会所赠，今日带来，一是让大家长长见识，得知世间有如此的好蒜。二是有一种怀旧和温暖的感觉，也请大家一道分享。

同学们将大蒜头珍惜地收藏起来。那位原来准备当场一品为快的同学说，今天回家，要让夫人包三鲜馅的饺子，才不辜负这样的好蒜啊。

去学女儿拳

家庭暴力的“暴”字，不知古文字学怎样讲，我从字形上，总是联想到男人对女人的凶恶。上书一个“日”字，为阳中至盛。下面一个“水”字，属阴中至柔。男人若凌驾于女人之上，没有平等，没有仁爱，暴力就随之滋长，疯狂蔓延。

我认识一位贤惠的女人，只因一点小事，被丈夫打得鼻青脸肿。那汉子一米八的个头，会使漂亮的左勾拳，呼呼生风，蒜钵大的拳头打在女人侧腰部，伤了肾，血尿持续了很久。

她让我帮拿个主意，我说离婚离婚！她说，孩子呢？我说看着父亲施暴，母亲受欺负，孩子的心灵就正常吗？关于孩子问题我们反复商量，总算达成共识，完整并不是在一切情况下永远最好，真理比父亲更重要。

为了搞清楚离婚这件事，女人自学了法律专业的课程，由于是带着问题学，毕业的时候，不但成绩优异，在婚姻法方面，简直就是专家了。我再也没资格提什么建议或意见，女人已洞若观火。

艰难的问题是房子，远比孩子复杂得多。单位不会给女人栖身之所，只能从现有的单元中分割一屋。一想到要是离了婚，仍和那样的男人共居一方走廊，共进一间厨房，共使一个厕所，公用一把大门的钥匙……女人不寒而栗。

日子就这么一日日熬着，一月月拖着。我问，他还打你吗？女人长叹一口气，你知道杀人的人，一看见别人露出的脖子，手就发痒。打人也像杀人一样，有个戒。开了戒，就上了瘾，他经常用左拳在空气中挥出一道道风……

我看着她，说不出话。许久，我说，我能帮你的，就是家门永远向你敞开。无论半夜还是黎明，你随时都可以进来。

她说，我最怕的不是跑出家门之后，而是在家门里边。打的时候，我恐惧极了，蜷成一团挨打，除了刚开始，感觉不到疼。只是想，我就要被打死，大脑很快就麻木了。只记得抱着头，我不能被打傻，那样谁给我的孩子做饭呢？

我说，你这时赶快说点顺从的话给他听，好汉不吃眼前亏。抓紧时间抽冷子往外跑，大声地喊“救命啊！”

她说，你没有挨过打，你不知道，那种形势下，无论女人说什么，男人都会越打越起劲儿，打人打疯了，根本不把女人当人。

凶残的家庭暴力！

我以为家庭暴力最卑劣最残酷的特征是——在家庭内部，赤裸裸地完全凭借体力上的优势，人性泯灭，野性膨胀。肆意倚强欺弱，野蛮血腥践踏他人权利。或者说，暴力的施行者，根本就没有进化到文明人类，是两脚之兽。

由于妇女和儿童在体力上的弱势，他们经常是家庭暴力最广泛最惨重的受害者。

朋友还在度日如年地过着，我不知道怎样帮她。一天，突然在报上看到一条招生广告，新开武术班，教授自由散打、擒拿格斗，还有拳理拳经十八般武艺……

我马上拿起了电话，既然没有房子离婚，既然没有庇护所栖身，既然生命被人威胁，既然权利横遭践踏，女人应该学会自卫，让我们去学女儿拳！当暴力降临的时候，为我们赢得宝贵的时间，以求正义和法律的保护。

豆角鼓

有一个在幼儿园就熟识的朋友，男生。那时，我们同在一张小饭桌上吃饭。上劳动课的时候，阿姨发给每人一面跳新疆舞用的小铃鼓，里头装满了豆角。当我择不完豆角筋的时候，他会来帮我。我们就把新疆铃鼓称为“豆角鼓”。

以后几十年，我们只有很少的来往，彼此都知道对方在城市的某一个角落里愉快地生活着。一天，他妻子来电话，说他得了喉癌，手术后在家静养，如果我有时间的话，能不能给他打个电话。我连连答应，说明天就做。他妻子略略停了一下说：“和他通话时，请您尽量多说，他会非常入神地听。但是，他不会回答你，因为他无法说话。”

第二天，我给他打了电话。当我说出他的名字以后，回答是长久的沉默。我习惯地等待着回答，猛然意识到，我是不可能得到回音的。

我便自顾自地说下去，确知他就在电线的那一端，静静地聆听着。自言自语久了，没有反响也没有回馈，甚至连喘息的声音也没有，感觉很是怪异，好像面对着无边无际的棉花垛……

那天晚上，他的妻子来电话说，他很高兴，很感谢，希望我以后常常给他打电话。

我答应了，但拖延了很长的时间。也许是因为那天独自说话没有回声的感受太特别了。后来，我终于再次拨通了他家的电话。当我说完“你是 ×× 吗？我是你幼儿园的同桌啊……”

我停顿了一下，并不是等待他的回答，只是喘了一口气，预备兀自说下去。就在这个短暂的间歇里，我听到了细碎的哗啦啦声……这是什么响动？啊，是豆角鼓被人用力摇动的声音！

那一瞬，我热泪盈眶。人间的温情跨越无数岁月和命运的阴霾，将记忆烘烤得蓬松而馨香。

那一天，每当我说完一段话的时候，就有哗啦啦的声音响起，一如当年我们共同把择好的豆角倒进菜筐。当我说再见的时候，回答我的是响亮而长久的豆角鼓声。

第五章

在工作中绽放

文学是一条充满了诱惑和挑战的孤独之路。在它的周围，长满了美丽的鲜花和狰狞的荆棘。如果你有足够的勇气和准备，就请在一个洒满露珠的早上，独自远行。

独自远行的职业

热爱文学在青年当中非常普遍，想把这一爱好，逐渐升级为自己的终生职业者，也大有人在。据一位在报社工作的朋友讲，他们曾发起过一个征文，题目是“我的理想职业”，收到的稿件中，90% 都是表示自己想当一个文学家。

青年人选择职业，爱好肯定是极为重要的因素。但是，仅仅有爱好是不够的，还要有很多的东西。其中有一条，就是对你期望从事的这一行业，有比较清晰的了解。

文学是以语言和文字为工具的。作为本民族共享的资源，很多人忽视了它的特性。对于语言的感受，人与人之间有很大的差异和弹性。粗浅的掌握，能表达最基本的意思，便可达到一般交往和沟通的目的。但是作为文学艺术家的语言，必须有独到的特点和强烈的感染力，有时，更需将“人人心中有，人人笔下无”的境界，精彩地重现出来。

由于语言和文字的非功利性，使很多人无意中忽视了它的复杂和庞大系统。人们通常承认绘画和音乐，是需要对颜色和音符的特殊觉察力，却以为人人张口都能说的词语，是浅显和不需要精雕细刻的。这是一个误区。

多年以来，我收到过很多青年人的来稿，有些简直连基本的语法都欠缺，却痴迷文学一心要成为旷世的文学家。我觉得他们大意轻敌了，忽视了文学对语言素质的精妙要求。

再一点，从事文学事业，要求对人类的心灵的探索，有持久的非功利性热爱。语言是沟通人与人的心灵最便捷的桥梁。有些写作的人标榜“写自我”，以为只是把自己的所想所思自然主义地记录下来，文章就浑然天成了。其实，文字写出来，除非你藏之深山，且不准备身后发表，否则，只要你一拿给别人看，交流就开始了。一个好的文学家，必得对人类的普遍生存状态和特殊的心灵感受，有着持久广泛的关注，他不但能觉察到自己的痛苦，而且能够体验到他人的心灵。在这种交流中，完成人与人的共振与温暖，否则就是一厢情愿的痴人说梦。

写作的硬件需求比较简单，一支笔一张纸足矣。可谓成本低廉。这也就使得很多人误以为写作是可以一蹴而就的。不少年轻人把一种青年时代对社会的朦胧向往和自我的精神苦闷，宣泄到用语言组织成的流淌中。这也许是一种不错的自我疏导，但距离真正的文学作品，还有一段不短的距离。

写作需要大量的时间投入。尤其在初始阶段，没有经验的新手，需要反复地摸索和操练。虽然有少数一举成名的幸运儿，但这一专业的基本规律是投入产出的不成比例。它的成品几乎没有中间状态，要么发表，要么废纸，很多心血可能付诸东流。

写作的过程是一个持续的孤独状态。即使在计算机如此发达的现代，也尚未制造出一台可以独立写出小说的电脑。写作几乎是人脑的特权，而在这一工作状态中，你注定独自前行。也许你的家人会在深夜为你端上一杯滚烫的咖啡，你会感受到他们关切的目光，但你面对稿纸的时候，依旧是无可排解的孤独。

写作这一行业，注定了孑孓一人。无论你是大师还是初学者，你都是独行侠。

还有经常伴随的挫败感。你完成了一部作品，喜悦飞上了眉梢。但是，新的挑战又在不远处等待着你。每一篇作品都是新的，上一部的精彩对这一部的成功几乎没有任何关系，总是从零开始。写作是没有老本可吃的，读者是宽容的，更是苛刻的。你不可重复他人，你也不可重复自己。

写作是年轻人的事业，因为年轻的心特别敏感，他对世界的感知和认识，都有不同凡响的独到之处。他对语言的细致察觉和交流的迫切性，都使文学成为永恒。国内近来每年长篇小说的出版量都达到了数百部，新华书店的读者流和销售额屡创新高，因特网上更有无数的文学小屋以供练笔。据称，全国报纸副刊每天对散文的需求量是1800篇……文学的疆域不断拓展，展现出了前所未有的魅力。

我还想谈谈文学的危险性。首先，它是一项成功概率很低的事业。以中国大陆为例，通常以加入中国作家协会，作为中国作家的行业认可。那么，对于有着13亿人口的中国来说，只有5000名中国作家协会会员，它的比例是1/26万。在美国，自然投稿的命中率是0.03%。著名的作家海明威曾对他的儿子讲过：写作这种才能，在几百万人当中才有一个……

其二，中国历来有文字狱一说。

其三，写作收益较低，除了极少数畅销书作家以外，大多数作家处于相对贫困的状态。作家呕心沥血写出30万字的长篇小说，投到国家出版社，荣幸发表，在正常情况下，获得的报酬只有几万元（还未扣除几千元税款）。中国虽然加入了世界版权保护的伯尔尼公约，但对于版权的保护，还相当不完备。

如果一本书畅销，盗版立即蜂拥而至，作者个人无还手之力，面临颗粒无收的局面。

其四，写作对身体的损耗较大，腰椎、颈椎疾病多发，神经衰弱、失眠更是常见。积劳成疾的大有人在。

其五，在一个商业宣传气息浓厚的时代，一部真正好的作品，有时并不会即刻得到好评，需要更广泛的时间和空间的考察。外界的评奖和评介，有时并不公正，不能恰切地反映作品的内在质量。这就需要作者有更坚强的自我评价体系，排除干扰，潜心创作，宠辱不惊，创作出真正无愧于时代和人心的好作品。

文学是一条充满了诱惑和挑战的孤独之路。在它的周围，长满了美丽的鲜花和狰狞的荆棘。如果你有足够的勇气和准备，就请在一个洒满露珠的早上，独自远行。

目标要趁早

其实寻找目标并不是一件太难的事，关键是你要知道天下有这样一件唯此为大的事，然后尽早来做。

有一对夫妇有两个孩子，一个叫莎拉，一个叫克里斯蒂。当孩子还小的时候，父母决定为他们养一只小狗。小狗抱回来以后，他们想请一位朋友帮忙训练这只小狗。他们搂着小狗来到朋友家，安然坐下，在第一次训练前，女驯狗师问："小狗的目标是什么？"夫妻俩面面相觑，很是意外，他们实在想不出狗还有什么另外的目标，嘟囔着说："一只小狗的目标？那当然就是当一只狗了。"女驯狗师极为严肃地摇了摇头说："每只小狗都得有一个目标。"

夫妇俩商量之后，为小狗确立了一个目标——白天和孩子们一道玩，夜里要能看家。后来，小狗被成功地训练成了孩子的好朋友和家中财产的守护神。

这对夫妇就是美国的前任副总统阿尔·戈尔和他的妻子迪帕。他们牢牢地记住了这句话——做一只狗要有目标。推而广之，做一个人也要有目标。

在现实生活中，却有太多太多的人，没有目标。其实寻找目标并不是一件太难的事，关键是你要知道天下有这样一件唯此为大的事，然后尽早来做。正是你自己需要一个目标，而不是你的父母或是你的老师或是你的上级需要它。它的存在，和别人的关系都没有和你的关系那样密切。也就是说，它将是你最亲爱的伙伴，其血肉相连的程度，绝对超过了你和你的父母，你和你的妻子儿女，你和你的同伴和领导的关系。你可能丧失了所有的财产和所有的亲人，但只要你的目标还在，你就还有一个完整的系统存在，你就并不孤独和无望。

我们常常把别人的期待当成了自己的目标，在孩童的时候，这几乎是顺理成章的事情。但是，你会渐渐地长大，无论别人的期望是怎样的美好，它也不属于你。除非有一天，你成功地在自己的心底移植了这个期望，这个期望生根发芽，长成了你的目标。那时，尽管所有的枝叶都和原本的母本一脉相承，但其实它已面目全非，它的灵魂完完全全只属于你，它被你的血脉所濡养。

我们常常把世俗的流转当成自己的目标。这一阵子崇尚钱，你就把挣钱当成了自己的目标。殊不知钱只是手段而非目标，有了钱之后，事情远远没有结束。把钱当成目标，就是把叶子当成了根。目标是终极的代名词，它悬挂在人生的瀚海之中，你向它航行，却永远不会抵达。你的快乐就在这跋涉的过程中流淌，而并非把目标攫为己有。从这个意义上说，钱不具备终极目标的资格。过一阵子流行美丽，你就把制造美丽保存美丽当成了目标。殊不知美丽的标准有所不同，美丽是可以变化的，目标却是相当恒定的。美丽之后你还要做什么？美丽会褪色，目标却永远鲜艳。

有人把快乐和幸福当成了终极目标，这也值得推敲。快乐并不只是单纯的快感，类乎饮食和繁殖的本能。科学家们通过研究，发现最长远最持久的快乐，来自你的自我价值的体现。而毫无疑问，自我价值是从属于你的目标感，一个连目标都没有的人，何谈价值呢！

一棵树的目标也许是雕成大厦的栋梁，也许是撑一把绿伞送人阴凉。也许是化作无数张白纸传递知识，也许是制成一次性筷子让人大快朵颐……还有数不清的可能性，我们不是树，我们不可能穷尽也不可能明白树的心思。我们是人，我们可以为自己确立一个目标，这是做人的本分之一。

顽强比坚强更重要

人对自己的生活，肯定是要有规划的，但当新的事件发生的时候，你要有能力修改自己的计划。当然，我这里说的是比较短期的计划，而不是讲你的人生目标翻手为云、覆手为雨地变个不停。如果你不能放下已经规划好的生活，就无法迎接那些等待着你的新的生活。

走错了，能不能回到开始的那一点，重新开始？有的时候可以，大部分时候不可以，因为你已经输掉了信任和时间。人不可能重新踏入同一条河流，更不要说同一个起点了。每一个变数都会影响发展的反向和进程，对此，我们要有充分的思想准备。

那些非常善于逃跑的人，第一次，跑就跑了吧。第二次，也容他再跑一次吧。但第三次，就不应该再放任自己或是他人了。总是放弃，断没有前进。

创造力充沛的人，通常要有一颗小孩子一样的心，充满了好奇感。好奇这个品质，在小孩子是天然，在大人就需要刻意保持。你所说的刻意，不是让你处处装出大惊小怪的样子，而是一种发自内心的、探索这个世界的乐趣。这并不难，因为世界本来就充满了未知的领域，你只要不有意磨灭自己探索的眼光，好奇心就会像忠诚的宠物，寸步不离。

要有幽默感，幽默感的产生，来源于对自己的接纳，对人类境况的接受，而后就有了玩笑感。幽默应该是没有敌意的，有敌意的那就叫作挖苦了。如果你不会幽默，这也没什么好自卑的，也不需要特意去学习。保持你原来的样子就好，不必太在意。

对一个成功的人来说，其实顽强比坚强更重要。“坚”的意思是摧不垮的，但顽强，除了硬度这一条，还特别强调了千百次的概念。“顽”是什么意思？冥顽不化啊。相信自己，决不改变。

女也怕

若干年前，某机构邀请我做一场辩论赛的评委兼点评，我看了题目——你喜欢干得好还是嫁得好？没敢接下这份信任。因为我向往的是鱼和熊掌一锅烩，不矛盾啊。时下流行的观念好像干得好了，嫁人的危险指数就升高了。若是嫁得好，似乎就把自己给出卖了，活得不够硬气……命题本身似有矛盾之处。为什么就不访问一下男人们：你是期望干得好还是娶得好？估计所有的男士都会毫不犹豫地回答——那还用问！

想必每个女性，都期望自己既干得好，也力争嫁得好，这才双赢。干吗平白无故地把干和嫁对立起来啊？这不是自己和自己过不去吗？

从那以后留了心，才发现，干和嫁这两件事，好像捆绑式火箭，常常成双成对出现。比如一句流传很广的古话：男怕入错行，女怕嫁错郎。

行当这件事，是社会进步的表现之一。远古时代的行当简单，除了打猎就是放牧。至于在山顶洞里看着篝火以保留火种和用兽骨磨根骨针缝块遮羞布这样的活儿，估计和今日的家务劳动不记入国民生产总值差不多，属于隐形经济，是不能算行当的。以后诸事发展了，行当渐渐多起来，出现了占卜师和舞蹈家，还有部落酋长……想来这些人就是以后的研究员、艺术家、政治家的雏形。

近代，行当以几何倍数增长。据说美国的职业大典，已经收入了 1.7 万种职业。世界好像一张花毯，被各式各样的职业尼龙线，织得如此密不透风，让人惊惧。虽然从理论上讲，男人能做的事，女人也都能做。但不管行业如何的多，女性普遍所能从事的行业，还是比男人要少些。我认识一位杰出的妇产科主任，就是男性。我说，为什么连妇产科这样的领域，也请你坐了头把交椅？他说，因为我从来不会得我所医治的这些病，比如难产和子宫肌瘤，所以，我就格外地用心。

女人所能从事的事业较之男性为少，女性就更怕入错了行。对女人来说，“行”是什么？是一双吃饭的筷子，是一袭柔软的金甲，是一道曲折幽冷的雨巷，是一副飞跃雪野的滑板……入对了行，成功的把握就大。入错了行，事倍功半也许是零。让一个擅举重的运动员，练了体操，必蹉跎岁月一事无成。

这事也能反过来看。查查事业成功的人士，究竟有什么特点呢？在美国，有一位研究人员，做了长期的跟踪调查，得出了优秀人士的四大基本特征。

第一条是：通常是男人居多。第二条是：通常是结过婚的。第三条是：通常离婚的比例较低。第四条也就是最重要的一点是：通常没有共同点。（这一条查得很周到，比如说他们的身高、体重、籍贯、受教育的程度、性格、品德……，都不相同。）

四个通常。我看到这个结果之后，愣了一会儿就嘻嘻笑起来。我相信它是有道理的，也相信这个研究人员辛苦了若干年，得到的常识没什么用。

那么，选择行当的依据是什么呢？研究表明，对职业最持久和最深远的影响力，来自我们的兴趣。爱因斯坦说过，爱好是我们最好的老师。

对女人来说，如果你有一份挚爱倾心的工作，你就为自己植下了一株神秘的花朵。它妖娆生长，持久地散发出魅人的香氛，熏炙着你的每一个日子，使它们从黯淡的岁月中凸显出来，变得如此不同寻常。

你爱一个人，那个人可以背叛你。你爱一只狗，那只狗虽然不会背叛，可是它会老去。唯有你爱一桩事业，它是奔腾不息的。你付出的是青春，它还报你的是惊喜。你可以消失，但你在你的事业中永恒。当我们阅读着一部经典的作品，当我们注视着一座伟大建筑的遗骸，当我们摩挲着一个古瓷小碗，当我们在星斗的照射下，缅怀人类所有的探索和成就时，我们就是在检阅事业的花名册了。

当女性选择行当的时候，比较少地考虑自己的爱好，更多考虑的是安全和收入，这是历史也是现实。这是生活所迫也是发展的羁绊。女性的温饱解决之后，工作就日益成为尊严和自我价值体现的最主要杠杆。

七万小时之外

小时，到同学家玩。部队院落，公家配给的住房，格局大同小异，家具也都是发的，一样的桌子一样的床……有一回，我看到同学家盛饺子的盘子和我家的一模一样，大吃一惊，心想该不是此人偷偷把我家的盘子搬回自己家了吧？急急忙忙跑回家，看到自家的盘子安然睡在碗柜中，这才长吁一口气。后来问妈妈，才知盘子是早年间统一发的，用得马虎的人家，都已损坏了。因为这两家用得仔细，才酿出了我的惊疑。妈还说，连花窗帘也曾统一发过，你不要以为别人把咱家的帘子摘走了。

但我在这强烈的雷同中，依然顽强地感到了职业带给家庭的烙印。比如父母都是医生的那家，到处是耀眼的白色，空气中总是弥漫着令人想打喷嚏的味道。我原以为她家爱把消毒水泼到拖把上擦地，不料该同学说，才不是呢。是我爸妈在医院里，头发都被这种味腌透了，他们走来走去，家就变成了一只药盒子。有一位同学的老爸是飞行员，家里摆满飞机模型，还用黄铜的子弹炮弹壳做成实用和装饰的物件，金光四射地悬挂四处，令人有一触即发之感。有一位的妈妈是海军，无数尊珊瑚雄踞各个角落，绕行其中，恍以为自己变成了一条鲸。记得有一次我忘了她家的门牌号码，向人打听，因并不知她父母的姓名，情急之下说，就是有很多红珊瑚的那家。被打探的人立刻伸出手指答，噢，拐弯就是……珊瑚已成路标。

人们通常是赞成把职场和家庭分开的，同意“工作是工作，居家是居家，两者有界限”。问过一百个人，都发誓说不愿把职场中的挣扎，带到平和的家中。但在实践中，谈何容易呢？上班时间忙不完，未完之公务就紧随你疲惫的脚步进了家门。如同一种极具生长性的蘑菇，撒在潮湿的草原上了，你将无法控制它的滋生。还有那无所不在的工作电话，仿佛章鱼的触角，把你与你所从事的职业捆绑在一起。倘不留心，可搅缠你到窒息。夜半了，你还苦泡在对事业的设计中。即使是和家人一道旅游，你会突然萌动一个工作创意，灵魂出走，游离于山水之外。事业腾达，家庭易生泡沫与幻觉，濒临破产下岗，家中恐也阴云密布狼烟滚滚……

某男人要离婚，理由只有一个，说是受不了妻子的讲话。大家都以为必遇到了悍妇，调停时才发现那女人极富耐心，于是众人反过来问男方的不是。男人说，你们只同她接触了片刻，自然以为她不错。知道她是干什么的吗？幼儿园阿姨。她总是把我当成园里大班的小朋友，每一句话都要重复三遍以上，且全是指导和教育性口吻。你愿意终生都在一种被人强加的幼稚氛围里度过吗？不愿，就要离开……

家庭的质量，和职业状态有着千丝万缕的关系。现代的行业分工越来越复杂和细腻了。据统计，一个人从大学毕业参加工作一直干到退休，在职场上要打拼七万个小时。想想看，这是怎样的七万个小时啊！你年富力强，你全神贯注，你头悬梁锥刺股，你惨淡经营。你生命的黄金时段，胶着凝结于这七万小时，炼出一枚放射性元素，对现代家庭辐射出极具穿透力的影响。

新的职业也带来新的问题。一位年轻的妻子说，自从丈夫成为电脑工程师，钱挣得越来越多，话说得越来越少，用词越来越缩略，充斥着黑话般的术语，有时简直觉得他被工作置换了，变成一台人形电脑……

世上有各种各样的职业，世上只有一种快乐的家庭。从事每种正当职业的人，都可以拥有快乐的家庭。职业可以有好坏，却是没有对错的。没有哪一种工作对家庭的快乐一定有益或是一定有害，全看你我如何建设。

快乐的爱好

我是业余作者出身，所以对基层爱好写作的朋友们，有特别的认同感。每当我看到业余作者的集子时，心中都感到十分亲切。

每一个行业都有它的特殊点，我们在八小时以内的时间，这些特殊点就是主流，研究航天飞机和卖糖果的，所谈所想的肯定不同。但八小时以外的时间，大家又都是一样的人，有着相通的喜怒哀乐。业余作者每一篇文章的写作，或在深夜或在黎明，都凝聚着思索的印痕和耕耘的劳累。在一天和枯燥的数字打交道之后，沉浸在对历史的回顾和对未来的畅想中，那种云游八方驰骋万里的精神航行，是别一种的体验和享受。

国外有一家很有名气的牙科医学院，培训一位牙科医生，要用整整七年的时间。据说，新生入学的第一天，教授讲的第一课，就是询问——你有什么业余爱好？很多以优异的成绩考入该校的学生都说，他们除了一心一意地读书学习，没有其他的爱好。

教授语重心长地说，如果你们没有什么足以让自己倾心快乐的业余爱好，那你们就要从入学的第一天，开始培养这种爱好。这不仅是为了你们自身的身体健康，更是为了你们的病人。

学生们不解，齐问这是为什么？教授说，因为牙科医生，是一种很枯燥的工作。你一生的工作领域，就是病人嘴巴那么大的一块地方。就是32颗牙齿。如果你没有一项足以让你的生命得到滋润的业余爱好，那么，在长期的枯燥的工作中，你的精神就会被磨损以致枯竭。所以，从你个人的健康和你的工作的质量考虑，你都要建立起一项快乐的爱好。

文学，就是能给人以这种持久快乐的精神驿站。

从伊甸园带走的礼物

亚当和夏娃从伊甸园离开的时候，带走了两样礼物。这是两样什么东西呢？我考过一些人。有人说，是树叶吧？夏娃既然已经穿在身上了，当然要带着走。有人说，是那个唆使他们吃了智慧树上的果子的坏蛋，为了报仇雪恨。要不然凡间为什么会有各式各样的毒蛇？还有人说，一定是个苹果核。夏娃既然吃了果子，觉得香甜可口，肯定要把种子偷偷掖在身上……

正确的答案是：上帝震怒，要把亚当和夏娃赶出伊甸园。亚当俯视了一眼人寰，看到万千磨难险象环生，怕自己和夏娃凄苦煎熬，恳请上帝慈悲，送他们几种消灾免难的法宝。上帝想了一下，说，好吧，就送你们两样东西吧。一个是休息日，另一个是眼泪。于是，亚当和夏娃携带着上帝最后的礼物，从温暖美丽的伊甸园坠入水深火热的人间。

初次听到这个故事的时候，我还年轻。觉得上帝实在小气，休息是自己的，眼泪也是自己的，还用得着您老人家馈赠吗？完全可以自产自销。累了，就躺倒休息，伤心了，就放声哭泣，这有什么难的？如何能算礼物呢？太简陋寒酸了，不如送来更浓的芬芳和更脆甜的瓜果。

年岁渐长，又做了心理医生，从自己的苦恼和他人的困惑中，才悟出休息和眼泪真是无与伦比的宝贝。

休息是什么呢？是山高路远跋涉其间喝茶的闲暇，是无所事事坐看星辰秋风落叶的散淡，是百无聊赖的伸长懒腰和迷迷瞪瞪的困倦，是三五死党鸡零狗碎的游走和闲谝……这指的是懈怠的休息，还有一种更奋不顾身的休息。到高处攀登，到深海潜藏，从苍穹坠落，与猛兽同眠……求的是冷汗涔涔的刺激，收获的是惊世骇俗的风险，甚至搭上了性命也在所不辞。无论休息的外套怎样千变万化，有一个共性永存其中——那就是它真的什么也不创造，除了快乐。它什么都消耗，最主要的是时间和金钱。

再说说眼泪吧。人可以因为各种原因流眼泪，包括大喜过望和义愤填膺的时刻。眼泪几乎是除了大小便，我们能主动排泄的唯一体液了。不信你试试，如果不是火热的劳动和过度的紧张，你想命令自己出汗，并非易事。

眼泪是从最靠近我们大脑的双眼之穴涌流出来的，单单这一点，就让人充满了奇妙和敬畏。眼泪可以把我们恶劣的心境和强烈的情感，溶解在其中，将那些毒素排出，而将圣洁和宁静沉淀下来还给我们。泪水冲刷洗涤着昏暗的双眸，让它们恢复清洁和明亮。它是心灵火山爆发的岩浆，苦涩之水前赴后继地滴落，需要大量新鲜的血液涌入大脑。脉管偾张血流澎湃，就像黄河水漫灌了苦旱的平川地，于是万物复苏草木葱茏，思考的藤蔓随之萌芽延展。

现代人放弃休息鄙夷眼泪，他们以为这是不值一提的废物，如同办公室里被粉碎了的过期纸渣。将休息从自己的日程表中放逐，其实是一种慢性自杀。号称从来都不流一滴眼泪的硬汉子，说得悲惨点，就是被阉割了情感的怪物。

让我们在该休息的时候休息，在该流泪的时候哭泣。这不是上帝送给亚当和夏娃的礼物，而是你自己传给自己的生命秘籍。

没有墙壁的工作间

自从我用了电脑，写作时就从卧室迁徙到门厅。

那地方实在是对不起“厅”这个儒雅的称呼，只有四五平方米大，没有窗户，白天进来第一个动作也是拉灯绳，否则一不小心撞到电脑桌犄角上，那高度恰与人的腰眼齐平，会使你像被点了穴似的。四堵墙壁上开着五个门（大、小卧室，厨房，厕所和通往楼梯的屋门），环顾时只见门框不见墙壁，好像自己身在古驿站的小亭子里。

家中的格局原是这样的：儿子自上了高中，强烈地要求自由与独立，只好分他一个神圣不可侵犯的小屋。母亲患病，与我同住。卧室里摆着我的桌子，先生打地铺。用笔写作的时候，逢我打夜班，众人也还相安无事。我只需把报纸卷成筒，遮蔽了灯光，就皆大欢喜，换了电脑，那嗒嗒的击键声，在子夜的静谧中竟像奔马一般响亮。

先生坐起来，惺忪着眼对我说，刚做了一个梦……

我正忙着构思小说中一段优美的风景，敷衍他说，人都是有梦的……

先生说，这个梦里你变成了李侠。

我问，李侠是谁?

先生说，就是电影《永不消逝的电波》里的主人公。

我说，谢谢你，在梦中封我一回英雄。

一直伴睡的母亲说，你每夜这样不停地敲打，总让我想起特务……

我知道触了众怒，第二天便独自把电脑搬到黑暗的走廊。先生和母亲于心大不忍，一个劲地向我道歉，请我搬回去。但我执意不给他们以改过的机会，坚持坐在有五座门的工作间里写作，赐名“五洞斋”。

这实在是一个有许多妙处的地方。

不管白天晚上都要开着灯，很利于保持一种创作环境的连贯与稳定。以前写作的时候，常会偷懒向窗外张望，看看风，听听雨……现在无论你朝哪个方向扫过去，木门都昂首挺胸义正词严地阻挡你的视线。反正是什么也看不见了，索性埋头拉车，心定如水。

夜深人静写作时，再没有了愧对家人的自责。谅你们终是凡人，没有孙大圣的顺风耳。就算在梦中屏气倾听，击键声的袅袅余音，轻淡得也如同催眠的冷雨了。

在四周黑暗的氛围中工作，眼前一盏孤灯，常常使我有一种旧时挖煤的苦力的感觉。一个人在幽深的巷道里匍匐着前行，手足并用，寻找着埋藏的光明。那过程辛苦而危险，然而一旦负煤而出，满面尘灰地点燃跳动的火焰，心就温暖起来了。

在没有墙壁的房间里工作，唯一的坏处是——谁都可以参观你的劳动果实，而无须请示批准。此地为家中交通枢纽，无论就餐还是方便，都必得从我坐的椅子后面挤过去，实有一夫当关，万夫莫开之险。主观上的好奇加之客观上的地域狭窄，路过之人常常是极慢地将身体蹭过去，表面上好像是怕惊扰了我的思路，实际上有意无意窥探我的最新成果。母亲老眼昏花，对跳动的银屏颇不习惯，倒是最不必防的。

老人家只是在我的身后悠长地叹息，拂动我颈后的柔发，使人感到生命中不能承受的慈爱。先生虽说目光如炬，然知书达理，看过屏幕之后并不言语，只当是路边的一块石头。久而久之，我也可处之泰然。令人防不胜防的是儿子，抱着肘，毫不掩饰批判的目光，炯炯地注视着流水线上我的半成品，时而惋惜地点评一句：这一段文字啰唆了些，似可减减肥……

我初而愕然，渐渐就愤愤然了。

我说，一只蚕吐丝的时候，是不愿意被人盯着看的。卫生间的门都是有插销的。

轮到他大诧异，说，写出来的东西不就是要给人看的吗？难道你写的见不得人？

真是哭笑不得。

一日，儿子又屹立在我身后。我在电脑上飞快地打出了如下的字：一只大狗在沙滩上画画，一只小狗在远处张望，不停地汪汪叫，大狗的画就越来越糟糕……

从此我背后的要道，不再堵车。

春天到来的时候，我的颈椎病重了，左肩也痛得抬不起来。到医院里看，医生诊断是受了风寒，很有经验地说你工作的地方，左侧是不是有一扇窗？我嘻嘻笑起来，说那地方任何方向都没有一扇窗。医生说，那一定是有一扇门。我说，那地方所有的方向都有门。

医生没有说准，讪讪地给我开了一大包芬必得。

晚上我仔细地研究包围我和电脑的门。左侧的门是正对着楼道的，有利如箭镞的冷风嗖嗖射来，是所有的门中最险恶的一座。

我对先生叫苦。

先生说，斋主，还是返回故居吧。如果你坚持在八面来风的“五洞斋”里写作，终有一天所有的关节都会痛起来。

我说，甭吓唬人。求你给我做个棉门帘吧，要又厚又大的那种，当下一个冬天来临的时候。

警察不死

“警察”二字，究竟包含着怎样的深意？

“警”——可是警卫？警戒？警惕？警觉？警报？警备？警醒？警告？火警？匪警？杀一警百？警世通言？

“察”——可是察看？察访？察问？察寻？侦察？探察？明察暗访？明察秋毫？

当平淡的生活，把一个冷峻的词，重复得太圆熟时，我们便在无意中，磨损了它的庄严。

警察的真正含义，只有平静被掠夺，尊严被蹂躏，规则被粉碎，法律被践踏的时候，才会像圆明园的残柱，英勇而超拔地凸显在大地和蓝天之间。

这张照片，左面是我，右面是我的朋友。从小学我们就在一个班级，还短暂地做过同桌。老师说，好生差生，应该叉花着坐，以便帮助别人。我们两人成绩都不错，只好被迫分离。

后来，我到西藏服役，她于河北当兵。我如印第安土人，从昆仑山发射“飞去来”，信件在藏北高原和冀中平原之间，穿梭十年。我们又脚前脚后回到北京，各自安家，跨越青年中年，友情依旧。

多年的女友，就像密林里的老山参，益气养血，回阳救逆。积多少世的缘分才可孕育一丛，物宝天华，可遇而不可求。我曾笑着对她说，将来我们会在老年公寓里晒太阳，数白发，忆童年。

此语永无兑现之时了。300 天前，她被人残忍地杀害，弃尸荒野，至今案未破，凶手逃匿。

从那时起，我才痛彻地醒悟到，太阳中有雪，溪流下多渊，人群中藏狼，需要好猎手和快枪。

女友墓上已有第一抹轻绿了，我知道，土中有她不灭的眼睛。我把她的目光收集起来，灼热地交给警察。

据说美国电影业有一条规则，影片中叱咤风云的警官，无论遭遇多少险情，陷入怎样的危难，寡不敌众，弹尽粮绝，哪怕上天无路入地无门，也要英勇搏击，绝不能死。

警察不死。这是一条铁律。

警察也是血肉之躯，枪林弹雨中，会流血，会衰竭，会胆怯，会退缩，会奄奄一息，会气绝身亡。唯一不死的是职责和希望，于是警察不再是独立个体，具有了全局的象征意义，被赋予了天神般的力量。

公民的信任和托付，如玉液琼浆浇灌绿树，使警察无敌和永生。

女抓捕手

参加活动，人不熟，坐车上山。雾渐渐裹来，刚才还汗流浃背，此刻却寒意浸骨。和好风光联系在一起的，往往是气候的陡变。在山下开着的空调，此刻也还开着，不过由冷气改热风了。

车猛地停下，司机说此处景色甚美，可照相，众人响应，熙熙攘攘同下。我刚踏出车门，劲风扑面呛来，想自己感冒未好，若是被激成了气管炎，给本人和他人都添麻烦，于是沮丧转回。

见车后座的角落里，瑟缩着一个女子，静静地对着窗，用涂着银指甲油的手指，细致地抹着玻璃上凝起的哈气，半张着红唇，很神往地向外瞅着。

我问："喜欢这风景，为什么不下去看呢？"

她回过头来，一张平凡模糊的面孔，声音却是很见棱角。说："怕冷。我这个人不怕动，就怕冻。”

我打量她，个子不高，骨骼挺拔，着飘逸时装，没有一点儿多余的赘肉，整个身架好像是用铁丝拧成的。

她第二次引起我的注意，是偷得会议间隙去逛商场。我寻寻觅觅，两手空空，偶尔发觉她也一无所获。我说：“你为何这般挑？”

她笑笑说：“我不要裙子，只要裤子。好看的裤子不多。”

我说：“为什么不穿裙子呢？我看你的腿很美啊。”

她抚着膝盖说：“我也很为自己抱屈，但没有办法啊。你想，我买的算是工作服。能穿着裙子一脚把门踹开吗？”

我如受了惊的眼镜蛇，舌头伸出又缩回。把门踹开！乖乖，眼前这个小女子何许人？杀人越货的女飞贼？

见我吓得不浅，那女子莞尔一笑道：“大姐，我是警察。”

我像个真正的罪犯那样，哆嗦了一下。

后来同住一屋，熟悉了。她希望我能写写她的工作。当然，为了保密，她做了一些技术性的处理。

她说：“我是抓捕手。一般的人不知道抓捕手是干什么的，其实我一说您就明白了。看过警匪片吧，坏人们正聚在一起，门突然被撞开，外面有一人猛地扑入，首先扼住最凶恶的匪徒，然后大批的警察冲进来……那冲进来的第一个人，就叫抓捕手。我就是干那个活儿的。”

我抚着胸口说：“哦哦……今天我才知道什么叫海水不可斗量。别见笑。请问，抓捕手是一个职务还是职称？”

她说：“都不是。是一种随机分配。就是说，并没有谁是天生的抓捕手，也不是终身制的。但警察执行任务，和凶狠的罪犯搏斗，总要有人冲在最前头，这是一种分工，就像管工和钳工。不能一窝蜂地往里冲，瞎起哄，那是打群架……”

我忍不住插话：“就算抓捕手是革命分工不同，也得有个说法。像你这样一个弱女子，怎能把这种最可怕、最危险的事，摊派在你头上呢？”

她笑笑说：“谢谢大姐这般关怀我。不过，抓犯人可不是举重比赛，讲究多少公斤级别，求个公平竞争。抓捕是没有道理可讲的，抓住就是胜利，抓不住就是流血送命。面对罪犯，最主要的并不是拼力气，是机智，是冷不防和凶猛。”

我说：“那你们那儿的领导，老让你打头阵，是不是也有点儿欺负人？险境之下，怕不能讲‘女士优先’！”

她说：“这不是从性别考虑的，是工作的需要。”

我说：“莫非你身藏暗器，乃一真人不露相的武林高手？”

她说：“不是。主要因为我是女警。”

我说：“你把我搞糊涂了。刚才说和性别无关，这会儿又有关。到底是有关还无关？”

她说：“您看，刚才我跟您说我是抓捕手，您一脸瞧我不起的样子，嫌疑人的想法也和您差不多。（听到这儿，想起一个词——物以类聚。挺惭愧的）当我一个弱女子破门冲进窝点时，他们会一愣，琢磨：‘这女人是干什么的？’这一愣，哪怕只有一秒，也赢得了最宝贵的时间。狭路相逢勇者胜啊。特别是当我穿着时装，化了浓妆的时候，准打他们一个冷不防……”

我看看她套在高跟鞋里秀气的脚踝，说：“这是三十六计中的‘兵不厌诈’。只是，你这样子，能踹开门吗？”

她把自己的脚往后缩了缩，老老实实地承认：“不行。”

我说：“那你破门的时候，要带工具吗？比如电钻什么的？”

她说：“您真会开玩笑。那罪犯还不早溜了？我现在不能踹开门，是因为没那个氛围。真到了一门隔生死，里面是匪徒，背后是战友，力量就迸射而出。您觉着破门非得要大力士吗？不是。人的力量聚焦到一点，对准了门锁的位置，勇猛爆发，可以说，谁都能破门而入。”

我神往地说：“真的？哪一天我的钥匙落在屋里时，就可以试试这招了，省得到处打电话求人。”

她很肯定地说："只要你下了必胜的信心，志在必得，门一定应声而开。"

我追问："进门以后呢？"

她说："是片刻死一般的寂静。然后我得火眼金睛地分辨出谁是最凶猛的构成、最大威胁的敌人，也就是匪徒中的'头羊'，瞬间将他扑倒，让他失去搏杀的能力。说时迟那时快，战友们就持枪冲进来，大喊一声：'我们是警察！'……"

我打断她，说："且慢且慢。难道你不拿枪，不喊'我是警察'吗？"

她非常肯定地说："我不拿枪，并且绝不喊。"

我说："怎么和电影里不一样啊？"

她说："那是电影，这是真拼。我如果持枪，就会在第一时间激起敌人的警觉，对抓捕极为不利。如果我有枪，必是占用最有力的那只手，就分散了能量，无法在最短时间内将匪首击倒。再说，既是生死相搏，胜负未卜，如果我一时失手，匪徒本无枪，此刻反倒得了武器，我岂不为他雪中送炭，成了罪人？所以，我是匹夫之勇，赤手空拳。"

我说："那你不是太险了？以单薄的血肉之躯，孤身擒匪。说实话，你害怕过吗？"

她缓缓地说："害怕。每一次都害怕。当我撞击门的那一瞬，头脑里一片空白。这一撞之后，生命有一段时间将不属于我。它属于匪徒，属于运气。我丧失了我自己，无法预料，无法掌握……那是一种摧肝裂胆的对未知的巨大恐惧。"

我说："你当过多少次抓捕手了？"

她说："243 次了。"

我又一次打了哆嗦，颤声问："是不是第一次最令人恐惧？"

她说："不是。我第一次充当抓捕手之前，什么都没想。格斗之后，毫发未损，按说这是一个很圆满的开端和结局。可是，犯人带走了，我坐在匪徒打麻将的椅子上很久很久站不起来，通体没有一丝力气。无论瞧什么东西，连颜色、形状都变了，仿佛是从一个死人的眼眶往外看。我当时以为这定是害怕的极点了，万事开头难。后来才知道，恐惧也像缸里的金鱼一样，会慢慢长大的。

“经历的风险越来越多，胆子越来越小。您一定要我回答哪一次最恐惧，我告诉您，是下一次。”

我说：“既然你这么害怕，就不要干了嘛。”

她说：“我只跟您说了恐惧越来越大，还没跟您说我战胜它的力量也越来越强了。如果单是恐惧，我就坚决洗手不干了，想干也干不成。不是，恐惧之后还有勇气。勇气和恐惧相比，总要多一点点。这就是我至今还在做抓捕手的原因。”

我叹了一口气说：“你受过伤吗？”

她说：“受过。有一次，肋骨被打断了，我躺在医院里，我妈来看我。我以前怕她担心，总说我是在分局管户口的。我妈没听完介绍就大哭了，进病房的时候，眼睛肿成一条缝。我以为她得骂我，就假装昏睡。没想到她看了我的伤势，就嘿嘿笑起来。我当时以为她急火攻心，老人家精神出了毛病，就猛地睁开了眼。她笑了好一会儿才止住，说：‘闺女，伤得好啊。我要是劝你别干这活了，你必是不听的。但你伤了，就是想干也干不成了。伤得不算太重，养养能恢复，还好，也没破相……’

“伤好了以后，我还当抓捕手。当然瞒着老人家。但我妈的话，对我也不是一点儿效力都没有。从那以后，我特别怕刀。一般人总以为枪比刀可怕，因为枪可以远距离射杀，置人于死地。刀刺入的深度有限，如果不是专门训练的杀手，不易一刀令人毙命。不是常在报上看到，某凶手连刺了多少刀，被害人最终还是被抢救过来了吗？

“我想，枪弹最终只是穿人一个小洞，不在要害处，很快就能恢复。如果伤在紧要处，我就一声不吭地死了。死都死了，我也就没什么可怕的了。所以说枪的危害，比较可以计算得出来。但刀就不同了，它一划拉一大片，让你皮开肉绽、血肉模糊，但你还没死。那样，假如我妈看到了，会多么难过啊，我也没脸对她解释。所以，我为了妈妈，就特别怕刀，也就特别勇敢。因为在那手起刀落的时刻，谁更凶猛，谁就更有可能绝处逢生。”

话谈到此，我深深地佩服面前这个貌不惊人的女警察了。我说：“你为什么选择了这么一份危险的工作？”

她说：“我个子矮，小的时候老受欺负。我觉得警察是匡扶正义的，就报名上了警校。人们常常以为，大个子的人才爱当警察，其实不。矮个子的人更爱当警察。因为高个子的人，自己就是自己的警察。”

我说：“你能教我一两招功夫吗？比如‘双龙夺珠’什么的，遇到坏人的时候，也可自卫。”

我说着，依葫芦画瓢，把食指和中指并排着戳出去，做了一个在武侠电影中常常看到的手势。

她笑得很开心，说：“您的这个姿势，像二战中盟军战俘互相示意时打出的‘V’，但基本上没效力。因为中指和食指长度不同，真要同时出击，中指已点到眼底，食指还悬在半路，哪儿能制敌死命？真正的猛招，用的是两根相同长度的手指。”

我忙问：“哪两指？”

女警笑笑说：“姐还真想学啊？如果不介意，我在您身上一试，诀窍您就明白了。当年我们都是这样练习的。”

我忙说：“好好。我很愿领教。”

她轻轻地走过来，右手掌微微一托，抵住我的下颌，顶得我牙关紧扣。紧跟着，她的食指和无名指，如探囊索物般扪住了我的眼皮，不动声色地向内一旋、向下一压……天哪！顿时眼冒金星、眼若铜铃，如果面前有面镜子，我肯定能看到牛魔王再世。

她轻舒粉臂，放松开来，连声道：“得罪了，得罪了。”

我揉着眼球赞道：“很……好，真是厉害啊……只是不晓得要多长时间才修得如此功夫？”

她说：“也不难。希望罪犯都被我们早早降服，普通老百姓，永远不要有使用这道手艺的场合。”

分手的时候，她说：“能到大自然中走走，真好啊。和坏人打交道的时间长了，人就易变得冷硬。绿色好像柔软剂，会把人心重新洗得轻松暖和起来。”

魔术师的铁钉

有一位非常有名的魔术师，当记者问起他成功的秘诀时，他带着记者，来到他平日演出的宏大剧场门口。记者以为他会走进富丽堂皇的大门，没想到他领着记者来到了马路对面的一个下水道口。

你躺在这里，假设自己是在冬天的夜晚饥寒交迫，试试你能看到些什么？魔术师很和气地说。

记者屈身躺在地上，他闻到了下水道发出的恶臭，他看到了香喷喷的饭店和华美的商场，还看到无数的人腿在向着剧场走动，另外，有一截突出的窗台就在头顶侧方悬着，如同丑陋的屋檐。他边看边报告着，魔术师说，很好，你看得很全面。只是，在窗台的水泥上，请你看得再仔细一点。你还可以有所发现。

在魔术师的一再提示下，记者看到了窗台的下方，有一行模糊的字迹。他拼命瞪大眼睛，才辨识出那是魔术师的名字。

魔术师说，很多年前，我是一个乡下来的孩子。冬天，我蜷着身子躺在这里。你知道下水道口尽管恶臭，但比较暖和，从来不会结冰的。我看到了满天的星斗，知道明天更冷。我看到了食品和衣物，但我身无分文。我还看到了无数的人到对面的剧场去看演出。我萌生了一个梦想，有一天，我也要到这座辉煌的剧院里去，不是去看演出，是让别人看我的演出。这样想了之后，我就从地上捡起一根铁钉，用冻僵的手指，把自己的名字刻在水泥窗台上了……你问我为什么会成功，就这么简单。我用一根生锈的铁钉，把我的梦想刻在这里，每当我没有信心的时候，我就来到这里。当我离开的时候，勇气就重新灌满了胸膛。

分手的时候，记者对魔术师说，能否让我看看您那神奇的铁钉？魔术师说，可以。说完，他随手从地上捡起一根铁钉，说，喏，就是它了。铁钉并不重要，重要的是亲手刻下你的名字。

首选护林员

我有一套表格，是根据一个人性格爱好才能本领等特征，预测职业选择趋向。当然，结果仅供参考。朋友们知道了，有时会说，嗨，把你那沓表借咱使使，看看我生来是从事何种职业的料子，现在还有没有转轨变型的可能性了。我嫌麻烦，就说，人家国外都是给大学毕业生或是待业青年找工作时才做这种测验，您都七老八十的了，不说事业有成，也算轻车熟路了。怎么着，还真想重打鼓另开张啊？再说啦，这种表格，是外国人设计的，统计数据也是海外的，简单移植过来，不一定准的。

我劝阻。但是，几乎没有一个人收回他们的要求，坚持着，从请求到恳求，甚至——哀求（假装的），直到我答应。我从中得了很惊奇的发现——现今社会中，有把握确认所从事的工作，正是自己爱好和擅长的人，少得令人叹息。现代人对于职业，普遍在一种不肯定不确信的状态中游弋中，懵懂茫然，期待着来自外界的确认或是改变。

测验结果，众人瞠目。

一位优秀企业家，他的最佳职业选择应是动物学家。

一位兢兢业业的公务员，所得结果是民间艺人。

一位电脑工程师，竟是农场主。

一位警察，干脆提示他可以试试做个神职人员。

……

凡此种种，南辕北辙，有的还不符合国情，闹得我对该表，很没几分信心了。朋友们的反应，更叫人难琢磨。不摇头也不点头，讪讪的，淡淡的。更有甚者，神鬼莫测地笑笑，一反当初的诚恳和迫切，王顾左右而言他。好似我辛辛苦苦做出的结果，和他没相干。

次数多了，我也去意阑珊。一天，一位很要好的朋友又求做这个表。我懒懒地说，做，可以。只是我做完了之后，无论那结果怎样的出乎你意料，你都得把真实想法告诉我。她想了有 25 秒，说，好!

她是一间律师楼的合伙人。早年我一听到“合伙人”这个词就想笑，觉得像开卖瓜子的小杂货店。这两年，不敢笑了。朋友在业内已声名卓著，物质也大丰富了，出入香车，我到她郊外巍峨的别墅看过银河（北京城里通常是看不到星星的）。

用处理法律文书的严谨和节奏，她填完了表格。我把测验完成之后，先检查了两遍，然后盯着她问，还记着咱俩的约定吧?

她敲敲自己的头说，律师的脑壳，是电脑加文件柜。

我说，你可以兑现了。

我把测验结果递给她。在职业选择的顺序表上，赫然列着——首选护林员。

寂静。在我和她之间，犹如隔着一片烈火焚烧过的旷地，没有林涛也没有鸟鸣。我说，反悔了是不是?我也不明白，怎么得出了这结果?你是多么出色的律师啊。我见过你出庭，唇枪舌剑胜似信马由缰。

最大的可能性，是这个表错了。

女律师看着我，目光好似看一个嫌犯。她用我从来没听过的声调缓缓说，哦，那表，没错。错的是我曾经的选择。刚才那一刻，只有一个念头，就是想掉眼泪。滚滚红尘中，没人知道我的心，包括我的父母我的丈夫。远远的异国，却有一张不知何人打造出的表格，直穿我胸襟，让我和我的灵魂，有了一个突然而痛楚的接触，才知道这一生的真爱，百般打压之下，依然安在。我愿被遮天蔽日的绿色淹埋，喜欢与世隔绝的静谧和万古不变的安详。在与人屏蔽的大自然里，听蚯蚓爬过蘑菇根和蝴蝶须子拍破露珠的声响……我从来没对任何人说过这心愿，以为成功地将它谋杀在少年时代。没想到，它如此鲜活地蛰伏在我内心最幽暗的水塘里，直到这张表，钓它到阳光下。我每天忙着，为了许许多多的利益和功名，至今没有机缘走入原始森林一步。我能为树木所做的唯一的事，就是节省几张复印纸。喔，守林员，多好听的名字啊！念起它的时候，喉头充满了松脂的爽滑，连肺也像白纱裙一样鼓胀开来，可惜，我吸进的依然是城市嗅过千百次的废气……

轮到我不知如何回应，唯有沉思。

方明白一个人的职业，如果能和爱好契合，将是怎样的幸福，如果背道而驰，不管他依仗智力的超拔和人格的卓绝，凭借外力的援送和机遇的佳美，到达怎样精彩的高度，他内心总不能无拘无束地快活。一个苦苦的祈盼，在沉沉掩埋下，愈老弥坚。如同三千年的古莲子，在枯燥中黑暗地坚守，期待有朝一日冲决而出重张花朵。

你何时回你的森林？分手时我问。特别用了“回”这个字眼。那儿是她心灵的家园。

眼前这个忙法，等退休以后了。她捋捋满头的青丝，苦笑着说。又补充一句，找的人这么多，只怕退了也安生不下来。只有一个办法，把骨灰撒在白桦树下。

魂灵也要看守森林。上车时她说。

柱子的弹性

有一个故事，说的是一根柱子，一根三百年前的柱子。那根柱子很坚固，支撑着一座宏伟的大厅。那座大厅很大，大到修建的时候，没有人相信一根柱子就能支撑起沉重的穹顶。年轻的建筑师用了种种科学方程式来证实他的这根柱子是何等牢靠和坚固，足够应用。人们虽然不能反对他的公式，却可以反对由他来担当这座市政大厅的总设计师。

年轻的设计师面临一个选择。如果他坚持他的设计，他的设计就永远停留在纸上了。如果他变更他的设计，人们就看不到这根独撑穹顶的柱子了。设计师沉吟再三，修改了他的图纸，又添加了四根柱子。人们对这个更加稳妥的设计拍手叫好，据此建起了壮丽的大厦。

很多年过去了。年轻的设计师变成了墓碑，大地震袭击了城市。

很多建筑都倒塌了。唯有具有五根柱子的市政大厅依然巍峨耸立。人们说，幸亏有五根柱子啊！

终于到了维修的时刻。人们惊讶地发现，除了最早设计的那根独撑天下的柱子，其余的四根柱子距离穹顶都有一道窄窄的间隙。也就是说，它们并不承接穹顶的重量，只是美丽的摆设。

于是人们惊叹这匪夷所思的设计，给予设计者以排山倒海的赞美。回答他们的只是墓草的摇曳。

设计师没有收获生前的称誉，但他收获了一根柱子，设计师是可以怒发冲冠一走了之的，但为了他的柱子的诞生，他妥协和避让了。设计师是可以在事成之后即刻就公布他的计谋的，但为了他的柱子无可辩驳的质地，他保持了宁静的缄默。设计师是可以在一份遗嘱或是一部著作中表达他的先见和果敢的，但为了他的柱子的荣誉，他不再贪恋丝毫的浮华。设计师为了他的柱子，隐没在历史的尘埃中。

这是一根有弹性的柱子。它的设计者把自己的性格赋予了它，于是柱子比设计师活得更长久。

第六章

拥抱自然

你必得一个人和日月星辰对话，和江河湖海晤谈，和每一棵树握手，和每一株草耳鬓厮磨，你才会顿悟宇宙之大，生命之微，时间之贵，死亡之近。

旷野与城市

城市是一粒粒精致的银扣，缀在旷野的黑绿色大氅上，不分昼夜地熠熠闪光。

我所说的旷野，泛指崇山峻岭，河流海洋，湖泊森林，戈壁荒漠……一切人烟罕至保存原始风貌的地方。

旷野和城市，从根本上讲，是对立的。

人们多以为和城市相对应的那个词，是乡村。比如常说“城乡差别”“城里人乡下人”，其实乡村不过是城市发育的低级阶段。再简陋的乡村，也是城市一脉血缘的兄长。

唯有旷野与城市永无声息地对峙着。城市侵袭了旷野昔日的领地，驱散了旷野原有的驻民，破坏了旷野古老的风景，越来越多地以井然有序的繁华，取代我行我素的自然风光。

城市是人类所有伟大发明的需求地，展览厅，比赛场，评判台。如果有一双慧眼从宇宙观看夜晚的地球，他一定被城市不灭的光芒所震撼。旷野是舒缓的，城市是激烈的。旷野是宁静的，城市喧嚣不已。旷野对万物具有强大的包容性，城市几乎是人的一统天下……

人们为了从一个城市，越来越快地到达另一个城市，发明了各式各样的交通工具。人们用最先进的通信手段联结一座座城市，使整个地球成为无所不包的网络。可以说，人们离开广义上的城市已无法生存。

我读过一则登山报道，一位成功地攀上了珠穆朗玛峰的勇敢者，在返回营地的途中，遭遇暴风雪，被困，且无法营救。人们只能通过卫星，接通了他与家人的无线电话。冰暴中，他与遥距万里的城市内的妻子，讨论即将出生的孩子的名字，飓风为诀别的谈话伴奏。几小时后，电话再次接通主峰，回答城市呼唤的是旷野永恒的沉默。

我以为这凄壮的一幕，具有几分城市和旷野的象征。城市是人们用智慧和心血，勇气和时间，一代又一代堆积起来的庞然大物，在城市里，到处有文明的痕迹，以至于后来的人们，几乎以为自己被甲执兵，无坚不摧。但在城市以外的广袤大地，旷野无声地统治着苍穹，傲视人寰。

人们把城市像巨钉一样，楔入旷野，并以此为据点，顽强地繁衍着后代，创造出溢光流彩的文明。旷野在最初，漠然置之，甚至是温文尔雅地接受着。但旷野一旦反扑，人就一筹莫展了。尼雅古城，庞贝古城……一系列历史上辉煌的城郭名字，湮灭在大地的皱褶里。

人们建造了越来越多越来越大的城市，以满足种种需要，旷野日益退缩着。但人们不应忽略旷野，漠视旷野，而要寻觅出与其相亲相守的最佳间隙。

善待旷野就是善待人类自身，要知道，人类永远不可能以城市战胜旷野，旷野是大自然的肌肤。

皮之不存，毛将焉附？！

做一棵城市树需要勇气

城市中的树比乡村中的树，需更经得起吵闹。乡村是安静的，有黎明前的黑暗和黄昏的炊烟，城里的树却要被五花八门的噪音轰得聋掉。如果把城市的树叶和乡村的树叶堆到一起，拿一把音叉来测它们对声音的反应，乡村的树叶一定是灵敏和易感的，像婴儿一样好奇。城市的树叶却像饱经沧桑的老汉，有点大智若愚的呆傻在那里。

城市中的树比旷野中的树，要肮脏许多。它们的脸上蒙着汽油、柴油、花生油和地沟油的复合膏脂，还有女人飘荡的香粉和犬的粪便干燥之后的微粒。旷野中的树，即使屹立在沙尘暴中，披满了黄土的斗篷上点缀着不规则的石英屑，寒碜粗糙，却有着浑然一体的本色和单纯。

城市中的树比起峡谷中的树，要谨小慎微得多。不可以放肆地飞舞杨花柳絮，那会让很多娇弱的城里人过敏，也污了春光明媚的镜头里的嫣然一笑。城里人只喜欢鳏夫和寡居的树，不喜欢它们朝气蓬勃的子孙自在张扬。人们用无性繁殖的方法让绿化扩散，那些太一致太规整的树林，让人感觉不到树的天性，仿佛列队的锡兵。只有峡谷中的树，才是精神抖擞风流倜傥的，毫不害羞地让鸟做媒人，让风做媒人，让过往的一切动物做媒人，一日一夜之间，把几千万的子嗣撒向天穹，任它们天各一方。

城市中的树比山峰上的树，要多经几番挣扎磨难，还有突如其来的灾变。下雪之后，勤快的人们会把融雪剂堆积在树根处。化学的物质和雪花掺杂在一起，清凉如水貌似温柔，其实是伪装过的咸盐的远亲。无声无息地渗透下去，春夏之交才显出谋杀的威风，盛年的树会被腌得一蹶不振。个别体质孱弱的树，花容憔悴之后便被索了命去。

城市中的树比平原中的树，多和棍棒金属之类打交道。平原的树，也是要见刀兵的，那只限被请去做梁做檩的时候，虽死犹荣。城市中的树，却是要年年岁岁屡遭劫难。手脚被剁掉，冠发被剃去，腰肢被捆绑，百骸上勒满了一种叫作“瀑布灯”的电线。到了夜晚的时候，原本朴素的树就变成了圣诞树一样的童话世界，有了虚无缥缈的仙气。

当然了，说了这许多城市树的委屈，它们也是有得天独厚的享受。当乡下的树把根系拼命往地底下扎，在大旱之年汲取水分的时候，城市里的树却能喝到洒水车喷下的甘霖。可惜当暴风雨突袭，最先倒伏的正是那些城里的大树，它们头重脚轻软了根基。

城市的树还有一个好处，就是常常被许多人抚摸。只是我至今也闹不明白，倘若站在一棵树的立场上，被人抚摸是好事还是坏事？窃以为凶多吉少。树是一条鲜活生命，喜欢自由自在我行我素。它不是一朵云或是一条狗，也不是恋人的手或是一沓钞票。君不见若干得了“五十肩”的半老不老之人，为了自己的胳膊康复，就揪住了树的胳膊荡悠。他们兴高采烈地运动着，听不到树的叹息。

城市的树还像城市里的儿童一样，常常被灌进各式各样的打虫药。

我始终搞不懂这究竟是树的幸福还是树的苦难？看到树上的虫子在药水的毒杀下，如冰儆一般落下，铺满一地，过往的行人都要撑起遮阳伞才敢匆匆走过。为树庆幸的同时，又很没有良心地思忖：树若在山中沐浴临风摇头摆脑，还会生出这般饶密的虫群吗？

如此说来，做一株城市里面的树，是需要勇气的。它们背井离乡到了祖先所不熟悉的霓虹灯下，那地域和风俗的差池，怕是比一个民工所要遭受的惊骇还要大吧？它们把城市喧嚣的废气吞进叶脉，把芜杂的音响消弭在摇曳之中，它们用并不鲜艳的绿色装点着我们的城市，它们夜深了还不能安眠，因为不肯熄灭的路灯还在照耀着城市。路灯在某种程度上成了打了折扣的太阳，哺育着附近的叶子。不信你看，每年深秋最后抖落残绿的树，必定是最靠近电线杆子的那一株。

有的人像树，有的人不像树。像树的人，有人在乡下，有人在城市里。城市里的树，骨子里不再是树了，变成了人的一部分，最坚忍最朴素的一丛，无语地生活着。

触抚绿色

1998年夏天的许多日子，我在大兴安岭穿行。看到的绿色比有生以来见过的所有绿色，叠到一起还要厚。以前曾到过雪原，海洋，大山大川，沙漠旷野……感慨万千。在自然界的雄奇景观中，与原始森林相见如此之晚，快乐中有大遗憾。

从小在城市，水泥丛中的绿色很窄，享受绿色是很奢侈的事。后来当兵去了藏北，高寒缺氧，荒凉无比，除了冰山戈壁，什么也看不到，绿色便成了一个缥缈的梦想。在大森林里，呼吸到无边无际的绿色，从心灵到皮肤，染成薄荷。

路途艰辛坎坷，几乎是我从高原归来后，最颠簸的一次旅程。乐在思绪轻灵。面对莽莽林海，你会想到远古，祖先曾在这样的密林中生息，飞快地攀缘，从猿到人。如今我们会了许多本领，可是我们砍伐森林，恩将仇报。你会想到是做一棵公路边的树？还是做林海中的树？你会想到人也许有前世和再生，也许曾是或将是某种酸甜的野果……

我最喜欢桦木。它的外衣那样洁白，身躯笔直，像一个刚从医学院毕业的实习生，羞怯可爱。后来听说桦木是很低档的材质，除了绿化作用外，早年间最主要的去处是当柈子烧火用，就很难过。一种有着那么美丽身段的优雅植物，无声无息地化成烟云，真是对造物的大不敬。到了木珠厂，看到女工用桦木的下脚料制成独特的工艺品，把一种大自然的气息留住了，方转悲为喜。我向她们讨了十几枚不同颜色的桦木珠，细致地保存起来。每当手指抚摸那些珠子时，有一种白桦舍利的温润漫至血脉。

还在垃圾堆里捡了一块长几十厘米的桦树板皮，想把木面磨光，写上“天道酬勤”，挂在家中电脑对面的墙上，累了的时候养养眼。不料那桦树皮随着我在林区转移，一路晓行夜宿，竟不知遗落在哪处驿站了，一想起来，好心疼。

森林中密集的红松苗，像毛茸茸的小笤帚，扫得胸中一片清凉。熙熙攘攘又恬恬静静的新生之物，充满了生命的单纯，给人以轻捷明朗的快意。

沿松花江逆水而上，面朝岸边逶迤的青山，无言以对，只是呼吸和感受，兀自交融。古人说仁者爱山，智者爱水。在磅礴秀美的山水之地，触抚绿色，灵性和力量流淌人心。

在满山遍野的野花中，有人惊叫发现了野罂粟，我很快地奔过去，近了才知看差了，那不是罂粟而是芍药，若有所失。好在没过多久，善解人意的野罂粟，就很美丽很俏皮地列队倚在路边。一时大家停步伫望。有人悄声问我：这就是《红处方》中描写的罪恶之花？

我说，先澄清，我不认为罂粟有罪，尤其是野罂粟。它们只是地球上的一种普通植物，生根发芽开花结子。它们无辜，有罪的是人性中的弱点膨胀至邪恶，利用了罂粟。以前只见过人工培植的罂粟，没见过野罂粟，此刻得以亲见，它们和我想象的真是一样，杂在众多的野花中，朴素平凡，并无特别勾引人的妖娆。天地贵公平，赏罚应分明。该是人类自己的责任，就勇敢地承当，理性地解决，不要怪罪无知无觉的植物。

仰望苍莽垂直的绿色，难以抑制地想到培育的艰难。成长一棵树的时间，相当于人的一生。对那些珍贵的树种，这时间还远远不够。在大兴安岭阴坡，一棵樟子松需150年才可成材。毁坏一棵树，只消片刻工夫。无论现代科学技术如何发达，比方能把人类送上火星跳舞，但你绝无妙法在十年之内，把一棵美人松的幼苗，催成一柱栋梁。

大兴安岭这名称，也许是“大”“兴”“安”这几个字，给人豪迈宁静之感，好似钢筋铁骨固若金汤。其实环境链相当脆弱，腐殖土层只有十几厘米薄。一旦砍去林木，水土暴露在空气中，快速流失，砂石崩塌，遗下一堆堆瘌痢头样的岩块，布满苔藓，凄惶得很。看到大兴安岭植被破坏的情形，心好像被锐指掐住，一缕缕坠血。甚至比看到西北寸草不生的土岭，还要痛楚。那边好歹是旧伤痕，而大兴安岭是新鲜的刚刚骨折的胸膛。

听说世代以打猎为生的鄂伦春人，已决定放下最后的猎枪。伐木工人也要渐渐地转成以种树为主了。一位林业工人说，种一棵树，要百年之后才见钱，那时我早已变成山老鸹了。在我活着的时候，靠什么过好日子呢？都说森林是城市的肺，大兴安岭向整个北半拉子中国供氧，北京人是不是该给我们付些制氧费？

于是想到格拉丹冬雪山，孕育了长江，应该向我们收水费。北冰洋应该向我们收制冷费。太阳应该向我们收取暖费和照明费。

白桦的舍利

大兴安岭的白桦，在夏天，是森林的精灵。假如周围的阳光比较充裕，它们就虹似的微弯着柔软的身躯，簇拥丛生。假如在密林中，就粉笔般的直，直插苍穹。

无论何时，即使毫无风的启发，白桦叶也不断相互快乐地击打，发出嚓嚓的细语，好像在多嘴地传布一个爱情的秘密。高大的红松、樟子松，如同宽厚的大哥二哥，并肩矗立，为小妹遮风挡雨。平日丰姿绰约的美人松，也谦逊地收起少妇的俏皮，温柔地衬托小姑的风采。白桦铝合金般的树干，闪着如鳞的光芒，把脚下的腐叶和一方黑土，都映得银箔般明亮起来。枝和叶，如同勇士决斗时抛向空中的绿色丝绒手套，在风中骄傲又略带战栗地抖动着。

白桦美得令全世界的少女嫉妒。

但林业工人说，白桦只中看，不中用，材质不好，除了绿化山水和制造氧气之外，就是做柈子。

“柈子”——森林中一个散发恐怖气息的名词，所有的树，从幼苗到古木，都为之丧胆。如同犹太人提到纳粹，黑人听到黑手党。那是把整段的树木如凉拌黄瓜，切成短短的节，再用利斧一劈四瓣，整整齐齐地码在道旁，等待严寒降临时，化成琥珀色的火焰，供人取暖。

于是，优雅的拥有上好身材的白桦，成了柈子的代名词。它的树皮更是优等的引火纸，经常在活着的时候，就被人成片地剥走，裸出苍青的肢体，滴着汁液，在林子里触目惊心地袒露着黑黝黝的伤痕。

据说被剥了皮的白桦，过不了几年，就憔悴枯萎至死。但人们似乎并不特别惋惜：说不过是做柈子的料，不过早些晚些罢了。所以，很多林区至今没有惩处剥桦树皮的规矩。

于是，桦树只在诗人和风景中孤寂凄凉地美丽着，柈子成了它不归之路的火葬场。

我在林区穿行，叹息着。不知白桦将怎样逃脱千百年来被焚烧的命运?

内蒙古大兴安岭绰尔林业局的超尔木珠工艺品总厂，给了白桦以新的生命辉煌。

白桦枝条被充分利用起来，哪怕只有手指粗细。它们在灵巧的女工手里，被车削成一粒粒圆润的桦木珠，大如山楂，小若樱桃。中央有孔，如同被挖去籽的山里红。然后经过十三道工序的细致处理，打磨，漂白，染色，上光……成为一颗颗色彩斑斓玲珑剔透的彩珠。一箩箩地盛了，在厂区的院落里晾晒着，黄如龙眼，赤若火丹，翠似竹沥，黑宛鸦羽……仿佛收获了天上种植的粟粟。

披了新漆衣的木珠，如同画家的笔，绣女的线，是巧夺天工的武器。各色的桦木珠，一律以盘子盛了，摆在工作台上，好似五色菜肴。编织女工对着图纸，以透明的尼龙线，精心地穿起彩珠，一枚枚，一行行，一片片……初起时看不出什么，只是一些散落的片段。但是随着时间的推移，你渐渐地对她们的手，肃然起敬了。因为，栩栩如生的墨马在她们的手下，奔跑了。憨态可掬的熊猫在她们的手下，吃竹了。异国的女神在她们的手下，燃起火炬了。古老的脸谱在她们的手下，面如重枣谈笑风生了……

碎的桦木屑和桦木锯末，还可以加工成板材，真是物宝天华，物尽其用了。桦树——这只大森林中的白凤凰，从火焰的旁边轻轻掠过，涅槃了。

我拣了一段莹白如雪的桦枝，央一位女工特地车了几粒本色的桦珠，握在掌心。它如骨如玉，犹如白桦的舍利。带回家送给朋友，让人们从中感到——大兴安岭森林的呼吸和土地的脉搏。

草原上的猎人树

在内蒙古草原一处叫作“嘎拉德斯汰”的小站下车，住进铁路旅社。安顿好行李，进卫生间洗脸，发现一桩在别的客站里，从未享受过的待遇。

一南一北，摆了两个硕大的浴缸。小小的卫生间因此挤得满满的，洗漱台上连放牙膏的地方都仄窄不堪。更令人诧异的是，浴缸里注满了弱黄色的水，散发着怪异的气息。

原来这嘎拉德斯汰——是蒙语“热泉”的意思，这个小镇的汉语名，就叫作“热水汤”。浴缸里晾的水就是药物温泉。那水涌出时高达80℃（当地老乡用它直接给过年猪褪毛），必得兑了冷水，才可洗浴。这样一来，就有矛盾了。冷水没有药性，会降低疗效。于是，旅店立下了好客的规矩——每天早晨在浴缸里接下热泉，晾凉了，以款待远方的旅人。

因水中富含硫黄和氡离子，所以，有特别的气味和颜色，能治风湿症、高血压、皮肤病、关节炎、美容美发……

推开窗，草原的风很刚烈地扑你满怀。屋后的小山坡上，有一棵树上系着密集的红飘带，被秋风撕成弯曲抖动的火焰状，犹如一位魔女摇晃着红发。

浸到水中洗浴，阻力分外大，好似一池黏稠的蜂蜜。同时又是爽滑波动的，如蛋清般晶莹透彻。当你把整个身体浸泡其中的时候，觉得自己变成一块小小的卵石，圆润菲薄，可以沿着水面，轻盈地点着水，无限度地滑翔，旋出无数水漂……当你举起手臂的时候，仿佛有透明的水帘悬挂在肌肤上，随着你的手指轻轻飘荡。手若再抬高，水帘只有无可奈何地滑下，油滴般地坠入水中……被水柱溅起的味道，人嗅了有些紧张，不由得联想起岩浆和火山爆发。

未施任何洗剂，出浴后头发竟像缎子。每一根细丝，再不是被城市荼毒了的焦渣，而像是从野生紫貂那里借来的毳毛。于是忙问服务小姐，此水的奥妙何在？

小姐说，你从后窗看到那棵披红的树了吗？很久很久以前，草原上有一个高大威猛的猎人。有一天，他碰到了一匹受伤的白鹿。他好心肠地为白鹿止血敷药，白鹿临走的时候，用蹄子踏着青石板说，过些日子，会有一场滔天的瘟疫流行。那时候，你就打开这块石板，下面会有一股热泉喷出。你用泉水洗身，就能躲避瘟疫。只是，你要记得啊，对谁也不能说。如果你告诉了别人，你就会变成一棵树……

白鹿走了。果然，不久草原上瘟疫流行。猎人在黑夜打开了石板，白色的雾气蒸腾起来，猎人用泉水擦拭全身。别的人一批批地死去了，只有猎人安然无恙。猎人沉默着，一天天消瘦。终于有一天，他把大家召集到一处，说，快快打开我脚下的这块石板吧！用石板下涌出的热泉擦身，你们的病就会好了……

随着话语，猎人的脚最先变成了树根，紧接着身体变成了树干。猎人最后的话，是从树叶沙沙的响声中传出来的。

猎人不见了，只有一棵榆树，孤独地站在那里。人们纷纷用热泉洗澡，瘟疫就退缩了，草原重新恢复了生机。人们开始祭拜这棵猎人树。

后来，“文化大革命”中，有人说这是一棵神树，而神是荒谬的，就把榆树砍掉了。草原上的人忘不了猎人，近年来又栽了一棵松树，经常在松树上系着红飘带，以纪念猎人……

小姐讲得动情，我听着耳熟。晚间，当第二次把自己埋入这神奇的泉水时，我突然想起来了……

小时候，读过一则内蒙古民间故事，正是这猎人树的传说，那时的我觉得猎人真是顶天立地的大英雄。但此刻的我，在猎人以生命换来的水中，却生出了重新审视的疑问。

这古老的传说，牢牢地戴着农耕时代的项圈，有一种闭关锁国的凄楚。

热泉的实质是什么？是一条宝贵的信息。为什么祖祖辈辈生活在这里的牧人和猎人不知道底细，而非要由一头莫名其妙的白鹿告知？白鹿好像有半神半妖的背景，不然，它为何知道泉水的秘密，为何能预报瘟疫的流行？

哦，只有超人的背景才可能得到信息，普通的人无法掌握自己的命运，这就是古老社会的戒律。

由于神秘白鹿的启迪，行善的猎人由这一特别的孔隙（好心才有好报），得知了具有巨大价值的秘密。一半是疫情预报，一半是特效药介绍。但他必须独享这一情报，否则即将受到严厉的惩罚。

猎人虽应用特效药保全了自己的生命，但良心受到了巨大的煎熬。他面临着抉择。将信息共享，自己将遭受灭顶之灾。保持信息封锁，才能维持个体兴盛。

猎人在进行了相当长的思想斗争之后（我们有理由这样推测，中间有一个时间差——因为草原上已经有很多人悲惨地死去了），决定将秘密公开。于是出现了一个惨烈的结局，众人得救了，但猎人变成了树。

这个含义丰富的故事，在很长的时间内，被道德光环笼罩。当猎人必须要在自己的生命和众人的生命中，只能取一的时候，他牺牲了自己。

这当然是没有错的。但这里想问的是——那股把猎人变成树的力量，到底是什么呢？它是仙还是鬼？是正义还是反动？

当年在我幼小的脑袋瓜里，以为是白鹿搞的阴谋。一想，也不像。自鹿若有那么大的本事，自己就可以把伤医好，或者索性就不会受伤，根本没猎人什么事了。我后来又曾以为那股邪恶的力量，是泉水自己的主张。它只愿为少数人服务，不乐意造福大众。想想也不是，它至今还在热气腾腾地冒着泡，连为老乡家的年猪褪毛都在所不辞，可见是个好脾气的神灵。百思不得其解，只好认为那禁令的咒语，是一种混蛋逻辑。

其实，从泉水的角度考虑，如果猎人不把它公之于众，它就压在青石板下暗无天日，潺潺复潺潺。作为一注天地精华，如此隐姓埋名，从自我实现的角度来说，是暴殄天物。

猎人给白鹿医伤，才得知秘密，是否意味着信息的获得，要付出非同寻常的代价，并不是人人唾手可得。

于是，热泉在这里，就成了某种强烈的象征。它只能由神授，凭着机遇和良心，降临到极少数的人头上。你要懂得珍惜和保存它的秘密。一旦违背了天条，众人都品尝神秘之树结出的果子，皆大欢喜。但你作为秘密的最初享有者，就毫无利益可言，等待你的只有灭亡。你要切记这个道理，明白利益攸关。自我道德完善完美的后果是——断送了卿卿性命。

这真是农耕时代的一条铁律，猎人的故事将此渲染得尽善尽美。它流传了很多年，但今天受到了挑战。

信息在共享的过程中，并不衰减，反倒放射出了更灼目的光芒。作为提供信息的发布点，它理应受到正面的激励，在物质上有回报，在精神上有张扬，在道义上有共鸣，在利益上有保障。

假如猎人树的故事发生在今天，我看猎人可以在保证自己知识产权和专利的前提下，向牧人们供应精制的矿泉水。可做出大批保温桶，灌装后物美价廉地治病救人。也可把矿泉水的有效物质提炼浓缩，制成精粹干燥结晶，逐一小包装，批发到远方。这样，只要在家中把水烧热，再把“白鹿猎人”牌的矿盐，溶解其内，一盆惟妙惟肖的沐浴之汤就可以请君享用了……

那样，就可以救更多的人，把神水泼洒到更远的地方，猎人也可以获得更多的利益，循环往复，销售更多的神水了。

何乐而不为！

而且从本质上说，猎人也没有违背白鹿的规则。猎人并不曾告知别人这个秘密，他只是说，我有一种药，配方保密，如同可口可乐。你们可以一试……

热泉或许真有醍醐灌顶的作用，我于是有了以上这些纷纭想法。一时睡不着，推窗眺望，窗外的山峦上，猎人树被月光照射着，犹如披着银甲的老将军。可惜他被落后的时代扼杀了，如若活到今日，或许会成为草原上的比尔·盖茨。

喜马拉雅山不能炸通

电影《不见不散》中葛优说："这是喜马拉雅山脉，这是中国的青藏高原，这是尼泊尔。山脉的南坡缓缓地伸向印度洋，受印度洋暖湿气流的影响，尼泊尔王国气候湿润，四季如春。而山脉的北麓陡升，终年积雪，再加上深陷大陆的中部，远离太平洋，所以自然气候十分恶劣。"

徐帆说："你这又扯哪去了？"

葛优说："如果我们把喜马拉雅山炸开一道50公里的口子，世界屋脊还留着，把印度洋的暖风引到我们这里来，试想一想，那我们美丽的青藏高原从此摘掉落后的帽子不算，还得变出多少个鱼米之乡！"

人们把这段谈话当作幽默。不过，当你在天空飞跃，清晰地认识到喜马拉雅山这座屏障，将山的南麓和北麓分割成完全不同的世界时，炸开喜马拉雅山的念头就会蠢蠢欲动。

印度洋的暖湿气团生成后，在西南季风的吹动下，向北面推动时，高耸的喜马拉雅山成了极难逾越的天然屏障。

急于北进的暖湿气团不甘心，四处游动，终于找到一个豁口，那就是——雅鲁藏布大峡谷的尾口。

暖湿气团蜂拥而入，可惜在进入蜿蜒曲折的大峡谷之后，逐渐失去它所向披靡的势头。水汽通道在顺手造就了藏东南的绿洲之后，后劲松懈，还没走到藏北就偃旗息鼓了。

如果真能炸出一个大口子，使得这条通道输送的水汽更多、更畅快，减少途中的损失，不是就有可能改变西藏的气候吗？更多的暖湿气流长驱直入，进入藏西北，青藏高原会变作江南。

科学家们模拟了有关实验，结果是否定的。就算炸开50公里的口子，在最佳气候条件下，中国三江源地区，降水增加只有20%—25%。

退一万步讲，就算真的计划要炸喜马拉雅山，如何才能顺利完成这个任务呢？依靠炸药手榴弹地雷什么的常规技术，绝无可能。用原子弹吗？核武器目前还没有用于开山凿洞的记录。

要知道，喜马拉雅山脉有如庞然大物坚不可摧，主峰珠穆朗玛一半在尼泊尔境内。哪怕是咱炸自己这一侧，也要得到尼泊尔，甚至更多国家的同意。核武器将严重破坏环境。邻国也不能答应啊。

如此说来，把喜马拉雅山炸个洞，改变雅鲁藏布江中、下游干旱及沙漠化严重局面，实际上只是一个科学幻想。如果真把喜马拉雅山炸通了，破坏了原有的生态平衡，不知会发生怎样的变局，很可能是灾难。自然界自有规律，人类不可妄动。

在尼泊尔，结识了一位精明强干的小伙子。到过中国，会说中文，爱笑爱思索。

我说，你觉得中国和尼泊尔有什么不同。

他说，中国很大，尼泊尔很小。中国现在有了很大的发展，尼泊尔呢，还比较落后。

我说，你说得很好，不过，咱们就不讲这些政治经济的情况，单说说感觉上有什么不同？

他笑了，露出极为整齐和雪白的牙，说，是节奏啊。尼泊尔节奏很慢很慢，几千年我们就一直是这样的节奏，尼泊尔人都习惯了。中国的节奏现在很快，而且越来越快。我的朋友从中国来，说一下子不习惯尼泊尔这种慢节奏，但是几天过去，静静待下来，就觉得这种节奏很舒服，适合人的身体，还有大自然。您看，凡是自然的东西，都是缓慢的。太阳一点点升起，一点点落下。花一朵朵地开，一瓣瓣地落下。稻谷成熟，菩提树变老。都慢得很啊。那些急骤发生的自然变化，多是灾难。比如火山喷发，比如飓风和暴雨，比如山崩地裂加上海啸……身体也是慢的。一个孩子要长大，是很慢的。一个人睡觉，也是很慢的，要很久很久，从日落到日出，人才能休息过来……

还有呢？我问。

他认真地想了一下，说，是耐心啊。是脾气啊。中国的人，现在情绪上都比较紧张，不耐烦。尼泊尔人基本上不发脾气，慢慢来，就算有很严重的事儿，也不着急。

不知道再问什么，我也学尼泊尔人，只是微笑和无所事事地张望。

自然界的喜马拉雅山是不能炸通的，但人心的喜马拉雅，可否有习习的风持久地吹拂？

轻松山房

广西柳州有一座美丽的公园叫作大龙潭。龙潭公园有极清冽的水，极秀美的山，这些都不足为奇。广西多风景，看得多了，好比日日珍馐，终也有厌倦的时候。跟着导游亦步亦趋，她说这是一个什么景，我就连连点头，以表示对主人及对景色的尊重，只求她不必详说。

这是轻松山房。小姐款款道来。

一座小楼。粗看是木头的，其实是水泥的。擅长做木匠活儿的柳州人（世上有死在柳州一说，就是指这里的木工手艺超群，做出的楠木棺材享誉东南亚。）把水泥漆成干燥的轻松色，好像刚刚剖开的松木，仿佛还有松脂味。每隔一段，还精致地画出木节，惟妙惟肖，就差画出几个虫子眼了，要不连啄木鸟都得上当。也不知这山房是派什么用场的，青山绿水掩映下，还算雅致。我胡乱点了一下头，算是看过了，预备举步向前。

你们凑近看看，那上面镶有一副对联，挺有意思，柳州一绝呢。小姐热情相邀。

同行的人并不理睬，匆匆远去。想一座水泥房舍，必不是什么名人故居。导游小姐有些不知所措，又不好把人强拽回来欣赏这座基本平常的小楼。

我不忍看她尴尬，就很敷衍地走过去，看那对联上潇洒的行书。

上联：男女有别来此寻方便须看清方向

下联：大小均可入内得轻松请注意卫生

横批：轻松山房

我瞠目结舌。这座山房是……实际就是……我的判断已然做出，但惊异地盘旋着，不敢贸然落下。因为那结论不雅。因为我从未见过类似的景点。我们是一个喜欢饮食文化的民族，却常常只注意了竹筒的这一端而有意忽视那一端。我们过分讲求儒雅，有时却忘了对自己天然的尊重。

我看着小姐，小姐也看着我，鼓励地微笑着，敦促我将那答案说出口。

这是一处厕所。我说。

是啊！小姐快活地笑起来，这是我们柳州一景，也许是全国最漂亮的厕所，起码名字是的啊！

细细看去，轻松山房是座二层小楼，形状类似颐和园的石舫。扶梯而上，内里四处都很洁净，很干爽，没有丝毫异味。到处保持着暗红的木质色调，更显出卫生洁具的雪白。仿佛有巨大的抽风机在看不见的地方运作，空气清新如晨。细细观察，屋顶和墙看似一体，实则是分开的，有蓝色的山风从那间隙呼啸而过。紧贴着山房长着一丛丛茂密的修竹，竹叶把扶疏的影子探进来，像扇骨一般摇曳着。

聪明幽默而又风雅的柳州人啊！真难为你们盖了这一座美丽的建筑，起这一个诙谐的名字。轻松二字，含一种调侃一种写实一份彼此心照不宣的机智。山房的命名，又合了这山合了这竹合了这龙潭清幽的风韵。

走出轻松山房，我对一直等候的小姐说，我会记得柳州。

一位先行者赶回来，不好意思地问小姐，跑了好远，也没有找到个方便的地方。你可知道这附近哪里可行？小姐说，谁让你刚才不在这里停一停？

那位先生惊愕地说，这么漂亮的地方，哪里想得到是“出处”？

他刚要进去，突然问道：“不知门票要多少钱？”

我这才记起，轻松山房是不收钱的。

沙漠公园

武威古称凉州，是丝绸之路上的重镇，它的东、北、西三面被腾格里、巴丹吉林大沙漠所包围。多少年来，民间流传着悲凉的歌谣："登高远望全是沙，大风一起不见家。朝为庄园夕为土，流离失所奔天涯。"

当好客的主人邀请我们游览武威沙漠公园的时候，我心中充满疑惑：除了黄沙与寂寞，这座公园里，还能有什么？！

出武威城，向东南40余里，一片苍苍的绿色，扑面而来。这里生长着杨、柳、榆、槐、白腊、文冠果等700多万株林木，还有红柳、白茨、梭梭等500多万株沙生植物，占地总面积约2万亩。

置身于葱郁的林海之中，几乎使人忘却这是在酷暑季节的沙漠之中。只有从树根处起伏的沙包上，才能确信这里曾是黄沙弥漫的沙丘，寸草遮大风，流沙滚不动，一棵草挡得住一碗沙。沙漠公园防风固沙，改变了这里的小气候。

假若单单有树，还不能称作公园，而只能叫作林区。虽然绿色在这里是那样宝贵。

沙漠公园还有高耸的观景塔。登临塔顶，你在饱览大漠风光的同时，还可以看到野雉、野兔、沙鸡在林地之中穿梭嬉戏。还有古朴典雅的桃花亭，当桃花盛开的时候，可以在此赏花陶情，还有滑沙、跑马、赛驼等游戏场所。最出乎意料的是：沙漠公园中还有一座游泳池。

名为游泳池，实际上是一座小人工湖，湖心有亭榭石桥，湖中有几个小伙子在奋臂击水。大漠之中，看到这江南水乡的风光，真令人流连忘返。突然想起一个问题：湖水巨大的蒸发量可由抽地下水补足，但湖底沙砾的渗漏，该如何解决？园长微笑着回答：先挖好这个大沙坑，从远处拉来胶泥，垫在池底，然后赶来驴马骆驼，让它们在池里走来走去，把地踩实，然后再铺上水泥……

沙漠中的这一汪绿水，真来之不易！

向主人告辞时，突然发现沙漠公园只一面有墙。便问园长：如果有人游览公园不买票怎么办？园长回答：沙漠公园其余三面皆为沙漠，没有人能够进得来。沙漠公园自 1987 年开放以来，已接待了 10 余万游客。

朋友，欢迎你到沙漠公园去！不过，一定要买票哟！

青衣的味道

小时候，很长一段时间内，我都以为二郎山是天下第一高山。为什么这么说呢？那时讲世界上最高峰是珠穆朗玛峰，海拔 8844.43 米。我唱了那首著名的歌：“二呀么二郎山呀，高呀么高万丈……”我拿笔一算，哎呀，不得了，一丈等于三米多，万丈就是三万多米，二郎山的高度是珠穆朗玛峰的四倍啊！当然是众山之王了。

后来我在西藏当边防军，亲眼看到了喜马拉雅山的雄姿，震撼不已。从西藏回到平原，目光就麻木起来，很少因为山貌而停留和湿润了。曾经沧海的坏处之一，就是不再轻易感动。但这一次，一睹二郎山的风姿，心中颤起波纹。

二郎山扼守川西，在一个巨大的盆地边缘像屏风般矗立着，更显出卓尔不群的峻拔。二郎山的山峰轮廓浑圆者居多，峥嵘的岩石都被无处不在的绿色植物包裹着，修饰着，有一种浑然天成的厚重，不似武夷山、张家界的陡峰，在妩媚中露出奇险。

青衣江仿佛一块巨型翡翠，被一轮巨碾破成无数碎玉，撒落在莽莽二郎山的峡谷之中。我也算走过一些山川，见识过若干高原湖泊，却从未见过如此清澈凛冽的江水。思来想去，好像只有天山深处的雪水河和青衣江能有一拼。可惜野马似的雪水河虽美，四周却是苍凉和寂寞的，比之二郎山青翠欲滴的生态，还是要逊色几分。这条江的名字也得的极好——青衣江。青衣江……你轻轻地缓缓地念叨这个名字，就有几分飘逸几分绵长在齿缝中穿行，还有一些依恋和清凉在舌尖上滚动。

下游的青衣江是温顺和秀丽的，但青衣江的上游喇叭河一带，很有几分桀骜不驯的躁动。江水像几股拧成麻花的青丝线，打着结，迸射出无数撕裂的线头，发出裂帛一般的轰鸣。同伴们沿着江边漫步，一路说笑，很是惬意。我找了个借口避开大家，寻一块河边的巨大卵石，坐在上边，静静地看着河水。

其实不是在看河水，是在闻江水的气味和想象青衣江水滴成冰的模样。水其实是有味道的，只是平时我们闻不到水的真正气味，水的味道被其他溶解在水中的物质所遮蔽和掩盖，甚至是混淆和损毁。只有最本质最洁净的水，才能散发出最纯正最简单的属于水的原生气息。

惊涛的味道是一种透明的芳香，带着桃子一样细软的绒毛，让人的鼻子有一点痒痒，禁不住深深地吸上一口气，身上的每一个细胞就都被水的青色熏蒸过了，人也就变得洁爽和透亮起来。

以前当医学学生的时候，听教授讲课说：“《红楼梦》里只写女人是水做的，也对也不对，因为男人也是水做的。人体中，70% 的成分都是水。如果谁身上的水不足了，那就是脱水，是要死人的。如果谁身上的水太多了，那就是水肿，也是要死人的。”

听了就很有些悚然，方知水对于人体是如此的宝贵和重要。当人生病的时候，就是身上的水出了毛病。水顺了，人也就顺了。水乱了，人也就乱了。一个人是如此，一个国家的生态又何尝不是如此呢？我坐在青衣江畔，感叹这样美丽的水已经变得十分稀少，心中百感交集。但愿青衣江能够永远这般冰清玉洁，让我们能久远地闻到沁人心脾的水的清香。

据说如果在大自然中取一些天然水，分别盛放在几个玻璃器皿中，然后放在零下 20℃的环境中，过上三个小时再把玻璃器皿拿出来，在显微镜下观察水的晶体，会有天壤之别。如果是圣洁的水，就会呈现出精美非凡的图案。如果是肮脏混浊的污水，要么根本无法形成图案，要么就会出现狰狞恐怖的图形。

更神奇的是，人的祝福和祈祷也会让纯水变得更加精美。我想，如果把青衣江源头的水放进仪器冻成冰晶，一定会有世界上最美丽的图案出现吧？因为它不但洁净无比，而且融进了人们不绝的期待和祝福。

是否永不去三峡

我没有去过三峡。

这使我在朋友们议论祖国大好河山的时候，总有几分气馁。好像身为一个珠宝商，竟没有见过钻石似的。我采取的办法是，在大家兴高采烈描绘三峡风光时缄口不言，以遮挡自己的孤陋寡闻。实在应付不过去的时候，便也跟着说几句神女峰、鬼城什么的，好像我也目睹过三峡，以免扫了大家的兴。

刚开始这样做的时候，很有几分心虚，好像做了贼。明明你没有去过，为什么要装傻充愣呢？虽说并不是出自险恶的动机，终是不诚实的表现啊。但久而久之，我发现了一个奇怪的现象，就是我这样滥竽充数，居然从来没有被人识破过。无论是大到三峡库区的宏伟远景规划，还是小到南京雨花台的石子，原来是三峡石漂流磨砺而成这样的细节，还有神女峰的严重风化，丰都的鬼食品价格昂贵……甚至充斥江面的无数游轮事故频繁等，我都能与真正去过三峡的人，聊得不露破绽。

没有去过一个地方，却对那里有了一种体贴入微的熟悉与亲切。这在我，三峡的确是唯一的一处。

小的时候，那篇编进课文的描绘三峡的文章，给了我刻骨铭心的记忆。当时就下了一个决心，我这一生，一定要到三峡看一次，看它是否如文中说得那样壮美。

在以后的岁月里，我有过许多次游历三峡的机会，但是，好像冥冥之中有一只巨手，每当我的脚就要踏上甲板的时候，它就把我的衣襟扯在岸上了。

于是游三峡就成了我的一个梦想。以前，我是非常热衷于创造机会实践这个梦想的。但随着年龄渐长，我与那些心中最美好的希望，有了一种默契。那就是——有些愿望不必实现，就让它们永远存留在我们的想象中吧。

我在西藏待过的经历，极大地腐蚀了我对于自然景观的感受欣赏力。曾经沧海难为水啊，我无法勉强自己。许多世人赞叹不已的景致，在我眼里不屑一顾。每当这种时刻，我都感觉非常的遗憾，不单枉费了长途的跋涉旅途的艰辛，更重要的是又一个梦境被粉碎了。

童年遗留给我们的梦，已经不多了。假如把一个人比喻成一个古国，它们就是个体的洪荒时期，留给我们的文物古迹了。挖了一处，就少了一处，童年的想象是无法复制的。

三峡就是我脑海中残存的最大一处梦的遗址，大概要相当于秦王的寝陵吧。对于始皇帝辉煌的地下宫殿，由于种种条件的限制，我们这一代人，是不能挖这巨大的宝藏了。

我在想，我是否也应当——永远不去三峡？

让三峡在我的想象中，永远镶着翅膀，在天际翱翔。

深绿是浅绿的弟弟

夏天是北欧的黄金季节，气候温和艳阳高照。但对游人来说，却并不那么舒服。无所不在的白昼，把人的生物钟完全打乱了。明晃晃的太阳，一天20个小时照耀着你，让人寝食不安。夜里11点了，天空还没有一丝暮色，好不容易熬到了午夜1点，窗外渐渐晦暗，可没等你入睡，凌晨2点钟天又大亮了。极昼的景致已让人坐卧不宁，试想一下到了年根前的极夜时分，一天20个小时的漫漫昏黑，岂不苦煞人也！更不消说，挪威有2/5以上的领土在北极圈内，山地、高原和冰川占了绝大部分，可耕地只有3%，简直可算条件恶劣。

然而就是这个挪威，年年都入选世界上最适宜居住的国家，今年更是一举夺得了此项评比的第一名。我就有些纳闷，和一位朋友谈起心中的不平，那朋友轻轻说了一句振聋发聩的话——挪威的适宜居住，都是因为有树啊！

在挪威旅行，简直就是在绿色的旋涡里打滚。到处都是森林，空气中充满了草木的清香。几天之后，我问同去的朋友，你看看我的白眼球黑眼珠，还是原来的颜色吗？朋友吃惊地端详了我一阵说，你好像并没有得红眼病，还是黑白分明的双眼。我说，我不是那个意思，是说在挪威走来走去，整天看到的都是绿色，眼珠恐怕也染得像翡翠了。

据最新统计，挪威的森林覆盖率达到了国土总面积的75%。因为有了树木，挪威就有了清洁的空气和丰富的资源，因为有了树木，挪威人就单纯快乐也步伐勇敢。树木在养育了人类之后，又教给人和大自然和睦相处共同繁荣，挪威于是成了世界上最富有的国家之一。

想起一句话："深绿是浅绿的弟弟。"它的作者是一位挪威诗人，写了很多脍炙人口的著名诗篇，但我最喜欢的就是这句——深绿是浅绿的弟弟。它会引起你很多美妙的想象，比如，深绿长大了，是不是也要向哥哥看齐，变成浅绿呢？深绿和浅绿的妈妈是谁？它们有没有姐妹？会不会姐姐是嫣红而妹妹是姹紫呢？

毋庸讳言，我们的国家还不够绿。不要说深绿浅绿，连均匀的淡绿也谈不到，适宜居住对我们来说尚是一个梦。好在绿色的母亲我们已经有了，那就是我们的手和我们的心。只要有一个母亲，她的子女就会渐渐繁衍昌盛起来，这必定无疑。

高高的白杨树

30年前的那个春天，我是三年级小学生。新建的校园很漂亮，周围却没有一棵树。我和同学们一起到苗圃去拉树苗。苗圃的老爷爷给了我一棵最瘦弱的、没有一片绿叶的白杨树。“我不要这棵树。”我说：“老师说，这次美化校园，谁种的树，就把谁的名字写在小木牌上，挂在树枝上，比一比谁种的树长得茂盛。”“可它并没有死啊……”老爷爷叹了口气看着我。我只好扛起这棵树苗。从苗圃到学校很远。老爷爷在每棵树苗的根部都包了一个土坨，再用草席和绳子仔细捆好。有的同学扛累了，就从肩上放下树苗拖着走，树根上的土从草席的缝隙漏出来，马路上留下了一行行土黄色的痕迹。我的树苗包裹的土坨最大，尽管扛得也很累，可我始终没有把它从肩上放下来。我的树苗最小，可我给它挖了一个很大的树坑，让它自由自在地扎下根。

一个月过去了，我种的树依然最矮小，但是它活了，长出像眼镜片那样发亮的小叶子。当我走近它的时候，它仿佛向我招手。那个把树苗在地上拖得最远的男孩子哭了。他的小树像一根孤零零的旗杆插在土里，无论他浇多少水，小树还是不吐芽。我常常为我的小杨树浇水，盼它快快长大。可是，悬在枝条上的小木牌，总是在齐我眼眉的地方摆动，一点也不升高。“六一”篝火晚会，大家玩得好开心。散会时已是深夜了，老师看我一个人留在空旷的操场上，很奇怪，问我是不是丢了什么东西。“不，我只是想把篝火燃尽的草木灰施到我的小树下。”我答道。

后来，我的小树终于和许多同学的小树一样茁壮，它们繁茂的枝叶随风摇曳着，好像在唱着快乐的歌。

这是我在小学的最后一个春天了。我种的小树已经长得很高，把写有我名字的小木牌调皮地举到半空，我跳起来也够不着了。在春天的晚霞中，它的叶片一动也不动，仿佛知道我们不久就要分别。“我会常常来看你的。”我对它说。我必须记住小树的位置。感谢我刚看过的一本课外书，它告诉我，在野外识别标志物，就要寻找比较固定的坐标。

傍晚，灿烂的晚霞在西方天际燃烧着，远山如同一幅黛青色的剪影。我的小杨树正对着一座像鹰嘴一样突兀的山脊，侧面与我们的教学楼平行。

再见了。我的小白杨！

很久之后，我才知道那座高耸的山脊，是燕山山脉的主峰。

再以后，我到过更为高耸的昆仑山，也到过中国最为低凹的吐鲁番盆地。我经历了许许多多的风雨，但在我心中最宁静的地方，栽种着一棵小白杨。

终于在一个春天的傍晚，我回到了母校。在教学楼与像鹰嘴一样突兀的山脊延线的交界点上，我看到了一棵巨大而繁茂的杨树。它无数片绿叶在飘动着，浓密的树荫遮蔽了几乎半个操场。

这就是我那棵瘦弱的小白杨吗？我抚摸着粗糙的树身，想让它给我一个回答。

白杨树的绿叶相互击打着，好像在轻轻拍着手掌。

“阿姨，您是谁的妈妈呀？”几个在杨树下跳皮筋的女孩子走过来问我。

我真想告诉她们，这棵巨大的白杨树，是我亲手种下的。

但我终于什么也没有说。

毕淑敏 著

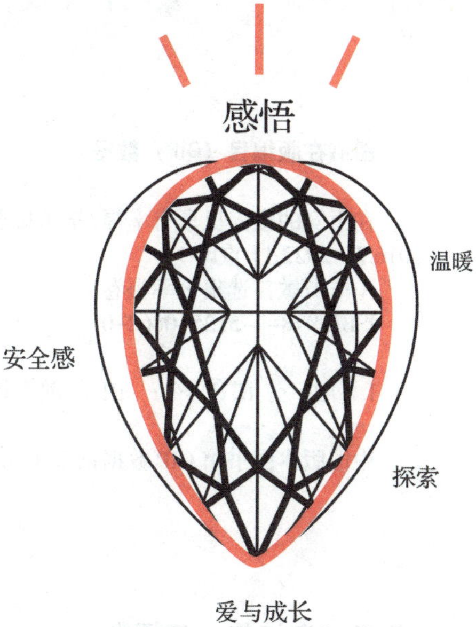

在不安的世界里享有幸福

毕淑敏自选集·幸福卷

Enjoying Happiness In an Unstable World

国际文化出版公司
·北京·

图书在版编目（CIP）数据

在不安的世界里享有幸福 / 毕淑敏著. —北京：国际文化出版公司，2016.7（2022.11 重印）

（毕淑敏自选集·幸福卷）

ISBN 978-7-5125-0862-0

I. ①在… II. ①毕… III. ①散文集—中国—当代 IV. ① I267

中国版本图书馆 CIP 数据核字（2016）第 160074 号

毕淑敏自选集·幸福卷

作　者	毕淑敏	
责任编辑	赵　辉　戴　婕　李　璞	
出版发行	国际文化出版公司	
经　销	国文润华文化传媒（北京）有限责任公司	
印　刷	文畅阁印刷有限公司	
开　本	787 毫米 ×1092 毫米	16 开
	60 印张	781 千字
版　次	2016 年 7 月第 1 版	
	2022 年 11 月第 2 次印刷	
书　号	ISBN 978-7-5125-0862-0	
定　价	180.00 元（全三册）	

国际文化出版公司

北京朝阳区东土城路乙 9 号　　邮编：100013

总编室：（010）64270995　　传真：（010）64270995

销售热线：（010）64271187

传真：（010）64271187-800

E-mail：icpc@95777.sina.net

目　录

第二章　幸福是家的温暖

第三章　幸福是心中有爱

第四章　幸福是被你需要

第五章　幸福随处都在

第六章　幸福也有哀伤时

总序

写作多年，积攒下若干文字。20 世纪 90 年代，有出版社找到我，说是预备给我出套文集。我听后心情有些激动，先是高兴马上又觉得自己不配。

文集出了，销得还不错。劳动人民文化宫举办书市，我去签名售书。文集共 4 本，卖 80 多块钱。读者们排着长长的队伍，缓缓走向我。我埋头签书，心里充满了不忍。我想，80 多块钱，要是用来买成肉，快合半扇猪了！（那时物价便宜，一斤肉才几块钱。）人家把吃肉的钱省下来，买我的书，多大的信任啊！一斤肉吃到肚里，肯定会让人长力气壮身体（那时的人没有那么多“三高”超标，视吃肉为上等的好事情）。扪心自问，我的书带给人的帮助，能抵得过十几斤肉吗?

心中惶恐。从那一瞬，我暗下决心，这辈子，不写则已，如果写，就一定要说真话，要认真负责对待笔下的每一个字。力争做到对得起读者为了购买我的书，付出的买肉钱。

购书的代价是两方面的。首先要付出金钱，读者的钱是哪里来的呢?是他的劳动换来的。所以，买书这件事，说到底，是用作者的劳动换读者的劳动。市场上，如果人们买了变质的食品或是伪劣产品，可以要求退换货或是保修。但是，读者买了一本书，如果没有缺页错页，基本上不能把书退还书店或是作者。也就是说，写书卖书的人，只对书的装订质量负责，至于内容，你买了书，就自认是全盘接受，售出后概不负责。我觉得这近似霸王条款。或者往好里说，是人与人之间一种极大的信任。一个作者，万不可亵渎了这份信任，唯有竭尽全力诚惶诚恐地为自己的产品负责，才能对得起读者这一份近乎无条件的接纳。

读者付出的第二种代价，是他或她的时间。时间其实是无价的，是用来构成生命的金色颗粒。读者把如此宝贵的东西，消耗在阅读我所写的文字之中，我无以回报，只能将我的思考和表达，千锤百炼力求尽善尽美。我不敢保证它们完全正确，但我应该保证它们具备发自内心的诚挚。否则，就是暴殄了人与人之间的信赖，就是对他人的轻慢和敷衍。

从那时到现在，又过去了20多年。作品积攒得比过去多了，心态已悄然变得平和。感谢编辑们的热忱和信任，我能有机会出一套自选集，十分高兴。

它们大致分为三部分。一部分是和幸福有关，一部分是和心理有关，还有一部分和旅游与我在西藏的岁月有关。

这是我在不同时期写下的文字，打着我的年龄的烙印。年龄的增长从未让我气馁，只是帮助我理解了不同时期的美好。

如果把人生比作一株植物，把青年时期比作嫩绿，我35岁时才开始写作，实在要算在苍绿时段才进入别人的早春，接下来是无以抵挡的墨绿与苍黄……现在，干脆成了深秋时节银杏叶般的暗金。我已进入老年，步伐放缓，心头肃静。我知道生命还会继续变化，从草黄变成铅铁般的灰黑；再然后，哦，就该是土壤的褐赭色了；再再然后，大约就无色透明了。

祈愿我的文字带着我的暖意和祝福，飞抵你的掌心。

毕淑敏

2016年6月1日

文学界的白衣天使

如果她的署名是阿咪、狂姐、原水爆或者荷兰豆，也许我早就读过她的作品了。

然而她的名字是毕淑敏，这名字普通得如——对不起——任何一个街道妇女。

而且她说她从小就是一个好学生，她的数学与语文是同样的好（总算找到了一个喜欢也学得好数学的同行了，王蒙大悦焉），她的开始写作源于她父亲的建议，而她的戒骄戒躁是由于儿时母亲的教导。为了写作，她在完成了医学学业以后，又去上广播电视大学的文学系并以“优”的成绩毕业，继而读研究生，获得了硕士学位（有几个作家老老实实地这样学过文学）。再说，她同时是或者更加是一个医术精良的内科医生，她对此充满自信与自豪……

我真的不知道世界上还有这样规规矩矩的作家与文学之路。我本来以为新涌现出来的作家都可能是怀才不遇、牢骚满腹、刺儿头反骨、不敬父母（而且还要审父）、不服师长、不屑学业、嘲笑文凭、突破颠覆、艰深费解、与世难谐、大话爆破、呻吟颤抖，充满了智慧的痛苦、

天才的孤独、哲人的憔悴、冲锋队员的血性暴烈或者安定医院住院病人的忧郁兼躁狂的伟人——怪物。

毕淑敏则不是这样。她太正常、太良善，甚至是太听话了。即使做了小说，似乎也没有忘记她的医生的治病救人的宗旨，普度众生的宏愿，苦口婆心的耐性，有条不紊的规章和清澈如水的医心。她有一种把对人的关怀、热情和悲悯化为冷静的处方，集道德、文学和科学于一体的思维方式、写作方式与行为方式……

所以就更显得毕淑敏的正常、善意、祥和、冷静乃至循规蹈矩的难能可贵。即使她写了像《昆仑殇》这样严峻的、撼人心魄的事件，她仍然保持着对于每一个当事人与责任者的善意与公平。善意与冷静，像孪生姐妹一样时刻跟随着毕淑敏的笔端。唯其冷静才能公正，唯其公正才能好心，唯其好心世界才有希望，自己才有希望，而不至于使自己使读者使国家使社会陷于万劫不复的恶性循环里。也许她缺少了应有的批评与憎恨，但至少无愧于心，其实是远远优于那些缺少应有的爱心与好意的志士。她正视死亡与血污，下笔常常令人战栗，如《紫色人形》《预约死亡》，但主旨仍然平实和悦，她是要她的读者更好地活下去、爱下去、工作下去。她宁愿忏悔“我”的多疑与戒备太过，歌颂普通人（《翻浆》），而与泛恶论的诅咒与煽动迥异其趣。至于她的散文就更加明澈见底了。

她确实是一个真正的医生，好医生，她会成为文学界的白衣天使。昆仑山上当兵的经历，医生的身份与心术，加上自幼大大的良民的自觉，使她成为文学圈内的一个新起的、别有特色的、新谐与健康的因子。

而另外的多得多的天才作家的另一面，实在是文学界的病友。我尊敬与同情我的病友，我知道世界上许多伟大的作家都有病，他们太痛苦了，他们因痛苦而愈发伟大了。但同时我也赞美与感谢大夫，

为了全国人民的身心健康，我祝愿在大夫与病友的比例上不至于出现太大的失调。有病人也有医生，这才是世界，这才有各种写不完的故事。

不知道这是我的幸还是不幸，不知道这是不是我的被误解与被攻击的原因之一。我既觉得病人之可哀可叹，又觉得医生之可亲可信，特别是当我给一个比我年轻的作家作序写评的时候，我承认每一片树叶的价值。当然，我宁愿多称赞一点祥和与理性，我也许又发放了太多的苦口的良药，真对不起。

王蒙

第一章

幸福是内心的欢喜

幸福是一种心灵的震颤，它像会倾听音乐的耳朵一样，需要不断地训练。人们常常只是在幸福的金马车已经驶过去很远时，捡起地上的金鬃毛说，原来我见过她。

提醒幸福

我们从小就习惯了在提醒中过日子。天气刚有一丝风吹草动，妈妈就说，别忘了多穿衣服。才相识了一个朋友，爸爸就说，小心他是个骗子。你取得了一点成功，还没容得乐出声来，所有关切着你的人一起说，别骄傲！你沉浸在欢快中的时候，自己不停地对自己说："千万不可太高兴，苦难也许马上就要降临……"

我们已经习惯于提醒，提醒的后缀词总是灾祸。灾祸似乎成了提醒的专利，把提醒也染得充满了淡淡的贬义。

我们已经习惯了在提醒中过日子。看得见的恐惧和看不见的恐惧始终像乌鸦盘旋在头顶。

在皓月当空的良宵，提醒会走出来对你说：注意风暴。于是我们忽略了皎洁的月光，急急忙忙做好风暴来临前的一切准备。当我们大睁着眼睛枕戈待旦之时，风暴却像迟归的羊群，不知在哪里徘徊。当我们实在忍受不了等待灾难的煎熬时，我们甚至会恶意地祈盼风暴早些到来。

在许多夜晚，风暴始终没有降临。我们辜负了冰冷如银的月光。

风暴终于姗姗地来了。我们怅然发现，所做的准备多半是没有用的。事先能够抵御的风险毕竟有限，世上无法预计的灾难却是无限的。战胜灾难靠的更多的是临门一脚，先前的惴惴不安帮不上忙。

当风暴的尾巴终于远去，我们守住零乱的家园。气还没有喘匀，新的提醒又智慧地响起来，我们又开始对未来充满恐惧的期待。

人生总是有灾难。其实大多数人早已练就了对灾难的从容，我们只是还没有学会灾难间隙的快活。我们太多注重了自己警觉苦难，我们太忽视提醒幸福。

请从此注意幸福！

幸福也需要提醒吗？

提醒注意跌倒……提醒注意路滑……提醒受骗上当……提醒荣辱不惊……先哲们提醒了我们一万零一次，却不提醒我们幸福。

也许他们认为幸福不提醒也跑不了的。也许他们以为好的东西你自会珍惜，犯不上谆谆告诫。也许他们太崇尚血与火，觉得幸福无足挂齿。他们总是站在危崖上，指点我们逃离未来的苦难。

但避去苦难之后的时间是什么？

那就是幸福啊！

享受幸福是需要学习的，当幸福即将来临的时刻需要提醒。人可以自然而然地学会感官的享乐，人却无法天生地掌握幸福的韵律。灵魂的快意同器官的舒适像一对孪生兄弟，时而相傍相依，时而南辕北辙。

幸福是一种心灵的震颤，它像会倾听音乐的耳朵一样，需要不断地训练。

简言之，幸福就是没有痛苦的时刻。它出现的频率并不像我们想象的那样少。

人们常常只是在幸福的金马车已经驶过去很远时，捡起地上的金鬃毛说，原来我见过她。

人们喜爱回味幸福的标本，却忽略幸福披着露水散发清香的时刻。那时候我们往往步履匆匆，瞻前顾后不知在忙着什么。

世上有预报台风的，有预报蝗虫的，有预报瘟疫的，有预报地震的，没有人预报幸福。

其实幸福和世界万物一样，有它的征兆。

幸福常常是朦胧地、很有节制地向我们喷洒甘霖。你不要总希冀轰轰烈烈的幸福，幸福多半只是悄悄地扑面而来。你也不要企图把水龙头拧得更大，使幸福很快地流失，而需静静地以平和之心体验幸福的真谛。

幸福绝大多数是朴素的。它不会像信号弹似的，在很高的天际闪烁红色的光芒。它披着本色的外衣，亲切温暖地包裹起我们。

幸福不喜欢喧嚣浮华，常常在黯淡中降临。贫困中相濡以沫的一块糕饼、患难中心心相印的一个眼神、父亲一次粗糙的抚摸、女友一个温馨的字条……这都是千金难买的幸福啊。像一粒粒缀在旧绸子上的红宝石，在凄凉中愈发熠熠夺目。

幸福有时会同我们开一个玩笑，乔装打扮而来。机遇、友情、成功、团圆……它们都酷似幸福，但它们并不等同于幸福。幸福会借了它们的衣裙，袅袅婷婷而来，走得近了，揭开衣裙，才发觉它有钢铁般的内核。幸福有时会很短暂，不像苦难似的笼罩天空。如果把人生的苦难和幸福分置天平两端，苦难体积庞大，幸福可能只是一块小小的矿石。但指针一定要向幸福这一侧倾斜，因为它有生命的黄金。

幸福有梯形的切面，它可以扩大也可以缩小，就看你是否珍惜。

我们要提高对于幸福的警惕，当它到来的时刻，激情地享受每一分钟。据科学家研究，有意注意的结果比无意要好得多。

当春天的时候，我们要对自己说，这是春天啦，心里就会泛起融融的绿意。

幸福的时候，我们要对自己说，请记住这一刻！幸福就会长久地伴随我们。

那我们岂不是拥有了更多的幸福！

所以，丰收的季节，先不要去想可能的灾年，我们还有漫长的冬季来得及考虑这件事。我们要和朋友们跳舞唱歌，渲染喜悦。既然种子已经回报了汗水，我们就有权沉浸于幸福。不要管以后的风霜雨雪，让我们先把麦子磨成面粉，烘一个香喷喷的面包。

所以，当我们从天涯海角相聚在一起的时候，请不要踌躇片刻后的别离。在今后漫长的岁月里，有无数孤寂的夜晚可以独自品尝愁绪。现在的每一分钟，都让它像纯净的酒精，燃烧成幸福的淡蓝色火焰，不留一丝渣滓。让我们一起举杯，说：我们幸福。

所以，当我们守候在年迈的父母膝下时，哪怕他们鬓发苍苍，哪怕他们垂垂老矣，你都要有勇气对自己说：我很幸福。因为天地无常，总有一天你会失去他们，会无限追悔此刻的时光。

幸福并不与财富地位声望婚姻同步，它只是你心灵的感觉。

所以，当我们一无所有的时候，我们也能够说：我很幸福。因为我们还有健康的身体。当我们不再享有健康的时候，那些最勇敢的人可以依然微笑着说：我很幸福。因为我还有一颗健康的心。甚至当我们连心都不再存在的时候，那些人类最优秀的分子仍旧可以对宇宙大声说：我很幸福。因为我曾经生活过。

常常提醒自己注意幸福，就像在寒冷的日子里经常看看太阳，心就不知不觉暖洋洋亮光光。

幸福的尺度

尺度这个词，表面上看起来，很好理解。尺子吗，人人都明白。度呢，稍微复杂一点，大致是幅度的意思。就是说，物体在不发生质的变化前提下，可以有一点变动的范围。但是，不能过量，过了，就改变了原来的性质，成为另外一种状态了。比如热水在99℃之下，看起来都差不多，就算有点小气泡泛起，也无伤大雅。一旦突破了这个界限，抵达100℃，那么，水在刹那间变了模样。沸腾嚣张，白雾滚滚……

现实生活中，尺度和我们如影随行。你无法逃脱尺度的手掌心。你的身高，你的脚长，你的血压，你的血糖，你的收入，你居住的平方米，你走过的路程，你攀缘的高山……尺度无所不在。关于它，还有一句很著名的话，见于战国时代的重要兵书《六韬·农器》。说："丈夫治田有亩数，妇人织纴有尺度。是富国强兵之道也。"不得了，尺度被提到了安邦治国的战略高度。

记得有一次我在某地授课，谈的是幸福问题。有一位女听众举手发问，滔滔不绝。我仔细听了半天，不知道她的问题是什么。她侃侃而谈自己工作顺遂家庭和睦，儿女双全父母健在，身体无恙面容姣好，有房有车……

听众们渐渐骚动起来，估计他们也和我一样，摸不着头脑。

我抓个缝隙赶紧插进去说，不好意思打断您一下，现在是现场提问时段，您迫不及待地举手发言。对不起直到此刻，我还不知道您的问题是什么呢？

我的问题……是……她一下子愣了，支吾着。

听众们不耐烦起来，有人蹦着高举手要提新问题。有人干脆示意我不要耽误时间了。

我耐心地等待，女子终于想起来她的问题，说，我已经非常非常幸福了，但是，我还想要更多的幸福。您说，我应该怎样办呢？

场上有嘘声响起。

大多数人都认为自己不够幸福，女子高调炫耀了自己的幸福，让有些人刺痛。你还想要更多的幸福，有人小声嘀咕，你是渔夫和金鱼里面的老太婆吗？

我说，您只需要做一件事情。

场上肃静下来。一个幸福女人，接下来要做的事是什么呢？人们有兴趣。

我说，感恩和知足。

幸福并非无边无际，也是有尺度的。对地球上的人们来说，最大的尺度，莫过于宇宙。中国古代对于宇宙的解释是这样的——“四方上下曰宇，古往今来曰宙”，用现在的话来解释，就是说，幸福不单有三维空间，还要有四维空间，那就是时间。

爱因斯坦认为，每一瞬间在三维空间中的所有实物，除了占有一定的位置，还有一个时间的轴度，这就是四维概念。那么，在广阔的地域中，在无垠的时间里，该如何看待幸福？眼前感知的幸福瞬间，是否可以永恒？

你今天幸福，但你并不能保证明天幸福。从这个意义上讲，那个沉浸在幸福中的女子有所担忧，也可理解。

不过，尺度有则。面对幸福，你不可以贪婪，因为幸福本身就是有节制的。你不可以炫耀，因为幸福本身是朴素和宁静的。你不可以一厢情愿地认定这是自己命好，因为从宏观讲，有巨大的力量凌驾于我们卑微的生命之上。你不可僭越，将那功劳仅仅归于自己。不能忘了自我的幸福是许许多多人和机缘襄助的善果。大自然和历史给予的教诲，千万要牢记。

不由得想到我的这本小书，它有长度、宽度和高度的外表，也要受到时间的制约。所谓时间制约，是不是从写出文字的这一刻算起，直到最后这本书灭失呢？我多少有点没想明白——即使书本册页不在了，但书中的文字还在某人的脑海中存活着，是否书还有独立的生命？

我并不担忧。幸福不是蜂蜜、糖或所有甘甜物质的混合体。它的尺寸始终在我们内心的神圣之处。那就是对自己生命状态的全然把握，知道自己在做什么，而这个方式又是给自己带来快乐，并对他人有所裨益。

幸福哪怕再细微，也顽强地存在。

恰到好处的幸福

我学医生涯的开端颇为惊悚。根本就不懂任何医学知识的新兵到了西藏边防部队，卫生科长对我们说，给你们每人分一个老卫生员为师，让他先教你们打针，然后穿上白大褂就能上班了。

我觉得这不像学医，像学木匠。我师傅是个胖胖的“老”卫生员。说他“老”，大约也只有20岁出头吧，但对十六七岁的我们来说，已足够沧桑。他找来一个塑料的人体小模型，用粗壮的食指在那人的屁股上画了个虚拟的“十”字，然后说：打针的时候，针头扎在臀部这个十字的外上四分之一处，不然容易伤了神经。伤了，下肢就会瘫痪。

很可怕。我点点头，说记住了，屁股的外上四分之一。

老卫生员说，从此你不能说屁股，说臀部。

我像鹦鹉一样重复：臀部臀部。

老卫生员又说，记住消毒的步骤，先是2%碘酒，再是75%酒精。棉球要涂同心圆，不能像刷油漆似的乱抹。

我说，记得啦！

老卫生员又说，考考你。酒精要用多少度的？

我说，75%。

他说，那么，80%的行不行呢？

我暗自揣摩，75%一定是能达到消毒目的的最低标准。藏北山高路远，所用物资千里迢迢地运来，使用一定力求节省。所以，问题的答案不言而喻。

我说，80%行。

老兵的面容很平静，继续问，那么，90%的酒精怎么样？

我说，那当然也行。

老兵说，100%呢？

我说，肯定更好啦！只是那样太浪费了。

老兵被高原紫外线晒成紫色的脸庞，变成棕黑色，说，错啦！75%的酒精可以破坏细菌的膜，药水渗入到内里去，整个细菌就被杀死了。浓度更高的酒精，飞快地把细菌外膜凝固了，就像砌起一道墙，反倒阻止了药液进一步浸透到细菌内部，杀不死细菌，有些东西，并不是越浓越好，要恰到好处。

那一天，我记住了“臀部”和“恰到好处”。

我到国外某机构参观。辉煌大厅中竖立着金字的企业精神。其中有一条，叫作“合理期望”。

我说，这一条有点特别。一般都会更励志一些，比如“崇高期望”云云。

陪同人员解答，这是我们的创始人尊崇的原则。期望并不是越高越好，而是要恰到好处。期望太高了，达不到，就会心生怨恨和沮丧，长久以往，就会丧失信心。期望太低了，没有动力和目标，得过且过，也会让人萎靡不振。所以，合理的期望，是一种正确评估，在愿望和实际情况之间，找到最佳的平衡点。

在那一瞬，我向后回忆想到了酒精，向前展望想到了幸福。

酒精的浓度不能太高，过了那个最佳值，结果就适得其反。幸福也是一样，切不要贪得无厌。

有些人，把目光瞄向自己目力所及的享受最高等级处。某种机缘看到了好房子，就设想以后能在这屋结婚生子。看到豪华的车，就设想能开着这车呼朋引类风驰电掣。看到人家的高职务，就发愿我以后要比你升得更高。看到别人的娇妻，就想我的伴侣定要倾国倾城。看到人家狂发美食图片，暗自发誓有一天我将吃龙肝凤髓并昭告天下。知道寿星活了90岁，就渴慕自己赶超100岁……

凡此等等，皆为不合理期望。

且不说把这些物质形态和外在指标当成是否幸福的指标是否明智，单说目光如此之高，便有违“恰到好处”这一原则。

房子完全不需要那么大，够用即可。太大了，就算你有那个银两买下来，也是暴殄天物。地球资源有限，你为什么要享用那么多的地盘，剥夺了他人的空间？

食品完全不必那么精益求精，因为它的主要功能是为我们的机体提供营养。只要洁净并能够供给身体的需求即可。太稀缺惊险的食材，太复杂劳烦的烹制方法，太考究并故弄玄虚的进食环境，都是不可取的。它们所附着的是炫耀高阶层的沾沾自喜，而这些，恰好和幸福朴素温暖的宗旨不相容。

配偶不必求国色天香出人头地，价值观相同，彼此说得来话，相互喜欢，就是神仙伴侣。

职务这件事儿，和你能力有一定的关联，但也和局面与关系牵连，并不是单纯凭着努力就一定达到目的，高下也没有绝对的公平。刨去坏人，这世界上的能人很多，自己做不到那个位置，让别人来做，未必就一定不妥。僧多粥少的事情，为何非要收入你囊中？

车子主要是代步工具，不必把它看成是硕大的勋章或是族徽，彰显财力不可一世。那不是幸福的氛围，而是自卑的秽气沿街抛洒。

至于活多久，这可是含有天机的秘密。你不可胜天，不要太狂狷。况且生死并不是胜败与否的决斗，只是无尽长河中的一环。泰然相向，生命之高下并不决定绵长或短暂，更在于丰美和深邃。

身体健康也不必求全，就算体检表上有了向上或是向下的小箭头，我们也可以适时纠正。实在纠正不了，从容逝去就是。幸福是思想的花朵，和身体器官是否无懈可击，并不相关。

恰到好处，是一种哲学和艺术的结晶体。它代表的豁达和淡然，是幸福门前的长廊。轻轻走过它，你就可以拍打幸福的门环。

造心

蜜蜂会造蜂巢。蚂蚁会造蚁穴。人会造房屋、机器，造美丽的艺术品和动听的歌。但是，对于我们最重要最宝贵的东西——自己的心，谁是它的建造者？

孔雀绚丽的羽毛，是大自然物竞天择造出。白杨笔直刺向碧宇，是密集的群体和高远的阳光造出。清香的花草和缤纷的落英，是植物吸引异性繁衍后代的本能造出。卓尔不群坚忍顽强的性格，是禀赋的优异和生活的历练造出。

我们的心，是长久地不知不觉地以自己的双手，塑造而成。

造心先得有材料。有的心是用钢铁造的，沉黑无比。有的心是用冰雪造的，高洁酷寒。有的心是用丝绸造的，柔滑飘逸。有的心是用玻璃造的，晶莹脆薄。有的心是用竹子造的，锋利多刺。有的心是用木头造的，安稳麻木。有的心是用红土造的，粗糙朴素。有的心是用黄连造的，苦楚不堪。有的心是用垃圾造的，面目可憎。有的心是用谎言造的，百孔千疮。有的心是用尸骸造的，腐恶熏天。有的心是用眼镜蛇唾液造的，剧毒凶残。

造心要有手艺。一只灵巧的心，被缝制得如同金丝荷包。一罐古朴的心，淳厚得好似百年老酒。一枚机敏的心，感应快捷电光石火。一颗潦草的心，门可罗雀疏可走马。一摊胡乱堆就的心，乏善可陈杂乱无章。一片编织荆棘的心，暗设机关处处陷阱。一道半是细腻半是马虎的心，好似白蚁蛀咬的断堤。一个绣花枕头内里虚空的心，是假冒伪劣心界的水货。

造心需要时间。少则一分一秒，多则一世一生。片刻而成的大智大勇之心，未必就不玲珑。久拖不决的谨小慎微之心，未必就很精致。有的人，小小年纪，就竣工一颗完整坚实之心。有的人，须发皆白，还在心的地基挖土打桩。有的人，半途而废不了了之，把半成品的心扔在荒野。有的人，成百里半九十，丢下不曾结尾的工程。有的人，精雕细刻一辈子，临终还在打磨心的剔透。有的人，粗制滥造一辈子，人未远行，心已灶冷坑灰。

心的边疆，可以造得很大很大。像延展性最好的金箔，铺设整个宇宙，把日月包含。没有一片乌云，可以覆盖心灵辽阔的疆域。没有哪次地震火山，可以彻底颠覆心灵的宏伟建筑。没有任何风暴，可以冻结心灵深处喷涌的温泉。没有某种天灾人祸，可以在秋天，让心的田野颗粒无收。

心的规模，也可能缩得很小很小，只能容纳一个家、一个人、一粒芝麻，一滴病毒。一丝雨，就把它淹没了。一缕风，就把它粉碎了。一句流言，就让它痛不欲生。一个阴谋，就置它万劫不复。

心可以很硬，超过人世间已知的任何一款金属。心可以很软，如泣如诉如绢如帛。心可以很韧，千百次的折损委屈，依旧平整如初。心可以很脆，一个不小心，顿时香消玉碎。

造心的时候，可以有很多讲究和设计。

比如预埋下一处心灵的生长点，像一株植物，具有自动修复，自我养护的神奇功能。心受了创伤，它会挺身而出，引导心的休养生息，在最短的时间内，使心整旧如新。

比如高高竖起心灵的避雷针，以便在危急时刻，将毁灭性的灾难导入地下，耐心等待雨过天晴。

比如添加防震防爆的性能，在心灵遭受短时间高强度的残酷打击下，举重若轻，镇定地维持蓬勃稳定。

比如……

优等的心，不必华丽，但必须坚固。因为人生有太多的压榨和当头一击，会与独行的心灵，在暗夜狭路相逢。如果没有精心的特别设计，简陋的心，很易横遭伤害一蹶不振，也许从此破罐破摔，再无生机。没有自我康复本领的心灵，是不设防的大门。一汪小伤，便漏尽全身膏血。一星火药，便可烧毁绵延的城堡。

心为血之海，那里汇聚着每个人的品格、智慧、精力、情操，心的质量就是人的质量。有一颗仁慈之心，会爱世界爱人爱生活，爱自身也爱大家。有一颗自强之心，会勤学苦练百折不挠，宠辱不惊大智若愚。有一颗尊严之心，会珍惜自然善待万物。有一颗流量充沛羽翼丰满的心，会乘上幻想的航天飞机，抚摸月亮的肩膀。

造心是一项艰难漫长的工程，工期也许耗时一生。通常是母亲的手，在最初心灵的模型上，留下永不消退的指纹。所以普天下为人父母者，要珍视这一份特别庄重的义务与责任。

当以我手塑我心的时候，一定要找好样板，郑重设计，万不可草率行事。造心当然免不了失败，也很可能会推倒重来。不必气馁，但也不可过于大意。因为心灵的本质，是一种缓慢而精细的物体，太多的揉搓，会破坏它的灵性与感动。

造好的心，如同造好的船。当它下水远航时，蓝天在头上飘荡，海鸥在前面飞翔，那是一个神圣的时刻。会有台风，会有巨涛。但一颗美好的心，即使巨轮沉没，它的颗粒也会在海浪中，无畏而快乐地燃烧。

心宁度

这两天因为西藏阿里建起了中国第一座暗夜公园，我学会了一个新词——视宁度。

什么叫视宁度呢？就是当你在晴朗的夜晚举头仰望星空的时候，你视野中的稳定度。如果你觉得这还费解，那么请正宗的科学家们原谅我的无知和冒昧，我斗胆来个通俗化的理解就是——你看到的星星闪不闪？

天上的星星主要是恒星，它们之所以得“恒”之大名，是因为自己能恒定地发出光焰，而不是像月亮似的靠反射别人的亮光以自美。恒星们前赴后继汹涌澎湃地明亮着，它们不闹情绪、不罢工、不会失恋似的忽闪不停。但我们看到的恒星，很多时候的确会出现像姑娘受惊时的睫毛颤动般的乱象。这绝非恒星们的本来面貌，而是视宁度不良造成的结果。

简言之，视宁度就是表示空气宁静程度的参数，大气层的乱流湍动是造成视宁度不佳的根本原因。功率再强大的天文望远镜，如果脚下安身立命的天文台所在地视宁度不良，它们也就英雄无用武之地，观测到的星际成像分辨率会大打折扣，甚至完全不能工作。所以，世界上顶级的天文台，一定要建造在高山之巅，概因那里的视宁度较好，少受干扰，可以观测到更多的天体细节。

视宁度是天文观测非常重要的先决条件，没有好的视宁度，你就看不清这个宇宙。

由此，我想到了一个新词——心宁度。

人间纷繁喧嚷，就如同大气层的乱流湍动。你无法让大气层停止运动，那样的结果是天地死寂生命萎缩，但你又想要尽可能真切地了解这个世界，决定自己的应对攻伐。你还要真切地了解自己，这是更麻烦的部分。星星不需要了解自己，它们本身是没有生命的自然之物。而每一个温暖且有行动能力的人，则是既要了解这个世界，也要了解自己。对于爱恋中的女子来说，你还必须了解你所爱之人的精髓。这需要由内向外安静观察的心宁度。

心安宁的首要条件，是对这个世界，放下不切实际的幻想。世界并不会因你的到来而敲锣打鼓龇出白牙粲然一笑。

它大张着嘴，露出的很可能是一对想将你撕伤的犬齿。世界并不会因了你的美貌聪慧和天真可爱萌，就送你光鲜前程和温柔爱人。也许正因为它已经给予了你某些天赋，而预备了买一送一的苦难和各色考验作为包装纸。世界可说是一个吝啬的客栈，它为你铺设下的被褥绝不会让你高枕无忧，它为你摆好的餐桌上安放的是一个空碗且千疮百孔。你要自己学会安眠并寻找食物，还要提防着不被鼠窃狗偷。而在这一切之上，还有你的理想，你要踏踏实实地向着它挺进。

如果你打算寻找一个爱人，他或她就一定生龙活虎地在这个世界的某个犄角旮旯存在着。在这一点上，这个世界可谓通情达理且脾气不错。它仁慈地为你准备好的不是仅有的一个人，常常是一类人。但究竟哪一类人最适合你，它知道底细却狠心不告诉你，你这个当事人只有自己苦苦思索。你想打探，可惜问谁都没用。问你爹妈不行，问你师长不行，问你的闺密更不成，她被自己的事儿折磨得五迷三道，给你出的主意基本不靠谱。你只有自力更生，用一颗安宁的心，明澈的眼，细细寻找隐匿的答案。注意哦，不是寻找那个人，而是先寻找那一类人的标准。有了标准，寻找就有了方向和底气。如果没有标准，就是误打误撞，瞎猫碰死耗子。撞到了是你的福气，撞不到是你的大概率。

心宁才能排除干扰，心宁才能知此知彼，心宁才能胜不骄败不馁一往无前，心宁才能在命运面前观察到更多细节，看到胜利的微光和危险的端倪。心宁才能在婚姻出现裂隙的时候，有勇气和耐心操刀持针修补它，心宁才能在生活露出支离破碎猥琐不堪一面的时候，固守底线沉着应对不绝望不放弃，逆风行进，就算匍匐在地也是低姿向前。

心宁是个宝。提高了我们的心宁度，才能不闪烁不遮蔽地直视前方。心宁，一生就系上了幸福的安全带。

心是一只美丽的小箱子

小时候上学，很惊奇以“心”为偏旁的字怎么那么多？比如：“念、想、意、忘、慈、感、愁、思、恶、慰、慧……”哈！一个庞大的家族。

除了这些安然地卧在底下的“心”以外，还有更多迫不及待站着的“心”。这就是那些带“竖心”旁的字，比如：“忆、怀、快、怕、怪、恼、恨、惭、悄、惯、惜……”原谅我就此打住，因为再举下去，实在有卖弄学问和抄字典的嫌疑。

从这些例证，可以想见当年老祖宗造字的时候，是多么重视“心”的作用，横着用了一番还嫌不过瘾，又把它立起来，再用一遭。

其实，从医学解剖的观点来看，心虽然极其重要，但它的主要工作，是负责把血液输送到人的全身，好像一台水泵，干的是机械方面的活儿，并不主管思维。汉字里把那么多情绪和智慧的感受，都堆到它身上，有点张冠李戴。

真正统率我们思想的，是大脑。

人脑是一个很奇妙的器官。比如学者用“脑海”来描述它，就很有意思。一个脑壳才有多大？假若把它比成一个陶罐，至多装上三四个大“可乐”瓶子的水，也就满满当当了。如果是儿童，容量更有限，没准儿刚倒光几个易拉罐，就沿着罐口溢出水来了。可是，不管是成人还是小孩儿的大脑，人们都把它形容成一个“海”，一个能容纳百川波涛汹涌的大海。这是为什么？

大脑是我们情感和智慧的大本营，它主宰着我们的思维和决策。它能记住许多东西，也能忘了许多东西。记住什么忘却什么，并不完全听从意志的指挥。比如明天老师要检查背诵默写一篇课文，你反复念了好多遍，就是记不住。就算好不容易记住了，到了课堂上一紧张，得，又忘得差不多了。你就是急得面红耳赤抓耳挠腮，也毫无办法。若是几个月后再问你，那更是云山雾罩一塌糊涂。可有些当时只是无意间看到听到的事情，比如路旁老奶奶一句夸奖的话，秋天庭院里一朵飘落的叶子，当时的印象很清淡，却不知被谁施了魔法，能像刀刻斧劈一般，永远留在我们记忆的年轮上。

我不知道科学家最近研究出了哪些关于记忆和遗忘的规则，反正以前是个谜。依我的大胆猜测，谜底其实也不太复杂。主管记住什么、忘记什么的中枢，听从的是情感的指令。我们天生愿意保存那些美好、善良、友谊、勇敢的事件，不爱记着那些丑恶、虚伪、背叛、怯懦的片段。当然，这并不是说人应该篡改真相，文过饰非虚情假意瞎编一气，只是想说明我们的心，好像一只美丽的小箱子，容量有限。当它储存物品的时候，经过了严格的挑选，把那些引起我们忧愁和苦闷的往事，甩在了外面，保留的是亲情和友情。

我衷心希望每个人的小箱子里，都装满光明和友爱。

感动是一种能力

“感动”在词典上的意思是“思想感情受外界事物的影响而激动，引向同情或向慕。”虽然我对这本词典抱有崇高的敬意，依然认为这种说法不够精准，甚至有点词不达意。难道感动如此狭窄，只能将我们引向同情或是向慕的小道吗？这对“感动”来说，似乎不全面、不公平吧？感动的含义比这要丰饶得多、辽阔得多、深邃得多啊！

“感动”最望文生义、最直接的解释就是感情动起来了。你的眼睛会蒸腾出温热的霞光，你的听觉会察觉远古的微响，你的内心像有一只毛茸茸的小松鼠越过，它纤细而奔跑的影子惊扰了你，思维的树叶久久还在摇曳，你的手会不由自主地出汗，好像无意中捡到了天堂的房卡，你的足弓会轻轻地弹起，似乎想如赤脚的祖先一般奔跑在高原……

感动的来源是我们的感官，眼耳鼻舌身加上触觉和压觉。如果封闭了我们的感官就戮杀了感动的根，当然也就看不到感动的芽和感动的果了。感官是一群懒惰的小精灵，同样的事物经历得多了，感官就麻痹松懈了。现代社会五光十色，瞬息万变，感官更像被塞进太多脂肪的孩子，变得厌食和疲沓。如今人渐渐丧失了感动的能力，感动闪现的瞬间越来越短，感动扩散的涟漪越来越淡。因为稀缺，感动变成了奢侈品。很多人无法享受感动，于是他们反过来讥讽感动，嘲笑感动，把感动和理性对立起来，将感动打入盲目和幼稚的泥沼之中。

感动是一种幸福，在物欲横流的尘垢中，顽强闪现着钻石般的瑰彩。当我们为古树下的一株小草绝不自惭形秽，而是昂首挺胸成长而感动的时刻，其实我们想到的是人的尊严。我上小学的时候，在一次考试中，得到了有生以来最差的分数。万念俱灰之时，我看到一只蜘蛛锲而不舍地在织补它残破的网。它已经失败了三次，一次是因为风，一次是因为比它凶猛百倍的鸟，第三次是因为我的恶作剧。蜘蛛把破坏者感动了，风改了道，鸟儿不再飞过，我把百无聊赖的手握成了拳。我知道自己可以如同它那样，用努力和坚韧弥补天灾人祸，重新纺出梦想。我也曾在藏北雪原仰望浩渺星空而泪流满面，一种博大的感动类似天毯，自九天而下裹挟全身。银河如此浩瀚，在我浅淡生命之前无数年代，它们就已存在，在我生命之后无数年代，它们也依然存在。那么，我的存在又有什么意义呢？在这个惶然的瞬间，我被存在而感动，决心要对得起这稍纵即逝的生命。

我喜欢常常感动的女人，不论那感动我们的起因，是一瓣花还是一滴水，是一个笑颜还是一缕白发，是一本举足轻重的证书还是只言片语的旧笺……引发感动的导火索，也许不胜枚举，可以有形，也可以是无所不在的氛围和若隐若现的天籁。感动可以有着任何颜色的羽毛，在清晨或是深夜，不打招呼就进入心灵的客厅，在那里和我们的灵魂倾谈。

珍惜我们的感动，就是珍惜了生命的零件。在感动中我们耳濡目染，不由自主地逼近那些曾经感动过我们的灵魂。也许有一天，我们也在无意间成了感动的小小源头，它淙淙地流向了另一双渴望感动的眼眸。

欣喜是自酿的

第一次认得“酿”这个字，它和“酝”肩并肩，相依为命。不过跟在它们俩身后的，是“会议”和“人选”这样正襟危坐的词。所以，我觉得“酝酿”是很严肃的行为。

后来才知道，酝酿本是家常事情。“酝”的繁体字，偏旁还是“酉”，只是右边为“温暖”的“温”字之一半，意思就是温热和暖。“酿”的繁体字，左边也还是“酉”，右边是个“襄”字，指的是包裹容纳之意。这两个字连在一起，描述的是在谷物中放置酵曲，让谷物慢慢发酵的过程。只要静候的时间足够长，原本的粮食就会因曲种不同，变成酒、酱油、醋、干酱等不同成品。“酝酿”如同一根金手指，探入谷物之后，让原粮成了脱胎换骨的妙品。

比如，红葡萄酒和葡萄是大不同的，虽然它们还羞涩地保留着一脉相承的殷红。

黄豆和豆瓣酱也分道扬镳了，虽然它们都还保存着某些破损的豆瓣。

醋和它的前身就更南辕北辙了。洁净的透明米醋有得道成仙的飘逸，它粗糙的前身像池塘中的泥。

酝酿就是如此惊艳，时间与曲种合谋，平凡的谷物开始升华，自此酿泉为酒，积微成著，点石成金。

曹操除了金戈铁马可歌可泣，还会酿酒。他呈给献帝的酿酒秘方，从用曲多少用稻多少，到何日渍曲几日一酿，都说得条理分明。甚至给酿得不成功的酒，指出了一条洗心革面之路——“若以九酝苦难饮，增为十酿”，即可变成好酒，能够甘饮了。

古代的知识女性卓文君也是会酿酒的。靠自己双手劳作，酿出的美酒，一时间竟成了私奔之后司马相如小饭店的招牌。

现代的女人男人，很少会酝酿之法。葡萄酒是在酒厂制造的，酱油是在酱油厂生产的，醋是在醋厂完成的。我们荒疏了很多本领，以为万物都是从超市的货架上诞生的。

我有个朋友是红酒庄的品酒师。我在他那里速成过红酒的知识，为了自己写小说描绘贵族晚宴的时候不至于露怯。他耐心讲解，希望我能成材。谆谆讲解多次之后，进入了验收阶段。

他拿出“酒鼻子”，考察我的长进。

“酒鼻子”这名字说起来凡俗，实则是一种来自法国的专业品酒鉴赏工具。它把葡萄酒的香气收集起来，制成类似标本的小瓶子，包含了葡萄酒中常见的78种典型气味。共分为54个香味系列，12浊味和12橡木系列。水果、花卉、树木、草本、香料、动物等味道无不囊括其中。比如荔枝、黑醋栗、松露、胡椒、烤杏仁等八竿子打不着的气味，在“酒鼻子”里都占据一席之地。

合格的品酒师，要能准确地说出各种气味的名称。

当我成功地把“酒鼻子”中的某一果香，说成是“柿子椒味”之后，品酒师以绅士的绝望表达了对我的遗弃。

不过，我可没有以怨报德地放弃他。某年夏天，我的一位朋友送来了一大篓优质葡萄，晶莹欲滴，紫霜盖顶，我以为他从花果山归来。

非常好的葡萄。“猴王”汗水涔涔地说。

是啊是啊。我频频点头。然后为难地说，这么多，怎么吃得完？

把它们冻起来。寒冬腊月时，拿出一粒，往嘴里一扔，嘎嘣脆，你可以咂摸出夏秋的味道。“猴王”说。

我下意识地托了托腮，琢磨我的槽牙可经得住这般乍暖还寒？

不管怎么说，我表示了衷心的感谢。“猴王”走后，我给能想得起的亲朋打电话，约好送葡萄的时间。整整奔波一天，所余葡萄之量仍是惊人。

我给绅士品酒师打电话说，我要送您一些上好的葡萄。

给我送葡萄，有点像给渔民送蛤蜊。酒绅士回答。

但是，我的葡萄太多了，放下去会坏掉，暴殄天物啊！我真有点急了。

那您可以把它们酿成葡萄酒。酒绅士说。

酿……酒？完全不会。我茫然。

酿酒并不难，从前几乎所有的女人都会酿酒。我把要领教给您，网上也有攻略。您只需准备一些干净的玻璃容器就行了。酒绅士轻描淡写。

在送无可送的危急情况下，为了挽救葡萄，只有学习酿酒。

哪儿能有酒曲？我突然想到这一极重要的问题。

如果您是专业的酿酒工厂，当然需要酒曲。但您在家里试着酿这么一点葡萄，可以不用酒曲。酒绅士说。

本来我就是生手，再没有酒曲，这不还没启动就意味着完全失败吗？我气急败坏，觉得这酒绅士草菅人命。哦，确切地说，是草菅葡萄命。

酒绅士说，您的葡萄上可有一层白霜似的东西？

我说，有。

酒绅士说，这正是天然野生的酵母菌。您只要在清洗葡萄的时候不要把它们一网打尽，等上一段时间，它们就能自动把葡萄发酵成酒了。

我半信半疑，说，就这么简单？

酒绅士说，是的。您想想，最初的葡萄酒一定是自然发酵的，那时候，哪里有现成的酒曲呢。请相信大自然。

我仍不死心，在网上搜索了一下“酒曲”。结果是酿糯米酒的曲种好买，酿葡萄酒的曲种只供批发，起批点足够发酵一吨葡萄。我这一堆命运多舛的葡萄，只有仰仗大自然的馈赠了。

按照酒绅士的指示，我把葡萄洗净晾干（保留了葡萄上的白霜，并对它们寄予厚望），然后带上一次性手套，将葡萄一一捏碎。看着猩红的汁液鲜血般淌入干净的玻璃容器中，心中像农妇般祈祷——葡萄啊葡萄，请你快快变成酒！

之后的每一天，我几乎每个小时都去探望酝酿中的葡萄，看它们在粉身碎骨之后如何踏上涅槃之路。

葡萄们开始发泡膨胀，紫色的皮和灰白的籽向上浮动，在表面形成痂皮，臃肿而纷杂，简直和腐朽的垃圾差不多。我向酒绅士悲哀地报告，他毫不惊诧地说，这是发酵的正常过程，酒酵母正在把葡萄中的糖分化为酒精，少安毋躁，慢慢等待。

简短截说，在大约十几天的煎熬之后，我终于发现盛放葡萄的容器中，不再向上翻涌气泡，渐渐安静下来，汁液趋向澄清。

您可以过滤它们。酒绅士遥控。

过滤之后，葡萄汁女大十八变，居然有了葡萄酒的模样。

我向酒绅士报告喜讯，他仍旧是淡然的，说，好啊。

我说下一步呢？

他说，您可以把它们斟入酒杯，品尝一下。

我有点诚惶诚恐，斟进酒杯的时候，居然有轻微的紧张。之后，我喝到了自己酿出的葡萄酒，清爽甘甜。

那一瞬，我吐着舌头呆住了。我一直认为我把葡萄酿坏是理所当然的，倒是这不可思议的简单平顺之成功，令人愕然。

我立马向酒绅士报喜。他并没有我这般兴奋，只是说，您赶快把过滤完的酒汁，用50℃加热蒸一下。记住啊，温度既不能过高，也不能过低。之后，满瓶、密封、低温、避光保存。存储不得超过半年，就得喝完。

我说，为什么？

他说，防止酒变成醋。

我说，酒是酒醋是醋，两者怎么会混淆？

酒绅士说，它们相隔并不远。在天然酵母菌存在的地方，也有天然醋酸菌存在。发酵完成之时，酵母菌就被自己生成的酒精杀死了，但醋酸菌还能继续存活。

我放下电话，思忖的结果是决定背弃老师。我想看到“酝酿”的全过程。一天过后，酒果真开始发酸。最初是若有若无的轻柔酸气，几天之后，就势不可当地变成了彻头彻尾的醋。

我向酒绅士报告我的最终产品。他沉吟了一下说，已经变成醋的酒，是没有任何方法复原的。果醋也是葡萄的升华。

实事求是地说，葡萄醋味道不错，冰过之后兑水喝，有秋天的清香。

小口喝着自酿的葡萄醋，不知怎地联想到了幸福。幸福并不是与生俱来的，就像如果不经过酿造，葡萄和酒并不等同。对于幸福的把握，需要学习，需要等待，需要时间和努力。很多人以为幸福和外部介入有关系，就像我以为酿酒一定要有酒曲，要有外力的促发。这个外来的介入物，要么是一笔偶然财富，要么是一个天降奇迹，要么是巧遇了一位贵人或是追求到一个爱人，要么是误打误撞莫名其妙的好运……

毋庸讳言，外界当然是有一些益于幸福发酵的颗粒存在，就像需要购买的酒曲。但请注意，好运气并不直接等同于幸福。每天做白日梦般期待外在的福祉，是年轻时很容易陷入的盲区。

请向一颗葡萄学习，它本身就携带着野生的酵母菌，一旦时机成熟，就会发酵成新的生命。人世间的俗常生活，也蕴藏着天然的幸福因子，白霜般黏结在生活的缝隙中。那就是我们对人世间的善良期望，是我们坚守勤劳的信念，是我们的真诚和友爱，是我们的努力和慈悲。只要有了这些，即使没有外来的助力，一样能创造出属于自己的幸福。需要的只是时间和持之以恒。这就是酝酿幸福的过程。

由于自己的不慎，导致了不幸时，我们常常会说——谁谁自己酿出了一杯苦酒。是不是可以反过来说，幸福也是自己酿的呢？有葡萄在，就有野生的酵母菌在，有生活在，就有天然的幸福因子在。只要努力，葡萄和我们都有希望走向升华。

泥沙俱下地生活

有年轻人问：对生活，你有没有产生过厌倦的情绪？

说心里话，我是一个从本质上对生命持悲观态度的人，但对生活，基本上没产生过厌倦情绪。这好像是矛盾的两极，骨子里其实相通。也许因为青年时代，在对世界的感知还混混沌沌的时候，我就毫无准备地抵达了海拔5000多米的藏北高原。猝不及防中，灵魂经历了大的恐惧、大的悲哀。平定之后，也就有了对一般厌倦的定力。面对穷凶极恶的高寒缺氧，无穷无尽的冰川雪岭，你会感叹人是多么渺弱、生命是多么孤单。你有一千种可能性会死，比如雪崩，比如坠崖，比如高原肺水肿，比如急性心力衰竭，比如战死疆场，比如车祸枪伤……但你却在苦难的夹缝当中，仍然完整地活着。而且，只要你不打算立即结束自己，就得继续活下去。

愁眉苦脸畏畏缩缩的是活，昂扬快乐兴致勃勃的也是活。我盘算了一下，权衡利弊，觉得还是取后种活法比较适宜。不单是自我感觉稍愉快，而且让他人（起码是父母）也较为安宁。就像得过了水痘，对类似的疾病就有了抗体，从那以后，一般的颓丧就无法击倒我了。我明白日常生活的核心，其实是如何善待每人仅此一次的生命。如果你珍惜生命，就不必因为小的苦恼而厌倦生活。因为泥沙俱下并不完美的生活，正是组成宝贵生命的原材料。

他又问，你对自己的才能有没有过怀疑或是绝望？

我是一个“泛才能论”者——即认为每个人都必有自己独特的才能，赞成李白所说的“天生我材必有用”。只是这才能到底是什么，没人事先向我们交底，大家都蒙在鼓里。本人不一定清楚，家人朋友也未必明晰，全靠仔细寻找加上运气。有的人可能一下子就找到了；有的人费时一世一生；还有的人，干脆终身在暗中摸索，不得所终。飞速发展的现代科技，为我们提供了越来越多施展才能的领域。例如音乐、写作……都是比较传统的项目，电脑、基因工程……则是最近若干年才开发出来的新领域。有时想，擅长操纵计算机的才能，以前必定也悄悄存在着，但世上没这物件时，具有此类本领潜质的人，只好委屈地干着别的行当。他若是去学画画，技巧不一定高，就痛苦万分，觉得自己不成才。比尔·盖茨先生若是生长在唐朝，整个就算瞎了一代英雄。所以，寻找才能是一项相当艰巨重大的工程，切莫等闲视之。

人们通常把爱好当作才能，一般说来，两相符合的概率很高，但并不像克隆羊那样惟妙惟肖。爱好这个东西，有时候很能迷惑人。一门心思凭它引路，也会害人不浅。有时你爱的恰好是你所不具备特长的东西，就像病人热爱健康，矮个儿渴望长高一样。因为不具备，所以就更爱得痴迷，九死不悔。我判断，人对自己的才能，产生深度的怀疑以致绝望，多半产生于这种“爱好不当”的旋涡之中。因此在大的怀疑和绝望之前，不妨先静下心来，冷静客观地分析一下，考察一下自己的才能，真正投影于何方。评估前夜，最好先安稳地睡一觉，半夜时分醒来，万籁俱寂时，摒弃世俗和金钱的阴影，纯粹从自己的天性出发，充满快乐地想一想。

为什么一定要强调充满快乐地去想呢？我以为，真正令才能充分发育的土壤，应该同时是我们分泌快乐的源泉。

他的最后一个问题是，你是怎样度过人生的低潮期的？

安静地等待。好好睡觉，像一只冬眠的熊。锻炼身体，坚信，无论是承受更深的低潮或是迎接高潮，好的体魄都用得着。和知心的朋友谈天，基本上不发牢骚，主要是回忆快乐的时光。多读书，看一些传记。一来增长知识，顺带还可瞧瞧别人倒霉的时候是怎么挺过去的。趁机做家务，把平时忙碌顾不上的活儿都在此时干完。

生活中要有暖和光

我们的生命降生之处，是在暖和的母亲身体中。

小到微茫的胚芽就在这温暖的宫殿中，竭尽所能地吸收养分，渐渐膨胀起来。可以说，我们所有的身体机能，从诞生的那一分钟，就天然适合并不懈地依赖温暖。当我们脱离了母体之后，也一直殚精竭虑地试图维持身体的这种暖度，可以说一生都在为这种温暖而不懈奋斗，直到死亡降临的那一天，我们才像停驶了的发动机，慢慢清凉下来，直到与空气和大地的温度融为一体。所以，生命是和温暖息息相关。

我们的体温基本上是37℃，说起来不算多么高的台阶，但除了热带，它比我们所处的绝大部分的大自然环境，都要略高一些。这也要拜进化之功，因为在恒温动物之前，动物的体温是随着环境的变化而变化的，十分不稳定。

我曾到过距离最近的陆地也有1000公里之遥的一个小岛，就是达尔文发现进化论奥妙的南美洲加拉帕格斯群岛，在那里看到一种奇形怪状的动物——海鬣蜥。它们简直就是远古恐龙的缩小版，虽然极端温顺，对人完全没有攻击性，但目睹它们成群结伙地趴在黝黑的火山岩上晒太阳，还是有不寒而栗的恐惧感。

当地导游说，海鬣蜥曾经被评为世界上最丑陋的动物。

我说，它为什么长得这样变态呢？

当地人说，因为它和我们不属于同一个纪，它们来自遥远的白垩纪。

我说，生命力可真够强大的，恐龙都死了，它们还活着。导游长叹了一口气说，海鬣蜥其实很可怜的，它们时时都会由于温度而死亡。有的时候，我们甚至会说海鬣蜥是会自杀的动物。

我问，此话怎讲？

当地人说，海鬣蜥没有办法保持自己的体温，它们是变温动物。也就是说，它们的体温会随着周围温度的不同而变化。它们要潜入加拉帕格斯冰冷的洋流中去寻找自己的口粮——黑海藻，每次在海中最长时间不能超过10分钟。如果过了这个时间界限，它们的体温就会随着海水温度不断下降，直到危险的境地。这时候海鬣蜥必须迅速放弃马上到口的食物，赶回到岸上，趴到礁石上晒太阳，靠着阳光暴晒，有时需要长达几个小时，海鬣蜥才能慢慢暖和起来。如果它在觅食的过程中下潜太深，来不及回到岛礁上，就会在深海中冻僵，再也回不到太阳之下。所以，海鬣蜥是十分脆弱的生灵，它的天敌会掌握海鬣蜥的弱点，耐心地等在岸上准备伺机大餐一顿。而疲惫不堪慌不择路的海鬣蜥在上浮的过程中，即使透过海水看到了敌人正等候着自己送上门去，也只能乖乖露出水面，成为天敌的盘中餐。

我说，海鬣蜥就不能再在水里潜伏一会儿吗？

导游说，海鬣蜥没有办法保持自己的体温，它们必须找到温暖。不然的话，就是百分之百的死亡。哦，温暖，就是这样与生命息息相关。与其被活活冻死，还不如碰碰运气。

生活中的温暖不仅仅是身体的温暖，还要有精神的温暖。我们需要相濡以沫的温暖，需要集体亲如手足的温暖，需要大地和太阳的温暖……但请记住，作为恒温动物，保持身体温暖的最直接动力，来自我们的内在。

在寒冷中，我们要积极努力地不停运动，靠着自身肌肉的活跃，创造出来自本体的热量。我们不能像海鬣蜥一样，如果没有了外界的输入，就只能坐以待毙。生命的能量来源要向内寻找，温暖必须靠自己主动创造。

再说说光吧。圣典中说光是伟人赠予的，但我坚信，那些在亿万光年之外兀自发着光的星球，来自宇宙间的大爆炸。我们每个人也都是一个小宇宙，我们的光也来自我们自身。

心里要有光，世界就是明亮的。否则你即使站在太阳之下，心中也是幽闭和冰冷的。

有的人以为有光就是没有一丝黑暗，到处都明晃晃耀人眼目。不！绝不是这样的，心里的光是对事物有明细清澈的判断，对自己的目标有庄严的把握，对世界的善恶有恰如其分的辨析，对人间的苦楚既不夸大也不掩饰，充满从容应对的勇气……心只要是光明的，就不会丧失希望，就不会垂头丧气，因为人在光在，四下皆明。

分泌幸福的“内吗啡”

我曾看过一则新闻：英国有家报社，向社会有奖征答“谁是最幸福的人”，然后排出第一种最幸福的人，是一个妈妈给孩子洗完澡，怀抱着婴儿；第二种最幸福的人，是一个医生治好了病人并目送他远去；第三种最幸福的人，是一个孩子在海滩上筑起了沙堡；备选答案是，一个作家写完了著作的最后一个字，放下笔的那一瞬间。

看完这则不很引人注目的报道，那一瞬间，我真的像被子弹打中一样，感到极度震惊。

这四种状况都曾集于我一身，但是，我没有感觉到幸福！

我为什么没有幸福感？有了这个问号后，我就去观察周围的人，这才发现，有幸福感的人是如此之少。有一年，我拿出贺卡看了看，结果发现最多的是“祝你幸福”，这可能是中国人的集体无意识，所以才会觉得是永远的吉祥话。

可是，幸福的本质是什么东西呢?

日本春山茂雄博士《脑内革命》一书说，当我们感知幸福的时候，其实是生理在分泌一种内吗啡，即幸福感是体内内吗啡的分泌。从罂粟里提炼的吗啡是毒品，它的魔力正是在于它的分子结构模拟了生理基础上的内吗啡，让你体验到一种伪装的、模拟的快乐。当你觉得真正快乐的时候，例如接到大学录取通知书时，如果去抽血查验体内的生化水平，你的内吗啡水平是很高的。

据春山茂雄研究，人体内吗啡的分泌，和马斯洛“需要层次”的金字塔理论惊人地吻合：吃饭能带来愉悦，人在生理基础上是快乐的；然后，在实现安全、爱和尊严的需要的过程中，伴随着更大量内吗啡的分泌，让你感知自己的幸福；最重要的是，当你完成自我实现的时候，内吗啡就到达非常高的水平，远远超出吃饭带来的幸福感。

这种生理和心理的结合，使我觉得，能够体验到幸福感，是一个需要训练、感知且不断提高的过程，因为幸福不是与生俱来的。

我觉得世界上的幸福，首先来自一个坚定的信念。

我常去高校和大学生交流，给我最多的感觉是，他们面临一个非常重要的问题——人生观的确立和价值观的走向，即人为什么活着。

经常有媒体采访我的心理咨询中心，最喜欢提的问题是：“咨询最多的问题是什么？”我说，心理咨询室这张米黄色的沙发如若有知，一定会一次次地听到来访者在问：“我为什么活着？”我觉得人是追索意义的动物，尤其是年轻人，都曾经无数次地叩问这个问题。

以前，我们喜欢用灌输式的方法，从小将主义、理想或目标灌输给孩子，希望能够在他心中扎下根，成为他一生的坐标。可我现在发现，一个人的目标，一定需要他自己经过艰苦的摸索，然后在心理结构里确立下来，否则，无论我们多么用心良苦、谆谆教导，它真的只是一个外部的东西。

其实，每个人都早早地确立了一生的目标，因为它原本已存在于你的内心：从童年经验开始，你所热爱、尊敬、向往、要为之奋斗的东西，其实早已植根于心里，只不过被许多世俗的东西、繁杂的外界所影响，甚至被遮蔽了。当一个人开始有意识地关注自己的心理健康时，那是在整理他的心理结构，然后明白心中取得最主打作用的架构和体系。

我曾在一所非常好的大学做讲座，台下有学生递条子说："毕老师，我想问问你，我年轻貌美，又有这么好的大学文凭，要是不找一个大款把自己嫁了，我是不是浪费了资源？"我想，在大学生寻找目标的迷茫过程中，能够有这种朋友式的探讨，是特别重要的。

另外，我觉得自我形象的定位，是幸福感来源非常重要的一部分。

在大学生自我形象的构建里，有一部分是他们的"出身"（阶层）：他们从各种阶层突然聚合到一起，大学虽是个相对小的、封闭的环境，却也是整个社会的缩影，因此，如何看待自己不可选择的出身阶层，这是自我形象非常重要的部分。另外一部分是他们的学业，包括学习的能力、智商、人际交往的能力等，可归为自己奋斗来的部分。

然而，还有特别重要的一部分，就是外在条件——长相。

我曾在一所大学做关于自我形象、自我认知的讲座，请台下的学生回答：你们有谁曾经为自己的长相自卑？结果齐刷刷地举手——所有的人都自卑！

我当时一下子不知该如何反应：没料到当代年轻人在相貌问题上，居然有如此大的压力。

后来，我悄悄问一位女生，问她为自己相貌的哪一点自卑，我实在找不着——她身材窈窕、黑发如瀑、明眸皓齿、肤如凝脂，真的是美女。

她说，我有一颗牙齿长得不好看。

我说，哪颗牙齿？

她说，第六颗牙齿。

我说，谢谢你告诉我，否则站在对面看你一百年，我也看不见你那颗牙齿不好。

她说，你不知道，可是我知道。我不敢笑，从来都是抿着嘴只露出两颗牙齿。同学都说我多“冷”、多高傲，其实，我只是怕人看到第六颗牙齿。男生追求我的时候，我就想，我一颗牙齿不好他还追求我，肯定是别有用心，于是放弃了好几个条件很好的男生。

我觉得，当一个人不能接纳自己，不能和自己友好地相处的时候，他就不能和别人友好地相处。因为，他对自己都那么百般挑剔、那样苛刻，又怎能和别人有真诚的、良好的沟通与关系？

其实，我挺欣赏基督教里的说法：接受你不可改变的那一部分。我们可以列一列，像出身的阶层、长相及缺陷，这些是我们不可改变的，而我们能够去修炼、弥补和提高的，就是我们可改变的那一部分。

面对一个我们不可改变的东西，该如何对待它，每个人的答案是不一样的，而这个不一样的答案，却可能深刻地影响我们的一生。比如，一个人认为自己丑，就认定自己完全不会幸福了，觉得自己既然这么丑，有什么权利得到幸福？一个人说自己很贫寒，为什么别人可以含着银汤匙出生，而自己却含着草根出生？

面对种种不平等，我常跟年轻人说，不平等是社会有机组成的一部分，而让它变得更为平等，是你义不容辞的责任之一。

首先，你要丢掉幻想，坦然接纳不公平、巨大的差异或先天不良。然后，对自己可改变的部分，你就要细细地分析，找出自己的优缺点，是优点就让它更好，是缺点就要去弥补，尤其要突出优点，把自己光彩照人的方面表达出来。因为中国文化特别容易告诉你哪里不行，生怕你忘了自己的缺点，而你有什么优点，告诉你的人可不太多，所以要坦然接受自己的优点，将它发扬光大。

心理咨询中心来过一位留英硕士，月薪12万元，可他将自己说得一无是处，弄得我都心酸。我才知道，一个人接不接纳自己，其实不在于外在的条件，也不在于世俗的评判标准，而完全在于他内心的自我衡量。

我通常咨询完了不会给谁留作业，但那天我说，我给你留个作业：下星期来见我之前，你要写出自己的15条优点。

他快晕过去了，说，我怎么能找到15条优点呢？至多也就找出一两条。这个世界上，可能只有您相信我还有优点，我父母就不相信我有优点，所有人都不相信我有优点！

我说，你老板起码相信你有优点吧，否则怎会出月薪12万元雇你？

他突然在这个事实面前愣了半天，然后说，噢，那我试试看。

所以我觉得，应该去认识自己的长处，将它发扬光大，去接纳那些不可改变的东西。当你能够坦然地面对自己的时候，其实也就可以坦然地面对世界——放下包袱后，你才可以轻装前进。

费尔巴哈说过："你的第一责任是使你自己幸福。你自己幸福了，你也就能使别人幸福，因为，幸福的人愿意在自己周围只看到幸福的人。"

常常听到有人说，他不幸福，希望别人给他幸福。我想，这就是他不幸福的根源。

决定日月决定悲喜

别听信那些说年轻有多么美好的话儿，听了也千万不要当真。

青春时，你一无所有，有的只是特别敏感的神经和特别匮乏的机遇。当然，还有双手和大脑。

不要津津乐道那些贵人相助云开雾散的故事。那是极小概率的事件，而你，不过是大概率当中的一员。养成自甘普通的心态非常重要，可以让你一辈子宠辱不惊。有道是由俭入奢易，由奢入俭难。认定自己是普通人，就是情绪上的勤俭持家。偶遇常人难以企及的好运，就是人生的奢侈。不用怕自己适应不了天降祥瑞，就提前天天一厢情愿地预演美事。白日梦做多了，容易怨天尤人走火入魔。

不要对比，滋生沮丧。人和人是不一样的。比父母，你如处在低等阶层，就会生出父母不如人的怨气，而我们永远不能怨恨父母将我们出生，生命神圣。比相貌，假如你不是国色天香潘安再世，就会生出自卑心理。相貌是不可改变的，你必须接受天然的模样，从此泰然处之。比学历，假如你不够高，你可以继续努力读书。假如你所热爱的事务，主要需从实践中学习，那你就不必拘泥于一纸文书，你可以努力让自己成为这一行的佼佼者，再去教导后人。比房子大小，更是和动物撒尿圈领地属于同等级别，没有品味的事情。你知道史上那些英雄豪杰住过的房子是多少平方米吗？如果你不知道，那就证明这件事不能青史留名。也许你说你是普通人和青史无干，那就更没有必要在这件事情上攀比了。从环保的角度讲，人不应该霸占那么大的地方，留给别人空间，是一种大修养。

年轻人常常感觉很无助，无助的根源就在于比较。只要你收起了比较，你就享得了最基本的自由。

年轻时神经非常敏锐，感官非常丰富。一切痛苦都会被放大，令你哀痛难熬。一切欢乐又那么稍纵即逝，令你惆怅惋惜。你常常以为，当你拥有了某些东西，比如业绩，比如融进一个城市，比如住在豪宅，比如提升到某个职务，比如获得了某个奖励，比如娶了美女或是嫁了高富帅……从此你就掉到蜜罐里永无痛楚。但真实的情况是，你拥有了那些东西之后，忧愁依然在，茫然依然在，唯一不在的是你的耐心。

我看过一个资料，说是这世界上真正有作为的专家，要对所操行业达到专精，至少要经过一万小时的学习或是训练。关于天赋和师资等条件咱们姑且不论，单是时间，就漫长到绝望。按每日五小时浸淫其中（专注的时间太长，反倒没有效率。此处指的是全神贯注的高质量学习），要两千天。按照每年两百个工作日计算，需整整十年。

十年！足以让一个血气方刚的青年，变成沉着稳定的中年。

年轻时磨炼之意义，就在于因为这过程你经历过，就在于你终于知道它的转归。你必须有耐心，在看起来毫无希望的时候，不急于求成。举个自己的例子，很多我年轻时在意的东西，现在已经褪去颜色。我在意过生死，当我距离它尚远的时候，噤若寒蝉。当我离它更近的时候，反倒从容。我在意过名次，现在索性不参加比赛了，怡然耕耘的人，汗水之外，两袖清风。我在意过朋友的多寡，现在才知道，有一些人当初就不是为了友谊而来。如落叶遇到风霜，散去本是正常。不变的是我的人生，越来越静谧。

年轻时多选择，每个选择都通往不同的道路，每逢选择时就会不安，生怕一着不慎，满盘皆输。比如，在街头一间不算太大的超市里，共有超过两万五千多种可供你选择。只要你乐意购买，有将近一万份杂志和期刊可供你阅读。你还可以选择收看几百个电视台的任何一个频道。更不用说打开电脑，有海量的信息如原始时期的大洪水扑来，可以将你淹得两眼翻白。

不用那么紧张。

只要你的选择和你的人生大方向相一致，你的基本价值观是真善美的，那么，就不会犯原则性的错误。这就是年轻的好处，走错了，你可以重新再来。如果因为怕犯错误而驻足不前，那才是枉费了青春，犯了最大的错误。

年轻的时候，你除了可以决定自己的方向和选择之外，再就是可以决定心情。你会没有很多东西，但你一定有自己的心情。你不能改变很多东西，但你一定能改变自己的心情。所以，你可以决定日月，决定悲喜。

你或许要说，日和月，多么光芒万丈的天体，我哪里就能决定它们呢？别着急，日和月合在一起，是什么？是明天的“明”字啊。通过努力，我们可以把握自己的明天，让自己开始喜悦的清晨。

每人心中都有一个本子

一次我应邀在电台直播，谈些人生感慨什么的，不时有听众的热线打进，大家就聊天。突然，一个很细弱的女声传来，说，毕老师，我有一个本子，不知该怎么办。你能帮我想个主意吗？

我问，什么本子呢？

她说，就是那种老式的本子，每个人年轻的时候，都有那种本子。我想，你也曾有过的。

我的心像古老的张衡发明的蛤蟆状地动仪一样，接收到一颗铜球，激烈地共振了一下。我知道她所说的那种本子，我确实有过那种本子。我说，啊，是。我知道，我有过。你打算让我给你出个什么主意呢？

她一口气说下去，不再停歇。看来，她为这个问题，思虑很长时间了。

没有人需要这种本子了，这种本子老土。我有时翻翻，也觉得特可笑。却想，可不能把它扔了，烧了，里头藏着我年轻时的梦。多不容易搜集来的呀！我那时用功着呢，别人看电影，我不去，一笔一画地抄呀抄。现在一看，挺幼稚的，可我不忍心把它毁了，心血啊。还抄了不少景物和人物描写，比如《创业史》里，徐改霞的长相，《林海雪原》里，少剑波如何英俊……还有气象谚语，像“天上鲤鱼癍，晒谷不用翻”“天上鱼鳞癍，不雨也风颠”……我那时就特分辨不清，鲤鱼癍和鱼鳞癍有什么不同？天气好坏能差那么多吗？想了多年，也闹不明白。如今，也不用想了。有了天气预报，什么都简单了。本子还有什么用？再没人需要它了……

我听着，不知如何回应，只有陪着叹息。从她透露的摘抄词，再加上听她的声音，我判断她早已不年轻。有些人生的纪念物，对自己是宝，对他人只是废物。

也许，怀旧的人，可以在自己的家里，建一所微型的历史博物馆？我本想这样说，但一想到这个年纪的中国妇女，一般不惯幽默。不知人家住房是否宽敞，可有这份闲心？要是碰上个下岗女工，反触动了伤心处。于是只有以沉默相伴。

她突然很热切地说，想了很长时间，我决定把本子寄给你。那里面有关文学的描写，对你的写作肯定会有帮助的。

我微微地苦笑了。这种描写，对我不会有实际用处。但这是一个直播节目，我们的对话，已通过电波飞进万千耳朵。我不忍伤害一颗朴素而炽热的心，于是很快地回答说，好啊！谢谢你把这么宝贵的纪念物托付给我，我一定会仔细拜读，妥善保护的。

她接着问了我的工作地址，喃喃地重复着，记录着……其他的电话接踵打进来，她的声音就在鼎沸中淹去了。

几天后，我收到了一个厚厚的包裹，打开来，一个红色的塑料笔记本收入眼底。

果然是逝去年代的遗物。扉页上，盖着洇了红油的公章，不太好的墨字写着“奖给劳动模范×××”。这个笔记本不但有着文学的意义，还是主人光荣的记载。

我细细地翻看本子。字体从稚嫩到圆熟，抄录的内容也形形色色。它不是日记，没有个人生活的流水账，但却能从里面看出生命的过程。除了文艺书籍的片段，更多的是那个时代流传的一些名人名言。抄录者好像不喜欢按部就班地准确记载，有一些话并不注明出处，使人分辨不清是她抄下的，还是自己发明的。

> **在人生的前半，有享乐的能力，而无享乐的机会。在人生的后半，有享乐的机会，而无享乐的能力。**
>
> **——马克·吐温**

恕我孤陋寡闻，从来不知马克·吐温有这样一段言论，不知他在何时何地讲的这个话？我虽然很钦佩他老人家的文学成就，但对这段话不敢苟同。我以为，享乐的能力和机会应该是同步的。你用劳动创造机会，同时享乐。把机会和能力割裂开来，大概是上个世纪的顺序了。

我想，这段话是本子的主人在年轻时抄录下的吧？那时，她肯定以为自己是不应该享乐的。她以这话激励自己。现在，大约她已到了有享乐机会的年纪了，不知她能否安然享乐？

> **一个人专心于本身的时候，他充其量也只能成为一个美丽的、小巧的包裹而已。**
>
> **——罗斯金**

又一次惭愧了，不知这位罗斯金是谁。我从这段话里，猜测到主人是相貌普通的女子。在很长的岁月里，她用这话勉励着自己，不愿做一个美丽、小巧的包裹，而期望着是勤奋而努力的战士。

人间最美丽的情景是出现在当我们怀念母亲的时候。

——莫泊桑

这话非常好。主人在这段语录下，画了代表强调意思的曲线。想来，她是一个非常注重亲情的人。她是孝女吧？但也有另一种可能，她从小就失去了母亲。但愿我的后一判断有误。

在最不尊重人类自由的地方，人对英雄的崇拜最为炽烈。

——斯宾塞

人之才能，自非圣贤。有所长，必有所短。有所明，必有所蔽。

——王守仁

当爱情发言的时候，就像诸神的合唱，使整个的天界陶醉于仙乐之中。

——莎士比亚

恋爱中止后不说对方的坏话，也是一种道德。

——国分康孝

“为什么美女总是跟庸庸碌碌的男人结婚？”“因为，聪明的男人避开跟美女结婚。”

——毛姆

啊，她这一阶段，在谈恋爱吧？失恋了？

有朋友的人像草原一样广阔，没有朋友的人像手掌一样狭窄。

——蒙古族谚语

与邪佞人交，如雪入墨池，虽融为水，其色愈污。与端方人处，如炭入熏炉，虽化为灰，其香不灭。

——宋·许斐《戒世人》

每只鸟都认为自己的声音最美。

——阿拉伯谚语

即使把蛇装进竹管里，它也不会因而变直。

——日本谚语

她是否受到了某种伤害？挺过来了吧？

她脚上穿的是一双绣了小蓝花的青布鞋，毛蓝布裤子，红罩衣，浅花头帕下拢着浓密的黑发，黑发在脑后梳成一根油亮亮的粗辫子，粗辫从脑后绕到前边，滑过肩头，垂在富于曲线的胸脯上。辫梢扎了个红毛线的蝴蝶结，身材颀长，体态丰满，一堆银耳坠垂在秀丽的脸盘旁……

——人物外貌描写

……

我错落地翻动着本子，无声地读着这些话语，感到一颗心，拖着长长的彗尾，在人生的天际艰难运行。

我很感动，因为自己也有一个这样的本子。从中学时记起，追随我到高原，直至我饱经沧桑。

有一些我们久久蕴积肺腑，却表达不出的心结，被先哲们一语道破，在征途的驿站旁，等着我们路过。当无意间相逢时，心会陡地一颤，紧接着是温暖和相知的潮水涌起。

每个人内心都存着这样的本子，记载着我们尊崇的规则。无论它是否凝结为显形的字迹，都在暗中规定和指挥着我们的思维。

近年，不大有人记这样的本子了。很多人奉行的宗旨，是一些可做却不可说的秘诀。有一个女孩告诉我，她听从这样一些小技巧：

永远别问理发师你是否需要理发。

（他总是说你需要理发。推而广之，不要向可能成为你的对手的人、利益与你相悖的人，请教任何东西。）

美貌是一封无声的推荐信，一旦付出，就要成为定期债券。

（在出租相貌的时候，一定要计算出到期的收益。蚀本的生意万不可干。）

烧掉自己最难看的照片。

（千万要在第一眼看到之后，就赶快燃起火柴。假装它从来不曾存在过。这会增强自信心。不信，你试试。）

要付的钱晚付，要收的钱早收。

……

女人第一次结婚是为了心爱的男人，第二次是为了找伴侣，第三次是害怕孤独，第四次是习惯成自然。

对于狗来说，每一个主人都是拿破仑。

她说，我这些还是比较上得台面的，有的人，干脆只记一句——人不为己，天诛地灭。

我无言。翻看我们心中的本子，会更精练更浓烈地知道我们是怎样的人。

我把红本子珍藏起来。不想一段时间以后，那女子又给我来了一封信，说自从把本子寄给我以后，寝食无安，好像把最珍贵的东西丢了。

“真的不是我不相信您，只是我以前没意识到，这本子对我是如此重要。您能把它还给我吗？假如您喜欢其中的某些部分，我可以把它复印了，再给您寄去。我不会要您一分钱的。”

我马上把本子挂号寄回并附言。我说，本子我已看完了，对我帮助很大。不必再印了。非常感谢你。我完全能理解你的情感，因为我也有同样的本子。

又过了些日子，我收到了厚厚的邮包。打开来看，那女子把她的笔记本，工工整整地重抄了一份，给我寄来了。

后面多了一句话，没有写明出处，我不知是她自己杜撰的，还是从哪里抄来的。

> 当你全心全意梦想着什么的时候，整个宇宙都会协同起来，助你实现自己的心愿。

第二章

幸福是家的温暖

家啊，是理解奉献思念呵护，是圣洁宽容接纳和谐，是磨合欣赏忠诚沟通，是心心相印浪漫曲折生死相依海角天涯。

家问

家是什么?

家会很小很小，螺蛳壳是蜗牛的家。家会很大很大，宇宙是星星的家。

家会很轻很轻，像一粒浮尘，被人一指掸掉，不留一丝痕迹。家会很重很重，像一座铅山，压在脊上，寸步难行。

家会很快乐很幸福，像一眼不老的喜泉。家会很凄楚很悲凉，像一汪深不可测的泪潭。

问年轻人：家是什么?

他们回答：家是粉红色的玫瑰，有刺更有蕾。家是甜蜜的吻、热烈的拥抱、柔情似水的情话和思念时的邮票。

问中年人：家是什么?

他们回答：家是心灵与肉体的港湾，能停泊万吨巨轮也能栖息独木小舟。家是无私的付出与接纳，家是脱去疲劳的热水澡。家是一个苹果，你一大口，我一小口。家是一副重担，我愿这边的力臂短，你那边的力臂长。

问老年人：家是什么？

他们回答：家是黄昏湖边的搀扶，家是灯下互相剪去丝丝白发。家是一件旧风衣，风也是它雨也是它。家是虽非一见钟情，却望白头偕老的漫漫旅程。家是墓前的一枝黄菊。

问孩子：家是什么？

他们回答：家是妈妈柔软的手和爸爸宽阔的肩膀，家是100分时的奖赏和不及格时的斥骂。家是可以耍赖撒谎当皇帝，也得俯首听命当奴隶的地方。家是既让你高飞又用一根线牵扯的风筝轴。

问情人：家是什么？

他们回答：家是舔着伤口的两只狼，家是荷尔蒙的汹涌分泌。家是一日不见，如隔三秋。家是猜忌、争执、思恋、指责的杂耍场。家是枕边泪窗前月，家是今夜你会不会来？

问养家的人：家是什么？

他说：家不是勋章，你挂在胸前，别人也看不见。家是一条暗地里逼你不断挣钱的鞭子，直抽得你遍体鳞伤。

问弃家的人：家是什么？

她说：家是一种能力，一种学习。我自忖无力从那里毕业，就中途逃亡了。

问无家的人：家是什么？

他说：家是羁绊，家是约束，家是熄灭人创造激情的沼泽地，家是一种奢侈的靡费。

问恋家的人：家是什么？

她说：家是树上的喜鹊窝。纵然世界毁灭了，只要家在，依然有一切。

问恨家的人：家是什么？

他说：家是爱情的终点，家是英雄气短的坟墓。家是累赘，家是负担。家是挂在你项上的枷锁，家是你自卖自身的契约。

我不知世上还有另外的场所，会如此众说纷纭，褒贬不一。

纵观家庭，是大千世界的缩影。人们在家中卸去重重角色的面具，露出天然嘴脸，最坦率最赤裸。人性的善与丑，方寸之间，纤毫毕现。一代伟人，能治理好一个国，未必能调理好一个家。能统率千军万马的将军，可能是裙钗的败将。

有人以为家是最自由最放任的所在，可以放荡不羁。其实，家是最考验责任感的圣坛。对一个你所挚爱的人，都不忠诚，你还能为世人所信吗？对一个托付终身的人，都无法负起责任，你还能承诺他人的期嘱吗？连自己的一脉血缘都不能照料和抚育，你还能爱国爱民吗？在家中，我们看到了太多的丑恶。对亲人施暴的人，不可能对他人仁慈。在家中阴郁的人，不可能对太阳微笑。在家中诡计多端的人，不可能真诚对待友人。在家中粉饰虚伪的人，不可能直面惨淡人生。

如果没有准备好，请不要撕下走进家庭的门票。如果没有爱自己也爱他人的能力，请不要构造家庭的地基。

很多人抱着从家庭掠取支援的动机，匆匆为自己寻一个可供汲取能量的后勤仓库。殊不知，家庭不是无中生有变出魔力的黑斗篷。家庭的温暖，先要无私无偿地培养和付出，然后才像春草，毛茸茸地生长起来。一旦失了爱情的滋养，再稳固的家也会很快风化。爱的力量，有时很巨大，有时很贫瘠，全看你是否以心血灌溉。

家庭里如果没有神圣感和勇气，请别要孩子。

家庭缔结之时，并不是简单男女人数相加，而是诞生了别样的结构，一个崭新的物种。这个物种的花朵和果实，就是孩子。

一花一世界，一家一宇宙。婴儿降临世上，家是包裹他的蛹壳。倘若家中注满健康的爱的花粉，他就吸吮着它，用爱滋养构建着自己的听觉、嗅觉、知觉，渐渐地酿成心中小小的蜜盏。在爱中长大的孩子，爱是他的羽衣，爱是他的长矛。在爱中蓬勃成长的孩子，他看天下，就比较的明朗。他看人性，就比较的乐观。他看自身，就比较的尊严。他看他人，就比较的客观。他看丑恶，就比较的勇敢。他看前途，就比较的光明。他看事物，就比较的冷静。他看死亡，就比较的泰然。

在纷乱和丑恶的气氛中成长的孩子，是伪劣家庭的痛苦产品。他们在家中最先看到并习得的待人处世经验，是破碎疏离和粗暴残酷。他们是那样幼小，缺乏分辨的能力，以为这就是人世间的模型。当他们走进社会的时候，会不由自主地以不良家庭的模式对待他人，将紊乱与不协传染到更远的范畴。更令人惊惧的是，来自不完美家庭的孩子们，彼此具有病态的吸引力，仿佛冥冥中有一块恶作剧的磁石，牵引性格有缺憾的男女，格外同病相怜，迫不及待地走到一起。病态中建立的家庭，如履薄冰，全是悲剧。如果不能卓有成效地打断铰链，这种会伤人的家庭，就像顽强的稗草，代代相传，贻害无穷。

家可以很单纯，一个人也是一个完整的家。家可以很复杂，整个地球是一个共同的屋顶。

家啊，是理解奉献思念呵护，是圣洁宽容接纳和谐，是磨合欣赏忠诚沟通，是心心相印浪漫曲折生死相依海角天涯。

家的疆域

一个家就像一潭水，经常有风和石头经过，扰乱平静。夫妻间发生争执的人和事，有时同自家没一点关系，颇有株连的味道。比如遥远的地方有一个女人死了，妻子说，真吓人啊。丈夫说，有什么了不起？这世上每天死的人多了去了。妻子就说，想不到你是这么一个绝情的人，有朝一日我死了，只怕你也无动于衷。丈夫说，这不是强加于人吗？她死和你死有什么关系呢？真小题大做！妻子说，我都要死了，你还说是小题，在你心里，究竟谁才是大事？！于是争吵就水到渠成地发生。

家是一个那么容易发生地震的地方，其频率和烈度大大超乎我们的想象，震中却往往不足挂齿。好像人们相知得越多，越难以彼此从容地体谅。如果说我们对外界的人，还有耐心探讨动机的多种可能性，做出比较理性客观的判断，对在同一屋檐下爆发的争吵，几乎从一开始就认定对方是挑衅和非善意。我们可能为一件毫不相干的人和事，发起剧烈的口角，直到完全忘记了唇枪舌剑的诱因，只遗留下锋利言辞对彼此心灵的伤害。每逢阴雨，那伤痕还会像蚯蚓似的蠢蠢欲动。

或许对家庭的势力范围，做个明确的划分会有益处。家是我们共同的领地，它从建立那天起，就是一个崭新的国度。每个男人和女人，在婚前都有自己的疆界和朋友。走到一起来的时候，除了携着自身，还举一反三地带来了原先的爱好、习惯和亲朋——要知道，新组家庭的国境线，并不是男女双方原有的管辖区域简单地算术叠加。如果你悲惨地那样以为了，就会对不期而至的遭遇战惊诧莫名，被无穷的战火轻则熏伤重则灼灭。

每一对夫妻都需要细致地研究，这个刚刚诞生的小小联合体，有哪些不同的兴趣和特殊的禁忌。

当我们对某一人和事慷慨陈词的时候，也许表面上看不出血肉相依的联系，但实际上凸透的是自己对世间的特定视角。既然我们在其他场合，都可以谦虚地承认自己并非万能，在家中为什么要强硬地固执己见？想来是希望最亲近的人，能与自己心心相印。一旦遭到误解和反驳，愤怒和沮丧便呈现三倍的猛烈与尖锐。

所以，对于那些敏感而无关大局的话题，明智的办法就是像两个边境不清的邻国，各自后撤，以便维持和平共处。

无伤大雅的分歧，可避让与迂回。对远处的人和事，不妨模糊朦胧，求同存异。对那些有可能导致战火的危险话题，明智地腾挪躲闪。对共同感兴趣的部分，大张旗鼓同仇敌忾。

当然疆域可以渗透，可以磨合，可以扩展，可以融会贯通天下大同。但那需要时间，很漫长的时间，也许一生一世。涂抹疆域界线的橡皮，只能是爱。持之以恒的相互热爱，甘远醇厚。爱到心驰神往，爱到天人合一。

家可以延伸得很远很远，包容大千世界。家可以蜷缩得很小很小，仅两个人也打得不可开交。家的边陲可以绿树成荫繁花似锦，围起一个小鸟的天堂。家也可以狼藉一片血流漂杵，筑成一双男女的死牢。关键需每位成员既是国王也是兵，建设它守卫它，和谐地调整家的内政外交，处理好家的边关防务。

在家的日子，我们要更宽容，更聪慧，更善良，更真诚。

家无垠。

家庭的天平

家庭中的平衡，是一种模糊而又清晰的概念。事业、金钱、地位、声誉等，都是有分量的物体，犹如一堆大小不一的砝码，堆积在我们脚下。有一架无形的天平，分给男人和女人各一个秤盘，倾斜就酝酿着危机。

文学讲座或是大学授课，我最后总要留出些时间，让大家自由提问。经常接到这样的字条："作为一名女作家，你和丈夫感觉平衡吗？请说实话。"

每次我都会心一笑。记得在北大，我很想知道发问人的性别，念完条子后对大家说，请猜一猜，这是一个男孩还是一个女孩写来的询问？大家异口同声地回答——女孩。

看来人们对平衡问题普遍关切，尤其是女性，在这个日渐拥挤嘈杂的世界上，对平等有着天然的敏感。一个家就是一个微缩的地球。丈夫和妻子，男人和女人，永远面临着公正的挑战。

家庭的公平从何而来？我想这真是比哥德巴赫猜想还要复杂的数学难题。也许各人的经济收入还可比较，但一个家不是储蓄所，更不是商店，单是银钱的多寡，无法决定指针的走向。谁能说得清，深夜里的一杯热茶，病榻旁的轻轻抚摸，应该标价几何？男人完成了一篇论文，女人在这些日子里辅导了孩子的功课，又有谁能评判出这两种劳动，对于家庭的贡献，孰重孰轻？漫天风雪中，有人挂牵着你，这是亿万金钱也买不到的眷恋。伴侣百年之后一声悠长的叹息，如风飘散，却有着山一般的凝重屹立苍穹。

沧海桑田，人人都在不断的变化中，唯一不变的是人间的真情。爱是家庭天平中最沉重的砝码，一缕真情，抵得过所有金钱的总和！

面对纸条我总是回答，我和丈夫就像一个人的左脚和右脚，抬起落下，忙着走路。如果你总是在原地站着，无论怎样小心，终会失却了平衡倒下。共同向前是最好的平衡，这就是永远的实话。

家庭幸福预报

今日世上多预报。比如天气预报、地震预报、商情预报、服装流行趋势预报，甚至连几十上百年后的日月食，都有了分秒不差的天象预报。不知为什么一桩婚姻诞生时，却没人对它的走向发布家庭幸福趋势预报？

料想此事太难。

人无慧眼，可穿透岁月层叠的雾岚，窥见新人的沧海桑田。天会变，道亦会变。地位、相貌、健康、性格……都像拥挤的卵石，在时间的渠里磕磕绊绊，几十年冲刷下来，旧貌新颜，有的化作晶莹玛瑙，有的碎成粉碴石屑。意志不是金刚水钻，没有坚不可摧的硬度，柔软多孔的人心是善变的精灵。

更无一把衡尺，可丈量幸福的杯子是否饱满。你以为汹涌澎湃，他却道涓涓细流。你陷入悲痛欲绝，她沉浸风花雪月。思维无并联，神经永绝缘，是动物的造化之幸，也是人的悲哀之源。幸福也许是高速车上捆绑的安全带，因人制宜，松窄可调，不到车毁人危的关头，看不出它所捆定的价值。

幸福无框架，幸福无定义，幸福不会立此存照，幸福无法预支和储蓄。幸福可以压缩，幸福可以扩展。幸福无保修，幸福无退换……

谁愿面对一件标准模糊的朦胧产品，说短论长。

家庭的幸福，难道真是百面妖魔，没有丝毫蛛丝马迹可寻？幸福的趋势，竟如盲人摸象，永无程序可考？设想婚礼的筵席上，若有预告幸福指点迷津的权威术士，该是最受敬畏的上宾。

不知未卜先知的哲人，有何手段击穿未来，烛照今夕？依我之心，窃以为该先测测双方的智商。假如智慧相等或差值在±10%的范围内，幸福便有了2.5分的保障。想想看，若在几十年的耳鬓厮磨中，每一句话都呢喃两遍以上，彼此才能缓缓沟通，是否慢性受刑？爱是生死与共的事，其难度不次于哥德巴赫猜想。分秒必争斗转星移的今日，脑是每个人首要的固定资产，评估它的功能状态，是严肃认真必备必需的手续。男女相悦不仅是激素的迸发，更是理智沟回清醒的把握。

教育的差异可在漫长的日子里填平补齐，更何况家中回荡的多是人生冷暖，并非先贤凝固的文字。假如智慧不对等，鸿沟非人力可充垫，循环往复的对牛弹琴，最易生出惨淡的麻痹和难以疗救的倦怠。世上有许多背景悬殊的夫妻，在外人以为必是寡淡无味的相守中，其乐融融。不仅是情操的契合，实有神智棋逢对手的持久快意。

单有智商是不够的，还需品质的优良与性格的互补，分数前者占3后者占2吧。

婚姻是一场马拉松呢，从鬓角青青搏到白发苍苍。路边有风景，更有荆棘，你可以张望，但不能回头。风和日丽要跑，狂风暴雨也要冲，只有清醒如水的意志持之以恒的耐力，才能撞到终点的红绳。

婚姻在某种程度上，是阴阳的大拼盘。我总怀疑性格的近似，是滋生不幸的助剂。粉了还要紫，绿了还要青，雪上加霜是搭配学上犯忌的事。然而相反相成，刚柔相济，图纸上令人神往，实施起来难度很大。度的掌握重要而微妙。逆反太凶，则是冤家对头，虽有强的磁场引力，但长久相克，磨损太甚，只怕两败俱伤。然而适当的尺寸，又像丝丝入扣的魔鞋，缥缈大地，谁知遗走何方？有的人寻找一生，找到了，是大幸运。找不到，无望无奈，也可保有死水微澜的宁静。最怕的是委委屈屈地将就，合久必分，却又当断不断。好像快餐店的塑料低背椅，可待片刻，难以固守一生。道貌岸然地坚持，必是颈项腰腿痛。半辈子熬过去，脊柱都弯矮了。

善良在幸福这锅汤里，就像优质味精，断断少不得。我看至少把1.5分给它。现今有人觉得善良简直就是无用的别号，我却以为无论在生意场社交场上，善良多么忍辱蒙羞落荒而逃，友谊与家居的优美疆域，永远是它世袭罔替的领地。丧失善良的友谊，是溶了蒙汗药的酒池肉林。缺乏善良的婚姻，是危机四伏无法兑现的期票。婚姻易碎，婚姻易老，善良如绵绵长长包裹婚姻瓷器完整的丝缕，似青青翠翠保养婚姻花叶常青的圣水。

剩下的1分，不知判给谁好。机遇、门第、如影随形的契机、冥冥之中的缘分……都在争抢终局的发言权。它们都很重要，假如有道判定婚姻幸福的公式，都该罗列其内，在结尾处结结实实占一席之地。但我思索再三，决定将这场婚姻预言的最后因子，留给通常在爱情中故意漠视的金钱。

很世俗，但很实际。贫贱夫妻百事哀，当一生的基本生活需要都没有保障的时候，我不知家庭幸福的青鸟，可以栖息在哪棵无果的树上做巢。婚姻里沉淀着那么多的柴米酱醋盐，每一件都与金钱息息相关。我们有许多清高的场合可以不谈钱，但家是一个必须坦荡地经常地反复地赤裸裸地议论金钱的地方。对金钱的共同掌握和使用方向的通力合作，是家庭木桶防止渗漏的坚实铁箍。

钱绝不可以太少，男人女人，要用自己的双手，用血汗化作干净的金钱，注满列车正常行驶的油箱。钱多比钱少好，但不要超过双方卓越的智力与优良的品质可以控制的范畴。单纯的金钱，就像单纯的水一样，不加消毒照料，就会慢慢蒸发腐坏。金钱与善良结合，才是世上很多美好事物的摇篮。

如果我们看到一对男女结成连理时，智商均衡，天性互助，多温柔宽厚之心，也不乏冷静果决之勇，坚韧友爱，钱不多也不少，顾了温饱，尚有些微节余，可以奠定共同事业的起点，那么无论他们的身材多么矮小，相貌多么平凡，出身多么低微，文化多么有待提高，情感多么不善表达，誓言如何稀少轻淡……甚至在外人眼里他们贫寒寂静，简单简陋，我都有足够的理由期待，他们会在艰窘中生长出至亲至爱的快乐与幸福。

我希望祝福成真。

假如一对新人智商殊异，性格无补，少温良仁爱的善美，多凛冽森严的辣手，钱不是太多就是太少……无论他们身高如何匹配，相貌如何俊美，家世如何渊源，文凭如何耀眼，情感如何缠绵，山盟如何海誓如何……有多少外在的光环闪烁；也无论青梅竹马，患难之交，萍水相逢，千里姻缘，弄巧成拙，指腹为婚……有多少内里的故事流传，我却总带着凄凉的心境，仿佛看到幸福终结的海市蜃楼，在不远处波光粼粼。哀痛使我无法扮出由衷的微笑。

这一回，但愿我看走眼了吧。

幸福的镜片

现今家庭，有些简直成了情绪火葬场。一位女友说，先生在外面笑眯眯，人人都赞他脾气好，可回到家里，满脸晦气，令人沮丧。女友恼火地抗议，你不要金玉其外，轮到自家人时，却像八大山人笔下的鱼鹰，白眼球多，黑眼球少。先生立即反驳道，人又不是仪器，不可能总调整在最佳状态。发愁的时候，懊恼的时候，垂头丧气的时候，你让我到哪里撒火？和领导吵吗？不敢抗上。和同事争吗？来日方长，得罪不起。在公共汽车上和不相干的人口角吗？人家招你惹你了？那岂不是伤及无辜，太不五讲四美了。女友说，我是你亲人，却经常看你黑脸，你这不是残害忠良吗？先生说，家是最隐蔽最放松的场所，一个人若是在家里都不能扒下面具，赤裸裸做人，那才是大悲哀。我阴沉着脸，并非对你恶意，只是情绪病了。你装聋作哑好了，不必同我一般见识。有什么不中听的话，并非针对你，只是宣泄独自的郁闷。如果你爱我，就请原谅我的种种真实……

女友困惑地说，人怎么能把家庭当作消化情绪的垃圾场？这样下去，谈何幸福！

我倒以为幸福的家庭，不妨成为回收情绪垃圾的炼炉。将成员的种种不快甚至愤慨忧愁苦恼悲凉……都虚怀若谷地包容下来，然后紧闭炉门，不再泄漏。让那炉中真火慢慢熬炼，直到怨气焚化成白色无害的灰烬，随风飘逝，不见踪影。

这事说起来简便，实施的时候，却极易失控。人在家居，心不设防，就像没打过麻疹疫苗的小儿，对情绪缺少抵抗力。一旦心境恶劣，极易传染他人。又因至爱亲朋，血脉相通，结果一人发火，污染全体，大家受难。很多原本是外界的小风波，最后演成家庭的全武行。

好的家庭要有丝网般的滤过功能。快乐的幸福的消息，如高屋建瓴，肥水快流，多拉快跑，让佳音火速进入所有成员的耳鼓。忧郁的不幸的消息，只要不关急务，便遮掩它，蹒跚它，让时间冲刷它的苦涩，让风霜漂白它触目惊心的严酷。

好的家庭是会变形的镜片，能发生奇妙的折射。凸透使视物变大，凹透让东西变小。如果是愉快的源泉，哪怕只是夫妻间的一个手势，孩子捧出的一杯清水，远方朋友的一个问候，陌生人的一个祝福……都应透过放大镜，使它纤毫毕现，华光四射。让一朵杜鹃，蔓延出一片火红的山谷。让一个口哨，轰响成一部辉煌的乐章。从一片面包，憧憬出今后日子的和美丰足。携一缕春风，扩展成融融暖意，铺满整个家庭空间。

如果是苦难和灾异，比如亲朋远逝，祸起萧墙，泰山压顶，骤雨狂风……降临的种种天灾人祸，经了家庭镜片的折射，都应竭力缩小它的规模——淡化压力的强度，软化尖锐的硬度，衰减振荡的烈度，压缩波及的范围，控制哀痛的伤害，截短作用的时间……让家人在家的庇护下，惊魂甫定，休养生息，疗治创口，积聚新力，重新敛起生活的勇气。

这是否是澳洲鸵鸟的战术，一厢情愿？我想明晰的镜片和浑黄的沙砾有原则上的区别。无论喜讯还是噩耗，通过家庭镜片的折射，它们未曾消失，依然健在，改变的只是外界事物作用于我们的感觉。

放大欢乐，缩小痛苦，这就是幸福家庭的奇妙镜片功能。

默契的建筑

所有建造家庭的人，都不会希望在这所百年大计的房屋中埋藏灾难的因子。但是，你从热闹的婚礼归来，过一段时间再去瞧瞧，你会惊奇地发现，占相当一个百分比的婚姻建筑，不再是举行婚礼时美丽风光的模样。装饰一新的外表开始衰败，地基被蝼蚁蛀了密集的窝孔，承重梁根本就没用钢筋，甚至古怪到没有玻璃没有门，所用砖瓦都是伪劣产品……这些可叹可怜的小屋，在风雨中摇摇欲坠，不时传来断裂和毁坏的噪声。再过几年看看，有的已夷为平地，主体结构渺无踪影，遗下一片废墟。有的被谎言的爬山虎密密匝匝地封锁，你再也窥不到内部的真实。有的门户大开，监守自盗歹人出没，爱情的珍藏已荡然无存。有的徒有虚名地支撑着，炕灰灶冷了无生机……更可怕的是在这样衰败的婚姻陋室中，你或许会听到婴儿的哭声，生命的规律在令人不安地运行着。

我想，有朋友会说——你是一个乌鸦嘴啊。所有处在热恋和谈婚论嫁阶段和已经披上婚纱的女子，都直觉地反感我以上所描述的种种情形。以为那只是小说和电视连续剧中出现的情节，是令人茶余饭后听着解闷的，是绝不会发生在自己身上的。我能理解这种心情，自己也不愿在大喜的日子里，做令人不快的语言。但是，原谅我，我听过太多的女孩谈过粉红色的梦想，我看到过太多的女子感伤哀怨的目光。我想说，你是你的婚姻的工程师啊，光有美好的蓝图不中用，你还得亲自施工。你有怎样的观念和技术，你就会收获一份怎样的婚姻。

要说什么样的建筑最结实呢？马上想到几点。起码，你的地基得牢吧？你所用的材料得是精选而来的吧？你得精心设计精心施工吧？不能建成一个“三无工程”，也不能边设计边施工。你不能光图样子好看，不注重内在质量吧？你得量体裁衣不能贪大求洋吧？你得……

嗨！太多了。但是，仅仅做到了这些，建筑是否就能历久弥新？

国外一次大地震，山摇地动房倒屋塌。清理时，救援者惊奇地发现，新盖的建筑大部分都倒塌了，倒是那些古老的建筑，晃动了几下依然站稳着脚跟。科学家们考察的结果，是那些古老建筑的结合部，往往比现代建筑要牢靠得多。

我常常凝目注视着那些历经千年斗拱飞檐的宫殿，奇怪它们在风雨中不浸润、在动荡中不倒塌的诀窍，到底是什么呢？思索再三，我想，除了深深的地基以外，很重要的是材料交接部位的吻合和默契。

是建筑，就肯定要有接缝，如同性别不同年龄不同背景不同爱好不同……的男人和女人，某一天，就走到一处屋檐下面来了。物和物的接缝，人和人的接缝，这一部位，肯定是整体中最软弱的所在了。只要有几道接榫处渗漏或是松动，外界的风沙和侵蚀就会乘虚而入，日积月累，千里之堤，溃于蚁穴的悲剧，几乎就是必然的了。

我听过一个故事。说的是古代有一位杰出的工匠，在房屋就要完工的时候，突然发现大梁有一处的接榫不很扎实，留有小小的缝隙。

那是一柱巨梁，高高在上，如果不是他的明察秋毫，任谁也发现不了的。况且，他既是施工者，也是检查者，只要他不说，谁也不会责怪。但是，他是一个敬业的工匠，为了保持这座建筑百年千年不朽的质量，他一定要在最初的片刻，就让木头与木头达到默契。可惜愿望虽好，但此时此刻，他攀在高顶之上，没有办法没有材料……为了达到严丝合缝的完美，他右手挥起了板斧，把自己左手的小指剁下，将那断指填进木头的缝隙。木头的顶端得了血肉的充填，顷刻间变得浑然一体了。后来，那座建筑屹立了千年。

这是一个关于质量和牢靠的故事。我记住了它，是因为它的斑斑血迹。联想到我们的婚姻建筑，几十年的风雨迷离啊，有什么比默契更为重要。

默契就是不说很多的话，我却知道你所有的想法。默契就是深深地理解，你中有我，我中有你。默契就是彼此的包容和一体，默契就是一种无言的约定和一项延续终生的承诺。默契无钉无铁，但是坚硬无比。默契无胶无漆，却针插不进水泼不进。默契是朴素的，默契是千篇一律的，默契不事喧哗，默契又无往不胜。

世纪末家庭

世纪像一棵老树，在秋风里摇曳着最后一片叶子。于是，有的人惶然，有的人紧张，有的人困惑，有的人期望……

世纪末的家庭，如同一颗孤独的果子，面对夕阳。

不管人们何种心态，20世纪一如既往地迈着沧桑的脚步，走向营地。

梳理思绪，会想到遥远的银河，对于星星来说，一个世纪，只是一次睫毛的眨动。会想到生命的原初，对于细胞来说，一个世纪，就是亿万次的分裂与重生。会想到，当本世纪降临的时候，组成你的家庭的成员，还是一粒飘扬的灰尘。会想到，当下一个世纪末到来的时候，你的家庭已是一抔沉默的黄土……

世纪更迭，家庭兴衰。家庭也如世纪一般，有它的寿命。想到这些，不哀伤，也不焦急，只是更感到生命的宝贵，时光的空灵。要干的事很多，脚步匆匆，更要抓紧去做。真挚的情感要万分珍惜，那是天地间的重中之重。

在这颗星球上，将来会有一天，阶级不存在了，国家不存在了，民族不存在了，但家庭中男人和女人的分歧，依然存在——像北斗七星组成的问号，悬挂苍穹。家庭就是这永恒之谜浓缩的疆场。

女人和男人，都是相同意义的人。在人格上，在权利上，在参与世界的重要性上，平等是毫无疑义的。但在具体的区分上，又有那么多的不同。从生理到心理，从行为方式到思维逻辑，女人都有独特而神秘的地方。

男人和女人，好像时针与分针，围绕轴心。女人曾经是弱者和简单的代名词，这是历史的不公正。要实现男女在社会上的平等，首先要在家庭中平等。

女性不单是厨房里的性别，也是社会强有力的角色。当一个女性迎着太阳，发出自己的声音的时候，如同一只鸟在歌唱，是正常和自然的流露，群山将为之倾听。

我的许多女友，结下了各式各样的婚姻。多年来，我们在被雨水淋湿的日子，在不很明亮的灯影下，在飘雪的傍晚，喝着茶，拧着渐渐湿漉漉的手帕，交谈着婚姻中的重重感受。如同工艺大师在讨论，如何烧制一件精妙绝伦易损易炸的薄胎瓷碗。我们充满惆怅和思索，觉得世上任何一国的战火，都未曾如家庭这方寸之地硝烟弥漫。世上任何一方仙境，都未曾若家庭这般温馨芬芳。世纪末的家庭是那样单纯又那样复杂多变，无法穷尽奥妙。

有许多从爱开始的故事，没有婚姻更没有家庭。像一个没有下落的破折号，惆怅地横指着空虚的远方。

有许多不得不结束的故事，有婚姻有家庭但是没有爱。像一串删节号，陷灭在令人窒息的泥沼中。

世纪末的时候，我们该为自己的家庭开列一张感情的账单，看看我们的收支是否平衡，有无触目惊心的红字。

人一生，不断地和自己的孤独感做斗争，至死方休。幼年的时候，陪伴我们度过暗夜篝火的，是无边无际的母爱。成年以后，在家庭的温暖帏帐里，织进了更稠密的亲情。

在亲人面前，我们已经干枯的赤子之心，重新滋润膨胀。在亲人面前，我们敞开胸膛，坦荡自己的弱点和缺憾。在亲人面前，我们流泪不流血，伤口已被亲情包扎，泪水是一种相知的快慰。在亲人面前，我们比任何时候都更不堪一击也更刀枪不入。

世纪末的人们，格外渴望亲情，是因为知道自己臂力单薄。家是世纪末的方舟，每个人都惧怕孤立无援。世纪末怀念亲情，是因为现代人确知自己无法完全战胜怯懦。世纪末珍视亲情，是因为科技再发达，也无法复印家庭中弥漫温馨的气氛。

没有亲情的人，在世纪末的冷风中，是一匹荒狼，内心阴霾面色狰狞。淡漠亲情的人，在世纪末的旷野中，是一块顽石，冷硬而粗糙。滥施亲情的人，如同世纪末肆虐的洪峰，波光诡谲危害一方。珍视亲情的人，如同世纪末探查太阳系的三级火箭，不断地获得加速度，翱翔寰宇。

在现代，母爱从未如此淳厚。母爱如丝如帛，母爱如石如铁，母爱如醉如痴，母爱如日如月……

这是一种简洁强韧的生命之爱，它使一切在利益面前的锱铢必较，黯然失色。如果危难袭来，母亲一定会把生的机遇留给孩子，自身无畏地走向死亡。

如何在平和的时代，养育孩子，也是母亲们永恒的话题。

对母亲来说，孩子是峡谷和飞瀑，是山坡和果园，是渴望和未来，是霓虹和宇宙飞船。

我们勤恳地劳动，是为了家园更美丽。我们不断地发现，是为了让明天更卓越。我们勇敢地探索，是为了手中的火炬越燃越亮。我们无畏地追求，是为了远方闪烁的希冀……

这一切的核心，都是为了人，为了我们的孩子，为了一个真实的明天。

不可能设想，我们的一切硬件都更美好了，但我们丢失了最优秀的孩子，人类还会享有幸福？

我们需要用充满慈心和理智的爱，丝绸一般填充在我们的孩子周围，如同保护那些最精密的仪器。因为——下个世纪，是在孩子的手中延长。

家有三宝

有首歌很火，叫作《吉祥三宝》，爸爸妈妈和孩子，音色搭配在一起，犹如杏黄的哈密瓜瓤、雪白的香蕉肉、碧绿的猕猴桃被浅妃红的浆汁裹在玲珑剔透的沙拉钵里，酽醇人生。有没有一些原来不准备要孩子的丁克和准丁克们，恍然大悟求贤若渴般地想要孩子了呢？不知道。或许，有吧。

但就歌词来讲，不觉有多么聪慧。好在一首歌毕竟不是一所讲堂，能让我们的心蓬松一小会儿，已是天籁。关于家，关于三宝，古人也曾留下一句话，其狡黠练达，似在吉祥之上。

那句话是——你听好了，别被吓一跳。如今人们信奉的是美女娇妻郊外豪宅光鲜服饰，那句话反其道而行之：家有三宝——丑妻、近地、破棉袄。

我听过一个彻底信服这句谆谆教诲的中年男子，畅谈心得。

丑妻。谁不想貌美如花一笑百媚的妻子呢？现代化妆包括刺刀见红瞒天过海的整容术，已为世界批量打造出了庞然的美女纵队。鱼龙混杂的真假美女，如过江之鲫越来越多。可惜夫妻不是风云会聚的舞伴，生儿育女不是人面桃花的晚宴。你不能抗拒时间，你不能在基因上涂抹防皱膏。灶头床尾耳鬓厮磨，你一定会看到铅华洗尽的赤裸和睡眼惺忪的倦怠。如果你是个寻常男子，就请珍惜一个良善丑女，将她娶回家变作你的丑妻。日日相伴，如同珍惜你平凡的自己。

近地。我们都没有地了，可是我们有单位。我们的公司和机关，我们为之服务的那个小小的机构，就是我们的地了。你没有办法让你的庄稼长在你的身边，但你有办法住到你的土地旁边去。不要贪图浮华，不要在路上耗费太多的时间。如果在散淡的第一产业时代，牵牛的老农都会考虑到往返耕种的时间成本，你为什么要远离你的禾苗？绣花一样地耕耘你的土地，精心侍弄你的种子，日久天长，你就能比奔波的邻居晒更多的谷，收更多的棉花。

破棉袄。说到破棉袄的时候，他笑了。我也不怀好意地笑了。我看到他西服笔挺皮鞋锃亮。我说，你果真有破棉袄吗？拿出一件让我看看。

他说，我的破棉袄就是我的小心我的谨慎我的谦逊。

我说，这都是很好的品质啊，干吗把它们贬为破棉袄？

他说，我并没有贬斥它们，古话也说它们是宝。要把棉袄时刻带在身边，因为有一些风雨无法预料。即使是太阳当头，你要有乌云遮蔽的准备。即使是阳春三月，你要有冷风袭面的预防。即使是夏日里暑热难当，也要有最坏的打算，比如就曾因为窦娥喊冤下起六月雪……好品质，是可随身携带不离不弃的遮身蔽体的棉袄啊。

他还说，看得多了，熟能生巧，丑妻也不再丑了。那块地侍弄得久了，自己已从长工变成了东家。唯有破棉袄却不曾换成新的，因为贴身并且如影随形。

柳如家

上医学院的时候，一天，教授拿着一枝新柳走进教室。它嫩绿的枝条上，萌着鹅黄的叶蕾，大梦初醒的样子。我们正不知一向严谨的老先生预备干什么，教授折断了柳枝。绿茸茸的顶端萎下来，唯有青皮牵拉着，散发出苦苦的气息。教授说，今天我们讲骨骼。医学上有一个重要的名称，叫作“柳枝骨折”，说的是此刻骨虽断，却还和整体有着千丝万缕的联系。我们的职责，就是把这样的断骨接起来，它需要格外的冷静，格外耐心……

一次，到了大兴安岭，老猎人告诉我，如果迷了路，沿着柳树，就能走出深山。

我问为什么？老猎人说，春天柳树最先绿，秋天它最后黄。柳树成行的地方必有活水，水往山外流，所以你跟着它，就会找回家的路。

心中一动，记下了柳树如家。

一位女友向我哭诉她的家庭，说希冀的是家的纯洁，家的祥和。可怕的是最近这一切都濒临破碎，虽是藕断丝连，但她想手起刀落……我知她家虽已摇摇欲坠，但并非恩断义绝，就和她讲起了柳枝骨折。既然一株植物都可凭着生命的本能愈合惨痛的伤口，在原处发出新的枝叶，我们也可更顽强更耐心地尝试修复。

女友迟疑道，现代的东西，不破都要扔，筷子全变成一次性的……何况当初海誓山盟如今千疮百孔的家！

我说，家是有生命的精灵。正因为家是活的，所以会得病也会康复。既然高超的仪器会失灵，凌飞的火箭会爆炸，精密的计算机会染病毒，蔚蓝的天空也会风云突变，婚姻自然也可骨折。

我们是自己家庭的制造者，我们是自己家庭的保健医生。每一个家庭，都是用感情和双手缔造的，那张家庭的保修单，当然也由双方郑重签发。家是一把木制的椅子，要常常油饰修理。阴雨连绵的季节，要搬出去晒晒太阳，不要生出点点霉斑；秋天的时候，要在田野留步，感受清风的抚摸，忆起春天的期望。

修补家庭是双方的事情，万万不可一方包办。疗治骨折要干净彻底地清洗创面，绝不可留下化脓的细菌。焊接两块钢板，要将那对接的毛边打去陈锈，露出洁净的茬口，才能在烈焰下重新融合。如果没有痛彻地割舍磨打，哪怕只是黏合一块鞋跟，也会在几步之后再次脱落……退让妥协绝不是修补，那是藏污纳垢、苟延残喘，那是委曲求全、自取其辱，等待我们的只会是更大的苦痛。

修补是比丢弃更烦琐的工程，修补是比丢弃更艰苦的跋涉，修补是比丢弃更费时费心的历练，修补是比丢弃更精妙的技艺。

女友听了我的话，半信半疑道，裂了口子连缀起来的家，就像早年间乡下锯过的碗，还会结实吗？

我说，当年我们也曾问过教授，柳枝骨折长好后，当再次遭受重大压力和撞击的时候，会不会在原位断开？

教授微笑着回答，樵夫上山砍柴，都知道斧刃最难劈入的树瘤，恰是当年树木折断后愈合的地方。

关于婚姻和家庭的独白

你认定了一个男人或是一个女人为终身伴侣，就是斩钉截铁地拒绝了这世界上数以亿计的男人和女人。也许他们更坚毅更美丽，但拒绝就是取消，拒绝就是否决，拒绝使你一劳永逸，拒绝让你义无反顾，拒绝在给予你自由的同时，取缔了你更多的自由。拒绝是一条单航道，你开启了闸门，就奔腾而下，无法回头。

拒绝的实质是一种否定性的选择。

我们的拒绝常常过于匆忙。这是因为我们在有可能从容拒绝的日子里，胆怯地挥霍掉了光阴。我们推迟拒绝，我们惧怕拒绝。我们把拒绝比作困境中的背水一战，只要有一分可能，就鸵鸟式地缩进沙砾。殊不知当我们选择拒绝的时候，更应该冷静和周全，更应有充分的时间分析利弊与后果。拒绝应该是慎重思虑之后一枚成熟的浆果，而不是强行捋下的酸葡萄。

结婚通常是在我们尚未完全明了它的严重性前，就匆忙决定了的一件事。

它是年轻人最大的也是最初的一场赌注。

晚婚和思考可以部分地补救我们的缺乏经验。

但它从根本上说，是不可预测的。

现代文明给了我们弥补的机会，这就是离婚。

如果一个人从第一次婚姻里学到的不是正确的经验，就可悲地进入了一轮更盲目的赌博。

失败有时可以提供教训，有时会使我们更加昏了头脑。

女孩为了使自己显得可爱，就不由自主地在男人面前装傻。

喜欢傻女人的男人，不是自己弱智，无法同聪慧的女孩并驾齐驱，就是旧礼教的信徒，以为女子无才便是德。

同这样的男人分手，原是不足惜的。

夫妻吵架表面上看来都是因为极小的事情，但下面常常潜伏着由来已久的情感危机。假如我们不想分手，就一定要把这股暗流找出来，清醒地对待它、排解它。

当我们守候在年迈的父母膝下时，哪怕他们鬓发苍苍，哪怕他们垂垂老矣，你都要有勇气对自己说：我很幸福。因为天地无常，总有一天你会失去他们，会无限追悔此刻的时光。

我不相信一见钟情。钟情其实是“一见”之后经过漫长时间思索的确认。如果只有一见，而没有其后的八见、十见、百见……情就始终无所黏附，不过是飘在空中的尼龙丝。

如果真的因一见而没齿不忘，那实际上钟的不再是情，而是自己浪漫的想象与幻觉。

幸福并不与财富地位声望婚姻同步，它只是你心灵的感觉。

对于我们的父母，我们永远是不可重复的孤本。无论他们有多少儿女，我们都是独特的一个。

假如我不存在了，他们就空留一份慈爱，在风中蛛丝般无以附丽地飘荡。

假如我生了病，他们的心就会皱缩成石块，无数次向上苍祈祷我的康复，甚至愿灾痛以十倍的烈度降临于他们自身，以换取我的平安。

我的点滴成功，都如同经过放大镜，进入他们的瞳孔，摄入他们心底。

假如我们先他们而去，他们的白发会从日出垂到日暮，他们的泪水会使太平洋为之涨潮。

面对这无法承载的亲情，我们还敢说我不重要吗？

母亲的关切就像一件旧时的毛衣，在严寒的日子里我们会忆起它的温暖，在风和日丽的春天，我们就把它遗忘。但对母亲来说，每一缕思念都那样绵长，每一条关于我们的音讯都令她长久地咀嚼。我们每一点微小的成绩都会熨平她额上的皱纹，我们的每一次挫折和失误都会令她扼腕叹息……

这也许是一条奇怪的放大定律——儿女的风吹草动，会凝聚成疾风骤雨降临母亲的心灵。当我们跋涉在人世间的时候，母亲的心追随着我们，感应着我们，承受着我们的苦难，分担着我们的忧愁。

尽管世上规定了母亲节，其实母亲无节日。或者说，母亲也是天天过节日的。孩子会笑了，孩子会走了，这就是母亲的节日啊。孩子唱第一首歌，孩子写第一个字，这都是母亲的节日啊。

孩子得了第一次奖，虽说只是一支普通的铅笔，这也是母亲盛大的节日啊。

孩子学得了知识，孩子建立了功业，孩子在世界上找到了属于他的另一半，孩子有了更小的孩子……这都是母亲的节日啊。

孩子的点滴进步，都是母亲永远铭记在心的节日。

一位母亲，培养出一个优秀的孩子，那就是人类永恒的节日。

一个不爱母亲的人，基本上是没有救的。无论他取得了怎样的成就，在他的内心深处，永远是冷漠。

全职主夫

早上，告别伊利诺伊州的小镇，出发到芝加哥去。行程的安排是：我和安妮先乘坐当地志愿者的车，一个半小时之后到达罗克福德车站，然后从那里再乘坐大巴，直抵芝加哥。

早起收拾行囊，在岳拉娜老奶奶家吃了早饭，安坐着等待车夫到来。私下揣摩：今天我们将有幸与谁同行？

几天前，从罗克福德车站到小镇来的时候，是一对中年夫妇接站。丈夫叫鲍比，妻子叫玛丽安。他们的车很普通，牌子我叫不出来，估计也就是相当于国内的“夏利”那个档次。车里不整洁也不豪华，但还舒适。我这样说，一点也没有鄙薄他们财力或是热情的意思，只是觉得有一种平淡的家常。

丈夫开车，车外是大片的玉米地。玛丽安面容疲惫但很健谈，干燥的红头发飘拂在她的唇边，为她的话增加了几分焦灼感。我说，看你很操劳辛苦的样子，还到车站迎接我们，非常感谢。

玛丽安说，疲劳感来自我的母亲患老年性痴呆14年，前不久去世了。都是我服侍她的，我是一名家庭主妇。我知道陪伴一位老人走过她最后的道路，是多么艰难的过程。照料母亲成了我生命的一部分。母亲去世了，我一下子不知道干什么好了。现在，我干什么呢？虽然我有家庭，鲍比对我很好……

说到这里，开车的鲍比听到点了他的名，就扭过头，很默契地笑笑。

玛丽安说，孩子也很好，可这些都填补不了母亲去世后留下的黑洞。我的这一段经历，我不想让它轻易流失。你猜，我选择了怎样的方式悼念母亲？

我说，你要为母亲写一本书吗？这的确是我能想出的悼念母亲的较好方法了。

玛丽安说，不是每个人都有能力写书的。

我说，那么你想出的方法是什么？

玛丽安说，我想出的办法是竞选议员。

我的眼珠瞪圆了。当议员？这可比写书难多了，不由得对身边的玛丽安刮目相看。议员是谁都当得了的？这位普通的美国妇女，消瘦疲倦，眼圈发黑，看不出有什么叱咤风云的本领，居然就像讨论晚餐的豌豆放不放胡椒粉那样，淡淡地提出了自己的议员之梦。

玛丽安沉浸在对自我远景的设想中，并未顾及我的惊讶。她说，我要向大家呼吁，给我们的老年人更多的爱和财政拨款。服侍老人不但是子女的义务，而且是全社会代价高昂的工作。这不但是爱老年人，也是爱我们每一个人。我到处游说……

我忍不住插嘴，结果怎么样？你有可能当选吗？

玛丽安一下羞涩起来，说，我从没有竞选的经验，准备也很不充分。当然，财力也不充裕。所以，这第一次很可能要失败了。但是，我不会气馁的。我会不懈地争取下去，也许你下次来的时候，我已经是州议员了。

玛丽安说到这里，鲍比就把汽车的喇叭按响了。宽广的道路上没有一个人，也没有任何险情。喇叭声声，代表鲍比的喉咙，为妻子助威。

我对玛丽安生出了深深的敬佩。怎么看她都不像是一个能执掌政治的女人，但是谁又能预计她献身政治后的政绩，不是辉煌和显赫呢？因为她的动机是那样单纯，信念是那样坚定！

有了来时和这位“预备役议员”的谈话，我就对去时与谁同车，抱有了浓烈的期待。

车夫来了。一个很高大而帅气的男子，名叫约翰。一见面，约翰连说了两句话，让我觉得行程不会枯燥。

第一句话是：出远门的人，走得慌忙，往往容易落下东西。我帮你们装箱子，你们再好好检查一下，不要遗漏了宝贝。

在他的提醒下，我迅速检点了一番自己的行囊。乖乖，照相机就落在了客厅的沙发上。在整个美国的行程中，我仅这一次丢了东西，还被细心的约翰挽救了回来。

第二句话是：你的箱子颜色很漂亮。它不是美国的产品，好像是意大利的。

我惊奇了。惊奇的是一个大男子汉，居然在记忆中储存着女士箱子的色彩和款式的资料，并把产地信手拈来。

我说，谢谢你的夸奖。你对箱子很了解啊。能知道你是做什么工作的吗？

我猜想他可能是百货公司的采购员。

约翰把车发动起来，他的车非常干净清爽。他一边开车一边回答：我的工作嘛，是足球教练。

我自作聪明地说，赛球的时候走南闯北的，所以你就对箱子有研究了。

约翰笑起来说，我这个足球教练，只教我的三个孩子。我有三个男孩，他们可爱极了。

他说着，竟然情不自禁地减速，然后从贴身的皮夹里掏出一张照片，转手递给我们。三个如竹笋一般修长挺拔的孩子踩着足球，笑容像新鲜柠檬一样灿烂。

约翰说，我的工作，就是照顾我的三个孩子。我接送他们上学，为他们做饭，带他们游玩和锻炼。我的邻居看到我把自己的孩子带得这样好，就把他们的孩子也送到我这儿训练，我就多少挣一点小钱。但绝大多数时间，我是挣不到一分钱的。因为我不好意思领工资。我是全职的家庭主夫啊。

我赶快把自己的脸转向窗外。因为我无法确保自己的五官，不因巨大的愕然而错位。

令我惊奇的不仅是这样一个正当壮年的健康男子，居然天天在家从事育子和家务劳动，更重要的是他在讲这些话的时候，那种安然的坦率和溢于言表的幸福感。我从来没有见过一个男子说到自己的职业是家庭主夫时，如此地心平气和。不对，不准确。不是心平气和，是意气风发。

我变得小心翼翼起来。我怕我不合时宜的语调，出卖了我的惊讶。我说，你的妻子是做什么的？

约翰说，法官，她是法官，在我们这一带非常有名气的法官。

我说，那你这样……没有工作，对不起，我的意思是在家里……工作……她心理平衡吗？

约翰很有几分不解地说，平衡？她为什么不平衡呢？这是一种多么好的组合！她那么喜欢她的孩子，可是她要工作，把孩子交给谁来照料呢？当然是我了，她才最放心。

话说到这个份儿上，我顾虑再追问下去，是否有些不敬，但我实在太想知道答案了，只好冒着得罪人的危险说，要是您不介意，我还想问问，您心理平衡吗？

约翰说，我？当然，平衡。我那么爱我的孩子，能够整天和我的孩子在一起，我是求之不得的。世上不是每个男人都有这样的福气的。他们不一定能娶到我夫人这样能干的女子，我娶到了。这是我的天大的运气啊。

交流到这个程度，我心中的问号基本上被拉直，变成叹号了。我只有彻头彻尾地相信，世界上有一种非常快乐的家庭主夫生活着，绽放着令世界着迷的笑脸。

到了车站，当我和安妮把所有的行李搬了下来，和约翰友好地招手告别，突然安妮一声惊叫：天啊，我的手提电脑……哪里去了？

约翰不慌不忙地说，别急。很可能是落在岳拉娜老奶奶家了。等我问问她。

约翰拨打手提电话，果然，电脑是在岳家。

怎么办呢？那一瞬，很静。听得见枫树摇晃树叶的声音。从车站到我们曾经居住的小镇，一来一回要三个小时，约翰刚才还说，他要赶回去给孩子们做饭呢！

我们看着约翰，约翰看着我们。气氛一时有些微妙和尴尬。临行之前，他再三再四地叮嘱我们，现在不幸被他言中……

约翰是很有资格埋怨我们的，哪怕是一个不悦的眼神。或是出于不得不顾及的礼节，他可以帮助我们，但他有权利表达他的为难和遗憾。

但是，没有。他此刻的表情，我真的无法确切形容，原谅我用一个不恰当但却能表达我当时感觉的词——“贤妻良母”。他是那样的“贤妻良母”，真正的温暖的笑容，耐心而和善。好像是一个长者刚对小孩子说过：你小心一点，别摔倒了。那孩子就来了一个嘴啃泥。他的第一个反应不是埋怨和指责，而是本能地微笑着，看到他的膝盖出了血，就帮助包扎。他很轻松地说，不要紧，出门在外的人，这样的事情常常发生。你们不要着急，我这就赶回小镇。照料完我的孩子们的午饭，我就到岳拉娜老奶奶家取电脑，然后立即返回这里。等着我吧。在这段时间里，你们可以看看美丽的枫树。只有伊利诺伊的枫树，是这样冷不防地就由黄色变成红色的了，非常俏皮。离开了这里，你就看不到如此美丽的枫树了。

约翰说着，挥挥手，开着车走了。我和安妮坐在秋天的阳光下，看着公路上约翰的车子变成一只小小甲虫，消失在远方。我们什么也没说，等待着他亲切的笑容在秋阳下重新出现。

晚饭后，谁来洗碗？

古时的民谚和今时的营养学家都教诲我们“晚吃少”，但对于忙碌的普通人来说，晚饭总是一天中最隆重的家庭盛宴。

于是，有了“晚饭后，谁来洗碗”的问题。

如果奢华到可以去饭馆里吃，自然是服务员来洗。如果雇了保姆或小时工，就是打工者洗。如果家中有任劳任怨的前辈，就是老人来洗。如果要锻炼娇生惯养的子女，就是孩子来洗……当然还有种种的特殊情况，都不在本文范围。这里讨论的对象，特指夫妻双双上班、收入平平、买不起洗碗机的工薪族，也就是说，将它局限在最普通的饮食男女之间。

洗碗之所以是一个问题，因为每一个家庭不可以须臾离开它。听过一对新婚夫妇大打出手的传闻，起因就是谁都不愿意洗碗，便每顿饭启用新碗。好在是新人，亲朋志喜的礼物里有大量碗盆。然而坐吃山空，当最后一个碗也干涸了汤汁之后，男方指责女方不尽妇道，女方说：“碗又不是我一个人消耗的，凭什么非要我来洗？”争论的结果是从文斗变成武斗，所有的碗摔碎之后，分道扬镳。

这个故事也许极端了一些，但月光下，没有因为晚饭后洗碗问题有过龃龉的家庭，大约不多。

认识一位男劳模的妻子，负担了绝大多数的家务，真是高风亮节，但是她拒绝洗碗。客人到她家，看到窗明几净，唯有厨房里堆积着成山的脏碗。大家说：“你既然把别的事都做了，何苦和这几个碗过不去呢？一捋袖子几分钟不就干完了吗？”女人说：“我什么都干了，他单刷个碗还不应该吗？要是连碗都不洗，这个家还有个公平没有呢？”

家庭内部，洗碗有象征意义。它不单是一个体力劳动的问题，还具有某种价值法则。

晚饭后，谁洗碗？我不是权威的统计部门，采取的是很局限、很笨拙的口头调查。问了10个家庭，结果有八位主妇扬眉吐气地告诉我：“晚饭后，丈夫在洗碗！”

我相信这个数据的部分可靠性。很多男子汉不无自豪神色地谈到自己“气管炎”的时候，最充分的一个论据是——我们家的碗都是我洗的！

洗碗于是成了中国城市男人值得夸耀的家务政绩，成了中国女人“翻身得解放”的铁案。

沾满油污的碗，真就承载了那么强大的心理价值吗？

许多年前的大家庭，洗碗也许是很繁重的劳动，要到井旁打水，要用碱去油污，打碎了碗要受到长辈的斥责……但在如今的城市里，工序已被大大简化。水是自来水，油腻由“洗洁灵”对付，抹布由“百洁丝”代替……一个三口之家的锅碗瓢盆，假如是手脚比较利索的人勤勉操作，一定可以在十分钟内结束战斗。

洗碗只是诸多家务劳动中的一项，虽然比较烦琐。它现在被女人得意地提到如此高的地位，或者说是被男人有意贬到一个下贱的地位，是否为了掩盖一个最基本的事实——家庭中谁负担了更多的劳动？

例如，晚饭是谁做的呢？只要不是让家人吃方便面，一顿初具规模的晚饭，从自由市场的采买，到热气腾腾地端上餐桌，必定比洗碗要耗费数倍的时间与体力。在我上述调查的10个家庭中，都是女人做饭。我们甚至可以说，洗碗的男人绝大多数是不做饭的。因为不做饭，他的愧疚、补偿、感激、将功折罪，就表现为洗碗的行动。

洗碗在家庭中的惩罚意味是不言而喻的。

“因为你没做饭，所以你得洗碗。”女人说。

因为男人洗了碗，洗碗又是一种卑下的劳动，所以男女找到了一个对等的支点，于是心理平衡。

但劳动没有高低贵贱之分，洗碗和做饭的劳动量和它们的技术含量并不相等。人为地将某一种劳动打上耻辱或者高尚的印记，给予劳动本身一种原本不属于它的附加值，有意无意中为一个深藏不露的目的服务——用较少的劳动与较多的劳动平衡。这种平衡不单是体力时间，而且是心理、道义、舆论。换句话说，是用一种虚幻空洞的口头价值，弥补劳动上实实在在的赤字。

洗碗的男人自我夸耀，几乎成了一种社会习尚。也许是善意吧，但我以为，本质上是洗碗者不自觉的自我辩护，是为了使自己心安理得特制的盾牌。

男人和女人同样奔波，同样辛苦。回到家里，共同承担家务，其中很难分清谁应该干得更多一些。但洗碗与做饭就像散步与疾跑，它们的劳动量显然是不相等的。一定要说它们相等，或者用种种调侃和误导，让它们之间的天平指针保持平衡，假如不是糊涂，就有些像瞒天过海的小商贩，成心要缺斤短两。

晚饭后洗碗的那个人，是很辛苦的。无论是男人还是女人。

但洗碗只是所有家务劳动当中的一部分，一只碗无法抵挡烦琐、细致、辛苦的其他劳动。夸大一点不及其余，便弥漫着别有用心的味道了。

录音电话

家里新买来录音电话，大家仔细看了说明，决定开始录音留言。

由谁来主演呢？先生说，当然是你啦，找你的人多嘛！我有些畏葸地说，还是你留言吧，你到底是户主啊（中国人好像有一种对留下自己声音痕迹的天然恐惧，也许是原始狩猎时代的遗风）。

他不由分说地控制了录音键，说，这么一点小事，还婆婆妈妈？说吧！然后和儿子站在一旁，看我如何张口。

电话“嘟”的一声响，表示录音开始。我连连摆手，着急地说，说什么呀？我还没想好呢！

结果第一次录音的成绩就是：我还没想好呢……

儿子在旁边插嘴，妈，你怎么这么笨！我听见别人家的录音电话里都是这样说的，这里是×××电话号码，主人不在家，您有事请留下姓名并留言。不就成了！

我在心里佩服儿子的机灵，正准备依此办理，先生说，我们为什么要学别人的样？那种说法不是太公事公办了？一般给你打来电话的，不是作家就是编辑，你还是把留言搞得精致一些。

想想有理，我认真准备了录音腹稿，郑重地录下了一番周到的话语。

录完了，像接受审讯的犯罪嫌疑人，等待发落。

先生说，太沉重了些，像是致悼词。

我不气馁，重打鼓另开张。这一回先生倒没说什么，一直在旁边凝神静听的儿子说，妈你怎么声音神秘兮兮的，像《小红帽》里的狼外婆？

我说，你不要恶意攻击。这件事不像你想的那么容易，要不你来试试？

先生鼓励我说，一回生二回熟。你再接着练练，就会完美啦。说着拉开儿子，殷切地等着我再次实践。

我在他们的虎视眈眈下，战战兢兢重新开始。没想到效果更糟，居然开始结巴。

哎呀，你怎么黄鼠狼下耗子，一窝不如一窝？再来再来！先生像严厉的国家队教练，不容我停息。

儿子也在敲边鼓，说，妈您是朽木不可雕也。就这么一件小事，还有我和爸全力以赴地帮着您，您怎么就不开窍？

又是几番劳而无功，我垂头丧气地停止了努力。抬头看了看表，半个小时过去了，录音带上还是一片空白。我又瞅了瞅先生和儿子，他俩双手抱肩，悠闲地注视着我和电话机。

喔，我恍然大悟！

我轻松地对他们做了一个手势。先生说，这是什么意思？我说，请你们到别的房间去，我要独自录音。

他说，有我们帮着你还录不好呢，团结力量大。

我说，坏就坏在一个人干，两个人看。你想想吧，任何一件事，要是看的人比干的人多，那件事准好不了！

他俩悻悻地走了。我一个人轻松地把音录完。先生回来听了以后，说录音带里的我前言不搭后语，语气也不连贯。我说，就那样吧。我又不是中央人民广播电台播音员，既然我们都是普通人，就按普通人的习惯说话好了。

假如你把电话打到我家，恰巧我不在家的时候，你会听到我在录音电话里，磕磕绊绊但是真诚地向你问好……

内部招标

我家三口人，先生、儿子和我。仿佛三个边界清晰的小国，相处还好，基本上友好睦邻；但也时时狼烟四起，争斗不已。

我因为写作，就有了许多需上邮局的活儿，比如和编辑部往来的稿件，给读者寄的书或是复信等。平日里都是先生代劳，用书包携带了去，回来后我就巴结地向他道声辛苦，倒也相安无事。但天长日久了，他终于不耐烦起来。

那是一个星期天，我正预备包饺子。他气哼哼地从邮局回来了，对我说："排了半天的队，还挨了一顿训。这真不是人干的活儿。"

我说："先喝口水，消消气。"

他说："少来讨好我。今后我不干这活儿了。"

我说："那可怎么办呢？又不能为这事雇个小时工。"

他说："雇也没人干。这事太磨人。"

我说："那也不一定。重赏之下必有勇夫。"

先生快活起来说："这么说你打算为这件事出点血了？这么着吧，你说说每个月准备出多少钱，我看看承包了是不是合算？赚的钱进我的小金库，你管不着。"

我说："行啊。好商量。你先开个价吧。"

先生很慎重地想了想说："每月500元。"

我惊叫："真够黑的啦！咱家哪有那么多的钱？"

他摇着头说："就这我还不乐意干呢！可惜别无分店。"

我说："那我自个儿干得了，还给咱家省了这笔钱。"

绝望中突然杀出一匹小黑马，儿子见义勇为地说："妈，这事就交给我吧。甭500了，每月400块钱就行。"

我说："好好，凡事有了竞争就好。"

先生当仁不让地说："儿子你不要抢我的差事。现在我宣布降价，每月300元就干了。"

我朝儿子说："你呢？什么态度？"

到底是少年人干脆，他睫毛都不眨地说："200。我每月200块钱就行了。"

我逡巡四周说："怎么样？还有更低的吗？"说着拿起擀面杖，预备一杖敲下去定音。

先生忙对儿子说："咱俩不能鹬蚌相争，让你妈渔翁得利。"

儿子不为所动，坚持说："君子一诺千金。"

我说："咱们就这么定了吧？"

先生忙不迭地改口说："我变了，变每月100了。100就行。"

儿子毫不退缩，说："那我50。每月50块钱，我把我妈的信都包发了。怎么样？"

我微笑地瞅着先生，说："看来任何事情都不能搞垄断封锁，所以要有反不正当经营法。"

先生气壮山河地站起来，悲壮地说：“我现在宣布，发信不要钱了。反正我以前也是无偿服务，今后就一如既往罢了。一个人做点好事并不难，一辈子都做好事也不难。”

儿子在一旁悻悻地说：“妈，现在要想把您招的标从我爸手里抢回来，只有倒找给您钱了。”

我说：“儿子，这事你就让给你爸了吧。以后我要是有时间，尽量争取自己上邮局。现在你们知道下一步最重要的事是什么吗？”

父子俩一齐说：“是什么呀？”

我说：“包饺子啊！吵了这么长的时间，面都醒过头啦！”说着把擀面杖重重敲下。

打开你的坤包

有句外国谚语说，“让我到你的房子里看一看，我就能说出你是个什么样的人。”

总觉得发明这话的洋人有点儿迂。对于女人来说，其实根本就不必到她的家，只要打开她的坤包瞧瞧，就知道她是个怎样的人了。

不信吗？让我们找块“试验田”，验证一下。

随意查看别人的物件，除了上飞机前的安全检查以外，都是侵犯人权的行为。看来作茧者必自缚。既然我发明了这则当代谚语，就先打开我的坤包看一看吧。

坤包，顾名思义，当为女士之包。但我的包不甚够格，因为它是一个石磨蓝的牛仔包，实为男女老少皆宜。之所以在各式各样的包群里选择了它，主要是因了它的结实。各式各样的包，都不如它禁拉又禁拽、禁打又禁踹。当然后半句夸张得有些邪乎，虽说挤公共汽车时经常是人已下了车门，包还嵌在车上人的腋窝下，需要使出拔河般的力气往外揪扯，但总还未到打与踹的地步。

第二个喜爱的原因是它的妥帖。岁月吸走了布匹的毛躁，泛出朵朵泪痕般的白环，显出暗淡的朴素。冬日里不会像真正的牛皮包咯咯作响，夏天里不会把钢轨似的带子勒进你汗湿的肩头。它永远宁静地倚靠在你的一侧，为你遮挡肋间的风寒。

第三点也许是最重要的原因，是便宜。不止一次，被精巧的羊皮手袋的价钱吓着，以后便更抱紧了自己的布包，想起它的种种好处，颇有相依为命的味道。

说了这许多皮毛上的事，现在让我们打开拉链。

包里最神秘的地方放着证件。没有证件就没法确定你到底是不是你。每次出门都要下意识地拍拍牛仔包的小口袋，摸到铁板似硬硬的一块，才敢放心地离开家。总奇怪外国女人是怎样瞒住自己的年龄不让陌生人知道的。在中国，无论你走到哪里，都要亮出你的证件才算坦坦荡荡。越是不认识的人，越要细细地看每一项。反正糊弄不过白纸黑字，我也就不在意面貌上是否显得年轻。

第二要紧的是钥匙。带着钥匙，就是带着家。钥匙对女人尤为重要，没有家的钥匙的女人是最孤苦的，钥匙太多的女人也不胜其烦。一个人独立的最显著标志，是有了一串属于自己的钥匙。每个职业女性的手袋都会在某个特定的角度叮当作响，那是家的钥匙和办公室的钥匙击出耀眼的火花。常常想，世上有从不带钥匙的女人？那大概是一位女总统或一位女飞贼。

再然后包里的重要物件就是一支笔了。呜，是两支。因为我们的圆珠笔或签字笔质量都有些可疑，常会在你奋笔疾书时像得了多年的咳喘，憋得声嘶力竭。为防此等“恶性事故”，故像重大球赛一般，要预备替补。现今女士的夏装往往一个兜也没有，坤包就代替了衣兜，不可以须臾离开。

再其次就是电话簿。电话簿是一只储存朋友的魔盒，假如我遇到困难，就要向他们发出求救信号。一种畏惧孤独的潜意识，像冬眠的虫子蛰伏在心灵的旮旯。人生一世，消失的是岁月，收获的是朋友。虽然我有时会几天不同任何朋友联络，但我知道自己牢牢地黏附于友谊网络之中。电话簿就像七仙女下凡时的难香，留在身边，就储存了安宁。

当然还有女人专用的物品。一块手绢，几沓餐巾纸……至于女人常用的化妆盒，我是没有的。因为信奉素面朝天，所以就节约了那笔可观的开销。常常对自家先生说，你娶了我，真是节能型的。一辈子省下的胭脂钱，够打一个金元宝。北方冬春风沙大，嘴唇易干裂，就装备了一瓶护唇油，露水一般透明，抹在嘴上甜丝丝的，其实就是兑了水的甘油。一日黄尘像妖怪般卷地而来，口唇糙如砂纸。临进朋友的家门前，急掏出唇油涂抹一番，然后很润泽地走了进去。朋友注目我的下颌，我很得意，打算毫无保留地告诉她在哪儿可以买到护唇油。没想到她体贴地说："要不要喝点儿水？我知道你刚吃了油饼。"

几乎忘了最重要的内容，那就是坤包里要有钱。没有钱的女人寸步难行。但我是一个不能带很多钱的女人，钱一过百，紧张之色就溢于言表。不由得将包紧紧抱在胸前。先生讥之为："真正的偷儿断不屑偷你，一看就知道是个没大手面的人。"

包里常常装着昼伏夜出写成的文稿，奔走于各编辑部之间。少时读《钢铁是怎样炼成的》，念到保尔因邮寄手稿丢失痛不欲生之时，恨恨地发誓："他年我若为作家，稿子一定复写几份并尽可能地亲自送上。"牛仔包装了稿子的日子，是它最辉煌的时光。我把它平平展展地抱在胸前，好像几世单传的婴儿。包的长度和大张的稿纸恰好相仿，好似一只蓝木匣。公共汽车太拥挤的时候，我会把书包托举到头顶，好像凫水的人擎着怕湿的衣服。我喜欢洁净平滑的纹面，不乐意它皱得像被踩过的鞋垫。

一次，一位朋友说："你也该换一个坤包了。羊皮的。"

我说："太贵啦！"常常想，若用了那样的包，只怕所有的内容物都不值这坤包的钱。我本是个随意的人，却成了这包的奴隶。走到哪儿，先要操心这高贵的包装，岂不累心？

朋友说："不要装得那样可怜。如今，坤包是女人的徽章。人们常从你用的包来评价你这个人。"

我说："也不单单是从节俭的角度不愿买真皮精品坤包，因我包里常要装一样物品，恐那真皮包笑纳不了。"

朋友说："让我猜猜那是什么。大吗？"

我说："也不很大。"

她说："需要小心轻放吗？"

我说："差不多吧。"

她说："很贵重啦？"

我说："很平常的。"

她说："还真猜不出那是个什么东西。快告诉我。"

我说："是豆腐。作为家庭主妇，我常常要在包里装豆腐。"

她说："啊呀，那还真是装不得。南豆腐那么多的汤，就是套两层塑料袋，也会把真皮包考究的衬里打湿的。"

我说："什么时候我家不吃豆腐了，我就去买精品包。"

第三章

幸福是心中有爱

如果你需要长久的、致密的、坚固的、稳定的爱，你就播种吧，你就学习吧，你就磨炼吧，你就锲而不舍地坚持求索吧，爱必将降临在每一个真诚地寻找它的眸子里。

关于爱的奇谈怪论

爱是人们常常谈论的话题，因为在空气、水分、食物和安全之后，就是我们的爱了。比如安全这个问题，表面上看来是对环境的要求，其实是一种爱的深化，我们只有在爱中，才感觉自己是有价值，是值得爱护保护珍惜和发展的。一个丧失了安全感的人，是无法从容爱自己和爱世界的。比如人际关系，更是爱的浓缩和放大。难以设想，一个不爱他人的人，会有广泛的朋友和良好的社会关系。当然，他的身旁可能会聚集着一些人，但那不是心灵的需要，只是利益的驱使。谈到自我发现，更是爱的高级阶段。因为你的爱，超越了一己的范畴，才扩展到更广阔的人和事物。在这种升腾与弥散的过程中，爱变成一种柔和的光芒，从一个核心的晶体稳定地散发着，把温暖和明亮播扬到远方。

但是，当人们议论起爱的时候，却有着许多混淆和迷乱的地方。爱成了一个花脸，大家都随心所欲地涂抹着它的面孔，把自制的油彩敷在它的嘴角和眉梢。爱于是变得面目诡谲和莫测起来。有几个流传很广的说法，我想提出讨论。

其一，爱和年龄有关吗?

这是人们通常不付诸书面，但彼此心照不宣的概念。具体意思是——只有年轻人才享有充满富饶的爱意，它的浓度随着年龄的增长而逐步递减，从高耸的爱的山峰萎缩至贫瘠的爱的荒原。由于这一假设的存在，年轻人因此而沾沾自喜，觉得自己仿佛享有一个爱的太平洋，可以不加计算地挥霍爱意。上了年龄的人则很气馁，当谈到爱的时候，很有一些王顾左右而言他的窘迫。爱的门扉已经像一家到了下班时间的商场，缓缓关闭。店员们带着疲惫的笑容在重复着“谢谢光临”，你也花光了所有的积蓄，即使别人不翻白眼，自己也无颜再耽搁，只有缩起脖子夹着尾巴却步抽身，才是明智之举。

有一种影响约定俗成，那就是——爱，似乎是年轻人的专利，或者只有他们才有深入探讨这个话题的必要。当人们说到中年或老年人的爱意时，会扭扭捏捏地觉得那是一种爱的残次品，不那么正宗，不那么地道。比如在形容青年以上年纪的人的爱情的时候，基本不会用“火热”这个词，而只以“温馨”代替。毋庸置疑，温馨比火热的温度，要差着好几个数量级呢。

在人们约定俗成的看法中，爱是有年龄限制的。它大量地存在于生命旺盛的青少年，而较少地分泌于生命渐趋平稳和衰落的成熟期和晚期。

这岂止是谬误的，首先是奇怪的。它把爱这种密切属于人类的高等和神圣的感情，简化到相当于睾丸酮、黄体酮之类内在的激素分泌物和诸如皱纹和胡须这种简单的外在指标了。

这必然首先牵涉到爱是一种生理现象还是一种精神现象?

持年轻人拥有最多的爱意的看法的人，其实是把爱定位在激素特别是性激素的产量上了。如果这样来看，年轻人是一定会把老年人打败的。但不幸或者是有幸的是，爱是一种精神的状态，是一种需要不断修炼和提高的艺术，是一种积累经验审视自我的完善过程。因此，爱是和年龄无关的。

证据就是，爱可以在年轻人那里发生，也可以在老年人那里发生。从有人类以来的无数故事和历史可以证明，爱不是年龄的产品，它是心灵的能力。

其二，爱和对象有关。

中国有一句俗语，现在被人用得越来越多了，那就是——遇人不淑。原来是女人专用的，如今也常常听到被抛弃和被耍弄的男人长吁短叹此词。爱错了人的惨剧，古往今来，总是屡屡发生。人们在唏嘘之余，总是悲叹那薄命女子痴情汉，怎么不把眼睛拭亮，偏偏遇到了不该爱不能爱的人，糊里糊涂地就爱上了，且爱得水深火热？！

于是顺理成章地归纳出：在此情此景中，爱是没有过错的，错的是那爱的对象，不能承接爱，不能感悟爱，不配得到爱……总之一句话——所爱非人。不是有一首很有名的歌吗，叫作《爱上一个不该爱的人》……

这就很有一点讨论的必要了。

爱在这种悲剧中，似乎是孤立的一盆水，可以从楼台上闭着眼睛，泼到任何一个人的头上，凭的是冥冥之中的概率。和那个施爱者是没有关系的。甚至有一种可怕的论调，爱是盲目的，爱是碰运气，爱是不可知不可测定的，爱是没有规律的……

爱在这里蒙上了宿命和诡谲的色彩，被妖魔化了之后，躲在命运的山洞里，伺机以画皮的模样谋害我们。

这样以少数人的愚蠢所导致的失利，来嫁祸于爱的清白之躯，是不公平和不正派的。

爱是一个正常心智的明媚选择，它积聚了一个人的精神能量和所有的素养智慧，是综合力量的体现。它首先表现在施爱者是有力量和有眼光的。如果你根本没有爱的能力，好比压根儿就不会游泳，你误入爱的海洋，你被淹得两眼翻白，甚至有生命危险，但这不是海水的过错，这是因为你对自己技艺判断的失误。这是你的责任，怎么能迁怒于一望无际波澜壮阔的大海呢？人们对于自然界是如此的宽宏大量和易于理解，为什么就对与我们休戚与共的爱，如此苛求相逼呢？这后面是否掩藏着我们人类对自己的宽纵和对无言情感的肆意欺凌呢？

你爱错了，责任在你。不但说明你的眼睛不亮、视力散光、聚焦不准，而且说明你根本就不懂得什么是爱。灾祸发生之后，搞清楚责任，是一件很痛苦和扫兴的事情，特别是在枝蔓生长到一败涂地的时候，挖掘出最初那悲惨的种子，原来竟是自己亲手播种的，当灾异显出狞恶之相时，自己非但没有亡羊补牢斩草除根，反倒以血饲虎姑息养奸以致贻害无穷……需要极大的勇气和力量审判自己。甚至可以武断地说，由于这类悲剧事件的主人公，原本就对爱的理解颇为肤浅偏颇，当他们气定神闲的时候，你都不能指望他们的明智与清醒，在危机翻江倒海而来的时候，期待他们能有很好的自省力度，几近奢望。同时，我也深信，不幸的现场，如果善加发掘，是一堂虽然付出高昂学费，但也会物有所值的宝贵课程。有时，幸福这个老师，和颜悦色地教授给你的学问，绝对逊色于灾难声色俱厉的鞭挞。可惜的是，浑身伤痕的爱的败阵者，怨天尤人地呓语着，骂遍了天下人，单单饶过了自己。所以，我很想煞风景地提醒一下善良的人们，对在爱的战役中的败将，如果他或她没有对自身的反思和批判，如果在交了一笔昂贵的爱的学费之后，学会的只是指责怨恨，那么，无论他或她显出多么楚楚可怜的模样，你可以帮助以金钱，却勿倾泻情感。他们不懂真爱，还需努力学习。

搞清爱的最主要方面，不是在于爱的对象，而在于爱的主体，是沉着冷静的判断。当你在人世间承受着种种知识的积累的时刻，你还需不断地历练对于爱的思索和实践。你要善于总结经验。如果不把主要的光圈聚焦在自己的爱的基准上，只是在大千世界的林林总总中发泄怨气、推卸责任，你就不但受到了来自他人的情感重创，而且还丢失了以后避开类似伤害的亡羊补牢的篱笆。

有很多人以为，只要成功地找到了一个可爱的人，爱就如霍乱病菌一般，自动地以几何数量级地滋生起来，剩下的事，就是不断地收获爱的果实了。爱主要是一个寻找的过程。找对了，就一好百好，找错了，就一了百了。是一件虎头蛇尾的事，成败仅仅维系在开端部分。

于是，找到那爱的对象就成了千钧一发生死未卜的事情。此事一完成，就马放南山，刀枪入库，只剩等着岁月这个发牌员，验证我们当初押下的签了。

爱是一时一事还是一生一世？

爱是一锤定音还是守护白头？

爱是一失足成千古恨还是勤勉呵护日积月累？

爱是变数还是常数？爱是概率还是守恒？

……

你的爱情等待你的看法，你的爱情验证你的看法，你能够有什么样的爱情观，你就有什么样的爱情。你的观念就是你的命运。

原来我说得这般决绝甚至带有一点霸道。因为它实在太简单了。引发悲剧结局的肇事者，常常不是缺乏对复杂事物的判断，而是对常识的藐视和忽略。

非血之爱

爱，有无数种分类法。我以为最简明的是——以血为界。

一种是血缘之爱，比如母亲爱孩子，儿子爱父亲，乃至子孙爱姥姥姥爷爷奶奶，亲属间表兄表弟堂姐堂妹互相关爱……甚至爱先人爱祖宗，都属于这个范畴。

还有一种爱在血外，姑且称为——非血之爱。比如爱朋友，爱长官，爱下属，爱动物……最典型的是爱自己的配偶。

血缘之爱是无法选择的，你可以不爱，却不可能把某个成员从这条红链中剜除。一脉血缘在你诞生之前许久，已经苍老地盘绕在那里，贯穿悠悠岁月。血缘之爱既至高无上又无与伦比的沉重，也充满天然的机缘和命定的随意。它的基础十分简单，一种名叫“基因”的小密码，按照数学的规律递减着，稀释着，组合着，叠加着，遂成为世界上最神圣最博大的爱的基石。

非血之爱则要奇诡神秘得多。你我原本河海隔绝，天各一方，在某一瞬间，突然结成一体，从此生死相依，难道不是人世间最司空见惯又最不可思议的偶然吗？无数神鬼莫测的巧合混杂其中，爱与恨泥沙俱下无以澄清。激情在其中孕育，伟大与卑微交织错落。精神与人格，在血之外的湖泊中遨游，搅起滔天雪浪，演出无数悲欢离合的故事……爱恋的光谱，比最复杂的银河外星系轨道，还难以预计。

血缘之爱使我们感知人间最初的温暖与光明，督我们成长，教我们成人。它是孤独人生与大千世界的脐带，攀缘着它，我们一步步长大，最终挣脱它的羁绊，投入血外之爱。然后我们又回归，开始血缘之爱新的轮回。

血缘之爱是水天一色的淳厚绵长，非血之爱更多一见钟情的碰撞和千折百回的激荡。

血缘之爱有红色缆绳指引，有惊无险，经历误会顿挫，多能化险为夷，曲径通幽。非血之爱全凭暗中摸索，更需心灵与胆魄烛照，在苍莽荒原中，辟出人生携手共进的小径。非血之爱，使每个人思考与成长，比之循规蹈矩的血缘，更考验一个人的心智。

爱一个和你有血缘关系的人，是一种本能，一种幸福，一种责任，一种对天地造化的缠绵呼应。

爱一个和你没有血缘关系的人，是一种需要，一种渴望，一种智慧，一种对美与永恒的无倦追索。

我们一生，屡屡在血与非血的爱中沐浴，因此而成长。

爱的喜马拉雅

有一句流传广远的话，广泛见于对英雄楷模的宣扬中，那就是——他心中装着全体人民，唯独没有他自己。

反复灌输之下，就形成了一条关于爱的约定俗成：“你爱众人吗，那你就肯定不爱你自己。你爱自己吗，那你就不可能爱更多的人。”爱自己和爱他人是南辕北辙的。这句话的核心内容是——爱自己与爱他人不能共存。

按照这种说法，爱是一种不可分割的脆弱之物。它是整体的，又是非此即彼的。它不是红的，就是白的，绝不可能是粉红的。如果可以分而治之的，就不是爱了，只是一块烤煳的蛋糕。爱是排他的，而在这架跷跷板的两端，坐着我们自己的屁股和整个人民的利益。

这就使得爱变得残酷和狭隘起来。要一个人不爱自己，是不合生理和正常规律的。如果我们不爱自己，感觉冷了，不去加衣服，感觉饿了，不吃东西……那样我们连自己最基本的生存，都发生了不可照料的恐慌，如何还有余力爱他人、爱世界？

把个人的利益和整体的利益分裂对立起来，是一种人为的敌意。顺序颠倒，情理不合。我们从自身的愉悦、自身的宝贵，感受到了世界的可爱和他人的价值。在使自己美好的同时，我们使整个世界由于我的存在，而多了一只飞舞闪亮的萤火虫，虽然微小，却不乏光明和美丽。

爱是那样一种复杂和需要反复咀嚼和提炼的感觉。没有哪个词，可以成功地复制和转移我们对于爱的表达。爱是可以溶解那么多情感的特殊液体，爱又是单纯、简约、精粹到任何语言的描述都显得索然和赘疣。

爱是人类所有发明中伟大和莫测的最初和收尾的精品，爱是永远不会有过剩危机的精神享用。

爱从自己开始，爱又绝不仅仅局限于自己。爱最后还是要降落在自己脑海的机场上，爱从我们内心的光源辐射到辽远的宇宙。爱能比我们的双脚走得更快更稳，爱能比我们的目光看得更深更远，爱能比我们的语言更美更多，爱能比我们的判断更直接更明晰……爱是这样的一座宝库，当你把信任存入它的柜台后，它就把世上最美妙神奇的精神财富，源源不断地偿付给你。

也许有人会说，那古往今来的先烈和志士们，为了他人的利益，不惜牺牲了自己的性命，那又是在爱谁呢？

这的确曾是幼小的我百思不解的问题。每当我的思绪碰到这个隔离墩的时候，就不由自主地刹车了。但我终于在一个明朗的早上，豁然开朗。先贤们依旧是爱自己的，而且爱得非同寻常，爱得摧枯拉朽。他们不惜以自己有形的生命，去殉葬无形的理想。他们热爱自己的信仰，胜过爱自己的四肢百骸。他们是爱的喜马拉雅。正是由于他们的存在，更加证明了，爱自己会使人产生出怎样不可战胜的力量和勇气。表达了爱对死亡的威胁，是一种不可逾越的永恒。那是爱的珠穆朗玛啊！在那寒冷苍莽的顶峰，爱就显现出圣洁和孤独的雪光。因为一般人的不可企及，就把它神化以至于想当然地——对不起，我说得可能有点儿冒犯，因为我们未能以生死相抵——把先贤的献身简化了。我们以为他们不曾想到自己，实际上，他们把自己的意志和选择看得高于和重于人仅有一次的生命，他们是超拔和孤独的巨擘。

清醒地、果敢地把生命投入某项事业当中的人，具备大智大勇，值得人类瞻仰和崇敬。如果你未能体察这一点，且慢擅论信仰，犹如“夏虫不可语冰”。

爱最怕什么?

写过一篇《爱怕什么?》，朋友又要我写一篇《爱最怕什么?》，好像原本同时撒种育了一畦小白菜，突然接到命令，要从中挖出最大的一棵，不由得犯了踌躇。赶紧把自己的文字重温了一遍（说来惭愧，以前怎么写的，已记不周全）。

若已在那篇短文中说过了爱最怕什么，现在要做的事就是咬紧牙关坚持初衷，不可出尔反尔。可惜，没有。在那厢，我掰着手指头列举了若干项爱所害怕的事物，遗憾，始终没有说过一个“最”字。

只有现撰了。

我想，爱最怕的是“不真诚”。当然，我们首先要肯定，这个“爱”是真的，不是假的，也不是半真半假的。这是一个大前提。没有这个大前提，一切将无从讨论。假的爱，不是爱，是情感的盘剥和诈骗。

与万事相比，爱是极需真诚的一件事情。不单是从道德从理论的角度来讲爱需要真诚，即使单纯从技术的角度来说，真诚的重要性也首当其冲。

爱是全身心的投入与契合，在这种人类无与伦比的亲密关系中，容不得丝毫的虚伪与欺骗。哪怕再高明的演员，也无法在如此近距离的耳鬓厮磨中，将真相掩盖得滴水不露。一个眼神，一个手势，一声叹息，一个背影……都是上好的奸细，可以把爱与不爱的信息，通通出卖给对方。更不消说，沉溺爱河中的人，如同长了顺风耳通天眼，还有神鬼莫测的第六感为虎作伥……所以，爱是一场独特的双人考试，考场中不容作弊。你可以看对方的卷子，但自己的卷子要自己答。爱就是爱，不爱就是不爱。爱是最需要实话实说的。不爱了还强装爱，爱着却要强作不爱，都是人间的大辛苦大困难之事。难为了自己，伤害了对方，机关算尽，又很难达到目的。现代人，你何苦做这般赔本的勾当！

当爱不存在的时候，唯有真诚，是尊严和力量最后的栖息地。有人以为伪装的爱，是一剂情感的白药创可贴，虽说解决不了根本的问题，但尚可暂时止血止痛。殊不知，它是爱情的浓硫酸，不但彻底毁了爱的容，更是对他人凶狠的侵犯。

当真诚被动摇的时候，爱将无所附骥。培养爱情从练习真诚开始。保养爱情从维系真诚着手。真诚是爱的风向标，当一对相爱的人，不再坦诚相见直抒胸臆，爱的台风球就亮起来了。

人们常常以为爱中的人，格外脆弱，其实不然。无论真实坏到怎样凶险的程度，只要有清醒的脑和灵巧的手，我们就有办法。单单损失了爱，还不是最凄惨的事情。如果在失去爱的同时，你还失去了对世界和人心真实的把握，才是更悲苦的事情。盲人瞎马，夜半临渊，便成了情感和智慧的双料赤贫。

我不敢说有了真诚就一定有爱情，但我敢说没有了真诚就一定丢掉了爱情。从这个意义上讲，爱惜真诚吧，它是我们爱的保单。

爱情没有快译通

我和朋友做过一个游戏，很有趣。

你说你也想做，好啊，我希望大家都有机会参与，别看我们都已是成人，其实每个人心底都埋着一颗喜爱玩耍的种子。我先来讲一讲规则，所有的游戏都是有规则的，要想玩得好，就得守纪律，要不就乱套了。

那规则就是——找一张白纸，写上你的一个常常出现的情绪，比如说，愤怒、怀念、孤独、忧郁，等等。哦，看到这里，你可能要说，都是令人懊丧的情绪啊？正面的可不可以写呢？当然可以啦，比方高兴、喜悦、慈爱、关切，等等，都行。

好了，现在你已写好了自己的想法。把那张藏着你的秘密的字条对折，然后让它安安稳稳地平躺在桌上，一副大智若愚的模样，暂时谁也不让看。

此刻它就像一个沉睡的蚕宝宝，一动不动地眠着，只有到了揭开谜底的时分，才带着长长的思绪，飞出美丽的白蛾。

然后你找一个人，最好是对你比较了解、你把他当作知心朋友的人。你对他或她说：“此刻，我正被一种情绪缠绕着，满心念的都是它。现在，你猜猜看，那是一种什么思绪？”

他或她定会说：“我又不是你肚子里的蛔虫，怎么会知道？”

你说：“别急啊，我会给你线索，这就是我的表情。平日当我被这种情绪笼罩的时候，我就做出这副模样，你猜猜看。”

说完以上的话以后，你就坐到他对面（为了叙述方便，我就不论男女，都用“他”字了），最好找一个光线明媚的地方，让你的一颦一笑，都尽收他眼底。好啦，现在你心里默念着刚才写在纸上的字，脸上做出你沉浸在这种思绪中时对应的表情，也可以辅助身体的语言。比如，你平日愁苦的时候，蛾眉紧锁，杏眼低垂，再加上支着腮帮子，耷拉着头……总之，不要刻意表演，越自然，越像生活中真实的你越好。

你保持如此的表情和姿势一分钟后，就可以恢复常态了。然后，让你的朋友说出：“刚才你在想……？”

他或许会沉默，会思索，会疑惑……注意啊，你一定要有足够的耐心，并且有克制力，不可提示，不可启发，不可诱导。否则，咱们就前功尽弃啦。

依我和朋友玩过多次的经验，此时绝大多数人会沉思良久，好像他们面对的不是一个朝夕相处、耳濡目染的大活人，而是恐龙什么的，然后久久不吭声。最后在大家都等得不耐烦的时候，才迟迟疑疑地吐出一个词，比如“苦闷……孤单……”然后忙不迭地打开桌上的纸条。一看之下，半晌不语，那答案和猜测往往风马牛不相及。

比如一个美丽的女孩子，做出眺望远方的模样。她的男友猜测——你是在想家！想父母！她呸了一声说：“糊涂虫，我是在想你！”男友说：“我不就在你身边吗？当你出现这种神态的时候，我总是吓得屏气息声，不敢打破沉默。我不知道自己哪点没有做好，惹得你不满意，你才如此凄楚地思念他人……”女孩子说：“你怎么会这么笨呢？你既然爱我，就该懂得我的心。”男孩子说：“爱，只能解决一部分问题，并不能解决所有的问题。该说的你还得说出来，沉默不是金，是土是空气。”女孩子说：“我像革命先烈一样，我就是不说，我非要你猜。猜得出来我就嫁你，猜不出来，我就离开你……”男孩子就愁眉苦脸地说：“如果今后的几十年，天天都在灯谜和哑语中生活，累不累啊？！”

另一个男子眼睛特别大。他做出第一个表情时，看着那铜铃一般圆睁的双眸，大家异口同声地说：“哦，你在愤怒！”

他一脸失望地说：“才不是呢。好了，这个不算，我再做一次。”他做出的第二个表情，又是如法炮制，瞪起双眼。大家稍微犹豫了一下，还是口径一致地说：“你在发火！”

他不甘心，又来了第三次。这一次的结果就更令人惆怅了。大家没精打采地说：“你换个新内容让我们也好抖擞精神，干吗又做出打架的样子？！”

男子后来沮丧地告知我们：他的纸字条上，第一次写下的是“幸福”，第二次写下的是“喜爱”，第三次写下的是——“慈祥”！

你肯定要说，差得这般十万八千里，我才不信呢！你一定是没选好对象，或者围观的人太弱智，才如此指鹿为马。

我一点儿也不生气你的这种指责，我很希望你能亲自试一试。找自己最亲爱的人，最好。假如能百发百中地猜对，那真是人间少有的幸福伴侣。

我耐心地等待着你的试验……怎么样？做完了吧？你不仅仅做了一次，而是做了许多次。桌上的字条叠起又打开，打开又写下，好像一只只归巢后又驱赶而出的信鸽。你很希望能打破我的预言。但你做完后，为什么长久地沉默不语？还透出淡淡的忧伤？你的手指把字条扯成一缕缕，任它飘荡，好似破碎的思绪。

是的，真正的现实就是这般冷静而无商榷。最厚重的隔膜，就在咫尺之遥。在你以为肌肤相亲的亲密当中，横亘着无法穿越的海峡。

科学技术是越来越发达了，但迄今没有一种仪器，可以测量出人类情感的进行状态，可以预计出人的情绪指数。当我们能够探知遥远星球的一次轻微地震的时候，我们不知道自己的同床伴侣，是否辗转反侧。爱情没有快译通，心灵的交流如此细腻朦胧。当我们以为自己洞察他人心扉的时候，其实往往隔靴搔痒、南辕北辙。

不要怨天尤人，不要动不动就上纲上线到爱与不爱。爱不是万能钥匙，爱不能在每一个瞬间都摧枯拉朽。爱无法破译人间所有的符码，爱纵是金属，也会有局限和疲劳。增进了解可以加固爱，误会错怪可以动摇爱，这是我们每个人都曾有过的体验。

隔膜往往是双层的。当我们无法正确地表达的时候，我们首先就失却了被人悟知的前提。所以，训练我们明快简捷、准确平和的表达能力，是人生的重要课题。不要以为说出自己的心思是一件很简单的事情，在很多时候，我们先是不敢说，再者是不肯说，然后是不屑说，最后就成了不会说。尤其是当我们软弱的时候，我们没有勇气说；当我们悲哀的时候，我们被文化的传统训导为不可说，说了就显得懦弱，说了就是渺小；当我们痛苦的时候，我们以为不当说，说了就招人耻笑；当我们孤独的时候，我们想不起来说。

其实，一个人的坚强与否，不在于他是否说出自己的苦难，而在于他如何战胜自己的苦难。说的本身，也是一种描述和正视，当我们能够直视那些令人痛楚的症结的时候，力量也就随之产生了。

既不夸大也不缩小，既不言过其实也不矫饰虚掩，直面惨淡的人生，逼视淋漓的鲜血，该是人生勇敢和智慧的境界。

其次我们要会听。有人说，听，谁还不会啊，是个人都带着自己的耳朵，想不听还办不到呢！

了解和交流，在于两颗心的同一律动，在于你深深地明了对方向你描述的那一切。从这个意义上来说，“会听”，也许是人生另一番需要修炼的深远功夫。坦诚地说出自己的感受，即便艰难，好歹还有自我的内心世界可以参照，只需勇气和描述的技术，基本就可完成。但听的功力，除了有一双好耳朵，还需有一颗擦拭干净、不畸形不变异的心。如果自心是哈哈镜，把人家的话听得变了形，那责任就不在说者，而在听者。

会听的心，要有大的空间，除了容纳自身，还能接纳他人。会听的心，要有对人的真诚，因为听的那一刻，你将把心灵至尊的位置让给你的朋友。会听的心，是柔软和温暖的，令人感到融融的温馨。会听的心，是坚强的，因为它有自己顽强的意志，不会在袭来的痛苦之中摇摆淹没……

有一个可以救命的外科手术，叫作“心脏搭桥”，说的是在堵塞了血管的心脏上，再造一条新的流畅的脉络，让新鲜的充足的血液流入衰弱的心脏。我很喜欢这个手术的名称，借来一用。我们除了在自己的心脏上搭桥，也需在不同的心脏之间搭桥，以传达我们彼此之间的感觉和友谊。

情感按钮

情感有按钮吗？

常常想。却没有答案。

人们很爱说，你不要感情用事，那神情像是在上书一个君主，不要起用一个坏武将。因为情感出马的时候，是莽撞的，不经思考的，没有胜算的，甚至一败涂地的。情感在这里成了不折不扣的贬义词。

情感真的是贬义的吗？如果真的是，那么就应该——把人五颜六色的情感都阉割了，变成一架没有情感的素白骨骼。

然而，这个世界上已经有了太多的机器，缺少的正是有血有肉有风骨有情愫有气节有慈悲的汉子和女子啊！

不信，咱们打个赌试试。

你愿意娶一个没有情感的女子吗？恐怕绝大多数的男子会说，不！

你愿意嫁一个没有情感的汉子吗？几乎所有的女子都会说，不！

你愿意生一个没有情感的孩子吗？不！不！我猜这是无数母亲的唯一答案。

你愿意有一个没有情感的母亲吗？不！绝不！我断定所有的孩子都会这样回答。

你愿意在没有情感的老师麾下当学生吗？学生们一定异口同声地说：不！

你愿意在没有情感的老板手下当员工吗？不！员工们会谨慎而坚定地作答。

你愿意在没有情感的国度里生活吗？……不！不！几乎所有的公民都会这样说！

人们这样需要情感，情感看来是万万少不得的。

但情感也需有节制。所有的事物都要有节制，超过了限制就是灾难。涓涓溪流是美丽的，不断地加大流量，成了滔滔洪水就是祸端。暖暖春光是惬意的，热下去再热下去，温度不断升高，成了烈火焚烧就是酷刑。适当的愤怒、适当的哀伤、适当的哭泣、适当的欢喜……如果它们的力度是恰到好处的，那么每一种情感都是动力。都会让我们的生活丰富多彩，充满连绵不绝的激情与活泼泼的张力。

可惜，情感的特征就是不受控制。在某种程度上，它我行我素，自说自话，如同脱缰野马，洒脱不羁。所以，给情感安上一个按钮，就是非常必要的了。

情感按钮，它应该是圆的还是方的？什么颜色呢？谁来掌控呢？

都是问题。

依我看，情感按钮最好是液晶屏的，轻轻一触，不显山不露水地就完成了操作。如果你想发火，在别人还没有发现的当儿，你就在第一瞬间，觉察到了这喷薄欲出的火苗来自何方。你会问自己，除了发火，我还有没有更好的表达方式？面前的这个人、这个时间、这个地点，是不是我发泄愤怒的最好对象与时空？发火除了让我有片刻的快意以外，会不会造成更长远的伤害和后果？如果你将这一切都考虑周全了，你还是想勃然大怒，我觉得那就让火山爆发一次吧。这就像你的武库里有一枚原子弹，你就是超级大国的总统，你有核按钮。只是所有的爆炸都是有强大破坏力的，你可以炸毁邪恶，也可能粉碎自我。如果你悲痛欲绝，你是可以哭的。不但可以无声地哭泣，也可以声震寰宇号啕痛哭。情感没有对错之分，只有存在与否。既然存在了，就要像对付堰塞湖一样，挖一条导流渠，让危险的库容降低。能缓慢地释放最好。实在不行了，也要爆破，总之，宜疏不宜堵。不然，所有的情感都蕴藏着巨大的能量，一旦失去控制，就会电闪雷鸣风驰电掣地狂泄起来，那就极容易溃坝伤人。

情感按钮形状，我觉得最好是椭圆形的。关于圆形的好处，各种书上都有解释，有说这样最省材料，有说这样最美观，还有说这样最方便的。关于椭圆形的好处，讲得似乎不多。椭圆形，应该是圆形的弟弟吧。先有了圆形，然后圆形在某种压力下，就变成了椭圆形。圆形的所有优点它都保存着，只是比圆形更多了一些灵活变通。我喜欢椭圆形的原因是，它没有棱角，从任何方向抚摸起来，都是妥帖的、流畅的、简便的。既然我们的情感需要控制，那么这个按钮，当然以便利快捷温润周全为好。

如果要给情感按钮规定一种颜色，什么色儿好呢？红色，太鲜艳了，如果是火冒三丈的时候，这本身就是一个强烈的刺激。要不，黄色？想想，似乎太触目惊心了一点。想那海难的救生衣，道路的危险警示，都是或深或浅加入了一点红橙的黄。甫一看到，就让人警觉，甚至有不祥的预感。情感的按钮，还是更祥和一些吧。要不就绿色？环保并且时尚。细一琢磨，似乎稍微稚弱和青翠了些，不够坚定强韧。思来想去，最后决定取沧海和蓝天的色泽。

情感按钮，就用包容一切的蓝吧。海水的蔚蓝，翻起的浪花是雪白的，如同硕大无朋的蓝宝原石，镶着银亮而曲折的边。我乘坐游轮环球旅行，每日看不够的就是无边无际的大海了。我惊叹这个星球上有那么多的水，那么广阔的蓝色，而且，它们绝不单调枯燥，而是变幻无穷。不知哪里来的不竭动力，它们无时无刻不在充满胜利地涌动着，含蓄但深不可测。中国有句古话，叫作“仁者乐山，智者乐水”。我因为从小就在西藏当兵，和无数山峦相依为命，虽不敢自诩为仁者，却是爱山的，如同爱一位同宿舍的老友。这一次，见了真正浩渺无际奔腾不息的大海，才知道自己是多么崇拜水啊。不是智者，但是爱水，爱这孕育了无数生灵的颜色。

物种的起源，是来自水的。想当初，我们都是最简单的孢子，遨游水中。我们从海洋那里得到了最初的营养，开始了步履蹒跚的进化长征。如今我们成了这个星球上最智慧的生物，我们也面临着巨大的危机。看到海洋的时候，我们的心会宁静下来，在它面前，我们是如此渺小而单薄，比一朵浪花的生涯更短暂飘忽。一朵浪花的前世今生，可能进过鱼腹，可能幻成彩霞，可能成为雨滴和寒露，可能在蚌壳的体内变成珍珠……很多人的一生，绝无这般精彩绚丽。

还是回到情感按钮这里吧。我们每个人都在自己的情感之河上竖立一座水闸，它有一个蓝色的椭圆形的如同海洋之眼的按钮。当你无法控制自己情绪的时候，就轻轻地触摸它，它是光洁温润的，带给你镇定和松弛。如果你真的要放纵一次自己的情绪，就请在慎重思考之下，把按钮按下。如果你在这样的触摸中，渐渐地冷静下来，找到了另外的出口，那么，恭喜你啊，避免了一场情绪的厮杀。

梅花催

很多人以为爱是虚无缥缈的感情，以为爱在我们的日常生活中发生的频率十分低，以为只有空虚的、细腻的、多愁善感的人才会在淋淋秋雨的晚上和薄雾袅袅的清晨，品着茶、吹着箫，玩味什么是爱，以为爱的降临必有异兆，在山水秀美之地或风花雪月之时，锅碗瓢盆、刀枪剑戟必定与爱不相关。

还有很多人以为，自己不会爱是缺乏技巧，以为爱是如烹调书和美容术一样，可以列出甲乙丙丁分类传授的手艺，以为只要记住在某种场合施爱的程序和技巧，比如何时献花、何时牵手，自己在爱的修行上就会有一个本质性的转变和决定性的提高。风行的各类男人女人、少男少女的杂志上，不时地刊登各种爱的小窍门、小把戏，以供相信这一理论的读者牛刀小试。至于尝试的结果，从未见过正式的统计资料，也无人控告这些有经验的传授者有欺诈倾向。想来读者多是善意和宽容的，试了不灵，不怪方子，只怪自家悟性不够。所以，各种秘方层出不穷，成为此类刊物长盛不衰的不二法门。这也从另一个侧面说明，多少人求爱无门，再接再厉，屡败屡试。

爱有没有方法呢？我想，肯定是有的。爱的方法重要不重要呢？我想，一定是重要的。但在爱当中，最重要的不是方法，而是你对于爱的理解和观念。

你郑重地爱，严肃地爱，欢快地爱，思索地爱，轻松地爱，真诚地爱，朴素地爱，永恒地爱，忠诚地爱，坚定地爱，勇敢地爱，机智地爱，沉稳地爱……你就会派生出无数爱的能力、爱的法宝、爱的方法、爱的经验。

爱是一棵大树。方法，是附着在枝干上的蓓蕾。

某年春节，我到江南去看梅花。走了很远的路，爬了许久的山，看到了无边无际的梅树，只是，没有梅花。

天气比往年要冷一些，在通常梅花怒放的日子，枝上只有饱满的花骨朵儿。怎么办呢？只有打道回府了。主人看我失望的样子，突然说，我有一个办法，可以让梅花瞬时开放。

我说，真的吗？你是谁？武则天吗？就算你真的是，如果梅花也学了牡丹，宁死不开，你又怎样呢？

主人笑笑说，用了我这办法，梅花是不能抵挡的。你就等着看它开放吧！

她说着，从枝上折了几朵各色蓓蕾（那时还没有现在这般的环保意识，摘花，罪过），放在手心，用热气暖着哈着，轻轻地揉搓……

奇迹真的在她的掌心缓缓地出现了。每一朵蓓蕾，好似被魔掌点击，竟在严寒中一瓣瓣地绽开，如同少女睡眼一般绽出了如丝的花蕊，舒展着身姿，在风中盛开了。

主人把花递到我手里，说，好好欣赏吧。我边看边惊讶地说，如果有一只巨掌，从空中将这梅林整体温和揉搓，顷刻间就会有花海涌动了啊!

主人说，用这法子可以让花像真的一样开放，但是——

她的“但是”还没有讲完，我已知那后面的转折是什么了。如此短暂的工夫，在我手中蓬开的花朵，就已经合拢、枯萎，那绝美的花姿如电光石火一般，飘然逝去。

怎么谢得这么快？我大惊失色。

因为这些花没有了枝干。没有枝干的花，绝不长久。主人说。

回到正题吧。单纯的爱的技术，就如同那没有枝干的蓓蕾，也许可以在强行的热力和人为的抚弄下开出细碎的小花，但它注定是短命和脆弱的。

我们珍视爱，是看重它的永恒和坚守。对于稍纵即逝的爱，我们只有叹息。

爱在什么时候，都会需要技术的。而且这些技术，会随着历史的进程，发展得更完善和周到。同时，我们无论在什么时候都更看重那技术之下的，深埋在雄厚土壤中的爱的须根。

如果你需要长久的、致密的、坚固的、稳定的爱，你就播种吧，你就学习吧，你就磨炼吧，你就锲而不舍地坚持求索吧，爱必将降临在每一个真诚地寻找它的眸子里。

青虫之爱

我有一位闺中好友，从小怕虫子。不论什么品种的虫子都怕。披着蓑衣般茸毛的洋辣子，不害羞地“裸着体”的吊死鬼，一视同仁地怕。甚至连雨后的蚯蚓，也怕。放学的时候，如果恰好刚停了小雨，她就会闭了眼睛，让我牵着她的手，慢慢地在黑镜似的柏油路上走。我说，迈大步！她就乖乖地跨出很远，几乎成了体操动作上的“劈叉”，以成功地躲避正蜿蜒于马路的软体动物。在这种瞬间，我可以感受到她的手指如青蛙腿般弹着，不但冰凉，还有密集的颤抖。

大家不止一次地想法治她这心病，那么大的人了，看到一个小小毛虫，哭天抢地的，多丢人啊！早春一天，男生把飘落的杨花坠，偷偷地夹在她的书页里。待她走进教室，我们都屏气等着那心惊肉跳的一喊，不料什么声响也未曾听到。她翻开书，眼皮一翻，身子一软，就悄无声息地瘫倒在桌子底下了。

从此再不敢锻炼她。

许多年过去，各自都成了家，有了孩子。一天，她到我家中做客，我下厨，她在一旁帮忙。我择青椒的时候，突然从蒂旁钻出一条青虫，胖如蚕豆，背上还长着簇簇黑刺，好一条险恶的虫子。因为事出意外，怕那虫蜇人，我下意识地将半个柿子椒像着了火的手榴弹一样扔出老远。

待柿子椒停止了滚动，我用杀虫剂将那虫子杀死，才想起极怕虫子的女友，心想刚才她一直目不转睛地和我聊着天，这虫子一定是入了她的眼，未曾听到她惊呼，该不是吓得晕厥过去了吧？

回头寻她，只见她神态自若地看着我，淡淡地说，一个小虫，何必如此慌张。

我比刚才看到虫子还愕然地说，啊，你居然不怕虫子了？吃了什么抗过敏药？

女友苦笑说，怕还是怕啊，只是我已经能练得面不改色，一般人绝看不出破绽。刚开始的时候，我就盯着一条蚯蚓看，因为我知道它是益虫，感情上接受起来比较顺畅。再说，蚯蚓是绝对不会咬人的，安全性能较好……这样慢慢举一反三，现在我无论看到有毛没毛的虫子，都可以把惊恐压制在喉咙里。

我说，为了一个小虫子，下这么大的功夫，真有你的。值得吗？

女友很认真地说，值得啊。你知道我为什么怕虫子吗？

我撇撇嘴说，我又不是你妈，怎么会知道啊！

女友拍着我的手说，你可算说到点子上了，怕虫就是和我妈有关。我小的时候是不怕虫子的。有一次妈妈听到我在外面哭，急忙跑出去一看，我的手背又红又肿，旁边两条大花毛虫正在缓缓爬走。我妈知道我让虫蜇了，赶紧往我手上抹牙膏，那是老百姓止痒解毒的土法。以后，她只要看到我的身旁有虫子，就大喊大叫地吓唬我……一来二去的，我就成了条件反射，看到虫子，灵魂出窍。

后来如何好的呢，我追问。依我的医学知识，知道这是将一个刺激反复强化，最后，女友就成了巴甫洛夫教授的案例，每次看到虫子，就恢复到童年时代的大恐惧中。世上有形形色色的恐惧症，有的人怕高，有的人怕某种颜色，我曾见过一位女士，怕极了飞机起飞的瞬间，不到万不得已，她是绝不搭乘飞机的。一次实在躲不过，上了飞机，系好安全带后，她骇得脸色煞白，飞机开始滑动，她竟号啕痛哭起来……中国古时的“一朝被蛇咬，十年怕井绳”说的也是这回事。只不过杯弓蛇影的起因，有的人记得，有的人已遗忘在潜意识的晦暗中。在普通人看来是微不足道的小事，对当事人来说是痛苦煎熬，治疗起来十分困难。

女友说，后来有人要给我治，说是用“逐步脱敏”的办法。比如先让我看虫子的画片，然后再隔着玻璃观察虫子，最后直接注视虫子……

原来你是这样被治好的啊！我恍然大悟道。

嗨！我根本就没用这个法子。我可受不了，别说是看虫子的画片了，有一次到饭店吃饭，上了一罐精致的补品。我一揭开盖儿，看到那漂浮的虫草，当时就把盛汤的小罐摔到地上了……女友抚着胸口，心有余悸地讲着。

我狐疑地看了看自家的垃圾桶，虫尸横陈，难道刚才女友是别人的胆子附体，才如此泰然自若？我说，别卖关子了，快告诉我你是怎样重塑了金身？

女友说，别着急啊，听我慢慢说。有一天，我抱着女儿上公园，那时她刚刚会讲话。我们在林荫路上走着，突然她说，妈妈……头上……有……她说着，把一缕东西从我的头发上摘下，托在手里，邀功般地给我看。

我定睛一看，魂飞天外，一条五彩斑斓的虫子，在女儿的小手内，显得狰狞万分。

我第一个反应是像以往一样昏倒，但是我倒不下去，因为我抱着我的孩子。如果我倒了，就会摔坏她，我不但不曾昏过去，神智也是从来没有的清醒。

第二个反应是想撕肝裂胆地大叫一声。因为你胆子大，对于惊叫在恐惧时的益处可能体会不深。其实能叫出来极好，可以释放高度的紧张。但我立即想到，万万叫不得。我一喊，就会吓坏了我的孩子。于是我硬是把喷到舌尖的惊叫咽了下去，我猜那时我的脖子一定像吃了鸡蛋的蛇一样，鼓起了一个大包。

现在，一条虫子近在咫尺。我的女儿用手指抚摸着它，好像那是一块冷冷的斑斓宝石。我的脑海迅速地搅动着。如果我害怕，把虫子丢在地上，女儿一定从此种下了虫子可怕的印象。在她的眼中，妈妈是无所不能、无所畏惧的，如果有什么东西把妈妈吓成了这个样子，那这东西一定是极其可怕的。

我读过一些有关的书籍，知道当年我的妈妈，正是用这个办法，让我从小对虫子这种幼小的物体，骇之入骨。即便当我长大之后，从理论上知道小小的虫子只要没有毒素，实在不值得大惊小怪，但我的身体不服从我的意志。我的妈妈一方面保护了我，一方面用一种不恰当的方式，把一种新的恐惧注入我的心里。如果我大叫大喊，那么这根恐惧的链条，还会遗传下去。不行，我要用我的爱，将这链条砸断。

我颤巍巍地伸出手，长大之后第一次把一只活的虫子，捏在手心，翻过来掉过去地观赏着那虫子，还假装很开心地咧着嘴，因为——女儿正在目不转睛地看着我呢！

虫子的体温，比我的手指要高得多，它的皮肤有鳞片，鳞片中有湿润的滑液一丝丝渗出，头顶的茸毛在向不同的方向摆动着，比针尖还小的眼珠机警、怯懦……

女友说着，我在一旁听得毛骨悚然。只有一个对虫子高度敏感的人，才能有如此令人震惊的描述。

女友继续说，那一刻，真比百年还难熬。女儿清澈无瑕的目光笼罩着我，在她面前，我是一个神。我不能有丝毫的退缩，我不能把我病态的恐惧传给她……

不知过了多久，我把虫子轻轻地放在了地上。我对女儿说，这是虫子。虫子没什么可怕的。有的虫子有毒，你别用手去摸。不过，大多数虫子是可以摸的……

那只虫子，就在地上慢慢地爬远了。女儿还对它扬扬小手，说：“拜……”

我抱起女儿，半天一步都没有走动。衣服早已被黏黏的汗水浸湿。

女友说完，好久好久，厨房里寂静无声。我说，原来你的药，就是你的女儿给你的啊。

女友纠正道，我的药，是我给我自己的，那就是对女儿的爱。

爱是不能比的

我哺育我的儿子的时候，感受到自身生命的枯萎和一种新的生命的诞生。

乳汁像一根银线，它迸射出来的时候，好像一束柔韧的蚕丝。我觉得自己胸前藏着两坨洁白的线团，乳汁缠绕在上面，很紧密，很细致，仿佛丰收时沉重的玉米穗。

儿子樱色的嘴唇，噙住丝线的一端，开始孜孜不倦地缠绕他的生命之轴。那个小线轴，单薄、幼弱，仿佛露水雕成的。在这个峥嵘的世界上，无论遗落在哪一处角落，都会迅速被尘埃湮没。

我把我生命的线头给他，轻轻拍拍他的额头。他开始盘绕他的生命之线了，很贪婪，很执犟。这是一种与生俱来的生命的本能。在这种原始的蓬勃的力的面前，每一个母亲都感到由衷的狂喜：这是一个多么强健的孩子啊！

线团均匀地走动着，发出像纺车一样平静的嗡嗡声。我的这一团线轴渐渐变小了，儿子的那一团线轴渐渐变大了，仿佛两盘电影胶片，那一盘上的景象，缓缓地移到这一盘上……于是，我的发白了，齿松了，骨脆了，手颤了……但我乐此不疲，我愿意用我所有的精华，凝成又粗又韧白亮的丝线，给予你，我亲爱的儿子。

他像一台优质的小抽水机，喝起奶来没个够。我要吃许多的东西，饮许多的汤，然后经过我体内连我也不知晓的一系列复杂变化，成为一种洁白的液体。我很惊讶自己的这种功能，仿佛一座生物制品厂。青的菜，红的果，蹦跳的活鱼，黏稠的猪蹄，都褪掉了色泽，化解了异味。椒不会使乳汁变辣，醋不会使乳汁变酸，这真是一台好机器。我常常由衷地赞赏自己，这是我儿子置在我身上的田地。我要努力把这块土地耕耘好，争取一个又一个金色的秋天。

儿子出生时整整七斤，一个月以后，他明显地膨胀了。奶奶说，去称一称吧，这是当妈妈的功劳。只是到哪里去称呢？我说，把他挂在秤钩上吧，就像乡下称小猪崽那样。奶奶用一块花布将他裹起，来到一家卖水果的摊上。在充满果香的秤盘上，儿子不安分地手舞足蹈，秤砣摇晃着，忽悠着，随着他小小的气力颠簸……终于，在一个极短的瞬间，他异常安静，秤砣像一只成熟的梨平稳地悬在空中……八斤半还多！好壮的孩子啊！售货员们大哗。奶奶把孩子递给我，扯下花布单，丢到白净的秤盘里，说刨刨皮儿，我们要个净重！售货员说皮儿就二两，您老人家放心吧！

我几乎可以每时每刻察觉到他的长大，像我们拼命注视一块钟表时，就可以看到分针的走动。我在哺育儿子的时候，静静地听着，仿佛像木柴被火烘烤时轻微的爆裂声，自那小小的躯体溢出，那是他的骨骼生长时的音响。我看见他像蝌蚪一样灵活的黑色瞳仁，像坠落的雨滴在云雾中长大。我摸着他像海带一样柔顺的黑发，感到它们在我的指间不容置疑地加长。我想象得出那些洁白的乳汁化成的鲜艳的血液，在他体内像红头绳一样，紧绷绷地流动着……

我为他的蓬勃生长而欣喜若狂，完全不顾及伴随而来的我的衰老。在很长一段时间内，我以为这就是母爱，爱的峰巅。

直到有一天，一个女人对我说：你爱你的儿子，实质上是爱你自己。因为他是你血缘的继续。

那一霎，我的一种信念，像被击中的鸽子，从高空飘然落下。

爱孩子，像爱自己的手，自己的脚一样天然，值不得喧嚣，值不得标榜得无上崇高。唯有爱那与自己毫无干系的人，爱得刻骨铭心，爱得无怨无悔，爱得为了他献出自己的鲜血与生命，这才是爱中的极品，那女人说。爱是不能够比的。我对她说。

孜孜不倦地爱与被爱

如今很少有纯净的爱情了。

有位姑娘告诉我说，她的爱情像牛奶一样洁白芬芳。我沉浸在感动中未曾拔出，她补充说，您别高兴得太早了，如今牛奶里面也夹杂了激素和抗生素。这话是早些年说的，如果放在今天，也许会说里面掺了三聚氰胺。

我无言。

记得看过一个如何养殖奶牛的科教片，说的是第一次挤奶时，万万不要挤奶太多，那样把奶牛挤得太苦，涸泽而渔，奶牛就会瘫痪，再也挤不出牛奶了。

现代的男生女生们，不要在第一次爱情到来的时候，就挥霍了所有的真诚。

人类的爱情，也是由复杂的化学过程来诱发、表达，以及加固的。其实，所有的心灵活动，包括对美和丑的感知，包括爱与恨，都是通过复杂的化学过程来完成的。只不过，我们几乎对此所知甚少。

人类已有的知识，与庞大的未知世界比较起来，实在是九牛一毛。人类对于心理层面的爱情奥妙研究有限，对于物质层面的感情发生原理，所知更是凤毛麟角。这一切，都使得维护爱情，有了一种艺术般的未知感。

爱情的承诺，说可信也可信，有的人就为了一句承诺，可以被水淹死，可以等上一辈子无怨无悔。说不可信，也是完全有道理的。絮语如尘，承诺袅袅。什么海誓山盟，都可以一风吹了。

我这里所说的承诺，不是表面上的甜言蜜语，而是一种精神上的相依为命。

一直以来，我们因为期待着爱与被爱，才这样孜孜不倦地活着。在爱中，我们也可以孜孜不倦地死去。

2008年南方大雪灾之后举办征文，我担当评委。看到那个因为砸冰牺牲在倒塌电塔上的烈士的事迹时，热泪滚滚。他被悬挂在钢筋犬牙交错的电塔上，大约一个半小时之后，救援人员才艰难赶到。英雄最后终因伤势过重而牺牲。

在生命最后的时间里，他挂在岌岌可危的断裂高塔之上，想的是什么？在最后关头，他发了手机短信：老婆，我爱你和孩子……

他妻子最后悔的事，是当时正忙着烧火给孩子们取暖，没有回复这条短信……

第一千次馈赠

我的第二本中短篇小说集出得很艰难。

当代作家中短篇小说集不好卖，人所皆知，特别是单人独马的结集，简直就是杀入大漠的孤军，极可能无声无息地湮灭于黄沙，于出版者是十分危险的决定。

对于出书，我本抱着无可无不可的态度。能出自然好，出不了也很好。我之所以写作是为了喜爱，既然我的作品现在可以在杂志刊物上发表，那就应该知足了。但许多朋友和读者向我要书，要得多了，也令人心烦。作为一个作家，向他人提供作品，就像人们路过一片瓜地，看瓜的老汉要给大伙儿杀西瓜吃一般正常。你要是提供不出这个瓜来，大伙儿就觉得你小气或简直就是失职。为了使人们不失望，更为了使自己省去一次次复印作品的麻烦，就去同出版社商量。

大智大勇的编辑，决定为我冒着风险出这个集子。我选出若干用心之作，送到出版社。剩下的日子就是耐心地等待。等全国征订的数字，以决定开机印数。

那一阵的感觉有些奇特。在写作的间隙，偶尔会突然掠过这件事，心想那张印有我的集子内容简介的征订单，不知在哪一双睫毛长长的男孩女孩的眼睛下接受审查？我想自己应该暗暗祈祷人们的慈悲，以使那数字愈加饱满。但我真的很平静，心想听天由命，随它去吧。我甚至觉得自己是个寡情的人，人们都把作品比作孩子，我对这些个亲生子是不是也太漠然了？

征订数很快拢来了，记得是上千本。责任编辑很满意，说是在当前严肃文学大萧条的季节里，应算是好结果了。但他仍旧很为难地说，按这个数字开机，出版社会赔得很惨，希望我能买下1000本。

我当时怔了一下。我曾暗下过决心，绝不买一大堆自己的书，那是一个作家的耻辱。但面对着诚挚的编辑，我无法断然拒绝，支吾着说，待我回家去问问先生吧。

先生听了以后，淡淡地说，买吧。

我说，家里地方这样小，再摆上1000本书，夜里上厕所，不留神会绊一个跟头。

他说，慢慢就会习惯的。人可以习惯任何事。

我说，我不知道该把这1000本书如何处理。每天出来进去看见的都是堆积如山的自己的书，心里一定懊恼。

先生说，送人啊。

我说，我的人缘虽说不错，但绝没有多到有一千位朋友的险恶地步。这许多的书要送到何年何月啊……

先生说，慢慢送吧。我想送上20年，终是送得完的。

接着出版社通知交订金，一下子要拿出几千块钱。我知道家里没有这个钱，就坚决地说，我不出书了。

先生像变戏法似的拿出一沓钱，说不必你担忧，我早已备好了。

我高兴地说，看不出啊，你居然背着我，攒下了这样大的一笔私房体己。

先生苦笑着说，我知道你希望我的私房钱越多越好，可惜这不是。这是咱们家准备今年夏天买空调的钱，现在只好挪用。

我说，你是想用全家人的汗流浃背，换来我的这本书？告诉你，纵使你愿意，我还不愿意呢！我不愿成为家庭的罪人。

先生说，家是三个人的。儿子，你过来，表个态。少数服从多数。

儿子说，我愿意长痱子，来帮助妈妈出书。

那些天，我怒气冲冲。我觉得先生逼我到窘境，强加我一种负疚的沉重感。我拒绝同他说话，他就独自到出版社交了订金。

以后的日子里，我们假装没发生这件事，说话的时候都回避它。先生到街上的书摊打听过代销的规矩，询问过各单位能否买一些。但都是悲观的信息，我在暗中看着他忙活，痛惜交加。

等待中，还发生过这样一件事。我到一座边远的矿山采访，矿长说他很喜欢我的作品，要我赠他一本。回京后，我把几部小说复印了寄他，解释说现在出书很困难，请他原谅。一天晚上，我突然接到一个陌生人的电话，说是从那个遥远的矿山来的，有急事要见我。我赶到招待所，那人拿出15000元现金对我说，这是矿长托他带给我的，以资助我出书。我拿着钱的手簌簌发抖，说我不要。来人说，如果你不要，我回去无法向矿长交代。我只好特意打了车，搂着那钱回了家，请示先生怎么办。

先生沉吟着说，人家是一片真心，我们也确实需要资助。但是你打算怎样办呢？无论你做出怎样的决定，我都尊重你的想法。

我说，这钱我是万万不能要的。我因为爱好而写作，我不希望被人施舍和怜悯，甚至也不需要关怀。尽管是善意也不接受。

先生说，那好吧。接下来具体的步骤是——这钱怎么处理？我说，从邮局寄回去吧。

几天后，先生对我说，你知道一张汇款单最多能寄多少钱吗？

我说，不知道。

先生说，是5000元。这样我一共填了三张电汇单子，才算把这事办妥。邮费加电汇费共用了150多元才完璧归赵，你的赞助者增加了我们的困难。我们对视着，笑了一下。

后来那位矿长给我来了一个电话，他们那里不通程控，音量极小，他在电线的那一端声嘶力竭。

他怒气冲冲地说，毕作家——你把钱退回来了——我很难过。你是到过我们矿的，你知道我们出产的那种金属，伦敦金属市场现在的价格已经是每吨四万多元了。我只要掰下一块矿石，就可以出一本很好的书——你为什么要拒绝？！

我说，矿长，正是因为我下过矿井，看到过矿工如何挖矿，我知道你们的每分钱都来得太艰辛。所以，我不能要你们的钱。

他说，你不要我们的钱，这几天我一想起来就很难过。

我说，我若要了你们的钱，我会难过终生。

电话断了。我不知道是风吹断了电线，还是矿长掼下了电话。

那个夏天，是我记忆中北京最炎热的夏天。我已换成电脑写作，深刻地体会到这是一个非常娇气的家伙，你不怕热，它却怕热。我把电扇对着电脑吹，机身还是热得像面包炉。先生说，我纵是不心疼你，我还心疼机器呢，你还是停止写作吧。我说，这就是不买空调的后果。

先生说，说什么都晚了，书就要印出来了。

书终于印出来了。先生交足了1000本的书钱，从出版社提了书，搬运回家。那些日子，我家楼前正好挖暖气沟，车子开不过来，书就卸在土沟对侧的塄坎上。连我65岁患病的母亲也下楼来帮我搬书。我再三劝阻，她说，我拿不了多的，一次只拿两本总是可以的吧？我和先生怀抱着从胸口堵到眉梢的书垛，眼睛从书的两侧轮番窥视着横在壕沟上的窄木板，一趟趟耗子搬家似的运书。

1000本书摞起来的体积相当于双开门冰箱。家里实在是没有地方，先生就把书像炸药包似的堆在楼道里。我说，这恐怕不大好吧，居委会三令五申地不叫乱摆乱放。先生说，咱们同邻居好好说说，大家会谅解的。

我真心感激我的邻居们。他们把公共的地方容我放私人的书，而且每次打扫楼道的时候，都小心地不把水溅到书堆上，使最底层的书直到今天还干爽如新。

现在，我们要开始最艰难的工作了——送书。

我把从小学到中学到读研究生时所有的同学，从西藏到新疆到北京当兵时所有的战友，从当助理军医到军医到主治医师时所有的同事，从初次写作到今天结识的所有文学界师长和朋友的名字，列了一个漫长的表。我和先生在灯下写呀写，包呀包，捆呀捆……夜夜劳作，好像一个手工作坊。

清晨，先生上班的时候，拎一只大大的网袋，里面都是待寄的书。那些书捆扎得并不彻底，暴露着一个个缺口，是为邮局检查准备的，显得沉重而凌乱。

见他总是操劳，我于心不忍，也去邮局操作了一回。正是春节前夕，邮寄印刷品的人如火如荼，为了寄十本书，整整耗费了我两个小时。从此，我知道先生为我付出的光阴不是一个小数字。

有一阵子，我给人送书简直到了如醉如痴的地步。一位读者写信说她和远在澳洲的女儿喜欢我的小说，但是买不到。我立即包了两本寄去。母亲说，寄一本也就是了，两个人轮换着看嘛。我说，还是寄两本吧，把书送给一个喜欢读的人，是这书的缘分啊。

每当我包书捆扎的时候，母亲就面露心痛之色。我寄出一本，她就说，嗨，一条大鲤鱼游走了。我寄出两本，她就说，一只烧鸡飞跑了，一边叹气一边摇头，嘟囔着说他们都讲喜欢你的书，可为什么不寄钱来呢？好像你的书是土里自己长出来的呀。

我就说，噢，妈妈，您好小气啊。

书堆像雪人似的，渐渐坍塌下去。有一天，先生说，我看用不了

20年，你就会把这些书送完的。我说，努力争取不懈奋斗吧。

当我送书给人的时候，人们通常说，谢谢您。我总是由衷地回答，别客气，我谢谢您啦！人家就奇怪了，说您送书给我们，为什么反过来谢人呢？

我说，因为您接受了我的书，我家的地方就会宽敞一些，我当然要谢您了。大家就以为我是幽默，其实我是诚心诚意的。

终于有一天，先生对我说，我看你送书的速度可以减慢了。我松了一口气说，那好那好。先生说，我们的存书已然不多。我说，反正我们的朋友也送得差不多了。

先生说，也许将来有一天，你会发现这些书已全然派送完了，却忘了送给一个最重要的人。

我吃了一惊说，哪里会有这种事！我是一个很念旧的人，对朋友总是铭记在心。假如我遗忘了谁，请你务必提醒。

先生说，这个人就是我啊。我立时肃然起来。抽出一本印制得最清晰的书，压膜没有一丝气泡，书面平整如水。端端正正地写上他的名字。先生珍重地收好。

整个交接过程，我们没有说一句话，默然得如同路人。

毫无疑问，这是我这一千本书里最后也是最重要的馈赠。

路远不胜金

有一天，我先生对我说，以前结婚的时候，也没送过你什么礼物。现在我补送你一个金戒指吧。

我说，心意领了。但金器我是不要的。

先生笑了，说你肯定是舍不得钱。其实买金很合算，戴在手上，是件装饰品，除了好看，本身的价值也还在。不喜欢这个样式了，还可以打成新的样子。你为什么不喜欢？

我说，我算的是另一笔账啊。

他很感兴趣，让我说个明白。

我说，我是一个劳动妇女，戴了金戒指，干起活来就不方便了。俗话说，远路无轻载。

先生就笑了，说，你以为我会给你买一个多么沉重的金镏子？想得美。我们只能买个金戒指，不过几克重。

我说，你听我说，我每天伏在桌前，不辨晨昏地写作。在电脑上敲出一个字，最少要击键两次。就算这个戒指5克重吧，手起手落，一个字就要多耗10克的重量。天长日久地下来，就不是一个小数目。假设我要写一部百万字的长篇小说，这小小的戒指就化作10吨的金坨，缀在手指的关节上，该是多么大的负担！要做的事情太多，路远不胜金。

先生说，要不我们买一条金项链，你写作的时候脖子总是不动的。

我说，我不喜欢项链的形状，它是锁链的一种。我崇尚简洁和自由，觉得美的极致就是自然。再说，我多年前就被X光判了颈椎增生，实在不忍再给沉重如铅的脖子增加负担。

先生叹了口气说，作为一个女人，你浑身上下没有一克金，真的不遗憾?

我说，我有许多遗憾的事情，比如文章写得不漂亮，做饭的手艺不精良，一坐车就头晕，永远也织不出一件合身的毛衣……但对金子这件事不遗憾。

先生说，你这是反潮流。

我说，不是反潮流，实在是无所谓。金是什么？不就是地球上的一种不算太少也不算太多的金属吗？有了这种金属就象征你高贵，没有这种金属就注定卑贱吗？这颗星球上还有很多种稀有金属，比如铂，比如铑，比如能造原子弹的铀和镭……都比金昂贵得多。我们不可能把所有的金属都披挂在身，金属除了它在工业上的用途，并不代表更多的含意。如果你喜欢，你就佩戴好了，就像乡下的女孩，在春天里，把一枝野花簪在发梢。如果你因了种种的缘故，没有一克金，那也没有什么可难为情的，依然可以挺直腰杆，快快乐乐地生活。

作为一个女人，如果我们拥有天空和海洋，如果我们拥有知识和事业，如果我们拥有自信和尊严，如果我们拥有亲人对我们和我们对亲人的挚爱，我们的生命就很完满。

拥有已太多，无金又何妨！

今天我病啦

今天我病啦！

早上的时候，我说。

夫便很郑重地看着我。因为他知道我是个崇尚忍受的人。说是有病，便是真病了。

那就赶快去看。今天就去。他说。

可是我今天上午还有个会，很重要。我还是坚持一下吧……我说。

不要拖。不要拖成了癌症。他说。

癌症并不是拖成的，而是生来就是的。我说。

不管怎么说，你今天就得去看病。

号很难挂的。你要知道，大医院门庭若市，北京城最长的队伍就在它的挂号室。而且你今天上午也有会……再说就算你给我挂好了号，怎么把它交给我？整个上午咱们俩南辕北辙。

哦，不要说那么多。把你今天上午开会地点的电话给我……好了，等我的电话。

他走了。餐桌上留下冒着热气的蛋。

吃了再走，我给你剥蛋壳。我说。

不啦。晚了怕挂不上号！声音从楼梯的拐弯处渐渐沉下。

开会时，有小姐款款走来，说，女士，有电话找，说事情十分紧急。

我对大家歉意地笑笑。大家都宽厚地说，追到这里的电话，一定很重要，去吧快去吧。

哎！告诉你，号挂到了，下午第一号！现在咱们商量接头，1点钟在地铁门口。这样于你最便当……

可这对你来讲太远了！

怎么这么腻烦呀！我也是开会中途跑出来的……

电话挂断了，我还是多攥了一会儿听筒。

交接的时候很顺利。只是我以为他会对我说很多话，没想到他只是挥挥手说，快去吧，你是1号，别晚了。我去找个地方吃午饭。

我还是去晚了。2号已先进入诊室，我只好在走廊长椅上静静地等。

诊室门帘安宁得像无风的冬夜一片硕大的雪花，久久地一动不动。不见诊完的人出来。

我问护士，这位大夫看病怎么这么慢？

看得仔细呗！她说。

想想也是。但一会儿又耐不住了，看见旁边一间诊室的病人像传送带上的零件频繁地进进出出。

那边的大夫看得可真快。我叹了一口气。

可你挂的是这位大夫的号啊。3号病人说，她头戴一顶雪白的帽子。我是癌症，头发都掉光了。你呢？她满怀希望地问我，很愿意与我同病相怜。

我不是。起码我觉得我不是……我今天早晨才不舒服……我语无伦次。既觉得自己不是癌症患者，对不起人；又觉得自己实在比她幸运。

终于轮到我了。一位慈和端庄的女医生，有很重的南方口音和华丽的白发。

她很快为我做完检查，流畅地写下一行外文处方。

您给我开的是什么药呢？

一种药膏。

很贵吗？我问。

不到一元钱。

噢……我轻轻叹息了一声，为了药的这份低廉。

大夫，您是否给我多开点？我下次就不必这样麻烦了。

不必的。这一支药膏不等用完，你就彻底好了！她温和地冲我点点头，对护士说，请叫下一位。

您给我看病的时间这样短，给我前面的人看病时间却那样长……我随口说。

她是一位疑难病人。大夫轻声解释。

原来我像一层稀薄的果酱，夹在两块破碎的饼干之间。

那我肯定不是癌症吧？想起来忧心忡忡，我又问一句。

肯定不是，放心好了。这是极轻微的一种病。看来你是个急性子。顺便说一句，若以后你再得这种病，不必再挂我的号。到这里来的都是疑难病症者。

我轻轻吁出一口气。但愿我永远不要来找这位可亲可敬的大夫。

出得门来，恰逢那位3号病友准备进去，她隔帘听到了我和大夫的对话，苍白的脸上有浅浅的笑意：看普通病到那间诊室去，只要5毛钱挂号费。这位专家是医院里的权威，每号10元，是极不好挂的。

我捏着药膏，心想快回家，把病情告诉我夫。

男性的爱

作家是依靠内心回忆和感情想象而干活的人，经历和记忆是他们的矿藏。对我来说，喜爱埋藏深深的重金属，期待它不单是个人的历程和埋藏，更和广大山水相连。它灰金色的颗粒，在风化中流向远方，在沙砾中闪烁微弱而恒远的光芒。

年轻时在西藏阿里，严寒和风霜，嵌在骨头缝中，在我笔下（恰当地说，是在键盘上）常会出现往事的片段。一些轮廓模糊下去，一些细节凸显出来。我把一些最动人的故事掩藏着，如同儿童对待最喜爱的玩具。

记得早年间听过一位前辈作家的创作谈，大意是一个作家不要吝惜自己的素材，要有写完这一篇再不写了的破釜沉舟的勇气，把最好的东西拿出来……我很佩服这种孤注一掷的决断，自己却难以做到。

我不是吝惜素材，而是对自己的手艺信不过。

有一回，我和一位我很尊敬的作家谈起写作，她说，你下一部作品打算写什么呀？我说，没打定主意呢。我想写自己的故事，也想写别人的故事。她说，我给你出个主意，先写别人的故事，再写自己的故事。我说，为什么呢？她说，写作是一个终生的职业，你现在还年轻，可以跑来跑去地多听多写别人的故事。当你有一天跑不动的时候，再沉下心来写自己的故事。那时候，你在别人的故事里磨快了你的笔，写自己的故事就可以顺手一些了。

这是一个写作的策略，有一点像田忌赛马。只是和我们比赛的另一方，不是别人，而是时间。

我记住了她的话，却心有余而力不足，让这个上好的策略一直休息。我到北师大去读心理学硕士和博士方向课程，几乎没有写作的时间。从 1998年到 2002年，终日乘坐地铁和公车，穿透北京。碰上起晚了时间来不及，也给自己一点小小的奢侈，打出租车上学。当我告知目的地是北师大，上课时间 8 点半，最好快些赶的时候，以饶舌著称的北京司机会说，您是教授吧？这是去讲课吧？我说，不是讲课是听课，不是教授是学生。他们便不再说什么，只顾埋头开车。我猜他们心里在嘀咕——这个半老的女人怕是有什么毛病吧？都多大岁数了，还上哪门子学啊！

心理学的课程，让我受益匪浅。最主要是好玩，犹如进到东海龙宫的宝库，目不暇接。让我从学术上得以深入到更广大的人生，对自己也对他人有了进一步的了解。

前些日子，王蒙先生出任中国海洋大学文学院院长，邀我和几位作家去文学院做个演讲。记得在讲完之后回答问题的时候，有个学生提到了她刚看完《藏红花》这篇小说，很受感动，觉得这是描写了男人的爱。我当时有一点吃惊，一是觉得海洋大学是所理工科大学，怎么还有学生这样爱看小说？二是《藏红花》刚刚发表在《北京文学》上，想不到这份刊物的腿已经这样快，跑到了山东。三是那个学生提到了“男人的爱”，这是我都不曾提炼出来的主题。即男性对于生命，对于繁衍，对于领地，对于同类的锥心之爱。

我向那个学生表示了衷心的谢意。

我要开始写我那些最宝贵的素材了。不是因为我没有心境和时间倾听他人的故事，而是因为我的记忆在暗夜中不停地呼唤着我，磨刀霍霍。

《梦坊》的故事，算是我的一次尝试吧。我很希望自己能把一些心理学研究的情景写出来，和更多的读者分享。在这个领域里，有太多病态的东西麇集着，散发着阴冷和潮湿的气味。我还能在描写这类故事的时候，保持我所喜欢的温暖和光亮吗？我不知道，我想试一试。在苦难纷杂的人生中，要做到尖刻和冷漠不容易，要做到有力量的温和与透彻的光亮，也不容易。

写作让我沉静和坚定。在几乎完全中断了写作短篇小说四年之后，重新开始这个类别的写作，令我有短暂的生疏感。当时很怕写得像论文。因为四年前我刚开始上课的时候，导师说我交上去的论文像散文。我很惭愧，便极力摆脱以往的写作习惯，费了不少的劲，才使自己的论文勉强像论文了。这次又要转回来，心中暗暗叫苦。两个短篇的篇幅也都有些长了，以后我当注意。

第四章

幸福是被你需要

给母亲一个机会，让她重温创造的喜悦；给自己一个机会，让我深刻洞察尘封的记忆；给众人一个机会，让他全面搜集关于一个人一个时代的故事。

帮助的人越多，幸福感越强

被人需要是很快乐的事情，即使很穷很忙。而无力帮助别人的时候，内心的感觉便十分黯淡。

美国哥伦比亚大学的研究人员在调研中证明，给他人帮忙越多的人，幸福感越强。帮助他人这一行为，本身自有其深远的影响。人们需要释放内心的人道主义情怀，在帮助或是施舍他人的时候，大脑的活动更为积极。

研究人员把一些钱装在信封里。分给一些学生，准确地说，是分给了46名加拿大学生，然后对他们说，你可以用这些钱给自己买些东西，或者是给别人买东西，送给他们。到了下午5点，研究人员把这批学生集合起来，调查其快乐指数。发现钱的多少，与快乐指数无关。不过那些给别人买东西的人，比给自己买东西的人，要快乐得多。

乍一听，怀疑真的是这样吗？多数人，还是给自己花了钱，比较舒服吧？然后假设自己也做了这个实验，我想，我会选择把钱给我的父母，我的儿子，我的丈夫……这样想过之后，不禁哑然失笑。自己也是凡人，并不比别人更高尚或者更龌龊。所以，这实验的结果是真实的，结论通用你我。

研究证明，当人接受馈赠的时候，和给人帮助或施舍的时候，满足感是由大脑的同一部分产生的，只不过在帮助别人的时候，这一区域更为活跃。有时想，如果人的大脑皮层是透明的，我们就会看到，当那些精神活动的时候，我们会更有成就感。这是一个有趣的实验。

我相信，当一个人被他人需要的时候，是非常美妙的感受，成就感是无与伦比的。不信，你试一试。我会很乐意向人求助，因为这在给予自己机会的同时，也是给予了别人一个释放爱心的机会。我想，这恐怕是遗传给我们的精神馈赠。因为从远古时代起，只有那些愿意帮助别人的人，才会有更多的机会留下子嗣。我们基本是这种人的后代，在血液中就留下了良好的习惯。这种从心中捧出的、抛洒四处的爱意，我们要为之感动。

回家去问妈妈

那一年游敦煌回来，兴奋地同妈妈谈起戈壁的黄沙和祁连的雪峰。说到在丝绸之路上僻远的安西，哈密瓜汁甜得把嘴唇黏在一起……

安西——多么遥远的地方！我在那里体验到莫名其妙的感动。除了我，咱们家谁也没有到过那里！我得意地大声说着。

一直安静听我说话的妈妈，淡淡地插了一句，在你不到半岁的时候，我就怀抱着你，走过安西。

我大吃一惊，从未听妈妈谈过这段往事。

妈妈说，你生在新疆，长在北京。难道你是飞来的不成？以前我一说起带你赶路的事情，你就嫌烦。说知道啦，别再啰唆。

我说，我以为你是坐火车来的，一件司空见惯的事情。

妈妈依旧淡淡地说，那时候哪有火车？从星星峡经柳园到兰州，我每天抱着你，天不亮就爬上装货卡车的大厢板，在戈壁滩上颠呀颠，半夜才到有人烟的地方。你脏得像个泥巴娃娃，几盆水也洗不出本色……

我静静地倾听妈妈的描述，才知道我在幼年时曾带给母亲那样的艰难，才知道发生在安西的感动源远流长。

我突然意识到，在我和最亲近的母亲之间，潜伏着无数盲点。

我们总觉得已经成人，母亲只是一间古老的旧房。她给我们的童年以遮避，但不会再提供新的风景。我们急切地投身外面的世界，寻找自我的价值。全神贯注地倾听上司的评论，字斟句酌地印证众人的口碑，反复咀嚼朋友随口吐露的一滴印象，甚至会为恋人一颦一笑的含义彻夜思索……我们极其在意世人对我们的看法，因为世界上最困难的事莫过于认识自己。

我们恰恰忘了，当我们环视整个世界的时候，有一双微微眯起的眼睛，始终在背后凝视着我们。

那是妈妈的眼睛啊!

我们幼年的顽皮，我们成长的艰辛，我们与生俱来的弱点，我们异于常人的禀赋……我们从小到大最详尽的档案，我们失败与成功每一次的记录，都贮存在母亲宁静的眼中。

她是世界上第一个认识我们的人。我们何时长第一颗牙？我们何时说第一句话？我们何时跌倒了不再哭泣？我们何时骄傲地昂起了头颅？往事像长久不曾加洗的旧底片，虽然暗淡却清晰地存放在母亲的脑海中，期待着我们将它放大。

所有的妈妈都那么乐意向我们提起我们小时的事情，她们的眼睛在那一瞬露水般的年轻。我们是她们制造的精品，她们像手艺精湛的老艺人，不厌其烦地描绘打磨我们的每一个过程。

我们厌烦了。我们觉得幼年的自己是一件半成品，更愿以光润明亮、色彩鲜艳、包装精美的成年姿态，出现在众人面前。

于是，我们不客气地对妈妈说，老提那些过去的事，烦不烦呀?

别说了，好不好？！

从此，母亲就真的噤了声，不再提起往事。有时候，她会像抛上岸的鱼，突然张开嘴，急速地歙动着气流……她想起了什么，但她终于什么也没有说，干燥地合上了嘴唇。我们熟悉了她的这种姿势，以为是一种默契。

为什么怕听母亲讲过去的事情？是不愿承认我们曾经弱小？是不愿承载亲人过多的恩泽？我们在人海茫茫世事纷繁中无暇多想，总以为母亲会永远陪伴在身边，总以为将来会有某一天她将一切讲完。

在一个猝不及防的刹那，冰冷的铁门在我们身后戛然落下。温暖的目光折断了翅膀，掩埋在黑暗的那一边。

我们在悲痛中愕然回首，才发现自己远远没有长大。

我们像一本没有结尾的书，每一个符号都是母亲用血书写。我们还未曾读懂，著者已撒手离去。从此，我们面对书中的无数悬念和秘密，无以破译。

我们像一部手工制造的仪器，处处缠绕着历史的线路。母亲走了，那唯一的图纸丢了。从此，我们不得不在暗夜中孤独地拆卸自己，焦灼地摸索着组合我们性格的规律。

当我们快乐时，她比我们更欢喜；当我们忧郁时，她比我们更苦闷。当她头也不回地远去的时候，我们大梦初醒。

损失了的文物永不能复原，破坏了的古迹再不会重生。我们曾经满世界地寻找真诚，当我们明白最晶莹的真诚就在我们身后时，猛回头，它已永远熄灭。

我们流落世间，成为飘零的红叶。

趁老树虬蚺的枝丫还郁郁葱葱时，让我们赶快跑回家，去问妈妈。

问她对你充满艰辛的养育，问她独自经受的苦难。问清你幼小时的模样，问清她对你所有的希冀……你安安静静地偎依在她的身旁，听她像一个有经验的老农，介绍风霜雨雪中每一穗玉米的收成。

一定要赶快啊！生命给我们的允诺并不慷慨，两代人命运的云梯衔接处，时间只是窄窄的台阶。从我们明白人生的韵律，距父母还能明晰地谈论以往，并肩而行的日子屈指可数。

给母亲一个机会，让她重温创造的喜悦；给自己一个机会，让我深刻洞察尘封的记忆；给众人一个机会，让他全面搜集关于一个人一个时代的故事。

在春风和煦或是大雪纷飞的日子，赶快跑回家，去问妈妈，让我们一齐走向从前，寻找属于我们的童话。

布雷迪的猴子

当心理医生的朋友，给我讲过一个故事——布雷迪的猴子。

布雷迪不是一座山，也不是一片茂密的原始森林，而是一位科学家的名字。

那是一个晴朗的日子，两只猴子各自坐在它们的椅子上，像平常一样开始了它们的生活。但宁静仅仅维持了片刻，20秒钟后，它们猛地同时遭到一次电击。这当然是不愉快的感受了，猴子们惊叫起来。

被仪器操纵的电源，毫不理睬猴子们的愤怒，它均匀恒定地释放电流，每20秒钟准时击发一次。猴子们被紧紧地缚在约束椅上，藏没处藏，躲没处躲，只得逆来顺受。

但猴子不愧为灵长目动物，开始转动脑筋。很快，它们发现各自的椅子上都有一个压杆。

甲猴在电击即将来临的时候揿动压杆，电击就被神奇地取消了，它俩也就一同逃脱了一次痛苦的体验。

乙猴也照样揿动压杆。很可惜，它手边的这件货色是摆样子的，压与不压，对电击没有任何影响。也就是说，乙猴在频频到来的打击面前，束手无策。

实验继续着。甲猴明白自己可以操纵命运，它紧张地估算着时间，在打击即将到来的前夕，不失时机地揿动压杆，以避免灾难。当然，它有时成功，有时失败。成功的时候，它俩就有了短暂的休息时间，失败的时候它俩就一道忍受电流的折磨。

时间艰涩地流淌着，实验结果出来了。在同等频率、同等强度电流的打击下，那只不停揿动压杆疲于奔命的甲猴，由于沉重的心理负担，得了“胃溃疡”。那只听天由命无能为力的乙猴，安然无恙……

假若是你，愿意做布雷迪实验里的哪一只猴子？朋友问。

我说，我是人，我不是猴子。

朋友说，这只是一个比方。其实，旋转的现代社会和这个实验有很多相同之处，频繁的刺激接踵而来，人们生活在目不暇接的紧张打击之中。大家在拼命地预防伤害，采取种种未雨绸缪的手段。殊不知某些伤害正是在预防中发生的，人为的干预常常弄巧成拙、适得其反。所以，人们有时需要无奈，需要阿Q，需要随波逐流，需要无动于衷听其自然。

我说，我对这个心理学经典的实验没有发言权。如果布雷迪先生只是借此证明强大的心理压力可以致病，无疑是正确的。

停了一会儿，我对她说，你刚才问假如是我，会在猴子中做怎样的选择？经过考虑，我可以回答你——我愿意做那只得了“胃溃疡”，仍在不断揿动压杆的猴子。

朋友惊讶地笑了，说为什么？她问过许多人，他们都愿做那只无助然而健康的猴子。

我说，那只无助的猴子健康吗？每隔20秒准时到来的电击，是无法逃脱的、不以个人意志为转移的恶性刺激，日复一日，终有一天会瓦解意志和身体，让它精神失常或者干脆得上癌症。

它暂时还没有生病，那是因为它的同伴在不断地揿动压杆，为它挡去了许多次的打击。在别人的护翼下生活，把自己的幸运建立在他人的辛苦与危险中，我无法安心与习惯。

再说那只无法逃避责任的甲猴，既然发现了可以取消一次电击的办法，它继续摸索下去，也许能找出更有效的法子，求得更长久的平安。压下去，拖延时间，也许那放电的机器会烧坏，通电的线路会折断，椅子会倒塌，地震会爆发……形形色色的意外都可能发生，只要坚持下去就有希望。

一百种可能性在远方闪光，避免一次电击，就积累了一次经验。也许实践会使它渐渐熟练起来，心情不再紧张悲苦，把揿动压杆只当成简单的游戏……不管怎么说，行动比单纯的等待更有力量。一味地顺从与观望，办法绝不会从天上掉下来。

当然，最大的可能是无望，呕血的猴子无奈地揿动压杆到最后一刻……即使这样，那我也绝不后悔。

因为——

假如我和那一只猴子是朋友，我愿意把背负的重担留给自己。

假如我和那一只猴子是路人，我遵照我喜爱探索的天性行事。

假如我和那一只猴子是敌手，我会傲然地处置自己的生命，不在对方的庇荫下苟活。

所以，天造地设，我只能做那只得“胃溃疡”的猴子了。

可否让我陪你哭泣

哭泣是一种本能，古代人却害怕它。因为哭泣代表着一种极端状况的发生，人们本能地回避。

我说过，自己在妇产科工作时，经手接生过很多小婴儿。假如是顺产的孩子，他们降生后的第一反应就是号啕大哭。其实，这种音响的本质不应该被称为“哭”，他们从温暖的子宫降生到外界，感受到了寒冷，再加上压力骤然解除肺部扩张，强力地吸入空气，就发出了人们称为哭喊的声音。实话实说，这种啼哭，并不哀伤，只是一种体操。

我觉得真正区分哭泣的哀伤程度的，是眼泪。

其实哭泣是可以分成两种的，流泪的和不流泪的。没有眼泪的哭泣，更多的是压抑。只有那种泪流汹涌、滴泪沾襟的哭泣，才有更大的宣泄和排解压力的作用。

洋葱也会让我们流泪，只不过洋葱泪只是一些简单的水分。而人们因为悲伤流出的泪，含有大量的激素。

悲伤或愤怒的眼泪包含着脑吗啡，是大脑缓解疼痛的溶解剂。哭泣触动了分泌与释放激素的化学物质，排出了造成压力的激素。

这是一种宝贵的外分泌过程。我们要找回哭泣的能量，好好利用这个武器。眼泪能排毒啊。

聆听别人的痛楚，常常让我们觉得难以忍受。

有一阵子，我的诊所里接二连三地来了一些丧失亲人，需做悲伤治疗的人。他们之中少数人是无声地哭泣，让眼泪顺着面颊汹涌而下。大部分人会撕心裂肺地痛哭，几乎声震寰宇。

诊所的工作人员说，她在外面都听到声如裂帛般的哭声，我近在咫尺洗耳恭听，如何受得了呢!

我说，事实上并没有你想象的那样难挨。天下之大，其实是难以找到可以放声一哭的地方。从这个角度来说，他或她，能够让我陪伴着痛苦，是给予我极大的信任啊。

在朋友的交往中，也常有这种情境。

如果你觉得不可忍受，多半是因为这痛苦，也正是你掩藏的伤口。别人的叙述，像一柄挖掘的铲，让你的陈血也开始喷溅。这种时刻，你不要轻易放过。如果你不能倾听，可以躲开，但要讲清自己不是厌倦，而是无力支撑。我相信真正的朋友会理解这一点的。如果不能理解，那就不可久交了。

但你歇息下来的时候，不要轻易放过那稍纵即逝的痛楚。我猜，身体已经习惯于包裹最深的弹片，轻易不愿触动。不过还是要把它挖出来，虽然一段时间内会血流不止，不过伤口终将愈合。如果一直遮掩着，倒有可能变成精神的败血症。

在断肋上放钱

那天，我一坐上这辆出租汽车，就觉出司机的不同凡响。他目光锐利，我刚报出要去的地名，他就说："您是去讲课吧？你预备的时间不充裕，不过，我给您紧赶着点，估计误不了事。"我很惊奇，因为我只说了一个大概的方向，并无更具体的线索。难道我的身份和目的，已经这样彰显在脸上了吗？看来，我的城府实在太浅了。这样一想，我就紧紧地钳闭了嘴唇，决定让这个料事如神的司机，再也看不出什么来。

但是，过了一小会儿，我就不得不问他："我坐的这个副驾驶的位置上，可装有安全带？"

他笑了，说："您知道，这种低档的出租车，哪里配有安全带？您觉得我开得太快是吧？想委婉地提醒我，好，谢谢了。"

我打过无数次的出租车，但像这样聪慧到狡猾的司机，真是第一次遇到。

他的车开得极好，红色的车体，犹如一只沸虾，在车流中穿梭行驶，自在快捷。路旁，闪过一片绿荫，粉红色的豪华别墅，如片片樱花散落其中。为了打破尴尬，我随口说道："普通老百姓，看到这样的富贵之区，保不准会生出闹革命的心理。"

司机说："有那么严重吗？通常我不说，但我愿意告诉您，我就住在这里。"

我大吃一惊，看他的脸，是否说谎？好歹我读过心理学博士课程，自认为明显的胡说，还是可以分辨出来的。

我看到一张不动声色的侧影。

他说："您怀疑我，是吧？一个开出租车的苦力，按过去的说法，就是拉洋车的骆驼祥子，怎么住得起这样每平方米上万元的住宅？"

被他点破，我有点不好意思。毕竟萍水相逢，纵使他吹牛，我也没有评价他道德水准的责任。

我说："不是不相信啦，是吃惊。"

他说："我没有怪您。别说是您，连新任这片住宅的保安，查看了我全套的证件之后，往往还是不让我进去。我索性挑明，说你们是不是认为一个开出租的不配住在这里啊！不是说劳动致富光荣吗？我的每一分钱都是血汗挣来的，你们为什么不让我进自己的家？"

我姑且相信他说的是真话，这勾起了我的好奇心。

我说："你怎么会挣到这么多的钱呢？据我所知，一个出租司机，就是每天24小时不休息，也不可能赚下此等的豪宅。"

他熟练地左打右打方向盘，目视前方说："单是开车，我自然挣不了这么多的钱。我还有一门手艺，和开车一起做。就像豆子和玉米套种，产量自然就高了。"

我说："什么手艺呢？"

他说："武术。"

说着，他把抓着方向盘的手腾了出来，在我面前晃了晃。指爪如鹰。

“有一位大老板，看中了我的功夫，租下了我的车，让我担任车夫兼保镖。一做就是十几年，我的所得当然就丰厚了。”

我环视四周说：“既然有这般美差，为什么又不做了呢？”这是一辆很普通的甚至可以说是破旧的夏利车，看来司机当年开的必不是它。

司机说：“陪着老板，看到了太多不该看到的事情。老板干什么都不避讳司机的，什么事，我都知道。他喝酒的时候，我喝饮料。我比他清醒。无数的尔虞我诈，坑蒙拐骗。有时，他明明寻花问柳，我还要替他编谎。我常常半夜醒来问自己，你冬练三九夏练三伏，好不容易得了这一身功夫，就是为了保护这样一个人渣吗？后来，我终于辞职了。我不能为了钱，把我整个人生的目标，都毁了。我改开普通的出租车，再没了那般豪华。冬天冷，夏天热，可我心里安宁。我在马路上拉老百姓。他们要么是为了公事，要么是有急事，或者是看病赶火车，或者是上班怕迟到扣奖金，才破费一次打车。我愿用自己的本事为这些人干活，到手的钱虽少，踏实。”

我说：“你一转身做了这么大的改变，家里的人，同意吗？”

他说：“不同意。过去我老婆下了夜班，如果老板不用车，我会开着奔驰去接她。现在呢，只有小夏利了。她觉着不威风。我说，别不知足。我和那样的老板在一起，也许有一天，我再也不会来接你，改接别的女人了。夏利虽小，却是咱们自己的。”

我听得频频点头，突然，我发觉在我和他之间，没有出租车必备的隔离栅。

我说：“为什么你这车不装防护装置呢？是忘了，还是故意的？”

他怪怪地笑笑说：“故意的。出租公司统一收钱装隔离栅，我交了钱，但是，我不让他们装。”

我说：“你很想碰上打劫的，练练你的功夫？”

司机说：“正是。不然，我这一身的功夫，岂不明珠暗投。所以，我下午睡觉，专练半夜的活儿。尤其是在酒馆、歌厅这种五行八作之人出没的地方转悠。越到半夜时分，越是斗志昂扬。越是看到贼眉鼠眼之辈，别的出租车司机避之唯恐不远，我偏过去搭讪……”

我听得心惊胆战，问道：“碰上了吗？”

他洋洋得意地说：“久在河边转，哪有不湿鞋的？功夫不负苦心人啊，前不久，还真让我赶上一回。那一天，半夜2点多了吧，我在马路边上扫活，有一个老实巴交的人和三个酒气熏天的小伙子脚前脚后地举手打车……要是平常日子，我一准儿会拉那个老实人，但是，这一回，我的心突突跳，直觉到我盼望已久的一个机会来了……我在心里对那位老实人说，对不起您了，先生！好在这里是要道，我不拉您，用不了多长时间，也定会有出租经过。我要完成我的一个愿望去，请您原谅。这样想着，我就把车停到那几个醉鬼身边了……”

听到这里，我打断了司机的话：“那么远，怎么能知道他们喝醉了？你隔着窗玻璃，就闻到了酒味？”

司机说：“问得好。您是个细心人。平常我拉客人，除了特殊的病人，我绝不把车停在他跟前。而是一定要有一段距离。让他不能一步跨上车，而要走动几步。”

我不解道：“这有什么不同吗？”

司机说：“大不同。我要看看他的步态。喝没喝酒，有没有病，健康如何，甚至身上有没有功夫……这几步走，就什么都告诉我了。还有，喝了酒的人，喘气是向前吹的……”

我说：“喔，原来是这样。后来呢？”

司机说：“后来他们就上了车，说了一个很偏僻的地名。他们怕我不去，竭力装出斯文的样子。其实，我哪能不去呢？我盼了许久，才盼到这样一次巧遇。求之不得啊！车在郊区的路上跑得很快，我摇下车窗，任凭冷风像巴掌一样抽打全身，我要冷静一点，别误伤了无辜。路越来越黑，夜越来越深，那三个小伙子，酒好像也醒了，悄无声息地包围着我。突然，一个说——停车！我说，你们要去的地方还没到呢。三个一齐说，叫你停你就停！你要不停，我们立刻就戳死你！于是，我看到了寒光闪闪的刀锋，对着我的右腮下方。这正是我梦寐以求的情形啊！我对他们说，哥们，别这样！你要是在车上动了凶，一来我临死前乱扑腾，对安全不利。二来血溅得哪儿都是，你卖这车的时候，人家杀价。三来你再开着跑的时候，若是警察一眼看到了，必得引起怀疑。所以，给我点时间，我把车靠靠边，大家都方便。他们愣了，一声不吭，我就算得了默许，把车开到一条小岔路上，停了下来。他们围过来，把我一天辛苦挣下的钱，都抢在手里。我一点都不反抗，由着他们欺负。钱抢完了，领头的一个说，怎么这么少？是不是还藏在哪里了？我说，凭力气干活的人，就像靠天吃饭，有什么准头。不容易啊！一个大个子狞笑着走到我身边说，哥们成全你了，从今后，你就再也没烦心事了……说着，一道寒光就冲着我的咽喉过来了。旁边的一个小个子还搭腔道，先做了他的眼珠子，省得死了眼里还留着咱们的影像……一切都确凿无疑了。我全身的血顿时开了锅，抖擞精神，飞起一脚，先踢飞了大个子的刀子，然后顺势一跺脚，把他的腿骨裂了。再一个鹞子翻身，落地时掰断了领头那厮的手腕子。最后，轻轻一点，把小个子的肋骨按折了……”

我倒吸凉气，说：“天啊！好利索！只是，那还不血流成河了？”

司机说：“现场一滴血都没有。我伤他们，都不是要害。只是剧痛，让他们再不能伤人。然后，我把他们抢我的钱，都拿了回来。最后，我把他们的钱包打开了……”

我说：“除暴有理，但你这就不合适了吧？正当防卫没错，但是私取他人财物……”

司机不理我，自顾说下去：“我打开了他们的钱包，三人也真够惨的，加在一起，才150元钱。我都拿走了，然后把27元钱放在那个断了肋骨的人身上……你肯定问这是为什么？告诉你吧，我看了一眼我的里程表，上面标的钱数是123元。半夜三更的，我不能白拉这趟活儿啊，你说是不是？”

我连连点头说：“是。这是你该得的钱。但是，我还有一点担心，你就不怕他们报复？”

话说到这里，很遗憾，我的目的地到了。司机为我开了收据，说：“我对那三个躺在地上喊爹叫妈的家伙说，如果你们要报复，下次就不是断肋骨而是断脖子的事了。我的车牌子他们都看到了，我不怕。从那天到现在，我一直在等着他们。”

我目送着这辆破旧的红色夏利车远行。

我知道你的意思了

某天，一位朋友给我打电话，说，你到哪里去了？我找得你好苦啊！因为是很好的朋友，我也和她开玩笑说，你是不是要请我吃饭啊？我欣然前往。她着急地说，吃饭有什么难啊，事成之后，我一定大宴于你。只是我们现在要把事情做完，每拖延一天损失就太大了。

我听出她语气中的急迫，也就收敛起调侃，问道，到底出了什么事？

她不容置疑地说，我要请你做心理咨询。我松了一口气，说，你要做心理咨询，这很好啊。看来大家是越来越重视自己的心理健康了。只是我们是朋友关系，我不能给你做心理咨询。我会为你介绍一位很好的心理咨询师，由她给你做。

朋友说，这个病人不是我，是我的一位同事的亲戚的朋友的孩子。说实话，我并不认识这个病人，和我也没有多密切的关系，人家信任我，我才来穿针引线。

我说，你真是古道热肠，拐了这么多的弯，还把你急成这样。给你个小小的纠正，来做心理咨询的人不是病人，我们通常称他们为来访者。

朋友说，这有什么很大的不同吗？叫病人比较顺嘴。

我说，很多人来做心理咨询，并不是因为有了心理疾病，而是寻求更好的发展潜能和更亲密的人际关系。

朋友说，但我说的这个孩子确确实实是病了。当然不是身体上的病，他的身体棒得能参加奥运会，但却不肯去上学。再有两个月就要高考了，这是多么关键的时刻，可他说不上就不上了，谁劝也没用。一家人急得爸爸要跳楼妈妈要上吊，他却无动于衷，整天把自己关在屋里玩电脑，任谁都不见。家里人急着要找心理医生，但这个孩子主意太大了，根本就不答应去。后来，他家里人找到我，让我跟你联系。那孩子说如果是毕淑敏亲自接待他，他就前来咨询。现在总算联系上了，你万不能推托。你什么时候有时间呢？让他父母带着他来见你……

我一边听着朋友的述说，一边查看工作日程表。最近的每一个时段都安排得满满的，只有七天后的傍晚有一小时的空闲。

我把这个时间段告知了朋友，请她问问那位中学生届时有没有空？

朋友大包大揽道，只要你能抽出时间，那边还有什么好说的？他们一定会来的。

我很严肃地对她说，请你一定把我的原话传过去。第一要再次确认那位中学生是自己愿意来谈谈他的想法，而不是被父母强迫而来的。第二征询那个时间对他合不合适？如果他有重要的事情，我们还可以再约另外的时间。第三句话就不必传了，只和你有关。

朋友说，前两件我都会原汁原味地传达到。只是这第三句话是什么，我很想知道。怎么把我这个穿针引线的人也包括进去了？

我说，第三句话就是，你的任务就到此为止了。因为这种特殊的就诊方式，你已经卷入了开头部分。关于进展和结尾，恕我保密。你若是好奇或是其他原因追问我下文，我会拒绝回答。到时候，请你不要生气。不是我拿乔不理睬你，友情归友情，工作是工作，保密是原则问题，祈请见谅。

朋友说，好，我把你的话传到就算使命截止。我会尊重你们的工作规定。

一周后的傍晚，一对衣着光鲜的夫妻押着儿子来了。我之所以用了“押”这个词，是因为夫妇俩一左一右贴身守候那个高大的年轻人，好像怕犯人逃跑的衙役。年轻人走进咨询室的时候，他俩也想一并挤入。

接待人员递给我咨询表格，轻声对他们说，你们并不是整个家庭接受咨询。

年轻人说，对，这是我一个人的事。说完懒懒散散走进了咨询室，一屁股坐在沙发上，目光直率地打量着我。我也打量着他。

他叫阿伦，身高大约一米八，双脚不是像旁人那样安稳地依着沙发腿放置，而是笔直地伸出去，运动鞋像两只肮脏的小船翘在地板中央。他身上和头发里发出浓烈的龌龊汗气，让人疑心置身于一家小饭馆的烂鸡毛和果皮堆的混合物旁。我抑制住反胃的感觉，不动声色地等着他。

你为什么不先说话？他很有几分挑衅地开始了。

我说，为什么我要先说话呢？这里是心理咨询室，是你来找的我，当然需要你先说出理由了。

他突然就笑了，露出很整齐但却一点也不白的牙齿说，你说得也有几分道理啊。不过，是他们要我来见你的。

我问，他们是谁？

阿伦歪了歪鼻子，用鼻尖点向候诊室的方向，在墙的那一边，走动着他焦灼不安的父母。

我表示明白他的所指，把话题引开，问道：你好像比他们的个子都要高？

他好像受到了莫大的夸奖，说：是啊。我比他们都高。

我说，力气好像也要比他们大啊？

阿伦很肯定地点头说，那是当然啦！我在三年前，掰腕子就可以胜过我父亲了。

我把话题一转，如果你不愿意来，你的父母是无法强迫你到心理咨询师这里来的。

阿伦愣了一下，说，对。我是自愿的。

我说，既然你是自愿来的，那你有什么问题要讨论呢？

阿伦说，我其实没有问题。是他们觉得我有问题。我不过是上上网，玩玩电子游戏，有什么了不起的？

我不想跟阿伦在到底是谁有问题的问题上争执不休。因为第一次咨询的任务，最主要是咨询师要和来访者建立起良好的关系，培养起信任感并了解情况。我说，你一天上网的时间是多少呢？

他说，大约18个小时吧。

我无法掩饰自己的惊讶，问道，那你何时吃饭何时睡觉呢？

阿伦说，饿了就吃，一顿饭大约用3分钟。实在熬不住了，就睡，每次睡15分钟再起来战斗。我发现人一天睡5个小时就足够了，说睡8个小时那是农耕时代的懒惰。

我说，首先恭喜你……

我的话还没有说完，就被阿伦打断了。您不是在说反话吧？

我很惊奇地反问他，你从哪里觉得我是在说反话呢？

阿伦说，所有的人知道我这样的作息时间之后，都说我鬼迷心窍，哪能一天只睡5小时呢？

我说，我要恭喜你的也正是这一点。因为通常的人是需要每天睡眠8小时，如果你进行了正常的工作学习而只需要5小时睡眠就能恢复精力，这当然是值得庆贺的事情。每天能节约出3小时，一辈子就能节约出若干岁月，你要比别人富裕出很多时间呢，当然可喜可贺。

阿伦点点头，看来相信我说的是真心话。我紧接着问道，那你何时上学做功课呢？

阿伦皱起眉头说，您是真不知道还是假装不知道呢？我已经整整28天不去上学了。

我发现当他说到28天这个日子的时候，眼睫毛低垂了下去。我说，看来，你还是非常在意上学这件事的。

他立刻抗议道，谁说的？我再也不想回到学校了，那是我的伤心之地。

我说，你连每一天都计算得这样清楚，当然是重视了。只是我不知道，在28天以前发生了什么重大的事情，让你做出了不再上学的决定，直到今天还这样愤怒伤感？

阿伦很警觉地说，你到学校调查过我了？

这回轮到我笑起来说，你真是高估了我。你以为我是克格勃？我哪有那个本事！

阿伦还是放不下他的戒心，说，那你怎么知道28天以前发生过什么重大的事情？

我收起笑容说，能让你这么一个身高体壮、智力发达、反应灵敏的年轻人做出不上学的决定，当然是一件重大的事情啦！

阿伦说，你猜得不错。28天之前，正好是我们模拟报高考志愿的时候。我看到发下来的报名表，想也没想就填上了“清华大学”。当然了，我的成绩距离上清华还有很大的差距，但我想，距离考试还有几个月的时间，谁说我就不能创造出点奇迹呢？再有，士气可鼓而不可泄呢，这也是兵法中常常教导我们的策略嘛！

没想到代课老师走到我面前，斜了一眼我的志愿说，就你这德性也想报清华，你以为清华是自由市场啊？

那天正好我们的班主任因病没来，要是班主任在，也许就不会出事了。这位代课老师因为我有一次打篮球没看见她，忘了问好，就被她记了仇。

我说，怎么啦，清华就不能报了？

老师说，也不看看自己的成色，别给学校丢人了，这样的报考单送到区里做摸底统计，人家不说你不知天高地厚，反倒说是老师没教会你量力而行……

如果老师单单说到这里就停止，我也就忍了。学校里，老师挖苦学生是天经地义的事，我们都麻木了。我低下了头。老师不依不饶，她撇着嘴说，就凭这样的人还想为校争光，那我就大头朝下横着走！

听到这里，我忍不住插话道，这位老师如此伤害你的自尊心，我听了很生气。

阿伦没理我，自顾自说下去。

不知为什么，老师这句话强烈地刺激了我，我一想起面目可憎的老师能像个螃蟹似的，头抵着土在地上爬行，就不由自主地哈哈大笑，老师摸不着头脑，但是能感觉到我的笑声和她有关，就厉声命令我不要笑。但我依旧大笑不止，她束手无策。那天我笑得天昏地暗，从学校一直笑回了家，闹得父母很吃惊，以为我考了100分。

我走火入魔似的陷入了这种想象之中，但是要让老师真的趴在地上，是有条件的，我必得为校争光。真的能考上清华吗？我没有这个把握，若是考不上，岂不验证了老师对我的评判？我就滋生了放弃高考的念头。一场考试，如果我根本就没有参加，就像武林高手不曾刀光剑影华山论剑，你就无法说谁就是武林第一。但是放弃了高考，我用什么来证明自己呢？我想到了网络游戏……

说到这里，阿伦抬起头，问道，您玩网络游戏吗？

我老老实实地回答，不玩。我老眼昏花的，根本就反应不过来。

阿伦同情加惋惜叹口气说，那您也一定不知道魔兽、部落、联盟这些术语了？

我说，真的很遗憾，我不知道。但我很想向你学习。

我说的是真心话。既然我的来访者是这方面的高手，既然他沉迷于网络不能自拔，我当然要向他请教，我要走入他的世界，我要感同身受地体验到他的快乐和迷惘，我必须要了解到第一手的资料和感受。

阿伦说，那我就要向您进行一番普及教育了。他说着，有点似信非信地看着我。

我马上双手抱拳，很恭敬地说，阿伦老师，请你收下我这个学生。只是我年纪大了，脑瓜也不大好使，还请老师耐心细致地讲解，不要嫌弃我笨。如果有不明白的地方，我会提出来，也请老师深入浅出地回答。

他快活地笑起来，说，我一定会耐心传授的。说完，就一本正经地向我解释起经典游戏的玩法。我非常认真地听他讲授，重要的地方还做个笔记。说实话，专心致志的劲头，只有当年在医学院做学生听教授讲课的时候，才有这般毕恭毕敬。

交流平稳地推进着，离结束只有10分钟时间了。按照咨询的惯例，我要进入“包扎”阶段。也许在不同的流派里，对于这段时间的掌握和命名各有不同，但我还是很喜欢用“包扎”这个术语。咨询的过程，在某种程度上就是打开来访者的创伤，当来访者离去之前，一个负责任的心理咨询师要把这伤口消毒与缝合，让来访者在走出咨询室的时候，不再流血和呻吟。心理创伤和生理创伤一样，陈年旧疾和深的刀口，都不是一朝一夕可以愈合如初的。心理咨询师要有足够的耐性和准备，第一次咨询主要是建立起真诚的信任关系和了解情况，其余的工作来日方长。

我说，谢谢你如此精彩的讲解，现在，我对网络游戏多了了解。

阿伦轻快地笑起来，说，能和您这样谈话，真是很愉快啊。我还要再告诉您一个重要的秘密，我就要代表中国和韩国的选手比赛，如果我们赢了，那就真是为国争光了！

我伸出手来祝贺他说，你在游戏中充满了爱国精神。

他紧紧地握住了我的手，说，您说的是真心话吗？

我说，当然，你可以使劲握住我的手，你可以感觉到我的手的力量。如果我说的是假的，我会退缩。

阿伦真的握住了我的手，我感觉到他的手在轻轻地发抖。

分手的时间到了，我对阿伦说，谢谢你对我的信任，告知我那么多的知心话，我会为你保守秘密的。也谢谢你耐心地为我这样一个游戏盲讲解游戏，让我对此有了一定的了解。我希望在下个星期的这个时间能够看到你来，咱们还要讨论为国争光的问题呢！

阿伦脸上的神色突然变得让人琢磨不透。他对我说，原谅我下周的这个时间不能来到您这里了。

我尊重阿伦的意见，因为如果来访者自己不愿意咨询了，无论咨询师多么有信心也无法继续施行帮助计划了。

我表示理解地点点头。

阿伦突然扬起了眉毛，说，下个星期的这个时候，我想我是在学校上晚自习吧？您知道，毕业班的功课是非常吃紧的。

我大吃一惊。说实话，在整个咨询过程里，不曾探讨上课的事，我认为时机未到。

阿伦是个无比聪明的孩子，他看出了我的困惑，说，我知道爸爸妈妈领我来的意思，谢谢您没有说过一句让我回去上课的话。在来的路上我就想好了，如果您也千篇一律地劝我的话，我会扭头就走。谢谢您，什么也没说。您向我讨教游戏的玩法，我很感动。从小到大，还没有一个成年人如此虚心地向我求教过，如此耐心地听我说话。还有，您最后祝愿我为国争光，我非常高兴，您终于理解我的不上学，其实只是想证明自己是有能力做一些事情，并且能做好的。对了，你还表示了对那个老师的愤慨，让我觉得很开心，觉得自己不再孤独和愚蠢……现在，我不需要再用网络游戏来证明什么给那个老师看了，我要回到书本中去了。我知道这也是您希望的，只是您没有说出来。

我们紧紧握手，这一次，他的手掌都是汗水，但不再抖动。

过了暑假，那位朋友跟我说，你用了什么法子，让那个网络成瘾的孩子改邪归正的？他的父母非常感谢你，因为他考上了重点大学，真是考出了最好的成绩呢！他们想请你吃饭，邀我作陪。

我说，咱们可是有言在先的，我不能向你透露任何相关的信息，也不能赴宴。如果你馋虫作怪，我来请你吃饭好了。

朋友说，我看他们感谢你还不是最主要的目的，主要是想探听出你究竟跟他们的儿子说了点什么，能有这么大的功效?

我说，那一天，我说得很少，阿伦说得很多。其余的，无可奉告。

你永不要说

20年前，我在西部边陲的某部队留守处当军医，主要给随军家属看病。婆姨们的男人都在昆仑山上戍边，家里母子平安，前方的将士就英勇。我的工作很重要。

家眷都是从天南地北会聚来的。原来在农村，地广人稀，空气新鲜，不易患病。现在像羊群似的赶在一起，加之西北干燥寒冷，病人不断，忙得我不亦乐乎。

我的助手是卫生员小鲁，一个四川籍的小个子兵，长得没什么特色，只是一对眼睛又黑又亮，叽里咕噜地转，像蜜炼的中药丸。正是“文化大革命”期间，他没接受过正规培训，连劳动带扔手榴弹加在一起，算上了几个月的卫生员训练班。不过他心灵手巧，打针、换药、针灸都在行。每天围着我问这问那，总说学好了本领，回家给他奶奶瞧病去。他奶奶有很严重的气管炎，喘得像堵了一半的烟筒。

一天他对我说，毕医生，我想买点青霉素给我奶奶治病。我给他开了处方，他买了药寄回去。过了些日子，他说奶奶的病比以前好多了，我们都为他高兴。可是青霉素用完了，想再买些。我又给他开了处方，这次他没拿到药。领导说药不多了，工作人员不能老自己买，得留给病人用。

边防站乔站长的独生子小旗病了。我开了青霉素打针，那剂量对一个五岁的孩子来说，足够大的。我向来崇尚毛主席老人家说的集中优势兵力打歼灭战的计策，用地毯式轰炸。

连续打了四天针，孩子的病势丝毫不见轻。我很纳闷，这种怪症最近不断出现，用药像泼凉水一样，好像是一种极耐药的病菌侵袭了孩子。

有人说，这医生的医术不高。这么年轻，自己没生过孩子，哪里会给孩子瞧病?

我说，我还没上过战场呢，可我治好过枪伤。

人们不再说什么，但孩子的病日渐沉重。我只有查书，把厚厚的书页翻得如同柳絮飞花，怕自己贻误了小小的生命。

终于有一天，小旗的妈妈怯生生地问我，您给我儿开的药，是一瓶还是半瓶?

我说，是一瓶啊。

她有些迟疑地说，那小鲁给我家小旗每次打的都是半瓶。

我的心“嗖”地紧缩成一团，像腊月天里一个冻硬了的馒头。这个小鲁！一定是他克扣了病人的药品，把青霉素私存起来，预备寄回家。

小鲁呀小鲁，这不是儿戏，人命关天!

我该怎么办?

当下顶要紧的是赶快给小旗补上一针。

之后我想了许久。

报告领导吗，小鲁从此就毁了。贪污病人的药品，就是贪污病人的生命。置之不理，更不行。要是让病人家属知道了，要是病人因此有个三长两短，非得有人找他拼命。

我把小鲁叫出来，对他说，小旗的病若是治不好，会转成肾炎、关节炎、心脏病……

他惊愕地瞪圆眼睛，说，真有这么严重？没有人给我们讲过这些，训练班里就讲过打针的时候要慢慢推药，病人不疼。

我说，我知道你惦记你的奶奶，可你知道每一个病人都有亲人。你的心里除了装着你的奶奶，也要给别人留个地方……

我说，你不要以为打针不过是把一些水推到肉里，就像盐进了大海，谁也看不见。不是的，科学是谁也蒙骗不了的，用了什么药该出现什么疗效，那是一定的。假如出了意外，那可就是出了医院进法院……

他的脸变得像包中药丸的蜡壳一样白。

毕医生，我……我……

我赶快堵住他的嘴，就像黄继光堵枪眼儿一样果断。哦，别说。什么也别说。世界上有些事情，记住，永不要说。

你不说，就没有任何人知道。

你不知道我不知道，我们永远都不需要知道。不要把错误想得那么分明。不要去讨论那个过程，把它像标本一样在记忆中固定。有些事情不值得总结，忘记它的最好方法就是绝不回头。也许那事情很严重，但最大的改正是永不重复。

小鲁的眼泪流下来。我不怕眼泪，我怕他说话。还好，他很聪明，听懂了我的话，什么也没有说。

我长长地吁了一口气。

后来，小旗的病很快好了，留守处再也没有出现过用药不灵的怪症。

再后来，小鲁因为工作认真负责，对病人春风般温暖，被送到军医大学学习，成了一名很优秀的医生。

只是不知他奶奶的病好了没有。有这么孝顺的孙子，该是好了的。

呵护心灵

那一年我17岁，在西藏雪城的高原部队当卫生兵，具体工作是化验员。

一天，一个小战士拿着化验单找我，要求做一项很特别的检查。医生怀疑他得了一种古怪的病，这个试验可以最后确诊。

试验的做法是：先把病人的血抽出来，快速分离出血清。然后在56℃的条件下，加温30分钟。再用这种血清做试验，就可以得出结果来了。

我去找开化验单的医生，说，这个试验我做不了。

医生说，化验员，想想办法吧。要是没有这个化验的结果，一切治疗都是盲人摸象。

听了医生的话，本着对病人负责的精神，我还仔细琢磨了半天，想出一个笨法子，就答应了医生的请求。

那个战士的胳膊比红蓝铅笔粗不了多少，抽血的时候面色惨白，好像是要把他的骨髓吸出来了。

我点燃一盏古老的印度油灯。青烟缭绕如丝，好像有童话从雪亮的玻璃罩子里飘出。柔和的茄蓝色火焰吐出稀薄的热度，将高原严寒的空气炙出些微的温暖。我特意做了一个铁架子，支在油灯的上方。架子上安放一只盛水的烧杯，杯里斜插水温计，红色的汞柱好像一条冬眠的小蛇，随着水温的渐渐升高而舒展身躯。

当烧杯水温到56℃的时候，我眼疾手快地把盛着血清的试管放入水中，然后双眼一眨不眨地盯着温度计。当温度升高的时候，就把油灯向铁架子的边移动。当水温略有下降的趋势，就把火焰向烧杯的中心移去。像一个烘烤面包的大师傅，精心保持着血清温度的恒定……

时间艰难地在油灯的移动中前进，大约到了第28分钟的时间，一个好朋友推门进来。她看我目光炯炯的样子，大叫了一声说，你不是在闹鬼吧，大白天点了盏油灯！

我瞪了她一眼说，我是在全心全意地为病人服务，正像孵小鸡一样地给血清加温呢！

她说，什么血清？血清在哪里？

我说，血清就在烧杯里呀。

我用目光引导着她去看我的发明创造。当我注视到水银计的时候，看到红线已经膨胀到70℃。劈手捞出血清试管，可就在我说这一句话的工夫，原本像澄清茶水一般流动的血清，已经在热力的作用下，凝固得像一块古旧的琥珀。

完了！血清已像鸡蛋一样被我煮熟，标本作废，再也无法完成试验。

我恨不得将油灯打得粉碎。但是油灯粉身碎骨也于事无补，我不该在关键时刻信马由缰。现在面临的问题是我该怎么办，空白化验单像一张问询的苦脸，我不知填上怎样的回答。

最好的办法是找病人再抽上一管鲜血，一切让我们重新开始，但是病人惜血如命，我如何向他解释？就说我的工作失误了吗？那是多么没有面子的事情！人人都知道我是一个尽职尽责的好化验员，这不是给自己抹黑吗？

想啊想，我终于设计出了如何对病人说。

我把那个小个子兵叫来，由于对疾病的恐惧，他如惊弓之鸟战战兢兢。

我不看他的脸，压抑着心跳，用一个17岁女孩可以装出的最大严肃对他说，我已经检查了你的血，可能……

他的脸“唰”地变成霜地，颤抖着嗓音问，我的血是不是有问题？我是不是得了重病？

这个……你知道像这样的检查，应该是很慎重的，单凭一次结果很难下最后的结论……

说完这句话，我故意长时间地沉吟着，一副模棱两可的样子，让他在恐惧的炭火中慢慢煎熬，直到相信自己罹患重疾。

他瘦弱的头颅点得像啄木鸟，说，我给你添了麻烦，可是得了这样的病，没办法……

我说，我不怕麻烦，只是本着对你负责，对你的病负责，还要为你复查一遍，结果才更可靠。

他苍白的脸立刻充满血液，眼里闪出星星点点的水斑。他说，化验员，真是太谢谢了，想不到你这样年轻，心地这样好，想得这么周到。

小个子说着，几乎是迫不及待地撸起袖子，露出细细的臂膀，让我再次抽他的血。

我心里窃笑着，脸上还做出不情愿的样子，很矜持地用针扎进他的血管。这一回，为了保险，我特意抽了满满的两管鲜血，以防万一。

古老的油灯又一次青烟缭绕，我自始至终都不敢大意，终于取得了结果。

他的血清呈阴性反应。也就是说——他没有病。

再次见到小个子的时候，他对我千恩万谢。他说，化验员哪，你可真是认真哪。那一次通知我复查，我想一定是我有病，吓死我了。这几天，我思前想后，把一辈子的事都想过了一遍。幸亏又查了一次，证明我没病。你为病人真是不怕辛苦啊！

我抿着嘴不吭声。

后来领导和同志们知道了这件事，都夸我工作认真并谦虚谨慎。

在以后很长的时间里，我都为自己当时的灵动机智而得意。

我的年纪渐长，青春离我远去，肌体像奔跑过久的拖拉机，开始穿越病魔布下的沼泽。有一天，当我也面临重病的笼罩，对最后的化验结果望穿秋水的时候，我才懂得了自己当年的残忍。我对医生的一颦一笑察言观色，我千百次地咀嚼护士无意的话语。我明白了，当人们忐忑在生死边缘时，心灵是多么的脆弱。

为了掩盖自己一个小小的过失，不惜粗暴地弹拨病人弓弦般紧张的神经，我感到深深的懊悔。

我们可以吓唬别人，但不可吓唬病人。当他们患病的时候，精神是一片深秋的旷野，无论多么轻微的寒风，都会引起萧萧黄叶的凋零。

让我们像呵护水晶一样呵护人的心灵。

客串一把希望

人的许多遭遇，来源于多管闲事。

我和中央人民广播电台的胡导演，只是泛泛之交。听说她想搞一台与希望工程有关的节目，也是左耳听，右耳出，并没有怎样放在心上。后来我无意中得知北京西苑饭店有一个关于希望工程的活动，鬼使神差地给她打了一个电话。

喂，你是中央人民广播电台吗？

是呀。

请找一下胡导演。

我就是啊，请问您是哪一位呢？有什么事？

我是北京作家毕淑敏。您不是说过想采访希望工程吗？我告诉您一个消息：北京西苑饭店把预备搞店庆的20万元拿出来，捐助希望工程。这还不算，他们店的1000多名职工，每人捐了300元钱，凑起来就是30多万了。把这两项加起来，就是整整50万元。他们要在河北张家口最贫困的坝上草原，找一个最偏远的乡村，建一所希望小学。明天他们正好有车去勘察校址，您……

我话还没有说完，就被胡导演激动地打断了。

哎呀呀，太好啦！谢谢你哇！我这就跟他们联系……以后再有类似的信息，你可一定还告诉我啊……

我放下电话，开始专心致志地写小说。

电话铃响起来。

毕作家，我是胡导演啊。我给西苑饭店打了电话，很遗憾，他们勘察校址的车子已经安排满了。我跟他们不熟，不好意思逼人太甚……

我陪着叹了一口气，说，那就没办法了。等以后再有机会，我再告诉您……惦记着刚动笔的小说，我急着收线了。

没想到胡导演不容置疑地说：你同他们比较熟，请帮我再联系一下。就说你将跟我一起去，这样他们就会比较重视了。如果你不肯帮我，我就一个人去。先坐火车到张家口，再转长途汽车，一定要跟踪采访。我是真想为贫困地区的孩子们做点事，让更多的人知道那里的真实情况……

我被她破釜沉舟的勇气吓了一跳。要知道她已是50多岁的老妇人了，还得过癌症。

我做过许多年的医生，对病人有一种与生俱来的悲悯情感。忙说，胡导您别急，我虽说跟饭店也不很熟，但我马上给他们打个电话，再试试。

事后我才悟到，导演比作家可厉害得多了，作家指挥的是哑巴方块字，而导演则天生就是指挥人的。

西苑饭店答应了我们的请求。第二天清晨，我和胡导演裹着厚厚的羽绒服，挤进人满为患的面包车，蜷缩在最后一排，开始了漫漫的坝上之行。

河北北部和内蒙古高原接壤的广袤草原，俗称“坝上”。坝，其实只是一道小小的塄坎，但在它之北，地势猛然抬高，就成为富裕平原和苦寒高原的分水岭。

虽然已是3月底，苍凉的大地上仍飘扬着漫天的雪花。唯一令我们这些城里人愉悦的，是暗赭色的原野中，时时显露出结着蓝色冰凌的小溪，干净得像一块块水晶。

这里的水没污染，矿泉水一般。空气也很清新。我对身旁当地向导说，竭力找出坝上的优点。

张家口穷啊。13个县里有10个是国家级的贫困县，年人均收入在200元以下，这都是和水有关系的啊。张家口在北京的上风头，北京人吃的水，都是打张家口这地儿流下去的。为了保证首都人民能喝到一盆净水，张家口不能建任何耗水巨大和有污染的工业。没有工业，张家口就穷啊！俺们心里说，北京人是要喝水，可张家口人也要吃饭啊……

向导愁苦的话，使我和胡导作为北京人，汗颜不止。

来到一所小小的山区学校。解放前是旧庙，供的是送子娘娘。40多年过去了，残垣断壁，四处漏风。窗户上没有玻璃，糊着黄脆的报纸。桌椅都是由破板条钉成的，叫人不敢贸然坐下。

胡导拿出她的武器——日本索尼出品的采访专用机。据说值几万块钱。灵敏得连头发丝飞舞的声音都可记录在音带上。

我这才知道胡导要的是连续性广播特写剧。简言之，就是一切必须是真人真事，但不借助文字，不借助画面，全凭各种真实的声音来传达主题，塑造人物。

我真不知道世上还有这般受制约的艺术形式。简直就是一种盲人的认知方式：全靠耳朵了。

于是胡导工作的程序就独特而有趣。

她用树枝把鸡鸭赶得一路鸣叫不止，用石块把狗打得昂首狂吠，用干草引诱小羊咩咩地哼……就是要录下农村的音响。在水井边，录下辘轳旋转的频率和水桶扑通扑通的节奏，在牲口圈里录下骡子马嚼料的动静。当然她录得最多的是孩子诉说无钱读书时的呜咽，录下课堂里孩子们朗朗背书声，录下西苑饭店为寻查校址在雪地的跋涉声，录下一个从未出过小山村的女孩对外面世界的向往……胡导甚至使劲推一把那摇摇欲散的破课桌，比它发出可怕的咿呀声，把窗户上的报纸的破洞撕得更大一些，让风的呜叫显得更为凄厉……

我帮不上忙。只有好奇地观看。胡导对人物和声音的要求简直到了苛刻的地步。比如一个农村男孩说他的妈妈被人贩子拐走了，自己要好好读书，长大了要把妈妈找回来……我以为已经很精彩。胡导搓着因为拎机器被冻僵了双手说：我还想让他唱一首歌，就是世上只有妈妈好。到时候把他的故事和他的歌一道播出来，一定会有催人泪下的效果……

主意当然不错，实施起来却很困难。那个孩子倒是会唱这首红遍中国的儿歌，可怯场认生，对着胡导像警棍一般威严的录音话筒，抖抖索索地连气都喘不匀，更甭提唱歌了。胡导软硬兼施，搬来孩子的老师启发诱导，小家伙双唇紧闭，一副宁死不屈的架势。再逼得急了，眼圈就红了。

我不忍看着孩子受煎熬，就说，胡导，不要欺人太甚。差不多就行了。

胡导说，作家你身上带着什么好吃的好玩的东西没有？

我说，我被你拉着从北京仓皇出逃，实无一点多余的物资可供你施以收买之计。

胡导不死心说，请清仓挖潜。你既身为作家，笔总是有一支的吧？

我只好说，那倒是有的。

她说，请借我一用。

胡导拿了我的笔，拔掉笔帽，把笔尖像火炬似的在孩子眼前晃啊晃。

你唱一支歌，我就把这杆笔送给你。胡导对山里的孩子说，那神情就像当年的日本鬼子诱骗我儿童团员，急不可耐。

孩子的眼光“嗖”地亮了。

好。我唱。他耸着通红的小鼻头说。

那支他从未见过的精美的签字笔，极大地诱惑了贫困中的孩子，欲望战胜了恐惧，他大声地唱起来。

“世上只有妈妈好，没妈的孩子像根草……”稚气而略带凄楚的歌声在寂寞的雪原上抖动。

质量精良的磁带平稳地转动着，这个中国北部要读了书去寻找妈妈的孩子的歌声，就永远地储存下来了。在未来的日子里，会有许许多多的人，通过电波听到他的歌声，也许他的妈妈也会听到的。

为了录下村民们对建造希望小学的反响，胡导把老的、小的、男的、女的……上至80岁的老媪，下到学龄前的顽童，都请到她的机器前，方方面面的很有代表性了。胡导却皱着很疏淡的眉毛说，不典型。有什么音响能叫人一听就知道这里是极偏远的农村呢？

她牵着我无目的地在村里走来走去，推开每一座低矮的柴门。可惜乡亲们都操着一样的方言土语，除了感激再说不出其他的话。

我几次劝她就此打住，胡导置之不理。终于在一间小屋前，她大叫一声，说总算找到了！

我们走进一间店铺，铁锹、铁锄、铁斧、铁骅犁堆积一地，叮当乱响。艳红的炉火将老铁匠的脸镀得金箔。真是踏破铁鞋有觅处，得来原在铁匠铺啊！

胡导乐得手忙脚乱，录下风箱的轰响，淬火时铁与水沸腾的炸裂声，铁锤与铁砧锤击打时的铿锵之音……在这独特的背景音乐下，老铁匠一板一眼地说：人人都在念叨修学校的事啊。好啊，修了学校，庄户孩子有了学问，就能出贵人，做大官。官人回家时就修桥修路。穷山沟就有了指望就有了盼头了。

出了铁匠铺，我说，这回您该满意了吧？胡导。

胡导笑眯眯地说，满意了。可是还得找，小山村的潜力大着呢！

我们疲惫不堪地继续侦察，终于又发现了一家小杂货铺。老板娘把卫生球一样坚硬的水果糖，“铛”的一声扔进铜制的秤盘里，节奏脆得像子弹落地。醋灌进坛子的动静颇像有人溺水的“咕咚”声。红糖落在旧报纸卷成的圆锥形包装袋里，其响声恰似孩童堆的沙塔缓缓地倒了……

老板娘快人快语地说，读书好啊，在家里能算个账，上了街能认识男女厕所，进饭馆别人骗不了你，遇着事多个脑瓜子，打官司都比别人能赢呢……

胡导与老板的小儿子对话。

你上了学以后打算干什么啊？

挣钱。多挣钱。

挣钱干什么呢？

盖房子。娶媳妇。过日子。只有水缸高的男孩说。

胡导不是那种很漂亮的女人，但是她似乎有一种魔力，使人觉得亲切，不知不觉就信任她，说了真话。

我悄悄问胡导，你套了别人这么多的肺腑之言，以后会如实播出吗？

她说，当然要播出了，这多么真实！

晚上，我们回到县上简陋的招待所，被冷如铁。我看到胡导身上的刀疤。她是中晚期乳腺癌，手术将一侧的乳房全部扫荡，肋骨也挖掉了几根。两次手术的刀口加起来两尺多长。

在这种病魔摧残过的“废墟”面前，做过多年主治医师的我，心也唏嘘。

我说，你真的另有一种病。这病叫作工作狂。

她叹息道，我也知道，总想改。这一次的广播剧做完了，下次一定改。

我说，难哪。有这种工作病的人，几乎次次复发。

以后的采访大体依旧，只是路愈发地难走，气候愈发地寒冷了。饭就在老乡家吃，看得出主人拿出了最好的食品招待我们。吃的主食是土豆，熬的菜也是土豆，只不过比前者多了一把盐。

终于搜集到了足够的素材，可以返回北京了。我们坐在吉普车里，车外零下十几度仍然把双脚冻得发木。

开到坝上的山口，胡导突然大叫：停车！

司机慌得一脚踩死刹车，以为胡导把何种宝贝遗忘在身后的乡村了。

胡导却不说话，只是神秘地竖起一根手指，说：你听。

车窗外狞厉的风声，像一万只豺狼呼啸。

司机说这是坝上最著名的风口。

我们去录风。胡导矫捷地抱索尼工作机，就要下车。

我忙拦住她，说，你在村子里，不是已经录过风了吗？再说，你们台里的音响资料室里难道能没有储存形形色色的风吗？实在不行，找个口技演员，他可以用嘴巴吹出最诡谲最悲怆最豪放的风啊！

胡导正色道，特写必须绝对真实。坝上的风和哪里的风都是不一样的。你在车上吧，我一个人就行了。

她说着跳下车。飓风像武林高手，劈头打得她一个趔趄。索尼工作机窄细的皮带，狠狠勒进她缺了几根肋骨的胸部。

我立即相跟下车。

风打得人双泪直流，我们跪在地上，录卷地而过的风。把话筒高举过头，录横空肆虐的风。胡导高兴至极，说这是多么好的风啊！

塞外的风像透明的骏马群，逶迤而来。我们录下了风对大地无情的鞭打，风对万物不屑一顾的摇撼，风狂怒的咆哮与无情的叹息。走回汽车的时候，我们像一对僵硬的大木偶。双腿已全然失去知觉。

在北京街头分手的时候，胡导真诚地向我道谢。

我以为和胡导，从此在京城的茫茫人海中，再难以相逢。不想第二天就接到了她的电话。

毕作家，你还得到我这里来一下。她还是那种运筹帷幄的口气。

什么事？一切不是已经结束？我大惑不解。

是啊，已经有了结束。可是我们还没有开头呢！我需要一个精彩的开头，就用你当时给我打的那个电话吧。所以得请你到广播电台来一下，我们补录一遍这次采访的开端。这样吧，明天早上9点，我在中央广播大厦的门前等你。好，我们不见不散啊！

面对着已经挂断了的电话，你有什么办法？导演有一种震慑指挥别人的才能，你除了服从，无可奈何。

收拾起待写的小说，我在规定时间与胡导会合，进入中央人民广播电台森严的大门。

这座原属于北京十大建筑之一的辉煌建筑已经陈旧，但仍有一种宏大的华贵气势。录音间四周都是米色的隔音板，端坐其中，有钻进樟木箱子的感觉。灵敏度极高的设备，记录得下你喉咙深处最模糊的颤动。

喂，是中央人民广播电台吗？您好。请找一下胡导演……

我就是。您有什么事？

……

我们一遍又一遍地模拟那一天打电话的情形，直到口腔的唾沫干涸，胡导还是不满意。

她谆谆告诫我：

你的声音太大了，那里像是打电话，简直就是讲演。不行。重来。

这一次的音量又太小了，好像鬼鬼祟祟的。重来。

太一气呵成啊。不自然。一听就知道是有备而来的，不真实啊。重来。

这一回你怎么结巴起来了？你害什么怕呢？作家应该是很有风度的啊！重来。

我没好气地说，我哪里是作家？不过是一个不称职的群众演员罢了。

胡导哈哈地笑了，说，就算你为了希望工程，客串了一把吧。好，我们再重来！

谢天谢地，在精疲力竭之前，我终于让导演满意了。

再次分手的时候，我由衷地说，希望永远不要见到你。胡导！

胡导微笑着说，我还要采访西苑饭店，咱们还真难得见面了。不过你可要记住，从1994年8月20日开始，每天中午“午间半小时”后，中央人民广播电台将连续5天播出广播特写“一千零一个希望”，你到时候记着打开收音机听就是了。用不着相见，广播剧是耳朵的艺术。

那一天中午，我按时打开收音机。坝上草原震人魂魄的风雪声扑面而来……

问女应几佳

某次承蒙权威机构信任，聘我担当评选某年度十佳人物的评委。仪式相当正规，差额选举，候选人有30名，也就是说，最后只有1/3的人士能够入选。除了放映每个候选人三分钟的录像资料以外，还要候选人当场演说，给评委们以更直观的印象。

在这样的规则之下，评选气氛就显出凝重和庄严。我看到全部候选人端坐会场，面容紧张。但我马上变得比所有的候选人都更紧张。因为我发现了一个令人震惊的问题——女性仅占全部候选人的1/10！我立即翻阅了有关资料，最后悲哀地确定：在30名候选人当中，女性只有3名。

也就是说，如果按照这个比例当选的话，十佳之中，女性只占一佳。我不知道有关部门在确定候选人名单的时候，心中是否就已经有了这样一个悬殊的比例，但普通民众很可能看到的就是这样一个畸形的结果。有心人会发现在各种表彰当中，性别比例严重失调，总是向男性方向一边倒，女性稀少。我第一次发觉这个怪事，是报上登载的“见义勇为标兵”，其中9名男性1名女性。虽顿生诧异，转而暗想，也许女性因为体力的弱小和外出机遇的差别，与歹徒搏斗或是扑灭山火这样的壮举比较少，才出现了这般显著的差异。以后开始注意这个问题，才意识到情况绝非偶然。在“十佳青年”“十佳劳模”“十佳职工”等评选中，留给女性的常常只有1/10的份额。

甚至，连“再就业明星”这样的评选中，女性的比例也是1/10，真令人大惑不解。众所周知，在裁员和下岗的风潮中，劳动女性首当其冲，她们承担了经济改革中很大的成本和风险，她们在困境中不断地挣扎和奋斗，取得了悲壮和绚烂的成就。但即使在这样用泪水和血汗铺设的领域里，女性的业绩被肯定和彰显的仍然少得可怜。我不信，偌大的一个中国，就评选不出更多几名的女性，成为新时代的楷模？只能说在某些制定规则的人那里，头脑中凝固着一个不成文的框框——女性的平均水准低下，和男性相比，她们永远是配角，不登大雅之堂。

会场上，我思前想后，最后写了一张纸条，辗转传到会议主席手里，要求一个三分钟的特别发言。我看到了主席的惊讶和迟疑。是的，何时投票何时唱票，会议都有严谨到几时几分的议程，一个社会评委插的什么杠子？感谢他的信任，在片刻的斟酌之后，主席很温和地答复，您有什么意见要讲吗？请说吧，座席上有麦克风。

我说，我的意见很重要，所以，我想站到主席台上讲。

我走到主席台上，面对着所有的评委和30名候选人说：我要拉票。为一个处于弱势的性别拉票。男女平等是写在我们党和国家的纲领中的，是我们的国策。我们已经建国超过半个世纪了，中国的女性已经有了长足的进步。在这样一个面向全民的表彰当中，女性只占1/10的份额，我觉得是不公平的。我期待着今后的评比，从候选人的推荐开始，就要给女性以机遇，再不要出现九比一的差异。具体到这一次的评选，因为已来不及推荐新人，我希望评委们能把自己的一票，投给女性候选人。即使她们全部当选，也只占30%，仍然是少数，而榜样的力量是无穷的。

那一天的评选结果，十佳中有两名女性当选。主席很诚恳地对我说，谢谢您的发言，让我们的失误有所弥补。我说，期待着你们的工作，给女性以光明，给性别以平等，给社会以公正，给明天以祝福。

女孩，请与我同行

那天，说好晚上9点到广播电台，直播一个呼唤真情的节目。都怪我临走时又刷了刷碗，出门比预定时间晚了5分钟。大城市里似乎活动着一条诡谲的规律，假如你晚了半步，就像跌入了黑暗的潜流，步步晚下去，所有的事物都开始和你作对。

我家门口是交通要道，平日打“的”，易如反掌。但此刻仿佛全北京的人都拥挤在出租汽车上，奔驰而来的汽车没有一辆亮出“空驶”的红灯。时间在焦急的等待中转瞬即过，我急得头上热气腾腾。

顾不得往日的矜持，我跳到马路中央拦车。可惜每一辆迎面驶来的出租汽车的窗玻璃上都黑压压地涂满了人，任凭我将手臂摇得像风雨中的旗杆，车群还是拐着弯呼啸而过。

我想，也许我站的地方不理想，就向路口逼近，最后简直戳到红绿灯底下了。

现在，是最后的时限了。假如我再搭不上车，直播室里将留下一幅焦灼的空白。我无法设想那边即将到来的慌乱情景，只是疯狂地向每一辆的士招手。

突然，一辆红色的夏利出租车从天而降，稳稳地停在了我的身旁。司机是一个快活的小伙子，他露着一口白牙微笑着问我："您到哪里去？"

我伸手拉开车门，上了车报出地名。猛然一个尖锐的女声撕破了我们的耳鼓："你怎么问她不问我？是我先看到你的，是我先挥手的。这是我拦的车，该我上的……"

我们都愣了，看着这从一旁杀出的女孩。她穿着一身银粉色的连衣裙，夜风吹起裙裾，像一柄漂亮而精巧的阳伞。

略一思索，就明白了眼前的事态。女孩刚来到人行道上挥手拦车，车就停了。她以为这是她的功劳。

来不及同她做太多的解释，甚至不想分辨究竟是谁先举起的手（其实很简单，只要问一问司机就真相大白）。我只是想，既然我们在同一方向拦车，大目标就是一致的。于是问她："小姐，您到哪里？"

她不屑于理我，对着司机报出了她的目的地。司机轻松地说："我正不知道怎么回答您呢，这下好了，你俩顺路，您先到，那位女士后到。谁也不耽误……"

我敞着车门对她说："小姐，谁拦的车已经无所谓了，要紧的是我们赶快上路。对不起，我的确有急事，来不及再拦别的车了。既然我的路远，车费就由我来付。小姐，快上车吧，请与我同行。"

美丽的小姐掏出高雅的钱夹，也是娇艳的粉红色，对司机说："钱，我有的是。我从没习惯同别人合坐一辆出租车。你请她下去，我多付你钱。"

我突然感到异乎寻常的寒冷，在这春意荡漾的夜晚。

那一瞬，我漠然向隅缄口无言。要是司机撵我下车，我只有乖乖地下去。就是过后义愤填膺地举报车号，司机也完全可以不认账，说他是先看到“粉红色”小姐后看到的我，这便是死无对证的事。况且按照我待人处世息事宁人的习惯，也绝不会打上门去告谁。

在那个片刻，甚至连广播电台的直播都茫然地离我远去。在人与人之间如此隔膜的今日，温情的呼吁是多么苍白微弱。

我抱着肘，怕冷似的等待着，等待一个陌生人的裁决。

司机对小姐说：“我当然愿意多挣点儿钱啦。您忙吗？”

小姐嫣然一笑说：“我不忙。就是晚饭后遛遛弯儿。”她很自信地看着司机，对自己的魅力毫不怀疑。

我已经做好了下车的准备，听见司机对小姐说：“既然您不忙，那我就先送这位女士了。您再打别的车好吗？”

说着，他发动了引擎，夏利像一颗红色的保龄球，沿着笔直的长安街驶去。

女孩粉红色的身影，像一瓣飘落的樱花，渐渐淡薄。

我很想同司机说点儿什么，可是说什么呢？感谢的话吗？颂扬的话吗？在这车水马龙的都市里，似乎都被霓虹灯的闪烁淹没了。

“像这样的事多吗？”我终于说了。

“什么事？”他转动着方向盘，目视前方。

“就是同一方向行驶的乘客，却不愿搭乘。”

“多。挺多。其实同方向搭乘，既省了钱，又省了油，还省了时间，不用说还减轻了城市的交通污染。可是，有许多人就是不愿搭乘。不过一般人不愿合着坐，不坐就是了。像今天这位小姐，公然用钱来逞强的人，也不多。”司机一边说着，一边灵巧地避让着车流。

我轻轻地叹了一口气，问他也是问自己：“人哪，为什么要这样喜好孤独？”

正巧前面是一盏红灯，司机拨弄着一个用作装饰的金“福”字，平静地说：“因为他们有时间，因为他们有钱。”

绿灯像猫头鹰的眼一般亮了。他一踩油门，车又箭矢般前进。一路上，我们再无交谈。

到达北京人民广播电台，离预定的直播时间还有5分钟。

我急急地把一张整币递给他，甩上车门就往楼里跑，那一道道进直播间的手续颇为费时。

司机在后面喊："还没找您钱呢！"

我头也不回地说："不用找了。别在意，那不是奖你的，是我没时间了。如果你不忙，待会儿请打开收音机，会听到我在节目里说起你……"

我不知道司机是不是听到了我的话，更不知道那朵粉红色的樱花，在坐着另一辆出租汽车兜风的时候，听到了我的呼唤没有。

我在说——女孩，请与我同行。

相信，所以不再注视

原以为一辈子都不会同警察打交道，信念源自本人为奉公守法公民。因自行车操作不良，所以连最容易被逮着的骑车带人的毛病，也找不到我头上。

一次出差刚回，电话里有陌生口音对我说，他们是北方某省某县的刑侦队员，要尽快同我一谈。几天前，那里的荒山上发现一具无名女尸，经查是我的一位亲密女友，被人残忍地杀害了。按照规定，案子由他们破，于是他们匆忙到北京来了，现需多方面收集情况。

那一刻，身冷如蟒。清平世界鲜血迸溅，眼前一片紫褐。许久，我对着话筒说，当然……我愿意提供我所知道的一切……只是，她被残害的这段时间，我不在北京……陈旧的往事，对你们可有帮助？

刑侦队员说，她的书架上，你的书被摆在非常显著的位置，亲属都说你是她最好的朋友，可见关系非同一般。我们现在需要了解有关她的一切，思维和习惯。

我说，好。我这就到你们那里去。

刑侦队员说，不。你到我们这里来不妥。

我惊讶，为什么？

他们说，一般人对公安局特别是刑侦部门特别敏感，以你的知名度，到这里来，也许会被认出，人们将传说作家被公安局叫去了……如果他们了解事情的全貌，自然没有什么。但目前正在侦破阶段，外界几乎一无所知。为了给你减少麻烦，咱们另选一个地方吧。

我说，谢谢你们考虑得这般细致，但我绝没有你们想象的那般路人皆知。再说就是被人认出，为了朋友和你们的工作，我也不怕。

他们坚持，保护你，也是我们的职责。

我说，那么请你们到我家来做客，好吗？

电话的那一端笑了，是那种很纯朴很年轻，略带一点北方口音的笑声。笑完之后，他说，谢谢。但是，不行。

我奇怪了，问为什么呢？怕不安全吗？

刑侦队员忙说，你误会了。我们之间将要谈论的问题，严峻沉重，充满血腥和暴力。如果在你家里进行这种谈话，那种阴郁的气氛，会在我们走后长久地存在，影响你的安宁。再者，因为不知道谈话会进行多久，你让家人长时间地回避，也带来种种不便。我们另找一个场所吧。

我很感谢他们为普通人设想得这么周到，一时竟不知说什么好，只有恭敬不如从命了。

第二天，我按时到达约好的地点，那是一间不引人注目的朴素的办公室，安静整洁。初见面，他们比电话声显示出的更年轻，但面容却比实际年龄沧桑许多，要不是已熟悉的乡土口音，我几乎怀疑自己认错了人。但相处一会儿之后，不难识别出他们被奔波和疲倦掩盖着的真实年龄。

谈话涉及好友生前的音容笑貌，使人肝胆欲碎。加之我断断续续地得知，这些来自北方小县的刑警，已经几个月没领到工资了。此次到京城办案，所带的几千元经费，还是从县政府借的。他们住的地下室，前晚刚进了水。吃饭也很成问题，如果他们正在连续调查情况或是讨论案情，就会忘了这件事。如果胃逼着他们想起腹中空旷，就像街头挖管道的民工，随便找个小摊，蹲在那里，凑合一顿。

……不由心重如铁。

谈话临近结束时，我说，你们知道，我并非死者的亲属。而且，案发当时，我一直在外地出差，有充分的证据表明我不在现场，与这件案子无关，因此可以肯定我不是凶手嫌疑人……

一直冷静镇定运筹帷幄的刑侦队长，第一次露出迷茫的神色，说，大姐，你这是什么意思？

我说，我想捐一点钱，为案子的侦破帮一点忙。也算我对九泉之下死不瞑目的朋友，尽一点微薄的心意。请给我这个机会。

刑侦队长握着我的手说，大姐，我们有纪律，不能收你的钱。但是，你放心好了，富也办案，穷也办案。我们一定会为死者报仇雪恨，把凶手捉拿治罪。以前我们那儿这类案子的破案率是100%，这一次，凶手定难逃法网。相信我们，请给我们时间。

分手的时候，我没有回头，不再用目光同他们告别。我知道，对于年轻的警察来说，公民的每一次注视，都有凝重的分量。他们已力负千钧。

女人什么时候开始享受

我们所说的享受，不是一掷千金的挥霍，不是灯红酒绿的奢侈，不是喝三吆四的排场，不是颐指气使的骄横……

我们所说的享受，不是珠光宝气的华贵，不是绫罗绸缎的柔美，不是周游列国的潇洒，不是管弦丝竹的飘逸……

我们所说的享受，只不过是在厨房里，单独为自己做一样爱吃的菜；在商场里，专门为自己买一件心爱的礼物；在公园里，和儿时的好朋友无拘无束地聊聊天，不用频频地看表，顾忌家人的晚饭和晾出去还未收回的衣衫……在剧院里，看一出自己喜欢的喜剧或电影，不必惦念任何人的阴晴冷暖……

我们说的女人的享受，只是那些属于正常人的最基本的生活乐趣。只因无数的女人已经在劳累中将自己忘记。

女人何尝不希冀享受啊。

抱着婴儿，煮着牛奶，洗着衣物，女人用沾满肥皂的手抹抹头上的汗水说，现在孩子还小，等孩子长大了，我就可以好好享受享受了……

孩子渐渐地大了，要上幼儿园。女人挽着孩子，买菜做饭，还要在工作上表现出色，女人忙得昏天黑地，忘记了日月星辰。

不要紧，等孩子上了学就好了，松口气，就能享受了……女人们说，她们不知道皱纹已爬上脸庞。

孩子终于开始读书了，女人陷入了更大的忙碌之中。

要把自己的孩子培育成一个优秀的人。女人们这样想着，陀螺似的转动在单位、家、学校、自由市场和各种各样的儿童培训班里……孩子和丈夫是庞大的银河系，女人是行星。

白发似一根银丝，从空气中悄然落下，露出女人疲倦的额头。

我什么时候才能无牵无挂地享受一下呢?

在没有月亮的夜晚，女人吃力地伸展自己酸痛的筋骨，这样问自己。

哦，坚持住。就会好的，等到孩子大了，上了大学，或有了工作，一切就会好的。到那个时候，我就可以好好地享受一下了……

女人这样对自己允诺。

她就在梦中微笑了。

时间抽走女人的美貌和力量，用皱纹和迟钝充填留下的黑洞。

孩子大了，飞出鸽巢，仅剩旧日的羽毛与母亲做伴。

女人叹息着，现在，她终于有时间享受一下了。

可惜她的牙齿已经松动，无法嚼碎坚果。她的眼睛已经昏花，再也分不清美丽的颜色。她的耳鼓已经朦胧，辨不明悦耳音响的差别。她的双腿已经老迈，再也登不上高耸的山峰……

出去的孩子又回来了，他带回一个更小的孩子。

于是女人恍惚觉得时光倒流了，她又开始无尽地操劳……

那个更小的孩子开始牙牙学语了，只是他叫的不是“妈妈”，而是“奶奶”……

女人就这样老了，终于有一天，她再也不需要任何享受了。

在最后的时光里，她想到了，在很久很久以前，她对自己有过一个许诺——在春天的日子里，扎上一条红纱巾，到野外的绿草地上，静静地晒太阳，听蚂蚁在石子上行走的声音……

那真是一种享受啊。

女人说着，就永远地睡去了。

原谅我描述了这样一幅女人享受的图画，忧郁而凄凉。

因为我觉得无数的女人，在慷慨大度地向人间倾泻爱的时候，她们太不爱一个人了——那就是她们自己。

女人们，给自己留一点享受的时间和空间吧。不要一拖再拖，不要一等再等。

就从现在开始，就从今天开始。

不要把盘子里所有的肉，都夹到孩子的嘴边。不要把家中所有的钱，都用来装扮房间和丈夫。不要把所有的精力，都投入工作。不要在计划节日送礼物的名单上，独独遗下自己的名字……

善良的女人们，请从这一分钟开始，享受生活。

第五章

幸福随处都在

只要你认真寻找，幸福比比皆是。幸福不是一种颜色，也不是七种颜色，甚至也不是一百种颜色……幸福比所有这些相加还要多，幸福是无限的。

幸福的七种颜色

幸福应该有多少种颜色呢?

说不清。我回答。

大家听了可能有点迷糊，说你自己既然不知道，为什么又曾说过有七种颜色呢?

在文化中，七这个数字，有一点古怪。

欧洲人自古以来就格外钟情于“七”这个数字。最早的源头该是古希腊人，许多巧合都和七有关。希腊人认为自然界是由水火风土四种元素组成的，而社会的基本细胞是家庭，完整的家庭细分，是由父亲、母亲和孩子三部分组成的，再做一次加法，把自然和社会组成的世界统计一下，就有七种基本元素。古希腊人酷爱加法，认为世界的基本图形是正方形、三角形以及完美的圆形，毕达哥拉斯学派就是这一主张的坚定拥趸。你劳神把这些图形的角的数量加起来，哈！也是七。由于太多的东西与神秘的七有关，他们造七座坛、献七份祭、行七次叩拜之礼，什么都爱凑个七字。“七大主教”“七大美德”，连罪也要数到“七宗罪”。当然，最最著名的是，神也喜欢七，于是一个礼拜是七天，第七天你可以休息。

七在佛教里面也是吉祥之数，有七宝、七层浮屠，等等。中华文化对七也颇多好感。《说文》里面说：七，阳之正。这个七啊，又神秘又空灵。常为泛指，表明多的意思。

托尔斯泰老人家说，幸福的家庭都是相似的，唯有不幸的家庭，各有各的不幸。我当过多年的心理医生，觉得不幸的家庭都是相似的，唯有幸福的家庭却是各有各的不同。

你可能要说，这不是成心和托尔斯泰抬杠嘛！我还没有落到那种无事生非的地步。你想啊，只有香甜的味道，才可反复品尝，才能添加更多的美味在其中，让味蕾快乐起舞。比如椰蓉，比如可可，比如奶油……丰富的层次会让你觉得生活美好万象更新。如果那底味已是巨咸巨苦巨涩，任你再搁进多少冰糖多少香料，都顷刻消解。那难耐难忍的味道，依然所向披靡，让你除了干呕，再无良策。

早年间我当兵在西藏阿里，冬天大雪封山，零下几十度的严寒，断绝了一切和外界的联系。我们每日除了工作，就是望着雪山冰川发呆。有一天，闲坐的女孩子们突然争论起来，求证一片黄连素的苦，可以平衡多少葡萄糖的甜（由此可见，我们已多么百无聊赖！）。一派说，大约500毫升5%的葡萄糖就可以中和苦味了。另外一派说，估计不灵。500毫升葡萄糖是可以的，只是浓度要提高，起码提到10%，甚至25%……争执不下，最后决定实地测查。那时候，我们是卫生员，葡萄糖和黄连素乃手到擒来之物，说试就试。方案很简单，把一片黄连素用药钵细细磨碎了，先泡在5%浓度的葡萄糖水里，大家分别来尝尝，若是不苦了，就算找到答案了。要是还苦，就继续向溶液里添加高浓度的葡萄糖，直到不苦了为止，然后计算比例。临到实验开始，我突然有些许不安。虽然小女兵们利用工作之便，搞到这两种药品都不费吹灰之力，但藏北距离内地，山路迢迢，关山重重。物品运送到阿里不容易啊，不应这样为了自己的好奇暴殄天物。黄连碎末混入到葡萄糖液里，整整一瓶，原本可以输入血管救死扶伤的营养液就报废了。至于黄连素，虽不是特别宝贵的东西，能省也省着点吧。我说，咱缩减一下量，黄连素只用1/4片，葡萄糖液也只用1/4瓶，行不行呢？

我是班长，大家挺尊重我的意见，说好啊。有人想起前两天有一瓶葡萄糖，里面漂了个小黑点，不知道是什么杂物，不敢输入到病人身体里面，现在用来做苦甜之战的试验品，也算废物利用了。

试验开始。1/4片没有包裹糖衣的黄连素被碾成粉末（记得操作这一步骤的时候，搅动得四周空气都是苦的），兑到125毫升的5%的葡萄糖水中。那个最先提出以这个浓度就可消解黄连之苦的女孩，率先用舌头舔了舔已经变成黄色的液体。她是这一比例的倡导者，大家怕她就算觉得微苦，也要装出不苦的样子，损伤试验的公正性，将信将疑地盯着她的脸色。没想到她大口吐着唾沫，连连叫着，苦死了，你们千万不要来试，赶紧往里面兑糖……我们为自己以小人之心，度君子之腹感到羞惭，拿起高浓度的糖就往黄水里倒，然后又推举一个人来尝。这回试验者不停地咳嗽，咧着嘴巴吹着舌头说，太苦了，啥都别说了，兑糖吧……那一天，循环往复的场景就是——女孩子们不断地往小半瓶微黄的液体里兑着葡萄糖，然后伸出舌尖来舔，顷刻抽搐着脸，大叫“苦啊苦啊”……

直到糖水已经浓到了几乎要拉出黏丝，那液体还是只需一滴，就会苦得让人寒战。试验到此被迫告停，好奇的女兵们到底也没有求证出多少葡萄糖能够中和黄连的苦味。大家意犹未尽，又试着把整片黄连泡进剩下的半瓶葡萄糖水里去，趁着黄连还没有融化，一口吞下，看看结果如何。这一次，很快得到证明，没有融化的黄连之苦，还是可以忍受的。

把这个试验一步步说出来，也许无聊至极。不过，它也让我体会到，即使你一生中一定会邂逅黄连，比如生活强有力地非要赐予你极困窘的境遇，比如你遭逢危及生命的重患，必得要用黄连解救，比如……你都可以毫无惧色地吞咽黄连。毕竟，黄连是一味良药啊！只是，千万不要人为地将黄连碾碎，再细细品尝，敝帚自珍地长久回味。有的人，习惯珍藏苦难，甚至以此自傲和自虐。这种对苦难的持久迷恋和品尝，会毒化你的感官，会损伤你对美好生活的精细体察，还会让你歧视没有经受过苦难的人。这些就是苦难的副作用。苦的力量比甜的力量，要强大得多。不要把黄连掰碎，不要让它丝丝入扣地嵌入我们的生活。

只要你认真寻找，幸福比比皆是。幸福不是一种颜色，也不是七种颜色，甚至也不是一百种颜色……幸福比所有这些相加还要多，幸福是无限的。

保持惊奇

惊奇，是天性的一种流露。

生命的第一瞬就是惊奇。我们周围的世界，为什么由黑暗变得明朗？周围为什么由水变成了气？温度为什么由温暖变得清凉？外界的声音为何如此响亮？那个不断俯视我们亲吻我们的女人是谁？

……

从此我们在惊奇中成长。

这个世界上，有多少值得惊奇的事情啊。苹果为什么落地，流星为什么下雨，人为什么兵戎相见，史为什么世代更迭……

孩子大睁着纯洁的双眼，面对着未知的世界，不断地惊奇着，探索着，在惊奇中渐渐长大。

惊奇是幼稚的特权，惊奇是一张白纸。

但人是不可以总是惊奇着的。在生命的某一个时辰，你突然因为你的惊奇，遭逢尴尬与嘲笑。你惊奇地发现——惊奇在更多的时候，是稚弱的表现，是少见多怪的代名词，是一种原始蛮荒的状态。

对于我们这个崇尚见怪不怪其怪自败、尊重老练成熟的民族心理中，惊奇是如胎发一般的标志。

你想成功吗？你首先须成功地把自己的惊奇掩盖起来。

我们的辞典里，印着许多诸如“处变不惊”“宠辱不惊”的词汇，使“不惊”镀着大将风度的金辉，而“惊”则屈于永久的贬义。

翻那辞典，后面更有了“惊慌失措”“大惊失色”“惊恐万分”的形容，“惊”堕落着，简直就是怯懦、退缩、畏葸的同义词了。

于是人们开始厌恶惊奇。你想做大事吗？一个必备的基本功，就是训练自己丧失惊奇。

你看到爱情远不是传说中那般纯洁，你不要惊奇。

你看到生活远没有书本上描写的那么美好，你不要惊奇。

你看到友谊根本不是故事中那般忠诚，你不要惊奇。

你看到日子绝不如想象中那般绚烂，你不要惊奇……

如果你惊奇了，你就违反了一条透明的规则，会遭到别人阳光下或是暗影里的嘲笑：这个孩子还嫩着呢。

你在一次次碰壁后省悟到：即使你对这个世界还一知半解，你还搞不清问题的全部，但有一点你现在就能做到——那就是——埋葬你的惊奇。

你看到丑恶，假装没有看到，依旧面不改色谈笑风生，人们就会送你人情练达的评价。你听到秽闻，仿佛在那一刻患了突发性的耳聋，脸上毫无表情，人们会感觉你老于世故可以信赖。你被美丽美好美妙的景色感动，只可以默默地藏在心底，脸上切不可露出少见多怪的惊异，人们就会以为你少年老成，有大谋略大气魄，是可做将帅的优良材料。你碰到可歌可泣的人间至情，要把心肠练得硬如钻石，脸不变色心不跳。就算真搅得肝肠寸断，只可夜晚躲在无人处暗自咀嚼，切不可叫人觑了去，落得个柔情寡断的罪名……

现代社会是一只飞速旋转的风火轮，把无数信息强行灌输给我们。见多不怪，我们的心灵渐渐在震颤中麻痹，更不消说有意识地掩饰我们的惊讶，会更猛烈地加速心灵粗糙。在纷繁的灯红酒绿和人为的打磨中，我们必将极快地丧失掉惊奇的本能。

于是我们看到太多矜持的面孔。我们遭遇无数微笑后面的冷淡。我们把惊奇视作一种性格缺憾，我们以为永不惊讶才是人生的至高境界。

细细分析起来，“惊奇”是由两部分组成的，先有了“惊”，其次才是“奇”。如果说“惊”属于一种对陌生事物认识局限的愕然，“奇”则是对未知事物积极探讨的萌芽了。

否认了“惊”，就扼杀了它的同胞兄弟。我们将在无意之中，失去众多丰富自己的机遇。

假如牛顿不惊奇，他也许就把那个包裹着真理的金苹果，吃到自己的小肚子里面了。人类与伟大的万有引力相逢，也许还要迟滞很多年。

假如瓦特不惊奇，水壶盖噗噗响着，一个划时代的发现，就蒸发到厨房的空气中了。我们的蒸汽火车头，也许还要在牛车漫长的辙道上蹒跚亿万公里。

即使对普通人来说，掩盖惊奇，也易闹笑话。一位乡下朋友，第一次住进城里的宾馆。面对盥洗室里那些式样别致的洁具，他想不通人洗一个脸，何至于要如此麻烦。他不会使用这些物件，本来请教一下服务小姐，也就迎刃而解了。可是他不想暴露自己的惊奇，就用地上一个雪白的盛着半盆水的瓷器，洗了脸。后来他才知道，那是马桶。

这当然是一个极端的例子了。我之所以把它写在这里，绝无幸灾乐祸之意。现代社会令人眼花缭乱，每个人在某种意义上说，都是孤陋寡闻的。你在你的行业里是专家里手，在其他领域，完全可能是白痴。这不是羞愧的事情，坦率地流露惊奇，表示自己对这一方面的无知以及求知的探索，是一种可嘉的勇气。

我认识一位老人，一天兴致勃勃地同我探讨电脑的种种输入方法。他整整82岁了，肾脏功能已经衰竭，我坚信他这一辈子也不可能在电脑键盘上敲出一个字。他在自己的专业范畴里，是一位德高望重的长者，但对电脑的理解多有谬误，就连我这个二把刀也听出了许多破绽。但是老人家充满探索之光的惊奇的眼神，却在这一瞬像探照灯一样扫过我的灵魂。面对他青筋暴突微微颤抖的手，我想，不知我这一生可否活得这样高寿？不论我生命的历程有多长，我一定要记得这目光炯炯的惊奇，学习他对世界的这份挚爱。绝不仅仅沉浸在熟悉的航道，要始终保持对辽阔海域的探索，直到我最后一次呼吸。

惊奇是一种天然，而不是制造出来的。它是真情实感的火花。一块滚圆的鹅卵石，便不再会惊讶江河的波涛。惊奇蕴含着奋进的活力。

惊奇不仅仅是幼稚，惊奇不仅仅是无知，惊奇是在它们基础上的深化和挺进。

你既然惊奇了，你就要探索这奥妙。你既然惊奇了，你就不能仅仅止于惊奇。爱好惊奇的人，也须将惊奇转化为平凡。消灭惊奇的过程，也就是学习的过程，惊奇在熟悉中淡化，才干在惊奇中成长。

世界是没有止境的，惊奇也是没有止境的。惊奇是流动的水，它使我们的思想翻滚着，散发着清新，抗拒着腐烂。

在城市里待得久了，常常使我们丧失惊奇的本能。我们蟮一样滑行着，浑身粘满市侩的黏液。

到自然中去，造化永远给我们以大惊喜。和寥廓的宇宙相比，个人的得失是怎样的微不足道啊。不要小看山水的洗涤，假如真正同天地对一次话，我们定会惊奇自己重新获得活力。

如果无法到自然中去，就同与自己没有利害关系的从小的朋友，做一次促膝的谈心。利害关系这件事，实在是交友的大敌。我不相信有永久的利益，我更珍视患难与共的友谊。长留史册的，不是锱铢必较的利益，而是肝胆相照的情分。和朋友坦诚地交往，会使我们留存着对真情的敏感，会使我们的眼睛抹去云翳，心境重新开朗，惊奇就在这清明的心境中，翩翩来临了。

假如既没有自然可以依傍，又没有朋友可以信赖，真是人生的大憾事。只有在静夜中同自己对话，回忆那些经历中最美好的片段，温习曾经使心灵震撼的镜头。它也许是很小的一朵旷野花，也许是冬天的一盏红灯笼，也许是苍茫的大漠暮色，也许是雄浑激荡的乐曲……总之，那是独属于你的一份秘密，只有你才知道它对于你的惊奇的意义。古语说：学而时习之，不亦说乎。复习以往我们情感中最精彩的片段，常常会使我们整旧如新。

保持惊奇，我常常这样对自己说。它是一眼永不干涸的温泉，会有汩汩的对于世界的热爱，蒸腾而起，滋润着我们的心灵。

幸福瓶

我喜欢丝绸和瓷器。不仅因为它们是中国历史上最值得骄傲的发明之一，也是中国古代脚力最矫健，行走最远的商品，更因为它们独特的俊美。任何一种人工的纤维，至今都无法抵达丝绸的高贵和精彩，就算表面上模拟得有几分似了，一贴到皮肤上，那感觉也全然不同，人的触觉和天然的丝绸更熨帖。瓷器呢，简直就是魔法师。来自大地的凡土，经过艺人的手和火焰的烘烧，成仙得道，变得光洁如水晶莹夺目。总感到瓷在用这造化，表达意味深长的哲理。

2009年国庆，我在江西景德镇做了一个青瓷的瓶。初起，在那女师傅的摊子上，琳琅满目的样品，让我一时无法确定到底做个什么物件好。看出我的犹疑，女师傅说，就做个瓶吧。

我这时一眼看上了一个盘子的坯，问：做个盘不好吗？

女师傅说，盘也好。不过要是我，还是会选瓶。

为什么呢？我当然要问。

瓶，代表平顺安宁啊。你没见中国古代的案几上，人们都摆瓶的。天天看到瓶，念叨着瓶，就是一种许愿，人就会平安的。女师傅慈眉善目地说。

面对着古人这种饱含心理学暗示疗法的理由，你还能抗拒么？于是，就动手来做瓶。

想手下这温润的泥，在混浊杂乱的深壤中，闭目养神了千万年，突然间就见了太阳。原本面目模糊无筋无骨的粉尘，被劳动赋予了形体，就成了花瓶或盘盏的坯。它鲜白、柔和、素净、温软，一如晨曦初现时的清爽。女师傅端来一碟黑色的液汁，把毛笔递给我，道，在瓶上，写好你想说的话，画上你喜欢的图。我说，手笨，恐怕写不好画不好的。女师傅说，自己写的画的，好看不好看并不要紧，意义格外不同。见我执了笔，她又叮嘱道：这碟子里就是古法青花的染料，你看它是黑色的，烧过之后，就变成靛蓝色了。记得要事先想周全啊，下笔之后，就没法再改了。

我屏住气，画上了几笔，写上了几个字。这些字和画，驮着我的心意，沁入了青瓷泥坯的肌肤。署上时间和名字之后，我问师傅，然后呢？

师傅说，然后你就把它交给我。它会被送到古窑，要整整烧它3天共72小时。

我问，然后就好了吗？

女师傅轻叹了一口气说，那可也不一定。要看这瓶的运气呢。要是炸了裂了，都没有法子。总会有这样的事儿，我们退你钱。但愿你这瓶平安。

之后，我回了北京，静静地等待中充满了惦念。常常想到这个瓶正在熊熊的炉火中修行，烈焰包绕，熠熠生辉。如同我们的意志，经过了磨炼和时间，才能与万物黏成一体。青瓷之中，凝固了大地的疆土，吞咽了江河的净水，吸附了一些古老手艺的染料，那里面有稀有元素的玄妙配方。还有动物皮毛扎束起的笔锋灵韵，那是狐狸的尾巴吧？我描画图案书写姓名的时候，从笔尖看到了一点跳动的金红色。瓶身上有我和家人的名字，代表着我们的身心。奔突的炉火如炙红的绸，要围绕着它旋舞3天。它会灼痛吗？祈愿这个瓶没有砰然地炸裂，没有琐细的网纹，它从容轻巧安然涉险，不动声色地跨过火海，终于又重回云淡风轻的人间。想起明朝时的海船，载了万千的青花瓷器，遭遇风暴沉入海底，几百年波涛翻滚环伺四周。一朝出水后，那瓷器们依然娇蓝着雪亮着，一如北欧少女飞扬的眸。纵使出了意外成了废品，击打后，爆成数不清的碎片，也可以镶在墙上地上，成一幅残缺的装点。

终于，那瓶被安全地送达了我家。打开包装的一瞬，我又一次屏住了呼吸。

我终于又看到了它，恰如灾难后亲朋重逢。经过千度以上的高温浴洗，它亭亭玉立，周正、安宁、温润、亲切可人，让人想起满月时分风平浪静的海，毫无瑕秽地闪着银钴般的微光。这瓶最显著的变化是不再柔软，弹之铮铮作响，犹若侠骨激荡。

我看到了那瓶身上的图案，一丛兰花娴雅地开放着，仿佛有沁人心脾的幽香逸散而出。我母亲名中有一个“兰”字，谨以此瓶寄托我无尽的思念。

我看到了那瓶身上手书的两个字——“幸福”，清晰坚定，蓝得振聋发聩，宛若蚀刻到了瓶的骨。

那一天，我完成了《毕淑敏破解幸福密码》这本书的初稿。今晨，凝望着这个安坐身旁的瓶，我写下了以上的文字，以充当这本书的后记。这本根据百家讲坛讲稿整理的小书，也如同手工的青花瓷瓶，一笔一画都是心血凝聚。中国有句古话，叫作“画饼充饥”，略带调侃。我在这里满怀真诚地借着这个真实存在的瓶，把一份深切的祝福送给你——祝你幸福平安！

毕淑敏于腊月大寒中

七条金鱼在呼吸

一天，我家先生从外面捡回一个旧缸，果酱色，半截高，估计是以往哪个单位食堂和面用的，现在都订盒饭吃了，老功臣就被遗弃。先生讨回来，主人一定暗地高兴，免得扔它到垃圾箱的麻烦。

旧缸摆在客厅，显得不伦不类。我家的陈设虽十分普通，但和一个黑黢黢的土缸，还是难协调。有朋友来，惊异道，毕淑敏，你该不是在积农家肥吧？

我不语，且看先生如何安排。星期天，他从街上买回了七条金鱼和一束水草。鱼和草都是最普通的那种，红的鳍和绿的羽叶在盛满水的塑料袋中蜷曲漂荡。先生把缸刷了许久，一边刷一边嘟囔，可千万别是腌过咸菜的，那样会把鱼齁死……

我这才知道，先生要用这缸养金鱼。

我说，为什么不买一个好看的缸呢？透明的，有灯点的那种。还有氧气泵什么的，缸的背景贴上美丽的水草图案，鱼在里面会笑的。

先生一边仔细擦拭着面缸，一边说，我小的时候，我家的院子里就有这样一个缸，里面就养着这样的金鱼和这样的水草……

话已说到这个份儿上，我知道任何建议都已枉然。每个人的童年都有一些结，七缠八绕凝在那里，不断地放射出引起我们的快乐、怀念和其他种种复杂情感的蛛丝。

缸刷好了，金鱼们迁徙进这个以前不知做过何用途的新居，开始争先恐后地吃先生抛撒的鱼虫。先生特地正告我，喂鱼一只手。也就是说，此事就由他承包了。如果谁有时无刻地想起来，乱喂一气，那样金鱼很容易撑死的，它们自己没什么数，全靠人控制。先生叮咛。

既然剥夺了我的监护权，我也乐得清闲，每日按部就班地忙自己的事。一日，在电脑打字的间歇，突然听到点点滴滴的破碎声。疑是水龙头没拧好，厨房卫生间一通寻找。不是。坐下工作，那声音重又响起，锲而不舍，仿佛在嘲笑我的粗心。于是再站起身，细致搜索。那声音便奇迹般地消失了，以致我恐惧起自己是否患了老年幻听？

怪哉！当我安静时，那声音一定是存在的。当我行动时，那声音就受惊似的遁去。怎么会有这般的灵性呢？只有一个解释——那声音是由有生命的物体发出的。想到此，吓一跳，好在很快释然。我想到了那七条金鱼。

待我悄然地起身，走近缸边，果然看到金鱼们正在水面呼吸。圆圆的唇一半在水中，一半在空气中，吞咽着，吹拂着，于是就有极细碎的气泡，翻滚着涌出，然后迅即迸裂，发出蚕丝扯断般光滑和柔润的碎裂声……

哦，原来是你们啊，陪伴着我的生灵！

从此，我写作的时候，就有了一种伙伴感。我知道近在咫尺的地方，有七条金鱼不倦地游动着。

金鱼的呼吸声很有趣，只有当你极宁静的时候，才听得到。如果你心浮气躁，它就奇异地潜藏了。刚开始我以为金鱼有什么特异功能，可以感知到我的心绪，当我忧郁的时候，它们也郁郁寡欢。但我很快发现，当我欢愉的时候，也听不到金鱼的呼吸。为什么呢？难道金鱼会有意识地抑制自己的呼吸吗？

和金鱼做伴久了，我才知道，我家金鱼的呼吸，基本上是一个常数。除非极受惊扰会深潜水底，其余的时候是不间断的，其频率可达每分钟130次。也就是说，假如碰巧7条金鱼都在水面呼吸，每分钟就会有将近1000次美妙的声音敲击我们的耳扉。

听不到，不是金鱼屏息，而是那一刻心绪不宁。只有心神归一，才有可能听到金鱼的呼吸。听到之后，就很奇怪，这样整齐而轰鸣的声音，片刻前怎么就置若罔闻了呢？

于是写得累了的时候，就听金鱼的呼吸。金鱼的呼吸好似一扇门，打开之后，接着听到了很多的声音。一只鸟在啼叫，汽笛的断续抽噎声，一个小小的婴儿在哭，一枚铁钉掉在马路上了……七条金鱼用它们的呼吸，吹拂开了捂住我双耳的黑手，让我听到了很多美妙的声音。

第一次上封面

《小说月报》给了我第一次做封面的机会，为了母亲，我感激不尽。枣红底色上，三张相片里的我，笑如乡下大姐。销售那期刊物的日子里，我像躲避传染病一样，离所有的书报摊远远，生怕人家认出我来。好不容易熬到那个月份过去，战战兢兢地向看书摊的老大爷打听，是不是买××期《小说月报》的人比平常少多啦？老人扬着耷拉到眼角的白眉毛说，你这姑娘怎么这么说话？《小说月报》一直抢着卖的，哪一期都好，没有不好的！

我悄悄地退开，原来生怕因为自己的形象连累了刊物，此时心中稍安。

照片背景精彩，用光考究，是《小说月报》的美术编辑赵中令先生，大冷天地特地从天津赶到北京，为我所摄。至今想起，还觉得十分对不住他。说来是我的过错，编辑部早就让寄照片去，那时彩照还不普及，我回到家里一翻，不多的照片里，都是我与孩子和丈夫的合影，没有我的单人照。于是到工会，跟宣传干事要了一张我捧读《实用内科学》的照片寄上（那是我当医生成了先进工作者，公家给照的）。

结果不合用，《小说月报》便派专人来了。彼此都不认识，约好了天安门广场见面，像地下党接头似的。赵先生在寒风凛冽的广场上走来走去，希望找到角度独特的背景，后来选中了人民大会堂门前巨大的大理石柱。那里是游览禁区，我在北京多年，脚步都从没凑近过，更不消说拍照了。记得赵先生拿出一个证件，给警卫战士看了看，士兵便很宽容地为我们放行。我当时想，卫兵也许是《小说月报》的忠实读者，所以才这么好说话的吧？

拍完照片，已是夜色如墨。长安街的莲花形路灯亮了，像一道温暖的传送带，把饥寒的人们送回自己的家。我心中踌躇，无论从工作和礼节上讲，都该尽地主之谊，请远道来的摄影师吃一顿便饭。但因丈夫出差，家中只有不满10岁的孩子等我做饭，只得用舌根硬压下心中的歉意，很不合人情地对赵先生说，看来好像没我什么事了，那我就先走一步了。

赵先生到哪里去吃晚饭？何处安歇？何时离开北京赶回天津？……回家路上，这些问号像公共汽车上的拉钩，不断地在我眼前旋转晃动。但为了自己的孩子，我已无暇顾及，为此惭愧许久。

那一期的《小说月报》，被我母亲很珍视地收藏起来，每逢她的战友或是亲属来访，就很炫耀地拿出来，对人家说，看，封面上是我女儿！你说说，照片是不是比本人还要好？

这场面令我尴尬不已，赶紧借机藏进角落。但只要能让母亲高兴的事，无论我自己感受如何，我都会英勇地去做。

衷心地感谢《小说月报》，给了我母亲一个永远的快乐话题。

妈妈的饺子

好受不如倒着，好吃不如饺子。

一句俗话。前半句我以为是极正确的，后半句则“英雄”所见不同。世上比饺子好吃的东西多了去了。但父母是正宗的山东人，有一种对饺子的崇拜。如果长久吃的不是饺子，哪怕是天天山珍海味，也是够可怜的。

包饺子太麻烦。不是所有的菜都可以做馅，只有那些辛辣芳香的才好入选，例如韭菜、茴香。这种菜多叶嫩须长，需要“择”。“择”是很费时间的。掐去黄叶，裁掉老根……单调枯燥的过程把人的耐力磨得菲薄。未及开始，就已厌倦。当然也有不需“择”的菜。比如扁豆，但要先烫后剁；比如西葫芦，要擦丝拧水……

如今有了绞肉机，肉馅的细碎已不用愁（涮刷刀刃和料桶，也挺伤脑筋），就不去说它了。

然后是和面。因是偶尔为之，软了硬了就没个谱。好在硬了加水，软了揣面，补救起来并不难。直到那面的轮廓较之预定的面积要大出几圈，这道工序才告结束。然后给它蒙上一块湿布，等着它“醒”，好像它是一只冬眠的熊。

该往肉馅里打水了。要顺时针方向搅拌，偷工减料可不行。直到手腕子像坠了铅镯子，才算勉强合格。

终于可以包了。

揪面剂子可是个技术活。妈妈总说不能用刀切，有铁锈气。我想不通，平日吃的菜和面条不都要沾铁吗？为什么彼粗放而此细腻？也许由此衬托出饺子的高贵。

分工，丈夫管前期备料，我承包后期工程。他揪面剂子的手艺不灵，波动频繁。你说剂子小了，他就扔下来两个大的，你说大了大了，他马上又撕两个极小的……不知是谦虚还是成心捣蛋。在我们的不断反馈调整中，饺子们三世同堂。

夫擀皮的技艺也不敢恭维，最大的缺陷是不圆。按剂子的左手拇指过于执着，使面皮的某一局部受力过重。面皮在他递给你的时候，似乎完美无缺。包时稍一抻拽，就像成熟的石榴一般裂开，只不过露出的是绿色内容物。

怎么办呢？再擀一张大面皮子，把破了的饺子像个婴儿似的包裹起来。亡羊补牢，犹未晚也。只是这种双簧饺子没人爱吃，又不容易熟。

我就打补丁，在饺子的破处再粘上一小块面。当时看着还算妥帖，煮时依旧脱落。不是原装的，一遇到考验，就现出间隙。

我包饺子的技术，尚属过得去。一次在史铁生家吃饭，合伙包饺子，属我的技术最娴熟。但也许因为那次去的作家都是南方人。

每逢包到临近收尾，心情就渐渐紧张。怕馅多了面少了之类供需失调的矛盾。馅多了需重新和面，面多了就拉成几根面条，胡乱丢进最后的开水。

好不容易一个个包得了饺子，又需一锅一锅煮。饥肠响如鼓，谁煮谁就最后吃。这乃是家庭生活中考验人的时刻。一般由我领衔主演。

煮饺子是有讲究的。开盖煮皮捂盖煮馅……每次口中念念有词，好像一道符咒。

往锅里点上个三四回水，饺子就可以捞在盘里了。再把忙中偷闲剥好的蒜瓣、调好的醋汁一并摆上桌，才算大功告成。

饺子不能煮得太轻，菜叶直直地站在饺子皮里，吃下去会拉肚子的。也不可煮得太过，烂成菜泥，就是婴儿食品了。

还有许多的小讲究，比如“挤”的饺子比包的饺子好吃。“挤”是用两手的拇指和食指合力一卡，使皮和馅的排列发生结构性的重组，浑然一体。吃时整体感很好。这是山东人的专利，非得高手才行，一般人不在行。

吃饺子多么的烦琐！它是家庭餐饮业中的豪举，是主妇功课里的长篇小说。非得有大精力大准备才敢操练，两个人还得同舟共济，鼎力齐心。

于是便不再吃饺子。当然过春节时不在此例，再忙也要图个吉利。

饺子是一种时间的奢侈品。

有一天孩子对我说：“妈！咱们今年还没吃过韭菜馅的饺子呢！”

我说：“没吃过也吃不成了。你没听说过，六月韭，驴不瞅。”

儿子说：“可我们不是驴啊！驴不瞅，管它呢。我们吃就是了。”

我说：“那是句比喻。天热日照长，韭菜的纤维粗糙，辣得熏鼻子，实在是吃不得了。明年再吃，好吗？”

“还是今年吃吧。改别的馅的好了。”他矢志不移。

我瞧瞧摊了一桌的稿纸，说：“咱们吃速冻饺子吧。”

他说：“我想吃真正的饺子。”

我想对他说，速冻饺子绝对是真正的饺子，只不过是机器包出来的，还是货真价实的。忍了忍，终于咽下去。

我对他说：“告诉你一个能吃上饺子的办法。星期天到你奶奶家玩去的时候，奶奶要问你想吃什么，你也别忸怩，就直说想吃饺子，奶奶就会让姑姑给你包的。注意，要说就早点说，别磨蹭到下午才张嘴，闹得人家措手不及。”

儿子脆生生地回答：“记住啦！”

我的妈妈在石家庄。有一天石家庄来人，说你妈托我带给你一样东西。

我解开塑料袋，掏出一个盒子。揭开盒盖……

满满一饭盒饺子！

老人家半夜起来和面剁馅，忙了半天。煮好后又用凉开水涮过，确保不黏了，这才装盒。从石家庄带到北京，600里地呢！

来人说。

片刻间，我的泪水像海潮似的涨出眼眶。当着外人，不好意思落泪，强笑着说，我妈也真是的，又不是旧社会，几百里路给我捎饺子，以为我饥寒交迫呢！

那人紧盯着我说，快咬一个尝尝！你妈一会儿怕咸了，一会儿怕淡了，念叨不停。

我赶快吃了一个饺子，可什么滋味都没尝出来。喉咙口很热，像有一块火红的炭卡在那里，其他感觉都抵不过那热。

“不咸，也不淡。正好。”我说。

你妈说你好可怜，连顿饺子也吃不上。那人说。

我父亲已经去世了，只剩下妈妈一个人。我们在遥远的地方，无以尽孝道，妈妈还这样关怀着早已成年的女儿。在凄清的凌晨，一个人披衣起身，孤零零地擀皮孤零零地包……一次只能擀几张皮，多了一个人包不过来，就皴了。妈妈是极讲究饺子质量的，这许多饺子她一定包了很久很久……也许她会先拿小锅，煮几个尝尝……她总说我的口味比她重，一定是自己觉得咸淡适中了，又加上一把盐……过后想想，又怕咸了，心中不安……

我过两天就回石家庄，我跟你妈说，你特喜欢吃她包的饺子。来人很周到地对我说。

“别！可千万别！”我慌得急不择言。“你就跟我妈说，饺子从石家庄带到这儿，路太远，都馊了。没法吃了。”

不能吧？那人狐疑地俯下身，闻了闻。说，除了香味，没别的味呀！

我说：“求求你，就这么说。不然我妈以后还会带饺子来。”

他停了好一会儿，说，就依你吧。

那盒饺子个个囫囵滚圆，是典型的“挤”饺子。

哑幸福

初逢一女子，憔悴如故纸。她无穷尽地向我抱怨着生活的不公，刚开始我还有点儿不以为然，很快就沉入她洪水般的哀伤之中了。你不得不承认，在这个世界上，有些人就是特别倒霉，女人尤多。灾难好似一群鲨鱼，闻到某人伤口的血腥之后，就成群结队而来，肆意啄食他的血肉，直到将那人的灵魂嘬成一架白骨。

从刚开始，我就知道自己这辈子不会有好运气的。她说。

我惊讶地发现，在一片暗淡的叙述中，唯有说这句话的时候，她的脸上显出生动甚至有一点得意的神色。

你如何得知的呢？我问。

我小时候，一个道士说过——这小姑娘面相不好，一辈子没好运的。我牢牢地记住了这句话。当我找对象的时候，一个很出色的小伙，爱上了我。我想，我会有这么好的运气吗？没有的。就匆匆忙忙地嫁了一个酒鬼，他长得很丑，我以为，一个长相丑恶的人，应该多一些爱心，该对我好。但霉运从此开始。

我说，你为什么不相信自己会有好运气呢？

她固执地说，那个道士说过的……

我说，或许，不是厄运在追逐着你，是你在制造着它。当幸福向你伸出银指的时候，你把自己的手掌，藏在背后了。你不敢和幸福击掌。但是，厄运向你一眨眼，你就迫不及待地迎了上去。看来，不是道士预言了你，而是你的不自信，引发了灾难。

她看着自己的手，摩挲着它，迟疑地说，我曾经有过幸福的机会吗？

我无言。有些人残酷地拒绝了幸福，还愤愤地抱怨着，认为祥云从未卷过他的天空。

幸福很矜持。遭逢的时候，它不会夸张地和我们提前打招呼。离开的时候，也不会为自己说明和申辩。

幸福是个哑巴。

一贺再贺

又到了寄贺年卡的季节。

先从街上买来许多美丽的贺卡，自己细细地欣赏一遍。心里盘算着：这一张庄重，送老师；那一张精巧，送女友……

在一个安静的晚上，把贺卡排在桌子上。再拟一张长长的名单，拿过一个信封，写下一个地址。

面对贺卡温馨的图案，构思一句句美好的祝福或诙谐的调侃，潇潇洒洒地写在光滑的纸面，装进信封，最后用糨糊粘得结结实实。只待明日塞进邮筒，一份浓浓的心意就宣告完成。

这操作很是要一丝不苟。那写错了地址，装错了内囊的笑话，不断在耳边提示我小心。大过年的，倘若张冠李戴，对自己对别人都是尴尬。

我专心致志地伏在桌上写呀粘的，贺卡与信封像密林的落叶，铺成厚厚一层。先生要给我帮忙，我忙说不用，人多乱。

干得正起劲，突然停电了。

四周一片盘古开天地时的黑暗。

“哎呀，这可怎么办？”我失声叫起来。

“点蜡呀。”先生说。然后窸窸窣窣翻箱倒柜的声音。

红烛点起来了，颤颤的火焰耀出一团小小的明亮，贺卡上的图案反射出长长短短的光芒，竟有了阳光下灯光下不曾见过的瑰丽。

不管贺卡多么好看，这活儿今晚是干不下去了。烛焰翻卷，怕燎糊我的贺卡，字上若洒了烛泪，也是对师友的不敬。

第二天我起得晚，看到桌面上摆着未写字的贺卡，已封好的信封都不见了。

先生比我起得早，将写好的贺卡带走付邮了。

我接着昨晚中断的名单继续写卡。

一提笔，却发现这中间出了事故。

名单断在我的一位女友处。我恰恰忘记了——给她写了还是没写贺卡？

急急回忆，脑海里缭绕的只是蜡烛的青烟。

她是很爱放风筝的，记得早早就给她草拟了祝福。那词是：让我们在春天里去放风筝。

我问自己：这句话你到底是写了还是没写？

我不知道。

回忆得多了，脑海越发混乱。一时觉得是写了，一时觉得是没写，全无了头绪。只得将它放下，先写别的卡。

先生晚上回家，我问他所发的信里，可否记得有女友的地址？他说，那么多的信，我并没有一一看。

最后的线索也砰然断裂。

我心中一直放不下这件事。

贺卡事小，情谊事大。

怎么办呢？几天过去了，要不打个电话，问问她是否收到了我的贺卡？

想想，不可。她若是说没收到，是那贺卡仍在路上颠簸，还是我终于没写呢？

年的前夕，我收到了女友的贺卡。

年一天天地逼近。再不寄出贺卡，就无法在过年时送达朋友的手中了。

宁滥毋缺吧。我又到街上精心选了一张贺卡，写着：让我们在春天里去放风筝。投进邮筒。

年的晚上，电话响了。女友用低低的声音说，“我收到了你的贺卡。”

我说：“喜欢那句祝愿的话吗？”

她说：“喜欢。尤其喜欢你写了两遍。”

哈！原来真是我把贺卡寄重复了。

我说：“对不起啊，没想到那天夜里停电……”

她打断了我的话说：“你知道我收到你第二次寄来的贺卡时，想的是什么？”

我说：“你肯定在想，这个毕淑敏啊，那样粗心！连一张贺卡寄了没寄也记不清楚，把友谊放到了什么地方？”

电话里片刻寂静无声。女友顿了一下，说：“你说错了。当读到第二份一模一样的祝福时，我愣了许久。我知道你忙。人可以忙得忘了自己到底寄没寄出贺卡，但你记得专为我许下的祝福。我为这一份特别的情意，深深感动……”

年后的某一天，我收到女友的信。撕开来，又一张贺卡飘落眼前。

信里说：过年时，重复收到同一个人同样的祝福，有一种很奇异温暖的感觉。无以报答，复赠一张贺卡，让你也体验一下这份浓浓的情意。

我打开贺卡，上面端端正正地写着：一贺再贺，祝福成真。

无法投递的礼仪电报

初次见面，那位外地来调查情况的刑警连连说，不好意思啊，耽误您休息，今天是“六一”，还要找您谈工作。

我一边同他握手，一边暗中好笑，都是老大不小的人，马上进入正常工作就是了，至于今天是不是儿童节，有什么重要呢？

交谈中他无意说到，他所在的那个偏僻的小县，已经四个月没给大家发工资了，这次到北京办案，连上路的盘缠钱，都要从别的单位现借。我听了，很有几分心酸，担忧他们的效率受影响。他看出我的心思，笑笑道，这没什么，你看我们不是照样生龙活虎地办案吗？一定会捍卫正义，严惩邪恶！当我欣慰起来，他又很突兀地说道，今天是“六一”啊。

我便有些扫兴地敷衍道，是啊，是“六一”。

调查继续。他飞快记录着，十分投入。但时有片刻间的恍惚，好像思绪一下断裂，幸好紧接着又焊上了。他思维周密，逻辑严整，看得出很有经验。只是每过一段时间，会情不自禁地嘟囔一句，今天是“六一”啊。这句话就像闸门一样，阻隔在他行云流水般的工作节奏里，让人纳闷。

刻板的程序终于结束，因为顺路，我们先走向他的住处。他说那是地下室，十分阴湿。我说，住的时间长了，关节会痛的。他说，我们出差的住宿费只够住这儿，好在我年轻，没什么。只是，今天是“六一”。

我终于忍不住问道，“六一”，有什么特别的含义吗？

他的眼珠，立刻因为眼皮有微微的水汽渗出而晶莹起来，说，“六一”是我女儿的生日啊。她今天满13岁啦。打她一出生我就干警察，没有一个生日陪着她过，原本说今年一定要陪没想到又不行。

身旁恰好一家公共电话亭，我立下不走，说，快，给你女儿打一个电话吧，先向她赔个不是，再祝她好。

刑警依旧不疾不徐地笔直迈向地下室，看也不看那一排严阵以待的电话机。

我知他钱物窘迫，便说，话费由我来付，就当我送你女儿的一件小小礼物，好吗？

刑警回头笑了，说这点钱，我还是有的，只是今年儿童节，我在北京办案，可以给女儿打个电话祝贺生日，明年此时呢？我若是在深山老林里，能让老虎给她带个口信吗？刑警的孩子，不惯这毛病。

我们在霓虹灯下的地下室门口告辞，彼此客气地道了再见。公务已经结束，没有极特别的情形，我们都知道，萍水一别，再不相逢。

我独自回家，经过邮局，我走进去，填写了一份生日礼仪电报，上面写着：“爸爸在北京，遥祝你生日快乐！”

我不知这么做，是否忤了那位敬业而执拗的刑警本意，但我希望远方那个祈盼父亲的女孩，颊上会荡起两个深深的旋涡，哪怕片刻。

邮局的小姐接过电文，仔细核对了地址后对我说，对不起，您的电报无法投递。

我失声道，为什么？

因为那里太偏僻了，至今不通这种生日电报。穿绿制服小姐柔声解释着。

我望着精心挑选的贺卡上的鲜花和灯笼图案，只有面向西北边陲，用心灵的电波将它发送，寄去对一个山区女孩的祝福。

写“福”字的女孩

春节前的北方集市，热闹得像蜂巢。熙熙攘攘，喧喧嚣嚣，过年的气氛像扑面而来的海浪，把赶集的你浇个透湿。

走到干果市，一堆堆的南瓜子、西瓜子、葵花子，散发着撩人的香气。摊主揪着你的衣袖，非要你尝一把才走。你不买他的瓜子，他不生气。你若是不肯尝尝他的货色，他就很委屈地嘟囔着说：“咋啦？嫌我的瓜子不新鲜吗？新出锅的，吃一颗香你一个跟头！”

你进了炮仗市，空气中弥漫着火药库的味道。红的二踢脚，绿的震天雷，一串串红辣椒似的挂鞭，看着就让你耳边鼓起枪战般的激烈音响。那像金箍棒一样粗的“小钢炮”，长长的炮捻儿温顺地垂在一侧，好像一个穿红袄的嘎小子笑嘻嘻地看着你，你不由自主地绕着它走。走得远了，你又忍不住回过头去再看它两眼……

菜市有些萧条。绿色的菜叶被冷风飕得泛出褐黄，或翠得可疑，反射出晶莹的闪光——那是被冻透了。你叹了口气往前来，菜老板说：“真有心买吗？筐里有好的呀，摆在外面的是样品，原装的水灵着呢！”说着从捂着棉絮的箱里掏出一个西红柿，电光石火地朝你一闪，又掖了回去。

那半个西红柿的笑脸，灿烂无比。

你买了菜，又慢慢地向前走。来到了一处较为宽敞的场地。空地上摆了几张桌子，红纸铺台，几位先生挥毫泼墨，正在写对联。四周聚着拿钱求字的人们，人头攒动，却很安静。

这该叫个什么“市”呢？书法市吗？你好奇地站住了。

你发现了她，一个小小的女孩，提着几乎和她胳膊一般长的毛笔，也在为人写字。你不禁为她发愁，这么小的人，就算字写得好，能编出主顾满意的吉祥话吗？

看了一会儿。你笑了。担心真是多余的，她只写一个字——一个大大的酣畅淋漓的“福”字。

按说她的字写得并不是很好，但求她写字的人却很多。她有一绝，笔下的“福”字竟是倒着写的。

“福”倒了——“福”到了！这是中国农民世世代代的愿望啊！

她面前有一沓裁好的红纸斗方。两个小瓶，一个装着金粉，一个装着银粉。还有一个巨型砚台，半截墨块。真是个孩子啊，桌上还散乱地扔着几枚侧柏叶，一片晶晶烁烁的天然云母。

有主顾来了，她就很老到地问：“您是要金福还是银福还是墨福？”

主顾问了价码，做了选择，她就按要求施工。要金银福字的，她就把金银粉用调料稀释了，然后笔走龙蛇，一个倒“福”字一笔呵成，博得一片喝彩。

有的主顾掂量了半天说：“我还是要个墨福吧，便宜。”

小姑娘就不再说话，用嘴哈哈砚台里稀薄的冰晶，开始磨墨，还不时地把柏叶和云母丢进去，弄得砚池里泥泞不堪。

墨福写好了，轮到收钱的时候，主顾说：“少要点儿吧。你的墨是自己磨的，你看那边，用的是‘一得阁’的香墨汁。”

小姑娘揉着红彤彤的手指说：“我的墨汁里加了树叶，您闻闻是不是有松树味？还加了云母，在太阳底下，福字里能透出金星呢！”

主顾就把红斗方对着太阳看，周围的人也凑上去。墨字在太阳下显出苍翠的金属色泽，主顾就按数放下钱。

一个老奶奶走过来说：“闺女，给我写个……小点儿的……”

女孩指着纸说：“奶奶，纸都是在家就裁好了的，没小的啊。”

老人扁着嘴说：“我就不信你那纸就没个边边角角碎料？做衣服的还有个布头贱卖呢！闺女，再找找吧……”

围着的人说话了：“过年贴福字，有钱就贴，没钱就拉倒。这个福字可没有打折的啊！”

在人们的哄笑声中，老奶奶悄悄地离去。她低着白发苍苍的头说：“我只要一个小小的福……”

女孩默不作声，挥毫饱蘸金粉，龙飞凤舞写下一个金色的倒“福”字，追上老奶奶，说：“我送您一个大大的‘福’……”

你站在北方晴朗而寒冷的天穹下，看着老人双手捧着金色的福字，消失在茫茫的人群中。

又有清新的松柏气味飘荡在你身后，写“福”字的女孩正在撕云母，传来极轻微的破碎声。

快乐之奖

一位悠闲的老人，守候在闹市区的一条繁华马路上。无数的行人从他身边匆匆掠过，如同群群鸥鸟飞越搁浅的轮船。老人睿智的目光巡视着众人的脸庞，不断地轻轻叹息。偶尔他会走到某位行人的面前，有礼貌地拦住他，悄声地说一句什么话，然后把一样东西塞进那人的手里，微笑着离开。

深夜了，老人回到一家俱乐部，对负责人说，我已经对每一个我确认的人，发放了奖金。

这是怎么回事?

原来这家富裕的俱乐部突发奇想，拿出了一大笔钱，委派对人的表情很有研究的专家，到城市最繁华的地带守候一天，由专家判定的每一位快乐的人，会得到一笔奖金。

负责人说，唔，你做得很好。只是，我猜想，那笔钱一定不够吧？

老人说，我连那些钱的一个零头都没有用完。整整一天，成千上万的人经过我面前，但是我能确认他是快乐的人，只有22名。

当我第一次看到这份资料的时候，十分诧异。正常人当中，快乐的人是如此稀少吗？当我带着这团疑问，开始观察周围的时候，才发现，答案果然令人震惊。围绕我们的，多是惆怅的脸、忧郁的脸、焦灼的脸、愤懑的脸、谄媚的脸、悲怆的脸、呆板的脸、苦恼的脸、委屈的脸、讨好的脸、严厉的脸、凶残的脸……

快乐的脸如此罕见，仿佛黄梅季节的阳光。快乐的脸不是孤立无援的面具，在它的后面，是一颗快乐的心在支撑。快乐的奖无法发放，真是一个悲剧。

我期待着有一天，到处是由衷的快乐的欢笑的美好的脸，让那家俱乐部，发奖发得破了产。

购买一个希望

那年在国外，看到一个穷苦老人在购买彩票。他走到彩票售卖点，还没来得及说话，工作人员就手脚麻利地在电脑上为他选出了一组数字，然后把凭证交给他。他好像无家可归，没有什么固定的目标要赶赴，买完彩票，就在一旁呆呆站着。我正好空闲，便和他聊起来。

我问，你为什么不亲自选一组数字呢？

他说，是我自己选的。我总在这里买彩票。工作人员知道我要哪一组数字。只要看到我走近，就会为我敲出来。

我说，那你每次选的数字都是一样的喽？

他说，是的。是一样的。我已经以同样的数字买了整整40年彩票。每周一次，购买一个希望。

我心中快速计算着，一年就算52周，四五二十，二五一十……然后再乘以每注彩票的花费……天！我问道，你中过吗？

他突然变得忸怩起来，喃喃说，没中过。有一次，大奖和我选的数字只差一个。

我说，那以后，你还选这组数字吗？

他很坚定地说，选。

我说，我是个外行，说错了你别见怪。依我猜，以后重新出现这组数字的概率是极低的，更别说还得有一个数字改成符合你的要求。

他说，你说得对，是这样的。

我就愣了。他衣衫褴褛面容憔悴。买彩票的钱虽然不多，但周复一周地买着，粒米成箩，也积成了不算太小的数目。用这些钱，为什么不给自己买一身蔽寒的衣服，吃一顿饱饭呢？再说，固执地重复同一组数字，绝不更改，实在也非明智之举。

我不忍伤他心，又不知说什么好，只有久久地沉默了。过了一会儿，他主动开口说，你一定很想知道那是一组什么样的数字吧？

我点头说，是啊。

他有些害羞地说，那是我初恋女友的生辰数字。每周我下注的时候，都会想起她，心中就暖和起来。

我说，那到了开奖的时候，你知道自己没中，会不会心中寒冷？

他笑了，牙齿在霓虹灯下像糖衣药片一样变换着色彩。他说，不会。我马上又买新的一轮彩票，希望就又长出来了。我很穷，属于穷人的希望是很有限的。用这么少的钱，就能买到一个礼拜的快乐，这种机会，在这个世界上，实在是不多。更不用说，那个数字还寄托着我的回忆。如果我选的这组数字中大奖，她一定会注意到的，因为那是她的生辰啊。紧接着她会好奇是谁得了这份奖金？于是就能看到我的名字。她立刻就会明白我这一辈子没有忘记她，而且我有了这么多的钱，她也许会来找我……

老人说完，就转过身，缓缓地走了。

后来，我把这个真实的故事讲给很多人听。每个人听完后都会长久地沉默。然后说，真盼望他中奖啊！

盲人看

每逢下学的时候，附近的那所小学，就有稠厚的人群，糊在铁门前，好似风暴前的蚁穴，那是家长等着接各自的孩童回家。

在远离人群的地方，有个人倚着毛白杨，悄无声息地站着，从不张望校门口。直到有一个孩子飞快地跑过来，拉着他说，爸，咱们回家。他把左手交给孩子，右手拄起盲杖，一同横穿马路。

多年前，这盲人常蹲在路边，用二胡奏很哀伤的曲调。他技艺不好，琴也质劣，音符断断续续地抽噎，叫人听了只想快快远离。他面前盛着零碎钱的破罐头盒，永远看得到锈蚀的罐底。我偶尔放一点钱进去，也是堵着耳朵近前。

后来，他摆了一个小摊子，卖点手绢袜子什么的，生意很淡。一天晚上我回家，一下公共汽车，黑寂就包抄而来。原来这一片突然停电，连路灯都灭了。只有电线杆旁，一束光柱如食指捅破星天。靠近才见是那盲人打了手电，在卖蜡烛火柴，价钱很便宜，我赶紧买了一份，喜滋滋地觉着给亲人带回了光明。

之后的某个白日，我又在路旁看到盲人，就气哼哼地走过去，说，你不能趁着停电，发这种不义之财啊。那天你卖的蜡烛，算什么货色啊？蜡烛油四下流，烫了我的手。烛捻一点也不亮，小得像个萤火虫尾巴。

他愣愣地把塌陷的眼窝对着我，半天才说，对不起，我……不知道……蜡烛的光……该有多大。萤火虫的尾巴……是多亮。那天听说停电，就赶紧批了蜡烛来卖。我知道……黑了，难受。

我呆住了。那个漆黑的夜晚，即使烛火如豆，还是比完全的黑暗，好了不知几多。一个盲人在为明眼人操劳，我还不分青红皂白地指责他，我好悔。

后来，我很长时间没到他的摊子买东西。确信他把我的声音忘掉之后，有一天，我买了一堆杂物，然后放下了50块钱，对盲人说，不必找了。

我抱着那些东西，走了没几步，被他叫住了。大姐，你给我的是多少钱啊？

我说，是50元。

他说，我从来没拿过这么大的票子。

见他先是平着指肚，后是立起掌根，反复摩挲钞票的正反面，我说，这钱是真的，你放心。他笑笑说，我从来没收到过假钱。谁要是欺负一个瞎子，他的心先就瞎了。我只是不能收您这么多的钱，我是在做买卖啊。

我知道自己又一次错了。

不知他在哪里学了按摩，经济上渐渐地有了起色，从乡下找了一个盲眼的姑娘成了亲。一天，我到公园去，忽然看到他们夫妻相跟着，沿着花径在走。四周湖光山色美若仙境，我想，这对他们来讲，真是一种残酷。

闪过他们身旁的时候，听到盲夫有些炫耀地问，怎么样？我领你来这儿，景色不错吧？好好看看吧。

盲妻不服气地说，好像你看过似的。

盲夫很肯定地说，我看过，常来看的。

听一个盲人连连响亮地说出“看”这个词，叫人顿生悲凉，也觉出一些滑稽。

盲妻反唇相讥道，介绍人不是说你胎里瞎吗？啥时看到这里好景色呢？

盲夫说，别人用眼看，咱可以用心看，用耳朵看，用手看，用鼻子看……加起来一点不比别人少啊。那一瞬，我凛然一惊。

后来盲夫妇有了果实，一个瞳仁亮如秋水的男孩。他渐渐长大，上了小学，盲人便天天接送。

起初那孩童躲在盲人背后，跟着杖子走，慢慢地胆子壮了，绿灯一亮，就跳着要越过去。父亲总是死死拽住他，用盲杖戳着柏油路说，让我再听听，近处没有车轮声，我们才可动……

终有一天，孩子对父亲讲，爸，我给你带路吧。他拉起父亲，东张西望，然后一蹦一跳地越过地上的斑马线。于是盲人第一次提起他的盲杖，跟着目光如炬的孩子，无所顾忌地前行，脚步抬得高高，轻捷如飞。

孩子越来越大了，当明眼人都不再接送这么高的孩子时，盲人依旧每天倚在校旁的杨树下，等待着。

第六章

幸福也有哀伤时

如果说，何时我们遭遇灾难，是不受我们控制的，但灾难之后我们如何走过灾难，却是我们一定能掌握的。在灾难的废墟上，愿生命之树依然常青。

幸福和不幸永在

我不认为幸福与科学有什么成比例的关系。也就是说，它们分属于两个系统。一个是情感的范畴，属于精神的领域。一个是物质的范畴，属于无生命的领域（这样划分不严谨，对生命科学有点不敬，请原谅。我说的生命指的是变化万千的活体感觉）。在科学产生之前很久，幸福就存在于我们的感知之中。后来科学出现了，但幸福感并没有出现相应的增长，它们是两股道上跑的车，虽然有的时候，轨道会发生小小的交叉。

我相信在原始人那里，远在科学的胚胎还裹于子夜的黑暗襁褓之中，幸福就顽强地莅临刀耕火种的山洞。证据之一就是那个时候的人，快乐地唱歌和跳舞，还创造出玄妙的神话和精美的文字。你不能说在通红的篝火旁手舞足蹈的那些裸人，不知道什么是幸福。如果谁硬要这么说，以为只有现代人方能知晓和能够享受幸福，因而看不起我们的祖先，那倘若不是出于无知，就是赤裸的现代沙文主义。

在某种物质十分匮乏的时候，当它一旦出现，可能会在短暂的时间内帮助引发幸福的感觉。比如，一名男子十分思念热恋中的女友，如果在古代，他只有骑上一匹马，在草原上驰骋三天三夜，才能一睹女友的芳颜，当他看到女友眸子的那一瞬，我相信荡漾在他内心的感觉，就是幸福。如今，当同样的思念袭来的时候，他可以买上一张机票，两个小时之后就平安到达上海，当看到女友眸子的那一瞬，我相信他的幸福感同样强烈和震撼。

我们可以简单地说，飞机是和科学有重要关联的物件。因此，好像科学帮助了幸福。但接下来的问题是，这种幸福感是来源于马匹还是飞机？抑或是草原上的风还是空中的白云？我想，可能众说纷纭。即便问当事人，也会有不同的答案。会有人说，幸福当然和马匹和飞机有关了。如果没有马匹和飞机，这对相爱的恋人如何聚到一起？从马匹到飞机，这就是科技的进步和力量，使幸福的感觉提前出现，并变得比以前要省事容易。

我不同意这种意见。理由很简单，马匹和飞机只是这个人通往幸福的工具，而非幸福的理由和必然。在那架飞机上有很多乘客，有的人是例行公事，有的人还可能是奔丧。幸福和飞机的翅膀无关，只和当事人的心情有关。幸福是一种心灵深层的感觉，在最初的温饱和生殖的快感解决之后，它主要来源于人的精神体系的满足。

我知道我的观点可能会遭到很多人的质疑。比如有人会说，当你生病的时候，突然有了特效的药品，难道你和你的亲人不浮现出幸福的感觉吗？这死里逃生的光芒难道不是直接来源于科学的太阳吗？

我当过很多年的医生，我知道科技的进步对生命的延续是怎样的重要和宝贵。但生命延续的本身，并不一定达至幸福的彼岸。生命只是幸福感得以附丽的温床，生命本身是一个中性的存在。它是既可以涂写痛苦也可以泼洒快乐的一幅白绢。当病人和他的家属为某种特效药喜极而泣的时候，那种幸福的感觉主要源自骨肉间的深情。如果没有这种生死相依的情感，任何药物都无法发动快乐和幸福的过山车。

科学使粮食的产量增高，但这个世界上依然有吃不饱的穷人。既然引发贫困的源头不是科学，那么由贫穷所导致的痛苦，也不是科学的创可贴所能抚平。科学使交通工具的速度更快，人们可以更迅捷地从甲地到乙地。但时间的缩短和幸福的产出，并不成正比。君不见朝夕相处近在咫尺的夫妻，往往并不充溢幸福，而是满怀深仇？科学使人类升上太空，得以了解遥远的宇宙发生的变化。但我看到一位宇航员的回忆录说，他在太空中最深刻的想念是——回到地球。科学发现了原子能巨大的力量，但核武器的堆积，把人类推到了亘古未有的灾祸之中。科学延长了老年人的生命，但如果没有亲情的滋润和生存的尊严，这份延长的时间便与幸福毫不相干。

科学提供了产生幸福的新的机遇，但科学并不导致幸福的必然出现。我看到国外的一份心理学家的报告，在地铁卖唱为生的流浪者和千万富翁对于幸福的感知频率与强度，几乎是一样的。当一个人晚饭没有着落的时候，一个好心人给的汉堡就能给他带来幸福的感觉。但千万富翁就丧失了得到这份幸福的缘分。幸福是不嫌贫爱富的，我们至今没有办法确知某一种情况将必然导致幸福，同样，也无法确认某一种情况将必然导致不幸。

妈妈看到婴儿的出生，想来是天下的大幸福。但对于一个未婚母亲或是遭夫遗弃的妻子来说，这幸福的强度就可能要打折扣。生命消失之际按说和幸福不搭界，但我确实听到过一个人在他生命垂危之际，说他——很幸福——这个人就是我的父亲。这是他所给予我的最宝贵的精神财富之一，令我知道即使是面对永恒的消失，人也可以满怀幸福地沉稳走去。

说到这儿，离科学就有些远了，而是和人性有了更多的链接。科学要发展，人性要完善，幸福和不幸永在。

童话中的苦难

各位小朋友中朋友，咱们今天谈谈关于苦难的问题，你们可有兴趣？有人一定会捂着耳朵说，不听不听……说句心里话，我也怕谈这个难题。对我这也是一个大考验。咱们好像共同面对着一碗苦苦的药汤，要一口口慢慢地喝下去，有时还得咂着嘴回味一番，更是苦上加苦。可是中国有句古话，叫作“良药苦口利于病”，对于某些重要的命题，回避不是一个好法子。所以，咱们就一块儿皱着眉咬着牙，坚持讨论下去吧。

我之所以不称你们为“老朋友”，不是因为咱们相识的时间还短，是因为你们的年龄比较小。我原来以为研究“苦难”这个大题目，要放在人比较成熟的时候——起码要到男孩下巴长出软软胡须，女孩身姿婀娜之后。可是，生活根本就不理会我们的安排，它我行我素，肆无忌惮。可以顷刻之间，就把严酷的灾难，比如山崩地裂，比如天灾人祸，比如父母离异，比如病魔降身……莅临到无数人头上，毫不对儿童和少年稍存体恤之情。

这就证明了一个铁一般冷酷的事实——苦难的降临是不以人的善良意志为转移的。它就像空气一样，围绕着成人，也围绕着未成年人。对于注定要发生的风浪，单纯地依靠一厢情愿的堤坝，是无法躲避灾难的。更重要更有效的策略，是我们具备直面它的勇气，然后从容冷静坚定顽强地走过苦难，重建生活。

有一句说得很滥的话——“不要总是生活在童话中”。这话是什么意思呢？大概是说——童话虽然很美好，但现实生活中远不是那个样子。面对真实的生活的时候，我们要忘掉童话的气氛。

我不同意这种说法。其实在那些最优秀的童话里，是充满了苦难和对于苦难的抗争的。比如说“灰姑娘”吧。她小小的年纪，就失去了母亲，父亲也并不关爱她。（在那个经典的故事中，没有对灰姑娘爸爸的具体描写，我估计不是作者的疏忽，而是灰姑娘的老爸乏善可陈。从他找的第二任夫人的品行可看出，这老先生对人的洞察能力不佳。）她在继母的冷漠和姐姐们的白眼下生活，没法读书，做着力所不及的杂役……嗨！简直就是未成年人被家庭虐待的典型。

比如“卖火柴的小女孩”，更是悲惨已极。没有吃的，没有喝的，在节日的夜晚，还要光着脚在风雪中售卖火柴，以至于饥寒交迫冻饿而死……真是惨绝人寰的景象。依我在西藏雪域生活多年的经验，作家笔下所描绘的小女孩临死前所看到的温暖光明的家庭图画，其实很有科学根据。濒临冻僵的人，神经麻痹之后会出现神秘的幻觉——平日的理想都虚无缥缈地浮现出来了。包括小女孩脸上的笑容，也有医学基础。严寒会使人的肌肉强烈痉挛，我当过多年的医生，所见过的被冻死的人，表情都好似在微笑……

再说白雪公主。亲妈早早去世，后母不容，因为嫉妒她的美丽，竟然雇了杀手要取她首级。好不容易死里逃生，被好心的小矮人收留。为了报答恩人，她从高贵的公主摇身一变，成了打扫家务烹炸菜肴的小时工，这个落差不可谓不大。就这样，她的厄运还远未终结，后母死死追杀，最后被毒苹果险些夺去性命……

怎么样？以上所谈童话中的阴谋与死亡、贫困与灾难……其力度和惨烈，就是今人，也要为之垂泪吧？

我还可以举出许多。比如小人鱼变鳍为脚的痛楚，小红帽面对狼外婆的恐惧，孙悟空戴上金箍儿的折磨和唐僧九九八十一难的艰辛……怎么样，我说得不错吧？童话并不遮盖苦难，它们比今天那些搞笑的故事，更多悲凉和灾难的警策。

也许是因为童话多半有一个光明的结尾，好人得到神灵相助，就使人们忽略了那些惨淡和忧郁，以为童话总是祥云笼罩，这实在是一个大误会。

小朋友和中朋友们，说句真心话，依我这些年跋山涉水走南闯北的经验，苦难就像感冒，几乎是不可避免的。如果谁告诉你们世界永远是阳光灿烂，请记住——他是一个骗子。

灾难埋伏在我们前进的拐弯处，不知何时会突袭我们。怕，是没什么用的。我们不能取消灾难，各位能够做到的就是面对灾难不屈服。

灾难会带给我们巨大的痛苦。亲人丧失、房屋倒塌、财产毁坏、学业中断、断臂失明、瘫痪失语、孤苦无依、诬陷迫害……这些词令人窒息，我都不忍心写下去了。但我深深知道，以上绝境还远远不是灾难的全部，在人生过程中，还有大大小小许许多多匪夷所思的艰涩，会不期而遇。

既然灾难不可避免，灾难之后，我们怎么办？我想答案一定是形形色色的。不过万变不离其宗，大致可以分成两大类。

一条路是——我们可以终日啼哭，用泪水使太平洋的水面上升。我们可以一蹶不振徘徊在墓地，时时沉湎在对亲人的怀念和追悼中。我们可以怨天尤人，愤问苍穹的不公和大自然的残忍。我们可以从此心地晦暗，再也不会欢笑和宽容……

沿着这条路一直走下去，那结局是末日的黑色和冰冷。

还有一条路是——我们拭干眼泪，重新唤起生的勇气。掩埋了亲人之后，我们努力振奋新的精神，以告慰天上的目光。我们更珍惜生命的价值和意义，争取用自己的存在让这颗星球更美。我们对他人更多温情和宽厚，因为我们从患难中理解了友谊和支援……

沿着这条路走下去，那结局是火焰般的橘黄色，明媚温暖。

小朋友和中朋友们，这两条路可是南辕北辙的啊。灾难之后，何去何从，千万三思而后行！

灾难是一把双刃剑，可以把一个人从精神上杀死，也可以把他锻造得更加坚强。所以，选择非常重要。

如果说，我们何时遭遇灾难，是不受我们控制的，但灾难之后我们如何走过灾难，却是我们一定能掌握的。在灾难的废墟上，愿生命之树依然常青。

危难中，你最先想起谁

我有一个朋友，最爱说警察的坏话。也不知道他从哪里，搜集到了那么多坏警察的故事。比如某地一个看起来木讷的警察，激情杀人，居然为了几十块钱，致使无辜百姓命丧黄泉。比如国外的一伙警察，乱棍将一黑人打死，至今逍遥法外。还有某博士毕业，应聘警察却惨遭拒绝。理由是，这行当，用不完那么多智商，还请另谋高就……

那一年，我独自出访一个陌生的国度。计算到达机场的时间，正是深夜。想到语言不通，若和接站的人失之交臂，异国他乡的，可如何是好？心中不免焦灼。与这朋友谈到此事，他答道：有什么怕的？认识制服吧？找该国的警察啊！

一瞬间，我心安定。

危难，是人一生中几乎必然遭遇到的困境。少则一次半次（真令人羡慕！）多则难以计数（真够倒霉的了！）有没有人一辈子无灾无难？世界如此之大，我不敢说幸运儿一个也没有。但肯定极少。

大危难中，除了自我努力之外，你最先想起谁？

小时候，肯定是先想起妈妈了。这是人的本能。当我们渐渐长大之后，才明白了妈妈的力量有限。母亲的怀抱再温暖，也无法遮挡四方的风雪。

漆黑的雨夜，迷茫的旷野，嘈杂冷酷的闹市，辗转反侧的病痛，遗失了仅有的晚饭钱，被人欺凌和损害，汩汩的鲜血，滚滚的热泪，熊熊的烈火、滔滔的洪水……

如果它们一一袭来，或是叠加着卷来，你怎么办？有谁会无条件地回应你求援的呼唤？有谁在所不惜地向你伸出坚定的臂膀？

他不是你的血缘至亲，不是你的熟人朋友。可是他与你生死与共肝胆相照。如果有一线生存的希望，他会让给你。如果死亡扑面，他会挺身而出。他卫护你，不在意你是富豪还是贫民。他不希图你的报答，不索要你的金钱。你甚至不曾看清他的容颜，也不知道他的姓名。

他是谁？

他是警察。

人类以自己的文明，创造了这样一个神圣的行业。当普通人想起警察的时候，就会涌起一份温热的信任和安宁。这正是警察的庄严所在。

为祖国募捐

我从小就想绕着地球走一圈。前年，知道中国旅行总社开始了这个旅游项目，我就报了名。中途屡经波折，原先说好了的伴儿，突然又反悔说不走了，人数太少，旅行社不能组团，无法成行。后来，我就在自己家里挖潜，对儿子芦淼说，我帮你买一张船票，你给我当翻译，咱们一起出海吧。私下里想的是——自己家的人，“反水”的概率较低，这件事才有可能实施。

终于，我自费买好了两张船票，定下了5月13日的国航早班机到达日本东京，14日上午从横滨出港，乘坐“和平之船”，历时104天，环绕地球一周。

12日傍晚，我正在家中整理最后的行李，突然听到了四川汶川大地震的消息，心中顿刻绞成一团。听到死伤人员的数字巨大，胆战心惊。我以前当过军医，知道这种时刻，抗震救灾是多么需要人手，而自己却要出国旅行，心中充满了难堪的负罪感。然而，箭在弦上，不得不发了。

13日清晨到达首都机场。时间太早了，看不到报纸，忐忑不安地上了飞机。抵达东京的时候，因受台风影响，凄风苦雨，气温只有10℃左右，心境黯然。出了机场，看到报亭的报纸报道中国地震情况。

到达横滨宾馆住下，因为送我们上船的中国旅行总社的同志脚踝严重受伤（在北京第三航站楼上摆渡车的时候，有一个台阶完全没有任何标识，她一脚踏空了。在此向新航站楼提出严肃意见——登机口的台阶处，应漆以显著的黄线警示），要我陪她到医院诊疗。后来才知道她是骨折了，真是佩服她的勇敢和坚强。忙忙碌碌的直到夜半，没来得及看电视。

第二天，横滨依然是风雨凄迷，我们到了出港大厅，熙熙攘攘，挤满了乘客和送行的人。轮船开动的那一刻，船下很多人哭了，跟着船跑出很远，泪眼婆娑。我想，日本是个岛国，以前出海的人，生死未卜，这一次旅行万里迢迢，历时三月有余，要穿越太平洋、印度洋和大西洋，还要掠过北冰洋的边缘，所以就格外难舍难分肝肠寸断吧？

船开动之后，我拖着行李找到自己的舱房。因为是靠近水面的底层房间，颠簸较重。我原本就有晕船的毛病，这一下子胃里更是翻江倒海，只好到卫生间呕吐一番。好在早已有了思想准备，知道晕船这个症状，并不是病，只不过是内耳的半规管太敏感了，只要坚持住，就会逼迫它渐渐地麻木起来，最后适应波涛起伏的节律。对着马桶放肆地大吐特吐，真是一件爽快事。

可惜理论上的正确认识，代替不了生理上的强烈反抗。我僵尸一般一动不动地躺在床上，随着船舷的每一次侧动，都会灵敏地觉察到自己体内所有的液体，都随之共振。血液、胃液、肠液、脑脊液甚至关节腔的液体，一概上蹿下跳……我只好服加量的抗晕药，昏昏沉沉地睡了三天。眩晕中，只有一个念头，就是借到孙悟空的金箍棒拿来一用。因为记起这件无敌兵器在龙宫时的原名——“定海神针”，扔将出去，一把将海死死定住了，风浪即刻会止息吧！

到了第四天，反动的半规管终于投降了。早上起来，我第一次感到不再天旋地转，思维比较正常了。到甲板上和儿子合了一张影，还到船上的图书馆转了转。问同行的朋友们，咱国的地震如何了？

直到这时我才明确地知道，这艘船上的电视和互联网都处于瘫痪状态，完全无法使用，听说大约10天以后才能正常运行。我惊讶万分，既然没有准备好，这船怎么就能贸然出海呢？船方回答说装修公司违约，可能要打官司，因为船期已经定好了，无法更改，好在航行的机械部分是可靠的……不管怎么说，这艘船成了一个音信皆无的孤岛，在南太平洋的波涛中蹒跚，我们完全不知道祖国的情形，心中焦灼不已。

同行的一位中国客人有一部海事卫星电话，因通话费极贵，我们为自己的私事，都不好意思借用。但因地震的消息，还是拜托他问询。从他那里我们听到不断攀升的伤亡数字，心中的悲伤和思念也越来越浓重。深夜时分，我在甲板上仰望阴霾密布的苍天，心想在震中的废墟中，不知是否也是这样的黑暗？恍惚中好像有人呼救，凝神倾听，才知是飞鱼刺穿水面的拍击声。

和平之船是一个以倡导全世界和平为理念的联合国非政府组织，他们的负责人吉冈达也先生对我说，希望我能在船上做一场关于当代中国的讲座，我问，讲些什么好呢？吉冈达也先生说，日本人民对当代中国的所有情况都有兴趣了解。最后我们商定以青年、少数民族和女性等话题来设计一个演讲，船上的报纸也提前发了预告。

然而，从祖国传来的消息却让我们极端地痛苦不安了。我们和吉冈达也先生说到此事，关于为地震灾区募捐一事，吉冈达也先生大力倡导，万分赞同。双方立刻商定在到达越南岘港之后的第二天下午，在船上最大的会议厅，将我的演讲会改成有关中国地震的报告会。

可是，我们的资料是如此匮乏，无米之炊啊。所有的印象都停留在13日清晨离开北京时的记忆里，除了那不断飞跃的伤亡数字，我们对灾难的细节了解得非常少。

船上的中国人连旅行社的翻译一共是8个人，在1000人的乘客当中还不到1%。特别是到达东京时看到的报纸标题，说我们遭的是“人祸”，让我们内心愤慨，更让我们觉得这一次的报告会，必须要表达出中国人民的坚忍和勇敢，我们期望国际社会的援助，但我们更要有自己的风骨。

5月14日出发，在连续航行7天之后，我们将在5月20日到达岘港。船上的网络依然一片死寂，为了在21日的会议上表达我们的心愿，岘港是取得祖国信息的最后机会。我们用卫星电话向新浪呼唤援助，希望将图片和国内有关赈灾的消息发到我的信箱里，这样我们到了岘港的陆地上，找到网吧，就可以得到珍贵的资料了。

感谢新浪博客频道的同志们，他们在最短的时间内，把我们所需要的资料发了出来。

下一步的任务，就是要在岘港找到网吧。按说，这不应该是太困难的事情，但到了岘港，才发现事情并不简单。

船上原有的安排是到越南古寨游览，古寨根本就没有网吧。我们必须离团自由活动，才能完成任务。岘港说起来是越南相当大的城市，但各种设施很不发达，我们背着电脑，徒步走出货港，看到的是一群摩托车私下揽活，连出租车都没有。

我们最后和几位游客合伙拼了一辆黑车，几经辗转，到达市内。路人基本上不会英语，问他们哪里有网吧，都是一脸茫然。最后我们决定朝市内最高的一所建筑走，想那儿可能是一家饭店吧？有饭店就会有酒吧，也许能上网。然而再一次失望，那是一座未完成的建筑，底层是一家超市，高处还在装修。5月的越南已经非常炎热，我们在路上漫无目的地寻找着，大汗淋漓。心中的焦灼不断积累，我们必须在规定的时间内返回港口，不然船就会抛下我们，准时出发驶向大洋。

终于啊终于，我们在一条小巷里，找到了一家网吧。那一刻，真是如获至宝。大家开始了工作，只是网速非常慢，足足用了一个半小时，我们才完成了下载。

这时，离预定的返回时间已经很紧迫了，我们来不及吃午饭，只好空着肚子火速打车回港口。那个越南出租车司机非常狡猾，假装不认识路，带着我们绕道乱走（岘港是多么小的地方啊，港口又是那么明显的标志）。最后又完全推翻了事先说好的车价，加倍收钱，狠狠地宰了我们一刀。看着那张黝黑而贪婪的脸，我想起当年的抗美援越，此刻一句话也不想多说，付了比他想要的更多的车钱，扬长而去。

事后同去的年轻人小文说我这样做，是纵容了坏人。我承认自己的软弱。因看了图片后心中极度哀伤，对人性的幽暗，再也不想多瞄一眼，只求逃脱躲避。

回到船上，我们继续看那些下载的图片，一言不发心如刀绞。残酷的冲击力，让人窒息。为了让图片主题更鲜明，我请小文做适当的剪裁。直到夜里很晚了，她还在不知疲倦地工作着，泪流满面。

第二天上午，我们全体到了预定的会场，进行了演练。我们要确保每一个环节都没有闪失，要用自己的实际行动，为祖国和灾区人民贡献一点点绵薄之力。

下午，船上最大的会议厅，坐满了日本人。站在台上，面对着陌生的面孔，我有一个很短暂的时间，突然深深疑惑起来——向这些素不相识的外国人（他们之中有些人的亲属，还曾侵略过中国），呼吁救援灾难中的我的祖国和人民，会获得怎样的回应？

吉冈达也先生亲任主持人，先是让我们各自做了简短的自我介绍，然后进入了赈灾环节。全场默哀3分钟，那一瞬，容纳数百人的会议厅安静得如同旷野，听得见舷窗外太平洋不息的涛声。

然后，中方开始了演示和宣讲。

主讲人是我儿子芦淼和中国旅行总社的王莹女士。他们站在惨白的光环中，以一种低沉而缓慢清醒的语调，描述着我们那远在千万里之外的祖国，发生的惨绝人寰的天灾，描述着英勇的人民如何在灾难中相濡以沫奋起救灾……

我听见周围此起彼伏的唏嘘之声，我看到晶莹的泪珠从一张张酷似我们的同胞，然而却是异国之人的面庞上缓缓滑下……在这一瞬，我确切相信了人类的良知和慈悲，有着超越种族和国界的光芒。

结尾的那张图片，是一个中国孩子从塌垮的废墟之中伸出的一只小手。经过屏幕的放大，那只伤痕累累布满尘埃的手显得格外触目惊心。芦淼走过去，把自己的手放在那只手上。芦淼身高一米八以上，他的手掌比一般人显得厚实，但在这只渴望援助的手面前，仍然是那样单薄和微小。

所有的期待，都在这手与手的相叠中传达。

会后，开始了紧张的募捐策划。因为决定由我在新加坡飞回北京，将和平之船捐出的善款以最快的速度转交中国红十字总会，这样船上的有效捐赠时间，就只有22日一天。日本是一个使用信用卡非常普遍的国家，尤其是和平之船上，人手一卡，完全禁用现金。哪怕是买一张明信片一支牙膏，所有的交易都必须刷卡，但这一次捐款限用现金，就给很多人出了难题。他们的现金不多，大家说如果能容他们在新加坡ATM机上提取现金，就可以多捐一些了。

我说，中国有句古话，叫作“礼轻情意重”。捐款不在多少，重在情谊。

日本的志愿者连夜找纸箱子做捐款箱，小文和芦淼，还有翻译小唐等，一大早就背上了募捐箱，站在饭厅门口，向每一个走过的人，解说灾情，呼吁捐款。吉冈达也先生更是身体力行，和志愿者们站成一排，大声呼吁捐款。他开玩笑说，谁要是一点款都不捐，要想通过这道人墙，恐怕不容易……

有一位老人家，已经70多岁了，她说，我也要为中国的灾民们贡献力量。我老了，别的事情干不成了，我就背上一个捐款箱，见到人就去募捐吧。小文把她募捐时的形象拍了下来，真是非常美丽的老太太。最重要的是，仁慈使人美丽。

紧张的一天过去了，晚上，吉冈达也先生兴奋地告诉我们，他们从来没有取得过这样好的募捐记录，比以往任何一次募捐都要辉煌。

第二天，也就是5月23日，吉冈达也先生非常郑重地把封好的捐款交到我手上，周围的人们都洒下了热泪。吉冈达也先生还说，希望我能向中国红十字总会表达他们的心意，他们很想知道中国灾区目前最需要怎样的专业帮助，他们可以立即组织救援队伍赶赴灾区。

24日凌晨，我从新加坡机场起飞，6小时后，到达北京机场。这种红眼班机，让人昏昏欲睡，但我却一分钟也不敢大意，在暗中目光炯炯地盯着我的包，包内装着巨款，这可是和平之船上千名乘客的心意，万一出了差池，担待不起啊。7点多出了机场，我顾不得满脸倦意，用冷水激激脸，直奔中国红十字总会。

因为是外币捐款，要到二楼清点。这些款子里，有日元、美元、欧元，还有人民币，清点起来很费时间（人民币不是我们这几位中国旅客捐的，我们捐的都是外币。后来想到可能是船员当中有中国工人，因为他们都在工作区，作为游客的我们是无法进入的，平时都不曾见过他们，没能打过招呼。这一次，他们也贡献了力量）。

清点的结果是在近万美元捐款中，比日方交给我的数字多出了10美元，我请中国红十字总会的工作人员在清单上做了更改，并盖上了专用章。我稍稍松了一口气，幸亏是多出来10美元，若是少了10美元，我心中会长久不安的。

走出中国红十字总会的大门，我仰面朝天，深深地吐了一口气。灾区的父老兄弟们啊，但愿这一点点捐助，能化为你们的几顶遮风挡雨的帐篷，几碗果腹充饥的干粮，几片纾解疼痛的药丸，几条温暖的被褥，几件柔软的衣裳……

我还会继续捐款，贡献自己微薄的力量。如果诸事告一段落，我将返回和平之船，继续航程。吉冈达也先生说，也许还会发起为中国赈灾的第二次募捐，因为灾区的重建是一个长期的过程。掐指一算，此刻，那条船已经航行在印度洋上，下一站的目的地是阿曼，再下一站是约旦……当我追赶上它的时候，不知它将在哪里？

2008年5月25日深夜

致灾区的小朋友们

——应中央人民广播电台之邀所做的发言

地震灾区的小朋友们，大家好。

我是作家毕淑敏，现在在北京，我要用声音为你们写一封信。

我刚刚从震区回来，我知道你们经受了巨大的惊吓和苦难，有的小朋友失去了亲人，失去了同学，失去了学校，失去了老师……你们小小的年纪，亲身经历了这种天灾，大灾过后，你们要学会化悲痛为力量，尽早让自己的生活恢复正常，重新开始学习，让笑容绽开，让理想焕发光芒。

我在灾区，听到一位失去了父母的小同学说，我的爸爸妈妈现在在天堂。我的翅膀上驮着天堂亲人的期望，我要高高飞翔。

是啊，灾难可以夺去我们的亲人，可是它不能摧毁我们的坚强。你们幼小的年纪就学会了坚忍，就看到了全国一家人的善举，就知道了勇敢和镇定是战胜灾难的法宝。这些宝贵的经验，都会成为你们一生的精神财富。

天降大难于你们，同时也将巨大的责任和希望寄托在你们身上。祝你们在灾难中成长，变得像钢铁一样坚定而有力量！

全国就要参加高考的同学们，大家好！我是作家毕淑敏，现在在北京向你们祝福。高考是人生的一大挑战，所以在此关键时刻，你们感到紧张，是可以理解的。不过，紧张并不能帮助你们更好地完成考试，所以，聪明的方法就是放松自己，从容参战。我还要特别对灾区的考生们说一句话，你们面临着更大的考验，调整心态，天塌地陷都没能压垮你们，相信你们一定会顺利完成高考。预祝你们取得好的成绩！

世界上最缓慢的微笑

受邀到一家医院去看望四川大地震被救出的孩子，他们都已被截肢，生理和心理上都需要援助。

我说，要去看孩子们，该带些什么礼物呢?

邀请方说，他们什么都不缺，快被各式各样的慰问物品埋起来了。您只要带上问候和心理帮助就成了。

这后两样东西当然是要带的，可是，我还是坚持认为一定要带上礼物。马上就要过“六一”了，这是孩子们盼了很久的节日，我没法空着手，去见孩子们。

只是，什么礼物好呢?

思谋着。原本想带上鲜花。一转念，现在天这么热，鲜花是很容易枯萎的。身心受伤的孩子们，眼睁睁地看着五彩缤纷的花瓣凋零，心里不好受，也许会引起连绵的凄楚。人并不因为年幼，就不知伤感，我一定要小心。再说，来自天南海北纷繁盛开的花束，花粉混杂，容易引起过敏，于孩子们的康复不利。

鲜花被否。

食物和营养品呢？想起那句“物品埋人”的话，估计其中的主角必是形形色色的补品，我就不要床上架屋了。

先生见我发愁，出主意说，要不，你送上几本自己的书吧，签了名留给他们做纪念。

我说，你以为你是谁啊？我已经打过电话询问，其中有个孩子才五岁，还没上学，这不是强人所难嘛！大些的孩子虽然上中学了，可手臂被截，一时半会儿的，哪里学得会只用一手翻书？仅剩的一只手上还有伤，这不是引得人家劳累吗！馊主意。

先生说，这也送不得，那也送不得，你到底怎么办？

我说，若是咱们现在变小，不断地小下去，直到变成一个小小孩童，你最希望干什么呢？

先生说，当然是可着劲儿玩了。只可惜，他们没法玩了。

我反驳，谁说躺在床上就不能玩？现在，我想出主意来了，咱们买玩具！

于是，我和先生跑遍了北京的商场。我们的孩子早已成人，这些年来，我们再没有瞄过一眼玩具市场，如今像两个老顽童，在玩具柜台拥来挤去，指手画脚地让人家拿了这个拿那个，挑拣不停。

太大的玩具，病房里耍起来，医生会埋怨的；太复杂的玩具，失去了手脚的孩子恐怕摆弄不了，会心生沮丧；太需用力量的玩具，他们羸弱的身体难以承受；太没个性的玩具，又怕孩子们了无兴趣……唉，难啊。

我们快马加鞭地把自己修炼成了玩具专家。功夫不负苦心人啊，沙里淘金，终于找到了一款又安全又有趣又具个性化又有丰富变化的玩具。

它们是绒布做成的动物。摸上去，有一种绵软的绒毛感，亲近安稳。想这些孩子，曾在如山的砖瓦水泥砸压下苦等待援，一定怕极了冰冷坚硬。这种反其道而行之的茸茸质感，该是他们喜欢的。记得我以前看过一则动物实验，说是人们给失去母亲的小猴子两个代用妈妈，一个是塑料做的，一个是棉花做的。其余的部分都一样，都有奶瓶可以喂养小猴子。结果是小猴子们天天围在棉花妈妈周围，不理睬硬邦邦的塑料养母。

玩偶的背后有一道拉锁，打开之后有一电池箱和电路板。好在这些机关通常是看不到的，都藏在玩偶们憨态可掬的肚子里。这组“设备”的功劳就是让毛绒玩具有了会说话的本领。

你只要轻轻按一下玩偶们的左手，就可以开始录音了，时间大约1分钟，说得快些可录下三四句话。然后就是滴滴的警报声，录音终止。录好音后，你捏捏玩偶的右手，机关被触发，玩偶就把刚才录下的声音复播出来，好像一只忠实的鹦鹉。

简言之，这是一个微型的录音装置，可以录下短暂留言，在必要的时候重复播放出来。

这玩具让我们老两口如获至宝。我忙不迭地说，要这一个，再要那一个，对了，还要那边的一个……

售货员是个爱说话的姑娘，她说，您这是给孙子买啊？

我和先生相视一笑，说，是啊。快过“六一”了。

售货员说，您好福气啊，孙子好多啊。

我说，是啊是啊。买少了，分不过来，会打架喽。

回到家来，我对先生说，一会儿我在房间里自说自话，你不要大惊小怪。

我关上房门，对着一个个玩偶，配置录音。直到这时，我才发现自己有个致命疏忽——我不知道这几位地震截肢孩童的名字。想打电话去问，一看表，时间已经很晚了，负责联系的同志很可能已经休息了。

于是我决定先录下一般的问候，例如：“北川中学的小朋友，你好！北京欢迎你。祝你‘六一’儿童节快乐开心！”

如果明天我没有时间问孩子们的具体名姓再重新录制，就只有这样播出。我要做好两手准备。

我抱着玩偶们，不断地录，不断地听。刚开始没经验，话说得太多了，满腔关切还没倾诉完，滴滴声就毫不留情地掐断了我的问候语，只有重来。不料下一次矫枉过正，又说得太短了，时间上留有空白，显得热情不够。一番周折之后，时间上大致没毛病了，我又悲哀地发觉自己的声音太老迈了，完全不具备少年们喜爱的欢愉和活泼。

我决定改换风格，尽量把发音卡通化，走欢蹦乱跳的青春路线。不多时先生破门而入，惊愕地问：毕淑敏，你没什么不舒服吧？

我被吓了一跳，恼火道，不是跟你打过招呼了吗？听到某种异常动静不要大惊小怪。

先生说，可这也太令人惊奇了。我认识你几十年了，从来没听过你用这种语调说过话。

我不理他，专心干自己的活儿。半夜三更之时，总算把配音这事完工了。

5月28日，我早早赶到了医院，真不错，大家还没来。我还能有一点时间完成预定计划。我把孩子们的名字写在手上，以防自己一紧张说错了。躲到医院的会议室里，把玩偶从精心买的礼品袋里取出来，再次一一为它们录音。

对着黑白相间的大熊猫玩偶，我说：“×××小朋友！你好！我也是从四川来的，从此咱们是好朋友！‘六一’节快乐！”

“×××”，是这个截肢小朋友的名字。

我觉得呼唤一个人的名字，有一种特别重要的意义。那是在执拗地提醒一个存在，强烈地标明一种独立。象征一种至高无上的尊严，表达一份如火如荼的期望。即使是对于一个非常幼小的孩子来说，名字也意味着这个世界上独属于他的精神意识。在咱们古老的传统里，受了惊的孩子，要被父母反复呼唤名字，来找回魂灵。

这一刻，我最遗憾自己嘴太笨，不会说四川话。若是小朋友听到乡音，一定备感亲近。

当我走进病房，第一眼看到这些孩子们的时候，尽管我当过8年军医，是总计20年医龄的大夫，尽管我对即将到来的残酷，已经做了最大可能的思想准备，尽管我不停地对自己说，毕淑敏，你不可以哭，为了孩子们的福祉，你必须要保持镇定安之若素。他们需要从我们成年人身上看到力量，看到希望，所有的惊慌失措都不可饶恕……可我还是错愕得肝肠寸断！我只有拼命调动起全部的精神，维持最基本的平静。

有一瞬间，我觉得躺在病床上的不是真实的孩子，而是一些白绸折叠起的布娃娃。因为只有在摔碎的布娃娃身上，我们才曾看到这样的断壁残垣。

可他们静静地凝视着我们，那轻轻的呼吸，证明着生命的顽强存在。

这是被苦难之咽凶残嚼碎的天使，又被仁爱之手拼缀起来的残缺的羽毛。

那黑若点漆的眸子，曾见识过最暗无天日的深渊。

那宣纸般柔弱的身躯，曾背负过天崩地裂的塌陷。

那已永远离去的肢体，曾忍受过锥心刺骨的碾磨。

那跳动着的小小心脏，还要黏合多少次才能修复完好如初？

……

当我把录音玩偶拿给他们的时候，他们的眼睛闪过光芒。我托起他们的小手，让他们揿动机关，那手指细弱得像一截断筷。当他们听到从玩偶肚子里发出响亮声音时，他们的嘴唇微微地上翘了。当玩偶说出他们的名字时，孩子们无比惊奇地睁大了眼睛。当玩偶说出祝福的话语时，孩子们终于悄无声息地微笑了。

近在咫尺。这是我一生所看到的最为缓慢的笑容，无比脆弱，像一个个企鹅的蛋在冰天雪地经过长久的孵化，终于探出小小的额头。然而这微笑又如此强韧，一经绽放，它就动人心魄地灿烂起来，携带着抵挡不住的芬芳。

我匆匆走出了病房，因为我再也控制不了滚滚而下的泪水。不是因为他们的悲惨，而是因为他们的坚强。

负责对孩子们进行心理治疗的协和医科大学杨霞研究员说，孩子们正在不断地康复中。她讲道："其中一个小姑娘说，马上就要到'六一'儿童节了，我们少年儿童要……"

话说到这里，小姑娘突然改口了，说："我们残疾少年儿童要……"

这是多么感人至深的改口啊！

从5月12日14时28分他们被埋入废墟，黑暗中的煎熬，肉体的断裂，目睹同学在眼前死去，饥寒交迫，截肢，感染，创伤，高烧，颠簸……这无尽的苦难，铺成了一条怎样尸横遍野血肉模糊的路啊！小姑娘却用没有腿脚的下肢走过来了，留下一串串透明的小小脚印。她完成了从震惊、恐惧、否认、愤怒、孤独、抑郁到"接受现实"的阶段，她走得多么快啊，像一缕旷野中的清风，其速度是我们成年人都追赶不上的。

她还会有很多反复，很多磨难，但是，她的微笑告诉我们，这一切都会一页页翻过去，直到新的篇章翩然展开。

我就要出发到四川去，到绵阳去。6月1日，在北川中学有一场演讲。

先生说，绵阳是一座危城，余震，堰塞湖。如果发生了溃堤，你是第一批还是第二批撤离呢？

我说，你不用担心。我想和你说的只有一句话，万一发生了什么事，比如我死了（本来我想用"牺牲"这样庄严的字眼，又一想，一介草民，没那么高尚，还是老老实实地说"死"吧。简单明了），不管死相多么惨，这可不是我的责任，我也管不了那么多了。就算成了警匪电影中常说的那句"让你死得很难看"，我也是鞭长莫及无能为力了。我要告诉你的就是——请你坚信我在最后时分一定很安详，因为这是我愿意做的事。因为我已尽力。

2008年5月28日深夜

浸透罂粟的骨髓

朋友是戒毒医院院长，常邀我去她那里坐坐。

“我才不去呢。我对丑恶的大烟鬼毫无兴趣。你也趁早洗手别干了，这是和魔鬼打交道的行当。”我说。

朋友摇头说：“因为我的工作真有人从此就戒了毒。挽救了一个人就是挽救了一个家啊。”

一天，她打电话说：“你来吧，我治好的一个外地病人要来复诊，你可以和他聊聊。”

我如约到达医院。朋友先向我简要地介绍了病情，说即将来的这个小伙子身上承担着三条性命。

他的老父亲，年轻时丧了妻，一个人抚育着小伙子和他的姐姐，吃了无穷尽的苦。好不容易拉扯着孩子们长大了，成家了，日子好过一些了，没想到女儿得了白血病。

姐姐到医院治疗，医生说只有骨髓移植可以救她的性命，否则就只有一年的活头。

骨髓移植必须要有人捐出骨髓，彼此的型还要相符，要不就是移植进去也存活不了。

老父亲热泪滚滚地说，我这么大的年纪了，把我的骨髓抽干吧，只要能救我的孩子。要是女儿死了，我还活着，以后我有什么脸面到地下去见他们死去的亲娘！我不能白发人哭黑发人啊！医生，求求你们！

医生查了老人的骨髓型，可惜不符，无法输入。

老父亲就让儿子去查，儿子说什么也不去。

老人大怒，对儿子说："十指连心，长姐如母，你怎么能在给亲人救命的时候，连个见义勇为的过路人也不如！"

不论老父亲怎样涕泪滂沱地恳求，儿子就是坚决不肯伸出胳膊化验骨髓。其实，为了姐姐，他痛不欲生。

他吸毒。他的血液里浸透了海洛因，骨髓里漂浮着罂粟，所以他不敢给自己的姐姐捐献骨髓。眼看着姐姐一天天枯萎下去，他终于偷着找到医院，讲了自己的情况，请医生检查他的骨髓。他起誓说，只要他的骨髓和姐姐的相符，他就一定戒掉毒品，把新鲜健康的骨髓捐给姐姐，使自己和姐姐一道得到新生……

他的骨髓型恰好和姐姐相符，输进去，姐姐就有救了。可我们把消息告诉他，他又无动于衷了。

随着毒瘾的深入，吸毒的人亲情意识泯灭一光。除了毒品，他们对什么都毫无兴趣。毒品变成他们的脑、他们的血、他们的根。世间万物，只有这种白色粉末是他们唯一的亲人，他们是被毒品异化了的怪物。

姐夫找到他，长跪不起。

也许他和姐姐相濡以沫的童年还温暖着他的心，也许他希望孤苦一生的父亲有一个安然的晚年，小伙子残存的良心被眼泪浇得发了芽，他捶胸顿足地到这里戒毒来了。

他是我所遇到的最坚决的一个自愿戒毒的病人。在快速戒毒的过程中，他表现良好，甚至很能吃苦。离开的时候，他带了足够的药，以备在今后的日子里抵御毒品的诱惑。半年过去了，今天，是他来复查的日子，要是一切正常，他就可以给他的姐姐输骨髓了。

骨髓移植是一个很复杂的过程，既要挽救他姐姐的生命，也不能损害了他的健康。抽髓要分很多次进行，要几个月才能完成……朋友兴致勃勃地说着，渐渐进入很学术很专业的领域。医生对一个成功病例的珍爱，不亚于工艺美术大师对精雕细刻象牙的喜欢。

我被朋友的快乐所感染，问道："那是一个怎样的小伙子呢？"

朋友说，我们都称他小西北，很讲义气，说话算数。

正聊着，护士进来说："院长，小西北来了。"

我急忙跑进接诊室，步履比朋友还要迅疾。

一个身材高大但羸弱无比的汉子，蛹一般蜷缩在地上，好像寒风中最后一条青虫；脸色似简易厕所的墙壁，白垩中挂着晦暗。鼻涕毫无知觉地流淌着，耷拉在嘴角。眼神毫无目的地游荡着，头发干涩地飘舞，手指神经质地弹动着，全身被一种不由自主的悸颤击穿。

院长痛心地闭了一下眼睛，再打开眼帘时，冷峻的目光彻入肺腑。

"你又吸粉了？"院长问。

"不……没有……哪能啊……我不能辜负了你们的治疗……"汉子眼睛看着墙角结结巴巴地说。

"小西北，不要骗我了。我医过多少吸毒的病人，真正戒了毒的人绝不是你这个样子。"院长威严地说。

"我发誓……凭天王老子、地母娘娘……以我在世的父亲和去世的老妈的名义起誓，绝对没……你们当医生的不能瞎冤枉人……"他抓耳挠腮涕泪交流，破鞋板将水泥地扇出呱呱的响声。

说实话，他的形象虽然可厌，嘴巴却吐尽了常人所能想到的咒语，使你不由得半信半疑。

院长不理睬他的叫嚷，肯定地说：“我说你吸毒了，你说你没吸，不要再在这里吵个没完。我们给你做一个尿液毒品检验，一切就将大白。”

“不……我不做尿毒检……”

小西北原本蜷在墙脚，这时猛地向后退缩，使他几乎嵌进了墙缝，粗糙的轮廓像铁丝网一样摇晃，仿佛顷刻间会坍塌。

尿毒检是一种灵敏度极高的检测手段，只要吸食了毒品，哪怕极微量，它也能火眼金睛地鉴定出来。

“小西北，戒毒医院是帮助你们的朋友。你既然不相信我们，不配合治疗，到这里来干什么呢？你的父亲，你的姐姐，那样殷切地期望着你，你再次吸毒，辜负了亲人们的一片苦心。你不想戒毒，又不接受检查，那你找我们做什么？请你从医院回去吧。”

院长看也不看小西北，转过身，独自面对着透明的玻璃窗说。

小西北突然一反常态，嬉皮笑脸地迎上前：“我错了！院长大姐，大人不计小人过！我不是人，我是狗！您不就是要我点尿吗，我的尿也不是XO，也不是人头马，没那么金贵，我给您尿点就是了……”

院长正色道：“不是我要你的尿，是医院化验需要你的尿。”

小西北涎着脸说：“都一样。院长就是医院，医院就是院长。我不是不爱给您尿，是怕您给我验出来。您还真有经验，一眼就看了出来。没人能瞒得过您的眼睛。我真的扎了‘飘’，您一查尿，我就得露馅儿……”

他一反刚才的颓废，喋喋不休地叫嚷着，眉飞色舞，好像有庞大的人群在听他讲演。

“谁陪你来的？”院长打断他的话，简捷地问。

“我爹，还有我姐夫，都在楼底下等着呢。他们都不知道我又吸毒了，我不让他们上来，怕伤了他们的心。他们以为我的骨髓是干净的，我姐姐正眼巴巴地在病床上躺着等着我呢……医生说过这是她最后的机会了，要是再没有人给她输骨髓，不定哪个早上，她就再也醒不过来了……”

小西北说着泄了气，原本就佝偻的背脊更加塌陷，神色黯淡下来，无限的凄楚笼罩在眉眼间，半妖半神的杂糅之色使他目光迷离。

我微微张着嘴，不知说什么才好。通常的语言此刻完全失了效力。

检验结果，小西北体内的毒品呈强阳性。“你打算怎么办呢？”院长严正地问小西北。

“戒，这一次一定戒掉。求求你，这不但是救我，而且是救我姐姐，救我爹爹……我的血不单是我的，也是我姐的。我的骨髓不属于我，是我们全家的……您要是不收留我，我们全家就完了……”他像捶打棺材板一样拍着自己瘦骨嶙峋的胸脯，呼天抢地。

见院长仍在沉思，小西北毫无征兆地双膝一屈，猛地就给院长跪下了。

我生平第一次看到一个成年男子当众下跪，把头磕得当当响，心中一阵惊悸。

戒毒医院的院长对这一切司空见惯。她缓缓地偏转了一下身子，避开了小西北头颅的正前方。这使得小西北的跪拜无了对象，仿佛对着空洞的墙壁祈祷，有一种无所附丽的悲怆和微微的滑稽。

“小西北，你起来吧。让我们再从头开始新的一轮戒毒，希望你能有毅力，只是，我不知道你姐姐是否等得了那么长的时间。”

院长语气温和，充满爱和力量。

“这一次，我一定有毅力……”小西北几乎声泪俱下。

院长忙去了。一时间，屋里只剩下我和小西北两个人。

我看着这个骨髓中浸满了罂粟的人，说：“你什么都知道，什么都懂得，你的身上寄托着几条命，可是你为什么管不住自己呢？”

小西北耷拉着脑袋，我看不见他的表情。

他说：“毒品是一种白色妖精，要想逃脱它的魔爪，实在是太难了。你没有吸过，跟你说不明白。我从医院出去，回到过去的同伙儿那里，他们把粉塞到我手里，我的意志立时崩溃了……不，不说它了！从今天开始，我每天都要想想我的姐姐，想想小时她对我的好处，想想她在病床上巴望活下去的眼神……我先用三个月戒掉海洛因，然后吃好的、喝好的，足足调养上三个月，把体内所有的毒气都洗清驱掉；把骨髓调理得像刚打鸣的小公鸡，又红又清亮，输给姐姐，滴滴是宝。要是不出岔子，那时正是阳春，医生说过，杏花开时是骨髓移植最好的节气，我的姐姐就得救啦！”

小西北一口气说了这么多的话，虚弱得冷汗直流。

我看着手舞足蹈的他，又下意识地瞅瞅墙上的挂历。

但愿小西北生命垂危的姐姐能够熬到春暖花开的季节。

恐龙和艾滋的对话

我坐在一位科学家摆满瓶瓶罐罐和化石的实验室里，呼吸着混合了现代与远古气息的空气，听他冷峻地讲话，额头到颈后的寒毛，一片片竖立。

科学家说，现代人谈到艾滋病时，个个摆出深恶痛绝的模样。其实从医学的角度说，艾滋病毒真是很温和很讲理很绅士的病毒呢。

说它温和，是指它的毒力柔弱。哦，你不要企图插嘴或是反驳。艾滋病现在是世界上最恐怖的瘟疫，没有任何确实有效的药物可以制伏它对人类的迫害。但是，从感染艾滋病毒到发病，有一个几年甚至长到十几年的潜伏期，漫长得多么温柔啊。

假如和流行性感冒的病人接触，几个小时或者几天之后，自己的鼻子眼睛就会复制出感冒的全套症状。感冒病毒是很凶恶的，它属爆竹脾气，一点就着。艾滋病可是一个慢性子。

在没有发病的日子里，艾滋病感染者可以毫无症状，甚至依然保持强有力的体魄。比如美国著名的篮球“魔术师”和矫健的跳水王子，都是在这种情形下照样夺冠军取金牌的。你能想象世上还有这样通情达理的病毒吗?

假如你得的是肺结核或是肝炎，你敢期望这类的好运气？它们会立刻把你平平地放倒在病榻上。就是胃溃疡或是肠炎这种良性疾病，发作时你除了呻吟，也是干不成什么伟业的。你说，是不是?

我听得目瞪口呆，除了连连点头，只觉得自己的胃也应声绞痛起来。

科学家摇晃着满头柔软的白发，好像浸泡过的优等北京粉丝，银亮光洁。问，你想什么呢?

我随口说，在想您为什么不染头发?

话一出口，觉得有些不妥。但这的确是我此时此刻的真实疑问。

我喜欢纯天然。白发是一种生命代谢的天然。岁月送我白色，我就照单全收了。艾滋也是大自然馈送我们的礼物啊。科学家平静地说。

艾滋病毒是大自然用来陷害人类的。我说。

话不能那么讲。大自然是一视同仁的，在它那里，你不能说哪一个种类的生命是正确的，哪一个种类的生命是罪恶的。艾滋病毒在地球上的历史也许也和我们人类一样古老，它原本是生活在热带雨林的猿猴体内……

那猿猴还不早都死光了？我忍不住插嘴。

是啊。从理论上讲是这样的，艾滋病毒的潜伏期再长，也总有猛烈爆发的一天。按此推断，那种猿类早应灭绝。但是，它们确确实实还生存着。这说明什么呢？科学家看着我，好像在测验我的智商。

那些猿猴产生了抵抗力。我凭着自己早年间当主治医师的根底，思忖着回答。

具体原因还无法确定，你的猜想也是其中之一吧。很可能是综合的因素在起作用，那些最危险的病毒，有的时候并不是最猛烈的。如果它太疯狂了，在很短的时间内，就致自己的宿主彻底灭亡，那就意味着它也同时失去了生存的条件。

总之，双方斗争的结果，是猿猴和艾滋病毒达成了某种和平共处的协定，病毒一代代地繁衍着，猿猴也一辈辈地传宗接代，在我们人所不知的原始森林中，它们优哉游哉地过着封闭的日子。

在密林中，生活着人类的原始部落。由于和猿猴的密切接触，有的人也感染了艾滋病毒。病毒从猴身上进入人体内，发生了某种变异。这种极危险的变异完成后，艾滋病毒的毒性显著加强了。

我们不知道艾滋病毒的这次迁移，具体发生在什么时间，也不知有多少原始部落的人因此而灭亡。但那时，它波及的范围毕竟比较有限。后来，文明社会的人进入原始密林，他们从当地带回了这种陌生的病毒……20世纪末期的头号瘟疫，就像荒火般地蔓延开来，扑向世界，烧灼整个人类心灵。

病毒无罪。它的本性就是不断地裂变复制自己，但这个扩散的过程，对于我们人类来说，却是致命的。

病毒没有头脑，有头脑的是人。甚至艾滋病毒选择的传播途径，也是很节制的。它不像感冒是呼吸道飞沫感染，一个病人打的喷嚏，可以使一个礼堂的人患病。也不像从消化道传染的伤寒，一位病菌携带者的粪便污染了水源，就会使河流下游无数的人遭难。

艾滋病毒要讲道理得多，它只通过人类最亲密的性关系为自己寻找同盟。有句古话叫作“同甘共苦”，它身体力行这一规则。既然共同走进极乐，也共同堕入深渊。至今除了母婴之间的垂直传递和输入不洁血液制品招致感染，属于虐杀无辜以外，一般都是事出有因的。

科学家沉思着，目光透过玻璃窗，俯瞰着巨大的城市。

人类为自己的放纵招致了惩罚。也许艾滋病毒是一只上帝之手，借以警告人类自尊自爱。他自言自语。

人类是否能战胜艾滋？我问。

不知道。

他徐徐地说。人类曾经遭遇过许多灭顶之灾，有些我们已经战胜，历史记载着人类的骄傲。比如鼠疫和天花，霍乱和结核。有些我们正在进行艰苦卓绝的努力，天边也已依稀透出微茫的曙光，比如癌症……

但依我个人保守的估计，从现在开始到20世纪末，艾滋病是不可战胜的。所有已经发病的人，从拿到诊断书的那一天起，就等于乘上了一条通向死亡的长长的传送带。不管怎样挣扎反抗，传送带依旧向前，稳定地载着他们，送往墓地……

真是一副可怕的图景！

我恨不得将眼睛闭上把耳朵堵起来。但只有正视灾难才是唯一的选择。

人类最终能否战胜艾滋病毒？

我的语气强调“最终”二字。

最终……最终……

科学家喃喃地重复着，脸上突然显出和他一直侃侃而谈有异的迷茫神色。

他站起身，沿着高大的实验台和标本架走动着，仿佛在寻找什么。我以为他累了，毕竟是年近古稀的人了。

当他从林立的柜子走出来时，手里托着一颗色泽黢黑表面粗糙椭圆状恍若水雷的物体。

这是恐龙蛋化石，它大约生活在6000万年以前。不等我发问，科学家宣布。

可以摸摸它吗？我小心翼翼地说。

当然可以。科学家批准。

我的手指战战兢兢触到这位远古的孑遗，它外壳温热，局部有着大理石般的细腻。我突然感到一种轻微但是确切无疑的跳动，在我的指端下有节律地碰撞着。

啊，它还是活的啊！我失声惊叫起来。

科学家安宁地说，那只是因为你紧张，感觉到了自己指尖的脉动。这一枚恐龙蛋，不但现在不可能存活，就是在6500万年以前，它也从来没有存活过。

我说，您是说，它是一枚没有受过精的蛋，不可能孵化出小恐龙吗？

科学家说，你说得也对也不对。它是一枚受过精的恐龙蛋，但它不可能孵化出小恐龙。当时不行，永远不行。

为什么呢？我大不解，壮起胆子，用力敲了敲卧在桌子上的恐龙蛋，它反弹出沉闷低哑的回声，好像在抗议这严厉的评判。

科学家眺望远方，冷峻地说：它的父母有病。它是一枚先天发育不良的废蛋。根据研究，在白垩纪晚期，恐龙大规模患病。从现代发掘到当时留存的恐龙蛋化石来看，它们似乎同患一种莫名其妙但是致命的重症。一窝蛋，95%的蛋都孵不出小恐龙，臭在那里，烂在那里……任何人都可以计算得出来，一个物种，以这个速度递减下去，它们的命运注定非常悲惨。

科学家结束了他的话，实验室里是可怕的沉默。

许久。我问，恐龙患的是一种什么样的疾病呢？

不知道。科学家说。

在科学世界里，未知的领域实在是太浩大了。也许，那就是恐龙的艾滋病吧。科学家轻轻地补充道。

这一瞬，我感到了真正的恐怖。恐龙曾经是这颗蔚蓝色的星球上，最雄伟最霸道最强健最智慧的生物。它们占据了海洋和天空，傲视天下群雄。它们无与伦比的身姿，是当时生命进化最完美的体现，它们力大无比骁勇异常……

可是，它们永远地灭绝了。也许只是因为一种要在显微镜下才可以看到的微不足道的病毒！

告辞的时候，科学家说，我的话只是一家之言，关于艾滋，关于恐龙，还有很多学说，兼容并蓄。

我除了说谢谢，面对他睿智的眼睛，一时竟想不出话来概括我的感受。

走在温暖熙攘人声鼎沸的大街上，我的心还是久久地冰冷着。

遥望天际，我想，假如恐龙妈妈会说话，面对着100个当中只能生存5个的孩子，在滴下巨大的成分复杂的泪珠时，一定会有无数告诫传给后人。

有一种笑，令人心碎

做过心理医生，看到过无数来访者。一天，有人问道，在你的经历中，最让你为难的是怎么样的来访者？说实话，我还真没想过这个问题，他这一问，倒让我久久地愣着，不知怎样回答。

后来细细地想，要说最让我心痛的来访者，不是痛失亲人的哀号，或是奇耻大辱的啸叫，而是脸挂无声无息微笑的苦人。

有人说，微笑有什么不好？不是到处都在提倡微笑服务吗？不是说微笑是成功的名片吗？最不济也是笑比哭好啊。

比如一个身穿黑衣的女孩对我说，您知道我的外号是什么吗？我叫“开心果”。我是所有人的开心果。只要我周围的人有了什么烦心事，她们就会找到我。我听他们说话，想方设法地逗着大家快乐，给他们安慰。可是，我不欢喜的时候，却找不到一个人理我了。周围一片灰暗，我只有一个人躲在被窝里哭……

我听着她的话，心中非常伤感，但她脸上的表情让我百思不得其解。那是不折不扣的笑容，纯真善良，几乎可以说是无忧无虑的。连我这双饱经风霜的老眼也看不出有什么痛楚的痕迹。她的脸和她的心，好像是两幅不同的拼图，展示着截然相反的信息，让人惊讶和迷惑，不知它们该主哪一面。

我说，听了你的话，我很难过。可看你的脸，我察觉不出你的哀伤。她下意识地摸摸自己的脸说，咦，我的脸怎么啦？很普通啊。我平时都是这样的。

于是我在瞬间明白了她的困境。她脸上的笑容是她的敌人，把错误的信息传达给了别人。当她需要别人帮助的时候，她的脸、她的笑容在说着相反的话——我很好，不必管我。

有一个男子说他和妻子青梅竹马，说他以妻子的名字起了证照，办起了自家的公司。几年打拼，积聚下了第一桶金。小鸟依人的妻子身体不好。丈夫说，你从此就在家里享福吧，我有能力养你了。你现在已经可以吃最好的伙食和最好的药，等我以后发展得更好了，你还可以戴着最好的首饰去看世界上最好的风景。再往后，你也会住上最好的房子……他为妻子描画出美好的远景之后，就雷厉风行地赚钱去了。

当有一天他风尘仆仆地回到家中时，妻子不在屋中。他遍寻不到，焦急当中，邻居小声说，你不是还有一套房子吗？他说，不，我没有另外的房子。邻居锲而不舍地说，你有，你还有一套房子。我们都知道，你怎么能假装不知道？男子想了想说，哦，是了，我还有一套房子。你能把我带到那套房子去吗？邻居说，一个人怎么能忙得把自己的房子在哪里都忘了呢？它不是在××路××号吗？邻居说完就急忙闪开了，不想听他道谢的话。男子走到了那个门牌前，看到了自己最要好的朋友的车就停在门前。他按响了门铃，却没有人应答。

这是一栋独立的别墅，时间正是上午10点。男子找了一个合适的角度，可以用眼睛的余光罩住别墅所有的出口和窗户。然后他抽了一支烟，他狠狠地抽了半天，才发现根本就没有点燃。他就这样一支接一支地抽下去，直到太阳升到正午，还是没有见到任何动静。他面无表情地等待着，知道在这栋别墅的某个角落里有两道目光偷窥着自己。到了下午，他还如蜡像一般纹丝不动。

傍晚时分，门终于打开了，他的朋友走了出来。他迎了上去，在他还没有开口的时候，那个男人说，算你有种，等到了现在。你既然什么都知道了，你要怎么办，我奉陪就是了。说着，那个男人钻进车子，飞一样地逃走了。丈夫继续等着，等着他的妻子走出门来。但是，直到半夜三更，那个女人就是不出来。后来，丈夫怕妻子出了什么意外，就走进别墅。他以为那个懦弱负疚的妻子会长跪在门廊里落泪不止，他预备着原谅她。但他看到的是盛装的妻子端坐在沙发里等他，说，你怎么才来？我都等急了。我告诉你，你听不到你想听的话，但你能想得出来的所有的事情都发生了，你爱怎么办就怎么办吧，我们等着你……说完这些话，那个女人就袅袅婷婷地走出去了，把一股陌生的香气留给了他。他说，那天他把房间里能找到的烟都吸完了，地上堆积的烟灰会让人以为那里曾经发生过火灾。

我听过很多背叛和遗弃的故事，这一个就其复杂和惨烈的程度来说并不是太甚。之所以印象深刻，是因为这位丈夫在整个讲述过程中的表情——他一直在微笑，不是任何意义上的苦笑，而是真正的微笑。这种由衷的笑容让我几乎毛骨悚然了。

我说，你很震惊，很气愤，很悲伤，很绝望，是不是？

他微笑着说，是。

我恼怒起来，不是对那对偷情的男女，而是对面前这被侮辱和损害的丈夫。

我说，那你为什么还要笑？！

他愣了愣，总算暂时收起了他那颠扑不破的笑容，委屈地说，我没有笑。

我更火了，明明是在笑，却说自己没有笑，难道是我老眼昏花或是神经错乱了吗？我急切地四处睃寻。他很善意地说，您在找什么？我来帮助您找。

我说，你坐着别动，对对，就这样，一动也不要动。我要找一面镜子，让你看看自己是不是无时无刻不在笑！

他吃惊地托住自己的脸，好像牙疼地说，笑难道不好吗？

我没有找到镜子。我和那名男子缓缓地谈了很多话。他告诉我，因为母亲是残疾人，父亲在他出生后不久就把他们母子抛弃了。母亲带着他改嫁了一个傻子，那是一个大家族。他从小就寄人篱下。谁都可以欺负他。出了任何事，无论是谁摔碎了碗、谁打烂了暖瓶，无论他是否在场，都说是他干的，他也不能还嘴。他苦着脸，大家就说他是个丧门星，说给了他饭吃，他起码要给个笑脸。为了少挨打，他开始学着笑。他对着小河的水面笑，小河被他的泪水打出一串旋涡。他对着破碎的坛子里蓄积的雨水练习笑容，那笑容把雨水中的蚊子都惊跑了。他练出了无时无刻不在微笑的脸庞，渐渐地，这种笑容成了面具。

这个故事让我深深地发现了自己的浅薄。微笑，有时不是欢乐，而是痛苦到了极致的无奈。微笑，有时不是喜悦，而是生存下去的伪装。深刻检讨之下，我想到了一个词来形容这种状况，叫作——佯笑。

佯攻是为了战略的需要，佯动是为了迷惑敌人，佯哭是为了获取同情，佯笑是为了什么呢？当我探求的时候，发现在我们周围浮动着那么多佯笑。如果佯笑出现在一位中年及以上的人脸上，我还比较能理解，因为生活和历史给了他们太多的苍凉，但我惊奇地看到很多年轻人也被佯笑的面具所俘获，你看不到他们真实的心境。

其实，这不是佯笑者的错，但需要佯笑者来改变。我想，每一个婴儿出生之后，都会放声啼哭和由衷地微笑，那时候，他们是纯真和简单的，不会伪装自己的情感。由于成长过程中种种的不如意，孩子们被迫学会了迎合和讨好。他们知道，当自己微笑的时候，比较能讨到大人的欢心，如果你表达了委屈和愤怒，也许会招致更多的责怪。特别是那些在不稳定不幸福的家庭中长大的孩子，他们幼小的脑海还无法分辨哪些是自己的责任、哪些不过是成人的迁怒。孩子总善良地以为是自己的错，是自己惹得大人不高兴了。由于弱小，孩子觉得自己有义务让大人高兴，于是开始练习佯笑。久而久之，佯笑几乎成了某些孩子的本能。所以，佯笑也不是百无一用的，它掩饰了弱小者的真实情感，在某些时候为主人赢得了片刻的安宁。

可是佯笑带来的损伤和侵害是潜在和长久的。你把自己永远钉在了弱者的地位，不由自主地仰人鼻息。在该愤怒的时候，你无法拍案而起；在该坚持的时候，你无法固守原则；在合理退让的时候，你表现了谄媚；在该意气风发的时候，你难以潇洒自如；还可以举出很多。当很多年轻人以为自己的风度和气质是一个技术操作性的问题时，其实背后是一个顽固的心结，那就是你能否流露自己的真实情感。

我们常常羡慕有些人那么轻松自在和收放自如，我们不知道怎样获得这样的自由。你不可要求自己的脸上总是阳光灿烂。你不能掩盖和粉饰心情，你必须承认矛盾和痛楚。只有这样，我们才能真正成为驾驭自己的主人。

回到那位被背叛的男子，当他终于收起了微笑，开始抽泣的时候，我觉得这是他的大进步、大成长。他的眼泪比他的笑容更显示坚强。当他和自己的内心有了深刻的接触之后，新的力量和勇气也就油然而生了。

现代商战把微笑也变成了商品，我以为这是对人类情感的大不敬。微笑不是一种技巧，而是心灵自发的舞蹈。我喜欢微笑，但那必须是内心温泉喷涌出的绚烂水滴，而不是靠机器挤压出的呻吟。

请你不要佯笑。那样的笑容令人心碎。

坚持糊涂

我的一位远亲，住在老干部休养所内，那里林木森森，有一种暮霭沉沉的苍凉之感。隔几年，我会到那里暂住几天。我称她姑妈。

干休所很寂寞，只有到了周末，才有些儿孙辈的探望，带来轻微的喧闹。平日的白天，绿树掩映的一栋栋小楼，好似荒凉的农舍，悄无声息。每一栋小楼的故事，被门前的小径湮没。也有短暂的热闹时光，那是每天晚上新闻联播和焦点访谈之后，就有三三两两的老人，从各自温暖的家中走出来，好像一种史前生物浮出海面，沿着干休所的甬路缓缓散步。这时分很少车辆进出，所以老人们放心地排着不很规则的横列，差不多壅塞了整个道路，边议论边踱着，无所顾忌地传布着国家大事和邻里小事……大约一个小时之后，他们疲倦了，就稀落地散去。

我也有晚饭后散步的习惯，跟在老人们背后受限，超过他们又觉不敬，便把时间后移。姑妈怕我一个人寂寞，陪我。

这时老人们已基本结束晚练，甬路空旷寂寥。我和姑妈随意地走着，突然，看到前方拐角的昏暗处，有一个树墩状的物体移动着，之上有枝杈在不规则地招动……

我吓了一跳，想跑过去看个究竟，姑妈一把拽住我说，别去！我们离远些！

那个“树墩”渐渐挪远，我刚想问个明白，没想到姑妈还是紧闭着嘴，并用眼光示意我注意侧方。我又看到一个苗条的身影，像狸猫一样轻捷地跟随着“树墩”，若隐若现地尾追而去……

那一瞬，我真被搞糊涂了。在这很有与世隔绝感的干休所，好像有迷雾浮动。

拉开足够的距离，确信我们的谈话不会被任何人听到后，姑妈说，前面走的那个是苗部长，她偏瘫了，每天晚上发着狠锻炼。她特别要强，不愿旁人看到她一瘸一拐，手臂像弹弦子一样乱抓的模样，所以总是要等到别人都回家以后，才一个人出来走。大伙都不和她打招呼，假装没看见，体谅她。后面跟的那人，是她家的小保姆，暗地里照顾她，又不敢让她瞅见……

我插嘴道，那保姆看起来岁数可不小了。

姑妈说，平日说小保姆说顺嘴了，你眼力不错。苗部长以前是做组织工作的，身子瘫了，脑瓜一点儿不糊涂。她说保姆长期服侍病人，年龄太小，耐性恐成问题。所以她特地挑了个中年妇女，还一定要不识字的，因为她老伴老高是搞宣传的，家里藏书很多。要是挑来个识文断字的保姆，还不够她一天看故事读小说的。这个被左挑右选来的保姆，叫檀嫂，你这是晚上见她，看不清楚脸面。她人长得好，也干净利落，身世挺可怜的，男人死了，也没个孩子，对老苗可好了……

第二年，我再去的时候，一切如旧，但和姑妈散步的时候，却没有看到树墩状的苗部长和狸猫样的檀嫂。我随口问道：苗部长好了？

檀嫂走了？

即使在微弱的路灯下，我也能看到姑妈脸上挂着含义叵测的沉思。不知道。她说，嘴唇抿得紧紧的，好似面对刑讯的女共产党员。我也不便深问，此事轻轻带过。

再一年散步的时候，却猝不及防地看到了“树墩”。她摇晃得很厉害，手臂的划动也更加颤抖和无规则，艰难地挪着，每一个瞬间都可能整个扑到马路上，但她偏偏不可思议地挺进着。我马上去搜寻她的侧面，果然又看到了那狸猫样的身影，只是没了往日的灵动。待光线稍好，我看清檀嫂怀里还抱着一个婴儿。

苗部长病得好像更重了。我说。

是。姑妈说。

檀嫂结婚了？我说。

没。姑妈说。

那孩子是谁的？我问。

苗部长生的。姑妈说。

我差点摔个大马趴，虽然脚下的路很平。我说，姑妈，你不是开玩笑吧？且不说苗部长有重病，单说她多大年纪了？早就过了更年期了，怎么还会有孩子？

姑妈说，苗部长退休好几年了，你说她有多大年纪？孩子吗？老蚌含珠，古书上也是有记载的。去年，苗部长和檀嫂很长时间不出门，后来，他们家就传出了月娃子的哭声……

我说，是不是……

姑妈堵住我的嘴说，天下就你聪明吗？苗部长说那娃娃是自己生的，谁又能说不是？我们这的人，什么都不说。

我也什么都不说，等待着那一对奇异的散步搭档再次路过我们身旁。这一回，我站在半截冬青墙后，仔细地观察着。苗部长的面容是平静和坚忍的，她用全部身体仿佛在说着一句话——我要重新举步如飞！檀嫂是顺从和周到的，但从她抱孩子的姿势中，也透出浅浅的幸福之意。

我什么也说不出来。

过了两年，再去姑妈那里，散步的时候，又不见了“树墩”和狸猫。我问姑妈，苗部长呢？

去世了。姑妈淡淡地说。

我猛地想起三言二拍中常说的一句话：奸出人命赌出贼。紧张地问，请法医鉴定了吗？

姑妈好生奇怪地反问我，请法医干吗？苗部长在医院住了很长时间，檀嫂服侍得非常周到。去世的时候，她拉着老高的手，说自己非常满意了，并祝老高幸福。还拉着檀嫂的手说，谢谢。最后她是亲吻着那个小小的孩子离世的。

我说，后来檀嫂就和老高结婚了，现在很幸福。对吗？

姑妈说，是的。你怎么知道的？

我说，这件事再清楚不过了，只要有70分的智商就能理出脉络。你们这里的人都不明白吗？

姑妈微笑着说，我们这里的人，戎马一生，几乎每个人都杀过人。可是我们都不想弄明白这件事。这事里没有人不乐意。对不对？老高要是不乐意，就没有那个孩子。苗部长要是不乐意，就不会承认那个孩子是自己生的。檀嫂要是不乐意，就不会那么精心地服侍苗部长那么长的时间……坚持把一件事弄明白不容易，始终把一件事不弄明白，坚持糊涂也不容易。你说是不是？

我深深地点点头。

不开心的开心果

一次到一家很有名气的副食商场闲逛，看到柜台里有28元一斤的美国开心果，觉着比往日便宜了许多，便买了一斤。绕过半个商场，又见有厂家在直销开心果，27元一斤。便问：这种同那种是否一样？答曰：一模一样。

心中便悻悻。以前说是货比三家，现在浓缩了，不必跑三家，一家之内就可比个高低。作为多花了1元钱买了美国开心果的人，开始怀疑言无二价这句商家的古训。也许有柜台里的价格比着，格外促销也说不定。要怪只能怪自己：为何不先把商场踩个遍再做定夺？只因少走几步路，凭空丢了1元钱。

以后再进了这家商店，就像个侦察兵似的四处逡巡，以防失误，无端地耗去宝贵的时间。其实1元钱算不了什么，本不该这样耿耿于怀。但这种卖东西的方法，似乎隐含着一种戏弄人的挑战，叫你忍不住想胜它一筹。事情有了斗气的成分，自己也奈何不得。

但平心而论，那开心果又香又脆，质量很好。

后来又在此店买了27元一斤的开心果，味道果然同28元一斤的一样。

我现在对于老字号、名牌，一律采取不信任不合作的态度。凡事信奉“耳听为虚，眼见为实”的古老传统。“文化大革命”时批判过的“怀疑一切”，挪在我对商品的态度上，倒是贴切。

开心果又被家人饕餮。于是我又去了这家商场，星星还是那个星星，柜台还是那个柜台。甚至连那块“厂家直销”的牌子的黑字，也依然是那不很漂亮的楷书。

此物已买过，算得上是积得了最直接的经验。这次便毫不犹豫地又买了1斤，拿到家中，正好朋友带小孩来访。于是将开心果倒在碟子里，请小朋友吃。孩子没吃过，我告诉她：“这是来自美国的开心果，比花生瓜子都好吃，一吃就开心。”

孩子吃了一颗，说：“阿姨，开心果是酸的吗？”

她妈妈立即训她：“这孩子怎么这么不会说话？开心果可香了。”

孩子又吃了一颗，说：“阿姨，开心果是涩的吗？”

这下连我也觉着难堪了，说：“怎么会是涩的呢？你再仔细尝尝。”

孩子吃了第三颗开心果，我们都期待着她开心。没想到她“噗”地将果实吐出来，咧着嘴说：“我再也不吃开心果了。它是苦的。”

我和她妈妈一人抓起一把开心果，扔进嘴里，大嚼特嚼。这一次在相同柜台里买的开心果，又苦又涩又馊。

星星还是那个星星，月亮已不是那个月亮。

我很伤心。不仅是因花了几十元钱买回一堆垃圾，更因那个从未吃过开心果的女孩，在我这里吃到的是伪劣产品。从此她对开心果的误会，不知何日才得消除？

我不知道那家商场，是明知开心果已变质仍继续出售，还是把发生霉变的一小撮全称进了我的口袋。我也没有拎着开心果去找消费者协会，耽误不起那个时间。

我只是买东西时，更不知道该相信谁好了。厂家是早已不信了；店家也是不可信的；现在连自己的舌头亲口尝过的东西，也不能信了。

茫茫商海，我们还能信谁?

能做的唯一之事，就是把远方朋友送我的真正美国开心果，留起一袋。等那个小朋友再到我家时，请她尝一尝正品。

真想听她说：开心果原来是又香又脆又开心的啊!

攀缘就是一切

取周涛左手中指之血查验，必可查出鹰、王族和天山雪水的成分。

周涛是一只喜马拉雅鹰的转世灵童。一双眸子犹如黑褐色的水晶抛光而成。在西部钢蓝色的天穹上，喜马拉雅鹰似一颗孤独的凝然不动的围棋黑子，悬挂着。你不知道它是怎样飞翔到如此稀薄的高度，你看到的只是它在这神鬼莫测的地方休息。等待着下一次，把自己弹往更高的海拔。我后来在动物园见过其他的鹰，比如加利福尼亚鹰，但我觉得那不是鹰，因为鹰是不能关在笼子里的，那是鹰的抽离了灵魂的皮影。一只完整品格的鹰，是包括它身后无边无际的背景的。周涛是属于西部的，不能想象周涛失却了西部的濡养，他还能如此卓尔不群无羁傲然。

周涛自嘲是因为听力不佳，要注意观察他人神色口形，久而久之才出现了此等精光四射的眼神。我想起一本书上说，戏剧家梅兰芳就是这样训练自己的，每日跟踪着天空飞过的鸽群，直到鸽羽与云朵混为一体……我没见过早年听力上乘时的周涛，不知他那时的双眸，是否苍白乏力？但我想，到了周涛现在的年纪，是勇敢地为自己的长相负责任的时候了。你不是一个表演家，你不擅长或者说不屑察言观色，你生活在一个自成体系的强大浩渺的内心世界里，那才是你独立飞翔的天空。所以，别辛苦找理由了，周涛。干脆坦承自己是鹰变的，就完事大吉，一了百了。

身上有王族的脉络。这不是一种考证，但千真万确。周涛的文字，有一种凛然的王气。在他的诗文中，统领风云、日月、草木、百禽百兽和自己的大脑。对了，还有地理和历史。他是百草之王，是百兽之王，是江河湖海之王，是日月星辰之王……指点江山，激扬文字，俯仰腾挪，兴风作浪。看周涛的文章，常常叫人疑心，他所驱动的那五千汉字，和人们日常所用的那种苍老油滑如海带一样，硬邦邦如铁轨一般毫无弹性的文字，可是同宗同种？周涛，你赋予它们灵动的游走的碰撞的交媾的能力。新的创造的生命，便在你恣肆汪洋的写作和读者亦步亦趋阅读的过程中，欢啼着诞生了。

那一年，周涛出任《中国大西北》电视专题片总撰稿，邀陕西作家高建群和我协同。第一个步骤就是——重走大西北。正是内地春寒料峭时分，以我多年进出西北的经验，深知此刻严冬还贪婪地统辖着陕甘宁辽阔的荒原，出行凶多吉少。我说，那地方，自打岑参过后至今，没有太大的变化。不去也罢。我敢打赌，以我们三人对西北的了解，待在暖和的家里一样能写。

然而，周涛断然上路了。谁人敢说周涛对西北不了解？西北风已渗透到了他的发丝。周涛以一种赤子之心的率真，回答着西北的召唤。在总撰稿率先垂范之下，我也只得启程。但已错过了陕北段的长途跋涉，与他们在宁夏会合。然后，风雪中翻越六盘山，经甘肃，直取青海湖……一路上尘土飞扬颠沛流离，所受困顿，为我自西藏返回内地后最严重的一次。

酷而帅的周涛，在采访中逐渐变得疲惫衰怆，口唇皲裂，鬓发苍然。如果不是那身沾满黄土的呢制军服，他已经很像西部的一个苍凉的牧羊人了。途经日月山的时候，烈风呼啸，寒凝大地，周涛出现了严重的高山反应，头涨目眩，恶心欲吐，面色苍白，脉速而乱。车上并无氧气和任何急救药品，危险分分秒秒俱增。以我在阿里高原当军医的经验，知道此刻唯有急如星火降至平原，才可救他性命，否则……我把意见对司机讲了，他猛攻油门，把车开得如同宇宙飞船……电光石火中，我不止一次闭目想到，为救周涛，也许我们一干人等并周涛，将集体地殉了这个《中国大西北》。

到达海拔较低的地方，周涛在一阵剧烈连续的喷射状呕吐之后，昏然睡去。我记起医学教授在提到呕吐的鉴别诊断时说过——喷射状的呕吐十分危急，它说明颅压增高，人的神经中枢受到了强烈危险的刺激（这话我至今没有对周涛讲过，怕他后怕）……他清醒后，我测着周涛渐渐缓冲下来的脉搏，心想无论他受到怎样的磨难，濒临怎样的危险，还是应该庆幸——阎王爷也珍爱他在人间的诗文，还他一条生路了。

天山上的雪水，是寒冷和清澈的。周涛喜酒，多朋友。我给他写信的时候，径直称——天山大侠：你好！……但我猜他常有孤独的时刻。他的灵魂沉寂地蹲踞在天山之巅，浸染了万古不化的寒冰所融成的冷与威严。也替他发愁，他下一步攀缘的目标，在哪里呢？在他脚下，有雪莲和奖座，在他周围，有长风和云霓。在他的头顶，是一轮灼日。

奇冷的西北的冰雪和奇亮的西北的太阳，聚焦在周涛的身上。你要用生命编织一架天梯，从雪山挺进到太阳吗？在这超拔的攀登当中，你会羽化飘扬抑或升腾为日冕？

谁知道？！

天不知地不知你不知我不知。也许，只有周涛自知？

也许周涛也不知，拔剑四顾心茫然？

也许，攀缘就是一切。是周涛即刻出发的锚地和永久归宿的港湾。

刺玫瑰依然开放

那一天我和这位80年代出生的女孩，坐在一间有落地窗的屋子里，窗外不远处有一个花坛，花坛里开放着粉红色的刺玫瑰。我们喝着不放糖和牛奶的黑咖啡，任凭窗帘扑打着发丝和脸颊。

女孩戴着口罩，把眼睛瞪出了口罩的边缘，说，所有的科学知识我都知道了，可我还是害怕。我可以对你说我不害怕，可那是假的。理智不可能解决情感的问题。你说我怎么才能不害怕？

她指的是非典。2003年上半年，中国使用频率最高的一个词大概是“非典”。医学家统计，在罹患非典的人群里，青壮年占了70%以上，特别是20—30岁的青年人在总发病率中占了三成比例。从这个意义上说，非典具有生机勃勃的杀伤力。

年轻人的大恐慌，主要来自在有限的生命体验中，找不到被一个小小的病毒杀得人仰马翻的经验。人们对于自己未知的事物，总是充满了震惊和慌张，这是人的正常心理反应，一如我们面对着不可知的黑暗，你不知道在暗中潜伏的是老虎还是蜥蜴。如果我们有了一盏灯，我们的心里就踏实了一点。如果我们在有了灯之后，又有了一根结实的棍子，信心就增长了一些。假如天慢慢地亮起来，太阳出来了，安全感就更雄厚了。科学家对于非典病毒的寻找和描述，就是我们在晦暗中的灯光。现在已经初步看清了这个匍匐在阴影中的魔鬼，知道它的爪子从何处伸来，利齿从何处噬咬。我们也有了一根粗壮的棍子，那就是严格的消毒和隔离措施。大多数人的恐慌渐渐地散去，一如冬季北方旷野上的薄雾。

我问女孩，非典在北京暴发之后，你在哪里？

她说，我在公司做职员，刚开始隔天上班，现在干脆不用去了。我的同事很多离开了北京，忍受不了这种恐惧的压迫。听说在北京不容易走，有人就骑着自行车跑到北京的周边地区，然后把自行车一锁，坐上汽车火车，跑回老家去了。可惜我的爷爷奶奶姥姥姥爷都在北京，无地可去，只能和这座城市共存亡。我非常害怕……

我握了握她的手，果然，她的手指被冷汗黏在一起，像冰雹打过的鸟翅簌簌抖动。我说，我没有办法使你不怕，但有一个人能帮助你。

她迫不及待地问，谁？

我说，你自己。

她说，我怎么帮我自己呢？

我说，你拿来一张纸，把自己最害怕的事写下来。

她站起身，拿来一张雪白的大纸，几乎覆盖了半张桌面。然后，一笔一画地写下：

第一个害怕：我还没有升到办公室的主管，就停止了前程。

第二个害怕：我按揭买下的房子，还没有付完全款。

第三个害怕：我刚刚交下的男朋友，还没有深入发展感情。

第四个害怕：我准备送我妈妈一件茉莉紫色的羊绒衫，还没来得及买。

第五个害怕：我上次和爸爸大吵了一架，还没跟他和好。要是我死了，多遗憾。

第六个害怕：我热爱旅游，很想走遍世界。现在连新马泰和韩国还没去成呢，就要参观地狱了。

第七个害怕：我想减肥，还没有达到预定的斤数。

第八个害怕……

当她写到第八个害怕的时候，停了下来。我说为什么停笔了？她歪着头从上到下看了半天，说，差不多了，也就是这些了。

我说不多吗，看你拿来那么大的一张纸，我以为你会写下1001条害怕。请检视一下你的种种害怕，看看有哪些可以化解或减弱。

她端详着自己刚刚写下的害怕，说道：第七个害怕最不重要了，如果得了病，高烧几天，估计体重就减下来了。

我说，很好啊，凡事就怕具体化。现在，你已经没有那么多的害怕了，只剩下六条，再来具体分析。

姑娘看看手下的纸，说，有两条是可以立刻做的，做完了，我就不再害怕。

我说，哪两件事？

她说，今天我下班之后，就到商场给我妈妈买一件茉莉紫的羊绒衫，如果这个颜色的商场一时无货，我就买一件牵牛花紫的羊绒衫，要是也没有，买成大枣红的也行。第二件事是和爸爸推心置腹地谈谈。我爸是个特好面子的人，所以我先同他讲话，他一定会爱答不理的。要是以前，我才不热脸贴你的冷屁股呢！但经过了非典，我会比较能忍耐了。我会对他说，非典让我长大了，我是你的朋友。让我们像真正的朋友那样讲话，好吗？

我说，真喜欢你说非典让你长大了这句话。成长不但发生在幸福的时候，更多是发生在苦难之中。

她受了鼓励，原本被恐惧刷得灰白的面庞，有了一丝属于年轻人的绯红。她继续看着恐惧清单，低声说：“至于刚刚交下的男朋友，好像也不是什么值得害怕的事情，这需要细水长流慢慢了解。就算是没有非典，也不一定就能达到海誓山盟男婚女嫁……”

说到这里，她大概突然看到了恐惧清单上的第二条，笑起来说，至于还不上贷款这件事，我要把它开除出去。这不是我该害怕的事，最害怕的该属房地产开发商。这是不可抗力，是地产老板们最爱用于推诿的理由，想不到也可以子之矛攻子之盾，让他们头疼一回。

开发商的困境引发了女孩子的幽默感，她显出些许幸灾乐祸的快乐。旋即眉头又皱了起来，说，恐惧清单上不能去世界旅游这一条，无论如何是去不了。

我说，你要到各地去旅游，为了什么？

为了让我快乐。看我没有看过的风景，听我没听到过的鸟鸣。她很快回答道。

我说，这真是旅游最好的理由。只是我想问你，你可曾注意到窗外不远处的花坛里，刺玫瑰在悄然开放？

她一脸茫然地说，刺玫瑰真的开花了吗？

我用手指敲敲窗子说，你往前面看。

她把脸压在玻璃上，贪婪地看着窗外，每一朵刺玫瑰都如同换牙的小童，憨态可掬。她惊讶地说，真的，在非典肆虐的春天，刺玫瑰居然还在开放。真怪啊，我以前怎么从来没有注意到呢？

她的目光从睫毛膏的缝隙中向更远处眺望，说，哦，我不但看到刺玫瑰了，我还看到国色天香的牡丹和路边卑微的蒲公英，也一样蓬勃地开放着……

她是很聪明的女孩，很快就悟出了，说，我明白了，美丽的风景不一定要到远处寻找，也许就在我们的身边。

我说，起码我们先把眼前的风光欣赏完了，再看远处也不妨。

这位80年代出生的女生看看自己的恐惧清单，然后说，好吧，就算没法周游世界，我也不再害怕了。但是，我要是升不到主管就死了，这还是很可怕的事。

我说，你升到主管之后会怎样？

女孩说，我还要升到部门经理，然后是总经理……

然后呢？我问。

然后就是旅游了……旅游是为了开心，是为了快乐。对啊，我最终的目的是让自己快乐。那么我如果因为害怕，抢先丧失了快乐，我就太傻了，就是本末倒置，就是一个大笨蛋……她自言自语，眼珠飞快地转动着。

那一天的结尾，是这个姑娘把那张像大字报一样的恐惧清单撕掉了。关于80年代出生的年轻人，在此次非典流行的过程中，交出了形形色色的答卷。比如我在电视里，就看到20岁刚出头的女护士，英勇得如同身经百战的士兵，穿戴着把人憋得眼冒金星的三重隔离服，给年纪足够当她伯父的病人做治疗和宽慰疏导。

这就是泥沙俱下的生活，这就是新的一代人。报章上有人管他们叫“跑了的一代”，我觉得在他们如此年轻的时候，就遭遇到了一场突如其来的严重灾难，是不幸也是大幸。恐惧可以接纳，却不能长时间地沉溺，逃跑更是懦夫退缩的行径。当你有能力直面灾难，细细地将它们剖析，在灾难中看到鲜花依旧在不远处开放，那就有了不再惧怕不会逃跑的气概。